2013年宁夏回族自治区重点扶持文艺创作生产项目

儒仁的图腾

RURENDETUTENG

王佩飞 著

黄河出版传媒集团
宁夏人民教育出版社

图书在版编目(CIP)数据

儒仁的图腾 / 王佩飞著. -- 银川：宁夏人民教育出版社，2014.4

ISBN 978-7-5544-0764-6

I. ①儒… II. ①王… III. ①长篇小说—中国—当代 IV. ①I247.5

中国版本图书馆CIP 数据核字(2014)第 115604 号

儒仁的图腾 王佩飞 著

责任编辑 吴 阳
封面设计 晨 皓
责任印制 殷 戈

黄河出版传媒集团
宁夏人民教育出版社 出版发行

地 址 宁夏银川市北京东路 139 号出版大厦(750001)
网 址 www.yrpubm.com
网上书店 www.hh-book.com
电子信箱 jiaoyushe@yrpubm.com
邮购电话 0951-5014284
经 销 全国新华书店
印刷装订 宁夏报业传媒印刷有限公司
印刷委托书号 (宁)0015071

开 本 720 mm × 980 mm 1/16
印 张 24
字 数 350 千字
印 数 30000 册
版 次 2014 年 4 月第 1 版
印 次 2014 年 4 月第 1 次印刷
书 号 ISBN 978-7-5544-0764-6/I·51

定 价 36.00 元

一

民国26年(1937)仲秋,洪泽湖周边天象异常,连天连夜的暴雨七日方停,雨后,天气骤冷,安东河心冰糊荡漾。是夜,鱼龙穿行安东河道。鱼龙过后,有渔民捡得一碗口大的鳞片,据善算者推测,此鱼龙长过二丈,重三百余斤。

据传,鱼龙乃洪泽湖鱼王,专司警示之责;鱼龙现,必出大事。宣统末年鱼龙现,清廷垮台,乱兵洗劫洪泽湖西两县五镇二十八乡;民国21年春鱼龙现,巨匪魏友三血洗吕集圩,制造了惊天惨案。鱼龙诅咒,成了洪泽湖西百姓挥之不去的阴影。如今鱼龙再现,又将发生何种祸事?尤其是紧傍安东河的太平镇上住户,更是忧心忡忡,不知将生何祸,祸从何来。

太平镇是洪泽湖西重镇,辖有九保三十七甲,东南西三面围着许台、何庄、高嘴、周嘴、谢嘴、高集、塘槐、吕集、顾勒、香城等数十个自然村,是个拥有上千人口颇具规模的大集镇。镇子北临洪泽湖西一片称作成子湖的水面,距湖边仅几里之遥。成子湖又名成子洼,有二十余里宽,三十余里长,水面浩渺,湖边芦苇遮天蔽月,沟壑纵横,人称“八卦滩”。镇南,便是被太平镇百姓津津乐道的高古之河——“皇家水道”安东河,有支流流清汉傍镇而过。其街道横贯东西,长约三里,街面不宽,由石板、砂姜铺成;两边大多是商居合一的小店铺,店铺中卖一些针头线脑、土货特产,平日生意清淡,每逢农历三六九逢集,却十分红火热闹。而那些大的商家,经营气氛则迥然不同,尤以东街的银匠店,西街的典当铺、大车店,镇中的同福楼酒店、洪泽湖客栈为甚,日日客流不断,说是车水马龙也不为过。

对鱼龙之谶最担心的人，莫过于镇上广宁堂的大掌柜韩儒仁了。韩儒仁是年三十六岁，身材瘦削，眉清目朗，举止文雅，早年在淮安高等小学就读，后毕业于淮阴江北大学堂。其从少年时随父韩孝甫习医，以医学经典名著《神农本草经》《金匮要略》奠定基础，潜心研悟晚清“苏北三大名医”赵海仙、余奉仙、张子平医案，术业大进。鉴于当时欧西医学东渐，在沿海城市已逐步形成主流，又受当时”医学衷中参西”的影响，于一九三二年进修于国立上海医学院，兼修内外二科。因早年丧妻未娶，如今仍孑然一身，潜心研医治家。

其实，从理智上讲，韩儒仁并不相信鱼龙传说、鱼龙之谶。生逢乱世，哪年没有灾祸。洪泽湖以外，军阀混战，死的人何其之多。但近年来，广宁堂车马药材在朱圩地界数次遭人暗算，伤及人命；魏友三匪帮为避日军锋芒，已从山东、河南回窜洪泽湖，又将大肆杀戮抢劫；更让他担心的是驻在太平镇的中央军即将调走，对广宁堂觊觎已久的恶匪高柱久的保安团即将驻防太平镇。几天前，高柱久抓住了石梁河农民暴动组织者刘天文，刘天文知道广宁堂资助过石梁河农民暴动领导人魏正斌，他如将广宁堂供出，必将家破人亡。韩家几代人百余年来苦心经营的广宁堂也将落入高柱久之手！这诸多凶险之事，让韩儒仁感受到一种与日俱增、日益紧迫的威胁和恐惧。

广宁堂位于太平镇东街流清汊前，前街后野，左右有路，独立成圩，是一座颇具规模的土圩式两进深宅大院。临街一面并排着九间门面，用做药房、诊室、病室，门楣上方挂着黄底绿字的“广宁堂”牌匾，是清末民初的大书法家，光绪二十八年(1902)升任京师大学堂监督袁励准题写，两边配以“但愿人常健　何妨药生尘”的木雕对联，显得庄重典雅。前厅里摆放着一圈木椅和茶几，是接待宾客的场所。后面有一丈余宽的回廊，连接东西两边的诊室、药房、总柜和病室。前院用做堆放药材、加工药材和贮存成药，还套有一个独立的三合小院，内有正房三间，用于接待宾客，两边六间厢房，是伙计的卧室和灶房。后院是东家居所，住着韩家老少十余口人，房屋均用青砖碧瓦修建。后院墙前有一棵大槐树，绿荫参天，把后院衬托的一片祥和安宁。这个院落由老二韩儒厚媳妇玉兰和姑表弟田贵及媳妇春花打理，他们除了做家务外，还兼顾切、晒、筛选药材，成药保管，饲养马匹等事务。这个后院除了几个极亲近的人外，其他人是不得入内的，即使是镇上或城里有头脸的人物也不例外。此举给广宁堂披上一层神秘的面纱，让人对广宁堂莫名地产生一种敬畏之心。

广宁堂也确实根基颇深，同治年间创建于淮阴城，其主人韩氏是楚汉相争时的大将军、淮阴侯韩信的后人韩子臣，家世尤为显赫。

韩子臣精于治疫，对疫病每有精要之阐论，并附医案。咸丰、同治年间，苏北皖东北等地多次疫病流行，经韩子臣施治获痊者甚多，因而颇有声誉。

民国16年(1927)秋，韩家为避祸方将广宁堂从淮阴城迁来太平镇。韩家祖传有《红伤二十八秘籍》，是广宁堂百余年来数代人的行医心得，乃无价之宝。又经韩儒仁增补了西医药对刀伤枪伤的用药、疗法，快捷奇特，疗效显著。而由韩儒仁编纂的《眼疾诊治便方》，治疗眼疾简单实用，巨匪魏友三的老妈为其所累，哭瞎双目，韩儒仁仅用时三个月便使其复明。魏友三因此欠了广宁堂一份人情债，从未明火执仗打劫广宁堂。因而，一般的土匪马子，更不敢也不愿招惹广宁堂了。

五年前，广宁堂老掌柜韩孝甫驾鹤西去，韩老夫人尚健在，虽年过六旬，仍耳聪目明。现在，广宁堂一应事务有韩儒仁兄弟四人操持，韩儒仁主事，堂弟儒厚襁褓之中父母便为贼人所害，由大伯韩孝甫抚养成人，按年纪排行老二，既能把脉问诊、炮制各种成药，还精于针灸，因行事老成，广宁堂外部交往的事大多由他经营，是儒仁的得力帮手。三弟儒义医术精湛，专伺医疗诊室。四弟儒礼年刚25岁，粗通医术，自小经父亲着意训诲，练就一手快枪，主要负责药堂守卫。堂里还有一个女先生，是韩儒义的媳妇王淑芳。此外，还聘有十余位伙计，这就使广宁堂在湖西众多中药铺中显得与众不同，说是鹤立鸡群也不为过。韩家兄弟妯娌和睦相处，同舟共济，将药堂经营得红红火火，不但把脉问诊，还向周围五县诸多药堂、诊所提供药材、成药，使广宁堂成为洪泽湖西最大的医药合一的中药堂。

虽说广宁堂声名远扬，韩儒仁处事却越发战战兢兢，时常叮嘱家人遇事忍让，切不可惹是生非。说“明者远见于未萌，智者避危于无形”，时下乃乱世之秋，人心不古，名声大祸殃也大，遇事忍让方是安身立命之本。韩家兄弟谨遵兄长训诫，无论贫富贵贱、官兵匪民，皆笑脸迎送，小心伺候，不敢怠慢。求医问药者有手紧的，还能赊欠或免除诊费，赢得一片好名声。但也惹来不少闲话，有传言说广宁堂给土匪治病抓药不收钱，通匪；还有人说广宁堂与共产党有染，为共产党人治病疗伤；更有人言韩儒仁心怀异志，要学东北王张作霖积攒人脉，日后也要拉杆子称霸一方。

对这些飞短流长，韩家兄弟皆一笑而过，不予回应，只求相安无事。可是，这两年却诸事不顺，官兵勒索，匪人滋事，高柱久更是恨不得一下将广宁堂攫取到手。眼下，山雨欲来，鱼龙复现，是福是祸？纵然韩儒仁是极有静气之人，却也不得不忧心如焚了。

二

重阳这天，东方刚刚泛白，广宁堂大门口就围了很多人。今天，他们并非为医治红伤、眼疾而来，大多是为求得广宁堂秘制的几副膏药。

当初，广宁堂被洪泽湖地区百姓奉若神灵并非因其拥有立堂之本《红伤二十八秘籍》《眼疾诊治便方》，而是重阳这天方才出售的神奇膏药。正是这剂极不显眼的膏药，让广宁堂一夜成名，从而在太平镇站稳了脚。

广宁堂刚搬到太平镇时，向镇公所买下镇东那几间傍着流清汊、淹没在荒草丛中没有房主的残破“鬼屋”，和与之毗邻的一块四不靠地面，修建了一处独立宅院。广宁堂建成后，因流清汊南接安东河，北泻洪泽湖，是广宁堂从水路运送货物的最佳通道，韩家即对流清汊清淤修堤，疏通河道，用做自家码头。

流清汊深及腰身，宽不足两丈，几百年来，此汊极富神秘色彩。据说：当年明朝第一术士吕天罡从洪泽湖北乘船路过此汊时，曾惊骇地停船上岸，冒雨作法，用三尺桃木宝剑腰斩此汊直至剑折，吕天罡弃剑咳血长叹一声后，叮嘱当地官员“速将此汊淤塞”。当地官员疑他痴癫，不以为然，敷衍塞责地填了几方土，没想到给大明王朝留下了祸根，将原本五百四十四年的大明江山流给大清二百六十八年。古《泗州补秩》卷十三有“填土半塞”,许是与此汊有关。在这期间,乡邻间起了传言,说韩家在流清汊淤泥里挖出一个装满金银的镏金坛子;还有人说广宁堂之所以从淮阴城搬迁到太平镇,就是奔着流清汊里那些宝贝来的。

因流清汊本身就充满了神秘的色彩,加之言者凿凿,附和者众,一时惹得满城风雨,许多蟊贼对广宁堂的横财蠢蠢欲动,兵匪官家也心痒难耐,起了夺取之心。

广宁堂老掌柜韩孝甫大智大仁,对这一传闻故作未闻,他深知药堂在他乡开门立脚不易,也深谙获取人心之道,先给驻军长官送了份厚礼,套了交情,得以安稳建宅修屋。仲秋,广宁堂落成之日,便大摆宴席,广散请柬,许多人误以为韩家是要借机敛财,颇有微词,拒邀者众。谁知庆典之日,韩家谢绝一切贺仪,博了个满堂彩。散席之后,又向每位客人赠送两贴自家熬制的膏药“祛风驱毒散”,说此乃“平安贴”,为乡亲们讨个吉祥。受赠者多以为不吉,嘴上不言,心中不悦,随手丢弃者众。但身体有恙者贴了之后,方知此贴神奇,头痛脑热,跌打损伤,牙疼痄腮,甚至受凉呕吐、中风都可见效。后来,人们嫌“祛风驱毒散”叫着拗口,干脆称之为“神仙贴”。于是,人们争相传颂,视“祛风驱毒散”为万能,有恙即贴;大街上、田地里、渔船上、军队里,甚至马子(土匪)窝里都能看到脑门上、腿脚胳膊上、肚脐眼上贴着一只只麻纸做的圆坨坨的人,成为洪泽湖西南一道奇观。

“祛风驱毒散”的神奇,使人们认识到韩家并非要嘴皮的江湖郎中,乃是真正的中医世家,广宁堂到太平镇就是来积善行医的,与流清汊里所谓财宝无关。有关流清汊财宝的议论,便渐渐平息下来。

此后,广宁堂在短短的几年时间里,就折服了洪泽湖西南地区的众乡亲,有关“祛风驱毒散”的神奇疗效和它神秘的制作方式更是广为人知。这剂膏药因受一味叫做“龙涎草”的主药所限,不是一年四季都能熬制,它只在九九重阳节的前一天晚上才能做,一年就只做这一次,且只由韩氏兄弟和被他们尊若父辈的管家吕叔,以及被韩孝甫视作子侄的孤儿喜子几人亲自制作。这天晚上,待月上柳梢,秋露初漏,负责料理后院的田贵就关了后院大门,此时,后院烛火通明,叮咚的响声不绝于耳,整个太平镇里都弥漫着那种甜丝丝、麻酥酥的清香味道,让人心旷神怡。街邻们就知道明天是重阳了，广宁堂又在熬制“神仙贴”了。因此剂膏药一年仅在重阳这天出售一次，以后就对症用药，不再外卖，这就使得它十分紧缺、金贵，许多人家都以藏有几贴“祛风驱毒散”为荣耀。每年重阳这天，东方刚刚泛白，广宁堂大门口就挤满了从四乡八村赶来购买膏药的乡邻。

日出东湖时，广宁堂的大门一如往常地按时打开了。东家、先生、账房、伙计一应人等按部就班，有条不紊，各司其职。前厅东厢一排房间主要用做配药、收账。西厢一面房间全是诊室，厢门旁是韩儒厚的诊室，里面有两个通间和一个单间，通间是韩儒义、韩儒仁的诊室，中间用屏风隔开，互不打扰。单间是王淑芳的诊室，主要诊治妇科病。韩儒义、韩儒仁的诊室里，靠北墙摆了一排书柜，里面摆满了医书：《本草纲目》《神农黄帝食禁》《雷公药性解》《金匮要略》和苏北名医余无言与张赞臣先生合办的《世界医报》，江南名医钱惟演、钱乙父子辑著的《箧中方》等，及一匣一匣的处方。韩儒义在外间，来得人要多些，先诊的是一位相识的汉子，牙疼。儒义让他张嘴望了望，也不开方子，说是上火了，去抓半钱松香，回家用一两白酒泡两个时辰，用棉花沾酒放在牙疼处，咬紧，半个时辰后虫火齐清。汉子高兴地走了。随后一位说是皮肤发涩，四肢麻木，儒义一番闻切问诊后，即开一方：

生姜，大蒜各二十克，切碎拌陈醋一百克，加水一碗煎开熏洗麻木处，每日一次，延及半月。

随后就诊的是常年在安东河张网捕鱼的渔民王明，其年及不惑，与广宁堂熟悉。他于七月中旬患生热病。初时，曾在青阳镇卖鱼之机求诊于镇上医师，服了些中西药剂，但未能生效。病势渐重，改请儒义诊治。儒义见了症状，斟酌一番，即开了一剂白虎合泻心汤加滑石木通方：

生石膏三两，肥知母四钱，炙甘草二钱，粳米一两，锦纹军三钱，川黄连一钱（另炖冲），黄芩三钱，块滑石三钱，木通二钱五分，加滑石、木通与之。

王明服了，一剂便见效，再剂而诸症大减，儒义又给他抓了几剂药，说服了可诸症悉除。王明为表谢意，特与好友在荷花塘捕了条八斤多重的红鲤酬谢。

今日儒义见了王明，见他脸色赤红，颇为惊讶。王明不待儒义开言，便说："韩掌柜，自服了你开的几剂药，身子轻快，病已好了，只是热势不减。前时遇一游方郎中，给开了副连翘、银花、黄芩、黄连煎服的方子，服了还是不见好。"

儒义听了，看了王明的舌苔，又为他把脉，其体温甚高，但脉象却还平稳，正疑惑间，王明看着一旁的茶壶说："韩掌柜，你这茶壶里有水吗？我想喝口水。"

儒义说："有，我给你倒。"便起身拿起茶壶，给王明倒了一瓷杯开水。王明接过，咕嘟几口便喝了，抹了抹嘴，将瓷杯放在桌上。儒义见了，心里暗暗吃惊，茶壶里的水是今早刚烧的，扪杯都烫，而王明饮之，似不觉烫口，便也由此明了王明之病根。王明久病，早已伤津，前时为其对症用药，不得不用白虎合泻心汤加味法，其里热虽去，而里寒未祛。便为之处方，以附子泻心汤加葛根、干姜主之。加葛根，以去表真热；加干姜，以去里真寒。写毕，将方子递给王明，说："王兄，你去柜上抓三剂，回去煎服，一剂表热退，三剂可而痊。"

王明听了，千恩万谢，到外柜抓药去了。

韩儒仁这边，就诊的都是眼疾，儒仁轻车熟路，开的方子是：

烂眼，青黛、黄连泡水洗。

风赤烂眼，白垩一两，铜青一钱，研磨为末。每次取半钱，用开水泡溶后洗眼。眼烂生翳，用白药子一两，甘草半两，研磨为末，取五钱掺融入切开的猪肝中，煮熟吃下。

急性泪囊炎，葛根十二克，麻黄、大黄、川芎各六克，甘草三克。水煎，每日一剂，两次分服。

眼底出血，黑木耳、冰糖各适量。黑木耳洗净，用清水浸泡一日后取出，再蒸半个时辰，蒸熟后加入冰糖调用。每晚睡前服用，连续服用直至症状缓解为止。

东厢最忙的是总管吕叔和喜子那个柜台，挤满了买“祛风驱毒散”的人。韩儒仁说是非常时期，把药堂里的库存拿出了一些，还配了一些止血止疼的药粉，半卖半送。

王淑芳的诊室就诊的媳妇姑娘也不少，但看妇科的倒不多，大多是头疼脑热生疔害疮不好意思让男先生看，就都拥到淑芳这里。淑芳是半路出道，有些病看不了，就将她们领到儒仁、儒义这边，因来回不停地走动，忙得她满头是汗。

一个时辰后，韩儒仁就把跟前的病人诊治完了。往常这时，他不是参研医书就是帮儒义、儒厚问诊开方，或到大厅里对求诊问药者嘘寒问暖，聊上几句。今天，他却不似往常，显得心事重重。待开了最后一剂药方后，先是眉头紧锁，发了一会愣怔，接着，便起身连个招呼也没给儒义打，就匆匆离开诊室，走到门外台阶上，向大街上张望。韩儒仁这一反常举动，儒义他们甚觉奇怪，却又不知是何原因，也不便打问。只有老总管吕叔心里明白，儒仁心里有了烦恼，他是在等盼二弟儒厚。

等了一会，不见儒厚回来，韩儒仁便又进了广宁堂，穿过厅堂，经过前院，来到后院。广宁堂院落与大户人家不同，头进院子与二进院子之间没有花墙，用青砖实墙隔开，中间留有一扇大门，用铁皮包裹，显得异常坚实。这是因为在淮阴时，广宁堂曾被土匪破宅劫杀，到了太平镇后，为防不测，建了这个布局，并由田贵专职值守。

田贵年刚而立，言语不多，为人老成稳妥，做事让人放心。此时田贵站在院中，见了韩儒仁也不吱声，倒是韩儒仁冲他笑了笑，田贵并不作答。

韩儒仁径直回到自己的住房，沏了杯茶，端起呷了一口，又放于案上，任香气缭绕，却越发心神不宁起来。

刚才，吕叔对韩儒仁的举动也只猜对了一半，韩儒厚是昨天去县城打探消息的。昨晚，县商会会长刘延寿让人捎话，驻泗县的国民党军就要调走，高柱久的保安团极有可能进驻太平镇，他要韩儒仁做好协助县商会筹集粮草的准备，届时由县商会统一分配，不能直接交给高柱久。

这个消息让韩儒仁倒吸了口凉气，心想，你堂堂一县商会会长都惹不起高柱久，我一个开中药堂的敢惹这个恶魔吗？这高柱久可是个瘟神哪！他要是真的进驻太平镇，那广宁堂就难以安生了。

三

高柱久乃湖西龙集镇人，龙集其地南北狭长，两侧低洼，中间岗岭延伸至洪泽湖边，形如卧龙，后兴为集市，因此得名。高柱久少时，聪敏好学，上过学堂。曾有相面术士说他龙行虎步，必成大器。他便不安本分，先匪后兵，由兵入匪，再被招安任泗县保安团团长，官虽不大，触角伸及泗县、泗阳两县，果真成了一方霸主。

高柱久今日的不可一世，得益与其干爹高适之。高适之是清末秀才，地方“人五”（劣绅），儿子高云霄是国民党江苏省党部特别调查科特务，外甥何贵龙在安徽省府任副秘书长，这使他成了洪泽湖西畔手眼通天的大佬，人称高太爷。他促成了高柱久的招安，还要给高柱久运作泗县、泗阳县县长。在高柱久心中，高适之比亲生父母还亲，比诸葛孔明还要高明，他今天的地位是高适之给的，明天的前程更是离不开高适之的提携。而高柱久如何成为高适之的干儿子，不失为一段奇闻逸事。

民国7年，高柱久与几个土匪去小高庄抢劫高适之，不慎走漏风声，高适之布下“请君入瓮”的罗网，三面围堵，只留一路。此路为一独木桥，高适之在桥头玉米地旁的垂柳下设了茶桌，独坐于藤椅上，手持芭蕉扇，悠闲地品茗观景，颇有孔明遗风。

小高庄里，锣声齐鸣，喊声阵阵。高柱久几人抱头鼠窜，三面皆有人堵截，唯有庄北独木桥只有一人闲坐，这伙贼人知道这是迷魂阵，桥头玉米地里定有埋伏，只得另寻生路，但皆相继被捉。高柱久躲于庄西一处草垛里，惊惶之时，他在草垛一侧看见一个讨饭的老汉，灵机一动，脱下上衣给老汉穿上，说要认其为父，然后背着老汉向独木桥走去。

高适之对来人不由一怔，待高柱久不慌不忙走过去时，不由露出赞许的笑容，缓缓起身，右手背在身后，左手的芭蕉扇指着高柱久的后背说："后生，请留步。"

高柱久心里一惊，还是转过身来，抹了把汗水，问："大爷，你喊我？"

高适之摇着芭蕉扇说："身背何人？"

"我大。"

"为何背着？"

"脚崴了。"

"哦，是了。"高适之的芭蕉扇指着老汉的脚说，"你大这褂子，甚是光鲜，可脚上这双草鞋，就不敢恭维了，又焉能不崴。"

高柱久听了，知道露出破绽，立马将老汉放下，往高适之跟前靠。原来，他要利用高适之的托大挟持他。

这时，高适之一直背在身后的右手抬了起来，不经意地在后脖颈上挠了挠。

高柱久的头"嗡"的一声，坏了，高适之右手竟然握着一把手枪。

惶恐间，高柱久拔腿欲逃。谁知，高适之摆了摆扇子，说："后生，你临危不乱，处变不惊，是个能成大事的人物，只是误入歧途，可惜了。今天我放过你，你要好自为之。"

高柱久听了，扑通跪下给高适之磕了几个响头，成就了父子关系。

后来，经高适之举荐，高柱久在西北军孙连仲、刘汝明部任副官、参谋等职。民国19年，因勾引刘汝明外室小妾，被刘汝明察觉，正欲枪毙他时，他逃回龙集拉竿再起，再经高适之谋划，被招安做了保安团团长。

高柱久的团部和三百余人的主力驻扎在太平镇西面的金锁镇内，与太平镇相距约三十里。作为泗县治安中坚力量，保安团团部理应驻在泗县县政府所在地泗城内，可高柱久却将团部驻扎在远离县城的金锁镇，对此，几个中队长感到委屈，说放着热闹的县城不住，到这么个小镇上憋屈。其实，此举正是高柱久的高明之处。高柱久桀骜不驯，也极为狡诈，接受招安后，有关当局本欲将他安排在县城驻扎，但泗县县城内驻有中央军一个团部又一个营，还有警备队、警察局，高柱久既怕被缴械，又觉得在城里受制于人,捞不到好处,便要自择驻地。县长本也讨厌高柱久,更怕他反水,祸害县城百姓,就顺水推舟将他派到了金锁镇。

《泗阳县志》载:金锁镇古名公安镇,同治元年(1862),官人陈临惠筑圩,设重兵守之,又曰金锁关。同治五年(1866),清军在此镇压农民起义军,一时得逞,将其改名为金锁镇。高柱久自诩,金锁镇由他坐镇,就真正成了一把金锁,共匪、湖匪休想犯难。他不出三年,将清除匪患,还洪泽湖西南百姓一个清平世界。

说来也怪,自高柱久被招安整编后,巨匪魏友三马子等便从泗阳、泗县销声匿迹,高适之为其造势说是"柱久就任保安团团长,众匪闻风丧胆"。一时倒也名声大噪。

其实,高柱久心中对洪泽湖周边那些大小股匪并无仇恨,因为他自己就是土匪,对于众匪一时的销声匿迹,他心知肚明并不完全是怕他,除了魏友三和他既勾结又仇视外,大多数匪人是给了他一个情面,以利日后获得丰厚的回报。所以他剿匪并不积极,总是虚张声势,将剿匪变为吓匪、撵匪,甚至资匪、通匪。特别是他驻扎金锁镇后,得到高适之、高云霄父子及何贵龙的"指点",将精力全用在剿共上,大肆搜捕共产党员,破坏地下党组织,得到上峰赏识,由中校团长晋升为上校团长。

今年以来,洪泽湖周边驻军相继开往前线防日,湖西这块两县交界之地,处于山高皇帝远的状况,高柱久便显得举足轻重了。除了远在淮阴的国民政府苏北皖东北剿匪特派专员龚雨辰和由龚雨辰表弟南汉文任旅长的江苏保安五旅能对其构成威胁外,其他制约高柱久的力量荡然无存,使他在这块土地上予取予求,肆意妄为。同时,高柱久敏锐地认识到日本即使不亡中国,中国也将成为乱世。有枪就是草头王,民国以来,数不清的土匪因枪多人众都成了国民军的将军、司令,有的还当了督军、大帅、省主席。我高柱久只要拥有足够的力量,也能弄个司令、将军当当!有了这个野心,高柱久便疯狂敛财,暗中积蓄力量,准备招兵买马。他将广宁堂定为掠夺的头号目标,恨不得一下得之而后快,而高适之因垂涎广宁堂的所谓古器,为虎作伥,更加助长了高柱久的丧心病狂。但广宁堂的声望以及韩儒仁与龚雨辰、南汉文等要员的关系,加之自身也有不弱的防备力量,使高柱久、高适之认识到广宁堂暗抢难以得逞，明夺更不可取，便另辟蹊径，密谋了“慢火炖肉”，敲诈勒索和借助他人力量的策略，一次次疯狂地祸害广宁堂。故他听到鱼龙再现的消息后，不忧反喜，以为天下必将大乱，他浑水摸鱼的时机到来了。那么，下一步棋该如何走呢？高柱久做出的第一个决定，便是亲自去一趟高楼，问计于干爹高适之。

四

韩儒仁在书房里等了好一会儿，韩儒厚还未回来，便又担心儒厚的安危。院内槐树上几只呱呱聒噪的乌鸦，更让他心烦意乱。

昨天上午，在刘延寿的消息未到之前，韩儒仁得到一个坏消息，谢嘴的驻军要调走了。谢嘴是距太平镇四里的一个村庄，那里驻有国民党一个营的正规军，对太平镇所属各保的安全起到了很大作用。眼下土匪猖獗，惨案频发，没有驻军震慑，土匪一旦祸害太平镇，广宁堂怕是首当其冲，韩儒仁便让儒厚去县城打探消息。今后，一旦刘延寿所言成真，明兵暗匪的高柱久保安团接防太平镇，太平镇可就更不太平了。韩儒仁不由忧心如焚，眉头皱成了疙瘩。几番思忖，想还是和吕叔他们先商议一下，看如何应对吧，便又往前院去了。到了中院门口，田贵不在，门已落锁，他想田贵许是有事了，就转身向边门走去。

边门开在蒸煮房后墙，由此可直通诊室。原本这里没有门，老爷子韩孝甫在世前两年时，因腿脚不便，精力大不如前，为方便进出前院，就在靠近卧室那处院墙开了个小门，恰巧开到了熬制药膏的蒸煮房后墙。老爷子去世后，边门的钥匙交给了韩儒仁、韩儒厚，他俩除了夜间去前院查看偶尔从边门行走外，平常很少走这个门。

韩儒仁打开边门时，浸煮药罐正在出渣，房里热气腾腾，药味呛人。有一人背对门口正将药渣往筐里装，随着光亮射进，那人身子一晃，已闪在三步开外，手好似还在腰间摸了一下。

韩儒仁一愣，见此人面生，正要开口询问，没想这人躬身低头说：“大东家好！”

在太平镇和广宁堂里，上上下下都称韩儒仁为大掌柜，极少有叫他大东家的。韩儒仁知他必是新来的伙计，心想，自己从没与他谋面，他在茫茫蒸汽中却辨得自己。细瞧：这人年约三十，两眼有神；虽是种地人装束，却显得干练老到。惊愕过后，韩儒仁感到失态，敷衍几句，原路退回，锁了边门，又折回院门。此时田贵已回，院门已开，他刚才是上厕所去了。

韩儒仁想找吕叔打问新来的伙计情况，便又往前厅走去，到了前厅门口，碰到儒礼，问：“浸煮房新来了个煮药伙计你可知道？”

韩儒礼说：“知道。”

韩儒仁问：“此人怎么称呼？是哪天来的？从哪来的？谁安排的？”

韩儒礼说：“那人叫孔友善，徐州人，是三哥认识的人举荐来的。前天刚上工。”

韩儒仁听了，皱了皱眉头，说：“怎不给我说一声呢？”

韩儒礼听了，想：以往招伙计的事，大哥是从不过问的，便疑惑地问：“大哥，这事有何不妥？”

韩儒仁说：“无事，我随便问问。”

别了儒礼，韩儒仁便又到诊室问儒义：“那个叫孔友善的，是你收下的？”

韩儒义说：“是。”

韩儒仁责备说：“你好糊涂，广宁堂从不用不知底的外地人，再说，现时人已够用，怎好再添人手！”

韩儒义说：“孔友善是李瑞安郎中写信举荐来的。李郎中说他在青阳镇药铺里做过伙计，因得罪了人无法立身，介绍他来广宁堂求碗饭吃。恰巧煮料的王长河回家了，我才将他留下，大哥如不愿意，那就辞了吧。”

李瑞安虽是游方郎中，在湖西却小有名气，与韩家兄弟也相识。前年，界集镇刘财主五岁幼儿得了一种怪病，呼吸急促，时时呕吐，额上虚汗淋淋，而颈下全身皆无汗迹，扪之肤干炙手，目赤口干，唇焦齿垢，口气喷人，按其脘口作痛，手足反现微厥。恰在此时，李瑞安郎中来了镇上，病急乱投医，刘财主忙让家人去请。

李瑞安进得屋来，对着患儿沉思片刻，对刘财主说：“令郎之病，以剧呕不止，而药不下咽。可清扫一干净地面，将令郎置之其上，任其反复，使过一夜，至明晨再看其情形如何。”刘财主问：“此是何意？”李瑞安说：“此时病急，不是讲医理之时，信否随你。”刘财主听了，跺了跺脚：“就依先生言。”于是将堂屋正中所铺的青砖起去一块，把地面清扫干净，李瑞安即抱患儿置于地上，起初尚反复身体，约一炷香的时辰，已烦躁渐减。刘财主心稍安，即安排李端安食宿。次日早上，刘财主即欣然来告：“睡至夜间，即不再呕吐，身有微汗，热亦渐退而安眠。”此事一时传为美谈。

一次，韩儒义与李瑞安相遇，向其讨教：“先生之治刘财主幼儿之法甚是奇特，不知依何医理？”

李瑞安一笑说：“煤炭置于炉中，燃之片时，则成灰烬。若将已燃之炭，置于潮湿之地，片时即熄，而炭则依然为炭。为何？盖地上潮湿之水汽，被炭吸收，而炭中之火气，又被湿地吸收，水火之气，成交换作用，故火熄之。此小儿之症，亦犹是也。温热内传，中脘不通，胃气为逆，因而呕吐不止。热与实不去其一，则呕吐不止，故敢卧之于冷湿地也，果然一卧而热退，热退而呕止。”韩儒义听了深为折服。

韩儒仁想，李郎中与广宁堂仅泛泛之交，怎能举荐一个不知根底的人来谋事呢？这里面怕是有蹊跷。本想把担心给儒义说了，可一来弄不清孔友善来头，二来知儒义胆小，心不藏事，惹出事端。便说：“李郎中似是性情中人，口碑尚好。他所荐之人，想必不差。既已留了人家，就先干几天，等儒厚回来再说吧。”

离开诊室，韩儒仁暂时摆脱了高柱久的保安团即将进驻太平镇的阴影，满心里都是这个叫孔友善的人，他自己也不甚明了为何如此，只是隐约觉得这个新来的伙计似乎有点不对劲。心里越发忐忑不安，就又径直去了浸煮房。

孔友善几人正在装料，莫看他瘦弱，动作却甚是利索，爬高下低，行动自如。且不时叮嘱他人几句，语气虽平和，却有着不容置疑的威力。而他那眼神，更是飘忽不定，不时从韩儒仁脸上掠过。“胸中正，由眸子瞭焉；胸中不正，眸子眊焉。”孟子的话跳上韩儒仁的心头，韩儒仁越看心里越发惶惑不安,脑门上渗出一层汗水。

孔友善上完了料草,甩了把汗水,这才冲着韩儒仁说了声:“大东家,您来了。”

韩儒仁看着孔友善红头涨脸的样子,心里莫名一动,问:“这活遭罪,受得了吗?”

孔友善笑笑:“风不吹雨不淋的,受得了。”

韩儒仁听了,也赞赏地笑笑,说:“我听说你在青阳镇药铺里抓过药,说几方我听听。”

孔友善说:“东家您是名医,我哪敢班门弄斧。”

韩儒仁说:“进了广宁堂就是一家人,但说无妨。”

孔友善拍拍额头,不好意思地说:“大东家要听,那我只好献丑了:

> 铁扫竹,捣烂敷,治枪伤、刀伤;麻雀脑子涂抹患处,治冻疮特效;蚊虫咬伤可选用大蒜头、生姜擦,止痒、解毒消肿。

孔友善淌水似的说了一串药方,听得韩儒仁心跳如鼓,这孔友善所说,都是在野地里打转的土匪自救方法啊!

孔友善说毕,又抹了把汗水,紧张地问韩儒仁:“大东家,我说得可离谱了。”

韩儒仁脑子一时没转过弯来,直到孔友善又问了一遍,才回过神来,赞许说:“好!说得都对,干这粗活是委屈你了。”

孔友善听了,不由受宠若惊,连声说:“大东家过奖了,过奖了。”

从浸煮房出来,韩儒仁心想:鱼龙之谶,莫非应在此人身上?看来,这孔友善就像我广宁堂的膏药,既已贴到身上,病根不除,硬揭下来怕就要伤身了。

五

韩儒厚从县城刚回来，就急着来后院见韩儒仁。

韩儒仁正神色凝重地坐在书房想着心思，见儒厚来了，冲着一旁的椅子点了点头。待儒厚坐下，才轻声说："路上可顺当？"

韩儒厚也轻声回道："路上倒还平安，我在县城听人说高柱久审不出刘天文，把他两条腿都打断了，现在高柱久把刘天文押到县城，关在大牢里。说石梁河暴动共产党杀了很多人，要以杀人罪名枪毙他。哥，刘天文要是招供，广宁堂就险了。"

韩儒仁摇摇头，涩声说："刘天文不是那号人，他要招早就招了，广宁堂也早被高柱久抄家问斩了。魏正斌这些共产党人哪，倒也是一诺千金的君子。只是石梁河暴动，太不应该了，太轻率了。唉！"

魏正斌是太平镇西南五十里地墩集人，父亲魏守光是泗县开明人士，家住小魏庄，通医懂文，常舍财济贫，与广宁堂素有交往。民国19年(1930)七月初，魏正斌、刘天文和一位右额上长着一颗朱砂痣的人夜访广宁堂，对韩孝甫、韩儒仁、韩儒厚既动之以情，又晓以大义，密谈至午夜，动员广宁堂资助革命。韩孝甫猜测到魏正斌要拉队伍起事，为自家安全考虑，让魏正斌三人从广宁堂带走五千块大洋，八千块法币，长短枪三支。自魏正斌走后，韩家人如坐针毡，惶惶不可终日。八月，魏正斌、王子玉在泗县、五河交界的石梁河发动了以大小魏庄为中心的农民暴动，建立了工农红军独立师。后遭敌重兵包围，红军奋起抵抗，终因敌众我寡，孤军无援，弹尽粮绝而失败。魏正斌、王子玉等被俘，虽被严刑拷打，但宁死不屈。如今，魏正斌、王子玉等人已殒命多年，但广宁堂仍毫发无损。现在，刘天文还是坚强不屈，视死如归，韩儒仁不由对这些共产党人产生了几分敬意。

韩儒厚又说："谢嘴驻军调走一事我也打听了，说是要和日本人打大仗。"

韩儒仁说:“驻军调走一事无疑了,刘延寿会长已来信告之。县长正考虑让保安团接替驻军,来太平镇驻防。”

韩儒厚吃惊地说:“保安团那些兵都是土匪,太平镇要遭殃了。”

韩儒仁说:“高柱久此前向县商会募集军饷，刘会长要我在太平镇带个头,但又提出所募款额不给高柱久,要交到县商会分配。”

韩儒厚说:“他这是怕高柱久中饱私囊,我们要是这么做了,那不是又和高柱久结怨了。”

韩儒仁答非所问地说:“眼下兵荒马乱,大家日子都过得艰难,年初刚捐过款,再捐谁家受得了。再说,保安团一旦到了镇上,必将三天两日另立名目,敲诈勒索,这个头广宁堂是不能带啊!”

韩儒厚又说:“我在城里见到安叔，他说上个月老魏三聚众千余人攻打洋河镇,‘鬼影子’叶善友做的内应,把洋河镇破了,老百姓死伤一百多口,还被绑了一百多口人。最惨的是陈克让一家,老魏三指名要陈家待字闺中的女儿与他手下的炮头成亲，未得应允就放火把他全家十三口人都烧死了。”

安叔说的老魏三,本名魏其富,因在兄弟中排行老三,又叫魏友三、魏三,江苏睢宁沙集小朱庄人,是横行苏豫皖鲁四省区的巨匪。他以洪泽湖为窝点,在洪泽湖周边地区绑票勒索、烧杀淫掠,屡次制造惊天大案,血债累累,罄竹难书。

其实,魏友三本是穷苦人家的子弟,在他十来岁时逃荒到泗县东部一带,为人割草、放牛、做长工。某年冬天的一天,魏友三准备回老家过年,用一辆平板车推着一年劳作的成果——两口袋玉米行至归仁集时，被一群地痞无赖抢走。魏友三在当地一位远房表哥帮助下,用一支假木头手枪夺得了当地一地主家的三支枪,打死了抢粮的地痞无赖。从此,魏友三走上了打家劫舍、与民为敌的土匪生涯。由于魏友三为人胆大心细、心毒手辣,成为洪泽湖一带有名的“瓢把子”,其活动时间之长、地域之广、制造的匪案之多,为世间所罕见。民国 16 年七月二十日,他血洗睢宁县高作十家墩,男女老幼八百余人惨遭屠戮。民国 18 年春,烧抢泗阳县西境之熊家圩,杀死乡民百余人。民国 21 年农历八月十四日,攻破距太平镇不足五里的吕集圩，杀死吕集和塘槐村百姓二百六十八人，其中十八家被杀绝。洪泽湖西南一带民心震恐……

安叔是泗县县城有名的老中医，和韩孝甫是至交。魏友三手下炮头罗升平在他家看病时，见了其女凤霞，生了爱慕之心。因罗升平会武，魏友三为笼络他，绑了安叔的独子胁迫安叔嫁女换子，将凤霞强配罗升平为妻。安叔羞愧难当，感到无地自容，便闭门不出。

罗升平娶了凤霞并得子后，渐思改过之心，欲改邪归正，在一次抢劫中自残，将左臂打断，提出明“洗手”，暗“把风”（暗探），回到泗县县城做了眼线，也救了不少“肉票”，但终不肯为祸魏友三，说是魏三爷成全了他和凤霞的姻缘，安叔气得咬牙切齿。

韩儒仁听了韩儒厚所说，义愤填膺地说：“这伙没有人性的恶魔！”

“哥，安叔还让我告诉你，罗升平说叶善友曾要他向安叔打听广宁堂的情况，他担心魏友三可能要对广宁堂下手，我们得及早防备，免得遭他祸害！”

韩儒仁叹了口气说：“广宁堂大祸已在眼前了。”

韩儒厚惊骇地问：“大哥何出此言？”

韩儒仁说：“儒义糊涂，他收了个伙计。”

韩儒厚说：“一个伙计？他如何祸害得了广宁堂？”

韩儒仁说：“恶莫大于阴谋。他不是一般的伙计，我怕他是卧底，而且正是老魏三的卧底——‘鬼影子’叶善友。”

韩儒厚惊得跳了起来。叶善友？这可是个凶神恶煞的祸水。此人年纪尚轻，原本是富家子弟，后家道为仇家设计所败，其父母含愤投河而死。其时他年纪才二十出头，却颇有心机，在毒杀仇家后投奔了魏友三，做了魏匪的“闲员”（军师）和“踏线”（卧底），成为魏匪的心腹，经常为魏匪踩点卧底。因他诡计多端，形影无踪，人称“鬼影子”，是个人人皆恨、人人惧怕的丧门星。

韩儒厚说：“哥，真要是‘鬼影子’，那得赶紧灭了他！”

韩儒仁叹道：“我听人说过，叶善友皮肤白净，浓眉大眼，身体精瘦，据我观察，此人相貌特征皆相吻合，年岁也在而立之内，应是‘鬼影子’无疑。

只是他有魏友三做后盾，你如何灭他？”

韩儒厚说：“那就把他辞了。”

韩儒仁说：“辞了？一旦撕破脸皮，就是前门撵狼，后门进虎。”

韩儒厚说：“那莫非还要把这祸害留在广宁堂里？”

韩儒仁说：“自见了‘鬼影子’后，我一直在思忖此事。孙子说‘上兵伐谋’。广宁堂岂止是留他，还要敬他、供他。只是在没有弄清他的意图前，暂莫给母亲、儒义说，免得他们担惊受怕。但防备还得做，今晚你安排伙计叫上孔友善去街上看戏，把儒义、儒礼、吕叔、田贵、喜子几个贴心之人叫我这来，我给他们提个醒。还有，你抓紧把马槽下地窖再拾掇拾掇，把值钱的东西都放到里面，以备万一。”

韩儒厚说：“我这就去办。只是一旦‘鬼影子’把魏匪招来，这些布置也难保全广宁堂呀。我看也把广宁堂加固成朱耀祖的高宅那样，就不怕土匪祸害了。”

朱耀祖是成子湖西边的大地主，他在湖边傍水修了个南京城墙似的圩子，叫高宅，土匪几次破圩都伤亡惨重，连圩门都没沾上。

韩儒仁摆摆手，说：“不可。朱耀祖的高宅地势好，四周空旷，易守难攻。且他种的是庄稼，不和杂人来往，我们行医卖药之人，天天要接触各色人等，只要被土匪惦记上了，随时都能发难于你，要圩子何用！”

韩儒厚点头说：“大哥说的是。但这样下去，如同案板之肉，任人宰割，也不是个办法。”

韩儒仁凄然道：“眼下，也只能先解燃眉之急了。但愿老天爷保佑，这个孔友善不是那个叶善友！”

六

晚上，太平镇戏园子的大幕拉开时，广宁堂核心人物的秘会也开始了。韩儒厚说了在县城听到的消息，韩儒仁告诫要防止魏友三匪帮的祸害，安排了总柜及后院的防备。然后留下吕叔和儒厚，三人就孔友善的事商讨了一番。吕叔、儒厚离去后，韩儒仁书房里的灯亮了一夜。

早饭后，韩儒仁便动身去安东亭。

安东亭是韩儒仁的图腾之地。自父亲去世后，每逢清明、七月半、过年或遇有大事难以决断时，他都会到安东亭去待上一时半晌，且总能思得一二对策。对此，韩儒仁心中颇为得意。他认为，只要自己铭记先父教诲，心中常有图腾之人，牢记其道，巧用其谋，纵有千难万险，仍可安然应对。而广宁堂的人私下则说，安东亭那几个石人，是韩儒仁的魂。

出了广宁堂，顺着街道往西走不多远，便是品茗轩茶楼。要在往常，韩儒仁会到里面品尝几杯香茶，可今天，他心里只装着安东亭，没了品茗的心思。

安东亭在安东河口，据史料记载，安东河原叫黄水河，公元前二０二年二月，刘邦大将灌婴和项羽大将钟离昧在此决战，没想钟离昧所部在渡河时，原本晴朗的天空突起一股乌龙，竟将副将马万里卷走，楚军大败，河东由此安定。刘邦遂赐名黄水河为安东河，并在河口建安东亭，塑乌龙，派专人看护。因此地是刘邦与重臣萧何、韩信及霸王项羽故里，为激励部属，更为震慑霸王余部，刘邦又在亭内塑张良、萧何、韩信、陈平四人塑像，以昭显王威厚德。

出了街口，下了一个缓坡，就是野外了。一群群寻食的麻雀在旷野上呼啦啦地旋转着，扑腾着，满世界都是它们嘈杂的叫声，将四野衬托得更加空寂漠然。

先到的一个地方叫安东圩，这里原本是个人气旺盛的村子，因常遭湖匪祸害，村民们大都搬走了，只剩下一户日子还算不错的三兄弟仗着家有快枪土炮，坚守在故土上。可那年秋上的一天夜里，三兄弟关在厢屋里的两头健壮毛驴神奇地没了，而厢房的门、锁、窗棂皆完好无损，只在后墙发现瓦盆口那么大的一个洞，洞口前散落几根被咀嚼过的青草，想必那两头毛驴就是从这里被偷走的。看这洞口，就是钻个胖点的人都难，这两头健壮的毛驴是怎么牵出去的？做这事的究竟是人还是鬼？三兄弟吓得当天就急着搬走了。如今，这些被遗弃的庄院，一个个败落得东倒西歪，唯有院场上散落的几只石磙，在向来往的行人诉说着当年的热闹和喧嚣。

如果不是土匪祸害,人就不会走,庄院就不会被遗弃啊!

韩儒仁心里有着无法排解的无奈和愤懑。

过了安东圩约莫二里路,就是安东河口,这里是个古渡口,往日人来人往的倒也热闹,因土匪常来抢劫,人就稀了,也就日渐荒凉了。原本开阔的码头,如今已大都被芦苇、杂草遮蔽,成了荒凉的野渡。日头已东升,渡口还是不见人迹,连水鸟都难觅踪影。只有摆渡的周二爹的那只小木船,还横在河边,不知忧愁地晃荡着。

到了安东亭时,太阳已爬到树梢了。其实,安东亭早已名不副实了。韩儒仁记事时,亭子就不在了,约莫三间屋基大小的高台上,立着几尊破损的石像。从右往左,第一尊是留候张良,安徽城父人;第二尊是相国萧何,高祖刘邦老乡,沛县人;第三尊是韩信,后来的淮阴侯,淮安人,也是韩儒仁先人;第四尊是丞相陈平,祖籍河南阳武。如今,这几尊石像经过岁月打磨和人为破坏,更加残缺不堪了。张良被挖了两只眼珠,这是宿迁项里项氏后人所为。萧何被打掉了半个头颅和两只手。韩信那尊乍看只掉了几根手指,细端却发现已被腰斩。这是吕后掌权后,地方官怕给自己惹祸,就把韩信腰斩掩埋了。东晋时淮阴守备王鹤年尊崇韩信,找到石雕并将其复位。最惨的就是陈平,被砍掉了半个头颅。据说,萧何、陈平石像是韩姓之人所毁,原因是韩信死于此二人之手。

秋阳下,秋风萧萧,黄叶遍地,满目苍凉,安东亭一片肃穆。几位先贤如风烛残年的老人困守在旷野上,年复一年地在喧嚣的涛声中,伴着日升日落,呵护着自己的千古名望!

韩儒仁还和以往一样,从右至左一一向几位先贤行拜谒之礼,最后两眼微闭,身体微倾,默默无语地站在陈丞相的残像前,长时间地纹丝不动,好像与这位先贤已天人合一了。

按理说,作为淮阴韩氏后人,最应崇拜的人应是大军事家韩信,令人匪夷所思的是,韩孝甫和韩儒仁偏偏尊崇的是韩氏仇家陈平。这个中缘由,就是韩儒厚、韩儒义兄弟也云遮雾罩不知其故。

曾经,少不更事的韩儒仁对此也很不解,一次在陈平石像前问父亲:陈平屡次三番设计陷害祖上,为何还要敬他?老太爷肃然而言道:汉初三杰，祖上淮阴侯军功盖世，却不能避谤，被擒于云梦泽，死于钟室；萧何遭谗，曾械于牢狱，尽散家财；张良惧祸，托言闲游，难享富贵；陈丞相六出奇计佐汉，又平定叛逆使大汉江山天牢地固，却能久居相位，自免于祸，且得善终，足见他才智谋略，远在“三杰”之上！故为父敬仰“三杰”，更敬陈丞相。你长大后要能参悟陈丞相安身立命之玄妙，为父百年之后便可瞑目了。自那以后，陈平便成了韩儒仁崇仰的图腾，其事迹更在韩儒仁心里生根发芽，太史公的《史记·陈丞相世家》能倒背如流，《陈丞相奇谋六法》《陈丞相奇谋通鉴》等正史野史皆烂熟于心。虑事行事皆以陈丞相事迹为法度，有时，他甚至都觉得自己就是那个陈丞相的传人了。

七

日头贴到头顶了，韩儒仁还是静默在陈丞相石像前，直到不远处的安东河渡口连续响起“大先生、大先生”的呼唤，韩儒仁才恍如梦中醒来。

呼唤之人是摆渡的周二爹。他从不叫韩儒仁大掌柜，而叫他大先生。这称呼，韩儒仁喜欢。

周二爹非等闲之人。在这渡口，几年来已有多人死于非命，周二爹却安然无恙，不但没有遭劫，还新修了渡船。在韩儒仁心里，周二爹若不是土匪，肯定也通匪，否则这船早让湖匪劫走了。因而周二爹去广宁堂看病抓药，韩儒仁从不收钱。周二爹投桃报李，也常给韩儒仁送去一些鱼虾，说一些让人真假难辨的事情，韩儒仁听得津津有味。

周二爹的召唤，韩儒仁不敢怠慢，连忙往渡口走去。这渡口曾经有个很响亮的名字，叫太平渡，一度甚是热闹。据说当年官为居巢长的周瑜就是从这里运走了鲁肃资助他的三船粮食，两人从此结为好友，演绎了一段千古佳话。渡口旁有一块卧牛石，是块上了年代的石碑，上面布满了模糊不清的刻痕。但也正因为它的模糊才多了几分古意，更给这古渡增添了几分神秘色彩。太平年间，常有人来此寻幽怀古。

韩儒仁走到渡口，周二爹已在船头躬身相迎：“大先生又来参拜那几个石人了？”

韩儒仁揖手回礼：“略有空闲，出来走走。”便上了渡船，才在船舱长凳上坐下，周二爹就关切地说：“大先生，东面朱湖圩子又被破了，有钱的大户人家都被抢了，广宁堂得留意呢。”

韩儒仁说：“二爹说笑话了，广宁堂算什么大户人家！无非是多存了些草根树皮而已，能值几个钱，也就是担个虚名罢了。”

周二爹笑眯眯地说：“大先生不要哭穷了，看你腰上这个挂件，就是个有钱人。”说着，那双眼睛就如锥子似的扎在韩儒仁腰上。

韩儒仁的这个挂件的确与一般挂件不同，是当初夫人送的定情之物。少见的岫岩美玉，冬暖夏凉，两面各雕着一只红心的柿子，上面坠着几点晶莹的露珠，一只碧绿的如意托在底部，寓意事事如意。韩儒仁尤为珍爱，时常托手把玩，已将它浸润得玲珑剔透了。

韩儒仁看到周二爹贪婪的眼神，心里不由訇然一惊！这个眼神怎么这么熟悉呀？一定在哪里见过。周二爹怎会有这种眼神啊？

韩儒仁一时不知再说什么好，将脸转向一旁，心里急促地搜寻这个让他惊恐的眼神。

渡口又归于沉寂了，只有河水不知疲倦地拍打着这只孤独的木船，惹得铁锚上那条锈迹斑驳的铁索发出吱呀吱呀的声音，像是上了年纪的老人，在讲述不为人知的亘古往事。刹那间，韩儒仁的头脑里如醍醐灌顶般訇然洞明，他的思维的触角从这荒凉的渡口延伸，掠过卧牛石那被岁月剥蚀的容颜，进入那部他烂熟于心的沧桑史书，直达太史公的《陈丞相世家》：

陈平惧项羽加害，逃至黄河，恰遇一叶扁舟，便急忙登船求渡。艄公见陈平仪表非凡，又单身独行，知是私逃的将官，疑他腰间必定挟有重金、宝器，顿生图财害命的念头。船到中流，陈平察觉艄公目动言肆，神色异常，料他居心叵测，可能要加害于他。惊恐之中，陈平立刻想出一条应急的计谋：他把衣服脱下，往船板上用力一甩，然后裸着上身来帮艄公划船。艄公看他腰间别无一物，衣服落船也无硬物撞击之声，知是行囊空空，遂打消相害之意。

陈丞相助我也！韩儒仁一跃而起。

周二爹吃了一惊，打趣道："看大先生吓的，我又不抢你！"

韩儒仁回过神来，感到自己失态了，强压心头喜悦，笑道："抢我？我现在可是陈平过河，孑然一身。"

周二爹听说书的讲过陈平的古话，说："大先生还真给你说着了，前些天有个当兵的处长来这里看地形，还坐了我的船，说这安东河原是黄河故道，古时叫黄水河；难道当年陈平就是从这里渡河投奔刘邦的？"

韩儒仁连声应道："是也，是也。你看我俩现时不就似那陈平和艄公么？"说罢，朗声笑了起来。

八

从安东亭回来后，韩儒仁就急匆匆地去见母亲。韩老夫人满头银丝，正双眼微闭，手数念珠在卧房外堂静修，韩儒仁不忍惊扰，但事情紧急又不得不说，正犹豫间，老夫人睁开眼来，说："老大，有事进来说。"

韩儒仁轻轻迈步，坐在母亲身旁的椅子上，说："妈，家里发生了一件事情，我说了怕您担心着急。"

老夫人姓秦，娘家是沭阳县城赫赫有名的信义镖局，从小就生活在刀光剑影里，加之一辈子跟着老太爷经风沐雨，早已是悲喜淡定遇事不惊了。见儒仁如此凝重，已知绝非小事，便说："有什么事情，说我听听。"

韩儒仁见母亲如此镇静，不由释然，便把孔友善的事情说了。

老夫人听了，却也十分惊骇，手中念珠似流水般滑动，良久才说："我韩家一心从善，官民兵匪从未得罪。至于魏友三，我家治好过他母亲眼疾，他却恩将仇报，真乃蛇蝎心肠！此番他把'鬼影子'差来，是想明抢还是暗劫？"

韩儒仁说:“应是暗劫!”

老夫人问:“那他为啥不明火执仗来抢?”

韩儒仁说:“以往镇上驻着一营中央军,他不敢;高柱久的保安团离这里也不过二三十里路,高、魏二人结有仇气,他也有所顾忌。另则他不知我韩家大院虚实,也怕与我们结仇。土匪都是在枪弹里搏命的,哪个能离开广宁堂。但抢劫是土匪本性,又眼红我家财产,更怕让别的土匪抢了先,所以才派‘鬼影子’来卧底,先摸清我家底细,到时里应外合,蒙面作案,既祸害了广宁堂,又不失和气,日后受了红伤,还会来上门求医。”

老夫人听了韩儒仁的分析,心中很是宽慰,说:“魏友三这一手好阴险毒辣,我看先把值钱的东西都藏起来,再把玉兰、淑芳和孩子送到沭阳避避吧。”

韩儒仁说:“这些我也想过了,土匪找不到金银细软,就会恼羞成怒伤人。但要是把玉兰她们送走,怕是要惊动匪人。魏匪来了,留下的人也有危险。再说,躲了初一躲不过十五,不把这祸端消弭了,迟早是个祸害。”

老夫人听了,沉思一会说:“‘鬼影子’潜来多日你方告诉我,心里该有应对之策吧。”

韩儒仁对母亲的洞察力十分佩服,说:“我估摸魏匪待‘鬼影子’探得我家底细后,会在入冬时下手,因为到了年底土匪不是回家过年,就是到湖里‘猫冬’。我们得赶在入冬前打发走他。‘鬼影子’心狠手毒,我思谋良久,已想出与‘鬼影子’周旋之法,给他布了两招棋,将他请出广宁堂。这样避免撕破脸皮,免得他气急败坏,铤而走险。只是有些事情怕做得太过,让家人惊吓受屈,伤了兄弟情分,但智不深则非智,谋不密则非谋。非此不能让‘鬼影子’就范,请母亲做主。”

接着,就把谋划的计策给老夫人说了。

老夫人听了,连连颔首,说:“你不要多虑,只要是为广宁堂好,尽管放心去做,一切由我担当!”说毕,又长叹一声:“想我广宁堂老少为善,老天竟不开眼,几次三番地降灾降祸,天理何在!”

韩儒仁听了,含泪说:“都是儿子无能,若父亲健在,岂能让母亲如此担心。”

老夫人看着韩儒仁消瘦的脸庞，不由心疼，说："你莫太过焦心，只要他不明火执仗来抢，我们多加防备就是了。秀芝走了多年，你也老大不小，该成个家了。"

韩儒仁恻声说："我这年纪，高低难就，眼下祸起萧墙，先放放再说吧。倒是儒礼，年纪不小了，要是遇到合适人家，他自己喜欢，该成家了。"

老夫人听了，停了手中的念珠，默然地叹了口气，问："陈家那妹子可好？"

原来，韩儒仁所说"合适人家""自己喜欢"是话中有话。

太平镇街上跑马巷里有家布店，掌柜陈海，泗阳县洋河镇人，生有两个女儿：陈玉翠、陈玉竹。陈掌柜很开通，早年让两个女儿上了几年私塾，姐妹俩长大后很能干，帮助父亲把布店经营得很兴隆。陈掌柜去世后，玉翠招赘刘柱入婿，生有一闺女，两岁时夭折于天花，祸不单行，刘柱去城里进货时暴病不治。好在妹妹玉竹也已成人，且姐妹俩很有主见，把布店经营得红红火火。陈家姐妹长得俊俏美貌，打她俩主意的人很多，刘柱病死那年，这姐妹俩受了不少委屈，街上恶棍张敬忠，欲强娶陈玉翠为妻，遭到陈玉翠痛斥，张敬忠暗中指使两个小混混去布店生事，玉竹生性泼辣，与两个小混混打了起来，正巧韩儒礼路过，将小混混斥退。两人一见钟情，韩儒礼便经常去布店，镇上的人以为广宁堂要罩着陈家，再也没人敢来骚扰了。事情传到老太太耳朵里，说玉竹疯疯癫癫的，不适合做韩家的媳妇。韩儒礼不敢违拗母亲，却也犯了牛劲，给他说了两家姑娘，他都不乐意。至今，陈玉竹也还待闺家中。为此，韩儒仁心里生了愧疚，便不好意思再到跑马巷去。

韩儒仁听了母亲所言，说："陈家妹子尚未出嫁。"顿了顿又说："我意儒礼婚事不是非陈家妹子，是说人生大事，还是由他自己做主为好。"

老夫人点了点头，说："长兄如父，儒礼的婚事你就多操心吧。"

韩儒仁应了声说："待平息了这场风波，我给儒礼好好说说。"

老夫人心疼地说："你自己的事也要上心，莫叫我闭眼时给你父亲交代不了。"

韩儒仁听了心里难过，却强打笑容说："母亲放心，我和儒礼一定如您老所愿。”

老夫人听了，脸上如盛开了九月菊，说：“有你这话，我也就放心了。”

九

孔友善遇到麻烦了，王长河又回来上工了。

对王长河的回归，浸煮房的伙计很吃惊，说：“你不是不干了吗？怎么又回来了？”

王长河气呼呼地说：“谁说我不干了？我是告了几天假。”那眼，却牛卵子般地瞪向孔友善。

孔友善就知道广宁堂这碗饭他是吃不下去了。

果真，一会儿吕叔就让喜子把孔友善叫到账房，说：“友善，王长河回来了，我给你把工钱结了吧。”

孔友善急了，说：“管家，我才干了几天活，也没出什么差错，怎就辞了我？我在太平镇人生地不熟，你让我到哪里找活干呀？”

吕叔心想，广宁堂不是谁都可以算计的地方，你要是识趣，知难而退走人，这样不必撕破脸皮，对双方都好。要是抱着祸害之心，乞赖不走，广宁堂也饶不了你。便说：“可这多个人多份工钱，我也没法子。”

孔友善说：“我这落魄之人，哪敢奢望什么工钱。求管家让我先试工两个月，到时，如认可友善，便给我碗饭吃，如不能胜任，我自动走人，工钱分文不要。”

吕叔听了，知这孔友善是铁了心要窝在广宁堂，心中又气又恨，不由拉了脸说：“广宁堂是个中药铺子，因活计用人，前时王长河不在，才留你顶替几天，现在他回来了，也只有让你另择高处了。”

孔友善听了，恳切地说：“这事看来让管家为难了，你看我去给韩儒义掌柜说说可好？”

吕叔断然应道：“这不妥。药堂有药堂的规矩，儒义掌柜也不能坏了规矩。”

孔友善急了，嗓门陡然高了起来："那我去求大东家，看他可否赏我碗饭吃。"

"是谁要求我呀？"孔友善话音刚落，韩儒仁走了进来。

吕叔就绷着脸，把王长河回来上工的事说了。

孔友善像是遇到了救星，哭丧着脸把自己的难处说了。

韩儒仁也犯了难，皱着眉头想了好一会儿，才婉转地对孔友善说："友善哪，这事莫怪吕叔，也不是药堂要辞你，实因长河回来，浸煮房定员已够，不好再添人手。看在瑞安先生面子上，让吕叔给你开两个月工钱，你到别处找个活计可好？"

两个月工钱？孔友善来了还不到十天哪！这可真是天上掉馅饼的好事。

韩儒仁说毕，笑眯眯地盯着孔友善，想，两个月的工钱不是小数目，你要真是扛活的，就该欢喜走人了。如藏有祸心，我这般打发你，你也应知难而退了。

谁知，孔友善不为所动，急赤白脸地带着哭声说："大东家，我家瑞安兄长也是有头有脸的神医，你驳他面子，我不能让他丢人。我来贵堂高就，青阳镇诸多朋友皆知，若就此离开，瑞安兄长定会责备我是惜力偷懒，才被贵堂辞退。而他人不明事由，则定会耻笑瑞安兄长人微言轻，面子太薄。友善今求大东家高抬贵手，容友善在贵堂出两个月牛马力，工钱分文不要。两个月后友善一定走人，那时，也就无碍瑞安兄长面子了。"

韩儒仁听了孔友善所言，想：他这番话咬文嚼字，虽强词夺理，却又滴水不漏，岂是普通庄稼人说得出的？看来，这孔友善真若如我此前所想，就如我广宁堂的膏药，既已贴到身上，病根不除，硬揭就要伤身，是不能硬揭了。心里不由暗叹一声：我把此人看低了。看来，自己盘算许久的第一着棋，实是一厢情愿了。这孔友善如此纠缠，心里必是有恃无恐。眼前这番情景，犹如当年先祖向汉王索封齐王，志在必得，不应，则必生变。审时度势，还得如张子房那般相机而动，再图后谋。便给吕叔使个眼色，故作为难地说："友善，瑞安先生难得有你如此义气兄弟。只是这浸煮房人手已够，你说这如何是好，如何是……"说着，猛地拍了一下额头，恍然大悟地说："友善，你不是在青阳镇药铺里抓过药吗？我怎忘了呢！你既然如此看重我广宁堂，我也不能昧了你一番苦心。不过，浸泡蒸煮药材那活也确实委屈你了，我看你就到前柜配药吧。”

韩儒仁此言，对孔友善来说，可谓峰回路转，柳暗花明。他惊喜地连声感谢。

吕叔虽觉出乎意料，但想儒仁此举定有其道理，便故意阻拦说：“前面柜台配药有喜子和二宝就够了，忙时我也过来帮忙，无需再增加人手了。”

韩儒仁说：“友善识文断字，又在青阳镇大药堂配过药，见多识广。前时给我说过几剂药方，可见他略通药理、医道。留下友善配药，若适逢病人多了，还能帮着问诊开方，待磨炼几年后，广宁堂岂不是又多了位先生。这实为一举多得的好事，就把友善安排在前柜吧。”

韩儒仁的话在理，吕叔语塞，却还是不乐意让孔友善到前柜来，说：“前柜是儒厚管的，还是给他说说为好。”

韩儒仁说：“吕叔你多虑了，儒厚那里，我给他说就是了，你尽可放心。”

又对孔友善说：“你在前柜要多听吕叔指教，用心做事，将来对你会有益处。”

孔友善听了，感激得眼眶发红，说：“大东家如此厚爱，俺孔友善就是当牛做马也难报大东家的恩情。”

韩儒仁说：“你有此心就好，不要辜负我对你的期望。”

又对一旁的喜子说：“你也不能整天只顾配药，闲时跟友善多学些治病的方子，日后才有出息。”

喜子虽然年刚十八，却是广宁堂的老人，曾伺候过老太爷，办事也机灵，韩家老少都很喜欢他。他在柜上抓药也有几年光阴了，如今韩儒仁没来由让才来几天的孔友善上柜，心里不乐意，说：“有孔友善一人就够了，我还学那些方子干什么！”

韩儒仁一听，笑了笑说：“古人言‘人不知学，白首童心’‘人读等身书，如将兵十万’。艺不压人，你怎不知叔的苦心呢。友善哪，你比他年长，要多开导他呢！”

孔友善连声说道：“不敢当，不敢当。我初来乍到，还得喜子兄弟多多指点呢。”

就这样，王长河吃回头草，孔友善因祸得福，脱离了整天一身臭汗的浸煮房，成了广宁堂的配药先生。

而孔友善也真不简单，做事干净利落，为人也大方，时常会买包“老刀牌”烟卷散给伙计们，很快，包括喜子在内的伙计们便都觉得孔友善这人不错，把先前的不快都忘到脑后了。对此，韩儒仁很欣慰，当着孔友善的面，自得地对吕叔说：“我说友善是个人才吧，让他在前柜配药这事做对了吧！”

吕叔便连连点头，附和着说：“友善是个好后生，是个好后生。有他在前柜，我轻松多了。”

十

就在韩儒仁处心积虑地应对“鬼影子”叶善友时，高柱久也展开了他的高楼问计之行。

这天上午，太平镇醉香春酒馆掌柜李老憨给高柱久送来两瓶陈年瓷瓶双沟大曲，许是有些年头，酒已耗了不少，高柱久摇了摇酒瓶，脸上露出一丝诡谲的笑容来。午睡过后，即骑上他那匹枣红马，带着他的卫队直奔干爹高适之所在的高楼。

高楼就是当年高柱久走麦城的小高庄，位于金锁镇和太平镇之间。四年前，高适之在他家院子里盖了一座两层带坡屋顶的小楼，特别醒目，人们就将小高庄称之为高楼了。

高楼仅有三十多户人家，四周有壕沟环绕，庄子东西两头有青石垒砌的对角炮楼，高柱久在这里驻了一个配有机枪的保安团小队，说是与金锁镇形成犄角之势，震慑匪人，实是为了讨好高适之，保护高家基业。

高适之家在高楼东头，是一个约二亩地大的院落。院门青砖碧瓦，门楣上置一红木牌匾，上面却不着一字。有不明者因此讨教高适之，高适之手捋长须，面露得意之色地说："住宅不过是栖身之处，其能否聚气，乃看主人修身如何。如硬要冠个名字，岂不显得俗气。"这份自信，让讨教者自惭形秽，人立马矮了三分。

高家大院的布局与洪泽湖地区那些财主大户人家截然不同。不是四合院，更没有以房屋做院墙，而是将房子建在正中，除了那幢两层小楼，还有十多间平房，供长工伙计、护院住宿和做仓储之用。高适之老伴去世多年，又收了个小老婆，叫赵春燕，小楼里，平时只住着高适之和赵春燕、女佣柳叶三人；高适之和赵春燕住二楼，一楼是客厅、佣人卧室和三间客房，供至爱亲朋造访时小住。初秋时，赵春燕去了南京，现在，小楼里只住着高适之和柳叶了。院里空余的地方，种满了果树花木，还有一汪池塘，塘中垒一乱石假山，假山四周散着几簇芦苇，假山上面生着一棵不多见的红柳，有风吹来，几丝柳条拂着池水，颇有几分诗意。去过高家大院的人，无不由衷地赞叹主人的闲情雅致，说高楼就是当世的卧龙岗，高太爷就是当今的隐贤高士。高适之听了，赧然地摇首摆手，说："过誉了，过誉了，孔明乃旷世奇才，适之不过是荒野村夫，识得几个字罢了。"

其实，说高适之可比孔明，当然是奉承之言，但说高适之是洪泽湖西南这块地方最有学问之人绝非妄语。他颇有学养，在当年乡试中，独得头名，如不是清廷垮得快，他极有可能中举人、得进士，博得一身功名。清廷的突然崩塌，成了他心中之痛，为此，在民国之初，高适之常怨天尤人，把朝廷维新和守旧两股势力的代表人物，如光绪、康有为、谭嗣同、慈禧、袁世凯、荣禄等人骂个遍，甚至连溥仪及"辫帅"张勋、珍妃等也未能幸免，说大清王朝就葬送在这些歹毒阴险，平庸无能之辈手里。

后来，随着家境富裕，子侄出息，日月风光，高适之不再为清廷哀叹，越发附庸风雅起来，恬不知耻地自称自己是"三雅逸士"。哪三雅？美酒、美色、古玩。其言谈举止，倒也颇有名士风范。他家四壁挂满书画，皆出自名家；贡桌上摆着花瓶、香炉，也都有些年头；八仙桌上还放着一本唐诗三百首手抄本，蝇头小楷，功力了得，正是高适之笔墨。

高柱久策马行进高楼时，高适之正在客厅对着博古架上的一只陶壶发怔，这只陶壶短颈、扁平、肚大口小，两旁有耳，造型丰满，稳重大方，憨态可掬，腰部隐约显着一圈淡黄，移动间似有声响从壶内逸出。高适之说这只陶壶里不仅有金戈铁马，有壮怀激烈，还有虞姬的丝竹之音，是绝无仅有之国宝，非价值连城可比。为何？此壶乃楚霸王项羽当年专用之行军征战之壶。何以见得？汉代陶壶皆灰褐之色，而此壶腰部那抹淡黄，非釉色，乃是纯金经岁月侵蚀所留下的痕迹。也就是说，这只陶壶当年是镶有一圈金箍的。能享此器之人非霸王莫属。此壶所缺一耳，正是霸王征战时所损。因此壶常年相伴霸王，已得霸王之血气，与一切崇仰霸王之人产生心灵感应。这犹如养玉，时间长了，便会圆润如肌肤，甚至沁入你的血脉，等等。高适之此番言语，颇有见地，不容你不信，而你也不得不信。他的书架上就摆着《江苏史志》《泗阳县志》《泗县志》《秦汉工部录》《淮阴志补佚》等史书，均有项羽在峰山烧制陶壶，供士兵行军作战时贮水的记载。高适之由此撰文一篇，登在民国 17 年《京华报》上，文曰：

> ……公元 205 年，项羽带领十万大军，屯集在洪泽湖西峰山脚，时值精阳之季，士兵口渴难耐，置军纪于不顾，四散寻水解渴。项羽见此情景，十分焦急，照此下去，刘邦打来将不战自败。便寻思要给士兵配备盛水的器皿，故参照当地百姓所用之盆罐，设计一短颈、扁平、肚大口小，两旁有耳，可背于身上的壶样，用近旁的红山砂黏土盘窑烧制。今泗县峰山乡，有三个以窑命名的村落，一名前窑，一名后窑，一名陈窑；即是当年项羽烧制陶器的三座古窑窑址……

此举，高适之可谓大胆猜想，小心求证，一时传为美谈，他也被誉为“楚陶壶”专家。

可惜的是，高适之收藏的这只陶壶虽经南京“博古轩”高手精心修复，品相仍旧不雅，高适之心中为之遗憾、惆怅不已，也就不由对广宁堂和他的大掌柜韩儒仁心生愤懑与怨恨。

客观而言，高适之对广宁堂是仰慕的，对韩儒仁也不完全是怨恨，而是恨爱相交。韩儒仁是他最有学识的交谈者，也是他最难对付的对手；在别的对手面前，高适之自信如孔明，交谈时旁征博引，滔滔不绝，在韩儒仁面前，他不知不觉就变成了张昭、虞翻、步骘、薛综之流。因而，尽管高适之年逾花甲，韩儒仁小他二十余岁，却常生“亮瑜之怨”，且常常为之而悲怆。

其实，高适之对广宁堂、韩儒仁的愤懑、怨恨，是件极荒唐极无理，让他自己都难以启齿的事情，细究起来，这怨恨生于清廷被逐出紫禁城那年，实在是一件久远的事了。

十一

民国13年（1924），冯玉祥将军将清廷“请”出了紫禁城，淮阴城有名的中医大夫、广宁堂掌柜韩孝甫听到一个消息，韩家仇人吴静山的外甥当了警察局局长，对广宁堂有所不利。韩孝甫知道此人厉害，为了避祸，举家从淮阴城迁到洪泽湖西南的古镇太平。

广宁堂搬迁当初，高适之正值壮年，倒是诚心欢迎，说有了这个中药堂，寻诊问病就方便多了。可是，随着韩家大院渐成规模，高适之欣喜的心情却让那个韩家在流清汉的淤泥里挖出一个装满金银的镏金坛子的传言破坏了。

是年，高适之正沉湎于古玩，听此传言，心里痒痒，那坛金银不足奇，那镏金坛子当是无价之宝。它多高多大，是元器，还是钧瓷，器型如何？高适之恨不得一睹为快。因高适之与韩家素无交往，不好唐突。其实广宁堂开张那日，韩孝甫广邀太平镇周边缙绅名流，倒是给高适之送了请柬，可他妄自尊大，未予理睬。经过一番犹豫，高适之终于捺不住好奇，想我乃本地士绅，他韩孝甫到我地面乞食，敢不给我高适之卖个面子？便决定去广宁堂探个究竟，一睹那只镏金坛子的真容。

这天，晴空万里，艳阳高照，高适之坐在马车上，心里千思万想地盘算如何向韩老爷子开口，使他不能搪塞，更不能拒绝，乖乖地亮出宝贝来，让他了却心愿。为了搏个好脸，高适之还带了两件礼物：一盒竹筒包装的龙井新茶，两瓶双沟大曲。在经过广宁堂那个巷口时，高适之在韩家建房清理出的废弃杂物堆里，发现几块碗底大小的碎陶片，这东西在别人眼里就是垃圾，可在高适之眼里却惊心动魄。天哪！宝贝呀！这不是“楚陶壶”吗？莫非韩家挖到年羹尧藏匿的宝贝了。

年羹尧是太平镇西南人，史书记载，年羹尧崇敬楚霸王项羽，对项羽烧制的“楚陶壶”情有独钟，家中收藏颇多。雍正元年，年羹尧被皇上任命为抚远大将军，率兵四万平定新疆叛乱，班师回朝后，被封为平西一等功臣。后来，雍正信了满族朝官多隆谗言，遂下手谕调年羹尧为杭州将军。后又被削去官品18级，去当一名看守城门的士卒。年羹尧族人知大祸不远，故掩埋了金银财宝，纷纷改名换姓，四散逃命。

高适之呆呆地站在垃圾堆前，任凭苍蝇扑面，蚊虫叮咬，心里波澜翻卷，浮想联翩。韩孝甫买的那处地方，那幢房子，若非年氏故屋，便是当年年家藏宝之地。河中挖出的那黄岫瓷坛，当是雍正赐给年氏的钧瓷；该瓷被誉为中国“五大名瓷”之首，唐玄宗曾立过“钧不随葬”的圣谕，素有“黄金有价钧无价”的美誉。而这些碎陶片，泛着苍茫古晕，分明是闻名遐迩的“楚陶壶”。此乃国宝，自己寻觅多年，才购得一残品，虽此，却已在古玩界引起轰动。如今，韩孝甫却将此重器弃若敝屣，可见他所掘不在少数。高适之不由妒火中烧，一股怒气骤然涌上心头，当即打马回转，从此惦记上了广宁堂，无时不在算计广宁堂，盼望广宁堂出事，出大事，以便自己伺机而动，趁乱攫取韩家宝贝，了却其独占“楚陶壶”的心愿。

可是，广宁堂的卓尔不群，让高适之大跌眼镜，尽管老掌柜韩孝甫已仙逝多年，高适之自己也已到耳顺之年，但他心里那粒不起眼的妒忌之种，却也逐渐生根发芽，长成一棵盘根错节的邪恶大树，恨不得一下置广宁堂于死地。前几年，高柱久当了称霸一方的保安团团长，高适之认为机会来了，广宁堂将成砧上之肉，笼中之鸟，任其宰割了。没想到韩家世交、韩儒仁发小龚雨辰却又当了南京政府苏北剿匪特派专员，兼顾皖东北诸县，其表弟江苏保安五旅旅长南汉文统兵驻扎淮阴，对韩儒仁关照有加，使高家父子不敢轻举妄动，高适之盼望的厄难一直未能光顾广宁堂，他想趁机火中取栗的美梦，至今仍难以实现。

十二

高柱久提着装有那两瓶双沟大曲的布袋进了客厅，高适之还在对着“楚陶壶”惆怅。高柱久心里生起几分不快来，想：我给你弄了多少古董呀，还这么贪厌。他将布袋放到八仙桌上，边坐到太师椅上，边笑呵呵地说：“您老人家真是闲情雅致，又在惋惜你那宝贝了？”

高适之头也不回地道：“你来得正好，我有事要给你说。”

说话间，女佣柳叶从一边过来，不声不响地给高柱久倒了一杯茶水。高柱久接过茶杯，顺手在柳叶手上摸了一下，说：“好香。”

柳叶飞了他一眼说：“这是西湖龙井，请团总品尝。”

高柱久端起茶杯，喝了一口，也没觉出有什么特别，冲着柳叶淫笑着说：“果真是好茶！”

这时，高适之方才转过身来，坐到那把铺有锦垫的太师椅上，端起他那只描金白瓷茶碗，揭开盖子，吹了吹，却不喝，说：“也不知韩家有几只‘楚陶壶’，老夫想和他们交换一二赏玩。那次与韩儒仁谈及，可恨他矢口否认。气煞我也！”

高柱久对古董不大上心，他看上的是广宁堂日进斗金的滚滚财源。他知道，只要有了广宁堂的财富，就可以不断地招兵买马，成为一方诸侯。去年，太平镇上同福楼的吴金保送了他一份干股，年底时给了他三千块大洋，这让他茅塞顿开，就让吴金保去暗示韩儒仁，他欲入股广宁堂，被韩儒仁委婉拒绝。高柱久对韩儒仁的不识相恼羞成怒，变着花样唆使恶人匪寇几次三番地祸害广宁堂，韩儒仁皆未屈服。他虽恨得牙根发痒，却也无可奈何，就接着高适之的话说：“韩儒仁狡诈无比，岂能有实话给您。不知您老有何事给我说？”

高适之这才抿了口茶水，说：“太平镇驻军不日即将开拔，那里是匪患重地，政府定将派兵驻守。县里可动用的队伍，只有警备队和你这个保安团了。太平镇可是块肥地，这几天你去县里活动活动，莫让警备队占了先。”

高柱久说："县里那班人忌恨我，怕是不会答应。"

高适之压低了声音说："不答应？哼！贵龙说他有可能要来六区当专员，到时让你当皖东六县保安副司令兼团长。"

贵龙就是高适之在省府任副秘书长的外甥，也是高柱久招安的促成者。

高柱久听了激动地说："前时安东河鱼龙现身，莫非应在贵龙身上？这可是天大的喜事。有您老筹谋，贵龙弟提携，柱久心里就有底了，一定不会让您老失望。"

高适之说："朱圩朱殿魁家那对炉子你也得上点心，给他打个招呼，要是出手，就给我留着。"

朱圩是湖西一座土圩，圩主朱殿魁家里有一对明宣德炉，品相好，器型大，让对古器颇有见地的韩儒仁也尤为羡慕。那次高适之想和韩儒仁交换想象中的"楚陶壶"赏玩时，韩儒仁告诉高适之，广宁堂藏有"楚陶壶"只是好事者杜撰，朱殿魁家倒是有一对大明宣德炉，那炉敞口、方唇、矮颈、扁鼓腹，分裆空足，口檐上置兽形耳，炉外底铭文宣德年款。炉质特别细腻，呈暗紫色，因铸造时加入金、银等贵重材料，隐约有金光闪现。炉体上生有星点比朱砂还鲜红的朱红斑，给人一种不同凡器的感觉，是皇家用物，真正的国宝，价值十万大洋以上。

宣德炉是明朝宣德皇帝在位时的产物。他为了满足玩赏香炉的嗜好，特下令从暹罗国进口一批红铜，责成宫廷御匠吕震和工部侍郎吴邦佐，参照皇府内藏的柴窑、汝窑、官窑、哥窑、钧窑、定窑等名瓷器的款式，及《宣和博古图录》《考古图》等史籍资料，设计和监制香炉。吕震和吴邦佐命工艺师挑选了金、银等几十种贵重金属，与红铜一起经过十多次的精心铸炼，极品铜香炉在宣德三年终于制作成功。这批红铜共铸造出三千座香炉，以后再也没有出品。宣德皇帝见到这批自己亲自过问的香炉，每只均大气异常，宝光四射，很有成就感，也特别珍惜。这些香炉绝大部分被陈设在宫廷的各个地方，一小部分赏赐和分发给了皇亲国戚，功名显赫的近臣和有规模香火旺盛的庙宇。因而这批宣德炉就成为世间罕见、极为珍贵的无价之宝。

身为清末秀才的高适之，对明宣德炉的历史价值、研究价值、经济价值当然清楚，听了韩儒仁的话，当即就动了心，一心想据为己有。高柱久也想将此物孝敬高适之，曾经试探朱殿魁可否割爱？朱殿魁看出他的心思，故作爽快地说："高团总若是喜爱，你我兄弟说什么十万大洋，你给八万大洋拿走好了。"高柱久听了心里好不乐意，但朱殿魁不是一般的蟊贼，其人走南闯北，凶悍诡诈，大有来头，手下还有一群亡命之徒，使他不敢轻易发难。且朱殿魁已给他进贡了不少钱物，而且他还得依靠朱殿魁对抗魏友三，胁迫广宁堂，只得将恼怒咽在肚里，以待时机，作秋后算账。

听了高适之的话，高柱久心里讥笑道：给你留着？说得轻巧，八万大洋你舍得拿出吗！嘴上却说："您老放心，那对宣德炉，我迟早让朱殿魁孝敬你。"

高适之听了，连连摇头说："非也。此等重器乃政府大员玩物，我如何消受得了。"

高柱久惊道："政府大员？他们也知道这对炉子？"

高适之抿了口茶，放下茶碗，抬手捋了捋胡须，说："非知也。是好也！"又反问高柱久："你可知孙殿英其人其事？"

高柱久说："'盗墓将军'谁人不知！"

高适之说："那你可知他盗掘清东陵，犯下惊世骇俗之罪，为何中央政府不予追究、不予严惩？"

高柱久说："孙殿英此举是报国仇雪家恨，情有可原，故中央政府网开一面。"

原来，孙殿英于民国16年六月炸开了清东陵，盗得财宝无数，一时全国民怨沸腾，举国声讨，国民政府声言"严查法办"。孙殿英为逃脱罪行，"解释"说：清朝杀了我祖宗三代，我不得不报仇革命。孙中山有同盟会、国民党，革了清朝的命；冯焕章（冯玉祥）用枪杆子去逼宫，把末代皇帝溥仪及其皇族赶出了皇宫。我孙殿英枪杆子没得几条，只有革死人的命。不管他人说什么盗墓不盗墓，我对得起祖宗，对得起大汉同胞！并说：我挖掘清东陵，有两大好处。第一，清朝入关之时，大兴文字狱，网杀士人，吕留良、戴名世这样的人，都被开棺戮尸。我虽不才，亦知道佛经有言，以彼之道还施彼身。第二,清朝统治三百年了,搜刮的财帛不知多少,今天我挖陵,是为通天下财货,收运转之利,丰藏国库。暗里孙殿英却"花钱消灾",用盗得的珠宝上下打点,将乾隆墓中盗得的九龙宝剑、慈禧口中的夜明珠、"金玉西瓜"枕头等一批名贵的古玩、字画,分别送给了蒋介石、宋美龄、宋子文、何应钦、阎锡山等人,使法办之事不了了之。

高适之呵呵笑着说:"也就是他'盗墓将军'才能说出那番谬论了。他若不将盗得的部分宝物给了党国要人,岂能逍遥法外,未受任何惩处?由此可见,党国要人皆喜古器宝物,那对香炉贵龙是要送给省府大员的,届时,你兄弟二人又何愁专员、司令之职也!"

高柱久听了,方知刚才看轻了高适之,原来他是想用那对宣德炉为自己谋个好前程,便装作恍然大悟似的说:"您老深谋远虑,运筹帷幄,实是贵龙和我的福分。朱殿魁如不识相,仅凭他在朱圩道上抢劫杀人之罪,我就可以办他。"说着,打开布袋:"我带了两瓶好酒,今晚陪您老好好喝几杯。"

高适之好酒,一看高柱久带来的竟是三十年前双沟窖藏,便口痒难耐,让柳叶安排了一桌好菜,和高柱久对饮起来。

高适之嗜酒,量还好,但毕竟年事已高,怎禁得高柱久心有贼意,刻意奉承,两瓶酒未干,便喝得酩酊大醉,人事不省,早早便让高柱久和柳叶扶上楼睡了。

这晚,高柱久并没有返回团部,他让卫兵住在厢房,自己却留宿在小楼里。小楼里有他的猎物,就是高适之的使唤丫头柳叶。

十三

柳叶是高楼邻村人,父母双亡,随兄嫂在金锁镇做豆腐。兄长高学礼为人诚实,嫂子长相甜美,精明能干,人称"豆腐西施"。四年前的腊月,兄长和侄儿被土匪绑了票,索要二百块大洋,这可是个天文数字,家里哪能凑得出。无奈之下,嫂子只好去高楼求"人五"高适之出面说项,到了傍晚尚未见回来，柳叶一人在家害怕，便去高家找嫂子。那时，高适之还住在四合院内，老伴已去世，女儿嫁在县城，儿子在南京当差，家里有一个做饭的老妈子和几个伙计兼炮手。柳叶到了高家时，嫂子正在半开房门的堂屋八仙桌旁和高适之说话，桌上放着一个摊开的手帕，里面是十几块洋钱和一卷法币。嫂子发丝凌乱，脸色发红，似有泪痕，显得很慌张。

柳叶身材高挑，眉目如画，尤为可人。高适之一见眼睛一亮，问："多大岁数了？"

嫂子代答说："十七了。"

"亲事订了吗？"

"还未说上婆家。"

"好，好。"高适之连连点头，对柳叶说，"你先坐，我给你嫂子写封信。"便将嫂子带进一边书房，掩上门，在里面好似说了许多话，还隐隐约约地听到哭声。嫂子出来时，脸色通红，眼里泪花潸潸，手里果真拿着一封信。高适之叫来一个炮手，把嫂子那封信和一百块洋钱交给了他，说："高学礼是我侄子，让他们见信放人。不然，我让人剿了他们！"

炮手走后，高适之将八仙桌上的洋钱和法币塞到嫂子手里，说："这钱你拿回去吧，那一百块洋钱就算预付柳叶的工钱和你的豆腐钱吧。还有，每月十五你给我送块豆腐来的事莫忘了。"

嫂子听了，脸更红了，说："太爷，我记住了，学礼的事就靠你了。"又对柳叶说："妹妹，你不要回豆腐房了，去了，土匪会绑你，你就在太爷家做活吧。太爷是我家救命恩人，你莫惹太爷生气。"

柳叶送嫂子出门时，嫂子抱住她，哭着说："妹子，嫂子不是人。你莫怨嫂子，这都是为救你哥你侄子的命啊！"

就这样，柳叶在高家做了女佣。

第三天晚上，高适之对柳叶说："你哥、你侄子已平安回家了。和他一起被绑的一男一女，男的被割了鼻子，女的给糟蹋死了。"柳叶又喜又怕，感激地跪在地上，要给高适之磕头。高适之拉起她，慈爱地说："你听太爷的话，尽心伺候太爷就行了。"说着，递给柳叶几件衣服："我看你身上脏了，去洗个澡吧。把这几件衣服换上。"

这是几件绣花衣裳，柳叶好不喜欢，长这么大，还从未穿过这么好的衣裳呢。

一切似早有安排，洗澡水早已烧好了，高适之将柳叶领到屋里，自己站在门口说："你在这慢慢洗吧，不着急。"说毕，关上门，走了。柳叶上了门闩，洗了澡，坐在床边上，正欲穿衣时，那门不知怎么就开了，高适之闪了进来。柳叶吓呆了，瞠目结舌地不知所措，高适之笑眯眯地站在柳叶面前，像欣赏猎物似的把她浑身上下看了个遍。柳叶羞怯地双手掩面，无地自容。只听一阵窸窸窣窣声后，高适之脱去衣裤，坐到床上，将柳叶拥在怀里揉弄起来。

柳叶正值青春年华，情窦早开，一会儿就被高适之揉搓得浑身酥软，面目潮红，泪眼迷离，把持不住地喊了声太爷……

如今，柳叶在高家已好几年了，高适之教她识文断字，给她讲四书五经，女德女容，耳濡目染，柳叶的举动也有了几分文化人的范儿。高家的精米细面更是滋润得她风姿绰约，楚楚动人。奇的是高适之从南京新纳进的小妾赵春燕明知柳叶和高适之私通，却故作不知，还时常到南京长住不还，给高适之的荒淫留下自由的空间。高适之答应柳叶，过两年在城里给她找个好人家，柳叶也就死心塌地伺候高适之了。

谁知，高柱久早就对柳叶动了心。一次，高适之生病，高柱久留宿在高适之的二层小楼里。那晚，柳叶给高柱久倒洗脚水，高柱久忍不住摸了她的手，笑眯眯地说："你哥和你侄子是我救出来的。他们还好吗？前几天，金锁镇又有几个男女被土匪绑票了，鼻子耳朵都割了，你哥嫂可要小心呢，说不定明天土匪就去绑他俩了。"此时，柳叶已知道高柱久明兵暗匪，无恶不作，吓得浑身发抖。走时，高柱久把一旁案桌上的茶壶递给柳叶说，夜里你的房门不要闩了，我要去你屋里倒茶。

半夜里，高柱久一丝不挂地溜进了柳叶卧室，柳叶为保兄嫂平安，屈辱地接受了高柱久的蹂躏。

今晚，小楼里又是只住了三个人，高适之烂醉如泥，高柱久早早就上了柳叶的床。这个年轻女子，失身于高适之后，越发思春，高适之对她欣赏多于情爱，加之还时常让嫂子来"送豆腐"，让她生怨。高柱久强壮彪悍，且对兄嫂的豆腐房也格外照顾。现在,兄嫂的豆腐房已变成了前店后坊的作坊,柳叶对高柱久便也曲意奉承,甘心委身于他。

这一夜,高柱久神清气爽,好不快活。

天刚放亮时,高柱久醒来,心满意足地对柳叶说:“你告诉太爷,我回金锁镇了,这几天去县里忙了公事后,就去朱圩找朱殿魁要那对香炉,让他放心就是了。”

十四

高柱久钻出柳叶的被窝时,韩儒仁早已起了床,此时月明星稀,雄鸡未唱,他站在厅堂门口,面对朦胧夜色,为朱圩圩主朱殿魁而大动脑筋。以往,韩儒仁视朱圩为毒瘤,避而远之,因而去淮阴采购药材时,宁愿绕几十里弯路,也不愿经过朱圩。如今,“鬼影子”窝在广宁堂里,韩儒仁不得不招惹朱圩,不得不招惹朱殿魁了,但如何招惹他,方寸却难拿捏。

这是因为,在韩儒仁为“鬼影子”叶善友布下的棋局中,朱圩是至关重要的一环,从某种意义上说,广宁堂的安危系于朱圩。眼下,他急于解决的问题是让“鬼影子”以何种方法进入朱圩,何种方法接触朱殿魁。

朱圩究竟是一座什么样的庄圩?它的主人朱殿魁又是何等人物,不但让高柱久、韩儒仁这二位叱咤洪泽湖周边的人物如此上心,还让韩儒仁千方百计地想要靠近他呢?

说来,朱圩本是个小庄子,在太平镇北面三十里地的黄泥岗,那里土地贫瘠,人烟稀少,只有二三十户人家。朱殿魁是庄上农家子弟,上过两年私塾,很有些胆识。那年,他住在湖坡庄的爹爹(祖父)朱敬业过寿,湖匪将前去祝寿的朱殿魁父母及姑舅姨表等亲戚十一人绑走,索票两万洋钱。朱家亲戚都是庄稼人,如何筹得这些赎金,把牲口田地都卖了,也才筹得四千洋钱。湖匪恼怒,割了所绑的朱家十一口人每人一只耳朵,送给朱敬业,说五日之内不交钱赎人,就将肉票扔进洪泽湖里喂王八。惊吓之中,朱敬业含恨而去。谁知,五日期限未到,朱家亲友竟遭湖匪撕票,只逃得朱殿魁堂兄朱殿海一人。

朱家遭此大难，欲哭无泪，草草安葬了死者后，朱殿魁等几个男丁怕湖匪赶尽杀绝，不敢在家居住，结伴外出谋生。一个月后，湖坡庄鱼贩子刘麻子家失火，一家五口被烧死四口，刘麻子则被挂在门前香椿树上，胸口有个碗口大的洞，那心也给人掏走了。

后来，人们私下传说，刘麻子是巨匪魏友三窝在湖坡庄上的眼线，他想霸占朱继业家那片宅基地，让湖匪绑了朱继业亲属。而湖匪之所以撕票，是刘麻子在给湖匪报信时蒙脸的黑巾不慎脱落，被朱家亲友看个正着，刘麻子便杀人灭口。朱殿海挨了一刀，幸好未伤及要害，侥幸捡了条命。刘家五条人命的大案就是朱殿魁、朱殿海做的。

有关朱殿魁的这个传言虽然过于残忍、血腥，但对于被湖匪祸害的惨无宁日的洪泽湖西百姓来说，朱殿魁此举却让他们感到莫名地畅快，争相传颂朱家兄弟的快意恩仇。

民国 21 年初夏，朱殿魁突然回乡，大肆置地盖房建圩，在圩子尚未筑成时，又做了件大快人心、轰动一时的大事。

那年七月初，巨匪魏友三手下孟疤眼马子六十余人在河南萧县做了一桩大案后，流窜到洪泽湖穆墩岛避风，这孟疤眼正是当年绑架朱家十一口人的祸首。他得到眼线报告，小朱庄有个在外发了大财的人，回来置地修圩。这无疑是从天上掉下块馅饼，孟疤眼喜出望外，第二天上午带着匪众分乘两只木船从穆墩岛西下，经龙集，绕河口，上午在何庄上岸，在一个暗匪家里酒足饭饱之后，于光天化日之下大摇大摆地直奔小朱庄。此时，小朱庄四周圩墙尚不及长人膝盖，只有圩门楼修了一半，也不过两人多高。七月流火，午后日头更毒，筑墙的人都窝在家里避暑，孟疤眼一伙畅行无阻地进了庄，他们在第一户人家门前的槐树下，抓住一个正在吃饭的庄稼汉子，让他带路到那个回乡的财主家。汉子倒也爽快，说你们先等等，我把饭碗送到屋里就带你们去。那个汉子进屋后不再出来，土匪们却等来一串枪弹，这串枪弹像是个信号，跟着四面八方的枪声像炸了锅，瞬间，就有五六个土匪被放倒了。其余的土匪鬼哭狼嚎地往庄外逃窜，谁也没料到，那尚未完工的圩门楼上嘎嘎的机枪声挡住了去路，庄里的人又从后追杀过来，土匪们只好扔掉枪支投降。转眼之间，孟疤眼六十多人的马子被打死六人，打伤五人，包括孟疤眼在内五十余人均被活捉。当时，朱殿魁问孟疤眼，你认得我吗？孟疤眼摇头；朱殿魁又问：湖坡庄的刘麻子怎么死的你知道吗？孟疤眼闻声便跪求饶命，被朱殿魁一脚踹倒，朱殿海过来就剖了孟疤眼的肚子，掏出心肝。众匪吓得胆魄俱丧，纷纷跪地求饶。朱殿魁就让这五十多人筑圩，且分段包干，完不成任务的枪毙。这伙匪人为了保命，昼夜不停地拼命大干，累死了好几个。两天后，待这一消息传散出去时，朱圩圩墙已建成。此事传开，朱殿魁在乡亲们心里也就成了抗匪大英雄了。

高柱久得知这一消息时，立即意识到此人非同寻常，不由欣喜若狂。他与昔日的匪友魏友三已势如水火，如今突然冒出这么一个敢与魏友三叫板的硬茬，无疑给自己增加了一个帮手，不由对朱殿魁刮目相看，当即去朱圩拜访朱殿魁。两人本是一丘之貉，惺惺惜惺惺，高柱久称朱殿魁是“为民除恶之大英雄”，朱殿魁则送给高柱久一块金壳怀表，怀表盖里镶嵌一个金发碧眼的美貌女子的相片，这可是件稀罕物件，高柱久爱不释手。那天，高适之取出相片，看了甚是吃惊，告诉高柱久这是“蓝钢皮”列车上外国人的物件，朱殿魁是“蓝钢皮”劫车案劫匪。

临城劫车是发生在民国12年五月六日的一桩震惊国内外的匪案。年仅二十五岁的匪首孙美瑶劫持了“蓝钢皮”列车，绑架了三十多名分别来自欧美等国的男女旅客。土匪押着人质回到了老巢——抱犊崮。抱犊崮位于峄县、临沂、费县、藤县四县交界处，高约八百米，崮顶平坦，有良田四百余亩，昔时为耕种此田，耕牛上不去，只得抱一小牛犊上崮，养大后再使用，故名抱犊崮。山体全为坚硬陡峭的岩石，仅山北面有一石路可达山顶，是个“一夫当关，万夫莫开”的险地。劫车案发生后，英、美、法、意等国驻华公使于五月七日，联合向北平外交部提出抗议，随后又要求三天之内使外国人质获释，并坚决反对武力进剿，以保证人质安全。后来，中央政府派出鲁督田中玉，交通总长吴毓麟，徐海镇守使陈调元等与劫匪交涉，几番周折后，孙美瑶等接受招安，释放人质。随后孙美瑶通电就任山东新编旅旅长之职，不久即被兖州镇守使张培荣在所设的鸿门宴上将其斩首，余部顿作鸟兽散。

高柱久听了高适之的话大吃一惊，问:“您老怎知朱殿魁就是‘蓝钢皮’劫车案的劫匪？”

高适之说:“记得外国人质被释放后，报上登了一篇访谈，说:‘匪徒登上列车后，他们打开乘客们的行李，开始搜索和抢劫里面的财物。英国乘客罗斯曼忍受不了土匪的推揉驱赶，愤怒地拿起桌上的茶壶向土匪掷去，当即被土匪枪杀。法国乘客拉伯雷为保护那只镶嵌他夫人签名照片的红宝石怀表，也被枪杀。与此相反，上海《密勒氏评论报》记者、美国人鲍惠尔和法国人柏如则明智地认识到，反抗是没有意义的，便自动将随身携带的锃亮的新式手枪交出，保住了性命。’”

高柱久细端，果然不假，照片后面有一行蝌蚪似的文字，就以此拿捏朱殿魁。派人给朱殿魁递话，说有知根底的人举报，朱殿魁是山东巨匪孙美瑶手下小头目，参与临城“蓝钢皮”劫车案，蛰伏在朱圩，让他好自为之。

朱殿魁当然知道高柱久此举的目的，虽然对他的威胁利诱大为不满，但对其手下留情倒也心存感激。

十五

果如高适之所言，朱殿魁正是“蓝钢皮”劫车案的劫匪，孙美瑶被张培荣斩首后，他侥幸脱逃，带领张尚文、朱殿海、金麻子一伙四处劫掠，此次返乡，是看中这块两省交界的三不管之地，欲招兵买马，以待东山再起。高柱久的话，不免让朱殿魁心惊肉跳，朱圩刚筑，立足未稳，且只有数十人枪，一旦高柱久发难，只得再做丧家之犬。惶惧之中，倒是师爷出身的管家张尚文看破高柱久的用心，让朱殿魁送给高柱久一匣金条，自此，两人狼狈为奸，沆瀣一气，无恶不作。在高柱久的庇护下，朱殿魁用劫得的钱财招兵买马，购置枪械，还养了一支三十余人的马队，很快成了地方一霸，杀人劫道，做了许多无头案。尤其在祸害广宁堂上更是互为帮凶，使广宁堂焦头烂额，损失惨重——

民国21年八月，朱殿海带人蒙面抢走广宁堂刚买的两匹枣红马，还打死一人打伤一人;民国21年十二月,广宁堂的药材在离朱圩二里远的岔路口被劫,伙计一死一伤,这事朱殿魁难脱干系;民国22年二月,韩儒厚领着两个伙计,带着四千现洋去徐州购买贵重药材,大白天即遭匪人追杀,虽侥幸逃得性命,却伤了两人,四千现洋尽失;民国22年秋,朱圩多人患了伤寒,朱殿魁将儒仁、儒义几次请去诊治,仅付了二十块法币;民国23年四月,韩儒礼和两个伙计从淮阴城购买名贵药材返回,傍晚路过朱圩后面半里远的路边饭馆时遇到朱殿魁,被他硬留下吃了顿饭,喝了几杯酒,那四麻袋红参、甘草、枸杞连同两匹马都丢了。

这两年广宁堂与朱圩互不来往,就连朱圩请广宁堂的人去治病,韩儒仁也总是推三阻四,不是说身体不适,就是说路途艰险,要看病就把病人送到广宁堂来。朱殿魁虽然不悦,但广宁堂有龚雨辰、南汉文罩着,连高柱久都不敢放肆,他也无可奈何。

可是现在,韩儒仁要打破广宁堂不与朱圩往来的戒规,主动去朱圩向朱殿魁示好了。他从黎明思忖到早饭后,设计了一个又一个亲近朱圩的办法,又一次次地被他自己否定。这件事情的最大难处在于,这次亲近朱圩的主角不是别人,而是新来的自称孔友善的伙计,广宁堂、朱圩、孔友善三方都要觉得自然、亲切,而且还要让孔友善自愿前往。否则,他心中设计的那出大戏就要演砸了,这可是关乎广宁堂身家性命的大事,韩儒仁需要的是万全之策。他几番苦思冥想,仍无良策,便去找儒厚谋划。韩儒厚提出了几种方法,似乎都不太完美,两人正焦虑时,韩儒仁看到了药柜上那瓶为安叔炮制的药酒,于是,韩儒仁苦觅已久的计谋油然而生了。当即将吕叔叫来,三人细细筹谋了一番后,便分头行事。

到了半晌时,韩儒厚突然将儒义、儒礼、喜子几人叫到总柜里,说了一些堂里的闲事。正在这时,韩儒仁抱着一只硕大的玻璃瓶子走了过来,他将瓶子轻轻放到柜上,把瓶塞拔出,又细心盖上,顿时,屋子里漫起一股带有辛辣醇香的味儿。原来,这是一瓶药酒,由海马、鹿茸、枸杞、寒风、梅朵、红花、炽石,还有难得一见的虎骨等十八味名贵药材炮制。

这可是一瓶好酒啊!吕叔几人啧啧赞叹。

韩儒仁对儒礼说:"这是给朱圩朱圩主的,他腿染风寒,你给他把这瓶药酒送去。”

韩儒礼吃惊地说:“给朱殿魁送药酒?”

韩儒仁说:“是给朱圩主送药酒。”

韩儒礼愤懑地说:“哥,你这是好了伤疤忘了疼。有药酒给狗喝都比给朱殿魁喝强。”

着实,朱殿魁把广宁堂害惨了。韩儒礼岂能不气。

吕叔他们也七嘴八舌地附和着韩儒礼,说朱殿魁三番五次地祸害广宁堂,我们怎能自降身价,主动向朱殿魁示好。甚至连韩儒义这么一位单纯的先生,对给朱殿魁送药酒,头都摇得拨浪鼓似的不乐意。一时,总柜里群情激荡,个个义愤填膺。

韩儒仁开导说:“朱圩祸害广宁堂之事,我岂能忘记,也难以释怀;古人言:‘圣人行义,不责人过。’这些时日朱圩主常托人传话问候,说明人家有了愧疚和好之意。得饶人处,高抬贵手,如今世道混乱,人心险恶,朱圩主称霸一方,广宁堂与他的过节还是宜解不宜结。”

韩儒礼说:“朱殿魁本性难移。白送了药酒不说,说不定还得让他羞辱一番。我看还不如哪天给他一枪!”

韩儒仁听了,气得冲着友善摇头说:“罢了,真是膏药不可吃,脾气不能医。你这脾气要去朱圩,必惹大祸!说不定朱圩主又将洗劫我广宁堂了。唉!朱圩主也是欺我广宁堂没人哪!好,你怕,你不去,我去。我不信他朱圩主能吃了我!”

吕叔受到韩儒仁感染,说:“你是广宁堂当家人,不可以身涉险。这药酒我去送,他朱殿魁要是不识好歹,我非臭骂他一顿不可!”

韩儒仁说:“您老偌大年纪,让您来回奔波,岂不是我兄弟罪过。还是我去吧。”

孔友善听了心有不忍,说:“大东家,朱圩主怎敢公然祸害我们广宁堂呢?”

韩儒仁苦笑道:“他乃湖西方圆数百里首富,财大气粗,有靠山、有人马。”

孔友善不由惊讶:“朱殿魁是湖西首富?我怎么没听人说过?”

韩儒仁说："你刚来此地，许多事情尚不知情。朱圩主早年在外闯荡，回来即筑圩，圩内事物外人难以知晓。据我所知，朱家价值连城的古董宝贝不在少数，他送给高柱久高团总那块镶嵌着红宝石的西洋怀表，就能买百顷好地。故他睥睨众生，唯我独尊，刚回来就灭了魏友三手下孟疤眼的马子，魏友三也难奈于他。在朱圩主心底，高柱久、魏友三这些枭雄都不值一提。依我看来，此人非久居人下之人，以他的财富实力，日后高柱久、魏友三都将唯他马首是瞻。我之所以结交他，也是委曲求全，实属无奈之举。"

韩儒厚附和说："朱殿魁也着实嚣张，那年我去朱圩问诊，见朱圩炮手把魏友三画在墙上当靶子，那架势，像是与魏友三势不两立。"

孔友善听了，两眼闪出一股精气，说："这朱殿魁也实是太过张狂。俗话说人软遭人欺，马瘦众人骑，我听说魏友三上千人枪，尚对广宁堂礼让三分，大东家何必如此惧怕朱圩！如今世道，人众枪多者为王，他灭了孟疤眼，魏友三岂能善罢甘休！再说，姓朱的即使果如大东家所说家有金山银山，也不能欺人太甚。我看得与他说道说道，给他点颜色，免得他欺人太甚！"

韩儒仁见孔友善如此慷慨激昂，越发无奈地说："连瓶药酒都无人敢送，还说道什么。"

孔友善便豪声说："我不信他朱圩能吃人，大东家要是信得过，我把这药酒送去。"

韩儒仁心中暗喜，却装作不信地问："你送去？你敢送去？"

孔友善说："端人饭碗替人分忧；东家遇到难事，伙计哪有旁观之理！"

韩儒仁听了，不由动情地说："'疾风知劲草，板荡识忠臣'。友善哪，你心我领了，不过，这朱圩你是万万去不得！"

孔友善不解："大东家，我为何去不得？"

韩儒仁说："一来朱殿魁他不识你，二来你万一有个闪失，我心何忍！"

孔友善冷笑道："朱圩又不是阎王殿，东家尽可放心，我去了随机应变，绝不惹事。"

韩儒仁便感动地拍着友善的肩膀说："友善哪！我真没看错你！你对我

广宁堂有义，日后我广宁堂绝不亏待你！”

又对韩儒礼说：“看人家友善，知事明理，你得好好向他学着呢。”

韩儒礼一听，脸上便挂不住了，说：“谁想去谁去，反正我是不想见朱殿魁那狗贼。”

韩儒仁听了，很是生气，正要发作，韩儒厚忙接口说：“儒礼不愿去就算了，友善给我做个伴，这药酒我去送吧。”

一旁，吕叔便对孔友善说：“友善哪，那你就跟着掌柜去吧。你在总柜管账，朱殿魁要是天良发现，提出往年所欠诊费的事，你就顺便把账收了吧。”

韩儒仁也叮嘱韩儒厚说：“二弟，你此行要谨记圣人所言：‘以大度包容则万事兼济。’见了朱圩主多说好话，莫提旧账。要是朱圩有人言及诊费，你和友善切不可要，我们韩家也欠他一份天大的人情呢。只要他今后不再为难广宁堂就好。”

又提醒孔友善：“朱圩主富甲一方，非我广宁堂可比，规矩也多，摆设之物都是你未见未闻之物，比黄金白银还要金贵，只可眼瞧，切莫手触，以免招祸。”

孔友善听了，脸上堆满了狡黠的笑容，说：“大东家放心，我都记住了。”

十六

晌饭后，韩儒厚和孔友善各备了一匹马，孔友善背着用布兜装着的药酒，奔了朱圩。

路上，孔友善问韩儒厚：“大东家说韩家欠朱殿魁一份天大的人情，欠他什么天大的人情？”

韩儒厚恨恨地说：“还不是让高柱久、魏友三害的！”

“魏友三害的？不会吧？”友善惊得不由在马背上一纵，眼珠子都鼓了出来。

韩儒厚瞟了孔友善一眼，说：“看你惊惊诧诧的，吓我一跳。”

孔友善不好意思地笑笑,说:“我也惊着呢。魏友三怎么祸害广宁堂了?”

韩儒厚愤愤地说:“广宁堂把他老妈眼疾治好了,他却起了歹意。咳!不提这事了,提起来让人怨愤。”

孔友善一惊,想:魏三爷祸害广宁堂的事我怎么不知呢?心里不由生出几分不快来,嘴上却讪讪地说:“土匪也是人,也要吃饭。”

韩儒厚说:“要吃饭他就恩将仇报?要吃饭他去朱圩吃呀!朱殿魁灭了他手下孟疤眼,他不给孟疤眼报仇,却和朱殿魁穿了一条裤子,你说他还是个人吗!”

孔友善越发纳闷:魏三爷真的串通朱殿魁一起祸害广宁堂了?按理说他不能这么做呀。孟疤眼那六十多条人枪毁在朱殿魁手里,这仇气大了!这几年要不是迫于龚雨辰、南汉文的压力,队伍去了河南,怕是早把朱圩破了。韩儒仁说朱家价值连城的古董宝贝就有数件,那金银一定不会少了,于是问韩儒厚:“大东家说朱殿魁是湖西首富?这是真的吗?”

韩儒厚瞪眼说:“这还能有假!朱殿魁家我前年去过,那真叫富有。”

孔友善问:“比高宅那个朱耀祖还富?”

韩儒厚不知孔友善话意,扫了他一眼说:“朱耀祖算什么富,他不过是一个种地收租的土地主,而朱殿魁却是一个大财主。他强抢暗劫二十多年,你说他攒了多少钱财?怕是整个太平镇的财富加起来,还抵不上他家一个墙角呢!至于高宅,巴掌大的地方,一枪打了个穿堂过,算什么圩子!”

孔友善听了,说:“东家,你可不敢小看那个高宅,它就像个又臭又硬的乌龟壳,朱耀祖整天窝在里面做缩头乌龟,着实不好对付呢。”

“是吗?朱耀祖那个小宅圩能有这么坚固?以前倒是小看他了。”

高宅是洪泽湖西有名的宅圩,距太平镇不足二十里,位于太平镇东北周嘴和何庄之间那块六七亩地的黄胶泥高墩上。这高墩很是奇特,它高出四周的土地足有一丈,四周被雨水冲刷成一条一人多深的水沟,常年有水,似是天然的护城河。何庄、塘槐、周嘴三个村子相距各约七八里地,拱卫着东、西、南三面,北面临烟波浩渺的洪泽湖,四野是黑油油的湖滩地。其主人朱耀祖也是民国10年从淮阴那边搬迁来的,他在高墩上构筑了苏北、皖东北罕见的连宅圩子，圩子高三丈，顶宽一丈，底宽二丈，南北长八十丈，东西宽六十丈，全用黏土混合石子、白灰、芦苇、棉絮垒砌，胜似南京城的城墙，起名叫高宅。此宅基地和宅名都是大风水先生吕铁嘴所选，说此地乃安家立命风水宝地，据之可保富贵万年！

果然，在高宅落成后的第二年，洪泽湖周边地区遭遇百年大旱，大片肥美的良田在阳光下呻吟，百里之内寸草无根十室九空。农夫们吃草根，啃树皮，甚至煮食死尸。朱耀祖用囤积的粮食、金钱大肆收购田产，成为洪泽湖西有名的大地主。

早年，老爷子韩孝甫鄙视朱耀祖，说他钱财来路不正，到了湖西后又巧取豪夺，为人不齿。韩儒厚从没见过朱耀祖，倒是韩儒仁与朱耀祖有过几次交往，对朱耀祖很是赞佩，但总的来说也是敬而远之。高宅时常有人来广宁堂问诊抓药，也曾将韩儒义请到家里治病，诊费从不差分文，还馈赠许多粮油鸡鸭，朱耀祖此举与朱殿魁形成了鲜明的反差，也赢得了广宁堂的好评。

孔友善说："东家，你莫看高宅小，它不但在湖西，就是在整个洪泽湖四周都是独一无二的，朱耀祖那货又是只成精的老乌龟，老奸巨猾，你不服不行。"

韩儒厚说："友善，你没去过高宅，也没和朱耀祖打过交道，他可不像朱圩主那样贪婪成性，人家豪爽侠义着呢。"

"没去过高宅？没和他打过交道？哈哈，我还真想见见这个人物呢！"孔友善大笑起来，两眼透着一股凶狠的杀气。

民国22年十一月初，魏友三联合几股土匪马子窜到湖西南抢粮，有魏友三眼红的几个财主躲进了高宅。魏友三恼怒不已，决心攻打高宅。谁知那几股马子听说攻打高宅都打了退堂鼓，说朱耀祖那高宅地势险峻，即便破了也是两败俱伤，自家的这点人枪经不起折腾。魏友三不屑地说鸡巴大的圩子把你们吓的，看我杯酒之间就破了它！便带领自己的三百多号土匪将高宅团团围住。

魏友三手下的土匪们也没把高宅放在眼里，再大再高的圩子不知被破了多少，这屁股大的宅圩算什么鸟！一阵火力准备后，高宅鸦雀无声，土匪们认为宅圩里的人已吓破胆了,那里可有着数不清的金银财宝啊!便发出一声喊你争我抢地扑了过去。

高宅门前护宅河上的那架木桥只有五尺宽，许多土匪就跃进护宅河里向高宅进攻,谁知他们刚入水就惨叫起来。原来朱耀祖在整条护宅河里都布下了锋利的滚钩,该钩只只相连牵一发而动全身,一旦被钩住只能站定慢慢将钩摘下,如乱动身上便会钩成马蜂窝,土匪们疼得不敢挪动成了活靶子,眨眼之间就死伤三十多人。土匪们不敢再涉水了,转而猛攻宅门,但高宅地势高,火力又猛,难以接近,几个回合下来魏匪伤亡近百人。匪徒们人人惧怕,士气大伤,高宅却岿然不动,魏友三恼羞成怒,却对高宅坚固的宅圩猛烈的火力毫无办法。这时探子报告说驻在太平镇的中央军正疾驰而来增援,魏友三也感到朱耀祖这头肥羊点子太硬,又有中央军护着,只好扔下近百具尸体和几十个伤号逃进了洪泽湖。此次魏匪围攻高宅,作为魏友三马子军师的叶善友也参与其中，这场惨败也给他心中留下挥之不去的阴影。

事后,驻在泗县境内的国民党江苏省常备第七旅旅长王光夏,对朱耀祖保护乡民之举赞赏有加,奖了他十支快枪和一挺歪把子机枪。朱耀祖名声大噪,他的高宅俨然成了洪泽湖西抗匪拒匪的铜墙铁壁。

魏匪惨败高宅,是洪泽湖西一大传奇,韩儒厚当然有所耳闻,他再次瞟了一眼面露凶相的孔友善,嘴角露出一丝笑意。

十七

日头偏西时,韩儒厚二人到了朱圩。孔友善凝目细看,见朱圩围墙很奇特,后面也就是北面是筑在黄泥岭上,比其他三面要高出一截,炮楼建在四角,与圩墙连在一起,显得尤为坚固。四角炮楼火力可以交叉射击,相互支援,不留死角。南面是圩门,圩门前本是平地,被别出心裁地挖了一条十余丈长,二丈多宽的壕沟,上面架着两根方木,方木上面担着可以随时抽掉的滑板,当作吊桥用,这是防止大队人马涌入。若没有火炮,想破圩很难。孔友善不由脸色凝重，正思虑间，圩门哨楼上响起一声喝问："什么人？干什么的！"

韩儒厚应道："我是太平镇广宁堂韩儒厚，来给朱圩主送药酒。"

哨楼上的人认识韩儒厚，让下面的人打开圩门，待韩儒厚、孔友善进去了，圩门旋又关上。只见门洞两边各立着一个炮手，其中一个麻脸韩儒厚认得，是朱殿魁结义兄弟，姓金，人称金麻子。金麻子让韩儒厚、孔友善把马拴在一旁的拴马桩上，又在两人身上搜了一遍，见无凶器，这才领着去了朱家大院。

路上，孔友善边走边留心观察圩内情况，朱圩内房屋不多，方知朱圩之人除了炮手，就是朱家长工、佃户所言不虚，看来，朱殿魁把朱圩变成了一座军营。这是他吸取吕集、高集几个圩子都因土匪有内应被破的教训，把原来庄子里的乡亲都遣到外面去住了。

在圩子北面的空地上，有十几个人正在驯马。朱殿魁驯马干什么？莫非他的马队又扩大了？韩儒厚和孔友善不约而同地产生了疑问。

朱殿魁的宅院靠北墙，也是一个两进四合院，大门两边挂着核桃木雕刻的对联：祥云浮紫阁　喜气溢朱门，门楣上方是四个瓦盆大的金字：魁星东照。让人一看就觉得这朱家大院的主人很强势。大院的门口，还设了两个岗哨，金麻子把韩儒厚、孔友善给站岗的作了介绍，其中一人便进去通报，好大一会儿才和一个上了年纪的瘦子走出来。这人是朱圩管家张尚文，人称其为张管家。此人为人谦恭，含而不露，城府颇深，朱圩恶名在外，但被提及的都是朱殿魁、朱殿海兄弟和炮头王彪、金麻子，他似乎成了局外之人。

张管家和广宁堂常有交往，认得韩儒厚，双方面子上都还过得去。两人寒暄了几句后，韩儒厚指指友善手中的药酒说："前时，堂里从南京进了些名贵药材，我家兄长知朱圩主染有风寒，特地为他炮制了一坛驱风寒的药酒，让我送来。"

张管家听了，心里很是纳闷，近年来，广宁堂因马车在朱圩地界先后遭劫，去淮阴等地进货都绕道金锁镇，与朱圩已不再来往，今日为何突然对朱圩主示好？他忙谢了，让人接过药酒，将儒厚、友善让进客厅，宾主落座，敬烟献茶，倒也客气。

韩儒厚刚抿了一口茶，便起身走到贡桌前，对着墙上的中堂、对联挂轴，贡桌上的摆设，边端详边自言自语地啧啧称道：“这中堂和对联，是扬州八怪之首金农的精品吧；这尊观音是唐代的吧，少见；这对瓶子是西汉官窑，能换三万现洋；哎呀，这就是那对明宣德炉吧？友善，你来看看，这可是明朝皇帝的用物呀！

孔友善心里早就装着这对炉子了，便应声而起，走到近前，对着炉子仔细地端详起来。这对炉子不高，约海碗大小，敞口，口檐上有一双兽形耳，暗紫色炉体上似映着光点，显得别致、浑厚。

孔友善原是有文化的富家子弟，心里也觉得这对铜香炉不一般，但对传言的价值却心存疑问，便故意问道：“真是稀世之宝。要值八千大洋吧？”

韩儒厚听了，看了孔友善一眼，不屑地说：“八千大洋？年前，南京那面有人以高此十倍价格，托我家兄长打问朱圩主可否割爱？都被兄长婉拒了。”

“哦，还有这回事？大掌柜为何婉拒？”张管家问。

“兄长说这对瓶子是皇家用品，是无价之宝，五年前就值十万大洋；现今怕是十五万大洋朱圩主也难舍。那位只出价八万大洋，朱圩主千万家财之人，区区八万块大洋，兄长如何替他开得了口！”

韩儒厚这番话语，听得张管家满脸笑容，说：“人说韩大掌柜不但是杏林圣手，还是大鉴赏家，此话果非虚言。这对炉子是朱圩主镇宅之宝，据我所知，对它上眼之人不下数十，出价也高，但朱圩主从未动心，八万大洋真是闹笑话了。”

孔友善听了，心里暗暗吃惊，想这朱殿魁果真富得流油，仅这对炉子卖了，就能拉一支几百人的马子了。说：“朱圩主真是位擒龙伏虎的能人，这皇家器物他是从何处弄的呀？”

许是此前问的人多了，张管家张口便说：“这对炉子于朱圩主来说，犹如子房得兵书关公得赤兔，皆为天意也。早年，圩主外出闯荡，在青州境内古道松林里遇一因伤待毙之人，圩主将他救了。伤者是京城某大员长子，清廷逊位，该大员举家回乡，进入青州境内，被贼人盯上，大员为防不测，将珍贵之物埋藏于途中，在临近青州城时，遭贼人劫杀，家人仆役皆死于非命。他为报救命之恩，送了朱圩主这对香炉。”

孔友善听了，点着头说：“朱圩主真是个大善人哪！”

韩儒厚则一脸虔诚地说：“积德行善，因果相连，朱圩主这偌大家财也是天赐呀！”

张管家也被自己编的故事感动了，说：“韩掌柜所言极是，我也是这么想的。”

一番云天雾地间，茶水续了几次，却不见朱殿魁来，韩儒厚便问张管家：“朱圩主一向可好？”

张管家似方醒悟，说：“圩主昨日出门了，尚未回来。”

韩儒厚甚感意外，不知张管家此话真假，想既然来了，就得把这戏唱下去，便说：“时下政局混乱，盗匪四起，广宁堂拉运药材的车辆时常遭劫，我家兄长拜托朱圩主日后多加关照。”

张管家听了，想：原来如此呀，看来，许是广宁堂在金锁镇那条路上也吃了亏了，架不住了。韩儒厚送药酒是假，向朱圩主服软是真。这真是天助我也，朱圩主正要笼络韩儒仁，和他做一件大买卖呢。便满脸得意地说：“韩掌柜此话见外了，广宁堂和朱圩主毗邻而居，理应相帮。往年这里强人出没，你们多有损伤；朱圩主势单力薄，爱莫能助。如今，朱圩主威名日盛，谁敢在此放肆！请转告韩大掌柜，朱圩这条道日后尽可放心。这次你不来，我也正欲去太平镇拜访贵堂，朱圩主有件事情，要给韩大掌柜说呢。”

韩儒厚有点意外，说：“岂敢劳驾管家！不知朱圩主有何指教？请管家告之，儒厚回去即转告兄长。”

张管家听了，瞅了眼孔友善，欲言又止，起身到门口喊来一个岗哨，指着孔友善说：“你带他到外面转转，我有事和韩掌柜商量。”

孔友善似乎很乐意到外面走走，不待韩儒厚发话，就起身随那岗哨走了。

张管家这才开口说：“韩掌柜，朱圩主想买你广宁堂的《红伤二十八秘籍》，不知可否商量，至于价钱，定让你们满意。”

韩儒厚听了十分惊愕，来前他和韩儒仁、吕叔三人千思万虑，都没想到朱殿魁竟然惦记上了广宁堂的家传秘方。不由紧张地问:“朱圩主又不开药堂,他要这方子何用?”

张管家笑了笑,闪烁其词地说:“我家圩主行事,如神龙难见首尾,非我等之人所能参悟。他只是让我把这个意思转告韩大掌柜,其中缘由未给我说。”

韩儒厚开诚布公地说:“此事不妥。《红伤二十八秘籍》是广宁堂的命根子,失去它广宁堂便没有根本,也会让世人看轻。我想我家兄长不会同意。即便他有此意,我和家人也难遂朱圩主心意。”

张管家听了,笑道:“韩掌柜真是快人快语,尚文佩服。不过,韩掌柜错会朱圩主的意思了,君子不夺人之所爱;朱圩主并非要买断《红伤二十八秘籍》,只想得到那部秘方抄本,而钱款照付,这无碍贵药堂问诊行医,贵药堂何乐而不为呢?”

韩儒厚糊涂了,问:“朱圩主要这抄本,莫非他想在朱圩开个药堂?”

张管家急忙摆手,直言不讳地说:“韩掌柜有所不知,当年,朱圩主外出闯荡时,兄弟、表兄弟等共七人,衣锦还乡时只有堂兄殿海、表弟王彪两人。折了的那四位兄弟中,有三位皆因红伤未得到及时救治而丧命,而跟着圩主闯荡的其他兄弟,因红伤致命的更是难以数计。现在,这湖西地面皆传贵药堂《红伤二十八秘籍》神奇,朱圩主是闯荡江湖之人,得此药方并非要开堂赚钱,实为遇有伤痛时方便救治罢了。”

韩儒厚听了,这才明白张管家话意,看来朱殿魁羽翼渐丰,不愿蛰伏在土圩子里,他要公开扯旗为匪了。《红伤二十八秘籍》包含伤口包扎、伤口处理等急救方法,实用性极强,对常年四处流窜的股匪来说,其作用犹如一座流动诊所,对鼓舞士气,稳定人心大有作用。张管家一贯行事缜密,说话谨慎,今日如此直白,看来谋划已定,无所顾忌了。《红伤二十八秘籍》是广宁堂安身立命之本,救死扶伤之术,岂能卖给朱殿魁这等恶人!但身在人家地盘,不可闹僵,便敷衍道:“朱圩主之意,儒厚明白了;容我回去和老太太、家兄他们商量后,再给你回话。”

张管家听韩儒厚口气松动,心里高兴,又做了许多解释,说了许多宽心之话,甚至还提出重阳时包购广宁堂的“神仙贴”祛风驱毒散。韩儒厚婉转应对，两人虽各怀心事，但气氛融洽，相谈甚欢。不觉间日头西坠，霞光四射，孔友善也已转回，韩儒厚便起身告辞。

张管家见事情有望，心里高兴，又担心韩儒厚二人晚间赶路，恐遇不测，坏了朱殿魁好事，说："韩掌柜你难得登门，吃了晚饭，暂住一宿，明早再回。"

韩儒厚不愿久待此地，正欲谢绝，却见友善对他使了个眼色，心里一动，便欣然应允。

十八

晚饭很丰盛。席间，韩儒厚一个劲地称羡朱圩富有以及朱殿魁的胆略能耐，张管家也不住口地称道广宁堂的医术和韩儒仁的学识为人，主客双方推杯换盏，吃得欢畅，喝得痛快。孔友善和张管家都大醉了，方才散了。

孔友善力不能支，被一个炮手扶着才勉强走到了前院西厢客房，客房里并排放着两张木板床，炮手将孔友善架到床上，给他脱了鞋，又盖了被子，方才离去。这边韩儒厚也自顾上床休息。谁知他刚将床头的罩子灯熄灭，孔友善就压着嗓子问："东家，张管家和你说的啥事？鬼鬼祟祟的，还把我支走。"

韩儒厚早知孔友善没有喝醉，但没想到他会问这个事，灵机一动，便压着嗓子神秘地说："张管家说有人要算计我们广宁堂，只要我们听朱老爷的，他就护着我们。我说我兄长和魏三爷有交情，有魏三爷罩着呢。可张管家说姓魏的走的是水码头，朱圩主走的是旱码头，那是两码事。你说这事怎么办呢？"

孔友善却问："张管家没说是何人要算计广宁堂吗？"

韩儒厚说："没说，听他那口气好像这人是魏三爷。友善，你说能是魏三爷吗？"

孔友善紧张起来，决然地说："魏三爷绝不可能算计广宁堂，张管家是吓唬你。"接着，不容韩儒厚搭话，便急忙问道："东家，朱圩主贡桌上那对宣德炉，现今真能值十五万大洋？”

韩儒厚不悦地说：“我的话你也不信！那对宣德炉你也见了，实非寻常物件，海碗一般，如此器型，怕是世上也没有几只。只可惜有只炉折了一只足，是经过修复的，不然，三十万大洋也买不走。”

孔友善奇怪了，问：“东家，你对这炉子怎么了解得如此详细，哄我的吧？”

韩儒厚长叹一声：“唉！不说也罢。说出来恼死人了。”

孔友善来了兴趣，说：“为何恼死人了？韩掌柜说来听听。”

韩儒厚悲愤地说：“友善，那原本是我家之物啊！”

孔友善听了，惊得一下坐了起来，说：“是广宁堂的宝贝？那怎么到了朱圩主家里？”

韩儒厚又叹了一声，说：“说来话长，也说不清楚。唉，不说也罢。”翻了个身，长吁短叹地再不言语。

孔友善不好再追问，点起了一根烟卷，自顾吸了起来。韩儒厚眯眼看去，见那烟头上的火光忽闪忽闪的，像一条烦躁不安的毛虫。

半夜里，孔友善突然坐了起来，伸手轻轻推了推韩儒厚，韩儒厚发出细细的鼾声，睡得正香。孔友善便起身下床，摸着黑穿上鞋，竟然悄悄地潜出了客房。

身后，韩儒厚忽地坐了起来，惊得心怦怦乱跳，天哪！这孔友善要干什么？

半个时辰后，孔友善鬼魅似的飘进屋来，鞋也没脱，便和衣躺到床上，一会儿就呼呼入睡了。孔友善的举动，韩儒厚看得清清楚楚，他刚才溜出去干什么了？莫非他和朱殿魁有勾结？这不可能。自孟疤眼马子覆没后，朱、魏二匪已势若水火。他是去和魏友三匪徒联系了？这更不可能，魏友三的人如何能进入朱圩。韩儒厚百思不得其解。他担心孔友善在朱圩闯下大祸，使广宁堂难脱干系，如孔友善事发，死于朱圩，广宁堂更是百口莫辩，魏友三就会认定是广宁堂将他送入虎口。害了魏匪的军师，那和魏匪的仇气就大了，而兄长的谋划也就落空了。如此，广宁堂危矣。

这一夜，韩儒厚紧张得心跳如鼓，辗转反侧，冷汗直冒，整宿未眠。

雄鸡刚叫头遍，孔友善就叫醒韩儒厚，说快点回家，免得大东家担心。韩儒厚知他心中有鬼，越发恐慌，也急欲脱离险境，便赶紧穿了衣服，两人脸也没洗，就给隔壁伺候的炮手辞行，说家中有事，得赶回料理。炮手不敢做主，连忙跑去报告张管家；张管家酒劲尚在，浑身松软，恋着被窝不想起床，给炮手交代说："让麻子盯紧点，莫让他们带东西出去！"

炮手应了，一直将韩儒厚、孔友善送到朱圩门口，给守门的炮头金麻子使了个眼色，金麻子打着哈欠将二人身子搜了一遍，确认无物后，方开门放行。韩儒厚、孔友善从一旁拴马桩上解了缰绳，给金麻子及送行的炮手打了招呼，牵马出了圩门，便上马疾奔。日头升到树梢时，他们已到了太平镇前的三岔路口，这才策马缓行。

韩儒厚旁敲侧击地对孔友善说："友善，你这回算是开眼界了吧？朱圩主比传言的还富吧？"

孔友善困惑不解地问："东家，你说朱圩主那些钱财是哪来的？"

韩儒厚四下瞅瞅说："这是秃头虱子明摆的事，除了抢劫，就是和高柱久以防备魏友三等土匪为名收的保护费。"

孔友善听了说："我估摸着也是。"

韩儒厚问："友善，你说朱殿魁和魏友三两人谁钱多呀？"

孔友善不假思索地说："那肯定是朱殿魁钱多！"

"不可能吧？魏友三做了那么多惊天大案，抢了多少人家啊！"

"魏友三他不贪财，跟他闯荡的人每月饷银就二十块现洋呢。"

韩儒厚"哦"了一声说："怪不得他的马子人最多呢。"

孔友善许是意识到多言了，说："我也是听说的。"便不再说话。

小半晌时，便回到广宁堂，韩儒厚、孔友善一起去诊室见韩儒仁，韩儒厚把经过一一给他说了一遍。接着，韩儒厚就连声夸赞朱家如何富有，并不时让孔友善佐证，孔友善便不住点头，随声附和。听得韩儒仁唉声叹气，说广宁堂挣钱是如何不易，进钱没有出钱多，照此下去，快揭不开锅了。正说着，吕叔过来对韩儒仁说："朱圩管家张尚文带着两个炮手来了，说要见你，现在厅房等候。"

韩儒仁一愣，想儒厚、孔友善刚回，朱殿魁的管家怎么就来了？抬眼看儒厚，儒厚面如止水，再看孔友善，孔友善似听而未闻。韩儒仁找不到答案，心中甚是迷惑，起身说："张管家乃贵客，不可慢待，你们快去招呼，我换了衣服，即去见他。"

吕叔、孔友善、韩儒厚应声出了诊室。韩儒厚走在后面，到了门口，回头给韩儒仁使了个眼色。韩儒仁心里咯噔一下，意识到可能出了麻烦之事了。

十九

换了衣服，韩儒仁疾步来到厅房，张管家起身与之相互致意，待宾主坐定，韩儒仁见那两个炮手分站在大门两边，一人腰带上斜插着一支盒子枪，另一人胸前竟然横着一支花机关。二人年纪尚轻，却极为彪悍，看架势不是个善茬。

不待韩儒仁开口，张管家就笑说："韩掌柜，尚文这次唐突前来，怕是要惹你不快了。如有得罪之处，还望海量包涵。"

韩儒仁说："张管家何出此言，儒仁担当不起，有话但说无妨。"

张管家扫了韩儒厚、孔友善一眼说："那我就直说了。今早尚文起来，发现朱家客厅里那对宣德炉没了。"

韩儒仁大吃一惊，说："那可是无价之宝，何人如此大胆，敢去朱府行窃？"

张管家说："朱圩内皆是圩主贴心之人，夜晚圩墙内外还设有游动暗哨，圩主家大院门口也有岗哨守夜，闲人插翅难入。只是昨夜二掌柜和友善兄弟住在大院内，故我前来打问，二位可否见着了。尚文此话并无他意，实为无奈，望各位见谅，莫要伤了和气。"

韩儒仁听了张管家这番话语，恍然明白刚才韩儒厚回头给他使的眼色，心里暗道：祸端至矣！脸色一下变了，却故作昂然地说："张管家此话差矣！儒厚、友善昨夜住在朱圩不假，可据我所知，凡进朱圩之人，进出都要盘查搜身，未经许可，就是寸草也难以带出。那对宣德炉器型硕大，他们如何拿得出来！再说，我广宁堂遵古训，严家规，不耻那鸡鸣狗盗之事。”

张管家听了，一时无言以对，眼睛却来回地盯着韩儒厚、孔友善，一副人赃俱获的神态。

韩儒厚倒还沉得住气，坦然地看着张管家，孔友善却不依了，呼地站起，声色俱厉地说：“管家此话太过无理。我虽和东家住在朱府，正如你方才所说，那大院内有岗哨，外有巡夜，大堂门窗紧闭，外人岂能入内？又如何盗窃？张管家如要陷广宁堂于不义，怕是难遂你意。我孔友善愿断一手以示清白！”

孔友善如此慷慨激昂，让韩儒仁已明白事情的原委了，想此人也过于贪婪，过于胆大包天了，竟敢在朱圩作案。这可是飞来的横祸呀！心中不由又惊又怕，狠狠瞪了韩儒厚一眼，生气地呵斥道：“友善不可无理。张管家负有守家之责，如此贵重物品丢了，岂能无动于衷？又何来不义之说？古人言‘清者自清，浊者自浊’。只要吾心无愧，莫管他人揣度。你一时逞匹夫之勇，赌气自残，实乃愚蠢之极，更不可取。你若失了一只手，如何再做营生？又如何奉老抚幼！”

韩儒仁这番责备，听得孔友善眼窝发红，张口欲言，韩儒仁摆手制止，又对张管家说：“我家药材车辆马匹在朱圩主眼皮底下多次被窃，伙计屡屡被伤，我对朱圩人等，从无半句不恭之言，而今朱府自己丢了东西，却到我广宁堂兴师问罪，岂不是欺人太甚！麻烦管家给朱圩主捎个话，那对宣德炉是传世之宝，其价值无法估量，非十几万大洋所能涵盖。真若遗失，我之心痛，更甚于他。我想，圩主和管家应把心思用在朱圩能接触宝物之人身上，莫把这天大的冤枉嫁祸我广宁堂。”

张管家被说得面红耳赤，也觉此行有点无理，想：这韩家兄弟口碑是没得说的，孔友善怕也没那个胆子。再说他昨晚烂醉如泥，早上出圩又经过仔细搜查，如何将那对香炉带出？莫非此事真的另有蹊跷？难道是住在朱府那些炮手佣人所为？却说：“韩大掌柜所言在理，不过，能进入朱府的，不是朱圩主亲近之人，就是多年跟着朱圩主打拼的兄弟，可谓肝胆相照，按理说不会见财起意吧？”

韩儒仁听了，知张管家已对朱圩之人犯了猜疑，振振有词地说：“亲近之人又怎么了,叔嫂乃家门之人,可谓至亲,然陈丞相陈平之嫂,却四处谗毁小叔子名声;项伯乃项羽叔父,血浓于水,而其却为一己私利,毁了侄儿大业;曹操与于禁三十年相交,亲如兄弟,临难之时,却投了关羽。'此乃画虎画皮难画骨,画人难从骨里描'也! 据我所知,管家韬略满腹,此浅显之理,焉能不详! ”

张管家听了,沉吟片刻,似有所悟,说:“感谢大掌柜赐教,尚文如蒙圣贤教诲。不过,这宣德炉不翼而飞,实在令人匪夷所思。待我回去给圩主禀报,看圩主如何处置。如有不明之处,还需讨扰贵堂,望各位见谅。”

韩儒仁松了一口气,爽快地说:“管家放心,如我广宁堂得知蛛丝马迹,一定知无不言。不过——”韩儒仁打住话头,抿了口茶,微笑着看了张管家一眼,说:“在我看来,那对炉子仍在朱圩里,并未丢失。”

众人听了,皆大吃一惊。张管家更是惊得茶水洒了一身,忙问:“大掌柜何出此言,有何根据? ”

“圩门是何人值守? ”

“炮头金麻子和几位炮手? ”

“此人可信否? ”

“他跟朱圩主出生入死十几年,绝对可靠! ”

“昨晚至今晨,有何人出圩? ”

“只有韩掌柜和友善兄弟。”

“他二人身上可带有贵重嫌疑之物? ”

“未有贵重之物。”

韩儒仁放下茶碗,说:“此事不是已明了了吗? 诚如管家所说,那对宣德炉昨夜失窃,定是内鬼所为。炉子被他匿于某处,以便待风头过后挟带出圩。”

张管家觉得韩儒仁所说在理,来了精神,说:“我回去即全圩搜查。”

韩儒仁说:“不可,风紧,盗炉之人极有可能毁赃,且大肆搜查,也伤了圩内之人义气感情。只要严加盘查出圩之人,又何愁那对炉子不失而复得。”

韩儒仁这番话,听得在场的人无不佩服,孔友善心里更是暗暗叫好。

张管家也茅塞顿开，说："韩掌柜所言极是，尚文甚为感佩。回去一定禀报朱圩主，外松内紧，查个严实。"说着，话锋一转："尚文昨天与令弟所言之事，不知大掌柜是否有意？"

韩儒厚听了，忙欠身说："尚未给兄长言及。"

韩儒仁不知所言何事，敷衍道："管家放心，朱圩主之事广宁堂一定尽心。"

张管家很满意，便起身告辞，韩儒仁挽留不住，只得起身送客。到了大门外，韩儒仁又和张管家好一阵窃窃私语，方才相揖而别。一旁，孔友善问韩儒厚："大东家和张管家说什么大事，神神秘秘的？"

韩儒厚正要作答，韩儒仁走了过来，意味深长地对友善说："友善哪，你胆大仗义，我真佩服你呢！"

孔友善不好意思地摸了摸后脑勺，含混地应道："我是气他张管家欺人太甚。"

韩儒仁便也气愤地说："那对宣德炉市价十几万现大洋，岂能丢失。他是把我广宁堂当三岁孩童想哄骗呢！"

孔友善听了，不由想到昨晚韩儒厚说："友善，那原本是我家之物啊！""真若遗失，我之心痛，更甚于他。"不由怔怔地发起呆来。

二十

祸不单行，朱圩管家上门捉贼的风波刚平，田贵从青阳镇购买纱布返回时，又被保安团扣押，说纱布是禁运物资，田贵是为共产党武装采购医疗用品。韩儒仁明知这是保安团在敲诈勒索，但也只得破财消灾，让儒厚带上一千大洋去保安团将田贵赎了出来。而就在当天，广宁堂在穆墩岛收购药材的伙计又遭到湖匪抢劫，损失倒是不大，不足百块法币，但韩儒仁听了却如雷轰顶。穆墩岛是魏友三的地盘，除了打鱼、采药材的人外，鲜有人去。这几年魏匪远走他乡，那里方才渐有人气。魏匪公开抢劫广宁堂的药材，这传递了一个不妙的信号，说明他们对广宁堂不似往日那么顾忌了，广宁堂已成了他们劫掠的对象。而眼下与高柱久保安团的威胁相比，魏匪安置在广宁堂的这颗定时炸弹才是最危险最要命的，一旦爆炸，广宁堂将陷入灭顶之灾。当务之急，是如何尽早地请走这个瘟神，排除这个毒瘤。

其实，避祸的计划，韩儒仁去安东亭拜谒陈丞相、张留侯、萧相国、淮阴侯四位先贤时，在周二爹的渡船上早已成竹在胸，并得到老夫人应允。但施行起来，好多环节却无法自然联结。尤其是“鬼影子”狡诈多疑，让他入套实在不易，稍有破绽，必遗后祸。而穆墩岛伙计被劫，迫使广宁堂必须加快避祸的行动，韩儒仁苦无良策，整日眉头紧锁，如坐针毡。

韩儒厚和吕叔也心急如焚，两人昼夜盘划，终觅得一计，说与韩儒仁听了，韩儒仁连声说好。三人又细细推敲一番，便紧锣密鼓地安排施行。

这天早饭后，韩儒厚对吕叔说：“近来堂里收益日渐减少，塘槐村有几户人家还欠一些诊费药费，我和你去收一下吧。”

吕叔说：“还是我带友善去吧。也让他认认路，识识人。”

韩儒厚说：“也好。你年纪大了，腿脚不便，往后跑腿的事就让友善多干点。”

吕叔便拿了账册，领着孔友善到塘槐村收账去了。

晌饭时，吕叔和孔友善就回来了。韩儒厚欢喜地问：“收齐了？”

吕叔沉着脸没有吭声。孔友善“唉”了一声，说：“那几户人家一贫如洗，见我们来了，有的端着几个鸡蛋，有的提着老母鸡来顶账，收账的事吕叔连提都没提。后来拐到吕集街上，倒是收了几户人家的账。”

韩儒厚说：“不白跑一趟就好。田贵刚才还来要钱上街买粮油呢，你把钱给他吧。”

孔友善望了吕叔一眼，欲言又止地说：“那钱……钱……”

一旁，吕叔的脸挂不住了，懊丧地说：“让我丢了。”

“丢了？怎么能丢了呢？”韩儒厚一下急了。

吕叔吭哧不言，孔友善说：“吕叔收了钱，到一户熟悉的人家坐了会，去了趟厕所，出来逛了会街钱就没了。”

“那丢了多少钱？”

“三十块银元,一百七十块纸币。”吕叔说。

“我说吕叔呀,吕集街上那么乱,你怎能装着那么多的钱逛街呢!不过,丢也丢了,你不要上火,快点洗洗吃饭吧。我把这事给儒仁说说就行了。”

谁知,一向宽容大度的韩儒仁对吕叔丢钱的事大为不悦,一改多年午间小憩的习惯,把儒厚、儒义、儒礼、吕叔、友善、喜子、田贵、二宝等大小管事的人叫到他屋里说道此事。

孔友善是第一次也是第一个进了韩儒仁的住房,他先是闻到了一股清甜的味道,跟着眼睛像锥子一样把里面的摆设扎了个遍。屋子共四间,从东面第二间处开了门,这间屋子是客厅,也是议事的厅堂,靠东面这间是实墙,装有一扇木门。客厅和西面两间是通间,由镂空屏风隔开,是韩儒仁的卧室兼书房。客厅这间是架着横梁的大间,正面墙上挂着丈二长的岁寒四友图联体画轴,两边红底金字对联:室有余香谢草郑兰宝桂树　家无长物唐诗晋字汉文章。与大户人家摆设不同的是,画轴下方没有八仙桌,只有一只四方紫檀茶桌,上面放着一件粉彩龙虎瓶,两旁摆着一对太师椅,东西两面各摆着四只普通圆凳和两张本色茶几,看来,这是广宁堂议事的地方。这些对孔友善倒没有什么吸引力,让他惊奇的是东间屋墙下那只一丈多长、三尺多高、宽约三尺,中间两扇长长的柜门且挂着一把虎头铜锁的红木老柜,孔友善早就听说这只老柜是广宁堂的藏宝之物,里面装满了金砖元宝,还有人说这老柜里布有迷药,能杀人于无形。

孔友善心里暗自琢磨道:这股清甜的味道是从哪里来的,这老柜里面都装着些什么东西呢?真要是金砖元宝,广宁堂的财富和朱殿魁的财富怕是难分伯仲了。

一会儿,众人陆续来了,分别拣了座位坐下。茶桌两边的太师椅是韩儒仁和吕叔的专座,今天,吕叔知众人相聚是因他丢了钱款,显得局促不安,连目光也不敢和众人对视。韩儒仁脸色如水,开口就告诫众人做事要心细,不能出错,听得众人莫名其妙,一头雾水。这才说到吕叔丢钱的事,他没斥责吕叔,却斥责儒厚说:“我早就叮嘱于你,收账之事你要亲力亲为,吕叔偌大年纪,还怎么让他去辛苦呢。眼下广宁堂几无进项,一块现洋都弥足珍贵，丢了这么多的钱，你难道不心疼！”

孔友善听了，心中窃笑：广宁堂富甲一方，韩儒仁因这几块钱就失了斯文，实在令人好笑。

韩儒厚听了，窘得低头不语。吕叔更是羞愧得手足无措，竟然把茶桌上那只龙虎瓶碰翻在了地上。

这龙虎瓶可是韩儒仁的命根子，心疼得他双手直哆嗦。

吕叔吓坏了，连说：“我赔，我赔！”

韩儒仁面带愠色地说：“这是唐粉彩，您老赔得了吗！”

韩儒礼、韩儒义虽然心疼这只瓶子，但对兄长的言行有点看不下去，忙劝慰吕叔：“一个瓶子，又不是金子做的，打了就打了，您莫着急。”

韩儒仁也觉得过了，把碎片小心捧到八仙桌上，叹了口气说：“吕叔，这瓶子当初是用一千现洋买的，现时要值上万大洋，它是我广宁堂唯一值钱的物件了。本想将它转给朱殿魁，换些银两补贴家用，没想……唉！也是我一时心急，言语重了，您老莫生气。”

吕叔惶愧地说：“我老了，糊涂了，管不了这么多的事了，你就找个人把这管家的事接了吧。”

吕叔的话众人都觉突然，七嘴八舌地安慰他不要多想，只有韩儒仁默不作声。吕叔知趣，坚持要辞。韩儒仁方说：“吕叔实已年高体弱，精力有限，广宁堂杂事太多，是有些力不从心了，我看就让友善和吕叔一起管理总账吧。吕叔月俸不变，给友善每月再加一块大洋。”

韩儒厚等皆感震惊，齐说不可！

总账是整个广宁堂的核心之处，非最贴心之人不能染指，多年来一直由吕叔担当，而孔友善才来广宁堂不足一个月呀！一向处事谨慎的韩儒仁莫非也像吕叔一样糊涂了？

对此决定，韩儒厚、韩儒义脸色难看，心中甚是不快。就连喜子、二宝、田贵也愤愤不平。

韩儒礼是吕叔看着长大的，愤然责问韩儒仁：“哥，吕叔在广宁堂已三十多年了，你让友善管账，莫非日后想辞了吕叔！”

孔友善对突然降临的美事惊喜欲狂，但知人心所向在吕叔一边，忙推托说："大东家，友善才疏学浅，记个来往账目估计尚可胜任，管理总账委实难以担当。"

韩儒仁听了众人之言，笑了起来："谁说我要辞吕叔？吕叔还是广宁堂管家，广宁堂一应事务还是由吕叔支派调度。友善只不过是分担吕叔零碎事务、减轻吕叔负担而已。"又动情地对吕叔说："吕叔，多年来您与广宁堂风雨同舟，我心里从没将您老当作外人。只是友善是个难得人才，所以我才想让他早日跟您学学管账之事，并非嫌您年老；今后就是您啥也做不动了，我们也不会嫌弃，还要给您养老送终！"

韩儒仁的一番话，听得吕叔泪花涟涟，众人也皆热泪盈眶，点头称道。

韩儒仁又拍着孔友善的肩膀说："友善，那天张管家上门问罪，实是欺人太甚，你对他那番话说得好，在理，有骨气。既长了我广宁堂的威风，又替我广宁堂洗刷贼名，给广宁堂立了大功，所以我才信赖你重用你。这事你不许推辞，要和吕叔一起把广宁堂总柜管好，不可辜负我对你的期望！"

孔友善听了，心情激动难抑，说："友善一定尽心尽力，不负东家厚望。"

吕叔更是高兴，拉着孔友善的手说："友善，难得你知情知义，你随我来，我这就给你说说总账的事。"

孔友善似乎不好意思，韩儒仁听了，冲他摆摆手，说："友善你就跟吕叔去吧。"孔友善这才扶着吕叔去了。

韩儒仁看他俩这般亲近，欣慰地笑了。

自此，孔友善就进入了广宁堂的核心管理层，成了大当家韩儒仁最信任的贴心人。

二十一

孔友善果然能力不俗，到总柜第二天就帮吕叔把账册梳理了一遍，吕叔一个劲地夸赞韩儒仁有眼力，惹得喜子、二宝几个人直瞪眼。

第三天晌午，韩儒仁多喝了两杯双沟大曲，没有歇晌，端着紫砂茶壶来到总柜，半躺到吕叔常坐的那把藤椅上，和孔友善闲聊起来。他笑着问孔友善："友善，你知我是何时想让你到总柜的吗？"

孔友善摇头说："不知。"

韩儒仁说："张管家夸你那天我就有这心思了。"

"张管家夸我？我怎不知？"孔友善疑惑地说。

韩儒仁说："那天张管家来追查宣德炉时，你猜他和我说的什么悄悄话？他说朱圩主有二十多万法币和银元券，想换成银元，让我给操个心。另外就是夸你，说你有胆略，讲义气，懂得报恩，今后一定能堪广宁堂大用。"

孔友善一听，想朱殿魁真是只大肥牛，嘴上却说："我就是个跑腿的料，有什么胆略？都是大东家关爱抬举！"

韩儒仁连连摇头说："不不！你怎能是跑腿的料！自你到了广宁堂，我心里对你可有一比呀！"

孔友善来了兴趣："大东家对我作何比较？"

韩儒仁一脸真诚地说："若把你比作春秋之范雎，汉初之子房，可我乃草芥之辈，广宁堂也只是一间药铺，不免让人耻笑；若把你比作高柱久之高二虎，就毫不为过了。"

孔友善对高二虎甚是了解，此人是高柱久本家侄子，嗜杀成性，凶狠异常。有一次高柱久与魏友三发生争执，他差点动枪，要不是老魏三的主要谋士张茂扬和女匪首李芳在场调解，差点血溅当场。说："大东家过奖了，高二虎是高柱久左膀右臂，屡立战功，高柱久那团总之位有一半是他打下的，我岂能和他相比。"

"此话差矣！"韩儒仁坐直身子，"高二虎为高柱久出生入死不假，但高柱久由匪而入仕，成为洪泽湖西一方霸主，非高二虎辈之功，他是暗算了魏友三，方使自己独大。"

孔友善奇怪了："大东家这话友善不明白，高柱久当了团总，与魏友三何关？他怎么暗算了魏友三？"

"前几年，政府欲招安魏友三，将他的马子改编成成子湖水警团，专司洪泽湖西这方水土的治安，可有此事？"

孔友善点头，这件事他参与谋划，当然知道。

“那为何好事未成呢？”

孔友善摇头。当时，此事眼看大功告成，连官都分好了。魏友三被委以上校团长，他手下干将除其干儿子悍匪“吕大闺女”不愿接受招安外，副手桂安富被委以中校副团长，张茂扬被委以中校参谋长，梁家山、刘广益、陈茂昭委以少校营长，李芳任少校后勤主任，“鬼影子”也被委以少校副官。魏友三将马子集结，敲锣打鼓地开到双沟镇南苗庄，准备接受国民政府大员点验。就在庆祝大会开始前两天，魏友三得到密报，说国民政府招安是假，庆功宴实是鸿门宴，要在庆功宴上将其一网打尽，主要匪首公审后悉数枪决。魏友三信疑参半，即派人去双沟镇驻军处打探，果然驻军戒备森严，就连先期被招安的高柱久保安团也荷枪实弹地开到，堵住魏友三退路。打探的匪人潜入保安团驻地，找到相识的人打听，也说上峰训示说魏友三匪性难改，要做好严惩匪寇准备。魏友三恼羞成怒，将苗庄洗劫一空，经孙庄遁入洪泽湖。此举改变了魏友三的命运，也改变了跟随他的上千匪众的命运。

其实，双沟镇驻军和高柱久的保安团之所以高度戒备，并非是为了擒拿魏友三一干匪众，而是防备这些土匪出尔反尔，怕他们对点验的政府大员有所不利，意欲震慑他们。

韩儒仁神秘地说道：“那都是高柱久使的阴招！”

“高柱久使的阴招？我怎么不知道呢。”

韩儒仁听了，心想，你这口气，就是做贼三年不打自招了。你说你是徐州人，这许多年前土匪的事你怎么能知道呢。于是说：“友善，你这话又错也。你是外地人，怎么能知道高柱久、魏友三的事。我听知情人说，高柱久密报说魏友三要绑架点验的政府大员做肉票，索二十挺机关枪，五百支快枪，两万发子弹，中央军这才要暗算魏友三。”

“还有这事？这姓高的也实在歹毒了。这一招毁了魏友三的前程，也害了弟兄们了。日后，魏友三迟早要灭了他！”

“灭他？高柱久的保安团六百人众，装备精良，相比之下，魏友三的股匪不过是一伙乌合之众。自高柱久镇守金锁镇以来，魏友三就吓得远避他乡了。不过，这倒是明智之举，如魏友三还在湖西作案，怕是早被高柱久捉拿归案了。”

孔友善急了，说：“大东家你不知魏友三的厉害，是高柱久怕他，不是他怕高柱久。”

“高柱久怕魏友三？笑话！我给你说个实话吧，广宁堂之所以给保安团交保护费，是高柱久保证，一旦魏友三等马子抢劫太平镇，他的保安团将从金锁镇、界集、龙集三面驰援，合围匪人。不过，我心里清楚，魏友三即使抢劫太平镇，他也不能祸害我广宁堂。这湖西地面谁不知我治好了他老妈的眼病。他若祸害广宁堂，便是自做猪狗了。”

孔友善涨红了脸嗫嚅道：“我想魏友三也不会为难广宁堂吧。不过，别的马子就不好说了。”

“别的马子？”韩儒仁不屑地撇嘴一笑，“湖西这几百里地，匪势正炽者也仅魏友三。外地股匪若来，南旅长必跟进追剿，小股土匪来犯，镇警察所不会坐视，加之太平镇几乎家家有枪，儒礼功夫在身，更是百里挑一的快枪手，贼人有不贰之心，必有来无回。你要是再年轻几岁，跟儒礼学学打枪练练功夫就更堪大用了。”

孔友善听了，试探地说：“外面都传四东家不但会功夫，还是神枪手，这是真的？”

韩儒仁嗔怪道：“这岂能有假。儒礼自小拜师，学了八年功夫，至于枪法，天天练习，从未间断。我广宁堂为不少江湖好汉救死疗伤，屡获赠枪支弹药，堂里药工伙计，有二十余人本是持枪猎户，百步穿杨的好手不下十数人呢。”

孔友善心中暗惊，说：“咱广宁堂里还藏龙卧虎呀！”

韩儒仁意味深长地说：“真人不露相，露相非真人么。”

孔友善心有余悸地连声应道：“没看出，还真没看出。”

二十二

随着秋末临近，土匪开始疯狂地大肆烧杀抢掠，为“猫冬”或回家过年准备财物。先是老魏三聚众千余人攻打老陈圩，杀死民众三十多人；跟着匪首刘荣铎又率众攻破韩圩，杀死居民五十余人；接着魏友三亲自带领八十余名匪徒，在夜里摸进青阳镇同济药堂，因没有洗劫到想象中的财物，恼羞成怒地打死了两个伙计，打伤了老掌柜，绑了少掌柜，说同济堂藏了黄白之物，开价两万大洋赎人。一时间，老百姓人心惶惶，时刻担心灾祸突然降临到自己头上。

同济药堂出事的第二天下午，广宁堂里来了一位红脸汉子，拿着药方来抓药。二宝接过药方，见上面有一味砒霜，说：“凡有砒霜的方子得由二先生斟酌，请您稍等片刻。”便将方子拿给西厢的韩儒义。

韩儒义看了方子，生气地说：“一药一性，此方药性相剋，非但不能治病，还会有损身体，这药不能给他抓。”

二宝回到柜上就将韩儒义的话说了，红脸汉子不乐意，说这也是名医开的方子，你这是店大欺客。两人争了起来。

一旁，孔友善听不下去了，对红脸汉子说：“广宁堂乃救死扶伤之地，不是庸医害人场所，你在此吵闹成何体统。这药是断不能抓的，你还是回去让大夫重开一方吧。”说着将红脸汉子一直推到大门之外，而药方却还扔在柜台上。吕叔见了，便将方子收了起来。孔友善转回，三人便将红脸汉子笑话一番，说他是犟驴，不再提及药方之事，也不见红脸汉子来寻这药方。

晚饭后，吕叔将红脸汉子的方子交给了正在厅堂里看书的韩儒仁，说：“我觉得此人不像是个抓药的，友善更没必要把他一直推到大门外。”

韩儒仁一看方子，便说：“您老猜得不错，这人是与孔友善联络的。看来，魏友三等不住了，他们要对广宁堂动手了。”

吕叔紧张了，说：“我看就请驻军吧。”

“谢嘴驻军已开走了，保安团说来还没来，这附近无驻军可请了。”

吕叔急了：“那该怎么办？得赶快想个办法！”

韩儒仁沉吟了一会，说："魏友三要想明抢广宁堂，就不会让'鬼影子'来卧底了。'鬼影子'不给消息，他不会贸然动手。"

吕叔说："那我们谋划的那个哄骗'鬼影子'的办法，还灵验不灵验，他会信吗？"

韩儒仁说："您老尽可放心，我自有应对之法。秦黄石公言：'深计远虑，所以不穷。'经过这些时日铺垫，'鬼影子'也搞不清广宁堂是穷是富了。不过，夜长梦多，现在是到了把这尊'瘟神'送走的时候了。"

吕叔走了，夜幕也落了下来，韩儒仁静静地站在门口，大院里一片寂静，偶尔从房间传出一声梦呓，如同从枝头滑落的一滴露水，跌进深深的夜里，便悄无声息了。古人那句"明者远见于未萌，智者避祸于无形"的警语一遍遍地回响在他的耳边，他的心里翻江倒海，有着一股决战前的昂奋。

是的，最后关头到来了，"疑行无成，疑事无功"。再不能犹豫了，他要下出决定广宁堂凶吉的最重要的一步棋了！

韩儒仁疾步到了老夫人屋里，母子俩低语一番后，韩儒仁出来拐到儒义门前，将他叫到自己屋里，说："儒义，你可知家里要出祸事了。"

韩儒义一听慌了："哥，出何祸事？"

韩儒仁说："那孔友善不是正经人，他来我家定有所图。"

儒义说："哥，我见友善待人和气，行事规矩，不像是为非作歹之人。再说，他又是李端安郎中举荐来的，怎能害我广宁堂？"

韩儒仁说："你生性忠厚，人心险恶非你所想。孔友善刚来不久，为查清他身份，我即私下派人寻找李郎中，却杳无音信。前时，县城安叔捎来口信，听说魏友三马子里新近入了个郎中，此人若是李端安，那孔友善必是匪人。此事哥只给你透个信儿，这话千万莫给淑芳说，她妇道人家，胆小，不要吓了她，以免走漏消息。还有句话你千万要记住，今后若孔友善在场，我说啥，你信啥，依啥。哥就是说老祖宗淮阴侯还魂了，你也当作真的。这有关我韩家身家性命，你能做到吗？"

韩儒义当即被吓坏了，嘴唇哆嗦了好一会儿才说："哥，我，我记住了。"

韩儒仁怕儒义思想负担过重反而坏事，又给他宽心："这也许是我多虑了！你不必过于紧张，一切按往常规矩行事就是了。”

儒义走后，韩儒仁打开文房四宝，挥笔急就一封书信，粘好封口，进了后门旁堆放杂物的小耳房，里面喜子和王长河手端快枪，正在放暗哨。

韩儒仁拿出信件和十块大洋对他俩说：“你俩带上短枪，到大车店雇两匹快马，连夜把这封信送往淮阴你二婶家，事关重大，千万不能耽误！”

在喜子他们走后的第三天早上，韩儒仁鸡叫头遍时就起了床，简单洗漱后，就端坐在客厅太师椅上心无旁骛似的闭目养神。其实，他的心里如热火炙烤，焦灼不安。

他在等一个人来。

这个人是他数十天来殚精竭虑、精心设计的连环计中最重要的一环。他迫切地祈盼这个人能如期出现，但心里却又无底。因为，在这兵荒马乱、土匪横行的年月里，喜子、王长河纵马夜驰，沿途是否安全？淮阴城来人，路上又可否平安？一切都是个未知数。

韩儒仁心如乱鼓，恐慌不安。

天色微曦，清晨的寒冷比夜晚还要凛冽，直往人骨头缝里钻，韩儒仁头上却还是沁出了一层汗水来。

东方天际微红时，广宁堂的大门终于轰然作响。这声音虽然焦躁、无理，传递着一种不安和晦气，但在韩儒仁听来，这声音气势如鼓，铿锵有力，犹如来自天籁的梵音，是天底下最优美最悦耳动听的声音了。韩儒仁心里有股按捺不住的激动，欲脱胸而出！

苍天保佑，淮阴城如约来人了！

韩儒仁谋划了数十天的重头大戏，就此拉开了帷幕。

二十三

来人是儒义媳妇淑芳家布店的掌柜老孔，广宁堂好多人都认得他。老孔是昨晚骑着快马连夜急行近二百里路程赶来的，他带来一个令人惊骇的消息：淑芳的二弟昨天被绑架了，绑架者限三天内拿四万大洋赎人，逾期就撕票。淑芳爸向亲家借贷两万大洋。淑芳一听，又是惊吓又是着急，哭得泪人儿似的，惊动了整个广宁堂。韩儒义不敢拖延，急忙扶着淑芳和儒厚、儒礼、吕叔、友善、喜子几个能进入后院的人来给儒仁报信。

正在自己屋里客厅太师椅上悠然养神的韩儒仁被涌进来的众人吓了一跳。未待他开口，韩儒义就将孩子舅舅被绑票，要借两万现洋赎人的事说了。

韩儒仁听了，气急败坏地说："真是胆大包天，在淮阴城里也敢作此大恶，实在可恨！"又安慰淑芳："你莫太过着急，两万大洋何难！我马上安排筹措就是了。"便对吕叔、友善说："快去柜上取两万现洋送来。"吕叔、友善不敢怠慢，急急跑到账房，吕叔打开由他专管的铁柜，将现洋、银元券、纸币尽数取出，放在柜上，友善清点，吕叔计算，两人一阵忙碌，都感惊愕：柜台上仅有现洋一千零三块，还有一角到五角的银元券四百块七角，一角到十圆的纸币一千三百零三块。

孔友善疑惑地说："吕叔，怎么只有这点钱呢，钱柜里的钱你都拿出来了？"

吕叔说："你还嫌少！这么多的人吃喝花费、人情来往，还要开工钱，多大的一笔开销，年初又在朱圩被劫了三千现洋的药材，去年这会儿连一千现洋还没有呢。"

孔友善说："偌大的广宁堂，再怎么说也不至于就这么点周转资金吧。那些钱都弄哪去了？"

吕叔白了他一眼说："这是东家的事，你少管。"两人提着钱，抱着账本、算盘，一路小跑到后院厅堂。吕叔将钱款放到老柜上，说："东家，柜上就一千多块现洋，一千多块纸币了。"

"就这点钱？"韩儒仁吃了一惊，脸色都变了。

吕叔说："兵荒马乱，日月艰难，乡亲们还欠着一些；有几个中药铺进了些药材款，也没收回。加上人多，开支大，还得补窟窿还账，能有盈余就算不错了。"吕叔不住地摇头叹息。

韩儒礼听了，不解地说："补窟窿还账？补什么窟窿？给谁还账？"

吕叔看看韩儒仁、韩儒厚，没有搭理。

韩儒仁也不信，打开账簿，取过算盘，亲自一笔一笔核对，账目笔笔清楚，钱款分文不差。放下账簿后，他不敢面对淑芳，满脸愧色地对儒义说："儒义，这如何是好？"

韩儒义泪水涟涟，说："哥，我们广宁堂偌大产业，虽说利薄，却也日有进项，怎就只有这点钱呢？"

韩儒厚、韩儒礼也急得直跺脚。

淑芳忽地跪倒在韩儒仁面前，哭着说："哥，就把家里的积蓄分了吧。我们那份子让安叔带去救孩子二舅！"

淑芳此言一出，大伙都愣住了。原来，广宁堂老少几辈血浓于水，不分彼此。每年收入除发给家人一点零用花销外，大头留在柜上周转，小头留在当家人处以备不需之用。老太爷临终时还叮嘱这笔钱不能乱动，老太太百年后如要分家，先给吕叔和喜子匀出一笔安家费，余下的由儒仁、儒厚、儒义、儒礼四兄弟平分。许多年来，几个兄弟相处得亲如一人，从未有人生过分家的念头，如今老太太还健在，淑芳却要分钱，这无疑是违背了老太爷的遗愿。一时，厅堂里静得连喘息声都没了。

再看韩儒仁，已难过得泪流满面。

韩儒厚他们一个个也都唏嘘不已。

过了好一会儿，韩儒仁才涩声说："广宁堂如此衰败，罪过在我。罢罢罢，宁伤钱财，不能伤人。都随我来。"边说边从口袋掏出一串用麻绳拴着磨得锃光的钥匙，从中拣出一把，颤巍巍地走到东边房门前，开锁，推开房门，众人眼前出现了一个丈二长的实木大柜，上面挂着一把5吋长的铁锁。韩儒仁又哆哆嗦嗦地拣出一把铁钉似的钥匙，费了好大的劲儿，才把铁锁打开，抬抬手说："抬出来吧。"

韩儒厚上前掀起柜门，里面是两只大木箱，他招呼儒礼、友善过来，把木箱抬到中间厅堂里，韩儒仁又找出钥匙来，把箱子的锁一一打开，声音如蝇地说："把能变实的，都拿出来吧。"

韩儒厚先打开了一只箱盖，众人的目光齐齐地盯了过去，箱子里装的是一座停摆的西洋自鸣钟；一只做工精细看不出年份的青色砚台；一块镶嵌在木框里带有牧童戏水画面的灵璧石；一只八吋长的青色玉如意；一对清青花菱口碗；一块鸽蛋大的鸡血石；三件画轴；两片用黄绸包裹的甲骨，这是儒仁的心肝宝贝；还有一个木托盘里放着一只紫砂菊瓣壶、一只鎏银茶筒、四只紫砂茶盏。这些东西，也值不了多少钱。看来，值钱的东西都在另一只箱子里了。

跟着，韩儒厚又打开了另一只箱盖。

果真，这只箱子与刚才那只箱子不同，里面又放着一黄一紫两只樟木箱子，这应是广宁堂最金贵的箱子了。莫说外人了，就是家人也不知里面装的是什么。

先打开的是黄色箱子，里面的东西也果然金贵，是黄货白货。可惜的是太少了，只有两根超不过二两的金条、四只麻雀大小的银元宝，五十封大洋，每封二十块。跟着又打开了紫色小箱，这更让众人大跌眼镜，里面装的是家谱、地契、房契等物。孔友善一一看过，突然觉得在这堆物件中，似乎少了点什么。

众人大感失望，皆摇头叹息。

孔友善更是深感失望，心里暗暗思忖：广宁堂财力雄厚，仅凭那膏药就可年入数千金，岂能只有这点陈年旧货？那些黄金白银哪里去了？是埋起来了，还是让韩儒仁私吞了？看韩儒义他们的神态，不像是深藏不露，十有八九是让大东家韩儒仁私吞了。莫看他满腹经书，仪表堂堂，却原来也是个鸡鸣狗盗之辈。

孔友善很是愤懑，也更感慨不已！

淑芳看这些物件与两万大洋相差甚远，心里感到绝望，伏到老柜上嘤嘤哭了起来。

没想这时，吕叔面对着韩儒仁说出了与他身份极不相符的话来："老柜里可有值钱的东西？"

随着吕叔的话音，孔友善忽然回过味来：是呀，东墙下老柜里装的什么？韩儒仁为何不打开看看？

韩儒仁吃惊地瞪着吕叔，嘴角哆嗦着，想说什么，却又咽了回去。

淑芳听了，心里又有了希望，眼泪汪汪地望着儒仁。

韩儒厚急忙阻止："老柜里没什么东西，不用开了。"

韩儒义也吃惊地对吕叔说:“吕叔,你又不是不知道,老柜不能开,更不能在白天开。”

韩儒仁撑不住了,望望淑芳,将那串钥匙很不情愿地递给吕叔,说:“你就打开看看吧。”

韩儒厚瞪眼说:“哥,老柜不能开呀!”

孔友善熬不住、等不得了,顾不上自己的身份,说:“土匪心狠手辣,人命关天,得赶紧把人赎回来呀!”

淑芳听了,便绝望地大放悲声。

“罢了!”韩儒仁悲怆地仰天长叹一声,潸然泪下。此时,他已非是在演戏,而是发自心底的无奈、羞愧、屈辱、愤懑。一个治病救人的医生,却被邪恶势力逼得走投无路,连家人也要欺骗。可是,非如此而不能避祸啊!他无助地冲吕叔扬了扬手:“开吧!开吧!”

吕叔便走到老柜跟前,弯下腰来,但那手却抖得厉害,钥匙怎么也对不上锁孔,便扑通跪了下去,两手举着钥匙,对准锁眼,吱的一声,锁舌跳了出来。吕叔两只手分别抓着两扇柜门上的铜环,跟着,老柜发出一阵吱吱的声音,咯得屋里的人心头都为之一颤。

就这样,广宁堂最气派、最隐秘,从未在外人面前开过的祖传老柜的柜门在悲怆的气氛中被打开了。

二十四

窥探已久的秘密终于揭开,孔友善的心已蹿上了嗓子眼,眼里蹿出了腾腾燃烧的火苗,脖子也伸得更长了,抻得青筋一跳一跳地骇人。

随着柜门的打开,韩儒仁以手遮面,羞愧得无地自容。儒厚、儒义也难过地将脸扭向一边。

这是不能随便打开的柜子啊!

惊骇的事情再次发生了,老柜里竟然整整齐齐地摞着一沓沓膏药,膏药上面摆着两只硕大的钢丝笼子,笼子里铺满了灵芝、麝香、雪莲、红花、青竹、寒风和一些叫不上名字的药材，上面各趴着两条灵蛇，四周散着丝丝缕缕的碧色物什。一股清甜的味道溢满了整个厅堂，在场的人虽然心惊肉跳，但精神却为之一振。

众人惊愕之间，韩儒义飞快地扑过去关上柜门。原来，广宁堂虽说“祛风驱毒散”紧缺，却还有些存货放在老柜里。传说中的广宁堂制作“祛风驱毒散”那味稀缺的草药，正是灵蛇吐出的状如碧草的分泌物——“龙涎草”，此为广宁堂百年奇方。因灵蛇所食皆为特配食物，又日夜被名贵药材熏浸，处于半休眠状态，一旦见光，便不再吐涎。而有关老柜中的惊人秘密，只有韩儒仁、韩儒厚、韩儒义和吕叔知道，连韩儒礼也不知情，故刚才儒义也不让开柜。

淑芳明白了事情的原委，泪水又成串地涌了出来，却不敢哭出声来。为了救二弟，逼得大哥把广宁堂的百年秘密都亮了出来，自己还能说什么呢。

谁知，韩儒礼此时犯浑了，说：“哥，家里不是还有一对宣德炉吗？听父亲说当年是用一万大洋买的呢！”

韩儒仁听了，望着儒礼，嘴唇动了几下，又低下头，一副难言之态，但眼里分明生了一汪泪水。

韩儒厚受不了了，动情地说：“哥，你就说了吧，天大的事我们一大家人和你扛着，不能再苦你一人了。再说，那事你是瞒不住的，迟早要给家里有个交代的。”

韩儒仁听了，蓄了半天的泪水便如决堤洪水滔滔而出。跟着石破天惊般地道出了广宁堂一段不为人知的隐秘——

民国 19 年腊月初三，韩儒仁去太平镇东街银匠店，想给几个晚辈选购几只小挂件，被两个不认识的人挟持到了银匠店对面的茶楼雅间里，直截了当地说他们是受高柱久高爷差遣，前来向韩老板借五万大洋过冬，限 5 日内送到朱圩朱殿魁处，如过了期限，要将广宁堂鸡犬不留劫杀一空。万般无奈之下，韩儒仁只得倾其家底，又东借西贷地凑了三根金条，一万现洋连同那对宣德炉交给了朱殿魁，这才免了一场灾祸。自那时，广宁堂元气大伤，成了徒有其名的空架子。

这件遭恶匪劫持勒索的往事，无疑是广宁堂的莫大耻辱，又因为是在广宁堂当家人韩儒仁身上发生的，这也如同将他最见不得人的隐私展现在众人面前，比伤口被撒盐被撕裂还要痛苦。

“非我贪生失节，两害相权取其轻，我是为了顾全广宁堂的身家性命呀！”韩儒仁悲愤难抑。

孔友善这才明白为什么那天韩儒仁对张管家说：“那对宣德炉丢了，我也心疼。”以及韩儒厚怎么知道那对宣德炉折了一条腿。

韩儒礼从腰里拔出短枪，义愤填膺地说：“高柱久为非作歹，他朱殿魁也敢为虎作伥？哪天，我非打碎他的狗头不可。”

孔友善心里一颤，本能地往旁边一闪，想：这韩儒礼枪不离手，看来是个狠角色。

韩儒仁火了，说：“儒礼，你怎能说此狠话！要不是朱圩主放言广宁堂是高柱久的码头，那魏友三早来抢了，广宁堂也早没了。我家欠着朱圩主天大的人情，你不可如此无理！”

孔友善听了，想，这就是那天去朱圩时韩儒仁所说的韩家欠朱殿魁那份人情债了。韩儒仁呀韩儒仁，亏你还是个大当家的，朱殿魁串通高柱久害得你快家破人亡了，你他妈的还领他的情，真是个肉头！

孔友善不屑再看韩儒仁一眼了，歪着头酸溜溜地说：“这点钱还赎人哪？怕是连个人影子都见不上。”

听了孔友善幸灾乐祸的话，韩儒厚和吕叔对了下眼色，韩儒仁的“示穷计”成功了。孔友善就是那个猫在广宁堂的“船家”，儒仁善解人意地让他这个心怀叵测的撑船人，堂而皇之地做了广宁堂账房先生，让他清清楚楚、真真切切地看到了外强中干的广宁堂。现在，孔友善遂愿了，广宁堂一贫如洗，他那罪恶的阴谋该中止了吧！

可此时韩儒仁不这么看，“鬼影子”能在魏匪大小几十股马子几千号匪徒中呼风唤雨，能几次卧底作案无一失手，他绝不可能轻易相信别人，更不可能就这样中止他的阴谋。自己谋划的连环计还得继续把扣子结下去，就说：“儒厚，这些钱难以赎人，母亲屋里还有面铜镜，品相还好，能值几个钱，你去拿来吧。”

韩儒厚应声去了。

淑芳听了，说不上是惭愧还是感动，哇的一声哭着跑了出去。

一会儿，韩儒厚扶着老夫人出现在门口，韩儒仁大吃一惊，急忙跑过去将老夫人扶到太师椅上坐下，说："妈，你怎么来了？"又责备儒厚说："你好糊涂，把镜子拿来便是，怎么将母亲也惊动了。"

老夫人说："莫怪儒厚，是妈不放心。钱数够了么？不够，我这副玉镯也拿去吧。这是当年老爷送我的定亲物，还能值几两银子。"

老夫人的言行让韩儒仁心如刀绞，母亲是吃斋念佛之人，却让她老人家抛头露面，违心行事，实在令人悲愤，不由泪如雨下，扑通一声跪倒在母亲面前。儒厚、儒义、儒礼、喜子见了，也都随之跪倒在老夫人面前。韩儒仁涕泗交加地说："母亲偌大年纪，还为这个家费心劳神，连喜欢的物件都留不下来，这都是儿等无能，儿等不孝造成的啊！"

老夫人不愧是女中丈夫，尽管心中难过，却强忍悲愤说："你们都起来，救人一命，胜造七级浮屠。把这玉镯拿去，也是我对亲家的一点心意。"说着捋下玉镯，递给儒仁。韩儒仁含泪接下，说："母亲尽可放心，事情我知该如何办理，你还是回屋歇息吧。"

老夫人说："那我就不分你心了，喜子，你扶我回去。"临走时，老夫人看着孔友善说："这就是新来的友善么？孩子，广宁堂这般穷酸，让你见笑了。"

孔友善感到慈眉善目的老夫人身上散发着一种无形的震慑力，使他不敢仰视，忙低头说："老人家过谦了。"

待老夫人出了门，韩儒仁兄弟这才起身，韩儒仁将玉镯递给儒厚，愧疚地说："就将这些东西拿去吧，表叔表婶见了，也知我们尽心了。"

韩儒义拿起那两块黄绸包裹的甲骨说："这是大哥心爱之物，又值不了多少钱，算了。"又从儒厚手中拿过玉镯、铜镜说："母亲虽善心如佛，但儿女岂能不孝！这铜镜、玉镯也不能拿走。"就把三件东西放在老柜上。韩儒厚等人便七手八脚地将自鸣钟等及金银纸币装满了一只藤条箱子，韩儒厚将箱子提了，拉着儒义说："我们把这箱子给老孔，让他带了赶快上路吧。"

韩儒仁起身送到门口，给儒厚使了个眼色，又大声叮嘱道："派两个枪头准的伙计，护着老孔，抄近道，千万莫误事！"

韩儒厚应道："哥，知道了。"转身欲走，没想韩儒义看见韩儒仁给儒厚使的那个眼色，顿时想到兄长那天给他叮嘱的那番神秘话语，哆嗦着嘴唇似乎要给儒仁说些什么，儒厚当即一把抓住他的胳膊，吼道："救人要紧，你给我快走！"

二十五

送走儒厚、儒义，韩儒仁已精疲力竭了，他两腿打战，身子打晃，勉强挪到厅堂里。韩儒礼、吕叔都过来扶他，韩儒仁却一下靠在孔友善肩上，对儒礼、吕叔说："你俩忙去吧，友善陪我就行了。"

孔友善心里烦躁，本不愿陪他，老孔那一箱子金银古董不是个小数目，他觉得应该去街上走一趟，让"眼线"设法把老孔劫了。无奈韩儒仁死死地靠着他，让他抽身不得。

吕叔他们走后，韩儒仁才缓了口气，坐下身来，让孔友善沏了壶茶，还是不让孔友善走，说要孔友善陪他喝杯茶、说说话。孔友善只好给韩儒仁和自己各倒了杯茶，傍着韩儒仁坐了下来。

韩儒仁一改往日的儒雅和矜持，絮絮叨叨地向孔友善诉说肚子里的苦水和委屈，说广宁堂担着富名声，入不敷出，快要破产了；说朱殿魁恶人，家里堆着金山银山还昧了那对宣德炉；说高柱久心黑，强收保护费；说魏友三不仁义，广宁堂治好他老妈眼疾痨病，只给了件没用的玩意儿，等等。

孔友善哪有心思听韩儒仁啰唆，现在的孔友善不是刚才的孔友善了。刚才，广宁堂在孔友善心里，那是富甲一方的大药堂，自己只是这个大药堂里的记账伙计；现在，自己是人见人怕的草莽豪杰，广宁堂只不过是在风雨中飘摇欲坠的几间烂草房。孔友善不由很气愤，他气自己这些天的心血白费了，钱财没得到就不说了，连女人身子也没沾过。恼怒中，孔友善咬破了嘴唇，嘴角沁出了血丝，身子一溜，半躺在太师椅里，下意识地晃起二郎腿。韩儒仁茶杯里的茶水早已见底了，这在往常是不可能出现的事，孔友善早就殷勤地把热茶续上了。现在，孔友善才不管韩儒仁的茶水见不见底呢，他懒得再给韩儒仁续茶了。他想：我给你韩儒仁续了几十次几百次的茶水，你也应该给我倒杯茶水了。

果然，就在此时，广宁堂的大东家韩儒仁站起身来，微笑着给小他好几岁的伙计孔友善倒了一杯茶，还关切地说："友善，你嘴角怎么出血了，上火了吧？我给你说副方子试试：

> 木贼草半两，干乌贼须三钱，切寸长短节，两味同时放入瓦锅，注入清水，文火煎至一碗，将渣滤去服用。早晚各一次，三天可缓解；或活蚂蟥三条，绿豆一两，置于瓦罐中文火炖开，每日饮三到五次，五天治愈……

就在韩儒仁口授药方时，孔友善醍醐灌顶般明白了刚才在看到那些家谱地契时，为何觉得似乎少了点什么。对了，是少了两件尤为紧要的东西：《红伤二十八秘籍》和《眼疾诊治便方》。这是广宁堂金不换的宝贝，为啥不见踪影了？这说明广宁堂还有藏宝之处。看来，韩儒仁深不可测，我差点上了他的当了。

呼的一下，孔友善鲤鱼打挺般地从太师椅上跃起，结结巴巴地向韩儒仁赔罪说："让大东家倒茶，友善实在担当不起！"

韩儒仁倒没觉得有何不妥，说："友善，你这话不妥，续杯茶水，不过举手之劳，分什么东家伙计。我给你说的去火的方子可记住了。"

孔友善躬腰点头："谢谢大东家！友善记住了。您开的方子，定会一剂见效。"

韩儒仁听了，慈祥地笑道："但愿如此。"

直到吃晌午饭时，韩儒仁方让孔友善离去。孔友善在出门时，眼睛飞快地将厅堂扫视一番，差点让门槛绊了个跟头。

韩儒仁见了，微微一笑，想，姓叶的还不死心，还得再给他烧把火。思忖间，韩儒礼提着盒子枪和韩儒义闪了进来，韩儒仁吃惊地说："儒礼，你这是干啥？"

韩儒礼说:“哥,二哥给我们都说了。我怕“鬼影子”加害于你,在那边屋里防着他。”

韩儒仁心里一热,说:“在我广宁堂大院,他敢!”

韩儒礼担心地说:“把这么个恶人留在身边,实在太凶险了!”

韩儒仁说:“我何尝想留他,“鬼影子”心狠手辣,诡计多端,那些东西虽然不值得魏匪兴师动众,但足够“鬼影子”这辈子花销,当时如放他走,一旦他去劫杀老孔,岂不露馅,那这些日子的心血就前功尽弃了。”

原来,老孔根本就没出太平镇,连同那些东西一起隐藏起来了。

韩儒义听了,想大哥为广宁堂呕心沥血,殚精竭虑,自己却误会了他的苦心。他叫了声哥,说:“都怨我把‘鬼影子’留在堂里……”说着,泪水就流了下来。

韩儒仁爱怜地责备说:“哭啥?多少风浪不都过去了。你把实话告诉淑芳了?”

韩儒义说:“说了。”

韩儒仁敬佩地说:“淑芳是个知书达理的人,我们韩家有这样的媳妇,是祖上积了阴德!你一定要好好待她。待把这个瘟神送走了,大哥给她赔罪。你再陪她去淮阴好好感谢表叔表婶。”

这时韩儒厚也来了,说:“哥,我担心一件事?”

韩儒仁问:“何事?”

韩儒厚说:“我们强加给朱殿魁、高柱久那些金银古董,今后他们一旦当面对质,那不就穿帮了?”

韩儒仁说:“土匪间本来就尔虞我诈,相互猜疑,魏匪和高匪势若水火,不必多虑。”

原来,大哥早把一切都想到了!这么多天来,韩儒厚第一次舒心地笑了。

二十六

接下来的一天，广宁堂一切如常，韩儒仁也和往常一样到诊室坐诊，但他心里一刻也没有闲着，他算定“鬼影子”会有所行动，这出戏还得唱下去。

第二天晌饭后，韩儒仁兄弟默默地围坐在后院的厅堂里，没有人说话，因为，“鬼影子”还在广宁堂忙碌着，他们想分担一下大哥的压力。

这时，吕叔笑容满面跑进来，欣喜地说：“晌饭前，孔友善上街了，还叫上二宝陪着，在两家杂货铺里转了转，买了包烟，又到满口鲜包了铺买了一笼包子，和二宝分着吃了就回来了。这期间他除了和熊掌柜说了几句话，也没见他跟什么人说话，更没发现举止有什么异常，可刚才就有人捎信来，说他老妈有病了，要他赶快回家去。你说怪不怪？我看他那意思，好似拿不定主张，说要来给你说说呢。”

韩儒仁听了，从椅子上一跃而起，说：“古人言‘善战者，见利不失，遇机不疑’。这信传得好，是天助我广宁堂也！‘鬼影子’此番回去，是要和魏友三商量如何处置我广宁堂，他走了，尚有可能回来，我们让他走。让他无牵无挂、毫无留念地走。吕叔，你赶快过去把他缠上，待儒厚过去了再让他来找我。儒厚，我们赶紧谋划谋划，给‘鬼影子’吃个定心丸，让他死了算计广宁堂的心思。”

吕叔一听，赶紧去了。韩儒仁兄弟商讨一番，关门忙碌一气，韩儒厚又进进出出跑了两趟，做了些布置，这才和儒义、儒礼奔了前面的总柜。

韩儒厚走后，韩儒仁给壶里续了茶水，边品边欣赏着墙上的四君子画轴。他的神情自信而安详，恰似稳坐中军帐中的诸葛亮，一切尽在掌握之中。

总柜里，孔友善呆坐在条椅上，神情恍惚，一脸哀戚，似乎正为母亲的病担心。一旁，吕叔紧紧地攥着他的双手，苦口婆心地劝他宽心，说吉人自有菩萨保佑，他母亲的病一定会好起来的。

韩儒厚进来给吕叔使了个眼色，故作不知地笑着说道：“你俩说什么呀？”不待他俩回话，又说：“吕叔，月底要进药材了，还缺些钱款，我这就去街上找人筹措一些。”也不待吕叔搭话，便匆匆走了。

吕叔这才松开了孔友善的手，无奈地说：“友善，难得你如此孝心，既然急着要走，我也不好留你，大掌柜在后院，你去给他告个假吧。”

此时，孔友善心里异常烦躁，是走是留拿不定主张。听吕叔让他去后院给韩儒仁告假，正合他的心意，立马起身，急匆匆地奔了后院。

后院中墙大门洞开，田贵坐在门旁晒太阳，见了孔友善，既没阻拦，也没起身，冲他点头笑了笑。

看来，田贵是把孔友善视作广宁堂贴心人了。

当韩儒仁壶中茶水见底时，门外传来了脚步声，这脚步声急切零乱，显然是行走之人心神不宁。此人定是孔友善！

韩儒仁便起身伸手迅速地推了一下墙上的那件四君子画轴。

“大东家！大东家！”在画轴的晃动中，韩儒仁背后响起一声哀伤的呼唤。

果真，是孔友善来了。他要借家里捎信为由头，再把后院和厅堂细察一番。

韩儒仁似乎打了个寒战，转过身来，神色紧张地说：“友善来了！你，你有何事？”而目光还斜在挂轴上。

孔友善为韩儒仁惊慌的表情纳闷，他迅即扫了一眼墙上的画轴，在“四君子”的摇摆中，他似乎见到画轴后面的墙壁上有个木框。

孔友善的心骤然狂跳起来，脸色刹那间涨红了许多。“鬼影子”不愧是魏匪的“闲员”，瞬间便在心里做出了判断：原来，广宁堂修有夹壁墙，画轴后面定是广宁堂的藏宝窟。

本来，孔友善因为没有探清广宁堂家底，心里拿不定主意是走是留，即使今日离开，也只是想回到匪窝，和魏友三商量下步打算。现在，总算苍天有眼，功夫不负苦心人，广宁堂老底入眼了，大功告成，该打马回营了！下一步就是在某天夜里，快马衔枚，脸蒙黑巾，突袭广宁堂，劫了财宝回去享受。这么做，对魏三爷和广宁堂都好，三爷不会对广宁堂逼财伤人，广宁堂破财保了性命，也算不幸之大幸。孔友善便兴奋地压着嗓门，哭丧着脸说:“大东家,家母突染急病,我明早得赶回去伺候,今后怕是不能再回来了。”

明早得赶回去?“鬼影子”觉得稳操胜券了,好!我这计成功了。韩儒仁压住欣喜,关切地说:“老人家身染何疾?能否行走?可否接来广宁堂诊治?”

孔友善说:“谢大东家,老母年迈体弱,徐州到这里路途遥远,实在难以成行。”

韩儒仁说:“那就带点补品回去。我给你开上几个滋补的方子……”正说话间,外面响起韩儒礼的喊声:“哥,哥!妈有事叫你快去!”

韩儒仁是孝子,听说母亲有事,不敢怠慢,忙打住话头,说:“友善,你先在这等我一会,喝茶你自己沏,药方待我回来再给你开。”不待孔友善应答,就急忙奔老夫人房子去了。

机不可失,时不再来。这天赐良机孔友善岂能放过!韩儒仁刚出门,孔友善身子一晃,画轴已被撩开,后墙上,那个木框果然是个二尺见方的暗室,推拉的木门半开,想必是韩儒仁刚才没来得及关上。孔友善欣喜若狂,用脊背撑起画轴,哆嗦着推开木门,这是个深约二尺,宽、高各约三尺的夹皮墙洞,里面放着一只古色木匣,一只没有上锁的樟木箱,竟然还有一支盒子枪和两颗木把手榴弹。

孔友善打开了那只木匣,里面正是广宁堂镇堂之宝《红伤二十八秘籍》和《眼疾诊治便方》。对这些偏方,孔友善不感兴趣,待他迫不及待地打开樟木箱,却不由傻眼了,箱里只装着几卷二十块一封的银元和几根二三两重的金条。

他妈的,这广宁堂看来真是让高柱久折腾得山穷水尽了!孔友善大失所望。

“去给喜子说,给老太太屋里送几根上好甘草泡茶!”外面,韩儒仁似是站在门口大声地给谁吩咐着。

孔友善打了个激灵,急忙合上箱子,推上柜门,放下画轴,规规矩矩地坐在一旁的圆凳上。

韩儒仁也刚好在此时提着个包裹走了进来。

"老太太好吗？"孔友善关切地问。

韩儒仁用眼角的余光扫了下仍在微微晃动的画轴，恻然说："唉！家道不顺，老人家操心劳神，虚火上升，牙龈都肿了。"

孔友善摸清了广宁堂的家底，已是寡妇丧子，再无守心。想到这些时日，韩家老少对他不差，自己做的是恶事，行的是险招，今后说不定还有用到他们之处，便同情地说："这么多的窝心事，也难怪老太太上火。唉！不知我老母亲病情怎样，大东家，我心里着急，等会给吕叔交了账册就走，现在就给你告辞了。"

现在就告辞了？"鬼影子"你终于探清广宁堂家底了，广宁堂灯枯油尽，连鸡肋都不如了，不值得魏匪算计，你还装人做鬼地在我广宁堂干什么！韩儒仁如释重负地吐出一口气，故作惊讶地说："友善，你怎说走就走呢？这些天来你为广宁堂费心劳神，这一去还不知能否回来。怎么也得容我给你饯行呀。"

孔友善急忙说："谢大东家心意！家母病重，我实在不敢耽误。"

韩儒仁说："难得你有如此孝心，那我就不留你了。你我如有缘分，日后还有相聚日子。"说着将手中包裹递给友善："老太太知你要回家，找了几件衣物带给你老母亲，虽说旧了点，倒还干净，望莫嫌弃。"

听了韩儒仁这番话，孔友善竟一时动情，涩声说："大东家，人说为富不仁，可你韩家大院都是好人！恨我身不由己，无福与你共事，实在是此生一大憾事。"

韩儒仁听了孔友善这番话，伤感地执着孔友善的双手说："友善啊，你我虽名为主仆，实乃情同手足。虽说我广宁堂万贯家财遭那高柱久、朱殿魁等暗算，已是空有其名，但瘦死的骆驼比马大，你我情义一场，我怎能让你空手而归呢。"说着，走到门口，向外张望一番，疾步回来，移开画轴，那个暗室便赫然亮在眼前。孔友善故作惊讶地"噢"了一声，说："大东家，你这是——"韩儒仁也故作没听见，在暗室摸索一会，转过身来，手里竟然攥着那把盒子枪，黑洞洞的枪口正对着孔友善。孔友善吓坏了，忽地闪到一边，惊惶地说："大东家，你这是干啥？"韩儒仁不理会友善，自顾盯着盒子枪说："这是当年我给魏友三老妈看病，他手下人送的。你说，给这没用的玩意儿干啥用?你要是会使枪,就给你路上防身。”说着,不待孔友善搭腔,又转身将盒子枪放进暗室里,却拿出一封银元递给孔友善,说:“我诚心想帮你,实乃心有余而力难逮,这点钱是老太爷特地留给我们四兄弟的保命钱,每人二十块;老人家再三叮嘱,不到万不得已不能动用这钱;这是我的一份,你莫嫌少,带回给老母治病,再置二亩地,过个安心日子吧。”

韩儒仁的情义让孔友善从惊惧中回过神来,待接了银元后就真得动了感情,眼里竟然闪了泪花,说:“谢大东家。你对我的情分我孔友善这辈子铭心刻骨,永志不忘。因实在牵挂母亲病情,待去交了账簿,取了行李就走。”

韩儒仁说:“不急,不急,待我给你老母亲开几个滋补方子吧。”便到了书房,将方子开了交与孔友善,还是不舍孔友善就此告别,执意要送他一程。孔友善推辞不过,只得依了他。

到了前堂,孔友善交了账簿,结了工钱,取了行李,其实就是一个装着杂物的布袋子。还有一条被子,孔友善没拿,送给二宝了。待与吕叔等人一一别过,便出门上路。

韩儒厚看兄长要亲自去送孔友善,放心不下,便找个借口把儒仁叫到一旁,说要和儒礼一起陪大哥相送孔友善。

韩儒仁说:“‘鬼影子’是神龙见首难见尾,杀人越货的事他很少亲自动手,否则,他就不是‘鬼影子’了。何况我广宁堂待他不薄,他害我也于己无利,害我干啥?再说,我还有要紧的话给他说呢。”

二十七

洪泽湖西畔深秋凝霜,落叶沙沙,冷风逼人。韩儒仁和孔友善二人手挽着手,肩挨着肩前行,韩儒仁还不时地给孔友善拉拉衣领,像一对相亲相爱的兄弟。

韩儒仁说:“友善,你知我为何如此看重你吗?”

孔友善憨笑:“不知。”

韩儒仁说:“你有主见,有胆有识,去了朱圩一次,朱殿魁的管家就上门来了，这也让我韩家出了口恶气。只可惜我广宁堂没有你这样的人才啊！”

孔友善说：“大东家过奖了，其实我和二东家去朱圩啥事也没做，他来广宁堂找什么宣德炉，是想讹人。你说，那对炉子真得那么值钱吗？”

韩儒仁不悦了：“我的话你也不信！那原本是我家的，卖了它，买地，可买千顷好地；买枪，可装备一个团。再给你打个比方，盖广宁堂那样的院子，有一只炉腿就够了。”

孔友善信了，说：“高柱久、朱殿魁欺人太甚，这事要是给我头上，万难忍这口恶气。”

韩儒仁脸色恻然地说：“莫说了，莫说了。想起来就窝心，丢人哪！”

又话锋一转，问道：“友善，你说魏友三这人怎样？”

孔友善一愣：“东家，这话怎么说呢？我觉得他重情义，有勇有谋，是洪泽湖周边五县盖世豪杰，第一好汉！”

韩儒仁听了，嘿嘿冷笑起来：“盖世豪杰？第一好汉？我看他不仁不义，恰似那无脊之狗！”

韩儒仁当着好狗骂主人，狗不乐意了，说：“大东家可不敢胡说，魏友三有千里眼，顺风耳呢。让他听到就是祸。”

“千里眼，顺风耳？我还要当面骂他呢！当年，我治好了魏老太太眼疾，分文未收，他曾许诺广宁堂有难他必帮，可朱殿魁劫我广宁堂财产，伤我广宁堂伙计，他连个大话也不敢对朱殿魁说。再者，朱殿魁从外面一回来就勾结高柱久，公开与他作对，灭了孟疤眼，抢了他六十多条好枪，他怎就做了缩头乌龟呢？他破这个圩子抢那个圩子，滥杀手无寸铁的乡亲，怎么就不敢碰朱圩？其实你破一百个圩子也不如破朱圩一个，那里面有金山银山呀！”

孔友善急了，说：“大东家这你就有所不知了，朱圩防守严密，火力强大，界集又驻有高柱久保安团，太平这里也有官兵，一旦攻打朱圩，就会腹背受敌，后果难料。魏友三岂能以身试险。”

韩儒仁听了，冷笑一声说：“亏他魏友三还整天打打杀杀，却原来也是个糊涂之人。他说朱圩难破，可在我眼里，朱圩不过是一圈烂泥墙，我要破它，易如反掌。他朱殿魁今后要是再祸害我广宁堂，我不用去龚特派员那里告他,也不用南旅长出一兵一卒,我吆喝上太平镇的兄弟朋友,带上伙计,半个时辰就破了它,高柱久腿再快,能赶得上?!”

孔友善听了,惊讶地问:“朱圩我去过,牢固着呢。大东家你怎么破它?”

韩儒仁冷笑着说:“朱圩后圩墙就砌在黄泥岗那几口废砖窑上,那土是虚的,只要在夜深人静时顺着砖窑门挖个地洞就能钻过去,区区一堵砖墙,又何用半个时辰?若此,定擒他朱殿魁于梦中!高柱久不来增援尚好,如来,我在半道设伏,打他个冷不防,也让他丢盔弃甲,贻笑大方。”

孔友善听了,惊得不认识似的盯着韩儒仁看了好一会儿,这才哈哈大笑起来:“大东家,你一个看病的还研习战法呀?我看你那药堂就不要开了,拼死累活也挣不了几个大钱,干脆也拉支马子,我跟你干!”

韩儒仁不好意思地笑了,说:“友善你笑话我吧?我哪懂什么战法,只是常走黄泥岗,对那块地形熟悉,刚才那话也是让他朱圩主气的。不过,你说跟我干,我还真是求之不得,今后要是日子不顺心,你就再回来,有广宁堂吃的就有你吃的。”

孔友善摇头说:“谢大东家了。我回去得盘算件来钱快的事情做,不然,怎么养家糊口!”

韩儒仁打趣道:“要想来钱快,那就找人去抢朱殿魁。”

孔友善哈哈大笑说:“大东家你莫害我了,抢朱殿魁那是魏三爷的事,我哪敢哪!”

说笑间前面就是三岔路口了,往左一条小路通往朱圩,往前大路是徐州官道,往右的茅草小道便是通往安东亭和古渡口的路径了。

韩儒仁还要相送,孔友善不依。其实,韩儒仁明知“鬼影子”不会再让他往前送了,因为他奔的不是徐州,他要去的地方是朱圩。广宁堂之行令他大失所望,他早已盯上了朱圩。刚才韩儒仁那番“气话”既让他茅塞顿开,也使他踌躇满志;他觉得朱圩作为下一个猎物,已在他的掌握之中了。

韩儒仁只好止了脚步,抬起右手冲着“鬼影子”扬了扬,恋恋不舍地与之道别:“友善,走好,走好。问你老母亲好!哪天我如去徐州,就去看你!”

孔友善听了,眼里再次闪起了泪花,躬身一揖,涩声道:“大东家多多保重!友善走了。”转身上了通往徐州的那条官道。

望着孔友善，不，“鬼影子”叶善友的背影，一种死里逃生的感觉从韩儒仁心头漫过。走了，终于走了。瘟神“鬼影子”叶善友终于心甘情愿地离开广宁堂了！韩儒仁久悬的心通的一声从嗓子眼跌进了胸腔。真险哪！广宁堂终于逃过一场天大灾祸。

此时，韩儒仁心神俱疲，连欣喜的力气都没了。这些时日来，他殚精竭虑地驱灾避祸，已心力交瘁了。旷野里，忽突突地起了一阵狂风，日头在西天那片昏黄的云絮中一颠，洪泽湖上漾起了一大片白花花的縠纹，韩儒仁心里漫上了一种劫后余生的感觉。

高天厚土，神灵庇佑，我广宁堂终于死里逃生了。韩儒仁泪如断珠，此时，他心里蓄满了感恩之情：这场劫难是陈丞相帮我广宁堂化解的啊！韩儒仁抬眼往安东亭那边望去，打算待叶善友走远了，前往陈丞相石像前拜谢。

叶善友往前走了一截，身影一晃，通往徐州那条大路上就没了踪影，韩儒仁注目一看，果真，他奔了通往朱圩的那条土路。

韩儒仁心情大好，他的又一个计谋得逞了。这个计谋就是祸水东引，给“鬼影子”提供一个肥硕的猎物，再怂恿恶狼相残。

为了实现这个计谋，韩儒仁以他崇仰的陈丞相“脱衣过河”之计，和韩儒厚、吕叔千般盘算万般谋划，呕心沥血、穷其心智地给叶善友设计了一盘大棋，以送酒为借口，给了叶善友打探猎物的机会，让他亲眼见识朱家的富裕，又强加给朱殿魁那些价值连城的金银古董，他岂能不动心。其实，朱殿魁那对不知从哪里抢来的所谓“宣德炉”和被吕叔故意打碎的“龙虎瓶”一样，不过是民国初期的仿品。韩儒仁被朱殿魁请去看病时，违心地讲了瞎话，韩儒仁丰厚的学养，以及这对炉子的来历，使朱殿魁毫不怀疑，真以为那是无价之宝了。韩儒仁用它们为道具，给叶善友唱了一出好戏。而韩家那对宣德炉倒是真品，它们和广宁堂的那些金银细软，安稳地躺在青石马槽下面的地窖里，而它的化身怕是已被“鬼影子”那夜偷藏于朱家某个隐秘的地方了。直到哪一天魏友三、“鬼影子”破了朱圩，它们才会出世。不过有一点韩儒仁琢磨不透，就是破圩后，这对被“鬼影子”认为价值十几万大洋的“皇家器物”，他是扒出来交给匪首魏友三，还是据为己有呢？还有,如果魏匪一旦用了掘洞之法破了朱圩,虽说是恶狼相残,但倾巢之下,岂有完卵!圩里那些无辜的长工佃户何罪之有啊!唉!诸葛亮说他一生用计太多,恐祸及子孙。我韩家几代救死扶伤,广行善举,而我却不得不自损人格,出此阴招,实乃罪过啊!可我若不施此计,广宁堂就要家破人亡,太平镇上数千百姓恐怕也会惨遭杀戮啊! 老天爷啊,你体谅我韩儒仁的苦心么?

韩儒仁的哀叹,在这肃杀萧条的旷野上,显得那么苍白无力,还不如枯草丛中一声虫鸣!

思想间,日头隐进云层,牛毛细雨伴着清风扑面而来。就在此时,韩儒仁看到不远处的苇荡里,隐隐闪出一只快船,往河那边驶去,这是湖匪乘用的舢板,他们又想干什么?杀人还是绑票?似乎与这两只舢板呼应,镇里响起了一阵零乱的枪声,这是怎么回事,土匪进镇了? 要是他们再来祸害广宁堂,那该怎么办呢?

韩儒仁的心又猛地揪了起来, 一种濒临绝境般的恐惧使他浑身的血管快要爆裂了。眼前,安东亭、古渡口连同远处的树木、房舍,尽在冥茫的风雨中飘摇起来,他顾不得去拜谢陈平陈丞相了,撒腿便往镇上跑去……

二十八

太平镇里,保安团士兵横冲直撞,砸门破窗,闹得满街鸡飞狗跳,人心惶惶。韩儒仁刚到镇口,就被几个士兵用枪逼住,说他神情慌张,形迹可疑,要把他带走盘查。镇警察所的警察见了,说这是广宁堂大掌柜韩大先生,这些士兵才放了他。

韩儒仁问那个警察发生了何事? 警察说有个共匪伤号逃进了镇子。

共匪伤号? 石梁河暴动时共产党不是都让杀光了,怎么又闹起来了?韩儒仁不敢多问,急急往广宁堂赶,半道上遇见来接他的韩儒礼,韩儒礼叫了声:“哥,家里……”韩儒仁抬手说回去再说。过了银匠店,越往街里走,里面越乱,两旁的店铺都已关了门,广宁堂也是大门紧闭,门前不见一人。韩儒礼叫开了门，吕叔、儒厚、儒义都在前厅站着，似是在等他们。韩儒厚见了韩儒仁，便把他叫到一旁诊室里，神色惶恐地说："哥，我做了件天大的错事。"

韩儒厚向来遇事沉稳，胆大心细，是韩儒仁的好帮手，也是广宁堂名副其实的二当家，他这副神态，让韩儒仁心里一紧："你做了何事？"

韩儒厚嗫嚅着说了事情的经过：

韩儒仁送叶善友走后，韩儒厚和吕叔正担心韩儒仁的安危，隐约听见后门有响动，韩儒厚从门缝望去，见门上贴着一个人，外面再无其他人影，就打开了门，那人却随着门扇倒了进来。韩儒厚大吃一惊，此人右额上长有一颗朱砂痣，正是上次和魏正斌来筹款的石先生。他的左肩胛和右腿处中了枪伤，处在半昏迷状态。韩儒厚知此人身份特殊，拿不定主意救他还是不救他。正犹豫间院外响起枪声，他顾不得细想，便和吕叔急忙把石先生抬到了暗室里。他让吕叔守着，自己去前厅诊室找韩儒义商议，韩儒义说哪有开药堂见死不救的，急忙拿了药物去救治。就在这时，街面上人声嘈杂，几个保安团士兵横眉竖眼要往广宁堂里闯，说是有人看到共党分子跑到这边来了，他们要搜查。情急之下，韩儒厚呵斥说："广宁堂和龚特派员、高团总是好兄弟，好朋友，共党分子岂敢藏到这里。"恰巧在镇上混事的田延年经过这里，也说广宁堂大掌柜韩儒仁是剿匪特派专员龚雨辰将军的交好，领头的小队长听了不敢造次，只得带着几个士兵到别处搜查去了。

韩儒仁听了儒厚的话，气得直打哆嗦，说："你，你好大胆，竟敢藏匿共产党！"

韩儒厚吓得脸色惶遽，头上汗水如注，嗫嚅着说："那，那把他交出去？"

韩儒仁瞪圆两眼："糊涂！你不救他也就罢了，救了再把他交出去，如此人经不住拷打、利诱，或对我广宁堂心生怨恨，把前事供了，怎么办？那岂不是自上枷锁，自惹祸端。"韩儒仁说着跌坐到椅子上，拧眉敛目好一阵思考，这才说道："罢了，事已至此，祸福两说。当时你如见死不救，有违广宁堂救死扶伤之初衷；现在如将他交给保安团，共产党又岂能善罢甘休！再说，这些共产党人也真侠义，当初魏正斌他们被抓后，身上被烙铁烙成了焦炭，始终未吐一字。要是说了，你我兄弟早已身首异处了。我们把姓石的治好，让他走人罢了。你在前面照应着，遇事要沉着应对，切莫惊慌失措，我去后面看看姓石的。”

暗室在后院西、南两排房子的转角处，是一间三尺宽，一丈多长的夹皮墙，入口隐在仓房壁柜后面，与老太太的卧室仅一墙之隔；原是做应急藏身用的，家里贵重的物品也都贮放在里面。后来，马槽下面的地窖挖好了，贵重物品就都移放在地窖里了。

到了暗室门口，韩儒仁又踌躇不前，犹豫了好一会，才抬脚走了进去。

石先生已醒了过来，因失血过多，显得很虚弱。见韩儒仁来了，欲起身相迎，韩儒仁忙说："先生不必拘礼，我来看看你的伤口。"

石先生肩上的枪伤未伤及要害，韩儒义已给他清洗了伤口，外敷了广宁堂特制的红伤药膏。韩儒仁说："石先生，你的伤已无大碍，只是失血过多。你安心治疗，用不了许久就可痊愈了。"

石先生说："谢韩先生救治，我感觉还好。"

韩儒仁听了，想这人真好记性，我与他仅见一面，尚在夜晚，他却仍能识我，便故意试探道："先生如何识我，莫非来过敝堂就诊？"

石先生听了韩儒仁之言，肃然说道："韩先生乃深明大义之士，对您我无须掩饰，我就是石梁河暴动时与魏正斌、刘天文同志夜访贵堂的那位，也就是被国民党反动派通缉的那个周立民。上次石梁河虽举事未成，但贵堂慷慨解囊之情，我们不敢忘怀。"

韩儒仁闻言，饶是他静气颇深，却也惊得头皮发麻，冷汗津津。

在洪泽湖西，周立民可是一位家喻户晓的人物：他的公开身份是淮阴一家私立学校的校长，实际是中共淮北特委的特派员。石梁河农民暴动失败后，国民党泗县当局悬赏五千大洋捉拿他。

周立民看出韩儒仁的表情变化，说："韩先生不必担心，待今晚夜深人静，我就离开贵堂。"

韩儒仁也觉出自己失态，忙说："先生原来就是周校长，儒仁久闻先生大名，景仰之至。你有所不知，高柱久的保安团已把太平镇围了起来，正在四处搜查，你如贸然离开，倘若有失，于你于广宁堂都大为不利。还是待你伤愈,保安团走了再离开为妥。”

周立民说:“韩先生,广宁堂受我连累,我心里甚感不安。”

韩儒仁说:“周先生,真人面前,毋庸讳言。湖西地面,人人皆知高柱久对我广宁堂虎视眈眈、居心叵测;只是忌讳我家与龚雨辰特派专员的渊源,也碍着广宁堂的声望,不敢太过造次。此番你留在广宁堂,于你来说,如临雷池之地,实在太过凶险,我心甚感惶悚。”

周立民听出韩儒仁话意,决然说:“韩先生放心,立民加入组织之初,便抱为信仰牺牲之决心;如有不测,我自当一人承担,绝不连累你们!”

韩儒仁听了这番言语,羞愧地说:“广宁堂早年在淮阴曾惨遭横祸,如今刚有生气,一家老少数十口人,加之患难与共的伙计,实在难以承受横祸;我之所言,周先生见谅。不过,你们共产党人忧国忘家,捐躯济难,令人敬佩。当年殒命的魏正斌,前时被捕的刘天文诸君,若是贪生怕死,广宁堂岂能安在。既来之则安之,你安心静养就是了,容我缓图良策,再作安排。只不知先生是如何伤了?”

周立民听了,脸色凝重地叹了口气。

今天晌午,周立民召集泗县工委在太平镇西面的界集乡王沟村树林里开会,遭叛徒告密被保安团包围,周立民带伤边打边退至太平镇西口杂树林,本想隐匿至天黑时再设法脱身,没想保安团在杂树林里展开拉网式搜捕,他只得退往镇内。

韩儒仁不便再问,感叹道:“你们共产党道义是好,不过恐难成大业,天下大势已定,蒋委员长是统率千军万马的国民领袖,眼下日本人又侵入内地,国共两党理应联手抗日,你们又何必逆势而行呢?”

周立民听了,微微摇了摇头,说:“韩先生之言,我不敢苟同,蒋介石违背中山先生遗志,倒行逆施,祸国殃民,民怨鼎沸。他明里联共抗日,暗里纵容国民党顽固派屠杀共产党人,如果不与其斗争,不推翻其反动统治,亿万工农大众难脱水火。”

韩儒仁听了,敷衍道:“儒仁不过是乡间郎中,对国家大事孤陋寡闻,也别无所求,只盼世界清平,能安心行医坐诊足矣。”

周立民知他有意保持距离,不愿深谈,便换了话题说:“此前我听到消息，魏友三匪帮已从鲁豫皖交界处回窜洪泽湖，现在中央军忙于应付日军，无暇顾及地方治安，广宁堂树大招风，魏匪岂能不动祸心，你们应早做防备。”

韩儒仁听了，感动地说：“先生所言，振聋发聩，儒仁获益匪浅。世事多变，难以皆预于先，广宁堂唯有明哲保身，好自为之了。”

离开暗室后，韩儒仁即对田贵、吕叔、儒义几人说：“石先生就是布告上要抓的那个周立民。此事比前番叶善友来卧底还要凶险，万不可走漏半点风声。”

待一切布置妥当，天已大黑，韩儒厚这才嗫嚅着问韩儒仁：“叶善友走了？”

“走了。”

“回徐州了？”

“去朱圩了。”

“朱圩？他去投奔朱殿魁了？”

“我想他是要探探朱圩情况，回去给魏友三报信吧。”

“那魏匪会攻打朱圩吗？”

“朱圩有那么多的金银财宝，魏匪焉能不抢。”

“看来，这两个恶匪要相残了。”韩儒厚的心情稍微好了些，脸上多少有了点笑意。

韩儒仁听了，微微叹了口气，说：“但愿如此。去吃晚饭吧，都早点休息，明早要按时开门接诊呢。”

二十九

清早，喜子和往日一样，按时打开广宁堂前堂大门，见门口站着两个荷枪实弹的保安团士兵，一旁还坐着一个镇警察所的警察。喜子纳闷地问：“为何要在广宁堂大门口设岗？”

警察打了个哈欠，站起来伸了个懒腰，说：“所长要我告诉韩大掌柜，谢嘴驻军调走了，奉鲁专员令，县保安团高副官带领一个中队于昨夜进驻太平镇，队部设在西街镇公所大院里。因为有共党分子藏在镇里，为保护广宁堂安全，夜里就在广宁堂前后门口设岗了。”

喜子听了，觉得事情过于突然，急忙去后院告诉韩儒仁。韩儒仁和家人正在吃早饭，听了也是一愣，放下碗筷，急忙来到了后门处，从门缝里看去，外面果然有保安团的岗哨，便明白了高柱久的用意。一种从未有过的恐惧感让他不由打了个寒战，心底惶悚地哀叹一声："大祸来矣！"

原来，广宁堂被"鬼影子"弄得焦头烂额的这段时间里，高柱久也为驻扎太平镇的事而忙得疲惫不堪。从高楼回到金锁镇的第二天，他就按照和高适之的既定谋划，带了不少的钱，去泗城拜见县长鲁佩璋，说太平乃匪患之地，湖匪嚣张，三年前把太平镇镇长也杀死了。现在驻军要调走，他的副官兼三中队队长高凤年熟悉太平镇情况，他要派高副官带一个中队进驻太平剿匪。由于太平镇镇长被杀死后镇长一职一直缺位，都由驻军营长管辖镇上公务，为军政统一，请由高副官代理管辖行政。

按理说，副官是跟随长官服务的角色，高柱久之所以要将高凤年派到太平镇，有其缘由。高凤年和高柱久是龙集老乡，高柱久住在乡下，高凤年家在龙集街上。早年，高凤年家家境尚好，上了几年学堂，打得一手好算盘，在镇上一家杂货铺里管账。高凤年人长得风流，常与掌柜的妹妹眉目传情，掌柜心里很不待见。后来，高凤年贪污钱款，被掌柜查出，将他逐出，并到处散布他的劣迹，使高凤年名声扫地，龙集街上无人再用他。高凤年恼羞成怒，在一个风高月黑之夜，他反扣铺子大门，欲烧死掌柜，火起时天良发现，念及掌柜及家人当初种种好处，又将门打开，避免一场惨祸。自此，高凤年离开龙集，辗转于泗城、青阳、洋河等地谋生，也做些偷摸勾当，后投奔同乡高柱久，得高柱久赏识，由文书至副官，还挂了个少校衔。当镇长要催收捐税，既要忠诚可靠，又得识文断字，高凤年便成了高柱久的放心人选。

鲁佩璋是民国22年上任的，这期间高柱久已被招安，虽然他对高柱久有诸多不满，但高柱久与魏友三等曾被招安的匪首相比，却从无反水迹象，加之二者之间并无个人恩怨，对高柱久的行为也就睁只眼闭只眼，还算过得去，对高柱久的要求并无反对意见。因为收了高柱久的钱，太平镇又必须有军队驻防，就爽快地表态说待专署防务会议议定后，高柱久即可派兵前往。

谁知此事传到了县财政科科长罗玉杰耳里，就起了周折。罗家是本地大户人家，高柱久为匪时曾抢过罗家，罗玉杰极力反对保安团进驻太平镇，说保安团集中驻扎，才有利于剿匪，高柱久将其部分散驻扎在富裕的集镇，不思保境安民，却巧立名目，强收捐税，中饱私囊；若进驻太平，则太平一镇捐税必将为高柱久侵吞，对泗县本就捉襟见肘的财政来说，无疑是雪上加霜。便主张派他的任警备队队长的连襟刘子青派兵进驻太平镇，说刘子青清正廉洁，一定会不负使命，所收捐税也定会悉数上交。

本来，罗玉杰之言，鲁佩璋听与不听在两可之间，偏偏罗玉杰的二叔是国民政府驻安徽省财政特派专员，鲁佩璋得靠罗玉杰给他要钱，对罗玉杰的话就不得不考虑了，便以专署要商议为名来敷衍搪塞高柱久。高柱久心里羞恼，但又敢怒而不敢言。因为鲁佩璋这个县长很强势，他是安徽省第六区行政督察专员，兼泗县县长和保安司令，管辖泗县、盱眙、五河、灵璧、宿县、蒙城6县，是高柱久顶头上司，高柱久惹不起他。他只好一边找人说项，一边向鲁佩璋陈述厉害，又让他早年的匪友，盗墓贼张敬忠弄了一对后周显德年间的龙虎瓶送给鲁佩璋，总之驻防太平之事志在必得。

就在双方僵持不下时，事情发生了戏剧性变化，有两个消息传到了鲁佩璋耳朵里，一个是专署行政科科长李松风正在运作泗县县长一职，李松风是江西人，省主席的秘书是他的同乡，这件事极有可能；另一个是警察局报告，近期界集、太平、龙集三地共产党活动十分活跃，似要准备在年关暴动。巨匪魏友三也已窜到湖西，要求县里迅速派兵驻扎太平，以震慑湖匪、抓捕乱党。鲁佩璋怕事情闹大，不好向上面交代，便拟派警备队和保安团联合去三地清剿。当年，警备队在石梁河农民起义中吃过亏，对农民暴动谈虎色变，加之新任队长刘子青富有正义感，不愿参与其中，以警备队人手少，要保障泗城和专署、县政府的安全为由，主动推荐保安团去太平镇驻防。鲁佩璋没有了选择，便给高柱久送了个顺水人情，他亲自给高柱久打电话，说经县政府商议，决定派保安团进驻太平镇，让他做好准备。同时，又决定任田延年为太平镇代理镇长，来吊高柱久的胃口，以图再捞一把。高柱久明白鲁佩璋的用意，想一旦他的保安团进了太平镇，不管是代理镇长还是镇长那都是个摆设，便没再纠缠。

大功告成，高柱久好不高兴，中午将保安团在金锁镇的几个头头带到镇上饭馆里直喝得烂醉如泥，由护兵找了个平车拉回了团部，睡到日落西山时，方被一中队长鲁大能叫醒。说根据内线提供的情报，他驻在界集的一小队将共党分子周立民一伙包围在界集王沟村树林里，共党分子开枪拒捕，一小队伤亡三人，共党分子被击毙多人，有一被击伤的共产党窜逃到太平镇广宁堂后面的河堆上，失了踪迹，此人可能就是周立民。

高柱久立马将周立民和广宁堂连到了一起，也不等鲁佩璋的命令，即把副官高凤年叫来，密授一番机宜，让他立即带领二中队进驻太平镇，实施他的敛财和“瓮中捉鳖”计划。

当天夜里，保安团就在广宁堂前后院门设了明岗暗哨，把广宁堂给围了。

三十

灭顶之灾近在咫尺，广宁堂不由人人紧张。

吕叔说：“我看把柴火堆移到后院南、西两排房子的转角处，遮住暗室那处夹皮墙，在仓房里多存放一些装粮食的麻包，一旦保安团要来搜查，先拦住他们，将麻包垒住壁柜，他们还能掘地三尺？”

韩儒仁说：“此多是无用功。保安团一旦要强行进院搜查，那高柱久就是胜券在握了。不过，也只好如此了，赶紧去做吧。”

众人离去后，韩儒仁经过一番分析，认定高柱久已怀疑周立民藏在广宁堂里，欲入室搜查，又怕无果，惹了广宁堂又伤了龚雨辰的面子，故以保护广宁堂的名义，先将广宁堂监视起来。看来这盘棋还未走死，尚有回旋之地，韩儒仁稍微放了点心。

因心中有事，韩儒仁早早来到前厅诊室，刚坐下，保安团副官高凤年就来了。此前两人见过几面，算是熟人，客套几句后，高凤年就直言不讳地对韩儒仁说:“韩大掌柜，凤年奉高团总命令，昨夜率部进驻太平镇，剿匪剿共，保境安民。据情报，昨日下午，有一受伤共匪在贵堂院后匿迹，料已潜入镇里，大掌柜如有所闻，要及时报告;另据情报，湖匪见谢嘴驻军调走，正蠢蠢欲动，欲趁机抢劫太平镇上大户，自今日起我部在镇上几户大的商家设岗，广宁堂是保护重点，如大掌柜还有别的良机妙策，只要能保贵堂万无一失，尽可点拨凤年，凤年一定竭诚效劳。”

韩儒仁听到保安团在其他商家也设了岗哨，知高柱久暂时还不想和广宁堂撕破脸面，这无疑是给了龚雨辰的面子。看来，他对广宁堂确实是费了心机了。心想，既然高柱久忌惮龚雨辰，那自己就借助钟馗之威来震慑鬼魅，使他不至于太过放肆，故作动容地说:“高团总虑事缜密，对广宁堂的厚爱，我早已感同身受，想必高副官也心知肚明。高副官文武双全，今日由高副官坐镇太平，是广宁堂和太平百姓的福分。雨辰兄对副官也是赞誉有加，他说你精明干练，是不可多得之干才。在副官你面前，儒仁岂敢妄谈什么良机妙策！广宁堂的安危系于副官，有你运筹帷幄，广宁堂定可高枕无忧，只一心把脉问诊就是了。”

韩儒仁这番话可谓绵里藏针，恰到好处，既点出高柱久的祸心、给高凤年戴了顶高帽子，又抬出龚雨辰这个护身符，使高凤年不敢肆意妄为。他说的雨辰兄便是南京政府驻苏北皖东北剿匪特派专员龚雨辰将军，洪泽湖西风传此人和江苏保安五旅旅长南汉文与韩儒仁关系甚密。

淮阴城自古以来有韩刘杨秦龚五大家之说，乃淮阴侯韩信，西晋时三公尚书刘颂，清直隶总督杨四骧，清咸丰进士、广西按察使秦焕和著名南宋诗人、画家、丹青圣手两淮制置司幕府龚开。龚开就是龚雨辰先祖。韩家祖辈在淮阴时与龚家颇有渊源，韩儒仁曾祖一辈且与龚家结有姻亲，民国初年，龚家十三口人皆得重病，幸得韩家全力施救，未殁一人，自此，龚家对韩家心存感激。后来龚家仕途通畅，于民国5年举家迁至南京，韩儒仁二十余年未曾与龚雨辰谋面了。他青少年时与龚雨辰、南汉文交好，亲如兄弟，且两人都是淮阴名人，虽说久未谋面，但情谊未减，时常关心、打探对方消息。前年九月，在淮阴召开的剿共剿匪会议上，高凤年见过龚雨辰，并给他敬过礼，和他握过手。会后，龚雨辰特地交代高柱久说，你辖区太平镇上韩家广宁堂，与龚家乃是世交，韩儒仁是我自小一起长大的兄弟，高团长务必多加关照。其表弟、江苏保安五旅旅长南汉文还托高柱久给韩儒仁带了一支“左轮”，可见其关系非同寻常。

高凤年听了韩儒仁的话，甚为惊讶。之前，他风闻韩儒仁神拜安东亭那几个石人为师，修炼得谋略过人，心中不以为然，想他充其量不过是进过大学堂的乡村郎中，懂什么谋略？后来见广宁堂在高柱久、朱殿魁的打压、祸害下仍安然无恙，觉得韩儒仁是有点能耐，待听了韩儒仁刚才这番话，便感到此人深藏不露，老辣无比。一时弄不清韩儒仁所说何真何假，心中很是疑虑。但龚雨辰、南汉文与韩儒仁颇有交情是真，自己与龚雨辰有过接触是真，高柱久让自己来控制广宁堂也是真。他心想：广宁堂在湖西百姓心中犹如救命菩萨，又有党国大员罩着，高柱久都忌惮三分，我一个副官何必惹他。再说，如果龚雨辰真的赏识自己，他是一方大员，要是能靠上他，跟他公干，岂不比在这声名狼藉的保安团强上百倍。若此，恐怕还得靠韩儒仁来牵线搭桥。所以，对广宁堂的外置要把握分寸，不可莽撞，更不可完全按照高团总的布置祸害广宁堂。

正如韩儒仁等人分析的那样，保安团围住广宁堂，是高柱久出的一个毒招。高柱久听说周立民可能藏匿在广宁堂里，本想借机查抄广宁堂，一来顾忌广宁堂院大物杂，怕搜查无果；二来也忌讳韩家与龚雨辰、南汉文的关系，不敢贸然搜查。特别是在那次剿共剿匪会议上，龚雨辰特地交代他要保护好广宁堂，给早就想将广宁堂据为己有的高柱久浇了一桶凉水，他不敢再明目张胆地欺压广宁堂，就唆使朱殿魁祸害广宁堂，以图韩儒仁求救于他，他好趁机从中渔利。谁知广宁堂对他不卑不亢，以不变应万变，让他的阴谋难以如愿。现在，太平镇有了共党分子，给了高柱久控制广宁堂冠冕堂皇的理由，便让高凤年以防止共党和土匪危害为名，在广宁堂前后加设明岗暗哨，还要高凤年派人驻在广宁堂里，每天放上几枪，来刁难、骚扰、作践广宁堂，让广宁堂无法正常开诊。他对高凤年说：“如果那个漏网共匪真的藏在广宁堂里，我给他韩儒仁玩个猫捉老鼠的游戏，你给我严看死守，让那个共党分子成为瓮中之鳖。”

高柱久的用心，让韩儒仁三言两语地说破，高凤年心中忐忑，他本来就是个善于应变的主儿，心想这为难广宁堂的事，我不能给高柱久当枪使，否则惹恼了龚雨辰他们，成了高团总的替罪羊，那就冤死了。就客气地对韩儒仁说："韩大掌柜，凤年此举如有不妥，就请指出，万不可客气。"

韩儒仁听了，说："既然副官如此体贴广宁堂，我实有个不情之请，广宁堂本是治病抓药的所在，来往的都是普通百姓，门口站着拿枪的兄弟，既会让人望而却步，又会引起误解，以为广宁堂犯了什么事了，可否通融一下，换个方式？"

高凤年觉得韩儒仁的要求尚不为过，爽快地说："谢韩大掌柜理解，凤年照办就是了。岗哨的事，待我另做安排。至于龚特派员那里，还望多多抬举。"

韩儒仁说："高副官不必客气，龚特派员、南旅长那里我自当尽力！至于为广宁堂站岗的兄弟，待会我让人送去一百块现洋，略表心意，请高副官代为笑纳。"

高凤年听了，喜得满脸堆笑，说："大掌柜客气了，那凤年先替弟兄们谢了！"便客气地拱手告辞。

送别高凤年后，韩儒仁陷入了沉思，高柱久既能派兵看守广宁堂，也能进入广宁堂搜查，一旦他无所顾忌，那广宁堂的处境将十分危险。看来，要想阻止高柱久搜查广宁堂，别无他法，也只有借助龚雨辰这棵大树了。

高凤年回到设在镇西镇公所大院里的中队部后，对韩儒仁的撤岗要求左思右想，终于想出一个既不使高柱久恼火，又顾及了韩儒仁面子的办法。他找来三个小队长和镇警察所所长，交代他们将广宁堂前门两个岗哨和警察撤到大门两侧十米处；对进出人员要一一检查确认，凡额头上贴膏药的要揭下来检查，如发现右额上长有红痣的要立即捉拿。又在东西两处院墙外各设两名固定岗哨；后门的岗哨撤到距广宁堂后院三十米处的安东河堤，在河堤上搭座哨棚，驻一个班，日夜巡查；夜间，由三个小队轮流巡查，重点就是广宁堂，从后门出来的人不得越过安东河，否则开枪射杀。并给警察所所长说："广宁堂的人你都认识，要是放走了共党疑犯，你脑袋可就保不住了！"吓得那个警察所所长连连点头称是。高凤年这般安排，既执行了高柱久的命令，又给了韩儒仁面子，而广宁堂也被围成了铁桶。

三十一

三天后，安东河堤上的哨棚盖好了，高凤年在完成了对广宁堂的布置后，当天下午便迫不及待地召见太平镇代理镇长田延年，说有要事商量。

田延年是太平镇吕集保人，待人圆滑，行事明哲保身，但求无过，倒也无甚不良行为。他民国 14 年（1925）给县知事周炳文做文案、民国 16 年（1927）给县长陈定邦做文书，在“四一二”大屠杀中，田延年又惊又怕，辞职回乡，赋闲在家，后来应聘到太平镇当了文书。三年前，太平镇镇长死于非命，镇长一职由驻军长官兼任，警察所所长协管，镇公所形同虚设，八个乡丁跑了六个，只剩下两个乡丁和田延年撑着门面，还有几位挂名委员，不发薪水，在每年的捐税中给予几分减免。田延年主要工作就是写写文告，跑跑腿，收捐收税的事插不上手，每月领取一块大洋的辛苦费，倒也自在消闲。这次没想到鲁佩璋让他代理镇长，很让他惶恐不安，本想推托，又贪恋代理镇长那两块大洋的月薪，便硬着头皮应承下来。

高凤年的传令兵找遍了镇公所大院，也没见着田延年。因为高凤年的保安团住进镇公所后，镇公所就没了田延年容身之地。其实，镇公所本是一座大院，近二十多间房子，但一百多人的保安团住进后，就显得拥挤了，镇长办公室和一旁的文书室被高凤年占了，田延年只好在乡丁住的屋子里摆了张桌子，每天去打一头，做做样子，便四处晃悠去了。

找不到田延年，高凤年火了，又派乡丁去街上找，后来在东街脚手行里找到了田延年，他正和脚手行管事王九阳在喝茶聊天。田延年一听高凤年找他，不敢怠慢，一路小跑着进了高凤年的办公室。高凤年二话没说，就让他火速召集太平镇各保保长及各集镇商家店铺管事，明天上午到镇公所开会，为保安团剿共剿匪筹粮筹款。随后，高凤年拿出自己拟定的征收数目，让田延年照此办理。田延年看了，数目太大，认为不妥；高凤年勃然大怒，吹胡子瞪眼地把他斥责一顿，俨然一副太平镇太上皇的嘴脸，吓得田延年冷汗直冒，只好诺诺称是。

要过威风后，高凤年见田延年那副惶恐模样，心有不忍，故作无奈地说："田镇长，非我为难于你，这事是高团总定的，高某作为下属，唯有执行。如确有不妥，你去给团总说吧。"

田延年哪敢去捋高柱久的虎须，抹了把额上的汗水，说："既然高团总定了，那我照办就是了。我这就去安排。"

回到了镇长"办公室"，田延年便安排两个乡丁分头通知相关人员明天上午九点准时在镇政府开会，对于会议内容，田延年没有说是收捐纳税的会，他知道如果说是收捐纳税，大伙十之八九不来。便说是驻军调离，魏友三马子一千多人正向太平镇窜犯，保安团已进驻太平镇，特请各保保长、商家大户共同商讨保境安民拒匪剿匪之事，各方人士务必到会，不得有误！

田延年这一招果然奏效，土匪利用去年国民政府和军队忙于在陕北对付共产党军队，今年又忙于在华北对付日本人之机，尤为暴戾，烧杀不断。自四月初魏友三等匪徒洗劫泗阳县屠园圩，杀害数十人后，又连续作案十多起，这伙瘟神说不定哪天就会降临太平镇了。人们无不忧心忡忡，保安团此时驻扎太平镇，让人们心里稍感踏实，开会时应到之人大都到场。会场设在镇政府院内的槐树下，面北朝南处摆了一张桌子，桌子正面和桌头一边放了一把木椅，高凤年坐在正中，田延年站在桌头，众人围在槐树四周，会议按时召开。

会上，高凤年反客为主，先作了一番自我介绍，说是奉专区特派专员兼保安司令鲁佩璋县长之命，高团总命他率部进驻太平镇，和乡亲们一起防共剿匪。并说据可靠情报，有受伤的匪人藏在太平镇里，要大家时刻留意，帮助捉拿，政府将有重奖，如窝藏不报，将以通匪罪论处，等等。然后便宣布由代理镇长田延年作剿匪布置。保长、大户们听了，便都噼里啪啦地拍起了巴掌。

田延年在镇上混了多年，与在座的都是老相识，往常从没把他当回事，今天大伙一反常态地抬举他，窘得田延年手足无措，连连作揖打躬，惹得会场上一阵哄然大笑。

田延年满脸通红地说："代理镇长之说，延年实不敢当。延年只是镇上闲差，岂敢鸠占鹊巢。县秘书科说是在新镇长就职之前，鲁县长让我操几天心，我给高副官跑跑腿，传传话罢了。今天将各位请来，是因土匪猖獗，高副官不辞辛劳，亲自率领保安团弟兄来我镇保境安民，肃清匪患。俗话说兵马未动，粮草先行，无奈镇公所无钱无粮，只有官出于民，民出于土，特增收捐税。"说着，田延年从口袋里掏出一张纸来，瞅了高副官一眼，突然降低了声音说："高副官……这个……这个上峰要求，捐税最好是大洋，也可收法币。但法币要按大洋换算。关于所收捐税的数额，高副官这个……这个……和镇公所体恤父老乡亲难处，人头税暂免，日后视捐税收缴情况，再定是否追收。现只按户头收缴，每户收粮油捐一块、柴草捐一块、鞋袜捐一块、伕役捐一块、饷银捐一块、弹药捐一块、伤残捐一块、抚恤捐一块。除以上各项外，日本人正调兵遣将，要从上海那边打来，每户再交抗日捐两块。另：有地五十亩以上户各项加收一块，一百亩户各项增收两块，二百亩以上户每项加收五块。太平、吕集、高集、香城街上店铺，每户每项加收两块；经营金银玉器、当铺、饭庄、旅店者每项增收五块，广宁堂四位兄弟尚未分家，且经营药铺，按五百块现洋交纳，不收法币。"

田延年说毕，众人皆有上当受骗的感觉，会场上一片哗然。有的责问田延年这个会是剿匪会议还是剿钱会议；有的说以往交纳捐税，从未分此细目，更无此重赋，这是不让人活命了；有的说这种按户征收的捐税，是一网打尽，比土匪抢劫更甚。众人七嘴八舌，皆说无力承受。

治安委员王有民原是第二十五路总指挥梁冠英的手枪队员，在"蒋阎冯大战"中伤残回乡，火药味尚浓，起身问田延年："这次捐税，是另外征收还是常年皇粮国税？如是常年皇粮国税，今年已收缴，这是不是算来年捐税？"

田延年不敢与王有民对视，低头应道："这次的捐税嘛，这个……这个……是临时加收，算在常年的皇粮国税之外。"

王有民怒道："去年就加收一次，今年又要加收，那老百姓交得起个屁？"

田延年赔着笑脸说:“剿匪事大。望父老乡亲想想办法。”

脚手行管事王九阳冷笑着说:“剿匪事大?日本人和土匪还没来就被抢开了,还让不让老百姓活了!”

与会的人中,有人低声附和:“哪有钱交这捐税,除非卖儿卖女。”

田延年无奈地看着高凤年,一副欲言又止的样子。

高凤年恼了,“通”地一拍桌子:“不交的一律以通匪资匪论处,交由本团处决!”

众人听了,皆感愕然,就连王有民也是敢怒不敢言。

脚手行管事王九阳少年老成,颇有胆量,不卑不亢地望着田延年说:“你是代理镇长,太平百姓的父母官,如此重赋,能有几家交得起,莫非都按通匪论处?这岂不是官逼民反?倘若传到县上,怕是既对你田镇长不利,也有损高团总剿匪初衷,坏了县政府和保安团名声。”

王九阳这番旁敲侧击,听得高凤年脸如猪肝,他不认识王九阳,恶狠狠地问:“你是哪个保的保长?”

田延年和王九阳甚好,怕高凤年对他有所不利,忙含糊地说:“是街上店铺的伙计。”

广宁堂来的是韩儒厚,对王九阳印象也好,怕高凤年追问下去,便起身冲高凤年笑了笑说:“高副官此次不惧险恶,亲率保安团弟兄保护太平镇父老乡亲,实在令人敬佩。这捐税一事,我想并非高副官本意,更非高副官所决;刚才田镇长已说明,这是上峰要求,是上峰决定的。这几年天灾人祸,民不聊生,太平百姓水深火热、度日如年。高副官虽有所闻,但上峰并不知情,方有此次加收剿匪捐税之举。此事大伙莫怨高副官,高副官家在龙集,与太平毗邻,正如高副官所说,你我乡亲,他岂能不体谅乡亲们的难处?也不能怨延年兄,他一个听差的,岂能左右捐税之事!要怨只能怨太平镇长一职三年空悬,届由驻军长官把持,无人给上峰禀报太平百姓之苦,上峰不察民情,故有加收捐税之举,也是情有可原。我想各位应尽力收缴,不使高副官为难;延年兄既然身任代理镇长之职,就应身在其位,尽其职责;也请高副官代太平乡亲向鲁县长等诸位上峰陈述实情,一旦不能如数收缴,还请鲁县长等诸位上峰宽宏。”

三十二

韩儒厚这番话听起来是左右逢源，骨子暗藏机杼，让高凤年芒刺在背，对韩儒厚又气又恨，但又忌惮广宁堂，不敢发怒。这次加收捐税，鲁县长根本不知，是高柱久所定，但具体数字却是高凤年开列。高柱久早就把太平镇视为敛财之地，费尽周折才如愿占了此地，就是要大捞一把。高凤年也明白，他在太平镇如不能控制住广宁堂，不能为高柱久搜刮民财，高柱久将不会容他，副官一职也就没得做了。而田延年如向鲁县长陈情，自己必受惩罚，心里暗怪自己虑事不周，把这捐税收重了。从众人情绪来看，强收说不定真会激起民变，如为共党所利用，闹起暴动，将对自己大为不利；但若不收，又无法向高柱久交代，一时左右为难，踌躇不决。

田延年对这次捐款更是不满，他心里压根就不想交纳。他认为既然自己是代理镇长，所收捐税应该由镇公所确定数额，报经县政府批准后，负责征收并具体分配，保安团根本就不该插手。但他人微言轻，扭不过高凤年，便对韩儒厚的话心存感激，对他点了点头，又偷偷看了高凤年一眼，见他满脸怒气，就打着圆场说："我看照此数字先收吧，收不上再议。"

高凤年听了，只好顺势骑驴下坡，故作为难地说："眼下共党起乱，土匪猖狂，欲除奸惩恶，非重赏难得死士。捐税的事，诸位掂量吧。"说罢，竟起身走了。

高凤年甩手离去，让大伙预料不及，一个个面面相觑，不知如何是好。

田延年心有城府，知高凤年是欲擒故纵，吓唬这些人，便说："各位请回去抓紧备款吧，不要冷了高副官和保安团弟兄们的心。"

这时，一直没有吭声的同福楼掌柜吴金保开言了："保安团整天枪林弹雨，应多加犒赏，依我之见，先交纳一半，余款后筹吧。"

王有民听了，又犯了牛筋，说："保安团吃的是皇粮，剿匪还要捐税，真是岂有此理！你吴掌柜财大气粗，我家眼下快揭不开锅了，要捐款得向你借。"

众人听了，皆对吴金保恶语相向，说他是为富不仁，为讨高凤年欢心，不顾别人死活。吴金保看犯了众怒，只得噤声，再无一句言语。

王有民怒气难消，又对田延年说："你田镇长月俸拿的是现洋，家里定有不少闲钱，你要让我交捐，那你就先给我垫付上。"

田延年慌了，说："有民说笑话了，我哪有闲钱借你？虽说我月俸一块大洋，可我既无田地，又无店铺，一家吃穿所用尽在里面，已拉下许多饥荒。再说，没钱的又不是一家两家，谁能一下子把捐税都拿出来，你们回去设法筹措就是了。"

众人从田延年话中听出弦外之音，这才吵吵嚷嚷地散了，捐税也就自然无人上缴了。

可是，大洋不到手，高凤年就对保安团放松了约束，他这个中队里许多人本来就是土匪，这些人就三三两两地乔装打扮，重操旧业，四处偷抢。本来土匪抢劫也是有规矩的，喜事、丧事、邮差货郎、走村行医、算命摇卦、鳏寡孤独、大车店、棺材铺是不可以抢的，这些土匪被招安后，换了一身黄皮，受了些约束，早就难忍难耐了，如今失了约束，便不管不顾，横行无忌，甚至把大车店、棺材铺都抢了，闹得太平集上鸡犬不宁，百姓怨声载道。

保安团兴妖作乱，太平镇百姓苦不堪言，各保保长也多有怨言，田延年无奈，只得软硬兼施地筹了三千大洋、五千法币给了高凤年。谁知高凤年嫌少，骂骂咧咧不乐意，保安团中那些兵匪心领神会，盗抢起来更加肆无忌惮了。田延年和镇警察所对保安团恶行心知肚明，却不敢说破，万一恼了他们，说不定就会惹上杀身之祸。而藏着共产党的广宁堂则整天如临深渊，如履薄冰，提心吊胆地过着每一天。

这天上午，在广宁堂打杂的伙计赵金城拉着小平车，去太平镇西南三里处的小汤庄拉菟丝子，刚出村口，就被两个庄稼人打扮的汉子抢了。晌午时，两个保安团士兵将那一平车菟丝子拉到广宁堂来卖，说是在镇口树林里拾到的。正在前院过秤时，赵金城认出这两人正是在小汤庄口抢他的汉子，便告诉了韩儒厚。韩儒厚十分愤慨，责备两个保安团士兵说，你们光天化日之下劫了广宁堂的草药，竟又拉来广宁堂卖，岂不是欺人太甚！两个保安团士兵见丑事被说破，不由恼羞成怒，竟然要打韩儒厚，恰巧韩儒礼从外面进来，左手一记老猿敬酒，卡住了一个士兵的脖子，右手一个冲天炮，击向另一个士兵的脑袋，眨眼之间，便将他二人制服。可他们嘴里还是不干不净地乱骂，韩儒礼气极了，连连几脚踹得他俩嗷嗷直叫。

韩儒厚见无法收场，冲着韩儒仁诊室给喜子努努嘴，吆喝说："拿根绳子来绑了，给高副官送去！"

诊室里，韩儒仁正和一个病人在低声交谈，那人说现在外面都传言说广宁堂里有乱党，他们庄子里有好多人病了，都不敢来广宁堂看，怕让门前的保安团把他们当作土匪、共党分子抓了。韩儒仁心想这定是保安团在放风，败坏广宁堂名声，便给他说这都是闲言，是魏友三马子窜到湖西了，保安团才在广宁堂门前设岗。正说着喜子进来，那人便起身告辞。喜子把保安团士兵抢了菟丝子又拉来广宁堂卖的事说了，韩儒仁一听急忙赶到前院，两个保安团士兵还龇牙咧嘴地蹲在地上，韩儒礼气呼呼地站在两人面前。韩儒仁一看，就知这两人非善茬，万一梁子结深了，可能要生事，忙将他俩拉起，装作恼怒地对儒礼说："你好糊涂，难得二位兄弟捡了这车药材，怎能责怪他们！"

又对两个保安团士兵说："二位兄弟，今天是误会了。这车草药虽说是我广宁堂的，但它被土匪抢了，二位兄弟捡了，它就是二位兄弟的。我收了。"便让喜子算账，给了五块法币。这两个兵匪让韩儒仁这番言行羞臊得十分恼怒，却又慑于韩儒礼的拳头，不敢吭声，不情愿地接了五块法币，悻悻地走了。

韩儒仁沉脸对儒厚、儒礼说："你俩好大胆，保安团也敢招惹！父亲在时，多次教导我们遇事要忍，不可逞凶斗狠。'小不忍则乱大谋'。此乃至理真言，你俩要铭心刻骨。再如此心浮气躁，必招惹祸端。"

韩儒厚说："哥，是我让儒礼教训这两个兵匪的。我想，我们一再忍让也不是个办法，这些天来，广宁堂都门可罗雀了，我和儒义商量，想出去到乡下诊病，你看行吗？"

韩儒仁叹了口气，说："你说的我也想过了，只是近日保安团如此为非作歹，定是高柱久、高凤年纵容，广宁堂要加倍小心提防才是。到乡下诊病是好，可容易出事，还是等等再说吧。"

三十三

到了十二月初，有消息传来，魏友三匪帮出现在朱圩西面十里之地的小马庄，小马庄只有几户人家，明显不是魏匪的目标，看来，魏匪的攻击目标正逐渐向朱圩推进。韩儒仁焦躁起来，决定未雨绸缪，亲自去拜访朱殿魁。

韩儒厚不解，问："朱圩是虎狼之地，大哥为何此时亲往？"

韩儒仁说："我担心'鬼影子'近期将引魏友三偷袭朱圩，如此，将陷广宁堂于被动。"

韩儒厚说："魏友三要是破了朱圩，灭了朱殿魁，岂不是除了我们心头之患？"

韩儒仁说："朱圩圩墙坚固，防备严密，魏匪欲破朱圩，只能掘洞偷袭，而朱殿魁家院墙高大，乃圩中设圩，有炮手守卫，灭他很难。高柱久又与朱殿魁狼狈为奸，朱圩有难，高柱久不会坐视不管，援兵一个时辰便能抵进朱圩，魏匪如何灭他？"

韩儒厚说："能否灭他，都与广宁堂无关，我们静观其变就是了，大哥不可亲身涉险。"

韩儒仁连连摇头，说："魏匪如攻朱圩，广宁堂就难脱干系了。说不定还会给广宁堂惹来祸端，此行不得不去。"

韩儒厚听了一怔，说："大哥要去朱圩，莫非有所筹谋？"

韩儒仁这才压低嗓子说："'鬼影子'叶善友前时去了朱圩，魏友三近日又出现在朱圩西面的小马庄，他的下步目标就是朱圩。如破朱圩，魏友三则坐大，还会打我广宁堂的主意；如魏匪失手，众人皆知'鬼影子'是我广宁堂的账房先生，且是从广宁堂去的朱圩，朱殿魁定将迁怒于我，高柱久也必将串通朱殿魁为害广宁堂，甚至给我们扣上通匪之罪。如此，广宁堂百口莫辩。所以我要先于魏匪赶到朱圩，澄清叶善友与广宁堂的关系。如能使魏、朱二匪两败俱伤，他们将无暇顾及我广宁堂；否则，广宁堂难得安宁。”

韩儒厚听了，既佩服兄长深谋远虑，又担心他的安危，要陪着韩儒仁一同前往朱圩。

韩儒仁说：“我堂堂正正去拜访他朱殿魁，料他不敢加害于我。家里诸多琐事皆要你操心，就让喜子随我去吧。”

当天，韩儒仁正欲动身，田延年来说：“县里通知，国民政府苏北皖东北剿匪特派专员视察洪泽湖周边诸县匪情，明天经泗阳县到太平镇，特派专员指名要见你，你不要外出，等候专员接见。”

韩儒仁听了，忙问：“这个特派专员可是叫龚雨辰？”

田延年说：“正是。此公来头很大，听说驻在淮阴的苏北保安司令兼保五旅旅长南汉文是他表弟，高副官说明早高团总就赶来陪同他视察。”

韩儒仁听了心中大喜，想：救星来矣！龚雨辰就任国民政府苏北皖东北剿匪特派专员后，曾叮嘱高柱久关照广宁堂，无意中制止了高柱久对广宁堂明目张胆的加害。眼下如能得见龚雨辰重续旧谊，定将大有益处，便在家恭候龚雨辰的光临。

翌日上午，龚雨辰果然早早到了太平镇，除了自己的卫队外，南汉文还加派了一个班的警卫，一色的“花机关”，好不威风。为安全起见，高凤年安排龚雨辰一行下榻镇西紧靠镇公所的平安居旅馆。龚雨辰顾不上休息，便要提前到来的高柱久和田延年向他汇报社情民情匪情。下午，又下湖串乡实地调查视察。第二天早上起床，略感不适，可能是偶染风寒，原本无碍，随行官员好不紧张，即让田延年派人叫广宁堂来人诊治。

龚雨辰听了，问：“可是韩家广宁堂？”

田延年已从韩儒仁口中得知龚雨辰是韩家故交，忙说：“是韩家广宁堂。从淮阴城迁来的，大掌柜叫韩儒仁。”又特地将广宁堂医术及韩儒仁人品夸赞了一番。

龚雨辰面露喜色，说：“我家与韩家乃世交，韩大掌柜是我故人，多年未见，我理应登门拜访。癣疥小疾，不必兴师动众，田镇长带我去吧。”

田延年便有了种受宠若惊的感觉，忙不迭地说：“那好，那好。我给特派员引路。”

高柱久听了,便给高凤年使了个眼色,高凤年心领神会,命人急奔广宁堂,将两侧岗哨撤了。

这边龚雨辰换了便服,带了贴身警卫,由田延年领着奔向广宁堂。

高柱久等人不敢松懈,不即不离地跟在后面,以防不测。

龚雨辰没有到过太平镇,一路边走边看,边问边说,兴趣盎然。太平是千年古镇,虽说两边店铺目不暇接,却街道狭窄,房子低矮。许多房舍年久失修,檐上枯草,瓦上青苔,屋墙斑驳,使整个街景显得萧条破败,龚雨辰心里生出几分感叹。到了同福楼门前,龚雨辰惊讶地问田延年:“田镇长,此楼就是传说中的那个同福楼?”田延年说是,便给龚雨辰讲解同福楼的传奇,刚提起个头龚雨辰就微笑着说:“同福楼闻名遐迩,人称江北第一楼。我还是孩童时对它的故事就耳熟能详了。”

田延年也笑道:“看我糊涂了,以特派员的广学博识,岂能不知同福楼的故事。”

龚雨辰便在同福楼门前驻足,饶有兴致地端详起来。

同福楼是洪泽湖周边第一号的饭馆,远在明代就名满天下,延至时下虽日渐衰落,仍是洪泽湖西最招人的所在。

眼下的同福楼是一座二层饭店,乃清同治年间在原址翻建,所用大椽长梁还是元明之料。同福楼有几处与众不同,一是它的店名题写与其他饭馆不同。镇上七八家饭馆名称都为三字或四字,且匾额题写都是相连的,如“喜客来饭庄”“满口鲜包子馆”“大湖饭馆”等,唯独同福楼的匾额上只题“同福”两字,让人摸不着头绪。其二是匾牌材质为一块素色木板,不着色,显得粗鄙、另类;而“同福”二字虽不见章法,却是金粉打底,显得不伦不类。三是高悬的门匾镶有铜框,四角用一尺多长的铜钉贯穿在门楣上的方木里,如取,须从里面将铜钉拉直,卸下铜钉,方可将匾牌取下。此种挂法笨拙,不易擦洗维护,在全国绝无仅有。这一切有悖常理之现象,实因此匾太过珍贵,它是大明开国皇帝朱元璋亲笔所题。同福楼的影壁上,记载了一段有关此匾额脍炙人口的佳话:朱元璋于至正二十五年十月统兵进攻张士诚,一举攻下通州、兴化、高邮、淮安、徐州、宿州诸州县,将东吴的势力赶出江北地区。一日朱元璋由汤和护卫,自高邮前往徐州劳军,行至半时被张士诚潜在洪泽湖穆墩岛的一支伏兵截杀。汤和身先士卒，与贼军拼杀，背中中箭，汤和不惧，负箭血战，贼军胆寒败走。待到了太平后，朱元璋在同福楼与众将相酌，席间感念汤和忠勇，就用店家记账用的笔墨，在一长条槐木板上题下“同福”二字，发誓日后不负汤和今日救驾之功。店家将此木板用做匾额，同福楼由此天下闻名。后来，朱元璋滥杀功臣，包括李善长、胡惟庸及开国六公爵等皆被诛杀，汤和虽因酒屡屡误事，却得以善终，即与此次舍身救驾有关。朱元璋人马离去后，店家将木板收起，做了饭店的匾额。据说，此匾是历代开国皇帝亲笔题写的唯一一块饭馆匾额，因其过于弥足珍贵，为防被窃，故以此法悬挂。

龚雨辰指着门楼上的匾牌对高凤年说：“高副官，同福楼就是太平镇的历史，这块匾额更是无价之宝，你是太平驻军长官，务必将它保护好。”

高凤年灵机一动，报告说：“请特派员放心，我们已经加强重要地段的守卫。”

田延年也说：“高副官刚到镇上，就在几户大的商家附近设岗了。”

龚雨辰赞许道：“此举甚好，可使匪人不敢妄动。”

离开同福楼，龚雨辰又在“太子石”跟前驻足。所谓太子石其实就是一块普遍的方石，颜色青里泛黄，毫无特别之处。传说明太子朱标奉父皇朱元璋之命，在太平镇南杨家墩修建明祖陵时，曾在这块石头上歇息过，后来来往行人路过此石时，为沾点朱太子仙气，往往会坐上一坐，日久，石面上出现一个形似臀部的凹痕。龚雨辰微笑着摇了摇头，便又往前走，街上还有几处古建筑，他只是扫了一眼，不再止步。待到了广宁堂前丁字胡同时，田延年想给龚雨辰介绍一下胡同里面的王家脚手行，那也是座官宦人家的深宅大院，但此时龚雨辰眼前出现了广宁堂，精神为之一振，不由加快了脚步，径直来到广宁堂门前。

三十四

广宁堂气势非一般药堂可比，就是在南京城，怕也找不出几家。龚雨辰驻足门前，端详欣赏一番后，对着“但愿人常健　何妨药生尘”的木雕对联微微颔首，自语道：“果然是广宁之家。”示意卫兵、田延年留在门外，独自步入广宁堂里。

广宁堂里宽敞明亮，柜台上没有一丝尘土，药柜里外更是干净得可以照见人影。这时，刚好有人前来抓药，龚雨辰见伙计接过药方，在柜台上展开，用硬木镇尺将其压好，取过戥子，将戥子倒过来，用戥子杆在戥子底儿上敲敲，把戥子正面的尘土抖下去，再一种药一种药地去取。抓好一味药放上一张药签，抓齐了，又查了一遍，准确无误，才将每种药包好，最后包成大包，规规矩矩地交到来人手里，收了银两，客气地说：您走好！

此时，韩儒仁正在里间坐诊，已从窗棂中看见龚雨辰，见他英武轩昂，气度不凡，细端，少时模样依在，知是故人到了，忙从诊室迎了出来。龚雨辰见来人儒雅端庄，文质彬彬，也认出此是儿时故人，两人疾步上前，未及言语，双手已紧紧握在一起。龚雨辰先开口说：“儒仁兄可好？想死雨辰了。”

韩儒仁忙说：“当年淮阴城一别，弹指二十余载，儒仁时常念叨兄长，今兄长尊驾光临，儒仁不胜荣幸！”

龚雨辰说：“你我兄弟，如此客气就见外了，你现在是广宁堂的大掌柜，可喜可贺呀！”

韩儒仁连连摆手：“你是政府大员，在你面前，大掌柜之说实不敢当。”

龚雨辰说：“儒仁兄何必过谦，当年韩家广宁堂口碑载道，淮阴城谁人不知。您如今是执掌广宁堂的大掌柜，又亲自为病人把脉问诊，大掌柜称谓当之无愧。”

韩儒仁说：“雨辰兄不敢谬誉，尊先祖丹青圣手，名留史册；如今可谓两朝文胆，国家栋梁。儒仁与兄长相识相交，实是三生有幸。”

龚雨辰先祖龚开是两淮制置司幕府，龚雨辰曾在淮阴专署任过秘书长，故韩儒仁赞其家是两朝文胆。

龚雨辰听了，赞佩地说：“儒仁兄不但医道迥乎寻常，史学也博学精深，让雨辰汉颜。”随即又哈哈一笑：“你我兄弟，一别二十余年，今日得见，看来是有些生分了，否则说这些场面之言干什么？”

韩儒仁不由脸红，说：“兄长情分依旧，是儒仁有些生分了。”说着，拉着龚雨辰出了前厅，进了前院小三合院客厅，在八仙桌两边的太师椅上坐下，两人这才相互问了些家人情况。一番寒暄后，龚雨辰要去看望老太太，不巧老人家昨日去青阳镇三官庙烧香未回，龚雨辰深为遗憾。两人又说了些家长里短，喜子沏好了香茶，龚雨辰抿了一口，突然问道："不知儒仁兄对目前时局有何见解？"

韩儒仁当即答道："不瞒雨辰兄，我志在药理，极少关心时政。只是眼下有许多事情让人匪夷所思，日本人占我河山，屠我同胞，国共两党已声明共同抗日，神州上下理应同仇敌忾，驱逐敌寇，可却时有骨肉相残之事发生，就连救命之药材也有人劫持，这时局之事，真让我无从说起。记得尊祖有诗云：'一从云雾降天关，空尽先朝十二闲。今日有谁怜瘦骨，夕阳沙岸影如山。'这就是我当下的心情了。"

龚雨辰听了，十分惊异，这首诗是龚开所画的《瘦马图》的题画诗，《瘦马图》是龚开的代表作，这首诗表达了他在宋亡后的落寞心情。韩儒仁以此诗作答，说明他对时事悲观失望。龚雨辰心里对韩儒仁更觉亲切，对他的才华也更加钦佩，但对韩儒仁的看法却不以为然，想韩儒仁心情如此悲观郁闷，现必是因此地土匪猖獗所致吧。便说："儒仁兄不必过于悲观，日本人虽凶残暴戾，终将被我所败。至于土匪草寇，乃癣疥小疾，不足为虑。眼下因政府全力抗日，无暇顾及匪事，使匪患日炽。今蒋委员长领袖地位确立，国家政令统一，决心肃清匪患，洪泽湖周边匪患指日可除。"

韩儒仁听了，忧心忡忡地说："古人言'仓廪实而知礼节，衣食足则知荣辱'。税赋过重，百姓缺衣少粮，往往铤而走险，故石梁河农民暴动，响应者众，这匪患恐难以根绝。"

龚雨辰哈哈大笑道："儒仁兄过虑了。土匪皆鼠窃狗偷之辈，胸无大志，不足为虑。石梁河农民暴动，实为共党妖言惑众所致。共党乃无根之萍，经不起风浪，想当年鼓噪逆行，何其疯狂，民国16年(1927)委员长弹指之间，便尸横狼藉。毛泽东、朱德等龟缩江西僻壤之地，妄想死灰复燃，几番负隅顽抗围剿大军，气势汹汹，大有燎原之势，蒋委员长挂帅亲征，不过数月，江西共党即遭灭顶之灾。少部残兵败将，惶惶似丧家之犬，苟延残喘于陕北穷山恶水之地。我中央军、东北军、西北军重兵云集陕北周边，就在共党残余即将灰飞烟灭之际，蒋委员长为国家计，不计前嫌，同意将其整编抗日，但愿其能循规蹈矩，听从委员长号令，不要再滋事妄为，此乃国家之大幸也！”

韩儒仁听了龚雨辰这番慷慨激昂之辞，压低声音说：“儒仁不解，既然委员长不计前嫌，要将共产党军队整编抗日，为何这里还时常有人要对其剿灭呢？”

龚雨辰听了，吃惊地说：“儒仁兄，你身居乡壤，情况不明，也不理解委员长治国大计，你刚才所言切不可再提，以免对你不利。实话告诉你，目前日军正组织兵力侵犯南京，雨辰此番前来是要整肃匪患，将愿意抗日的土匪整编成战区游击部队，对与政府离心之匪人，布置清剿，并肃清共党影响，南京万一失守，可使洪泽湖周边成为国民政府主导的抗日模范区。现江苏省政府已迁至淮阴，现任第三战区副司令长官韩德勤将军就是离太平不远处的泗阳人，他已到江苏省府兼任民政厅厅长职。太平这块地方，也是他乡梓之地。韩长官革命立场最为坚定，反共也最为坚决。卧榻之旁，岂容他人窥伺，他绝不会允许共党和湖匪在湖西占地盘、搞割据，破坏抗日。共党善于蛊惑人心，故有石梁河之变。共党一旦得势，将国无宁日民不聊生。你我皆是其共产、打倒对象。太平地处苏皖两省交界，治安防共难免疏漏，使共党、湖匪有可乘之机。如今高团长剿共坚决，也颇有谋略，是党国干才，望兄长今后与高团长及镇上驻军同心协力防共拒匪，保一方平安。”

韩儒仁边听边想，龚雨辰家人多在政府供职，本人身为苏皖两地剿匪特派专员，可谓踌躇满志，对蒋委员长忠心不二。在他心里，反共剿共是第一要务，只要反共剿共，就连高柱久这样的匪人都成了党国干才。虽说与我感情甚笃，但不可再口无遮拦，便打消了向龚雨辰痛陈高柱久恶行的念头，改口说：“雨辰兄高瞻远瞩，愚弟茅塞顿开，一定按兄长教诲努力为之。”

龚雨辰恳切地说：“儒仁兄言重了，你是毕业于高等学堂的学者，‘教诲’二字我如何敢当。只是如今情势复杂，我才提醒你几句。好了，这些话不说了，你看我见了你只顾高兴，忘了求医问药了。昨日在湖边视察，受了风寒，神疲头晕，腹部时感隐痛，夜甚于昼，不思饮食。现与仁兄一叙，倒是觉得轻松许多。烦兄再给我把把脉吧。”便伸出左手，放在茶案上。

韩儒仁说：“我见兄长气色甚好，所述之状乃常见小恙，应无甚大碍。”说着便搭上龚雨辰左手寸口，也不过片刻之间，便说：“兄长不适是为旅途劳顿，兼风寒袭胃所致，现已无碍；我给你配副中药，一剂便可治愈。”即叫过喜子，口授一方：

苏叶、桂枝、生姜、藿香、厚朴、苍术、白芍、金铃子散、腹皮各二钱煎汤，早晚各服半碗。

让柜台抓药三包，交与卫兵，回去煎服。

龚雨辰由衷地赞叹道：“这诸多草药方剂、习性儒仁兄皆烂熟于心，如南京安定，兄有大展宏图之意，我当尽力为兄奔走。”

韩儒仁说：“谢兄美意！我也有此意，待条件允许或可成行。家母身边，还藏有尊祖墨宝，待老人家回来，请出奉还兄长，以作纪念。”

龚雨辰听了，异常惊喜，又十分感动，说：“儒仁兄真我故人也，雨辰本不应夺人所爱，但先祖遗物，意义非常，不敢拒之。我藏有明朝第一个探花吴公达的中堂，此公后任吏部尚书，功力深厚，笔法犀劲，有金石之气。待回后即差人奉兄，略表谢意。”

韩儒仁谢绝道：“兄长所言不妥，弟所奉尊祖墨宝是物归原主，吴尚书的中堂是兄长心爱之物，儒仁岂能夺兄长所爱。再说，若此岂不成了交换，显得俗气了。兄长如要谢我，那我就直说了，广宁堂虽说小有名声，但也树大招风，太平镇驻扎的保安团为政府招安之土匪，高团总虽然剿共坚决，但部下鱼龙混杂，为祸乡邻之事时有发生，就连广宁堂也难于幸免，尴尬难堪之事接连不断。这几年来匪患日炽，广宁堂伤人失财，甚至连独匪也敢持枪威逼要挟，实在是苦不堪言了，还望兄长多加关照。”

龚雨辰听了大为震怒，说：“违犯军纪之事，定要严查严惩。至于土匪行凶抢劫，你也要有所防备才是。”

韩儒仁怕龚雨辰训斥高柱久、高风年，撕了脸皮，忙说：“保安团乱纪之事，兄长今天莫说，免得高团总、高副官迁怒于我。土匪抢劫之事，我已有打算，准备托人买几支枪械以作防备。”

龚雨辰惊诧：“广宁堂未备枪支？”

韩儒仁不好意思地说：“虽有几杆土枪，皆不好使唤，再则开药堂的使枪，怕人家说闲话，不便亮出来。”

龚雨辰说：“儒仁兄你这是多虑了，广宁堂有枪是为了自卫，又不去抢人。再说，大户人家谁家没有几杆枪！”

韩儒仁说：“兄长所言极是，若再外出拉运药材，也让伙计们把土枪扛着，也许土匪以为是你们使的那种快枪呢。”说着笑了起来。

龚雨辰听了，明白韩儒仁话意，哈哈大笑说：“儒仁兄，你呀你呀！”

三十五

二人言谈欢笑，不觉半晌，龚雨辰遂起身告辞。韩儒仁挽留不住，便执手相送出门。高柱久见了心里犯起嘀咕：这韩儒仁与龚雨辰如此亲密，看来关系确实非同一般。

龚雨辰仿佛看出高柱久的疑惑，说：“高团长，广宁堂乃洪泽湖西百里方圆仅有的大药堂，多年来救死扶伤，造福乡梓，百姓争相称颂；保安团要加强警戒，不可有失，更不得随便进入骚扰，若有违纪者，要严惩不贷！”

高柱久听了，顺水推舟地说：“特派员放心，我部驻防太平镇之日起，我已按照您在淮阴剿匪会议时的训令，对广宁堂的安全加强了防范。”

龚雨辰很满意：“太平镇百姓安居乐业，可见高团长防共剿匪，功不可没。你是此处最高军事长官，还须记住：土匪不足虑，共党不可轻视，同时，还要防范日本特务的渗透。”

高柱久听了，啪的一个立正，朗声应道：“请特派员放心，卑职一定尽心尽责。”

龚雨辰听了，赞赏地说：“有高团长镇守，湖西这块地方我可放心了。”

这时，韩儒仁看到高柱久身后的高凤年，灵机一动，指着他对龚雨辰说：“雨辰兄，这位就是驻防太平的高副官，文韬武略，难得的青年才俊。”

龚雨辰听了，走过去握住高副官的手说："我们是老相识了。高团长把这方重地交于你，足见你堪当重任；儒仁兄对你有此评价，更是可慰可嘉。你要恪尽职守，切勿辜负党国重托，百姓信任。"

高副官受宠若惊，双脚并拢，啪的一个立正，响亮地说："请特派员放心，为确保太平百姓之安宁，卑职当鞠躬尽瘁，死而后已！"

龚雨辰甚为满意，拍了拍高凤年肩膀说："有你这种精气神，太平百姓无忧，儒仁兄也可安心坐诊了。"

一旁，高柱久冷眼相看，脸色难看起来。

龚雨辰转过身来，走到南汉文给他所派的卫兵跟前，取了一支"汤姆式"，又从自己卫队中取了一支"二十响"交给韩儒仁，说："儒仁兄，今后保安团弟兄遇有伤病，就在广宁堂里救治了，如有匪人滋事，可就地击毙！"

韩儒仁刚才故意提到"快枪"二字，是想请龚雨辰帮助想个办法，没想他竟然当众赠以"汤姆式"和"二十响"，其震撼力不可估量。一时激动的口舌打结，不能自已，紧紧地抱着两支快枪，一个劲地给龚雨辰鞠躬。

高柱久更是惊讶得像挨了一记闷棍，僵硬地站在一旁，脸上挤出的笑容比哭还难看。

送走了龚雨辰，韩儒厚等人欢天喜地，说：有龚特派员这棵大树，广宁堂无忧了。

韩儒仁说："高柱久会有所收敛，土匪可不管你什么特派员，广宁堂的安危还得靠自己。魏友三怕是也该动手了。不过，雨辰兄来得真是时候，明天，我去朱圩就有底气了。

翌日，韩儒仁早早起床，用了早饭，喜子怀里揣着一把盒子枪，套了辆马车，拉着韩儒仁奔了朱圩。

出了太平镇东，顺着官道走不多远有一条岔路，到了岔路口，从这里走到朱圩要近许多。韩儒仁对喜子说："走岔路吧。"喜子吃惊地说："走古道？里头有土匪呢。"

韩儒仁笑道："土匪？这几日剿匪专员兴师动众地在此巡视，他们早遁入苇荡了。强人兴许会有，可你不是带着枪吗？"

喜子一听，来了豪情，一兜缰绳，马车便上了岔路。

这岔路是一条古道，路基还在，且较平整。在古道旁有一个坍塌的土圩子，足有十亩地大小，院场上散落着一堆堆石头砖块，还有两口淤塞的水井。有人说那个土圩子是三国时期鲁肃的囤粮地，驻扎过许多兵丁。因这条道在杂树林中，中间还有一片坟场，这几年常有强人出没，伤过几条人命，行人若非成群结队，便不敢涉足。日久，古道渐见荒废，路基上也长出一层杂草来。

喜子扬鞭催马，马车上了古道，胶皮轮子从枯萎的败叶上碾过，毕剥作响，显得欢快而轻巧。经过土圩子时，院场上散落的那些石头砖块都不见了，它们有的是被百姓拣回去修建房屋，有的是被拉去筑圩修炮楼了。

约莫一顿饭的工夫，马车就出了古道，前面又是一个岔道，一条是官道，可直达朱圩；一条是黄泥乡路，经过窝岗上朱圩人家的坟地后到达朱圩。这条路虽说比官道要近，却难走。谁知，韩儒仁又让喜子走了黄泥乡路。喜子本想提醒黄泥路不大好走，见韩儒仁双目微闭，眉头紧锁，似有所思，便不再言语。

马车吱吱地行走在黄泥路上，显得滞塞缓慢。喜子怕打扰韩儒仁的沉思，信马由缰地坐在车辕上，不再扬鞭吆喝。

一会儿，马车到了窝岗上朱圩坟地前，韩儒仁突然睁开眼睛，吩咐喜子停车，自己跳下车来，走到坟岗里发起怔来。喜子见了，心中纳闷，却不敢多问。

朱圩的前身小朱庄住户不多，坟地也不大，大大小小的二十多个坟冢散落在一处东高西低的黄泥岗上。因黄泥黏性大，不透气，易板结，植物难以生长，坟岗上几乎一片光秃，不见一棵树木，只有几簇狗乃针类的野草匍匐在秋风里，衬托得窝岗越发孤寂荒凉。

好一会儿韩儒仁才回到马车上，给喜子扬扬手便又凝目沉思，喜子甩了下鞭子，马车直接奔向朱圩。

下了黄泥岗，便是一马平川，不远处就是朱圩，眼前是大片的山芋地，这片土地贫瘠，最适合种高粱了，朱圩的人却种了山芋。山芋地一侧的窝岗路口和官道路口边上，各架着一个一人多高的草棚，一旁竖着两丈多高拖着绳索的木杆。这两处草棚，在洪泽湖周边田地里司空见惯，人们把它称作“看青棚”。而朱圩山芋地里的这两个看青棚，细看却与别的看青棚有所不同，它比一般的看青棚要高出一截，且还竖着木杆，名义上是看青棚，其实是哨棚，木杆是发信号用的。朱圩筑在黄泥岗上，没有护圩河，也没有壕沟，易于偷袭，朱殿魁便将靠近朱圩的农田一律种植矮化作物，并放了瞭望哨，韩儒仁心里便暗暗佩服朱殿魁的谨慎机密。

三十六

过了山芋地，朱圩就出现在眼前。韩儒仁已有几年未来朱圩，圩门前壕沟、滑板依旧，圩门两旁新修了两个半圆形地堡，枪眼成扇面散开，射击角度遍及东南西三面。圩楼上炮手认得韩儒仁，开门迎客。韩儒仁、喜子下了马车，马车从滑板上轻盈驶过，进了圩子后，喜子将马拴在圩门里的拴马桩上，两人在炮手引导下，径直奔了朱家大院。到了门口，门岗请韩儒仁稍等，自己进去通报东家。韩儒仁借此机会仔细端详起了朱家大院。大院与往年相比，变化不小，大门两边挂着“祥云浮紫阁　喜气溢朱门”核桃木对联，和门楣上方“魁星东照”四个瓦盆大的金字，是近年新添的。看来大院的主人这两年春风得意，不想韬光养晦了。大院门口，有一个砖石砌就、石灰勾缝的岗亭，还上着木门，后院上方，也竖起了一个碉楼，与门前的岗亭形成呼应之势。这岗亭和碉楼前时韩儒厚和叶善友给朱殿魁送药酒时还未见，想必是那对宣德炉不翼而飞后，朱殿魁心有余悸近日新建的。韩儒仁看了，心中暗自吃惊，以此防备，就算魏匪侥幸进了朱圩，怕也难奈朱家大院。

“韩大掌柜来了，有失远迎，恕罪，恕罪。”朱圩管家张尚文满脸带笑地迎了出来。

张管家常去广宁堂，韩儒仁每次皆热情款待，且相谈甚欢，故此次相见，倍感亲切。一番寒暄后，张管家将韩儒仁和喜子让进了客厅。

待宾主落座，张管家说：“朱东家有点琐事要办，稍后便到。”佣人沏了香茶，给韩儒仁、喜子各斟了一茶盅，又将张管家的茶杯从一旁厢房端来，放在八仙桌上。张管家的茶杯带有手柄，通体晶莹剔透，上有“媚春光草草花花；惹风声盼盼茶茶”字句。从品相上看，似是有年头的老货。

韩儒仁把张管家的茶杯端详一番后，说：“好诗。不知何人所作？”

张管家笑道：“此乃元人张可久所撰茶联。”

韩儒仁摇头：“惭愧！我以为是唐诗呢。张可久的茶联未读过，明人茶联倒是记得两句，尤喜魏时敏的‘待到春风二三月；石炉敲火试新茶。’入情入景，切合时意。”

张管家说：“若论明人茶联，我喜孙一元的‘平生于物之无取；消受山中水一杯。’颇有意境。”

韩儒仁暗暗称奇，说：“好一副‘平生于物之无取；消受山中水一杯。’此联从您口中吟出，更显管家乃非常人。”

张管家听了，不由一怔，神色怅然，呷了一口茶，恻然说：“大掌柜高抬了，我这半辈子虽未受田畴之累，稼穑之苦，只不过是一介草民而已。与普通百姓相比，无非是多品尝了几杯香茶。”

韩儒仁心想，朱殿魁也算是一个大恶人了，却将一应事务交付此人打理，可见他非等闲之辈，倘能结交一二，也好日后周旋。便肃然说道：“管家把我视作外人了。自数年前你我有缘得见，我便知管家乃人中俊才，岂是一介草民可比；我对管家一片冰心，管家却为何敷衍于我。”

张管家一听，忙起身施礼，说：“大掌柜果然明察秋毫，实不相瞒，张某早年在县衙做过几年文案，因蒙受不白之冤，后愤然跟了朱东家，以了度残生。”

韩儒仁听了，想他既然闪烁其词，不愿多说，自己也不便多问，便说：“朱圩主得管家相助，如刘皇叔得诸葛孔明，在这乱世之中，定能做一番大事业。”

张管家面有得意：“大掌柜过誉了，人在乱世，能有遮体之衣，果腹之粮足矣，岂敢奢望什么大事业呢。”

说话间，朱殿魁走了进来。朱殿魁长得高大壮实，留着寸头，豹头环眼，蒜头鼻子，脸色青黑，身着皂色对襟大褂，皂色长裤，显得彪悍匪气。宾主尽了礼节后，朱殿魁笑说：“韩大掌柜是大忙人，今日怎有闲暇屈就我朱圩？”

韩儒仁说:“有桩事情,怕难如圩主意,特来相告。”

朱殿魁一愣,说:“何事?”

韩儒仁说:“是《红伤二十八秘籍》之事。前时,愚弟和友善给圩主送药酒回去后给我说,张管家提出欲购买《红伤二十八秘籍》处方,我想圩主走南闯北,叱咤江湖,是做大事之人,这处方对圩主可堪大用,思忖再三,念及你我交情,欲与母亲及家人商议,将处方让断给圩主,广宁堂再不用此方治疗红伤。至于价格,五万现洋及那对宣德炉就可以了。按理说,此方是我广宁堂数代人心血结晶,实为无价之宝,就是百万大洋也不可转手他人,此举是为大不孝,若传出定为世人所不耻。正忐忑不安之时,昨日国民政府苏北皖东北剿匪特派专员龚雨辰将军传话说,淮阴南汉文旅长嘱我要保护好《红伤二十八秘籍》,还要广宁堂用《红伤二十八秘籍》炮制膏药,为前方抗日作些贡献。我不敢不从。今天特地走古道,经窝岗黄泥土路赶来朱圩,陈情圩主,还望圩主体谅、包涵。”

没想朱殿魁听了,爽快地说:“上次尚文所说的《红伤二十八秘籍》之事,韩大掌柜不必为难,一来我那对宣德炉已失窃了,二来既然南旅长有话,殿魁不敢再生贪念。俗话说买卖不成交情在,贵堂与朱圩相处,来日方长,朱圩今后还有很多事情要仰仗韩大掌柜呢。”

韩儒仁听了朱殿魁的话,心里颇感意外,顾不得多想,忙说:“朱圩主大人雅量,儒仁不胜感激。若说仰仗之事,日后朱圩主成为国家栋梁,广宁堂还得请您多加关照提携。”

朱殿魁说:“韩大掌柜说笑话了,我是个粗人,连个镇长县长都不敢奢望,如何能成为国家栋梁?”

韩儒仁不悦地说:“朱圩主何必敷衍我,刚才我从窝岗经过,见岗上青气缭绕,问路人,说那地方叫‘窝岗’,是朱圩主祖坟。可是?”

朱殿魁来了情绪,说:“那地方是叫窝岗,是我小朱庄朱姓人家坟地,我家祖坟也在其中,不知有何奥妙,请大掌柜说来听听。”

韩儒仁说:“我听说窝岗是朱圩主祖坟,便下车到坟地敬仰一番。窝岗东高西低,呈伏虎形,威风十足,有一股肃杀之气。那块地名‘窝岗’,‘窝’即‘卧’也,也就是诸葛孔明‘卧龙’之‘卧’。虎形地,金星为本,间或有土,连金而成，面圆而凹，势雄而慑。风水上，虎为大将。朱圩主家坟地，卧在岗上，而朱圩主是铁骨铮铮的俊杰，正应了伏虎形祖坟之谶，上赐天恩，下诏祖德，前程不可限量。”

此时，喜子方明白东家今早为何要走古道上窝岗了。

朱殿魁则听得好不欢喜，都说韩儒仁出自大学堂，学富五车，果然如此。嘴上却说：“韩大掌柜过誉了，殿魁说到底不过是个庄稼人，哪来的前程。”

韩儒仁说：“朱圩主有所不知，我自幼研习《周易》，这可是一部神籍，《史记》记载，‘文王拘而演周易’。它上可测天，下可测地，中测人事。不可不信。”

说话间进来一人，长得十分彪悍，脑袋也大得出奇，此人正是朱殿魁堂兄朱殿海。他与韩儒仁见过几面，冲着韩儒仁点了点头，算是打了招呼，正要开口给朱殿魁说什么，朱殿魁“嗯”了一声，说：“来了？”

“来了，在客房等候。”

朱殿魁便起身说：“韩大掌柜，我和管家有点琐事要说。你先用茶，晌午你我要大醉一场。”

待朱殿魁、张管家离去后，喜子说：“大爷，你怎把那风水宝地告诉朱殿魁呢？他真能当大官？”

韩儒仁低声说：“哪来的风水宝地？世间若真有封侯之地，风水先生岂不都找来安葬自家先人了。”

喜子不解：“刚才大爷说得活灵活现，我还当真的呢。”

韩儒仁双手掩面：“喜子，你看轻你大爷了吧？”

喜子不明就里：“大爷，你这是骂我吧？我喜子一辈子也报答不了你的恩情呢。”

韩儒仁惭愧地说：“大爷刚才所说之言，皆为指鹿为马、阿谀奉承之语，为正人君子所不耻也。”

喜子这才明白过来，说：“你刚才说的是假话呀，我还当是真的呢。”

韩儒仁说：“岂止是假话，我那是居心叵测呀！”

三十七

午饭极其丰盛，韩儒仁不胜酒力，三杯过后便不再饮，朱殿魁倒也不勉强，说韩大掌柜还要赶路，量力而行吧。自己却开怀畅饮，喝得酩酊大醉，被扶入内室睡了。

饭毕，佣人奉上香茶，张管家笑问："可识此茶？"

品茗本是韩儒仁嗜好，且茶常入药。韩儒仁对绿茶、红茶等形态、药性颇有研究，见茶碗中茶叶形如凤羽，色如玉霜，香气馥郁，已知何茶，说："宋徽宗赵佶在《大观茶论》中说：此茶'自为一种，与常茶不同，其条敷阐，其叶莹簿，崖林之间，偶然生出，虽非人力所致，有者不过四五家，生者不过一二株。'是否安吉白茶？"

张管家惊叹："白茶非此一种，福建省福鼎、政和两县皆有出产，韩大掌柜如何认定此白茶产自安吉？"

韩儒仁说："福鼎、政和两县所产白茶茗品'银针白毫'和'白毛猴'，'银针白毫'其茶芽头肥壮，色白如银，挺直如针；'白毛猴'品质特征是外形肥壮卷曲，白毫显露。此茶形如凤羽，色如玉霜，定是安吉白茶无疑。此茶贵为皇家贡品，乃珍贵之物，素有'一两白茶一两黄金'之说，今日得以品尝，实在口福不浅，也足见朱圩主神通广大。"

谈笑间茶过五味，张管家说："大掌柜，我有个想法，您有龚特派员、南旅长这两棵大树，加之您的威望，广宁堂的钱财，要人有人要枪有枪，可谓得风得雨，天时地利人和齐全，实乃洪泽湖西第一人，何苦安于现状，终日与病人为伍呢？如若联手朱圩主，定可成就一番事业，岂不比经营药堂强上百倍！"

韩儒仁听了，这才明白朱殿魁刚才对《红伤二十八秘籍》之事为何那么爽快，也明白他所说要仰仗广宁堂的用意了。想必龚雨辰赠枪之事让他心存忌惮，想拉广宁堂入伙，上他的贼船。就接着张管家的话说："真人面前不说假话，时下广宁堂钱财不敢充大。我此番来，本想借贷一万现洋，以作周转之需。但见了朱圩主，羞于开口，觉得还是过几日去淮阴向雨辰兄借贷为宜。”

张管家听了甚是惊诧：“韩大掌柜要借钱？不至于呀。再说区区一万现洋，对于广宁堂来说，何足道哉？”

韩儒仁羞愧地说：“管家有所不知，去年广宁堂被人绑票，伤了元气，今年又多次遭土匪抢劫，如今已是捉襟见肘，伙计们的工钱减了又减，就连友善都嫌工钱少，甩手离去了。”

绕了半天的弯子，韩儒仁终于说出了此行的初衷，顿时觉得一身轻松。

张管家着了韩儒仁的圈套，问：“友善是嫌工钱少离开广宁堂的？”

“正是。他还无端要借二十块大洋，我没答应，一气之下就走了。”

张管家连叹：“可惜，可惜！友善那是个人才呀！”

“有何可惜？”韩儒仁愤然道，“广宁堂对他可谓天高地厚，进堂不过半月，便让他执掌总柜，这是何等信任。他却因一己之私未能如愿，便弃之而去，此不知知恩图报之人，走了也好，否则恐成冤家。”

张管家说：“大掌柜你错怪友善了，他借钱是为了给母亲治病。”

韩儒仁惊讶：“管家怎知友善母亲患病之事？”

张管家坦诚地说：“韩大掌柜你我相交已久，我也不瞒你了，友善离开广宁堂就来朱圩了，他想做炮手，多挣些钱给母亲治病。他果真一手好枪法，说是百步穿杨也不为过。再说，他还是义气之人，尤其是慷慨激昂时那壮士断腕的气概，更让人喜欢。我自那次去打问宣德炉时在贵府见了他，就想揽为己用呢。”

韩儒仁听了张管家的话，心里为自己来得及时连呼万幸。他本以为叶善友只是要悄悄潜到朱圩后墙，弄清砖窑位置，回去给魏友三报告后，再来朱圩卧底，没想他已迫不及待地闯入这虎狼之地了。他此次进入朱圩，定是为了探清圩墙里面的情况，现在这些情况他一定熟记于心了，下一步就是带着魏友三匪徒掘洞破圩了。我得彻底与叶善友撇清关系，免得日后麻烦，便说：“不知友善可在？虽说是他弃我，可我这心里还是放他不下，这也正是他讨人喜欢之处。不过，他是魏延那种人，脑后有反骨，朱圩主还是不用为好，免得身受其害。”

张管家说：“友善此次前来只是挂个号，讨个口风，住了一夜，就告辞回家了，说待安顿了老母亲再来朱圩为朱圩主效犬马之劳。至于他是否是魏延，韩大掌柜不必过虑。朱圩围墙坚固，众志成城，所住之人不乏能征惯战之士，友善就是魏延，朱圩自有马岱取他首级。”

张管家之所以胸有成竹，是韩儒仁所言与叶善友那天所说吻合，给他吃了一粒定心丸。

那天午后，叶善友别了韩儒仁，一口气疾走二十里地，日头还挂在树梢时就到了朱圩。张管家对叶善友投奔朱圩，又惊又喜，问：“友善，你在广宁堂收钱管账，咋辞了？”

友善羞愧地说：“收钱管账名声虽好，只是工钱微薄，难以养家糊口，无法维持生计。加之老母亲重病在床，东家借不出钱来，只好辞了。我这心里也很难受，对不住韩大掌柜……”就是这番话，与韩儒仁所说一致，使张管家对叶善友更加放心了。

韩儒仁听了张管家的话，不以为然地说：“管家如此赏识友善，我无须赘言；儒仁囿于三尺诊室，孤陋寡闻，庸人自扰，让您见笑了。不过说朱圩固如磐石，我不敢苟同。土匪不破朱圩，非惧朱圩围墙坚固，死士众多，实是畏惧高柱久的保安团，如无此后援，魏友三等匪酋聚众呼啸而来，日夜攻打，莫非朱圩战力还能强得过十家墩么？”

“这……这……”张管家让韩儒仁问得张口结舌，一时无言以答。

十家墩位于睢宁高作镇南十里，又名石墩圩，四百余户居民，有部分枪支和三门土炮，还成立了“红拳会”(大刀会)，教青壮年习武练功。土匪不敢轻易来犯，有时抢劫路经圩子附近，也遭到枪击或追赶。因而有“铁打十家墩”之说。

魏友三发誓要踏平十家墩这块“强地”(即不通匪且敢于抗匪的地方)，他从上、中、下湖调来刘荣铎、梁家山、刘广益、陈茂昭、邓五等十余股土匪一千四五百人枪，于民国16年(1927)七月二十日下午，强攻十家墩。激战至第二天下午，圩内弹尽力竭，土匪遂攻进圩内，对圩内百姓不分男女老少大肆屠戮。全圩这次惨遭杀害的村民共计八百二十七人，有的全家遇难。“时值秋阳，惨死民众，尸骸暴露，不得掩埋，腐臭闻于数里”。此案民众遭屠戮之多、死亡之惨烈，成为苏北民国史上最大的匪案。

韩儒仁又说:“朱圩确实易守难攻,但如若匪人偷袭,该如何处置?”

张管家笑说:“我朱圩戒备森严,匪人如何进得来?”

韩儒仁连连摇头:“非也。以我之见,匪人如来偷袭,可放他进来,三十六计有‘关门捉贼’一说,让他进来何妨。此可一网打尽,以绝后患。”

张管家听了,吃惊地盯着韩儒仁,心想韩儒仁这话是何意?莫非包藏祸心?却见韩儒仁一脸坦诚,又想韩儒仁到底是个郎中,把脉问诊尚可,打仗之事,尚是外行。不过,这防备土匪偷袭的事,倒是个提醒,便笑说:“韩大掌柜这计我怕朱圩主不采纳。朱圩狭小,一旦贼人突入,那就不是‘关门捉贼’,而是‘引狼入室’了,圩内必将陷入混战,岂不成了两败俱伤。”

韩儒仁让张管家无意中说破心思,不由脸红,自嘲道:“朱圩主久历江湖,深谙征杀之道,我这是班门弄斧,让管家贻笑大方了。”

宾主愉悦,相谈甚欢,不觉日头西斜,韩儒仁起身告辞,张管家挽留不住,亲自将韩儒仁送出了圩门,才依依不舍地与韩儒仁相揖而别。

三十八

三天后的寅时时分,太平镇满口鲜包子馆里急匆匆走出一行人来,前头的是熊掌柜,后面两个伙计吃力地抬着一张凉床,凉床上躺着熊掌柜的媳妇马三姐,盖着厚厚的棉被。在离广宁堂大门十几米远的地方,被两个保安团士兵拦住了。保安团士兵常去满口鲜包子馆,大都与熊掌柜相熟,包子馆的包子是太平镇一绝,全部用洪泽湖新鲜水产做馅,如菱角、鸡头米、钉螺、河贝、银鱼、鳝丝等,鲜嫩可口,百吃不厌。熊掌柜也大方,对保安团士兵尤为客气,迎来送往,恭敬有加,从不开口收钱,这一中队保安团士兵,几乎人人都欠着熊掌柜一份人情。见是熊掌柜,关心地问:“掌柜你这是去哪?”

熊掌柜抹着汗水,带着哭声说:“兄弟,你嫂子突然得了寒症,我送她去广宁堂瞧瞧。”随着熊掌柜的话音,马三姐呻吟起来,这两个士兵听了,便让熊掌柜快走,说不敢耽误了嫂子的病。

熊掌柜顾不上道谢，两个伙计抬着凉床几乎是跑到了广宁堂大门前，熊掌柜顾不得礼节，将大门捶得山响。值夜的是二宝，从望孔里见是包子馆的熊掌柜，问："熊掌柜，半夜三更你敲门干什么？"

熊掌柜说："我女人得了急症，快请韩大掌柜速速救治。"

二宝不敢开门，赶紧叫醒了当班的韩儒礼，这才将熊掌柜他们放了进来。凉床刚过了厅房，熊掌柜便转身关了大门，上了门闩，急忙对韩儒礼说："四掌柜，快去把大掌柜请来。"

韩儒礼见凉床上果真是熊掌柜媳妇，她脸色惨白，瑟瑟发抖，似已性命垂危，只得速速去叫兄长。

韩儒仁不敢迟疑，连忙穿衣小跑着来到前厅。

熊掌柜见了韩儒仁，不待他开口，就说："韩大掌柜，深夜打扰，罪过罪过。"

韩儒仁被熊掌柜的神神秘秘弄糊涂了，望着凉床说："尊夫人得了何病？"伸手便欲将被子揭开。

熊掌柜一把拦住韩儒仁的手，冲着二宝说："这位小兄弟——"

韩儒仁隐约觉得熊掌柜似有隐情，说："二宝是我广宁堂贴心之人，熊掌柜尽可放心。"

熊掌柜听了，从怀里掏出一杆吊着金丝荷包的旱烟袋，问："大掌柜可识得此物？"

韩儒仁见了大吃一惊。这杆烟袋非是常物，可以说洪泽湖周边人人皆知，此乃巨匪魏友三心爱之物。玉嘴银杆乌金锅，荷包是用细如发丝的金丝编织，坠一雕着白鹤祥云的和田玉佩，世间罕见。据说其主人是清同治探花，先后担任陕西按察使、湖北按察使的温忠翰心爱之物，乃慈禧太后赏赐。韩儒仁刚才的疑虑得到了证实，说："莫非是魏友三物件？"

熊掌柜将烟袋揣入怀中，佩服地说："韩大掌柜果然见多识广，此物正是魏三爷物件。"

韩儒仁不解："魏友三物件为何在你手中？"

熊掌柜摇头摆手，心有余悸地说："不说也罢了，说起来吓死我了。刚才，有一伙人撬门进入馆子里，舞枪弄刀地逼我替他们找你做一件事，我若不允，便要杀我全家。我别无选择，只有应了。那伙人留下这杆烟袋，说你见了，就知该怎么办了。”

韩儒仁听了，疑惑地问：“你把我说糊涂了。尊夫人有疾，这与魏友三何关？”

熊掌柜尴尬一笑说：“这也是无奈之举啊！”转身对凉床上的女人说：“你起来吧。”

随着熊掌柜的话音，马三姐掀开被子，翻身下了凉床。这时，一件令韩家兄弟瞠目结舌的情景出现了，凉床上，竟然还躺着一个头上蒙着蓝布、浑身血迹的男人。

韩儒仁惊问：“这是何人？”

熊掌柜苦着脸说：“我哪里知道。大掌柜，这人我是给你送来了，与我无关了，我得走了。”

韩儒仁听了，一步跨拦在熊掌柜面前，疾言厉色地说：“熊掌柜，莫非你要害我广宁堂不成！”

熊掌柜惊道：“大掌柜何出此言？”

韩儒仁说：“此人生死不明，你将他丢在广宁堂，如果他已身亡，我该如何向魏友三交代？”

熊掌柜说：“大掌柜放心，此人未伤及要害，只是失血过多，脉象浮沉有度，节律还算均匀，虽显滞缓，却流利有力，决无性命之忧。你放心诊治就是了，万一不测，魏三爷那里一切由我承担，决不让你为难。”

没想这熊掌柜竟然懂得脉象，在场诸人皆感意外，韩儒仁也放下心来，说：“救死扶伤是我广宁堂义不容辞之事，与魏友三何关？此人如是你朋友，我广宁堂自当尽力救治；如是魏友三手下，那就是匪人，我这边救治，那边就要报告警察所和保安团。不然，一旦事发，我广宁堂担不起责任。”

熊掌柜听了，虽然担心，却不害怕。他知这是韩儒仁为防走漏风声留的后手，便一本正经地说：“大掌柜，是我和你说笑，这是我表弟，不幸挂红，广宁堂曾和他有缘相识，也有恩于他。我救人心切，故编个谎话吓你。请你费心诊治，日后定有厚报。”

韩儒仁听了，方和颜悦色地说：“熊掌柜你我街坊邻居，朝夕相见，这玩笑开大了，日后断不可如此。你表弟之伤，我尽力救治就是了。”

熊掌柜说：“谢过大掌柜，你这里我不便久留。”便让那两个伙计将那人抬下凉床，放在地上，许是放得重了，那人发出一声呻吟。熊掌柜顾不上这许多了，让女人又躺在凉床上，盖上被子，两个伙计抬起凉床，匆匆走了。

待二宝又上了大门，韩儒仁让儒礼移过烛火，蹲下身子，轻轻揭开那人头上盖的蓝布时，饶是他如此静气之人，竟惊得一下从地上跳了起来。

天哪！此人竟然是“鬼影子”叶善友！

本来，当熊掌柜拿出那杆烟袋时，韩儒仁已心知所送伤者是魏友三匪人，但怎么也没想到此人竟然是“鬼影子”！怪不得熊掌柜刚才说“广宁堂曾和他有缘相识，也有恩于他”。广宁堂千方百计、好不容易才将这恶人送走，没过半月却又被土匪送了回来。这可真是个丧门星哪！

韩儒礼气恨地对韩儒仁说：“把他扔乱坟岗去。”

韩儒仁一把将他拉到一旁：“不可，魏友三既把他送来，就吃定我广宁堂不敢谋他性命。何况我广宁堂本救死扶伤之地，岂可乘人之危，害人性命。”

韩儒礼嗫嚅道：“如此重伤，难免不治而死！”

韩儒仁沉吟片刻，说：“小不忍，则祸端必至。那熊掌柜通晓脉象，如不能救治，他岂能置自家性命不顾，冒险将叶善友送来广宁堂？再说，熊掌柜将他抬下凉床时，他还未死，叶善友即使不治而死，广宁堂也难脱干系，魏匪也必将怀恨于我。故切不可贪图一时之快，否则后患无穷。你和二宝将他抬到前院库房后面那间小屋里先行救治，不可让外人知道，其他容我再作斟酌。”

二宝说：“魏友三怎么单单找了熊掌柜呢？他要是走漏风声怎么办？”

韩儒仁听了，想起叶善友离开广宁堂那天，吕叔告诉他“鬼影子”去了熊掌柜的包子铺，还和熊掌柜搭讪几句，跟着就有人来传话说孔友善母亲病了，心里已然明白熊掌柜并非良民，摇头道：“是魏友三找他吗？我看未必。”

又对儒礼说：“你赶快把吕叔、儒义、儒厚叫起来。”

一会儿，吕叔他们都急匆匆地到了前堂。韩儒仁把“鬼影子”的事说了，几人都十分惊愕，说熊掌柜这是给广宁堂找祸。韩儒仁说顾不了那么多了，让儒义赶快救治叶善友，不能让他死在广宁堂里。又安排吕叔增加病房床铺，再把前院库房腾出几间，用做备用病室。让儒厚多备止血镇痛之药，以备不时之需。

韩儒厚问："哥，为何夜晚急着增加病床？"

韩儒仁说："我猜朱圩伤号将至，广宁堂自今晚起更难安生了。"

韩儒礼不解，说："深更半夜，哪来的朱圩伤号？"

韩儒仁说："魏友三今夜攻打朱圩了，叶善友乃摇鹅毛扇之人，他都如此重伤，双方定然死伤惨重；朱圩伤号不时将到。"

韩儒厚忙问："魏友三得手了？"

韩儒仁摇头："如他破了朱圩，不会只将"鬼影子"一人送来救治，想是必败无疑，顾不上其他匪人了。"

韩儒厚说："叶善友是军师？无须他冲杀，怎能受此重伤？"

韩儒仁说："还记得朱圩丢失的那对宣德炉么？你回来给我说过半夜时叶善友曾偷偷起身外出，想必是去偷窃那对宣德炉了，因无法带出圩子，可能将炉藏匿某处。这次他去朱圩卧底，往大了说，是要洗劫朱圩，往小了说，也是为了取炉，朱圩防备严密，为了破圩，叶善友他只能以一人之力冒险接应魏匪，受伤也就在所难免了。"

韩儒厚恨恨地说："人为财死，鸟为食亡。他真是要钱不要命了。"

韩儒仁叹了口气，说："这是土匪本性使然。只是熊掌柜那么和气的一个人，却也是匪人。现在真是人鬼莫辨了！"

寅时，果真如韩儒仁所言，朱圩十一个伤号到了，只不过和他们一起来的，还有高二虎等三名保安团的伤号。这一夜，广宁堂明里救治保安团、朱圩伤号，暗里救治叶善友，忙得不亦乐乎。

三十九

天亮时，有消息四处传开，说昨夜魏友三马子在朱圩展开一场恶战，直杀得血流成河，尸叠如山。民国27年《泗县要事实录》是这样记载的：

> 二十六年十二月四日夜，魏友三匪徒掘洞攻入朱圩，县保安团团长高柱久率部由界集驰援，三方激战至拂晓，死伤近百人，魏匪力不能支，遂遁入洪泽湖。

魏友三果真是从朱圩后墙黄泥岗掘洞进入朱圩的。朱殿魁果然非同一般肉头地主，那对宣德炉的不翼而飞，使他意识到朱圩的防备还存在着缺陷，他立马在朱家大院门前加设岗亭，并加强夜晚巡逻。当那天张管家把韩儒仁"关门捉贼"的计策当作笑话说给他听时，他告诫张管家说："韩儒仁非你我同道之人，他的话宁可信其有，不可掉以轻心。"便在马圈里埋伏了六个炮手，如小股队伍偷袭，这六个炮手足可将其歼灭；大股匪徒来袭，也可抵挡一阵，为圩内其他人员投入战斗赢得时间。

平心而论，朱殿魁的防卫确实周密，但魏友三更非等闲之辈，他不但在三处废窑里同时掘洞，竟然将攻击时间选择在子时。这段时间里，朱圩里的炮手疏于防范，他们认为下半夜才是最危险的时辰。就当埋伏在马圈里的炮手昏昏欲睡时，魏友三的匪徒钻出了地道。炮手们打起精神，忙不迭地开枪阻击，怎奈土匪是从三个地洞里钻出来的，让阻击的炮手顾此失彼。更没想到的是，一侧的猪圈里突然射出一串串枪弹来，这几个炮手腹背受敌，瞬间不死即伤。魏友三的二百多个土匪便潮水般涌进了朱圩。

猪圈里的人，正是刚刚投奔朱圩的孔友善，他是昨天才回到朱圩的，还带了一支短枪，说老妈死了，他把房子卖了，买了支枪来跟朱圩主发财。同时还给朱殿魁献了两张处方，说是在广宁堂时从《红伤二十八秘籍》里偷抄的。这两张处方是：

> 第一方，主治枪伤出血：刘寄奴、当归、地榆、香椿屑、干蚂蟥晒干研粉，拌以香灰，撒伤处，立止出血。
>
> 第二方，主治刀伤出血：白茄子叶、五倍子、乌贼骨、黑鱼口百、荷叶、白石灰，研粉，用水蛇油调匀，敷患处，消炎止血止痛。

朱殿魁见了，很欣赏叶善友的机灵，就把他编到了马队里。今晚是他与魏友三约定偷袭朱圩的时间，他便偷偷溜出来，藏到猪圈里策应魏匪。

朱殿魁不愧久经征战，处变不惊，临危不乱，立即让人通知圩内就地抵抗，一时圩内枪声四起，魏匪纷纷受伤，却找不到攻击对象，匪徒们一下慌乱起来。这时，叶善友已从猪圈里挖出了那对宣德炉，他见情势危急，将炉子交给一个土匪，喊了声："攻打朱家大院！"匪徒们这才还过魂来，蜂拥扑向朱家大院。

朱家大院内有三十多人，都是朱殿魁的亲信，一个个骁勇善战，还配有一挺机枪，四支"花机关"，火力很强，在朱殿魁和王彪的督战下，这些人殊死抵抗。住在圩楼里的朱殿海见大院危急，冒死督促大院外的炮手增援朱家大院，战斗异常惨烈。魏友三为了独占朱圩财宝，这次行动没有邀约其他匪帮，所带匪众是他的嫡系主力，战斗力甚强，激战半个时辰后，朱家大院外的炮手皆被打散；只有朱殿海和金麻子带领的三十余人据守在圩楼上，与朱家大院形成犄角之势，攻守双方形成了胶着状态。正当魏友三重新组织匪众，欲一举拿下朱家大院时，没想当时正在界集督察共产党地下组织的高柱久，接到报告说朱圩发生枪战，为避免兔死狐悲，当即率部驰援，丑时到了朱圩，对魏匪形成了反包围，魏匪遭到这股有生力量的突然打击，死伤惨重，只得仓皇退出朱圩。

经查点战场，朱圩方面死十七人，伤十九人，其中重伤七人；新来的炮手孔友善等六人失踪；朱殿魁肩膀挂了轻伤，朱殿海及张管家身负重伤。保安团亡五人，伤小队长高二虎等七人，其中两人伤势较重。魏匪亡二十八人，留下重伤员十三人，轻伤员七人，匪首魏友三全身而退。在清扫战场时，一个保安团士兵出人意料地在魏匪死尸堆里发现了朱家那对宣德炉，高柱久欣喜若狂，这对宣德炉高适之和他连做梦都想据为己有，当即起了贪心，派人急速送给高适之。恰巧被金麻子看见，说这对炉子是朱圩主的，双方因此发生龃龉，高柱久的把兄弟、一中队队长鲁大能差点和金麻子动枪。天亮后，高柱久命令将魏友三留下的十三个重伤员就地枪毙，将战死的五个保安团士兵和四十一具魏匪尸体就近掩埋在窝岗边上。为表感谢，朱殿魁送了高柱久两万大洋。保安团押着七名魏匪离开了朱圩，一路上不停地鸣锣放枪，惹得观者如蚁，许多人还买了鞭炮参与鸣放，真乃人心大快，轰动一时。高柱久骑着高头大马，走在前头，面对着山呼海啸般的欢呼，不由气宇轩昂，觉得自己真成了剿匪大英雄了。

高柱久走后，朱殿魁得知宣德炉出现，当即派人追至保安团讨要，鲁大能说保管宣德炉的那个士兵见财起意，把炉子拐跑了。高柱久好不高兴，将鲁大能训斥一番，要他立即捉拿逃兵，向朱圩主谢罪。这对宣德炉可值十几万大洋，朱殿魁吃了个大哑巴亏，自此对高柱久心生怨恨，时时欲报这夺宝之仇。

韩儒仁听到这些消息，悲喜参半，朱圩死伤者中难免有住在圩内的长工，这都是我之罪过呀！心里惶愧不安，自责不已。对高朱二人因宣德炉动怒一事，心里莫名一动，一时却又理不出头绪。不过他还是松了口气，两个恶匪火并，毕竟是件大快人心的事情。而且，他们怕是在短时间内很难再顾得上祸害广宁堂了。

四十

当天下午，高凤年再次来到广宁堂韩儒仁的诊室。那天龚雨辰一番嘉勉，让他惊喜不已，他想龚雨辰在广宁堂里单独会见韩儒仁时，韩儒仁一定说了他的好话，故心存感激，也想通过韩儒仁来靠龚雨辰这棵大树，心里就更不愿得罪韩儒仁了。他一进诊室，就拱手问好，对韩儒仁分外尊敬。说："大掌柜，凤年接到团座命令，魏友三匪徒昨夜虽受到重创，但贼心不死，还在四处流窜，伺机而动；那个共党逃犯通匪，背有命案，也尚未抓获。为保卫广宁堂及在此疗伤的保安团、朱圩伤号安全，高团总命令我对广宁堂加强警戒，昼夜值班，以防不测；今后，对进出广宁堂的人，岗哨盘查会严些，望大掌柜谅解。"

韩儒仁恳切地说："副官见外了，谅解之言实不敢当。高团总和副官之情，广宁堂铭记在心，特别是副官的苦衷，儒仁了然于心，待日后见了龚特派员，一定多加陈情。"

高副官听了韩儒仁所说的“苦衷”二字，心里不由一震，莫非韩儒仁知道高柱久的用心了？看来自己对广宁堂的“留有余地”是对的。不管怎么说，龚雨辰是国军将军，南汉文握有重兵，且近在咫尺，高柱久不过是被招安的土匪，连县长都另眼看他，他要撼动广宁堂也难。便一语双关地说：“人在江湖，身不由己，凤年感谢大掌柜的体谅。”

韩儒仁说：“高副官不必自责，内中缘由我略知一二，高团总经历曲折，故用心颇深；但副官也是人中俊杰，如审时度势，知人借力，当前程可预。”

韩儒仁这番话虽然隐晦，高副官却听出弦外之音，就是说高柱久图谋广宁堂的事他已清楚，你高凤年不可被人当枪使；广宁堂背靠大山，你要识时务，我韩儒仁可以为你在龚雨辰处说项，你可得升迁。

阴谋被说破，高副官不敢深谈，便以公务繁忙为由匆匆告辞，韩儒仁心里则起了忐忑。朱圩一战，高柱久可谓名利双收，身为剿匪特派专员的龚雨辰也定会赞赏有加。高柱久的气焰必将更为嚣张，对进出广宁堂的人严加盘查就是一个例证。而他又给周立民加了通匪，背有命案的罪名，无形中是给广宁堂欲加之罪。眼下广宁堂处境极为凶险，高柱久虎视眈眈，周立民尽在他掌握之中，在广宁堂疗伤的高二虎就是他抓捕周立民的鹰隼。而张管家、朱殿海对孔友善莫名失踪的疑心，更不可轻心；朱殿魁的凶残，不逊高柱久。叶善友如在广宁堂里出事，魏友三这个大魔头也将会迁怒于己，若此，广宁堂将陷于万劫不复之境地。自己在夹缝中生存，当如何应对，方能履险如夷呢？韩儒仁苦苦思索，一时找不到良策。

正在这时，二宝气呼呼进来说：“大掌柜，我哥就是朱圩里的人害的。”

韩儒仁说：“我早知了。”

二宝说：“杀我哥的那人就在广宁堂里，我要杀了他，给我哥报仇。”

韩儒仁惊问：“是谁？”

“就是和张管家住在一起的那个人。”

“是他？你怎么知道？”

“他右手臂刺着一个虎头，我亲眼看见的。”

大宝在广宁堂赶马车，三年前春上在朱圩路上被蒙面劫匪打成重伤，瞑目前说那强人右手臂上刺有一个虎头。刚才，二宝去病室送药，发现朱圩来的一个伤号右手臂上刺着一个虎头。

“这个恶魔！”韩儒仁拍案而起，“去！快去把儒礼掌柜叫来！”

二宝应声跑了出去。

韩儒仁满脸愤然地在诊室内不停走动，待韩儒礼和二宝来到诊室时，他的脸色已恢复了平静。韩儒礼急切地说：“哥，那人是朱殿海，我去把他绑了？”

韩儒仁摇头说：“朱殿海干的就是杀人越货的事！你就是把他抓了现场，他也会狡辩抵赖。何况事隔多年，他岂能认罪。再说，朱殿魁一直对广宁堂虎视眈眈，如把他逼急了，难免铤而走险，将对广宁堂大不利。”又劝慰二宝说：“朱殿海之事，切不可给别人说。你哥不在，无人作证，仅凭朱殿海手臂上那个虎头，难定他罪，且还会打草惊蛇。善恶有报，朱殿海乃十恶不赦之人，你哥之仇，定有人报。你放心就是了。”

二宝信服韩儒仁，也不敢太过坚持，抹了抹泪水去了。

韩儒仁见儒礼还是愤恨不已，说：“刚才听了二宝所言，我也气恨难抑，故把你叫来，欲抓他送官，可细想又觉不妥。眼下朱圩与广宁堂关系，全凭一层纸蒙着，假如把这层纸捅破了，双方便难相安无事。若抓了朱殿海，只有交给保安团，高柱久与朱殿魁乃一丘之貉，莫说朱殿海残杀大宝之事证据不充分，就是证据确凿，高柱久也会为他开脱。再说，朱殿魁本是恶匪，又岂能让其堂兄坐以待毙？若借机生事，广宁堂该如何应对？”

韩儒礼虽觉兄长所言有理，但面对杀人凶手，却不能报仇雪恨，又心有不甘，气呼呼地说：“哥，你前怕狼后怕虎的，难道就这么放过姓朱的？”

韩儒仁双眉一挑，说：“此等恶人，岂能放过！但不可操之过急，否则，将引火烧身。”

韩儒礼走后，韩儒仁心情沉重，大宝以及被朱圩伤害的那几个伙计，一个个闪现在他眼前，一时头晕脑涨，难以静心坐诊，给儒义他们交代几句后，便离开诊室，到了前院，欲让冷风清醒一下头脑。

初冬日头走得急，此时虽说尚在申时，洪泽湖的上空已一片浑浊，广宁堂大院里，也只有后院老槐的梢顶还漾着一抹阳光。一只孤雁茫然地盘旋在老槐上方,惹得早归的鸦鹊不安地聒噪起来。凛冽的寒风伴着斜阳飘然而至,肆无忌惮地一次次掀起韩儒仁的衣襟,他不由得打了几个寒战,却浑然不觉,不停在院子里走动着,心绪如一团乱麻。直到他下意识地走到朱殿海的病室门口,方警醒过来,收住脚步,又退了回来,去了后院。在周立民藏身的暗室门前站了一会,转身给田贵又细细叮嘱一番,径直进了书房,随手从书案上捧起司马公的《史记》来。这是韩儒仁多年养成的习惯,每有疑难难解之事时,不是拜读司马公《史记》,就是去安东亭拜谒陈丞相几位先贤,以获得解难释疑的启发。此时,韩儒仁将《史记》捧在手上,却不打开,就见他双眼微闭,纹丝不动地端坐于太师椅上,切莫以为他是在闭目养神,在他的脑海里,那些本纪、年表、世家、列传,一卷卷、一篇篇列阵般闪过,最终定格在他早已倒背如流的《陈丞相世家》:

> ……其后,楚急攻,绝汉甬道,围汉王於荥阳城……?陈平既多以金纵反间於楚军,……项王既疑之,使使至汉。汉王为太牢具,举进。见楚使,即详惊曰:“吾以为亚父使,乃项王使!”复持去,……楚使归,具以报项王。项王果大疑亚父。亚父欲急攻下荥阳城,项王不信,不肯听。亚父闻项王疑之,乃怒曰:“天下事大定矣,君王自为之!原请骸骨归!”……陈平乃夜出女子两千人荥阳城东门,楚因击之,陈平乃与汉王从城西门夜出……

以往他听到高柱久和朱殿魁等人的名字后那些让他莫名心动,却又一时理不出头绪的许多想法瞬间訇然洞开,一个个搏命自救的计策清晰、明朗地浮上心头。

韩儒仁精神为之一振,当即走到门口,让田贵把吕叔、儒厚等都叫到书房,待吕叔他们落座,韩儒仁说:“眼下广宁堂险象环生,举步维艰,欲想拨云见日,我只得行隐晦之事,只是还要玷污你们人品,我甚是愧疚。”

吕叔听出端倪,安慰道:“你不必过于自责,古人也说‘他以祸心来,我以祸心去。’我们总不能坐以待毙,任人宰割吧!你有什么吩咐我们照办就是了。”

韩儒仁说:“为了保全广宁堂身家性命,我要移祸避灾,让恶人相残,伺机将周立民安全送走。”接着把自己的谋划说了出来,又将众人要做的事一一安排一番,并再三叮嘱,要尽心去做,不可有半点差池。

吕叔他们听了,皆说此计甚好。只有韩儒礼不以为然,说:“即使恶人相残,高柱久也不一定会撤了广宁堂的岗哨,周立民还是出不了广宁堂。不如趁黑夜之时,灭了门口那几个兵匪,将周立民送走得了。”

韩儒仁说:“不可。保安团是以保护广宁堂的名义设的岗,并得到龚雨辰赞赏,又有警察所协防,你灭了他们,广宁堂却安然无恙,岂不是授人把柄?再说,除了明岗之外,必有暗哨,院里又有保安团伤号,那个小队长高二虎只是胳膊上挂了点轻伤,身上还挂着盒子枪,一看就不是个善茬,我看他来疗伤,极有可能是高柱久有意为之。如其内外勾连,又如何灭得了他们?一旦失手,后果难料。你们就按我所言去办吧。至于如何送走周立民,也只有走一步看一步了。”

四十一

晌饭后,韩儒仁失了睡意,半躺在书房的椅子上凝目苦思应对当下危局的办法,田贵进来告诉他,叶善友醒了,要见他。韩儒仁没吭声,只是点了点头,继续苦思起来。足足一个时辰过后,他这才起身去看叶善友。

叶善友左肩胛和左大腿各中一弹,未伤及要害,只是失血过多,昏迷过去。经广宁堂一番救治,元气渐生,上午时人已清醒,当他知道是在广宁堂治伤时,心中十分惧怕。广宁堂如若知道自己真实身份,便会有杀身之祸,便装作昏迷,心中盘算对策。期间,韩儒厚、韩儒义先后进来或探看、或换药,其情倒也真切。他想:广宁堂掌舵之人是韩儒仁,众人皆唯他马首是瞻,当初,韩儒仁对我关爱有加,不愿我离开广宁堂,还盼望我回来。如没有他关照,韩家兄弟怕是不会如此待我。思此,便稍为心安,人也精神许多,心里编好了谎话,便要见韩儒仁诉说一番“委屈”。

韩儒仁急匆匆地进了这间隐秘的病室,刚坐到病床上就攥着叶善友的右手，急切地问道："友善哪，你不是回徐州看望老母了吗？怎么受了枪伤？又怎么是魏三爷的人把你送来了？"

叶善友羞愧地说："大东家，实不相瞒，待我赶回徐州老家，老母已故，欠下等身债务，实在无力偿还，便去投军。路上与两个女子结伴，遇三个强人打劫，我为那两个女子说了几句好话，强人就要杀我，没想一女子掏出枪来，将他们全都打死。这时她俩才告诉我，她们是魏三爷的人，使枪的叫李芳。我便随她投了魏三爷，去朱圩端朱殿魁老窝，想抄点钱财，没想……唉！"

魏友三手下确实有个女头领叫李芳，人称李荷花，和洪泽湖地区有名的女匪首田花以及绰号"一步三枪"的湖匪何登邦的遗孀"双刀"刘二姐齐名，人称"湖西三大姐"。此女为匪，是为报父仇，虽为匪却善心尚存，使许多被绑票的妇女幸免被土匪糟蹋，在百姓中有些口碑。

韩儒仁知他是在为自己遮掩，却顿足说："友善，你糊涂，糊涂啊！你曾是我广宁堂账房先生，为匪之事倘若让人知晓，你让我如何向人解说？当初你离开广宁堂时，我曾叮嘱于你，此去行事，切记要'见善如不及，见不善如探汤'；不可因怨愤之恨、蝇头小利而违大义、偏正道；有难处可来找我，切不可做有愧祖宗之事。可你对我所言置若罔闻，自取其辱，你这是置一世清白于不顾，自陷泥淖呀！再说，既然老母亲驾鹤西去，你已是'茕茕孑立，形影相吊'之人，为何不回广宁堂来？是信我不过，还是当初广宁堂曾亏待于你？虽说广宁堂如今外强中干，日子过得捉襟见肘，难道偌大一间药铺，还能让你饿着？何况广宁堂要振兴发达，也需要你这样的人才呀！许多时日来，每想你为广宁堂胼手胝足，我是念念不忘，吕叔他们也是无时不在盼着你啊！可你……你……唉！"韩儒仁痛惜地长叹一声，声音都涩了。

这一番爱恨交加的衷肠，听得叶善友面红耳赤，热泪盈盈，却强词夺理说："朱殿魁抢药材劫车马，残杀广宁堂伙计，屡屡祸害广宁堂，你又处处委曲求全，我心中对他痛恨无比，也是想给东家出口恶气。"

韩儒仁连连摇头，说："此又大错矣！冤冤相报，何时得以化解弥消？你如此逞凶斗狠，睚眦必报，日后必有杀身之祸。友善哪，听我一句话，就此收手，虽不能立地成佛，但也可得善终。”

叶善友听了，想韩儒仁对自己实在是恩义有加，真乃忠厚之人，不由心存感激，说：“大东家，谢你金玉良言，友善没齿难忘。只是你把我藏在广宁堂里疗伤，一旦让保安团、警察所或朱殿魁得知，怕是脱不了干系。”

韩儒仁此来，正是要实施他“移祸避灾”的谋划，就接着叶善友的话说：“友善呀，我正要给你说此事呢。这间病室是独立病室，在院内僻静之处，之所以将你安排在这里疗伤，正是怕走漏风声。你们此次攻打朱圩，把祸惹大了，保安团和朱圩里面的人伤亡不少；保安团的高二虎队长和朱圩的张管家、朱殿海也都伤了，都在前堂那排病室里救治呢。上午，保安团高副官来传达高柱久团总的话，说要是发现有魏友三的土匪来治伤，让广宁堂立即报告高二虎将其击毙或抓捕。听说张管家、朱殿海对你身份生疑，说你去朱圩做炮手是假，给魏友三卧底是真；还说那对宣德炉被盗是你所为，正在四处找你呢。”

叶善友听了，不由紧张，说：“大东家，朱殿魁、高柱久都是蛇蝎心肠，他们明是找我，暗里是在算计广宁堂，以为我去朱圩是你指使的。你要提防他们祸害呢。”接着，叶善友告诉韩儒仁：当年，高柱久未被招安时，曾与魏友三密谋要抢空广宁堂；魏友三说我们整天在刀尖上搏命，也幸亏有这么个大药堂，毁了它无异于自取其命。高柱久方才作罢。

韩儒仁想：叶善友所说，虽然是给魏友三贴金，却也证实周立民所言不虚，高柱久早就在觊觎广宁堂了。尽管朱殿魁、魏友三穷凶极恶，但高柱久才是广宁堂大害，对他得斗智斗勇，万分小心，绝不能有半分疏漏差池。便说：“你所说之事我也有所耳闻，高团总当年欲抢广宁堂，是匪性使然，我不怪他。魏友三他欲抢我，则人神共愤、天地不容。如没有广宁堂，他母亲眼睛焉能复明！”

叶善友点头称是，说：“魏三爷那人记人情义，非高柱久能比。断不会抢广宁堂！”

韩儒仁紧跟一句：“他不敢明抢，那暗劫呢？”

“这——”叶善友一时语塞。

“他若暗劫，怕也是机关算尽，难如其愿。广宁堂早已无财可劫，且日夜戒备甚严；以我广宁堂之力，支撑一日半宿也不是难事，那时驻防在龙集、金锁镇的保安团就会从东西两面驰援合击过来。若此，魏友三该如何收场？”

叶善友笑了：“大东家，你高看高柱久了。如魏三爷真要对广宁堂不利，他正好趁机浑水摸鱼，从中渔利，绝不会驰援、合击。”

“错也。错也！对别人高柱久也许会网开一面，对魏友三则不然。想必你也清楚，他二人结怨甚久，早已势若水火。前时国民政府剿匪特派专员龚雨辰将军来太平镇视察时，高柱久还向他保证要剿灭魏友三，确保太平镇和广宁堂无虞。龚雨辰表态，如高柱久抓住魏友三，一定向上峰保荐他。魏友三若身入太平险地，高柱久岂能放过他。这次他救援朱殿魁就是例证。”

叶善友笑不起来了。韩儒仁所言不虚，韩儒仁和龚雨辰的关系湖西人人皆知；而魏、高二人为匪时就貌合神离，相互算计。魏友三如今是洪泽湖地区乃至苏北、皖东北最大匪帮，龚雨辰和身为保安团团长的高柱久要剿灭他实属理所当然。魏友三如劫掠太平镇，龙集保安团必定支援。龙集位于洪泽湖西南这一大块被称作“成子湖”的数百万平方公里水面中部，距太平镇仅有十几里地，素有“占湖西必控龙集”之说。也正是龙集那二百人的保安团，限制了魏友三匪徒在湖西的行动。

韩儒仁看出叶善友的心思，想：下一步“鬼影子”就该向魏友三献计献策对高柱久发难了。自己想说的话也都说了，这才关切地问叶善友：“友善，听田贵说你要见我，不知有何事情？”

叶善友似早有准备，眨巴了几下眼睛，动情地说：“没有什么事情，就是想见见大东家。”

其实，叶善友的目的也达到了，他是要试探韩儒仁对他的态度，以便揣摸韩儒仁是否知道他的底细。现在，韩儒仁对他虽颇有微词，那也是爱之深而责之切，关切不逊以往。看来，韩家兄弟还不知自己在广宁堂卧底的底细，还以为自己为匪是权宜之计呢。只要不被保安团和朱殿魁的人发觉，自己就可以在广宁堂里安心疗伤了。

韩儒仁顺着叶善友的话说：“难得你这么念情，我也早想来看你呢。你这伤无啥大碍，我也就放心了。友善哪，我想问你件事，你要如实相告。”韩儒仁边说边盯着叶善友的眼睛，叶善友爽快地说：“大东家，只要我知道，绝不隐瞒。”

“那你告诉我，李瑞安李郎中可好？他人现在哪里？”

叶善友没想到韩儒仁会问这事，脱口而出：“他在魏三爷跟前。”

“魏三爷跟前？李郎中入了魏三爷的马子？”

“不是，是魏三爷请他去给弟兄们治病的。”

韩儒仁听了，心想叶善友总算说了句实话，看来李郎中性命无忧。当初应是叶善友逼迫李瑞安给儒义写了封举荐信，因怕走漏风声，又逼迫他入伙了。便说：“李郎中是个好人，心地善良，你们还是不要伤他性命。”

叶善友急赤白脸地说：“他是我兄长，魏三爷岂能坏他性命。”

韩儒仁心想，你还在说鬼话，李郎中焉能有你这样的兄弟。说：“是这个理，是这个理。”伸手给叶善友掖了掖被子，又说：“友善哪，高二虎、朱殿海、张管家都在广宁堂里，与你近在咫尺，你虽身在密室，也要好自为之。一旦被他们察觉，必为他们所害。”

叶善友微微点了下头，心思便已飞到高二虎、朱殿海等人身上去了。

四十二

第二天下午，韩儒仁去了前堂最里头那间病室，这间病室里住着张尚文和朱殿海。朱殿海脑袋极大，绰号“朱大头”，有传言说他生吃过人心，是朱殿魁的得力打手。韩儒仁先对他二人嘘寒问暖一番，然后坐到张管家床头，说：“管家，我有一事不明，因你二人有伤在身，本欲不说，但事关重大，朱圩主既然想提携广宁堂共图大事，此事就与我广宁堂有关，我就不得不说了。”

张管家说：“大掌柜，你我不是外人，有话请讲。”

韩儒仁说：“那就请管家实说，朱圩主与高团总是否有隙？”

张管家答：“交情深厚，从无芥蒂。”

韩儒仁沉脸又问:“我真心与管家相交,管家为何欺我?”

张管家大惊:“大掌柜何来相欺之说?”

“管家不欺我,为何不实言相告?”

“确无芥蒂,字字俱实!”

“既无芥蒂,那高团总为何要毁朱圩主风水?绝朱圩主虎脉?坏朱圩主大事?”

张管家惊愕:“此话怎说?”

“那晚——”韩儒仁话刚出口,便急忙打住,眼睛盯在一旁的朱殿海身上。

张管家知韩儒仁心思,说:“殿海兄不是外人,大掌柜尽可直言。”

朱殿海虽然伤重,但不在要害,头脑清醒,也对韩儒仁说:“大掌柜直说无妨。”

韩儒仁这才说道:“前日魏匪攻打朱圩,太平镇保安团为何不去救援?再说,昨晚高柱久在界集,那里离朱圩也不过十几里地,一顿饭工夫便可赶到,为何援兵一个时辰方到?莫非他是坐山观虎斗,以便趁机渔利?更令我不解的是,听说高团总将死掉的保安团士兵和被打死的魏友三的土匪一起埋在窝岗上,难道他不知窝岗乃朱圩主祖坟?此举是何用心?如此种种难释之举,我想高团总和朱圩主定有不解之仇隙。”

张管家听了,盯着韩儒仁的脸一言不发。

韩儒仁不由愤然:“管家不信我?”

张管家歉声说:“大掌柜所言诸事我皆不知,至于高团总把土匪埋在窝岗,似无不妥;窝岗大矣,与朱圩主祖坟何关?”

韩儒仁说:“管家有所不知,高团总所埋两座大坟,正置虎尾之上,虎尾受制,只得束手待毙。”

朱殿海笑了,说:“韩大掌柜说的过于玄乎,我从不信什么风水。”

韩儒仁正色说:“风水堪舆之说,自古有之。祖坟的‘气’‘脉’决定后人的穷通困达。朱兄不信,可历朝历代皇帝信,王公大臣信,闯王李自成信,高团总也信,且皆有灵验。当年高团总和魏友三一起揭竿,实力不相上下,可后来,高柱久成了国民政府的保安团团长,而魏友三至今还是亡命江湖的土匪。”

朱殿海、张管家一听，都生了兴趣，问是何原因？

韩儒仁说：“高柱久是学李自成掘大明祖陵，毁大明龙脉之法，坏了魏友三的风水，绝了魏友三的官运。”

大明祖陵就在离太平镇不远的杨家墩，朱殿海、张管家都去过那里，对李自成毁陵之事还是头一次听说，惊诧地问韩儒仁：“高团总是如何学李自成毁大明龙脉之法？”

“崇祯十四年，李自成的农民军进逼潼关、直指西安，朱家天下摇摇欲坠，李氏‘帝王之相’隐隐可见。当此之时，崇祯帝听从高人建议，‘伐掘’李自成祖坟，断其‘龙脉’，泄其‘王气’，以破其势，挽大厦于将倒。崇祯皇帝给陕西总督汪乔年下了一道密旨，汪乔年即命延安府米脂县令边大绶办理。

“崇祯十五年正月初八，边大绶率人进山找到祖籍米脂的李自成的祖、父的墓地，他们先掘李自成的祖父李海的坟墓，果然在墓中发现一只黑碗，与民间传说的李海在下葬时，按照异人指点在墓中置一黑碗灯相吻合。此墓中挖出来的骷髅色如黑墨，额骨上长出了六七寸长的白毛，状极恐怖。李自成的父亲李守忠墓的正顶长有一棵榆树，粗如膀臂，枝叶诡异，边大绶命人砍下榆树，不料树倒墓开，墓中竟盘着一条白蛇，长约一尺二寸，头角崭然。后来传说，当时这条蛇除一只眼未变外，体形宛然如龙。役卒把棺木打开后，只见李守忠所有的骨节都变成青铜般的绿色，额骨上也有六七寸长的白毛。之后，边大绶又命人将李自成其他亡亲的七八座坟墓全部发掘，然后将所有尸骨全部聚拢在一起，连并白蛇黑碗，悉数砍碎，点火焚为灰烬后又扬灰抛洒四野。最后，又命人将墓地的千余株树木悉行斫伐，并在墓址之间挖下数十丈长、六丈多宽、一丈半深的大壕，称其可断李家‘龙脉’。其结果是李自成大业半途而废，陈尸荒野；崇祯丧国毁家，投缳自尽。

“而高柱久对风水堪舆之说也深信不疑，他围魏圩，掘龙眼河全因小儿传唱‘一高一魏，分食河北’。高就是高柱久，魏就是魏友三。‘分食河北’是指洪泽湖西，安东河北这片土地；土地岂能食之，是说管辖安东河以北这数县之地。高柱久为匪时,其军师林秀才懂阴阳八卦,探知魏圩埋有魏三爷先祖,而那龙眼河是魏氏龙脉,就以破圩为名,毁了龙眼河,破了魏氏风水。果然不久高柱久被国民政府招安当了保安团团长,一统河东河西之地,锦衣玉食,威风八面;而魏友三至今还流窜江湖,成了千夫所指的丧家之犬。"

朱殿海听了大笑起来，说:"大掌柜你这是在编古书吧？此事我听说过,是高团总为破魏圩,扒了龙眼河放水。"

"讲古?"韩儒仁正色道,"高柱久如不是为毁魏友三家风水,那龙眼河水都放干了他为何不破魏圩?为何又将有罪之人埋在窝岗?朱圩主如待时之卧虎,迟早要扑下窝岗,那时,岂容他姓高的在这大湖宝地作威作福!我想他定知窝岗玄妙,才行此污秽之法,以坏朱圩主大事。想高团总待我也不薄,但既然朱圩主要与我广宁堂一起起事,孰轻孰重,我尚能分清,你等如此浑噩,实不足于谋也!"韩儒仁面露不屑,起身欲走。

张管家忙说:"韩大掌柜莫要动气,让我再想想。"

没想,朱殿海突然拍打着床帮说:"韩大掌柜说的在理,我知道高柱久为何埋汰殿魁了。"

"为何？"

"昨天金麻子来说的那对宣德炉的事你忘了？"

四十三

昨天，金麻子来看望张管家和朱殿海，说那对宣德炉在猪圈里找到了,被高柱久黑了,鲁大能还要对他动枪,朱殿魁说日后定要和姓高的算这笔账。

张管家听了朱殿海的话,说:"那是他高柱久见利忘义,圩主可没有对不住他的地方。他为何要与圩主过不去？"

朱殿海说:"高柱久就是个白眼狼,老子非黑了他不可。"

韩儒仁听了,惊慌地说:"朱兄,言多必失,高团总乃一方枭雄,手握重兵，非你我一介草民可比，不可意气用事，免得引火烧身。”

“狗屁团总！”朱殿海冷笑一声，“当年老子连洋人都敢劫，他高柱久算个屁！”

朱殿魁兄弟果真是孙美瑶漏网的匪人。韩儒仁惊得跳了起来，盯着朱殿海说：“朱兄，临城劫车那桩惊天大案是你做的？英雄，大英雄啊！当年洋人肆虐神州，把皇城都烧了，朱兄你为我中华长了威风啊！”

朱殿海感到失言，忙改口说：“我哪里是什么英雄，我就是个死不怕，我是说当年我要是在孙美瑶马子里，洋人我也敢劫。”

张管家也打圆场说：“真人面前不说假话，殿海兄当年听说孙美瑶劫了洋人，被委任为旅长，曾想去投奔他，谋得一官半职，因朱圩主不允，孙美瑶又遭了张培荣的暗算，未能成行。此是憾事，也是幸事。”

韩儒仁听了，说：“哦，原来如此啊！朱兄，此一时彼一时也。你就是孙旅长的部下，又能怎样？如今这一亩三分地上，是高柱久一言九鼎，朱圩主那么英雄，那对宣德炉不还是失了！朱兄啊，在我看来，你家祖坟上那几十具魏匪的尸骨你不能把他们挖了吧？那对宣德炉高团总更不可能拱手相让。古人言，矮檐收首，智者之举也。对高团总的强势，你就忍了吧。”

朱殿海一听，邪火又窜了出来，扬起右拳，“咚”地砸在了床头的墙壁上，说：“老子忍了多年了，难不成还让姓高的骑在头上拉屎。”

张管家火了，呵斥道：“殿海，你这脾气成事不足，败事有余。迟早要给圩主惹祸！”

朱殿海瞪着眼，张着嘴，似是言犹未尽，这时，隔壁传来叮叮通通的响声。韩儒仁惊得跳了起来，压着嗓子说：“隔墙有耳。那边住的是保安团高队长，二位说话得小声点。”

张管家听了，心里一动，说：“广宁堂住的伤号不少吧？这一仗之险恶惨烈，是我平生仅见。朱圩伤亡自不待言，想那魏匪更甚。你说，他那些伤号会到哪里医治呢？”

韩儒仁听了，心里一紧，说：“湖西偌大地面，药铺、药堂难以数计，仅百里方圆内，大小药铺、药堂也不下数十家，哪家药铺、药堂不能医治？”

张管家说：“这枪伤非同一般病症，如是魏匪，贸然给他医治，岂不是通匪？”

韩儒仁笑道：“如今这世界，成天打打杀杀，你足不出户，也会祸起萧墙，医家已习以为常，管不了许多了。”

朱殿海紧跟一句：“那要是魏友三的伤号来，大掌柜你也给他医治？”

韩儒仁肯定地点点头：“当然。匪人虽作恶多端，自有官府、法律惩处。医家救死扶伤，乃职责所使。再说，纵然是魏匪伤号前来广宁堂医治，他脸上又未刻字烙印，我又如何分辨得出？”

朱殿海说：“魏友三的人我一眼就知，待我伤口好了，我给你到病室里看看，拿他几个，你去领赏。”

韩儒仁听了，扭头笑着对张管家说：“好！如朱兄在我广宁堂里捉住几个土匪，使我广宁堂扬名立万，我一定在同福楼设宴，请张管家作陪，让朱兄大醉方休！”

“那好，一言为定！”朱殿海哈哈大笑。

张管家不为所动，追问说：“大掌柜，你可有友善消息，他活未见人，死未见尸，怎么就一下消失了呢？”

韩儒仁听了，忙敷衍道：“我也为他担心呢。他胆小怕事，许是跑回徐州老家了吧。”

张管家斜了韩儒仁一眼，说：“友善不是胆小怕事之人。他处事机敏果断，是个人才。那晚一战，突然销声匿迹了，着实费人猜疑。”

这时，朱殿海说了句让韩儒仁胆寒的话来：“我看他就是个丧门星。朱圩这么多年都平平安安，从未有过闪失，他一来就出事了，说不定魏匪就是他勾来的。”

韩儒仁听了冷汗直冒，心头掠过一阵寒意，扫了一眼张管家，笑道：“朱兄不愧是久闯江湖的好汉，稀奇之事经历的多了，这话说出来就惊人。不过，要说友善是土匪，我不敢苟同；他要是土匪，又在我广宁堂管账，为何不抢广宁堂？难道我广宁堂比你朱圩枪多人众？听说魏友三从朱圩那里绑了几个人，或许其中有他。不过这话也不足信，依我之见，友善头脑活泛，他来广宁堂去朱圩，都是为了钱，那晚那阵势，他哪里见过，怕是早吓得魂飞魄散，跑回徐州老家躲起来了。”

张管家似有所悟，说："仁兄这话有理。这几日我和殿海琢磨，友善要是匪人，他在你总柜收钱管账，怕是早给广宁堂生事了。我想，魏匪这次偷袭朱圩，如是他勾来的，那也是他回徐州老家时才和魏匪勾搭上的。你说，短短几日，他怎就和魏友三勾结上呢？"

韩儒仁听了，说："管家你是装糊涂呀？魏友三打你朱圩还要人勾？他的心腹干将孟疤眼死在何人之手？孟疤眼那几十人枪又被何人所得？魏友三能忘掉这仇气？能放过朱圩！"

张管家听了，沉吟不语，朱殿海说："哪天见了孔友善，问了便知。"

张管家冷笑一声，白了朱殿海一眼，不出声地说："问了便知？问了你也不知。"

"通通通！"隔壁的响声更大了，韩儒仁坐不住了，转身边往外走边惶惧地说："高队长是高团总侄子，可不敢慢待他。我得赶紧过去看看。"

身后，朱殿海讥笑说："我说韩大掌柜，你也就是个开药方的胆量！"

张管家斜了他一眼，冷冷地说："是吗？我倒是没看出来。"

韩儒仁却在想：得给这两伙恶人再浇浇油，上上火。

四十四

喜子端着一个热气腾腾的瓦罐进了保安团伤号的病室，咚的一声放到靠门的条桌上，冲着躺在床上的伤号说："人参乌鸡汤，快起来趁热……"话没说完，脸色刹那间变得尴尬起来，忙又端起瓦罐，一言不发地往门外走。

床上一个吊着左胳膊的伤号纳闷地问："你怎么把汤又端走了？"

喜子转过身来，把瓦罐放到门旁的桌子上，揭开罐盖，顿时，一股扑鼻的香气弥散开来。这香气，不是芝麻油、花生油的那种清香，更不是肉汤类的那种醇香，而是一种混合着草药味儿的沉香，花粉味儿的那种麻麻、暖暖的酥香。闻着，就令人垂涎欲滴，未尝先醉。喜子不由得吸了吸鼻翼，赔着小心说："对不住老总，这是乌鸡人参十全大补汤，是给隔壁病室里朱圩朱财主和张管家煨的，他俩受了枪伤，得滋补身子。”

吊胳膊火了，赤脚跳下床，骂道：“你他妈的，老子难道中的不是枪子？为何不给老子煨汤！他朱财主看病给钱，难道我们保安团不给钱？你把汤给老子端回来！”

喜子惶恐地说：“老总，您包涵，这汤我可不敢给您喝，要是朱财主知道了，我要挨骂的。”

吊胳膊更火了，说：“你他妈的怕姓朱的骂，就不怕老子打你！”说着，抡起小板凳就要砸过来。喜子一看势头不好，端着瓦罐三步并作两步地蹿进了隔壁张管家、朱殿海的病室里。

韩儒厚正和张管家在病室里闲聊，见喜子惊慌地一头闯了进来，不悦地说：“病房乃清静之地，看你毛手毛脚的成何体统！”

喜子说：“隔壁病室里那个吊胳膊老总要拿板凳打我！”

果真，隔墙上“通通”直响，估计是吊胳膊用板凳砸的。

韩儒厚问：“打你？他为何打你？”

喜子说：“我刚才经过他们病室门口，那个老总非要喝瓦罐里的汤。我说这是给朱财主、张管家煨的乌鸡人参汤。他不依，说‘朱大头能喝，老子就不能喝’？抡起板凳就要砸我。”

韩儒厚听了，神色紧张地说：“你知那吊胳膊是谁？他就是保安团高团总的侄子高二虎，是小队长；当年为匪时连伤七条人命眼都没眨巴。这人惹不起！”又转脸对着朱殿海说：“我听兄长说，那天他来看你们，朱兄捶了下隔墙，高队长就很生气，说惊了他的瞌睡，砸桌打板凳地发脾气。兄长过去向他赔了不是后，他说兄长不管他死活，怠慢他就是怠慢保安团。还说你俩原本就是……是……哎，不说了，说出来难听。喜子，你快把这汤端去给他喝，朱财主、张管家的汤再煨一罐就是了。”

喜子为难地说：“这罐汤是大掌柜专门给张管家、朱财主准备的十全大补汤。大掌柜说他每次去朱圩，张管家都盛情款待，他心里过意不去，亲自开方配料，将柜上仅有的一支吉林野参配以红花、大芸、灵芝、枸杞、雪莲、锁阳、海马、红枣，又让我杀了一只乌鸡，今早起由文火煨炖，用了多半天时辰，哪能说煨就煨呢。”说着，喜子揭开了瓦罐盖子，那种醉人的香味引得屋里几个人都忍不住咽起了唾沫。

“好汤，真是好汤。生津补阳，延年益寿。”韩儒厚连声赞叹，又为难地说，“柜上没有野参了，这怎么办？这怎么办？”

“他奶奶的，一个毛匪也欺负到老子头上了！”朱殿海愤怒了，“去把狗日的给我叫过来，我给他点颜色看看！”说着，从枕头下抽出一把盒子枪来。

韩儒厚见了一惊，朱大头何时把枪也带到病室了？他真要是敢给高二虎一枪就好了，兄长就不必费这么多心机来离间高、朱二匪了。嘴上却劝道：“朱兄可不敢斗气，朱圩主何等人物，听说连那十几万大洋的宣德炉被高柱久抢去都不敢说什么，你能惹得起高队长？再说，一罐十全大补汤算什么，顶多一百块大洋到头了；改天，我再派人去淮阴城多买几支野参就是了。”

张管家也说：“喜子，你给高队长他们送去。”

喜子却不敢过去，说：“高队长腰上还别着盒子枪呢，他连魏友三那些土匪都敢杀，把我崩了咋办？”

韩儒厚听了，无奈地直摇头，说：“高队长既接受政府招安，就似那梁山一百单八好汉归顺朝廷，一片忠心报国，岂能再滥杀无辜！你把瓦罐端上，我和你一起给他们送去。”

韩儒厚、喜子走后，张管家对朱殿海的莽撞很是不悦，拉着脸说：“殿海啊，不是我说你，一罐参汤不喝又如何？古人言：‘小不忍，则乱大谋。’朱圩主之所以由鲁返苏，屈身朱圩，是志在日后。现在局势混乱，圩主即将揭竿再起，而你事事逞凶斗狠，于朱圩主大计无益。再说，广宁堂与我朱圩早有仇隙，与高柱久也是素有宿怨，我们若与高柱久撕破脸，必两败俱伤，岂不中了韩家兄弟之意。”

朱殿海服张管家，听了便不再吭声，嗓子里却呼哧呼哧地扯起了风箱。隔壁病室那边，又响起一阵喊叫声。

一会儿，韩儒厚恓惶地回到朱殿海、张管家病室里。

朱殿海问：“高二虎又在喊什么？”

韩儒厚嗫嚅着说：“他……他……”

其实，高二虎根本没喊。

刚才，韩儒厚、喜子二人进了高二虎病室后，喜子刚放下瓦罐，韩儒厚就扬手要打他，说："我给你交代，把这大补汤给高队长盛一碗，你怎都端给朱财主、张管家了？这下好了，朱财主听说高队长要喝，气得不喝了，你说这怎么是好？"和高二虎同房的伤兵听了，气呼呼地吼道："老子替他们卖命，一块赏钱也没见着，这汤就该我们喝。"韩儒厚劝道："小点声，小点声，那边住的是朱殿海。朱殿海你知道吗？鬼都怕呢，让他听到了会惹祸的。"那个伤兵听了更来劲了，故意扯着嗓子："朱殿海算什么玩意，别人怕他，我们高队长不怕他！"这期间，高二虎只是铁青着脸，一声未吭，那大补汤也一口未动，倒是便宜了病室里那两个伤兵。

朱殿海追问："高二虎在喊什么？"

韩儒厚为难地说："他……他……他真的没说什么。不过，他给了我一颗子弹。"说着，摊开右手手掌，手心果真卧着一颗子弹。又说："朱兄，你是使枪行家，看看高队长给我的是什么子弹？"

朱殿海扫了一眼说："这是日本王八盒子用的子弹。"

张管家却问："这子弹是高队长给的？"

"是呀。他说让朱兄认认这是什么枪使用的子弹。"

张管家虽是极富城府之人，听了也不由面色凝重。

其实，这子弹是韩儒厚向高二虎要的，他说要做烟袋上的挂坠用，还自言自语地说朱殿海肯定不知道这是什么枪使用的子弹。倒是高二虎说了句公道话："朱殿海不用看，手一摸就知是什么子弹。"

朱殿海也回过味来："姓高的向我叫阵？"

韩儒厚忙说："是我说个笑话，朱财主莫当真。不过，现在世道很乱，二位晚上睡觉，还是把门关好为妥。"说着，收了子弹匆匆走了。

张管家对朱殿海说："高二虎如此嚣张，许是高柱久授意。"

朱殿海说："高柱久也太不仗义了，我们送了他那么多的金银，他还是拿捏我们。"

张管家说："一山不容二虎，朱圩与高柱久迟早有一战。高二虎就是朱圩劲敌。"

朱殿海面目狰狞地说："天赐良机，我在广宁堂灭了他。顺手把韩儒仁也灭了。"

张管家惊讶地说："不可乱说，殿魁还要和韩儒仁结盟起事呢。"

朱殿海冷笑着说："前时殿魁还给我说，韩儒仁非我们同道之人，让我寻机下手。"

张管家听了，"噢"了一声，跟着下了床，掩了房门，和朱殿海嘀嘀咕咕地说了起来。

四十五

就在广宁堂与高柱久、朱殿魁、魏友三匪人周旋期间，日军占领了南京，制造了惨绝人寰的南京大屠杀，成千上万的中国民众死于日军的屠刀下。不时有一群群溃兵经过湖西向西逃窜，逃难的人也蜂拥而来，抢杀之事时有发生，一时人心惶惶。京城陷落，让毗邻的地方实力派地位陡增，高柱久的保安团显得尤为重要起来，那些经泗县撤离的要员都知道洪泽湖土匪猖獗，要他增派兵力护送。高柱久借此耀武扬威，以防溃兵危害之名向辖区百姓征收治安费、慰劳费，还亲自给韩儒仁写了封函件，说前时有溃兵要抢广宁堂，被他劝慰未行。现散兵游勇越来越多，难保不会兵变，要广宁堂捐出五千大洋和五百贴"神仙贴"，用以安抚溃兵。

高柱久这招厉害，如不遂他意，其极有可能暗中挑唆溃兵攻击广宁堂。莫小看这些只会用腿肚子对付日军的残兵败将，祸害老百姓还是如狼似虎的，非那些土匪马子可比。

韩儒仁看了信，一刻也没耽搁，先让儒礼带人在前后门口值守，做好防备，接着让吕叔准备三千现洋，五百贴"神仙贴"，由儒厚带人速送金锁镇。还附了一信，说现洋一时难以凑足，容些时日如数奉上。临了，说他已派人去给南汉文旅长送信，请他派兵震慑。

吕叔心有不甘，说："这是高柱久恐吓敲诈，我们不必理睬。"

韩儒厚常在外头走动，知溃兵厉害，说："听说溃兵连政府要员都抢，广宁堂名声在外，难保他们不动心。"

韩儒仁则连连摇头："高柱久此举敲诈是实，但未必全是恐吓。如高柱久暗中使坏，广宁堂恐要遭殃。"

吕叔说："那他不怕龚特派员追究？"

韩儒仁说："这就是高柱久高明之处。溃兵大都是散兵游勇，失了约束，为祸之后便作鸟兽散，就算是高柱久指使，也无对证，你到哪里去查？"

吕叔只好拿出三千现洋，五百贴"神仙贴"，由韩儒厚送往金锁镇。高柱久让卫兵接了钱物，却不见韩儒厚。他得意地瞅了眼那一堆现洋，看了韩儒仁的信札，心里冷笑道：请南汉文派兵震慑？溃兵他认识南汉文是老几？再说，保安五旅又不是你广宁堂的家丁，你叫来就来了！随即，就派传令兵给高凤年传话，在太平镇口设防，严禁溃兵进入镇里。

高柱久这番举动，并非完全是为了几千块大洋，他是要让韩儒仁明白，他高柱久在湖西的分量，不要以为有了龚雨辰、南汉文，我就拿你没办法了。而在他心底，广宁堂迟早是自己的囊中之物，并不想毁在败兵之手。

这次，一向谨慎的韩儒仁，猜错了高柱久的心思。

在韩儒厚前往金锁镇时，朱殿魁也让人给张管家、朱殿海送了信来，说身体如无大碍，让他俩马上回到朱圩，带人收缴溃兵枪支弹药。朱殿海身体已基本恢复，但弹头尚在身体里，便急不可耐地要广宁堂快点把他肋巴里的弹头挖出来。待韩儒厚回来后，韩儒仁即让他去和高二虎商量朱殿海手术的事。韩儒厚拿着一支麻药，指着坐在床上的保安团伤号对高二虎说："你这个兄弟腿上的伤口里，还残留着一块弹片，明天要做手术取出来，再把伤口清洗一下，虽说有点疼，但手术不大，我看就不用这麻药了。堂里麻药就这一支了，朱财主肋骨里的弹头也要取，他手术大，我看，这支麻药就给他用吧？不然，他要找事的。"

没待高二虎说话，那个伤兵喊了起来："老子为他朱圩受的伤，他还要同我争麻药，气死我了！队长，你可要为我做主啊！"

高二虎对上次那瓦罐人参乌鸡汤本就窝心，听了韩儒厚的话更恼了，冷笑着说："你把我兄弟命治没了，自有团总找你；但是你如把我兄弟腿治残了，他打你黑枪我可就管不了啦！"

韩儒厚一听话音不对，忙把麻药递给高二虎，说："请高队长海涵，那这支麻药就给这位兄弟用吧，我去安排给这位兄弟手术。"说毕便慌手慌脚地走了。

"他妈的狗眼看人。呸！"高二虎冲着韩儒厚的后背砸去一口黏痰。

离开高二虎的病室，韩儒厚垂头丧气地又进了张管家、朱殿海的病室，唉声叹气地说："我家兄长说明天要给朱兄把弹头取出来，可麻药没了，就怕朱兄你受不了。"

张管家问："麻药呢？"

"只有一支，刚才给高队长硬硬拿走了，说是给那位保安团兄弟腿上取弹片用。"

朱殿海恼了："既然只有一支麻药，为啥给姓高的？"

韩儒厚叫屈道："高队长用盒子枪顶着我说：'你把我兄弟命治没了，自有团总找你；但是你如把我兄弟腿治残了，他打你黑枪我可就管不了啦！'你说我敢不给吗！"

朱殿海听了，吼了起来："老子不怕疼，快把弹头给我挖出来，老子要出这口恶气！"

张管家也不悦了："弹头打在殿海兄肋巴骨里，没有麻药怎能做手术，你给韩大掌柜说说，赶快派人到县城买一支来。"

韩儒厚苦着脸说："管家不知，这麻药是从西洋进口的，在如今世道特别金贵，二百块大洋都买不到一支。前时，我去南京都没买到，县城哪里买得到。"

张管家着急了："子弹卡在殿海的肋巴骨里，没有麻药手术，岂不是儿戏？一旦发生不测，谁来承担？快给我把大掌柜找来，再作商议。"

韩儒厚不敢怠慢，忙不迭地点头去了。

一会儿，韩儒仁急匆匆地赶来，进门便对朱殿海说："朱兄你莫气，自古就官贵民贱，人家高队长是吃皇粮的，咱比不了。麻药我自有办法，用蒙汗药代之即可。"

蒙汗药能当麻药用？朱殿海、张管家都很惊奇。

韩儒仁肯定地点点头，说："蒙汗药就是'洋金花'，此味药材麻醉效果极强，古时便用做麻药。往年没有西洋麻药，广宁堂也常用此药麻醉。我弟儒义精通此药配制方法，可保万无一失，二位尽可放心。”

张管家听了，想这广宁堂果真藏龙卧虎，深不可测。朱圩主如能得其相助，真乃如虎添翼，心里对韩儒仁又敬畏几分，说：“一切都听仁兄安排。”

朱殿海心里有了底，也不由豪情大发：“关云长能刮骨疗毒，我朱殿海肋巴挖个弹头算个屁！大掌柜，你尽管动刀子就是，我决不哼哧一声！”

一旁，韩儒厚钦佩地说：“朱兄不愧是久经江湖历练的豪杰，此次用蒙汗药开刀，定可传为江湖美谈。”

第二天上午，韩儒义配制好了一大碗蒙汗药酒，端到病室，朱殿海倒也豪爽，端起来一饮而尽，一会儿工夫便瘫如泥人。韩儒仁就在病室里为朱殿海准备手术。朱殿海胸前疤痕累累，惨不忍睹，细看却都是表皮伤，待划开伤口后，韩儒仁便知朱殿海这手术比想象的要简单。他的肋巴骨里根本没有卡着弹头，而是嵌在两根肋巴间，且也不是什么弹头，而是一块犁铧碎片和两粒钢珠，看来是中了魏友三土匪的土枪。想必当魏友三土匪深夜打来时，朱殿海仓促应战，未顾得上穿衣，故其身上落下一片疤痕。由此也可见其彪悍异常，十足的亡命之徒。韩儒仁心里更坚定了为大宝报仇，将其除之的决心。

朱殿海的手术很顺利，韩儒仁用镊子只几下就将铁片、钢珠拔了出来，前后不到五分钟的时间。随后，韩儒仁让人把朱殿海手脚绑了起来，说是担心他醒来受不了疼痛。然后留下儒厚守着朱殿海，自己又带着儒义等人给保安团那个伤号做手术去了。

蒙汗药终究难比麻药，一会儿朱殿海醒了，伤口疼得他揪心摘肺，痛不欲生，再也没了关云长刮骨疗毒那种豪情，鬼哭狼嚎地直喊：“我要杀人，朱爷我要杀人！杀人！”幸好手脚被绑住了，否则，真不知他会做出什么恶事来。

韩儒厚心中大快，想：这点皮肉之痛你就受不了了，那些被你开膛挖心的无辜百姓呢？大宝和广宁堂那几位被你残害的伙计呢？他们的痛楚，他们亲人的哀伤你知道吗！

朱殿海的喊杀声清清楚楚地传到了隔壁，高二虎乐得哈哈大笑，问韩儒仁："朱大头要杀谁？"

韩儒仁答非所问地说："这位兄弟用了那支麻药。"

高二虎不再大笑，却把盒子枪抽了出来。

四十六

仅仅过了两天，朱殿海就能拄着拐棍走动了，他拿了个板凳，坐在门口，瞪着牛眼，大声说话，大声吐痰，把手里的盒子枪机头扳得咔咔直响，吓得那两个保安团伤号不敢出门。高二虎不吃这套，他的伤早好了，骂骂咧咧地进进出出，摆出一副和朱殿海对着干的架势。

韩儒仁想，再过几天这几个保安团伤号就可以出院了，高二虎会和他们一起走吗？如走，高柱久对广宁堂也许另有安排；如不走，那当初判断就是对的，高二虎就是高柱久安插在广宁堂的一颗钉子。但如果高二虎真的走了，那他让恶人相残的谋划就付之东流了。一时，韩儒仁的心情矛盾起来，便试探高二虎："高队长伤口康复，可喜可贺，不知哪天回团？如回，请务必告之于我，届时好安排为你饯行。"

高二虎听了，甩了甩左胳膊说："我这左手还很疼痛，还得再治疗一些时日。不过，有我在，蟊贼不敢来骚扰大掌柜。"

高二虎这番话没有丝毫要走的意思，韩儒仁也就定下心来，一心盘算如何拔掉高柱久的这根毒钉了。

正如韩家兄弟断定，高二虎此番"养伤"是负有重任的，高柱久是让他在广宁堂大院里监视韩家兄弟，伺机打探大院里的秘密，搜查周立民和抓捕前来广宁堂疗伤的魏友三匪人。

广宁堂的谋划，高二虎浑然不觉，且越发嚣张起来。这天，他提着盒子枪穿过前院，欲闯进后院，在门口被田贵拦住了。他不以为然地对田贵说："院里树上那么多叽叽喳喳的鸟，我去打几只做下酒菜。"

田贵说："高队长，后院住着家属孩子，老太太年事已高，平时连大声说话都不许，哪能放枪打鸟！”

高二虎说：“那我进去把它们赶到前院再打。”

田贵说：“树上叫唤的不是乌鸦就是喜鹊，肉臭，吃不成。再说，飞鸟又不是牲口，你想赶前院它就到前院了！”高二虎蛮横惯了，嫌田贵说话不中听，两人就争吵起来。正巧韩儒厚、吕叔、韩儒礼、喜子从后院出来，韩儒厚先劝住田贵，问明情况，心里不由警觉起来。高二虎匪性嚣张，他一旦硬闯后院，田贵如何挡得住？而他要是在前院乱窜，一旦让他摸到库房后面叶善友匿身的那间病室，祸事就大了。看来，这个瘟神得赶紧除了。不过，今天得给他点颜色看看，免得他在广宁堂里横行无忌。就笑着对高二虎说：“俗话说‘宁食飞禽四两，不吃走兽半斤’，高队长真是好口味。不瞒高队长，我也好这口。田贵，你进去把树上鸟雀轰开，儒礼，你给我打一只下来。”

韩儒礼听说要在大院内放枪，觉得不妥，更怕韩儒仁责备，显得犹豫不决。吕叔知韩儒厚心意，给韩儒礼使了个眼色，说：“我这就和喜子去前面给他们打个招呼，你但打无妨。”

高二虎是保安团有名的枪手，枪头极准，他听说过韩家老四是个快枪手，却不大信。这因为，学成个神枪手易，做个快枪手则难，因为快枪手不但要打得快，还得打得准。他想韩儒礼是富家子弟，打几枪玩玩而已，怎会是个快枪手？他斜眼瞅了下韩儒礼，见他两手抱在胸前，脸色冷峻抬头看着天空，腰眼里凸出一块，分明是带着短枪，却又不愿亮出枪来，疑他怯阵，便存心要出他的丑，阴阳怪气地说：“人人都说四掌柜枪头快，今天我高二虎也要大开眼界了！”

田贵听韩儒厚让韩儒礼亮枪，顿时来了精神，也说：“儒礼，我去后院知会一声，你只管打。”转身跑进院内，给院内的家属安顿一番，估计吕叔、喜子给前面的人也都知会到了，便来到树下，脱下一只布鞋，吼了一声甩了上去。大树上那些麻雀、乌鸦、喜鹊惊叫着四散飞去，有三只乌鸦和一群麻雀果真飞到了前院，却不飞走，盘旋着落在一旁的晒药场上。高二虎岂能放过这耍威风的机会，举枪对着一只正翘尾觅食的乌鸦稍作瞄准，砰的一声，那只乌鸦被子弹高高撩起，又重重地摔到晒场上，其他几只鸦雀箭似的射入天际。

高二虎瞄了眼晒场上那只死鸦，骄横地冲韩儒礼一笑，说："你看看，怎都飞跑了，四掌柜还没出枪呢。"

韩儒厚心里暗暗喝彩，说："高队长神枪，果真名不虚传！"

高二虎吹了吹枪口，两眼朝天，傲慢地说："打只乌鸦算个屁，哪天我打个……"话没说完，就听身后砰的一声，吓得他浑身一颤，冲着韩儒厚脱口问道："哪里打枪？"

韩儒厚嘴角眉梢间流露出一丝淡淡难以捉摸的微笑，看着一旁的墙根，却不作答。

高二虎疑惑地顺着韩儒厚的目光看去，墙根下，一只鲜血淋淋的麻雀映入他的眼帘，这分明是刚才那一枪打下的。急忙四处查看，院里除了韩家兄弟外，并无他人。是韩儒礼打的？韩儒礼还是两手抱在胸前，还是冷峻地看着天上，腰眼里也还是如前般那样凸出一块，那姿势与先前没有丝毫变化。可是，当高二虎看到韩儒礼脚下那枚弹壳时，他的惊愕便化成了一股寒气，脸色刷的一下变得惨白。

韩儒厚答非所问，笑眯眯地对高二虎说："高队长你看，打下的不是乌鸦就是麻雀，都做不成下酒菜，这酒是喝不成了。外面天凉，你快回病室里去吧。"

高二虎到底是个悍匪，迅速恢复了镇静，不失风度地说："佩服，四掌柜真是个快枪手。哪天有空，咱们到湖边找个地方切磋切磋。"心里却想：得赶紧给团总说，要拾掇广宁堂，得先灭了韩老四。否则，弟兄们就要吃他的枪子。

站在高二虎身后的韩儒厚的脸上堆满了讥笑："恶人，你还敢到后院打鸟吗！"

只是，高二虎和韩儒厚都没有想到，高二虎那一枪可谓无心插柳，打出了张管家、朱殿海的疑惧，无意中推波助澜了韩儒仁的谋划，加速了高二虎的暴毙。

四十七

高二虎在前院的一举一动，韩儒仁在前厅后门一侧看得真真切切。尽管周立民藏在后院，他并不担心，因为田贵不但会使枪，且有一身功夫，有田贵在，高二虎根本进不了后院。他担心的是藏在库房后面的叶善友，那里有喜子和二宝轮换守着，怕是对付不了高二虎。高二虎这么在广宁堂里晃悠，难保不会让他嗅出味道，看出端倪，迟早要出大事。哪天周立民、叶善友万一给他撞见了，那就是广宁堂天大的祸灾。当断不断，必受其患！现在朱殿海伤口也快痊愈了，绝不能放虎归山，是除掉这几个祸害的时候了。

到了傍晚，韩儒仁亲自端了一瓦罐鸡汤送到张管家、朱殿海病室。张管家见了，感动地说："大掌柜如此费心，让尚文何以为报？待我回去后，定差人把诊费送来。我还有一个青玉扇坠，也相送于你，略表心意。"

韩儒仁听了，便对张管家改了称呼，说："尚文兄此话差矣。'君子之交淡如水，小人之交甘若醴。'你我今生有缘，声应气求，不必见外。但有一事我不得不说，否则，你我无兄弟做了。"

张管家疑惑地问："何事让大掌柜说得如此严重？"

韩儒仁不答，却对朱殿海说："殿海兄腿脚灵便，请你暂避片刻，我有几句闲话要给尚文兄说。"

朱殿海心里虽有不快，但碍于情面，起身到外面溜达去了。

韩儒仁忽地拉下脸，愤懑地责问张管家："我以真心待兄，兄却为何屡屡骗我害我？"

张管家一时丈二和尚摸不着头脑，着急地说："大掌柜何出此言？我对你真心相向，天地可鉴。"

韩儒仁说："那我问你，朱圩主可是漏网匪首，蛰伏在朱圩，不日就要结伙为寇，扯旗作乱？殿海兄可是生吃人心的恶魔，广宁堂被杀害的伙计、被抢劫的车马药材，都是朱圩主让他干的？朱圩主是否还将抢劫广宁堂的一车珍贵药材送给了高柱久？还有，朱圩主可否给高柱久建言，要合伙抢劫我韩家，占我广宁堂，而高团总没答应？你说，你说！是否有此等事情？”

张管家闻言大惊，与韩儒仁相处多年，他总是那么温文儒雅，彬彬有礼，与人为善，就连大声说话也不多见。今日竟如此咄咄逼人，且所说之事件件属实，张管家不由胆战心惊，身上沁出一层冷汗。想这事万不可认，如认，这广宁堂就非疗伤福地，而是命丧黄泉，便故作气急败坏之状，说：“大掌柜所说之事如非杜撰，即是空穴来风，朱圩主、殿海兄等皆堂正之人，与匪何关？朱圩与广宁堂毗邻而居，休戚相关，何来吞并之心！你我二人更是相知相交，情浓意真，又何来骗你害你之说？大掌柜切莫误信谣言，伤了你我情分。”

韩儒仁想这张尚文静气过人，不愧是刀笔师爷出身，更加疾言厉色：“尚文兄还在诳我，此话是高二虎酒醉所说，岂能有假！他还威胁广宁堂藏污纳垢，通匪医匪，要讹我五千大洋！”

张管家听了，忙说：“他要讹你五千大洋？这就对了。他所说之事，是为了吓唬你，想诈你大洋呢。此奸佞之辈，专事挑拨离间，以从中渔利。切不可上了他的贼当！我所之言你若不信，那我与殿海即收拾回圩，从此两不相见。”

韩儒仁听了，懊丧地叹了一口气，说：“尚文兄莫气，我若不信你，此话也就不与你说了。当初，保安团将高二虎送来疗伤，二弟给我说他曾连杀七人眼都不眨，是个恶魔，不可相救。我犹豫再三，还是尽心相救，没想养虎为患，他竟然要祸害我广宁堂。此实乃夫差不杀勾践，最后死于勾践之手；庞涓不杀孙膑，铸成马陵道之恨。悔死我也！我欲在近日伺机将他擒至龚特派员处，办他一个敲诈勒索罪，还我广宁堂一个公道！又怕连累兄长你，故踌躇不决。”

张管家吓坏了，韩儒仁真若如此，龚雨辰一定发兵问罪，高柱久尚可回旋，那朱殿魁大事必将毁于一旦。看来，殿海上午说的不假，高二虎不能留，韩儒仁也得尽早除了。

张管家之所以有此想法，还是缘于上午高二虎那一枪。当时，吕叔夫告诉他俩，高队长要在大院内打鸟做下酒菜，特地来关照你二人不要惊慌。他俩听了，非常震惊，这高二虎竟敢在广宁堂院内开枪打鸟，也太过张狂了吧！朱殿海本来就对高二虎怀恨在心，说："他让韩儒仁给我带子弹就是向我叫阵，不灭了他迟早要遭他的毒手。"张管家想得则更远更细，也更阴险：朱圩主坐大朱圩，日后称霸洪泽湖时，首要大敌就是洪泽湖西土皇上高柱久，他将湖西泗县、泗阳及毗邻地区看成是自己的统治地盘、既得利益，岂能容他人染指？双方必将斗得你死我活。高二虎是高柱久的臂膀，应早日除之，以绝后患。更主要的是，高二虎死在广宁堂里，此可嫁祸于人，让高柱久和广宁堂仇怨加深，纠缠恶斗。如若同时把韩儒仁也灭了，则更是件绝妙的事情，朱圩既可冷眼相向，也可趁机渔利。于是，张管家就和朱殿海密谋，近期伺机"黑"了高二虎。没想，计划赶不上变化，朱殿海还未动手，高二虎却已发难了。张管家稳了稳神，对韩儒仁说："大掌柜且消气，高二虎仗着高柱久之势狐假虎威，信口雌黄，你不必在意。今晚我让殿海把他找来，警戒于他，使他不敢过于嚣张。"

韩儒仁说："警戒于他？这办法非万全之策，高二虎能听你的！再说，你哪里找得到他，镇上新来个戏班子，他迷上人家姑娘，这几天他吃过晚饭后就泡在戏园子里，半夜才能回来。还是我明天悄悄把他捆了，送给龚特派员去审吧。"

韩儒仁走后，朱殿海便闪了进来，未待开口，张管家便说："殿海啊，祸端来了，高二虎留不得了，就按你我上午说的，今晚就把他做了吧。"接着就把韩儒仁那番话给朱殿海说了。

那边张管家和朱殿海在商量秘事，这边韩儒仁径直去了叶善友的病室，说："友善，大事不好了，朱殿海知道那对宣德炉是你盗的，似知你在广宁堂，扬言要灭你。他明天就要出去，我怕他回去给朱殿魁报信，朱殿魁兴师动众来广宁堂问罪，捉拿你；又怕他今夜要打你黑枪，明早便一走了之。我想让你离开广宁堂，正好今晚也是个机会，镇上来个戏班子，朱殿海晚饭后要去戏园子里看戏，可你伤口尚未痊愈，断骨尚未长好，一旦走动，便会落下终身残疾；且保安团又在门口设岗，被发现了只有死路一条。你说如何是好？"

叶善友听了,却不惊慌,只是两眼不断在韩儒仁脸上寻索。

韩儒仁的脸上,堆满了焦急和关切。

叶善友心里涌起一股热浪:"大东家,你的恩义,我铭感五内,容待后报。自三爷攻打朱圩后,魏朱两家已结下深仇,朱殿海要杀我,就如我要杀他,大家都已心知肚明。你不必惧怕,我倒要看他如何杀我!"

韩儒仁说:"友善哪,你不可掉以轻心,朱殿海能生吞人心,手段一定毒辣,还是小心防备为好。街上有几个功夫了得的枪手,我看让熊掌柜给你请一个来,陪你一宿,等明天朱殿海走了就平安了。"

叶善友听了哈哈大笑起来:"大东家,是祸躲不过,我看街上的炮手就不必请了,朱大头他休想伤我毫毛!我倒是馋满口鲜的包子了,劳您大驾,让熊掌柜立马给我送一笼来。"

韩儒仁说:"你有防备,我就放心了。我这就让喜子给熊掌柜传话,给你送包子来。"心里却想,熊掌柜是地道的土匪无疑了。

晚饭时,熊掌柜亲自给叶善友送了一笼三鲜包子,叶善友吃得异常畅快。

晚饭后,高二虎安顿病室里那两个伤兵留意广宁堂里的动静,自己又大大咧咧地奔戏园子去了。

天黑后,朱殿海也出了广宁堂,说是去澡堂里泡个澡,去去晦气。

韩儒仁站在前厅一侧,看着先后离去的高二虎和朱殿海,想他俩怕是再难回到广宁堂了。眼见两条性命可能因自己的计谋而消失,心里痛苦万分。罪过呀罪过,日本人在家门口肆虐,而我韩儒仁却不能兄弟阋墙,同胞相残,来世怕是不得托生了。一时,韩儒仁羞愧得掩面而泣。

韩儒仁哪里知道,若不是两恶相残,自己已是命悬一线了。

第二天早上,高二虎被人发现死在了戏园一旁的大粪池里。朱殿海则离奇地倒毙在镇公所大门前,他的那把德式毛瑟大号镜面匣枪,成了高凤年的心爱之物。

噩耗传来,张管家悔恨得如丧考妣,涕泪交流地自责:"我要是能和殿海兄一起去就好了,保安团就害不了殿海兄了。"

太平镇突然之间死了两个举足轻重的人物,高凤年极为惊惧,立即带人包围了戏园。戏园老板说,昨晚唱的是《王宝钏》和《打金枝》两本折子戏,《王宝钏》唱完时,高爷(高二虎)要吃夜宵,让人到满口鲜叫了两笼包子和一碗银鱼汤,是熊掌柜送来的。高爷用了夜宵后,就离了场,好似去解手,再没见他回来。至于朱爷(朱殿海),我没见他来。高凤年审不出头绪,气急败坏地将戏园老板等一干人众关了起来,又连夜派人将情况报告给了高柱久。高柱久得知高二虎被人暗杀后,这个杀人如麻、无恶不作的恶人竟然涕泗滂沱地号啕大哭,将报信之人吓得魂不附体。

好一阵儿,高柱久才止了哭声,阴鸷地对报信的人说:“你回去给高副官说,高队长和朱殿海是在广宁堂里治伤的,他俩的死与广宁堂有没有瓜葛?昨天晚上广宁堂有没有人出来?再给那两个伤号说,从今天起不许出广宁堂大门,那里有什么异常马上报告。还有,那个戏园老板和戏班老板要是与高队长被害无关,交五千大洋保释金就放了吧。”

待报信的人走后,高柱久还是心绪难平,想发泄却又找不到对象,圆睁着两眼在屋子里直打转。临了,拔出手枪,对着门外香椿树上的喜鹊窝,一口气打光了弹匣里的子弹。

四十八

高二虎和朱殿海没了,大宝的仇报了,广宁堂少了两个劲敌,但叶善友还在,难免夜长梦多。眼看年关趋近,往年,高柱久都会搞一次年关大搜捕,如果他让高凤年强行搜查广宁堂,那就险了。事情紧急,不能坐以待毙,韩儒仁即开始了下一步行动。他给儒厚、吕叔安顿一番后,再次来到叶善友病室,满脸惊恐地说:“友善哪,事危矣!”

叶善友还是第一次见到韩儒仁如此惶恐,惊问:“大东家,又出了何事?”

韩儒仁说:“高柱久怀疑高二虎被杀与魏友三有关,说镇上有他的眼线,他还不知从何处听到风声,怀疑你藏在广宁堂里,已布置下人手,要在这两天强搜广宁堂,我为你性命担忧,更为广宁堂身家性命焦心。想送你出去,可一来门外有岗,二来你腿伤刚愈,不能远行,难死我了。”

叶善友也害怕了，说："大东家你虑事周全，定有破解之策。"

韩儒仁说："办法倒是想了一个，只是过于凶险。"

"大东家，箭在弦上不得不发。请讲。"

"如魏三爷派人去围攻镇公所里的保安团，这院里院外的保安团一定会去救援，你可趁机脱身。"

叶善友黯然摇头："朱圩一仗，三爷的人马伤亡过重，已到湖东休整，湖西没有队伍了。"

韩儒仁听了，面露失望之色，好一会儿，忽拍着额头说："前时熊掌柜送包子来，门口的岗哨没难为他，如明晚来个掉包计，定能平安脱身。我给熊掌柜一些钱，请他再施以援手，湖神庙那里荒凉，鲜有人迹，又紧靠安东河，你先在那里隐身，到夜深人静时，让熊掌柜雇条快船，将你送进大湖，就能安全脱身了。但不知熊掌柜肯否帮这个忙？"

叶善友想了想说："也只有这个办法了。至于熊掌柜，大东家不必担心，我有恩于他，你尽管吩咐就是了。今晚，你再让他给我送一笼包子来。"

韩儒仁说："好，只要熊掌柜出力，那我就去安排了。"

望着韩儒仁的背影，叶善友心里又惧又敬，想这韩儒仁虽说对自己很是仁义，却也诡计多端，深不可测，今后，还是少惹他为妙。

晚饭时，满口鲜又送包子来了，只是来人不是熊掌柜，是大堂当家伙计刘三；包子也不是叶善友说的一笼，而是三笼。这是因为，去给熊掌柜传话的喜子根本就没按叶善友所交代的话说。

吕叔早早就等候在大门口，望见刘三来了，连忙迎到街面上，热情地接过箱笼，领着刘三往门里走。门岗认识刘三，没盘问他，还冲他点了点头。吕叔就自作主张，将上面一笼包子给了岗哨，说："满口鲜的包子，你俩尝尝。"岗哨欢喜接过，就在大门旁吃了起来。

刘三刚进大门，喜子就迎面走来，他也认得刘三，让过吕叔，拦住刘三，热情地问长问短。过了片刻，吕叔不耐烦地把箱笼递给刘三，说："让喜子领你去吧，我还有点事。"喜子这才打住亲热的话头，领着刘三直往前院走。在经过张管家病室门口时，刚好韩儒厚出来，堵住刘三问："又送包子来了？"

喜子说:“有个病人要了一笼。二爷你想吃,给你留一笼。”

韩儒厚说:“我不要,那就给张管家留一笼吧。”

刘三不乐意,说:“这是人家订的,我不好做主。”

张管家听了,说:“算了,待我想吃了,再叫送来就是了。”

韩儒厚没了面子,不悦地说:“这不是有两笼吗?给张管家留一笼有何不可!”说着就气呼呼地取下一笼,朝条桌上重重地一放,说:“这笼算我的,走,跟我取钱去!”拉着刘三走了。

韩儒厚三人走了,张管家觉得无趣,没动那笼包子,但那香味却直朝他鼻孔里钻。确实,好些天没吃到满口鲜的包子了,他终没忍得住,坐到条桌旁,风卷残云般一口气吃光了一笼包子。当他将空笼推向一边时,突然发现蒸笼下躺着一封信。

张管家吃惊地展开,只有短短两行:

“军师:您伤好否?魏三爷明晚戌时派人在镇西湖神庙等。张管家等朱圩伤号也在广宁堂,切不可让他们认出你。”

张管家大惊,这信想必是贴在蒸笼下,刚才让韩儒厚用劲一放,震落下来了。那个伙计定然会来寻找,他急忙将信叠好,贴在蒸笼下,自己倒在床上蒙头装睡。果然一会儿门外响起喜子的声音:“张管家你包子吃了吗?刘三急着要蒸笼呢。”跟着喜子提着箱笼跑了进来,拿起条桌上的空笼就摞到箱笼上,也没顾得上给张管家打声招呼就又跑了出去。张管家便忽地从床上翻起,血气翻蹿,心跳如鼓,异常惊骇。魏友三“闲人”(军师)竟然也在广宁堂疗伤,看来他伤好了要出去了。他有几个军师,这位会是谁呢?自己该怎么办?去查探,既不识他也不能下床。通告韩家兄弟?怕是他们也不敢招惹魏友三,说不定他们早已心知肚明,只是装作不识罢了。万一他们与魏友三有所勾结,我一旦说破了他们的勾当,定会害了自己性命。如果让高凤年的保安团来抓人,让谁去传话?高凤年会不会把我出卖?加之广宁堂人、枪皆有,韩儒礼更是有名的枪手,又有龚特派员和南汉文撑腰,怕是要起乱,对自己性命和疗伤都有害无益。张管家左思右想,彻夜未眠,终于思得一万全之计。第二天早上，找来一个能走动的朱圩伤号，要他立马出院，回去告诉朱圩主今晚戌时前埋伏在太平镇西湖神庙，捉拿魏匪军师。告诫他："此话传到，有重赏；传不到，要你命！"

这个伤号不敢怠慢，急匆匆走了。在他出门后，二宝按照韩儒仁的布置，将张管家的病室监视起来，张管家再也不能和外人联系了。

在朱圩那个伤号出了太平镇，上了通往朱圩的那条大路后，悄悄跟在他后面的喜子按照韩儒仁的吩咐，马上转过身来，放开脚步，直奔太平镇东的观湖岭村，给韩儒仁的好友田石山送信去了。

后晌时，一个头戴黑毡帽的人一瘸一拐地来到广宁堂前，瞅了瞅大门两旁的保安团士兵，犹豫了一下，走进了广宁堂。一会儿，便提着一包草药出来，刚出门便被两旁的岗哨拦住，一个高个子岗哨用枪逼住他，另一矮个子岗哨伸手抹下他头上的毡帽，在脸上瞅了瞅，见他额头光洁，没长什么朱砂痣，这才把毡帽扔给他，收枪放行。这人受了惊吓，下了门前台阶没走几步，就重重绊了一跤，栽了个大跟头。他也觉得难为情，连忙爬起，慌里慌张地走了。这一幕，惹得两个保安团岗哨哈哈大笑，也就在这时，高个子岗哨发现地上多了一个蓝布包，急忙上前捡起，打开，布包里是厚厚一沓纸币，还有一张纸条，他不识字，忙拿给矮个子岗哨看，上面写着：

"墓里挖出的那两尊金佛，价已说定，共大洋一万七千块，今晚戌时在湖神庙验货付款。"

一万七千块大洋，这可是个天大的数目，矮个子岗哨惊得浑身直哆嗦，脸色都变了。

高个子岗哨不解，忙问怎么了？矮个子贴在他的耳朵上嘀咕几句，高个子也哆嗦起来。两个人不敢隐瞒，分了纸币，留下高个子站岗，矮个子急忙给高凤年报告去了。

广宁堂大门里，吕叔眼瞅着外面发生的一幕，长长地吁了一口气。本来，他是准备随时跑出去帮那两个岗哨念纸条的。

四十九

晚上，满口鲜的伙计刘三又送包子来了，今天的包子送的比昨晚要迟，除了刘三外，还跟来一个伙计，提着箱笼。刘三在路过门岗时，又给了岗哨一笼包子，当他们凑在一起正吃得满嘴流油时，刘三和那个伙计出来了。刘三在前，那个提着箱笼的伙计在后，到了门口时，刘三对那个伙计说你先走，接着便拿出两包香烟，分别给了两个岗哨，说："这是熊掌柜给二位的。"说着又连忙掏出一包香烟，殷勤地给两个岗哨各递了一支，点上火，和他俩闲聊了几句，这才去撵那个伙计。在一家店铺拐角处，刘三撵上了那个伙计，一言不发地背上他跑进一个小巷口，那里，熊掌柜领着一个伙计，带着四支匣枪在等候，四人从巷口翻到街后，直奔镇西的湖神庙。

湖神庙在镇西南二里外的安东河堤旁的沙垅上，如从广宁堂后门直走，不足四里地。此庙是清同治十二年，家在太平集的道台朱有光捐钱修建的，共有殿堂房舍十余间。尽管饱食人间烟火，却未能造福于民。自开建那年起，洪泽湖连年发大水，伤人毁田，老百姓苦不堪言，最严重的一次湖水顺着河道冲过来，把沙垅掏了一个大坑，差点把湖神庙也卷了。人们说这尊大神不灵验，就冷落它，香火也日渐稀疏，庙宇也就渐渐破败了。现在，除了供奉着湖神的三间正殿摇摇欲坠外，四厢早已坍塌成了一圈残垣断壁，里里外外长满了杂乱的树木荒草，庙前的水坑成了天然的苇塘。

到了湖神庙院落，刘三放下背上的那个伙计，熊掌柜说："军师，到了。"

这人正是魏友三的军师"鬼影子"叶善友。韩儒仁使了个调包计，留下了那个伙计，让叶善友逃脱出来。此前，熊掌柜已安排好，午夜会有一只船来，将叶善友送到穆墩岛上养伤。

此时，夜色已浓，万籁俱寂，广宁堂后院透出一缕苍黄的灯光，纷乱的人影在灯光下摇晃不定。韩儒仁、韩儒厚、韩儒礼、喜子、田贵等齐聚在院内，心急如焚地等盼着湖神庙里将发生的一幕。韩儒仁的身上，更是紧张得沁出一层又一层的冷汗。

韩儒礼问:“大哥,叶善友真的能去湖神庙吗?他会中朱殿魁的埋伏吗?”

韩儒礼所问，正是韩儒仁所担心的。叶善友会不会从湖神庙那里上船,他毫无把握,他就是在押宝,在赌一把。太平镇驻有保安团,镇上的人对土匪深恶痛绝,满口鲜又是个人来人往的场所,熊掌柜不敢把叶善友藏在店里,叶善友也不敢藏在镇上;他的腿走不了远路,且陆路不安全,乘船走水路,是他唯一的选择。

韩儒仁说:“善恶有报,那就看他的造化了。”

韩儒仁哪里知道,他的担心毫无必要,叶善友已放松了对他的警惕,他认为韩儒仁惧怕魏友三,绝不敢算计他。此时,他早已和熊掌柜等潜进湖神庙那坍塌的院落里了。

韩儒厚说:“不知朱殿魁今晚是否亲自前来?他如在火并中死了,叶善友倒是做了件大好事。”

韩儒仁说:“‘庆父不死,鲁难未已。’但愿他今夜亲到湖神庙。”

说话间,天阴了下来,飘起了星星点点的雪花,夜风凛冽,潮气也湿漉漉地活泛起来,空气中弥漫着清新的水腥味,夜越发静寂了。院内的槐树梢上,挑着滴滴点点、欲落未落的水珠;挂在树下孩子们游戏的秋千架无风自动了一下,又动了一下,牵扯得索环发出一番又一番的窃窃私语;老槐树随之颤了一下,一粒水珠落下,又是一粒水珠落下,跟着落下一片嘈杂的水珠。一旁的鸡窝里,兀突地发出半声鸡鸣,惊得人后背起了寒意,却又好一会儿没有下文,没来由地让人牵肠挂肚。

淅淅的雨雪中,湖神庙里则显得神秘而诡异。不时有流星眨着诡谲的眼睛,悄然从半空划过;一只夜鸟发出一声凄厉的鸣叫,扑棱棱地从院里的树冠中射向夜空,惊得叶善友汗毛都竖了起来。

“船呢?怎么还不来?不会出了纰漏吧?”叶善友焦躁起来。

“你放心,我都安排妥当了。”熊掌柜安慰道。

当又一只夜鸟发出凄厉的鸣叫射向夜空时，叶善友的眼皮不停地跳动起来,夜色在雨雪中弥漫,像是给湖神庙撒下了一张巨网。叶善友莫名地觉得大祸临头了,他悄声对熊掌柜说:“你们先藏好,我找个地方方便。”说着拔出匣枪,摸出了院落。

湖神庙前便是安东河岸,只见不远处,有一个影影绰绰的物体泊在河边,船来了?叶善友心里一动,摸了过去,近前一看,原来是一棵倒伏在河边的大树。浪花轻柔地拍打着树枝,树干颤悠地摇晃着,漾起一圈圈乌亮的波浪,细碎的雪花无声地飘落着,安东河面显得越发静谧。就在这时,叶善友听到河堤西面好似有人来了,他迅速地隐到河边一处芦苇丛里,屏气凝神地观察着外面的动静。果真,一会儿河堤上出现了六七个人影,悄悄地向湖神庙摸了过去。叶善友意识到情况不妙,也顾不上熊掌柜他们了,钻出苇塘,蹿进了河边那片绵延的芦苇荡。

就在这时,河堤东面又有七八个人影向湖神庙靠近。

五十

湖神庙里,久久不见叶善友人影,熊掌柜担心地压低嗓子喊了起来:“军师,军师!”除了树上水珠滑落的声音,无人回应。熊掌柜急了,对着暗处的刘三连声发问:“军师到哪里去了?军师到哪里去了?”刘三和那个伙计从藏身处钻了出来,帮着熊掌柜找叶善友。

这时,枪声响了,熊掌柜三人应声倒下,跟着从四周蹿出六七个黑衣人来,为首的麻脸用手电光射着受伤的刘三,不由一愣,喝问道:“怎么是你?魏友三的军师呢?”刘三惊恐地说:“刚才还在。”麻脸便一脚踩断了刘三的脖子,喝令道:“快搜!”

一伙人迅疾散开,四处搜索起来。可湖神庙哪里还有魏友三的军师的踪影。

“没有。”

“没有。”

黑衣人一个个向麻脸报告。

“再搜。挖地三尺也要找到……”麻脸话没说完,枪声又响了,且比刚才那阵枪声更密集、更猛烈，其中，还掺杂着“花机关”特有的响声。这群黑衣人猝不及防，几乎在瞬间就全被击倒了。

此时，在广宁堂后院里，当韩儒仁听到他渴盼的第二阵连珠炮似的枪声时，一边的鸡窝里，也终于呼应着响起了先前那没有下文的半声鸣叫。顿时，悬在韩儒仁心里那块千斤巨石轰然落下，他两腿一软，便瘫在潮湿的青石条凳上。

许多天来，叶善友这块祸石压得他夜不安寝，食不甘味，惶惶不可终日。为良心，为自保，他殚精竭虑，穷其心智，自损人格，先是用离间计使朱殿海、高二虎相搏，又假手叶善友除掉朱殿海，用调包计让叶善友“金蝉脱壳”，除却广宁堂一个祸端。为使恶匪相残，解脱广宁堂危局，又无中生有地炮制魏匪给叶善友的信件，使张管家中计，以叶善友这个诱饵去引诱朱殿魁，再以“盗墓贼”去引诱高凤年。就如同担忧叶善友是否去湖神庙一样，高凤年能否中计，韩儒仁并无胜算，而这个环节却是他“连环计”中最重要的一环。高凤年如去湖神庙，朱、高二匪皆蒙在鼓里，难免一番相残；高凤年如不上钩，那他的“连环计”将会大失意义。这时，他想到那天要给保安团岗哨一百块现洋时高凤年的那个高兴劲儿，就认定他是个贪财的主儿。为此，他求助住在观湖岭村的好友田石山帮他抛出金钩，钓出了高凤年。韩儒仁之所以敢将此天大的事情泄露给田石山，是他从印章上得知田石山的真实身份。当初，魏正斌在暴动前给他留下借据时，所用的那枚印章的石料、尺寸、字体与田石山给他所制的印章一模一样；特别是那个“印”字的笔画、线条，以及边口的“留残”如出一辙。想必，田石山是清楚广宁堂资助了共产党的农民暴动的，彼此皆心照不宣，因此，韩儒仁认定田石山会帮他。当张管家派出的炮手赶回朱圩报信后，喜子就带着他事先写好的信件送给了田石山，傍晚时，出现在广宁堂大门前的那个戴黑毡帽的瘸子就是田石山派来的。现在，所有的担心都已化解，叶善友去了湖神庙，朱圩的炮手去了湖神庙，高凤年的人也去了湖神庙，连珠炮似的枪声响了，这是保安团才有的那种“花机关”，韩儒仁的计谋得逞了。

高柱久、朱殿魁，还有魏友三，你们这些恶人相残吧。韩儒仁好不快意。

湖神庙里，骤然而至的枪声刚停，就闪起两道手电筒光束，五六个穿着保安团服装的人扑进了院内。一个黑衣人还想挣扎，立马被人按住："金佛呢？大洋呢？快交出来！"领头的人喝问道。

这人，正是保安团副官高凤年。

原来，高凤年得到情报后起了孬心，想瞒着高柱久独吞这笔财宝，他没惊动其他人，悄悄带着七个亲信打劫来了。刚到安东河边时，湖神庙里就响了枪，因枪声短促，高凤年以为是盗墓贼之间火并了，急忙督促几个亲信扑了过来。

黑衣人惊愕地说："什么金佛、大洋？朱圩主让我们来捉拿魏友三的军师的。"

此话如晴天霹雳，把高凤年吓傻了。不是盗墓贼在这里销赃吗？怎么成了朱圩炮手来捉拿魏友三的军师呢？高凤年知道闯了大祸了，这事要是让高柱久知道，必疑自己有二心，那这命就保不住了，于是连枪也不让捡，慌忙带着几个亲信窜出了湖神庙。刚上了河堤，高凤年才想起刚才忘了给那个炮手补一枪，正想返回去时，突如其来地飞来一串串伴着轰鸣和尖利呼啸声的枪弹，保安团士兵被打倒了三个，那个持"花机关"的也中了弹，一声没吭地栽在地上。高凤年吓得魂飞魄散，顾不上许多，连滚带爬地向太平镇逃去。

广宁堂后院里，众人皆为这突然传来的伴着轰鸣和尖利呼啸声的枪声所惊愕，韩儒礼觉得这枪声似乎很熟悉，却又一时理不出头绪。韩儒仁则惊得一跃而起，忙不迭地问："哪里响枪？哪里响枪？"

韩儒礼说："还是湖神庙。"

"湖神庙？还是湖神庙？"韩儒仁大惊，"快把梯子架围墙上！快把梯子架围墙上！"

喜子急忙搬来梯子，韩儒仁几步登了上去，手扶在墙头上，努力向外望去，后院外面，那个硕大的草棚里火星闪烁，这是监视广宁堂后门的保安团岗哨在吸烟。不远处，便是安东河堤，往前便是离此不过三里多路的湖神庙。

夜色稠浓，寒风掠面，湖神庙恢复了寂静，看来，那里的突袭已结束了。

韩儒仁屏气凝神地听了一会儿，还是没有听到什么动静。就在他疑惑之际，河堤上跑过一群人来。

“什么人？站住！”哨兵拉动了枪栓。就听来人喝道：“别开枪，是我。高副官！”说话间，这群人已急慌慌地窜了过去。

高副官？果真是高凤年亲自带人去湖神庙了。不过，看他那鬼撵似的劲儿，似乎是吃大亏了。强中更有强中手，看来，这袭击保安团的第三张弹弓，才是最厉害的角色。

烟火明灭，雨雪淅沥，寒风习习，望着高凤年一伙仓皇的身影，韩儒仁不由喃喃自语：“螳螂委身曲附，欲取蝉，而不知黄雀在其傍也；黄雀延颈欲啄螳螂，而不知弹丸在其下也。”

木梯旁，韩儒厚不解地问：“大哥，你说什么？”

寒气逼人，万籁俱静，韩儒仁怔怔不语，他在想：这袭击保安团的第三次枪声，会是何人所为呢？

五十一

高凤年等人仓皇地窜进镇里后，韩儒仁下了木梯，他让吕叔、儒义、喜子回去休息，莫误了明日接诊，将儒厚、儒礼、田贵领到书房，商量下一步的对策。

刚才，湖神庙那里传来的三次枪声，留下诸多悬念：叶善友是魏友三马子的军师，熊掌柜必定要亲自护送，他是否被击毙，叶善友能否捡得一条性命？朱殿魁派谁来捉拿魏友三的军师，他自己是否亲自带人前来，如他亲自前来，高凤年的保安团是否打中了他？还有，又是何人将时机拿捏得如此精道，匪夷所思地偷袭了保安团？几个人翻来覆去地揣测、推敲，还是不得其解。

韩儒礼不耐烦了，说：“管他谁死谁活，明天不就知道了。”

韩儒仁说："那两封诱骗张管家和高凤年的信出自广宁堂，如朱殿魁、叶善友、高凤年、熊掌柜都死了，就一了百了，张管家纵有疑心，但他是始作俑者，也有苦难言；此四人若都活着，难保他们不生疑心。而我最担心的是刘仲达，若让那两个岗哨认出来，便是害了他。我们若能及早掌握情况，就能及早善后，否则，将陷入被动。"

韩儒仁说的刘仲达，就是昨天在广宁堂门口那个头戴黑毡帽、一瘸一拐的盗墓贼，田石山派他钓出了高凤年。

韩儒仁便安排儒厚明日去满口鲜，打探熊掌柜的消息；吕叔盯紧张管家那里，看朱圩有没有人来通报情况。临了，韩儒仁对田贵和韩儒礼说："有件事情耽误不得，你俩现在就赶往湖神庙那里，看有没有叶善友和朱殿魁。满口鲜那几个有没有还活着的，如有，悄悄送回去；死了的，找个僻静地方埋了，不可让人发现。"

韩儒礼说："满口鲜那几个人都是土匪，我们何必管他。"

韩儒厚知儒仁想法，说："满口鲜那几个人都是土匪，如果保安团顺藤摸瓜，查抄满口鲜，熊掌柜老婆知叶善友在广宁堂治伤的底细，一旦供出，高柱久、朱殿魁岂能善罢甘休。"

韩儒礼、田贵听了，不敢拖延，当即离开书房，田贵去屋里拿了手电筒，两人枪弹上膛，准备出发。后门值守的王长河在门轴上浇了些清油，后门无声地开了一条缝，他俩侧身出了院门，在夜幕掩护下，顺着围墙根爬行三十多米，潜进一片稀疏的苇地，直奔湖神庙而去。

书房里，韩儒仁、韩儒厚二人又将广宁堂一应事务仔细斟酌一番，韩儒厚这才回房歇息。

屋外，雨雪淅沥，风也大了，大槐树发出阵阵嘎吱嘎吱的响声，韩儒仁走出书房，来到后院后门，给耳房里值守的王长河打了声招呼，顺着门缝向外看去，夜色深了，几步之外就漆黑一片，只有保安团那个哨棚里闪着一点烟火。"他们倒是忠于职守，真是难得。"韩儒仁自语道。突然，苇塘里扑棱棱地传出一阵响声，跟着哨棚里就响起拉动枪栓的声响，韩儒仁不由后悔起来，"智者千虑，必有一失"。刚才，实在不该让儒礼、田贵从后门出去，要是让保安团哨兵发现，不但会引起高柱久、高凤年疑心、警觉，恐他俩还会有性命之忧。应该明日黎明之时，以去城里采买食物为由，让田贵、儒礼赶着马车，堂堂正正出门，方为稳妥之策。韩儒仁心中懊悔，没了睡意，回到书房里，熄了灯火，站在窗前，忧心如焚地候着儒礼、田贵二人。

韩儒礼、田贵一口气跑到了湖神庙前，湖神庙里一片寂静，四周充满了扑鼻的血腥味和焦煳味。田贵打开手电，大殿前的院子里横七竖八地躺满了尸体，有的穿着保安团的军装，有的穿着黑色的短打便装，其中便有满口鲜的管事伙计刘三和一个穿着蓝大褂的伙计。尸体中，没见着叶善友和满口鲜的熊掌柜，也没见着朱殿魁。更奇怪的是这些人的枪械子弹皆不见了，就连保安团士兵吊在屁股上的那个手榴弹袋都没了踪影。

找不到想找的人，韩儒礼要把满口鲜的两个伙计的尸体拖走埋了，田贵说大哥就是心善，要是被野狗刨出来怎么办？扔河里喂鱼了事。两人不敢拖延，一人拖了一具尸体，扔进安东河里，两具尸体在激流里打了个漂，便消失得无影无踪。

韩儒礼、田贵二人返回时遇到了麻烦。哨棚里的保安团竟然派出了两名游动哨，顺着广宁堂后围墙来回巡查了两趟，才返回哨棚，待他俩钻出苇地，溜进广宁堂时，时辰已过丑时。韩儒仁一直候在窗前，儒礼、田贵进入院内时，他那一直悬着的心才放了下来。忙点亮灯火，打开窗户，将儒礼、田贵轻轻唤到屋里。两人见韩儒仁还在等候，心中倍感温暖，儒礼不善言辞，田贵涩声说："让大表哥担心了。"

韩儒仁欢喜地说："自家兄弟，你还客气什么。平安回来就好。"

田贵就把在湖神庙所见告诉了韩儒仁，只是隐去了将满口鲜那两个伙计的尸体扔河里的细节。

韩儒仁听了，心里十分惊骇，脸上却不露声色地吩咐他俩回屋睡觉。待两人离去后，韩儒仁心中越发惊惶，更是没了睡意，随手拿起桌案上那本太史公的《史记》，竟然破天荒地没了阅读的欲望，便熄了灯，将身子靠在椅背上，急遽地考虑着可能发生的事态。本来，在韩儒仁的判断里，"鬼影子"叶善友是难逃此劫，必死无疑的。朱殿魁对魏友三怀恨在心，如今要捉其军师，他岂能放过这一可谓是瓮中捉鳖、手到擒来的，既可雪恨，又可扬名的绝佳机会？十之八九会亲自带人前往湖神庙，叶善友想脱逃比登天还难！而高凤年为劫"金佛""巨款"，必倾巢而出，这就形成朱圩人马"螳螂捕蝉"，保安团"黄雀在后"的局面。朱圩那些炮手一个个如狼似虎，凶残成性，战斗力甚强，与保安团必有一场恶战，朱殿魁、高凤年皆有毙命之可能，即使他二人侥幸留得性命，也相互明了对方身份，朱圩与保安团势必加深仇隙，终成水火之势。若此，广宁堂可分而应对，摆脱险境。可是，韩儒仁没有想到"螳螂捕蝉"和"黄雀在后"这两场争斗竟然如此地短促，甚至短促到不在意之人恐怕连枪声都没有听到，更想不到还有"弹丸在其下"，而叶善友、朱殿魁、高凤年，甚至连熊掌柜皆逃得一命，这将给后事造成很大变数，极有可能将广宁堂牵连进去。这其中，高凤年尤为重要，一旦他向高柱久报告所谓"盗墓贼"的事，高柱久展开追查，那满口鲜突然没了两个伙计，熊掌柜再有个闪失，必将引起怀疑，广宁堂将无可避免地被牵涉进去，成为重点怀疑对象。看来，得想办法稳住高凤年和熊掌柜，力争把大事化小。而高凤年那里，还得他亲自去周旋。

五十二

漫天的雨雪下了一夜，直到二遍鸡叫时天才放了晴。这一夜韩儒仁忧心忡忡，双眼未合，嘴唇上燎起了几个水泡。

待大院里的人都起床后，韩儒仁顾不上洗脸漱口，又将吕叔、儒厚找到一起，把湖神庙那里的情况说了，让他俩心里有所准备。

早饭后，吕叔没有像往常那样守在总柜里，而是守在病室那条通道上，观察张管家那间病室的动静。韩儒厚和韩儒仁也一起出了门，大门两旁的岗哨觉得稀奇，连忙跑了过来。韩儒仁笑了笑，算是打了招呼，韩儒厚则打趣道："二位老总，连我们兄弟也不认识了，莫非还要搜查？"

两个岗哨连声说："不敢，这些时日来还从未见过韩大掌柜这么早就出门呢。"

韩儒厚笑着说："我去收账，韩掌柜去高副官那里办事。"

兄弟二人到了街上，韩儒仁告诫儒厚说："今后凡事都得想细些，你看刚才那两个岗哨，就觉得我们今天清早出门有点反常了。等会你到前面细柳巷口时停一停，待我走了你再去满口鲜吧。”韩儒厚应了，便疾走几步，拐进了细柳巷里。韩儒仁也加快步伐，直奔镇西的保安团队部。

昨夜的雨雪，已化作袭人的寒气，仅在青石街道上留下一层水渍。街上人迹稀少，倒是喜鹊耐不住寂寞，在房顶喳喳地叫唤。唉！如此乱世，有多少喜事可报呢。韩儒仁不住地摇头。

过了同福楼，便是满口鲜，只见大门早已打开，门口还净了路。这倒是出乎韩儒仁意料，他原本以为熊掌柜十有八九命丧黄泉，满口鲜即使不是一片哭声，也是门窗紧闭，在忙着善后呢。韩儒仁不想引起满口鲜的人注意，扫了一眼就飞快地走过，却在太子石跟前停了下来。昨夜一宿雨雪，洗净了太子石上的褐斑，还原了它青里泛黄的本色；石面上，汪着一泓清亮的雨水，将那个臀部型的凹痕清晰地显映出来。铁棒磨成针哪，韩儒仁不由心生感叹。太子石真能给祈祷者带来福气吗？广宁堂厄运当头，韩儒仁产生了也上去坐一坐的冲动，随即，他苦笑一声，广宁堂还没到走投无路的时候呢？岂能自己先乱了方才。此时，太子石四周比其他地方显得要潮湿些，好似还溢出一缕缕雾气，细看，却又不见了踪影。韩儒仁心里莫名地一动，许多年来，他不知多少次经过它，却从来没有注意过它，这块石头真是明太子朱标修建明祖陵时的弃物吗？太平方圆几百里不出产这种石头，朱太子不可能将千辛万苦搬运来的巨石扔在祖陵咫尺之处。那么，它从何而来呢？是否有着不为人知的秘密呢？他曾经听说过，雪天，石头上面的积雪总是先于别的地方的积雪融化，街面上结着一层麻皮冻时，方石四周却是潮乎乎的一圈，人们由此更认定它的神奇。不过，韩儒仁心里确定，这块所谓的太子石并非似传说那么简单，它一定隐藏着不为人知的秘密。而且，他由那缕雾气已判断出石下可能隐藏的秘密了。但是，他却一点也不想去探究，假如有什么宝物，也是肥了高柱久们，还是留待后人在太平盛世时探究吧。

太子石斜对面，便是太平镇最热闹的跑马巷，这个巷子和细柳巷不同，虽然也只有四五十米长，但它宽敞、通透，巷子就是一条路，连着镇旁一条官道，还连着二里远的小汤庄。巷子里的内容更是丰富，杂货店、煎饼店、铁匠铺、醉香春酒馆一应俱全，陈家姐妹的布店也在这巷子里。过了跑马巷不远，就到了镇公所，门口的岗哨认识他，没费周折就进去了。韩儒仁觉得进入保安团驻地，比进入朱圩容易多了，朱圩看守圩门的炮头金麻子，视每一个进入朱圩的人都有图谋不轨的嫌疑，不把你浑身摸个遍，你休想踏入圩门一步。

进了镇公所大门，右手那间原本是门房，如今成了代镇长田延年的办公室，门旁竖了块太平镇公所的木牌子。房门半敞，里面没个人影，看来田延年还没来。往里走不多远，面南一排房子正中一间也挂着一块木排，那便是高凤年的中队部了。门口一个哨兵长枪拄地，腰板直挺，煞是威严。韩儒仁上前赔着小心说他是来拜访高副官的，这个岗哨也认得韩儒仁，客气地说高副官还没起床，你先到一旁等等，副官起来了我给你通报。韩儒仁一看，果真，那两扇木门还关着，便谢了岗哨，退到田延年的那个办公室里，坐在一只方凳上候着。

五十三

细柳巷里，韩儒厚估摸着韩儒仁已走远了，便放开脚步，直奔满口鲜。路上，韩儒厚边走边盘算如何叫开满口鲜大门，又如何从熊掌柜媳妇口中套出熊掌柜的下落？还有如何应对熊掌柜媳妇的追问、哭喊。待到了满口鲜门前时，韩儒厚也和韩儒仁一样，很是意外，满口鲜大敞店门，已开始营业了。韩儒厚心生纳闷，满口鲜遇到这么大的事情，怎么还能无动于衷呢。莫非他们不知道熊掌柜和刘三已出事了？待他进入店里时，还是发现与往常有所不同，柜台里不见了笑眯眯的熊掌柜，负责招呼客人的差事也由刘三变成了熊掌柜的媳妇马三姐，灶上还多了一个年轻媳妇。

马三姐见了韩儒厚，神色慌张起来，大张着嘴却不知说什么好。韩儒厚心里有数了，这女人一定知道昨晚的事了，说："我去收账经过你这里，定两笼包子，回转时取上，晌午吃。"

马三姐这才稳住神，说："韩掌柜你要吃包子，让人带个话就中了，还劳驾你自己跑来。你快忙你的事去吧,晌午时我给你送过去。”

韩儒厚听了,不但没离开,反而拉了条凳子坐了下来,笑着问:“熊掌柜呢?他可好?”

马三姐支吾着不知该如何作答,突然店堂后面的房间里传出一声:“我好着呢,请韩掌柜里面说话。”

说话的人,正是熊掌柜。

熊掌柜真的没死?韩儒厚本能地从凳子上站了起来,马三姐也吃了一惊,不过很快镇定下来,冲着韩儒厚一笑,说:“韩掌柜,我家当家的叫你呢。”

熊掌柜可是个土匪,他知道广宁堂昨晚给他设的圈套吗?屋里是否还有别的土匪?韩儒厚有点犹豫不决,心里直后悔出门时没把短枪带上。

“韩掌柜,请里面说话。”熊掌柜又催促了一声。

是祸躲不过,既来之,则安之。“来啦!”韩儒厚响亮地应了一声,便往里屋走。刚到门口,房门就开了,迎门站着的正是熊掌柜。

熊掌柜没了往常那乐呵呵的招牌笑容,左边脸颊和左耳上贴着两坨膏药,正是广宁堂的“神仙贴”。韩儒厚刚欲开口问候,熊掌柜伸手将他拉进屋里,关上门,将韩儒厚让在椅子上,自己坐在床边,一个劲地唉声叹气。

韩儒厚关切地问:“熊掌柜,你这是怎么了?”

熊掌柜叹了口气说:“韩掌柜,这事实在窝囊,打了半辈子雁,昨晚却让雁把眼叨了。”

韩儒厚佯装不解,问:“你这话是何意?把我听糊涂了。”

熊掌柜哭丧着脸说:“韩掌柜,我熊某人今天不把你当外人,竹筒倒豆子,把实话都告诉你吧,我是魏三爷的人。”

“啊!你是土……土……”韩儒厚跳了起来,似乎要夺门而逃。

熊掌柜一把将他拉住,按在椅子上,说:“韩掌柜,你就别装了,这太平镇上何事能瞒过你广宁堂?韩大掌柜机警过人,睡觉都睁着一只眼睛,我的身份,那晚送人去治伤时你们兄弟就生疑了。昨晚再那么一折腾,你们对我就更是心知肚明了。”

"熊掌柜多心了,广宁堂从未疑你,就是现在,你说你是魏三爷的人,我也不敢相信。这究竟是怎么回事?"

熊掌柜哭笑不得地说:"韩掌柜,你就不要给我推太极了。熊某今天给你推心置腹,你再揣着明白装糊涂,就不够朋友了。我和广宁堂做了这么多年街坊,你们何时大清早来订过包子?你这是来打探消息呀!"

韩儒厚说:"打探消息?打探什么消息?你越说我越不明白了!"

熊掌柜说:"昨晚孔友善从湖神庙那里上船,是韩大掌柜的主张,结果却在那里遭到埋伏,那枪声太平镇上都听到了,你们猜测是朱圩的人在劫杀孔友善,你是来熊某人这里打探孔友善昨晚是死是活?如孔友善死于非命,广宁堂怕脱不了干系;如他被朱圩擒拿,你们又怕他供出广宁堂,你说是不是?"

韩儒厚的心思给熊掌柜说破,不由脸红心跳,便撕开脸面说:"熊掌柜,话既然说开,那我也就不遮不掩了。昨晚湖神庙那里连续响起三阵枪声,我哥对友善的安危甚是挂念。我来是想打问一声,昨晚刘三可否把友善送走?还有,那三阵枪声又是怎么回事?"

熊掌柜听了,又重重地"唉"了一声,说:"韩掌柜,不瞒你说,昨晚是我带着刘三把友善送到湖神庙的,真是见鬼了,我们到了不久,友善说要去方便,好一会儿不见动静,我怕出事,就去找他,刚离开那堵废墙,枪就响了。子弹从我这边脸飞了过去,我顺势一倒,滚到一旁的苇丛里。这时,打枪的人就扑进了院子,其中就有朱圩金麻子,他是南京人,讲话我听得清清楚楚。他像是在问刘三,要抓魏三爷的军师。这时我发现一旁又蹿过去好几个黑影,围住了湖神庙,我不敢停顿,爬起来就往镇里跑,跟着就又连续响了两阵枪声。"

韩儒厚说:"这就怪了,那两阵枪声是何人所为呢?"

熊掌柜说:"我也琢磨不透,天亮前,我壮着胆子又摸到湖神庙,你猜怎么着,那里横七竖八地躺了好几个尸体,还有穿着保安团服装的,可我那两个伙计却死不见人活不见尸,把我都急死了。"

韩儒厚追问:"那金麻子呢?"

熊掌柜白了韩儒厚一眼:"我哪顾得上找他。刘三他俩要是被保安团和朱圩的人绑去,那就坏大事了,我这一大家人都将性命不保。”

韩儒厚同情地责备道:“熊掌柜,不是我说你,你这满口鲜开得多红火呀,好好的掌柜不做,偏要做那丢脑袋的营生,你说你这是何苦呢!”

熊掌柜听了,不由两眼垂泪,说出一段冤情:

“韩掌柜,你错怪我了,我也是有苦难言,万般无奈呀!我到太平镇第二年开春,三姐,就是我女人,就被魏友三手下炮头冯四绑了,索要八百块现洋。我东借西凑地筹了钱去赎人,谁知冯四变卦,甩给我二百块洋钱,要强抢三姐做他媳妇。幸亏庄上有个熟人也在魏三爷马子里,他领我去求魏三爷,你猜怎么着,魏三爷说冯四坏了规矩,竟然亲手把冯四给毙了。一块洋钱都没要,就让我把三姐领回来。没几天,我那个熟人给我传话说,魏三爷因三姐坏了他一个炮头的命,满口鲜得作为他的马子的落脚点,我得给他在太平镇做‘眼线’。不然,魏三爷要我全家性命。你说,我敢拒绝吗?”

韩儒厚听了,不由长叹一声,说:“你这是一失足成千古恨哪!”

熊掌柜气急败坏地说:“我是失足了,可我没有千古恨,我从没做过什么恶事!魏三爷的人曾要我盯着广宁堂,可我虽入了匪伙,但好坏我分得清,你广宁堂仁义,我下不了手。”

韩儒厚信他的话,问:“熊掌柜,你这份情我领了。你给我说实话,友善真的跑了?”

熊掌柜说:“真的跑了。”

韩儒厚问:“你能断定?”

熊掌柜说:“我能断定。”

韩儒厚自语道:“他要是被抓住了,把你我都供出来,那就是大祸事了。”

熊掌柜心里对叶善友扔下他和刘三,只顾自己逃命的事耿耿于怀,气呼呼地脱口说道:“抓他?要是能抓住他,那他就不是‘鬼影子’了!”

韩儒厚惊愕地问:“鬼影子?什么鬼影子?”

熊掌柜咬了咬牙,说:“韩掌柜,我就给你直说了吧,孔友善就是魏三爷的军师,人称‘鬼影子’的叶善友。”

韩儒厚便又惊恐地一下蹦了起来:“孔友善就是‘鬼影子’?他可是个

灾星呀！他，他，他到我广宁堂想干什么？”

熊掌柜说：“卧底。他想抢你们呢！”

韩儒厚说：“他想抢广宁堂？我们可是把他当贴心人对待呀！连总柜的账都交给了他。他怎又不抢了呢？”

熊掌柜说：“可能是你们广宁堂待他仁义，让他心有不忍吧。他给魏三爷传话说广宁堂成了空架子，没捞头。”

韩儒厚复又坐到了椅子上，说：“这件事你参与了？”

熊掌柜急忙辩解道：“没有。我是叶善友和你药堂的伙计二宝那天来买包子才知道的，他让我给魏三爷转了封信。而他是‘鬼影子’，是军师，直到我把他送到广宁堂治伤那晚才知道。”

韩儒厚心里有点后怕，这二宝也真粗心，叶善友当着他的面传递消息，他竟浑然不觉。说：“也算他姓叶的还有点良心，他若抢广宁堂，恐难全身而退，那时鹿死谁手，怕是很难说呢！”

熊掌柜由衷地说：“韩掌柜，你广宁堂也确实厉害，韩大掌柜那就是当世英雄，高柱久、魏三爷，还有朱殿魁都想祸害你们，可没一个得逞。”

韩儒厚说：“广宁堂救死扶伤，广施仁义，算计广宁堂天理不容。龚特派员和南旅长也不会饶了他们！”

“那是，那是。”熊掌柜连连点头。

韩儒厚话锋一转，试探地问：“你说昨晚朱圩的人怎能知道叶善友要去湖神庙呢？”

熊掌柜说：“这不明摆着嘛，叶善友在广宁堂治伤走漏了风声，朱圩的人一直暗中盯着呢。他们是跟着我们到湖神庙的。而保安团又是跟在金麻子屁股后面的，只是我不明白，这保安团怎么打朱圩人的黑枪呢？他们是一伙的呀！”

韩儒厚笑道：“黑吃黑呗。只是那第三阵枪声是哪个队伍打的呢？”

熊掌柜听了，苦着脸说：“我正害怕呢。你说刘三他俩怎就没有了呢？我是看着他俩被打倒的呀！”

五十四

韩儒厚打探的消息都搞清了，叶善友、熊掌柜对广宁堂都未起疑，便放下心来，想熊掌柜已成了惊弓之鸟，不把他稳住，随时都有可能关门逃跑，那样肯定会引起高凤年、朱殿魁等人怀疑，一旦抓住他，必招无疑。便说："熊掌柜，你不必担心，我想那后一阵枪声定是魏友三马子打的。不然，谁敢和保安团叫板！他们一定认识刘三，怕给你惹麻烦，把刘三他们的尸体弄走了。再说，就是让人发现了刘三两人尸体，你就说是给土匪绑票撕票了，与你何关！"

熊掌柜听了，觉得有道理，转念一想：保安团、朱殿魁那边就算能应付，可广宁堂能饶了我？干脆我把话给他挑明了吧，便说："韩掌柜，不管怎么说，这包子店我是不能开了，俗话说'事大事小，一走就了'。我今天就得关门走人。不然，我必将性命不保。"

韩儒厚一惊："熊掌柜，你这话从何说起？谁会要你性命？"

熊掌柜冷笑道："叶善友给我说过，韩大掌柜虽然仁义过人，却也疾恶如仇。我要是明匪，他怕结仇魏三爷，不会害我，可我是'眼线'、暗匪，他担心我把魏三爷勾来，岂能容我？所以，我这满口鲜怎么说也得关门走人。"

韩儒厚听了，想这熊掌柜也过于奸猾了，他是怕被灭口，要讨个口封，便虎着脸说："熊掌柜，你这想法实是小人之心，我家兄长宽宏仁义，以德报怨，这湖西地面谁人不知？你纵是明匪，若要害你，何需广宁堂出面，一封举报书信足以，魏友三如何能够得知？你关门走人，能舍得这生财的营生？你挣下的那些家财如何处置？再说，你能走到哪里？撂下女人孩子，跟着魏友三风餐露宿，四处流窜？"

韩儒厚这番话戳到了熊掌柜的疼处，他可怜兮兮地问："那我该怎么办？韩掌柜你得给我指条活路。"

韩儒厚说："只要你多做善事，广宁堂绝不会暗算你。你有了难处，还会帮助你。另外，你再把昨天朱殿魁、保安团打黑枪的事告诉魏友三，就算叶善友出了意外，也怪不到你头上。”

韩儒厚的承诺，熊掌柜相信，他感激地说：“谢韩掌柜指点，我一定照你说的做。”

韩儒厚目的达到，便起身告辞。马三姐早已准备了四笼包子，说送给韩掌柜尝鲜。韩儒厚一摸口袋，忘了带钱，让马三姐记上，拎着箱笼离开满口鲜。

镇公所里，韩儒仁的来访高凤年当即就知道了。昨晚，他从湖神庙仓皇窜回镇公所后，仍心有余悸，他怎么也想不通，明明是盗墓贼分赃不均而火并，怎么朱圩的金麻子也参与其中？还有，袭击保安团的又会是什么人？魏友三还是朱殿魁？想到了朱殿魁，他猛然想到金麻子还未死，这个人得除掉，不然后患无穷，便于半夜时亲自带着两个亲信，潜至湖神庙，把那些尸体翻了个遍，就是不见金麻子的影子。也怪自己利令智昏，这次行动是瞒着高柱久的，这金麻子要是活着，将对自己大为不利。顿时，高凤年惊得六神无主，回来后睡意全无，不停地在房子里转着圈圈，苦思对策，却又一筹莫展。直到天亮时，才歪在办公桌后面的太师椅上打了个盹。韩儒仁和门前岗哨说话时，高凤年已经醒来，瘫在太师椅里想着昨晚的事。韩儒仁的声音，更让他胆战心惊。自保安团驻扎太平镇以来，韩儒仁从未来过镇公所，今日早上就登门，必定有事，且十之八九是为昨晚湖神庙的事。难道他清楚昨晚的内幕？还是知道了湖神庙那里的死尸，又或金麻子捡了条性命，跑广宁堂治伤去了？高凤年突然后悔自己犯了个天大的错误，昨夜没找个僻静地方，把那两个保安团士兵的尸体掩埋了，那样即使金麻子指证，也无证据。这下完了，同时惹了朱殿魁、高柱久两大恶人，肯定凶多吉少，大祸临头了，高凤年心惊肉跳，冷汗如雨。

怎么办？是否还有补救的措施？高凤年调动了全身的聪明才智，终于想到一个有可能使他摆脱厄运的办法，一下从太师椅里蹿了起来，打开房门，冲哨兵大喊：“快请韩大掌柜，快请韩大掌柜！”

岗哨吓了一跳，忙说：“报告副官，韩大掌柜在田镇长那里，我这就去叫他。”撒开腿奔到门房，将韩儒仁请到了高凤年的办公室里。

高凤年忙不迭地将韩儒仁让到桌子一侧的椅子上，又亲自给他沏了杯茶。韩儒仁从高凤年的殷勤劲儿看出他的心虚，决定单刀直入，直奔主题，焦急地问："凤年，昨晚湖神庙那里究竟发生了何事？你给我实说。"

高凤年一听韩儒仁语气亲切，关切之情溢于言表，戒备之心顿时减了几分，心想韩儒仁这么说，无疑已知道了内情，金麻子极有可能已到了广宁堂。再说，在太平镇，什么消息也瞒不了广宁堂，我不必遮遮掩掩了，就哭丧着脸，套着近乎说："韩大掌柜，我的儒仁兄，你来得好，我正要去找你呢。昨晚，湖神庙那里确实出大事了。我得到情报，盗掘明祖陵国宝的贼人要在湖神庙里分赃，我即带人去捉拿，刚到庙前的安东堤，贼人就火并了。我们赶过去，一看只剩下一个活口，你猜是谁——竟然是朱圩炮头金麻子。儒仁兄呀，我以前只知他是蒙面贼，杀人越货，不知你知不知道，他还抢过你广宁堂呢！我正要将他捉拿归案，没想贼人来了同伙，打了我们个措手不及，还死了两个弟兄。我和弟兄们经过一番死战，方才突出包围。"

韩儒仁听了，心中好笑，想他到底是副官当得久了，头脑活泛，讲起瞎话来跟真的似的。从他话中可知，朱殿魁昨晚没去湖神庙捉拿叶善友，是金麻子带人去的，而且金麻子跑了。这将对他高凤年极为不利。而对于广宁堂来说，金麻子脱逃却是一件好事，这必将加深朱殿魁与高柱久的仇隙，便故作惊诧地说："金麻子还是盗墓贼？这岂不是十恶不赦么！"

高凤年说："正是！我欲抓他正法，他却带伤逃脱，儒仁兄，你说他会逃到哪里呢？"

韩儒仁恍然大悟，高凤年刚才之所以特别提及金麻子抢劫广宁堂的事，他是以为金麻子在广宁堂治伤，欲挑起广宁堂对金麻子的仇恨，来个杀人灭口。看来，高凤年是黔驴技穷了，便趁机说道："凤年，金麻子既已逃脱，不必管他，现在的难处是你带领保安团弟兄去抓捕盗墓贼人，非但人赃未获，还亡了两个弟兄，此事传开，恐对你大为不利，高团总那里你也无法交代。以我之见，此事要大事化小，你派人把湖神庙里那些尸体埋了，在太平镇上也不要声张，以免引起闲言碎语。"

高凤年似捞到了救命稻草，忙问："金麻子已跑了，还能大事化小？我想朱殿魁和他一定会到团总那里乱咬乱说？"

韩儒仁笑道："金麻子是盗墓贼人，又在湖神庙伤了人命，他岂能惹火烧身？再说，保安团打他，就是高团总打他，此事他虽心知肚明，也只有窝在心里了。即使他真的乱咬乱说，也是无证无据，不必多虑。你可向高团总报告，昨晚有土匪抢劫太平镇，被你带领弟兄们追杀至湖神庙，其他怎么说，还不由你吗？”

高凤年听了，觉得别无他法，也只有如此才好解释死了两个士兵的缘由，对韩儒仁道了声感谢，说：“儒仁兄，我就不陪你了，得安排人去湖神庙把那几具尸体埋了。”

韩儒仁便起身告辞，高凤年亲自送到了镇公所大门口。

五十五

糊弄住了高凤年，韩儒仁心中稍安，又挂念儒厚、吕叔那边情况，便急匆匆往回赶。此时，日头斜在头顶，天气也暖和了许多。自魏友三败退大湖深处后，龚雨辰亲临洪泽湖周边巡视，震慑了不少大大小小的土匪马子，湖西地面倒也安静不少。今天镇上逢集，加之到了年底，街上熙来攘往到处都是人，韩儒仁却忧心忡忡。近年来，广宁堂连连遭劫，入不敷出，这年关也就成了难过的关口。高柱久、魏友三等贪得无厌，年年勒索，长此以往，家道必败无疑。那些兵匪官家都得打点，一处不到，他们就会变着法儿来祸害你，让你防不胜防。今年，魏友三已撕破脸皮，不再念及为他老母康复眼疾的情分，派“鬼影子”叶善友来卧底，要抢劫广宁堂；高柱久更是变本加厉地祸害广宁堂，欲置广宁堂于死地。此等骄横恣肆，心狠手辣，而又贪得无厌的恶人，还要用含辛茹苦挣来的血汗钱去巴结他们，讨好他们，讨得所谓的“平安”吗？韩儒仁心里一万个不愿意。但是，和他们公开撕破脸皮，似也不是上策，那么，今年这“礼”该如何办理呢？韩儒仁犯了难。可是，此时也容不得他用心了，进了街中心后，几乎每走一步就有人与他打招呼，向他问好，还有好些人要送他鸡鱼肉蛋，莲藕花生。韩儒仁一一谢绝，心里感到暖乎乎的。在经过杂货店时，韩儒仁买了两包香烟，到了广宁堂，将烟给了大门两旁站岗的士兵，说：“辛苦二位了，要是累了，就进来坐坐。”这两个士兵受宠若惊，又是敬礼又是鞠躬地感谢！

刚进了前厅，吕叔就迎上来说：“你刚走，朱圩就来人了，去了张管家病室，他们没说几句我就进去了。张管家也没瞒我，说是昨夜朱圩的金炮头被人暗算，脖子上中了一枪，朱殿魁派了一辆马车，请广宁堂先生去朱圩医治。”

看来，高凤年没说假话，昨晚朱殿魁真的没去湖神庙捉拿叶善友，是金麻子带人前往。这金麻子能在保安团的枪林弹雨中捡得一条性命，实在是个奇迹。他不就近来广宁堂救治，却带伤窜回三十里远的朱圩，这除了说明他的伤并不重外，是否怕保安团再抓他？

韩儒仁便说：“怨仇宜解不宜结，那就去个人给他看看吧。”

吕叔说：“儒义去了。还有，朱圩送来了五千块现洋，朱圩的伤号除两个还不能走动外，那几个能走动的炮手也跟着马车回了，连张管家也走了。”

“五千大洋？”这算是一笔巨款了，韩儒仁非常吃惊。

往年，朱殿魁欺辱广宁堂，无所不用其极，这次广宁堂先生未到，他就先奉了五千块现洋，这种慷慨让人不敢相信。朱殿魁这付的是往年欠的医药费，还是张管家金麻子等人的诊费？恐怕都不是，他是在向广宁堂示好。这一定是金麻子受了高凤年的袭击，使朱殿魁产生了惊惧。此前他就因为那对宣德炉与高柱久起了纠纷，后来朱殿海去杀高二虎，却与高二虎同晚毙命，朱殿魁难免疑心是保安团暗算了朱殿海。现在金麻子又遭到高凤年暗算，说明高柱久决意要铲除朱圩这股势力了。为防止意外，他把张管家等接回了朱圩。这五千块现洋表明，朱殿魁要笼络广宁堂对付高柱久了。看来，金麻子侥幸逃命，倒是对广宁堂大为有利，既暂时少了个劲敌，也不用再费心思去离间高、朱二匪了。一向狼狈为奸的恶匪联盟，让人意想不到地分崩离析了，韩儒仁心情大好，脸上难得地露出了笑容，问吕叔：“儒厚回来没？”

“没见回来。”

韩儒仁心里一紧，儒厚不会发生意外吧？正想安排人去看看，田延年来了，他给儒仁打了声招呼，便一屁股坐到椅子上，哭丧着脸说：“韩大掌柜，昨天下午高副官把我叫去，说上次所收剿匪捐税未及三成，他虽能体谅镇公所不易，但他手下那些人极为不满，如果过年时再不慰劳，恐要出事。他要镇公所按单给保安团筹办年货。"说着，从口袋里掏出一张单子念道："大洋一千块，鲜鱼五百斤，鸡蛋五百斤，粉条五百斤，豆腐十方，鸡一百只，肥猪五口。"

吕叔越听越气，说："他想得真细，怎么不再要五百只羊五百头牛呢！"

韩儒仁则觉得保安团百多口人，高凤年所要并不过分，说："田镇长，你不用犯愁，这过年劳军不比往常，太平镇两万多人口，除了那一千块大洋，其他东西好凑。"

田延年说："按理说，高副官要的年货比往年慰劳驻军的要少许多，可他说高团总的慰问金还得另送。你说这一年里几次三番地收捐交税，谁家还有余钱？镇公所实在无能为力。可是如不满足他们，那些当兵的又将明抢暗夺为非作歹，搅得百姓不安，年都过不好。你看这事如何是好？请大掌柜帮我想想办法，拿拿主张。"田延年言下之意，是想让广宁堂多出点银子。

韩儒仁原本就为要送高柱久、魏友三等年礼心里正烦恼，顿时不满了，说："田镇长，你既然知道谁家都没有余钱，就该当面回绝了他，给我诉苦有何用处！保安团的人明抢暗夺，镇警察所那十几条枪为何不能弹压！"

在田延年印象中，韩儒仁还从未用这种口气和他说过话，惶惑地说："大掌柜，高凤年一贯颐指气使，飞扬跋扈，我哪敢说个不字。警察所那些人，更是从没把我放在眼里，再说，他们哪敢惹保安团那些兵油子。"

吕叔说："保安团吃的是百姓交纳的皇粮，逢年过节时县商会都从各商家工厂募了捐款，按人头分给，怎么还要交纳？再说，这一年里我记得镇公所已收过大小捐税四五次了，再这么收，不要闹出个官逼民反来！"

韩儒仁感到刚才有点失态了，又念及田延年在保安团要搜广宁堂时出头阻拦的好处，对吕叔摆摆手，说："田镇长也不是外人，今年非同往年，高凤年的保安团驻在镇上，面子上还要过得去，不然，他们又将扮匪抢劫，损失更大。不过，若长此以往，莫说寻常人家，就是广宁堂也只能穷于应付，庄户百姓只有卖儿卖女，或去做土匪了。所以，是得想个应对的办法。"

田延年好似遇到了救星，作揖打躬地连声说："还是大掌柜想得周到。大掌柜，你看该如何应付？"

韩儒仁说："保安团团部在金锁镇，年礼自有县里和金锁镇筹办，镇上就不要送了；往年年关时土匪都会来敲诈勒索，今年要是再来，你就说保安团有令，凡给土匪送年货的都以通匪罪论处。至于高凤年要的这些，就减半给他，给他说实在难以筹措了，日后要能收上来，再补交。"

田延年听了，说："办法是好，可我这镇长就是个跑腿的，说话没人听，就是减半也收不上来呀！"

韩儒仁说："你打着高凤年的旗号，去同福楼饭店、平安居旅馆几家大的商家，和各保大的地主家去要，应能如数收得。至于平常人家，就不要再收缴了。至于广宁堂，我尽力就是了。"当即让吕叔给了田延年五十块大洋，另给了一百块法币，算做上次为广宁堂开脱的谢仪。

田延年千恩万谢地走了。

五十六

望着田延年猥琐的背影，韩儒仁同情地说："也难为他了，我估计年前这段时间那些小马子也不会放过他，多少还得打点，他还会来广宁堂筹钱。"

吕叔说："这老田，他躲起来不就算了。"

韩儒仁说："躲起来也不是办法，土匪会打他家里人的主意。"

吕叔笑道："让保安团找个借口把他关起来，这土匪就难怪他了。"

韩儒仁默然道："他可是县政府任命的代理镇长啊！这土匪恶霸年年敲诈勒索，百姓苦不堪言，广宁堂也是疲于应付。长此以往，势必难以为继。今年是得想想办法了。"

说话间，韩儒厚提着一摞包子进了前厅，韩儒仁冲他扭了下头，就往院里走。韩儒厚和吕叔一言不发，跟着韩儒仁出了前厅。

韩儒仁进了前院，没有停步，直往前院的小三合院走。进了正房客厅，韩儒仁方问:“怎么才回来?”

韩儒厚将箱笼放到一旁的茶几上,说:“遇见银匠店老掌柜,把我硬拉进他店里,说他昨晚听到镇西响了几阵子枪,以为是土匪来了,把儿子、伙计都叫了起来,顶门守了一夜。街上倒是没听到什么动静,奇怪的是在半夜里却看到高副官带着几个保安团士兵慌慌张张地从街面跑过。他和我琢磨了好大一会儿,也没琢磨出个头绪。”接着,就把在满口鲜所见所闻说了一遍。

韩儒仁一听,彻底放了心,也将高凤年所说告诉了儒厚、吕叔,他俩这才把那颗悬着的心放了下来。随后,韩儒仁说:“刚才田延年来说要犒劳镇上保安团,还得给高柱久送慰问金,你看该如何打点?镇上的年关可以如此应付,但广宁堂的年关又该如何应付?高柱久那里得罪他不得,魏友三也已盯上广宁堂,都得打点,这是一笔不小的款项。”

吕叔说:“这两年诸事不顺,入不敷出,已动了老底了。”

韩儒厚说:“高柱久铁了心要坑害广宁堂,我们给他烧香他也害人,不给他烧香他也害人,反正广宁堂不倒他不甘心。从今往后,一块大洋也不给他。”

韩儒仁说:“周立民还在,不可硬来。我们时常从外面进购药材,你和他撕破脸皮,他就会半道劫你。朱圩那里我们就吃了几次大亏。”

韩儒厚灵机一动,说:“我想,他软刀子杀人,我们也给他来个软抵抗,让他有苦说不出如何?”

吕叔不解地问:“是何软抵抗?”

韩儒厚说:“广宁堂刚搬来太平镇那几年,大小土匪马子欺负我们是外来户,常以借款名义敲诈我们,我们能不能也在借条上打打主意。”

韩儒仁没明白儒厚的意思,说:“如何在借条上打主意?”

韩儒厚便说了自己的想法。

吕叔兴奋地说:“我看这个办法能行。高柱久一定有苦难言!他就是不认这个账,广宁堂也有推脱的理由了。”

韩儒仁思虑再三,想到那天周立民所说的“如遇当立断之事,应先发制于人”,儒厚这个办法权当是“先发制人”吧。嘴角不由露出一丝苦笑来,说:“此法实乃不得已而为之,要做得天衣无缝才好,否则,将自取其辱。”

韩儒厚说:“这事还得要田石山相助,我去观湖岭一趟吧。”

韩儒仁想了想说:“那些用词得仔细斟酌,还是我去吧。”

五十七

观湖岭村坐落在洪泽湖西南那块凸出的水面边，离太平镇约十几里地,当地人习惯称之为成子湖、成子洼。村子两面都有水荡,房前屋后芦苇随处可见,奇特的是这个村子没有圩子,没有碉楼,也没有特别有钱有地的大户人家,虽然时常有土匪来往,却很少受到祸害。不明白的人以为是土匪“兔子不吃窝边草”,其实土匪是把这个村子当作遮蔽所了。正因为有了这个村子,他们的行动有了许多突然性。特别是湖匪,冬天或盛夏上岸“猫冬”、避暑、歇息时,掩藏在村子一隅,不易被人发觉。因此原因,那些大小马子甚至独匪,都约定俗成似的不为难观湖岭,再加之村子傍湖靠河,捞鱼网虾、打雁捕鸟方便,村子里的人越住越多,现时已有三百余口人了。

韩儒仁在观湖岭村子里,有两位相处甚密、称兄道弟的朋友,一位是姜先生,一位便是田石山;另外,与村上猎手刘仲达交往也不错。

姜先生年过五旬,在太平镇周边地区是个颇有古风的隐士。他是民国22年立秋那天举家搬来的,且很快就成为这片土地半人半神的人物。他不但上知天文,下识地理,阴阳八卦无所不精,且有许多奇才异能,比如他刚搬来时,就给村里人教了“蚊子不叮术”:在癞蛤蟆口内放入写字的香墨,用布包好,埋泥内七天拿出,弃蛤蟆,留香墨,只要用香墨在墙上或木板上画一个图,所有蚊子都进圈内,使在芦苇荡中守滩捕鱼的乡亲避免了蚊虫叮咬。更神奇的是他还会做一种特殊的蜡烛,一夜只燃一寸,且无论刮风还是雨雪天气均不熄灭,着实让人惊骇。

姜先生结交广泛，三教九流都有来往，村里的人在敬畏姜先生的同时,都开动脑筋猜测他的真实身份,有说姜先生是地下共产党,有说姜先生是某个失势军阀的军师，还有说他是金盆洗手的帮会头子……总之他这么有本事的人，栖身于观湖岭这么个偏僻的小村子，让人着实生疑。

韩儒仁和姜先生交往，始于三年前，不失为一件逸事。

洪泽湖周边有不少独匪，大都是临湖村庄的人，忙时务农，闲时为匪，脸蒙黑巾，舞刀弄枪地专劫单身行人。观湖岭东面香城圩子有一头脑活泛的独匪王海，对姜家的烛火很上心，想只要打探到姜家制烛的秘密，生产出售，比为匪来钱稳当。

这天晌午姜先生背着布兜，从青阳镇采买配制蜡烛的材料回来，王海便蒙面劫道，看姜先生到底买的是什么东西？在安东河口，他用独子炮逼住姜先生，劫了布兜。姜先生极有长者风度，卸下布兜时还帮他背上，说兜里东西金贵，莫糟蹋了。王海得手后，甚是高兴，到家打开一看，里面装的是蜂蜜、松脂、槐花、浮石、丹矾、焰硝等物，便取出一些制作，却总不得法。着急之下脖子上逐渐发痒难忍，到了晚上，脖子和半个肩膀都红肿起来。这病是如何得的？王海左思右想记起姜先生好似在他脖子上抹了一下，以为中了姜先生的魔法，吓得魂飞魄散，带着布兜到广宁堂来求救。韩儒仁问了实情后，让人烧了一木桶热水，放上苦生丁、荷叶、金银花、菊花、绿茶、散风沫等，让王海泡了半个时辰，身上痒痛红肿皆消。王海走时，韩儒仁留下布兜，对他说是姜先生手下留情，今后切不可再做那伤天害理的营生了。

韩儒仁虽然帮王海消了毒，却不知他中的是何毒，便上门去拜访姜先生。姜先生见韩儒仁手里的布兜，便知来意，说想必韩先生已为那匪人解脱苦痛，韩儒仁便以实相告。姜先生心中称奇，便也说了王海中招的“魔法”——“药功点打法”：

毒蛇头一个，雄鸡头一个，草乌四十克，柏杨树根二两，水杨树根二两，用白酒二斤浸泡密封三个月后，取蛇头和鸡头焙干研粉装瓶备用。

此药接触人的皮肤，开始无感觉，逐渐发痒难忍，很快遍及全身，若忍耐不住，抓破皮肤，得不到及时救治，将有性命之忧。

解救方法：

蚂蟥三至五条捣烂，拌白糖三两，硼砂二两，白酒二两，及时涂上可解除痛苦。

自此，韩儒仁便和姜先生有了交往，并通过他结识了田石山和刘仲达。

田石山和韩儒仁年纪相仿，长得浓眉大眼，五官周正，举止有礼，论事有见地，在观湖岭村受人尊敬。他是民国18年中央军镇压了苏南农民暴动后，带着弟弟田石岭，儿子田青从太湖那边逃难来到观湖岭村的。去年田石岭带着田青回了太湖，再没回来。田石山以打鱼为生，知水性、识鱼性，水里有没有鱼，有多少鱼，几种鱼，多大的鱼，他都能端详出。捕鱼的方法多种多样，钓黄鳝、下笼子、张丝网，什么鱼用什么方法，什么季节捕什么鱼；更是撒得一手好网，根据水位、水塘形状，能撒出圆、方、长、半圆、三角，甚至葫芦形的网。

田石山除了是打鱼的行家外，还是个识文断字的文化人，会写一手好毛笔字，还会刻印章，真草隶篆，样样在行。他不像有些手艺人，喜欢摆架子，以艺拿人，村里人不论远近亲疏，求他刻个印章没有不答应的，且从没收过一钱一物。对田石山的品行，韩儒仁尤为敬佩。他曾问过田石山，有此手艺，为何不到镇里或城里摆摊刻字？田石山说，他喜欢打鱼，离不开大湖。后来，有件事引起韩儒仁对田石山的警觉，他常来广宁堂抓药，且大都是治红伤的药，而他身上并无伤病，韩儒仁疑他与土匪有瓜葛，就对他有了戒备。直到石梁河农民暴动前，魏正斌来广宁堂借枪借钱，在打借条拿出私章盖章时，他由魏正斌私章制印手法上才断定田石山的真实身份。惊叹之余，为防受其牵连，便有意疏远他。田石山倒也识趣，即便到镇上来，也极少到广宁堂。韩儒仁有点过意不去，会悄悄让人送些“祛风驱毒散”、药酒以及治红伤的药材去，田石山则会让来人带些鱼虾回来，很有些君子之交的味道，来往却明显少了。但两人似心有灵犀，上次韩儒仁“树上开花”，巧设“黄雀在后”之计，田石山毫不犹豫地施以援手，钓出了高凤年，使韩儒仁心里很是感动和愧疚。

与姜先生、田石山不同，刘仲达则是观湖岭老住户，虽然年刚三十，却是场面上的人。他为人正直，敢做敢当，曾只身深入湖匪巢穴，保释出了一个身怀六甲的孕妇，在村中颇有威望。当年虽说观湖岭小且偏僻，田石山和姜家作为外乡人也是不能随意搬来的。刘仲达出面给他俩张罗，村里人也就不好阻拦了。韩儒仁和刘仲达相识后，来往要少一些，大都是在过节时刘仲达自己或托人捎一些野味来。倒是韩儒礼和他走得近。刘仲达是有名的猎手，他有一杆土炮，弹药是自制的散弹，在湖边打大雁，常常一炮就能打到十几只大雁、野鸭，韩儒礼很佩服他。几年前，他牵涉到一件神秘的无头案，在太平镇很有些名气。

那年，刘仲达的妹夫被抓了壮丁不久，妹妹兰花带着两岁的儿子和老公公陈兴祖一起过日子。没多久兰花就两次投河寻死，好在都被人救了过来。刘仲达只好将兰花接回家，谁知陈兴祖不依，上门吵闹逼着儿媳回去。三天后，陈兴祖死在杂树林里被人发现。他的两只脚板光溜溜，红嫩嫩的，僵硬的脸上更是笑容可掬，好似死得很开心。

后来有传言说，那天刘仲达和陈兴祖一起到了乱坟岗上杂树林里，刘仲达用麻绳把陈兴祖吊在榆树上，脚离地面有二尺高；跟着又解下陈兴祖的裤腰带，把他两条小腿绑在树干上，脱了他的鞋，掏出一节芦管，在陈兴祖的脚上洒了些白沫沫，又掏出一只装着透明液体的瓶子，给陈兴祖的脚底抹上厚厚一层。

刘仲达从一旁牵来一只饿得咩咩直叫的山羊，拴在榆树上，山羊迫不及待地伸出舌头舔着陈兴祖那涂了蜂蜜的脚底，陈兴祖不住地放屁，不住地哈哈狂笑，一会儿舌头就伸出来好长。

为此，镇警察所抓了刘仲达，刘仲达拒不承认。村里乡亲也说刘仲达是个快意恩仇的汉子，以他的性格做不出这种事，警察所只好放了他。

对这个离奇的传闻，许多人是当稀奇事情来讲的。但韩儒仁信，因为刘仲达和姜先生是朋友，还因为刘仲达要维护妹妹的名声。

五十八

晌饭后，韩儒仁就动身去观湖岭村，韩儒厚要他坐马车去，韩儒仁嫌太过张扬，要步行前往，韩儒厚不放心，就让儒礼和二宝一起前往。

这次去观湖岭，韩儒仁三人走的是后门。顺流清汉河埂往西走，约莫半里远的拐弯处有一条往东的沿湖茅草路，直通观湖岭村后的湖道，比走大路要近许多。三人刚出后门，哨棚里就蹿出四个士兵，拉着枪栓围了过来，他们认得韩家兄弟，却不认识二宝，领头的班长大金牙盯住他的脸看了又看。韩儒仁拿下二宝头上的棉帽，说："他是药堂的伙计，叫二宝，跟我去乡下出诊。"

领头的班长这才点头放行。

二宝嘟囔道："我又不是大闺女，看得我心里发毛。"

韩儒礼笑道："人家是看你脸上长没长美人痣呢！"

韩儒仁心想：这几个保安团士兵想必是高柱久、高凤年信任之人，说不定都是惯匪。

过了哨棚不远，就到了流清汉的拐弯处，三人下了河埂，上了湖边的茅草路。这条路韩儒仁有些日子没走了，脚下的巴根草一窝一窝地被踩成了茸团，想必从这条路来往的人还不少。路两边不时可以见到一片片被雨水洇成灰褐色的苇茬，这是人们怕强人隐身，特意放火烧掉的。空气中飘散着莲藕、芦苇的清香，还有淡淡的鱼蟹的腥味，让心事重重的韩儒仁也有了心旷神怡的感觉。

待临近观湖岭村时，忽然一声轰响，湖边的苇荡里腾起一团暗红色的烟尘。三个人都吓了一跳，二宝的短枪已拔了出来。这时，就见苇丛上嗖嗖地飞出一群身上冒烟的大雁来，有几只飞了不远就扑腾着翅膀栽了下去。

二宝说："是打大雁的，这一炮肯定打到大雁堆里了。"

二宝的话一下提醒了韩儒礼，他浑身一颤，兴奋地对韩儒仁说："哥，昨晚后来那阵枪声我知道是谁打的了！"

“谁打的？”

“刘仲达。是刘仲达的土炮。我当时听了就觉得很耳熟，一时没想起来是刘仲达的土炮。”

“你怎知是刘仲达的土炮声音？”

“刘仲达的土炮是自制的，比别的土炮短，却比别的土炮粗，装的药也多。他在火药里加了许多木炭屑和铁钉，打出来像一条火龙，专门打大雁窝。没被打中的大雁也要被烧死烧伤，威力大得很，声音也特响亮。”

韩儒礼和刘仲达一起打过大雁，他的话韩儒仁信。不待儒礼的话落音，韩儒仁就醍醐灌顶般明白了事情的原委：田石山猜到高凤年的保安团会去“黑吃黑”，事先准备了“弹丸”，打了高凤年这只专心“捕蝉”的“黄雀”一个猝不及防，并收走武器。这就是儒厚、田贵在湖神庙只见尸体不见枪支弹药的原因。难道田石山、刘仲达都是地下党？那么，姜先生呢？

明白了那第三次枪声的缘由，韩儒仁心里好不畅快，他毫不怀疑地认定，田石山和刘仲达将是广宁堂与高柱久等抗争的最可靠的帮手。但共产党毕竟是国民政府要剿灭的“乱党”，就连龚雨辰那么开明的人也不能容忍他们，急欲除之而后快。作为广宁堂来说，既不是无地的百姓，也不是所谓无产者，还得拿捏好分寸，不可贸然行事，走漏风声；更不能让田石山、刘仲达知道自己已明白他们的身份，这样才能进退有据，明哲自保。便告诫儒礼说：“田石山、刘仲达都是堂堂正正的本分人，且有恩于我们，此话切不可在别人面前提起。”

到了观湖岭村西口后，韩儒仁没有进村，而是顺着村后的湖道，一直走到村东一条蹚水沟边，沟埂也是小路，顺着这条小路走到一幢草屋前，再往东一拐就是田石山的家。

田石山家和村里别的人家不一样，三间堂屋竖在前面，中间开了门，圈了个很大的后院，盖了两小间做饭的灶屋。

韩儒仁一行上了沟埂上的小路，到了那幢草屋跟前，拐过屋角，就见田石山家的屋门敞着，门前的香椿树上晒着渔网，树根下卧着一只黄狗。看来不虚此行，田石山没有出去打鱼。黄狗见有人来，吠了起来，韩儒仁住了脚，刚喊了声：“石山兄在家吗？”话音没落，田石山却已笑呵呵地从屋里跑了出来，高兴地说："韩先生来了，快请屋里坐。"

原来，他早从屋里看到来人了。

韩儒仁边往屋里走边随意问道："仲达又在打大雁了？"

田石山说："是吧。"既而又惊奇地问："你怎知道仲达又打大雁了？"

韩儒仁说："刚才我在村后听到土炮声了。"

田石山说："村里有好几门土炮呢。"

韩儒仁笑而不语。

田石山家的三间堂屋分为单双间，中间由一道实墙隔开，东面是单间，中间这间和西面是通间，北面墙上挂着一排渔网，地上放着一些杂物，西山墙旁摆着一张半人高的柳木方桌，四周摆了几张板凳，算是待客的地方。韩儒仁落了座，田石山沏了茶，互道了些问候，韩儒仁指着墙上的渔网说："石山，听说你舍身饲鱼，一网打了一百八十三斤鳗鱼？"

田石山笑道："是有此事，只是多说了一百斤。"

这还是今年六月初的事情。那天，一场大雨过后，一条条浑浊的水流注入大湖，唯有观湖岭村旁的一条长满青青绿草的浅沟里，潺潺地流着清清的雨水。在浅沟与大湖结合处，有一个二十多米方圆，及大腿深的水洼，水洼中间漂着一只被淹死的猪，从大湖里逆流而上的一大群"吸甜水"的鳗鱼簇拥着翻滚在这只死猪周围。田石山见了兴奋地提着网悄悄蹚了过去，那些鳗鱼特机警，听到水声，见到人影便"哗"地散开，待田石山离开后又聚拢在死猪周围。田石山急中生智，他蹚到那只死猪跟前，将网披在肩上，一动不动地半蹲在死猪跟前。那些鳗鱼不敢靠近，先是远远地观望，有胆大的耐不住诱惑，慢慢游近了死猪，继而贪婪地吞噬撕扯着死猪，大群的鳗鱼见没有危险，便又蜂拥过来。田石山一弓腰，那网便天女散花般飞了出去，这一网创造了一个闻所未闻的奇迹，打了整整八十三斤鳗鱼。

韩儒仁三人听了啧啧称奇，两人说了些闲话后，韩儒仁给儒礼使了个眼色，儒礼就叫上二宝到后院去了。

韩儒仁便拿出一个纸卷递给田石山，说："奇文共欣赏，你看看。"

五十九

田石山接过纸卷展开，竟是高柱久到金锁镇后亲书的安民告示——《告父老乡亲书》。高柱久的确和一般的土匪以及国民党所招拢的地方民团中的军官不同，他上过私塾，在正规军中当过副官，写一手好毛笔字，学的是楷体，且善用偏锋，这在那个年代可算是个少有的人才了。他常以"儒将"自誉，为显示自己的卓尔不群，凡保安团发布告示，必亲书一件，盖上自己那方鸡蛋大的印章，贴在最显眼的地方，着实博得了不少阿谀者的奉承。这份《告父老乡亲书》是高柱久进驻金锁镇，成为洪泽湖西，泗县、泗阳半壁江山的土皇上，心情大好时所作。其踌躇满志、不可一世，跃然纸上：

……

卑职奉国民政府安徽省六区专员兼泗县县长、保安司令鲁钧令，率县保安团进驻金锁。金锁乃千年古镇，历世雄关，水光潋滟，山色空蒙；历史悠久，闻名遐迩。

然近年以来，匪患滋生，强人猖獗，更有共党兴风作浪，妖言惑众，终致百姓民不聊生，苦不堪言。令柱久痛心疾首，悲愤万分！

今柱久临危受命，率八百精兵，驻防金锁，荡平贼寇，清除共党，还父老乡亲一个清平世界。虽前程艰难，誓不避险阻，鞠躬尽瘁，死而后已。

凡散兵游勇、地痞流氓，误入歧途者，即日幡然醒悟，尚不为迟，柱久保证既往不咎。若置若罔闻，横行乡里，扰乱治安者，定将严惩不贷。

……

《告父老乡亲书》抑扬顿挫，情真意切，如不知高柱久其人，单读这告示，让人不免热泪盈眶、热血沸腾，对发布者肃然起敬。

田石山感叹道："糟蹋这些文字了。"

韩儒仁问："那高柱久这字如何？"

田石山说："其字虽说多用偏锋，但一以贯之，实为难得。都说字如其人，此话不适合于高柱久。"

韩儒仁问："此字能仿么？"

田石山不解："仿？仿高柱久的字？"

韩儒仁答："是仿。你可仿得出？"

田石山犹豫不决地说："高柱久这字颇见功力，要仿很难。不过，他在每'撇'下笔时略显滞涩，行笔收得过急，这是习惯使然，也是他的字的特征，仿好这一'撇'，就有七成像了。"

韩儒仁听了，便又拿出几张信纸，说："石山，你照此给我仿出来。还得给我治一方魏其富的印。"

田石山看了内容，便知韩儒仁此意，点点头说："我试试。"就出去收了渔网，又关了前门。收拾了桌面物品，从桌底下拉出一只木箱，打开，里面装着文房四宝及制章石料等物什，又对韩儒仁说："这要费些时间，兄长自便。"

韩儒仁说："那我随便走走。"便也去了后院。

以往，韩儒仁多次来过田石山家，却很少进过后院，加之自石梁河农民暴动起，他怀疑田石山不是共产党，也与共产党有染，刻意疏远，再没来过田石山家，对后院的印象早已模糊了。刚一踏进院，就觉得这院子好像是座八卦阵，成梅花形堆了几个草垛，把灶屋都挡住了。只听到韩儒礼和二宝在说话，却不知人在何处。韩儒仁没有惊动他俩，转过门前一垛柴火，这才看到后面的灶屋顶，到了灶屋跟前，才知道这屋是就着后院墙盖的，它的后墙就是院墙。

灶屋的门没关，韩儒仁信步走了进去，这是两间不大的房子，中间用芦苇隔开。进门这间是锅灶，一只水缸，一张小饭桌，三只小板凳；里面一间放着一只笆斗，一个盛粮食的泥桶瓮，地上打着地铺，后墙上还开着一个笆斗大的窗户，没上窗栏，用一截大树墩堵着。韩儒仁就觉得这两间灶屋里的布局有点意思。

出了灶屋，韩儒仁走到院墙下，院墙不算太高，墙根下横着一个大树根，韩儒仁站到上面，院后的景物尽收眼底。紧挨着后院墙的是一片庄稼地，有几十丈宽，地里竖着高粱秸秆。那边地头傍着湖道，长着一簇簇一丛丛的红柳、钢针树，不远处是长满了芦苇的大湖浅滩。浅滩上沟壑交错、水产丰富，是大雁、水鸟觅食、栖息的好去处，那些绵延的芦苇给狩猎者提供了天然遮蔽物。土匪们也常隐匿其中，伺机出来作案。这时，韩儒仁便想到田石山灶屋里的地铺和那扇大窗。田石山堂屋里有两张床，还用得着这地铺吗？而那笆斗大的后窗，在洪泽湖西村子里是极少见的，既不安全，冬季也寒冷潮湿。田石山这么做，一定有他的道理。

这时，韩儒礼和二宝从一旁的草垛里钻了出来，韩儒仁才知田石山在草垛里还掏了个能藏身的草洞。

三人说了会儿话，田石山走了过来，将一封书信，两方印章交于韩儒仁。韩儒仁仔细收好，便立马告辞。田石山怕天黑路上不安全，也没有挽留，从水缸里捞了几条黑鱼，又从另一只缸里拿了两只腌渍的兔子、一只大雁，装进柳条篮子里让韩儒仁带走，说兔子、大雁是仲达打的，不成敬意。韩儒仁也没推辞，让二宝接了，就告辞出门，田石山便送韩儒仁三人上路。路上，田石山关切地说："前时听说有共产党人藏在太平镇上，保安团为了保护你们几家大户，在房前屋后设岗排哨，吓得村里人都不敢去广宁堂看病了。镇上真有共产党吗？他能藏在哪里呢？"

韩儒仁说："哪有什么共产党。那是高柱久在做样子给别人看。"

田石山盯着儒仁说："高柱久阴险狡诈，先生要防他。"

韩儒仁心想：莫非田石山猜到周立民藏在广宁堂了？要告诉他吗？万一走漏风声呢？正踯躅间，头顶飞过一群喳喳乱叫的大雁，韩儒仁便转了话题说："石山，你读过清朝丁大来的《洪泽湖》一诗吗？'何年洪泽镇，高下汇成湖。水阔青山小，天空白日孤。征帆终一去，归雁共群呼。陵寝前朝近，凄凉风雨徂'。你看，眼前这情景是多么贴切。"

田石山知韩儒仁有意回避，说："我未读过，不过，如今大湖却也遍地是凄风苦雨了。"

说话间到了湖道，韩儒仁让田石山留步，田石山似言犹未尽，韩儒仁却已转身急急地走了。

六十

日落前，韩儒仁三人仍从后门回到了广宁堂。在经过哨棚时，韩儒仁掏出两张法币塞给大金牙，说："这回出诊，没收上几个钱，给弟兄们买包烟吧。"大金牙看不上法币，不领情，接了就递给一旁的人。一个士兵见二宝提的篮子里的鲜鱼和腌渍的兔子、大雁，啧啧地说："这可是一顿好下酒菜呀！"韩儒礼心里来气，见流清汊里有几只野鸭子，突然从怀里掏出盒子枪来，对那些士兵说："这枪是龚雨辰将军送的，特好使。打野兔、野鸭一枪一个准。"说着就将枪口对准水里的猎物，扣动了扳机，却没听响。原来，他的枪机就没打开。韩儒仁见了，破天荒地没有责备他，还意味深长地笑了笑。

一个胖士兵兴致颇高地说："韩掌柜，听说你是快枪手，你就把这几只野鸭子打了让弟兄们烤着吃。"

韩儒礼听了，将盒子枪朝肩胛一扫，就听"咔哒"一声，枪机弹开，枪口已指向水面的鸭群。跟着，手腕向肩上一抖，又是"咔哒"一声，收手间那枪已放进了怀里。

这眼花缭乱的动作，看得那几个原本凶神恶煞似的保安团士兵瞠目结舌，连大金牙也放下了架子，冲着韩儒礼竖着大拇指，不住地点头，问："韩掌柜，你为何不搂火？"

韩儒礼说："这乱世年月，响枪恐乡亲们受惊。"

一旁，韩儒仁听了，赞许地点了点头。

离开哨棚，韩儒仁进了大院，对儒礼说了声："今晚让吕叔过来吃饭。"就径直进了书房，直到日落后田贵来叫他吃晚饭，才走出书房。

广宁堂开有两个灶。伙计在前院用餐，后院的灶房由田贵和韩儒厚媳妇杨玉兰操持，在此灶吃饭的除了韩家一家人外，还有吕叔和喜子。只是吕叔因为要操持前院灶房的事，喜子因和东家在一桌吃饭受拘束，都不常来，但每逢后灶做好吃的，都要把吕叔、喜子叫来一起吃。

饭堂里摆了一张少见的大圆桌，这张桌子是老爷子韩孝甫去世后，老太太特意定做的。韩孝甫在世时，家里吃饭分两桌，老爷子、老太太和吕叔及儒厚的儿子卓然，儒义的儿子卓勋在一桌，其他的人在一桌。韩孝甫去世后，玉兰生了银杏，淑芳生了银屏，春花生了小龙，老太太说一大家人在一桌吃饭热闹，就做了这张大桌和十六张椅子。后来，卓然他们都到城里念书去了，老太太吃斋念佛连吃饭都不出她的住房，这张桌子就显得空荡了。韩儒仁进来时，饭菜已摆好了，田石山送的黑鱼、大雁、兔子都做了，还有一盘腌制的桔梗咸菜，一盘马齿苋炒鸡蛋。桔梗具有宣肺、利咽、祛痰功效，马齿苋有清热解毒、除肠垢、益气补虚功效，是韩家餐桌常见的菜肴。

主食是绿豆玉米稀饭，玉米锅贴，摆了一桌子。儒厚、玉兰和闺女银杏，儒义、淑芳夫妇，儒礼和田贵、春花、小龙都已落座了，却不见吕叔。儒仁问儒礼："吕叔、喜子呢？"

韩儒礼说："吕叔我叫了，王长河家有事，喜子陪他回家了。"

韩儒仁又问田贵："周先生吃了吗？"

田贵说："我送过去了。"

韩儒仁这才落了座，这时吕叔来了，韩儒仁等人方才端碗吃饭。

因最近几件事情办得比较顺利，韩儒仁等心情轻松许多，饭桌上有说有笑的，气氛很融洽。玉兰见韩儒仁高兴，说："哥，儒礼不小了，该成家了。你也该给我们娶个嫂子回来了。"

玉兰这话说得唐突，韩儒厚忙说："吃饭吃饭！"

韩儒义是个书呆子，说："我看陈玉竹就好！有文化，能做事。母亲不乐意，嫌弃人家是开布店的？"

玉兰听了，说："开布店的怎么了，不偷不抢的。咱家这药堂也不比人家布店高贵多少。"

玉兰说这话多少带点气。当初，她和儒厚的姻缘，颇有一番波折。

玉兰父亲杨正龙，是开铁匠铺的，有一身好功夫，人称流星锤。他这个铁匠铺，实际是个小铁木厂，除了打铁，还能浇铸铁器，制造马车、牛车。韩儒厚外出采买，铁匠铺是必经之处，常在那里歇脚、挂马掌，修理马车，一来二去，和杨正龙熟悉起来，颇得杨正龙好感。他常在独生女儿玉兰面前夸赞儒厚少年老成，好人品。玉兰母亲早逝，玉兰跟着父亲抛头露面，遇事有主见，便对韩儒厚动了心思。每逢韩儒厚来，她端茶倒水，热情款待，有时还硬留他吃饭。渐渐的两人相好起来，杨正龙便托吕叔向韩家提亲。谁知老爷子韩孝甫瞧不起杨家，一口回绝。

一天晌午，韩儒厚外出送草药，在路过铁匠铺马失蹄伤了腿，无奈之下，去铁匠铺借马。杨正龙心里有气，把韩儒厚痛骂一顿，说："我这么好的闺女，就是帝王之家也进得了，还配不上你个中药铺子。"韩儒厚心里不舍玉兰，低头垂手，眼含泪水，任杨正龙责骂，玉兰也躲在一旁偷泣。杨正龙骂够了，出了气，还是把马借给了韩儒厚。天黑时，那马却独自回来。杨正龙知儒厚出事了，带上几个伙计，一路找去，在一处路边店里，得知韩儒厚给马饮水时被匪人杜麻子绑了，往湖那边去了。杜麻子自称"杜大瓢把子"，其实是个独匪，作案时才会叫上几个人做帮手。他极其残暴，每绑了"肉票"，便割下"肉票"一只耳朵或一根手指向苦主索要赎金，稍有不从便撕票。杨正龙怕儒厚遭其毒手，独自持锤疾行，追赶杜麻子，在朱湖街口将其击杀，救了儒厚，自己也中了杜麻子一枪，不幸身亡。韩孝甫深受感动，全家为杨正龙披麻戴孝，将玉兰接进广宁堂，并在杨正龙去世周年后让她和儒厚拜堂成亲。

韩儒厚听了，怕玉兰说出生分的话来，忙打岔说："儒礼的事，有大妈和哥做主，你别瞎掺和。"

谁知，韩儒仁不气，笑着说："我的事你们莫操心，儒礼是该成家了。母亲前时还叮嘱过呢。你做嫂子的，也要多操操心，有合适的，就请人去提亲。"玉兰便说："今天去跑马巷时，陈玉翠将我拽进店里，说玉竹心属儒礼，非儒礼不嫁。她也老大不小了，再不嫁就让人家笑话了。想请当铺陈掌柜、银匠店邓掌柜来提亲呢。"韩儒礼听了脸红脖子粗地忙说："二嫂，我的事也不急，你们还是给大哥多操心吧。"

饭菜丰盛，众人心情也好，这一顿饭吃得欢声笑语，韩儒仁心里更是感到血浓于水的亲情温暖。

饭后，韩儒仁将儒厚和吕叔叫到了书房，拿出两封书信，说："这信封里装的借条是田石山写的，儒厚你明天上午和喜子给高柱久送去；魏友三这封是我写的，盖的章子是田石山今天刻的，吕叔你明天给熊掌柜送去。把话说死了，今年一块大洋也不给他们送，不过，去时还是带上点礼品吧。"

韩儒厚对吕叔去熊掌柜那里不解，说："哥，魏友三不是给朱殿魁打跑了吗？为何还去招惹魏友三？"

韩儒仁说："给朱殿魁打跑了？那是他把朱殿魁想简单了，方才失算。他几千人的马子，筋骨未伤，又聚散无常，若呼啸而来，保安团这几百条枪能挡得住！再说，不是你我要去招惹他，而是他早让叶善友打上门来，广宁堂想躲是躲不过了。他们既然能把叶善友送来治伤，就是认为我们不知他的祸心，还不至于明火执仗地来抢，我们先把礼节尽了，他就不会急于跟广宁堂撕破脸皮。这次我们告诉魏友三，高柱久以他的名义敲诈，他与高柱久的仇隙就更难以弥合，我们静观其变就是了。"

韩儒厚听了，觉得有理，没再多说，三人又仔细推敲了一番细节，设想了可能出现的情况，准备了应对办法。临了，韩儒厚忧心忡忡地说："哥，周立民何时能走动，他要是不在广宁堂里，我们怕他高柱久干什么！"

韩儒仁说："周立民这事，我也是忧心如焚。他的伤不需多日就可行走。可广宁堂四面被围，进出之人都要验身，街上又不时有保安团和警察所巡逻，我焦心的是如何让他安全走出广宁堂，离开太平镇。一旦让保安团发现了，莫说高柱久，恐怕龚雨辰也会处置我们。"

"唉！这事怪我！"韩儒厚悔恨得直跺脚。

吕叔见他兄弟二人满脸忧戚，劝道："车到山前必有路，待周立民伤好了，办法就有了。"

韩儒仁也说："儒厚，你不用自责，这两年广宁堂遇到多少难事、风险，不都被化解了。高二虎、朱殿海凶神恶煞，不可一世，不也都灰飞烟灭了。万不得已时，就请田石山或让熊掌柜去叫叶善友出手，趁乱把周立民强送出去。只要周立民不在了，高柱久再怀疑广宁堂，也没了证据。"

吕叔、儒厚走后，韩儒仁到了卧室，点了灯火，捧起书卷，看了一眼便又放下，靠在床头默默地想着心事。这几个月来，他第一次没有想高柱久、朱殿魁那些恶人的事，而是想起了儒礼的婚事。儒礼今年二十五岁了，早到了娶妻生子的年龄，平心而论，陈玉竹那姑娘聪明伶俐，人也长得俊，虽说性子野了点，可她家那布店没几分野气如何撑得住？儒礼是喜欢她的，两人性格相投，倒是挺般配的。母亲如能应允，成全他俩，也了却她老人家一桩心事了。又想到自己，早年忙于学业，二十六岁才成婚，二十八岁时家里惨遭不幸，自己也痛失爱妻幼女，父亲刚过花甲之年便仙逝，也与那场惨祸有关。如今，自己也已三十好几了，还是孑然一身。这些年来，母亲知他心里恋着妻女，从未向他提及过再娶的事，但他从母亲的愁容、疼惜的目光可以感受到老人家的期盼，他甚至感觉到母亲不认可玉竹，也与自己的亲事有关，她不能接受小儿子都成家了，而大儿子还单身一人。

韩儒仁起身，打开床头旁的一只樟木箱子，里面放着圆镜、木梳、胭脂等物，还有一只木匣。他将木匣贴在脸颊上，一遍遍地摩挲着，脸上涌起少有的温情。少顷，他打开木匣，里面是一位青年女子的照片，瓜子脸，大眼睛，齐耳短发，眉梢眼角藏着秀气。她是秀芝，韩儒仁的爱妻。

韩儒仁与秀芝的姻缘，缘于偶然。

那天，韩家世交章国玺陪同夫人来广宁堂就诊，爱女秀芝随行。韩儒仁给章国玺夫妇施礼时帽子差点掉了，惹得秀芝低头抿嘴偷笑。这无意中的一个举动，拨动了韩儒仁的心弦。后来，韩儒仁对所提亲事皆不中意，却时常问父母，章伯母身体可好？韩孝甫知儒仁心意，便托人去章家提亲，成全了这桩姻缘。

婚后，秀芝温柔娴静，善解人意。夫妻琴瑟和谐，鸾凤和鸣，日子过得浪漫而温馨，随着爱女的出生，更是有着说不尽的喜悦。而这一切，皆毁于恶人的阴谋、残暴。秀芝是死在韩儒仁的怀里的，她紧紧地抓着丈夫的手，含着泪水说：你再娶一个吧……许多年来，秀芝的音容笑貌被韩儒仁深藏在心底，深重难言的哀痛，无时不在摧残着他的心灵。

再娶一个吧……恍惚间，秀芝开口说话了。韩儒仁的脸上泪花涟涟。

六十一

早上，韩儒厚起床洗漱完毕，仍不见儒仁，便到他屋里去找，见儒仁和衣躺在床上，虽在昏睡，却眉头紧锁。看着兄长凌乱的头发，长长的胡须，儒厚心里一阵犯涩。是啊，兄长这些时日来为了广宁堂的安危，煞费了多少心血啊！他年纪也不小了，这么多年来苦了他了，得劝他成个家了。韩儒厚眼含泪水悄悄退了出来，轻轻关上房门，叮嘱田贵不要让人去打扰儒仁。自己到灶房草草吃了早饭，到前院给吕叔又说了番熊掌柜的情况，这才带着喜子，拿了一包礼品，出了大门后，特地给门旁的岗哨打了声招呼，又将礼品让岗哨看了，说是去金锁镇拜访高团总，便直奔金锁镇去了。

吕叔这边，把韩儒礼叫到前堂，叮嘱一番，又把赶马车的赵金城叫来，帮二宝照看柜台上的事务，这才提着昨晚备好的礼品，去满口鲜见熊掌柜。

湖神庙发生的那场神秘的枪战，如同多雨的洪泽湖上空时常响起的炸雷，并未在太平镇上引起恐慌。它来得突然，消失得也快，只不过两天时间人们便不再议论它了。就连枪战的经历者，满口鲜老板熊掌柜，虽然左耳上还裹着广宁堂的膏药，脸上却也已恢复了弥勒佛式的笑容，似乎已把那晚的惊险忘之脑后了。这不，他一大早就乐呵呵地在铺里忙活着，还不时和熟悉的食客开上几句不荤不素的玩笑。每有熟悉的客人问他刘三呢？熊掌柜就一次次不厌其烦地告诉他们：刘三那小子艳福不浅，家里用三十块大洋给他买了个忒俊的小媳妇，才十六岁，他回家成亲抱媳妇去了。也有食客问他的耳朵怎么了，熊掌柜就又苦着脸说：刘三这不回家成亲了吗，这柴火都得我劈呀，没当心给崩了一下。这食客便关心地劝他：这要是崩到眼睛上就坏了，你这铺子生意这么好，还是把刘三找回来吧。熊掌柜连声附和说是呀是呀，我也是这么想的呢，心里却想，崩到眼睛可不就是坏事了，那是枪子呀！至于刘三，怕是这辈子再也找不着了。

吕叔到了满口鲜门口时，刚巧食客都走了，熊掌柜和马三姐等人在收拾桌椅碗筷。熊掌柜眼尖，老远就认出了吕叔，连忙迎了出来，未待他开口,吕叔就压着嗓子说:“熊掌柜,请找个僻静地方说话。”

熊掌柜顿时腿就软了。因为广宁堂知道他的根底,他以为出了祸事了,哆嗦着把吕叔让进后院小客厅里,不待吕叔落座,就急慌慌地问:“老管家,出了啥事?”

吕叔故意拿捏道:“熊掌柜呀,遇到大事,大难事了。”

熊掌柜更慌了,将吕叔扶到椅子上坐下,催促说:“老爷子,到底出了啥事情,您老快说呀!”

吕叔将手中的礼品放到桌上,这才说道:“熊掌柜呀,真人面前不说假话,广宁堂遇到难事了,要对不起魏三爷了。”

熊掌柜一听事情与自己无关,那颗高悬的心便咚的一声放了下来,却又感到惊讶。在他的心目中,只有魏友三负别人,对不起别人,广宁堂竟敢负他,这不是找死吗?边坐边问道:“老管家,广宁堂何事对不起魏三爷了?”

吕叔愁容满面地说:“眼看就要过年了,广宁堂本想和往年一样,给魏三爷备份厚礼,以表心意。只是八月节前他派人来借走五千现洋,眼下,广宁堂经济拮据,保安团又整天守着大门,一天也难见一个病人。保安团和朱圩那些伤号看病又不给钱,广宁堂成空架子了,再也无钱孝敬魏三爷了,只能给老太太备份薄礼,略表心意,请你代为转送。不知三爷能否见谅?”说着将礼品放到床头,是人参一支,鹿茸一盒,专治眼疾的中药五包。

熊掌柜惊愕了,魏友三的人来太平镇,即使不在满口鲜落脚,也都要给他通气,这讹诈广宁堂五千大洋的大事,自己怎么不知道呢?他看看礼品,人参、鹿茸、治眼疾的中药俱全,广宁堂也算是有心人了。再看吕叔那惶愧的样子,由不得你不信。可是,作为魏友三安插在太平镇的总“眼线”,他对魏匪越过自己对广宁堂出手不大相信。何况那时军师“鬼影子”叶善友正在广宁堂卧底,魏友三岂能为了五千大洋惊动广宁堂,便又疑惑地追问:“老管家,魏三爷‘八月节’派何人来广宁堂借钱了?”

吕叔气呼呼地说:“就是那个姓段的粮台(掌军需匪首),长得水蛇腰,大背头,脸上光见皮没有肉,还有几颗麻子,说话阴阳怪气的。”

熊掌柜听了，气急败坏地说："老管家，你们上当了，魏三爷的马子里哪有姓段的粮台呀！"

"上当了？不会吧！"吕叔不悦了，"熊掌柜呀，你连我老汉的话也不信了。你怎知魏三爷的马子里没姓段的粮台呢？魏三爷几千人的马子，你岂能都认识！"

熊掌柜说："那广宁堂又如何认定他就是魏三爷的粮台呢？"

吕叔说："姓段的带了五个人，穿对襟黑衣，身背汉阳造快枪，都打着绑腿。他们都说他是魏三爷的钱粮师爷。"

熊掌柜听了一下从椅子上跳了起来："你们真的上当了，那些人一定是当兵的，我估计十有八九是保安团。"

"保安团？不可能！他们拿着魏三爷亲笔写的借条，那还有假！"

"借条？还有借条？我看看，我看看！"

吕叔果真从口袋里拿出了一张写在红框框白纸上的借据，说："当时，广宁堂没有存储，我本欲待几日亲自送给三爷，段粮台说魏三爷急等这钱使唤，且又写了借据，广宁堂只得倾家中所有，又从街上交好处借了一些，才凑足了三爷所需数额。你看这借据上还盖有三爷的宝章，岂能有假！"

熊掌柜接过借据，展开，果然是一张很规范的借款凭证：

借据

本人遇有急事，特借现洋伍仟块。

此据

魏其富(章)

民国26年八月三十日

熊掌柜只是扫了一眼，便连声呼叫："老管家你们上当了！这借据是假的！"

"假的？不可能！莫非你熊掌柜要帮魏三爷赖账？"

熊掌柜急了："老管家，你听我说，魏三爷为图吉利，书信所用都是麻黄纸，这张借据用的是公家常用的公文纸；魏三爷的马子里，从没人打绑腿。还有，区区五千大洋能难住魏三爷吗？他何时向人借过银钱，又何时给人打过借条呀！”

吕叔听了，甚是吃惊，说：“熊掌柜你说的有道理！何人如此胆大包天，竟敢冒充魏三爷到广宁堂骗钱啊！”

熊掌柜说：“定是高柱久。现在这方圆几十里地方只有他的保安团打绑腿！”

吕叔说：“高团总？不可能吧？堂堂上校团长，怎能做这种事情？”

熊掌柜冷笑一声：“老管家，你不要忘了，高柱久他原来也是无恶不作的土匪！”

吕叔惊呼起来：“他这不是败坏魏三爷名声，祸害广宁堂吗！年关说到就到，广宁堂这礼不到，必定惹得魏三爷不乐意，这如何是好？”

熊掌柜见吕叔惶惧的样子，自得地说：“不妨，你把借条留下，我再给魏三爷写封信，把实情告诉他，三爷不会中他的圈套的。”

吕叔听了，紧紧攥着熊掌柜的手说：“熊掌柜呀，你算是帮了广宁堂的大忙了！”

六十二

吕叔和熊掌柜周旋时，韩儒厚和喜子已经上了通往金锁镇的马公路。

金锁镇在安东河南，与太平镇相距约三十里地，高柱久的保安团部和三百人的主力就驻扎在金锁镇内。由马公路上官道，从界集渡口上船，过安东河，直插金锁镇，能少走五六里路。

马公路是条高埂土路，位于太平镇至界集中间的草滩地，宽约两丈，长约五里，两旁长着许多水桶粗的柳树，有的树干已朽成了空洞。这条看起来极平常的乡路，却承载着一段感人的史实。隋朝末年，这里是一片水泽，谏议大夫马公来泗州视察水情。只见泗州地面洪水四溢，一片汪洋，车马无路，舟楫难行。众随从纷纷劝马公早早回去，免得丢了性命。马公想，到底淹了多少庄稼、土地，淹了多少人？心中一点数都没有，回去怎么禀报皇上，又怎么对得起百姓呢？于是他脱去官服，涉水前行。随从者无奈，只得跟着他，在水中泡了几天，细致地巡察灾情安抚受灾难民。在经过草滩地时，有几辆拉运粮食的牛车陷于淤泥中，马公见此处低洼，无一条像样的道路，百姓所收粮食难以拉运回家，回去后便倾其所有，连坐骑都卖了，将所得钱款修建了这条道路。不久，马公眼见国破家亡已难免，在悲愤交加中去世了。人们就将这条路叫做“马公路”，以此来永远纪念他。

路上，喜子问韩儒厚，龚特派员是不是像马公一样，都是好官？韩儒厚说龚特派员和马公一样都是好官，但马公没有龚特派员厉害，因为龚特派员是将军，连高柱久、朱殿魁这些恶人都怕他。

半晌时，韩儒厚、喜子到了金锁镇保安团团部，高柱久让座斟茶，倒也客气。寒暄几句后，喜子呈上礼物，是山参一对，灵芝一匣，还有密封在油皮纸包的一叠膏药。

随后，韩儒厚呈上信件，高柱久接过，打开：

高团总勋鉴：

自去年仲春一别，又有许多时日未睹团总尊容。思历年得团总华盖佑护，儒仁感激涕零，须臾不敢忘怀也。

近年来，余之药铺，惨淡经营，复几次被劫，损失惨重，终致捉襟见肘，入不敷出，已近山穷水尽矣，此令余羞于启齿也。盼团总闲暇之余，移驾屈尊，莅临寒舍，定可使敝舍蓬荜生辉，财运毕至也。

此前，团总大札嘱咐之事，余虽竭力，然难齐团总所需之额，尚缺五百现洋，让团总哂笑；因李队长尊驾匆忙辞别，余未及将借据奉还，每虑此，余惶惶不可终日也。今金虎归来，大年将至，在下无以为报，特将借据及信物奉还，望团总笑纳。

另，雨辰兄传书，令我择时去淮城小聚，如能得团总同往，余不胜荣光。

又，近从凤年先生处得悉，团总体弱多汗，余甚为挂念。此宜多作运动，步行最佳；饱受日光空气，胜日食参苓也。望团总多加珍重，以慰远念。

专此。敬颂

勋祺。

愚弟韩儒仁敬呈

丁丑畅月望日

随信附有借据一张：

借据

因匪患猖獗，特借现洋伍仟块。

此据

国民政府泗县保安团（高柱久章）

民国20年八月十二日

高柱久看完了信和借据，阴鸷地看了儒厚一眼，好长时间未发一语。韩儒厚、喜子不敢开口，恭敬地站在一旁，等候高柱久发话。一阵窒息般的沉寂之后，高柱久打开办公桌旁的铁柜，拿出一枚印章，在那张借据旁盖了一个章子，仔细端详、对比，确实是自己印章。他非但不气，却突然笑了起来："高人，高人哪！"

又问韩儒厚："你认得借款的人吗？"

"认得。一共五个人，领头的是李队长，腰上别着盒子枪，几个弟兄军服整齐，除一位使的是独子炮外，其他都是老套筒。"

高柱久还是笑吟吟地说："我保安团皆汉阳造快枪，没有老套筒，更没有独子炮了。你给你家兄长说，这钱虽说不是我借的，可我高柱久认了，就算我欠他一份人情吧。龚特派员那里就拜托他多加美言了。"

韩儒厚惊诧得义愤填膺了："何人如此胆大妄为，竟敢偷盖团座印鉴，利用团座的威望去广宁堂诈钱？"

高柱久这才收了笑容说："借据上的印章不是偷盖，是仿照布告上的印模偷刻。"

韩儒厚着急地说："团座，那得把诈钱的人抓住呀，四千五百块大洋，广宁堂三年的收入呢。"

高柱久说："跑不了，跑不了。谢你家兄长，广宁堂也着实不易，今年过年我这里礼数就算尽了，给那几个站岗放哨的兄弟发几块守岁钱就行了。"

韩儒厚听了，连声感谢。

高柱久说："不是还有什么信物吗？我看看！"

韩儒厚便战战兢兢地从怀里掏出一个红布卷，双手捧给高柱久。

高柱久接过，用手一摸，神色一愣，旋即哈哈大笑起来："好，好。狗日的比我狠！用这玩意讹人，也难怪韩大掌柜放血。你把它带回去，权当做个纪念吧。"说罢，便起身送客。

出了高柱久团部，喜子问红布里裹的是什么东西？

韩儒厚嘿嘿笑了起来，说："你自己看。"

喜子接过，一层一层解开红布，天哪，竟然是一颗木柄手榴弹。

屋里，高柱久看着桌上的礼品，也扑哧笑了：韩儒仁呀韩儒仁，看你温文尔雅，原来却是个道貌岸然，诡计多端的阴谋家。上次我以溃兵为由，敲了你三千块大洋，你心有不甘吧！今年你不想送礼就罢了，用这点雕虫小技哄谁呢？你这不是把我高柱久当作三岁小儿糟蹋吗！还有，你处处拿龚特派员压我就是你的不对了，物极必反，我高柱久要是强搜你广宁堂，他姓龚的能拦得住？要是真的搜出了共党分子，怕是连他也要问罪呢！再说，谁不知你广宁堂结交魏友三，我办你通匪资匪罪也不屈你。哪天，我叫人扮成土匪，非把你抢了不可。

其实，扮成土匪抢劫广宁堂的主意，高柱久早就有过，只是太平镇上警察所有十几条快枪，界集有驻军，镇内大户人家深宅大院，皆有炮手，广宁堂更是深不可测。让小队人马去抢，占不着便宜；大队人马去就会露了马脚，那自己这保安团团长定是干不成了。现在，当务之急是不伤龚特派员情面，探实那个共党分子藏没藏在广宁堂里。只要抓住了他，自己就是反共铲共的英雄，也就不必顾忌龚特派员面子了。

于是，气急败坏之下，高柱久就给广宁堂使出了一招"杀手锏"。

六十三

晚饭后，赵金城出了广宁堂，晃晃悠悠地奔了街西的荷香茶馆。这是一处稍显破败的地方，沿街三间门面，青砖地面，砌了个茶水炉子，摆了几副桌椅板凳，白天，客人稀疏，显得有些清冷，到了晚上，却人来人往，甚是热闹。原来，这荷香茶馆里还开着赌场。

赵金城单身一人，是喜子的堂叔。此人好赌，荷香茶馆是他常来的场所。

赌场在荷香茶馆后面的东西厢屋里，东厢掷骰子，西厢推牌九。赵金城喜推牌九，牌技、手气也还过得去。

牌九是为洪泽湖西百姓普遍接受的赌博游戏，又称骨牌。每副为三十二张，用骨头、象牙或竹子制成，每张呈长方体，正面分别刻着以不同方式排列的由二到十二的点子，玩法多种，变化也较多。玩家可坐庄与其他玩家对赌，也可轮流坐庄。人数包括庄家通常是四人。各人下注后，庄家将所有牌面朝下洗乱，砌成一方，共四排，每排四组，每组两张。由庄家用骰子掷出点数，推出一排，然后按顺序将牌分配到每个参与者手中。按点数大小决定输赢。

今天西厢里推牌九的人不多，除了赵金城外，只有赵大发、刘大安和一个不认识的小老头，头发长长的，出奇的黑。赵大发是镇上同福楼饭店的伙计，刘大安是大车店跑腿的，和赵金城是赌友。荷香茶馆老板娘介绍说，小老头是她娘家表老舅，今天客人少，陪几位玩几把。

赌钱人到了牌场便心急，几个人相互点点头便入座推了起来。几方下来，小老头和刘大安小赢，赵金城、赵大发小输，刘大安便起身说不推了，太晚了怕掌柜知道不乐意。

赵大发输了不甘心，说："天还早呢，再推一圈。"

赵金城也不想走，说："那就再推一圈。"

小老头冲着刘大安笑道："赌场规矩，输家不罢手，赢家不能走。你我赢了，就再推一圈吧。"

刘大安碍于情面，便又入座推了起来。

牌九一圈四庄，这一圈先由赵大发坐庄，接下来是刘大安、赵金城、小老头。牌九玩法与麻将不同，庄家只要有钱，可一锅一锅推下去。赵大发推了一锅，锅底三百块法币，一方牌九，只上了两条，就干锅了。赵大发见运气不佳，不再坐庄。刘大安推了两锅，保本，也不再推了。赵金城接庄，手气极佳，一方牌九，有三条都是好点数，赢了一堆的钱。刘大安下的注少，输赢不大，赵大发因坐庄时输干锅了，急于捞本，又输了不少。最惨的是小老头，法币输光了，把大洋都押了上去。

赵金城见好就收，将庄家交给了小老头。

小老头是个狠角色，看来输急了，砌好牌九后，从怀里掏出一把大洋哗地拍到桌上，抬手又摘下手指上的金戒指，扔到大洋堆上，说："玩就玩个痛快。今天我点子背，各位放开赢，庄上包赔。"

牌九场上讲究的是运气。点子若顺，则大赢；点子若背，则会输的连裤头都不剩。庄上包赔，就是不论锅底有没有钱，庄家都要赔庄。这小老头虽偌大的年纪，却不谙牌理，许是输急了，那手洗牌、砌牌显得笨拙而生涩。赵大发冲刘大安、赵金城使了个眼色，三人心照不宣，欲将小老头整个水干鱼净。

小老头先推出了头条牌九，开始下注。赵大发下了一百法币，赵金城是赢家，财大气粗，出手三百块法币，刘大安还是稳稳当当地下了二十块法币。

小老头将骰子在注上点了一下，算是应了注，玩家便不可收回，掷了骰子后，按顺序取了牌，按规矩庄家先亮牌。小老头也不看，用手摸了摸，一声不吭地将两只牌九亮在桌上，是一对人牌。

牌九有五大对，分别是猴狼对、天对、地对、人对、鹅对。赵大发三人见了，知自己凶多吉少，皆亮牌认输。小老头面无表情地将三人赌注收了。

第二条上来，小老头是一对地牌，再次通吃。小老头嘴角露出一丝笑意，又将赌注收了。

这两条牌，让赵金城所赢尽数倒出，赵大发的法币也输光了。

跟着小老头推出了第三条。

赵金城所赢已尽数倒出，心里懊悔不已，想前两条你拿了千载难寻的好点子，这一条怕是没有那么好的运气吧，便将囊中所有悉数押上。赵大发受了感染，也掏出一把大洋砸在桌上，刘大安这边也上了一百块法币。

掷骰、数点、取牌。

赵金城三人都是九点，可以说已稳操胜券，一个个喜得将牌重重地砸在桌上。

这时牌场的气氛到了白热化，几个赌徒一个个满脸通红，额上冒汗。赵金城的脸已红到发根，由于紧张过度，眉头拧成了一团，嘴唇被不自觉地咬出血迹，脖子上的青筋气势汹汹地蹦跳着，像是要挣脱已变得血红的脖颈。刘大安眼里闪烁出一股无法遏止的、通常只有输红了眼的赌徒才有的欲哭不能的怒火，连皱纹的沟沟里也放着光芒，鼻翼由于内心兴奋张得大大的，手脚抖个不停，激动地催小老头亮牌。

小老头看了一眼手里的牌，笑眯眯地扫了赵大发三人一眼，轻轻地将牌放在桌上，竟然是一对长三对子。又是通吃。

赵大发三人傻眼了，推了几十年的牌九，庄家连起三副对子，莫说有过，就连听也没听说过，只得无奈地看着小老头笑眯眯地把桌上的赌注拢到那堆庄钱里。

按理说，庄家连捷，这庄是不能坐下去了，谁知这小老头赢得把持不住，哆哆嗦嗦地把第四条牌九又推了出来。原本码在一起的前头两对牌九翻了两张，一张是十二点老天，一张是草八，在码牌时，小老头似无意中亮起了草八下面那张牌九，是五点。也就是说这副牌是无名三点。接着小老头又犯了一个致命的错误，在赌家未下注时就掷了骰子，正好那无名三点是庄家的，那有十二点老天的牌是赵金城的。可小老头浑然不觉，连声催着下注。

赵大发贼精，说："慢！小表舅，'庄上包赔'可是你说的？"

小老头说："是我说的。"

"那我三个要砸你的锅，你若输了，得以锅里钱数为准，各赔一份？"

小老头说："愿赌服输，男人家吐口唾沫就是钉，三位若赢了，分文不少。"说着，从脖子上扯出一块玉佩来，压在庄锅那堆钱上，说："这条玉鱼，少说也值五百大洋，我今作价二百块大洋，你们下注好了。"

"好！是爷们。"赵大发赞了声，对赵金城说，"难得碰上小表舅这么豪爽的人，咱们就连手砸他的锅。"说着变戏法似的掏出两卷五十块一封的大洋，还嫌不够，又叫来老板娘，借了五百法币，一并押上。

见此情景，赵金城急了，庄家是无名三，自己的那副牌里有一张十二点老天，随便配一张，硬吃无疑。可他的钱已输光了，明摆着天上掉下的馅饼吃不到嘴里了。他瞄了下小老头面前那堆金银、玉器、法币，心想，这足够置几亩地，盖几间房，买上一群牲口，再娶个老婆了。可是带的钱都已输光，没钱下注了，到嘴的肥肉吃不到肚里，实在是心有不甘。正在这时，老板娘进来倒水，赵金城脱口就向老板娘借三百大洋。

老板娘吓了一跳："三百大洋？我这茶馆上上下下把衣兜翻遍了，怕也凑不出三百大洋。"

小老头听了，拍着面前的钱堆，说："我借你。你下注就是了。"

赵金城一听，惊喜地说："谢财神爷！"

小老头冲着他意味深长地笑了笑："我不是财神爷，我是索命鬼！"

刘大安听了，心里咯噔一下，这小老头所为超出常理了，莫不是黑道人物？心里便有了戒备，他只下了五十块法币，想这注输赢都不大，你怎不会谋财害命吧！

这边，赵金城张开五个手指头说："五百大洋。"

"作数！"小老头和赵金城击了下掌，顺手把自己的那两张牌抓到了手里。

正如刚才所见，草八配小五，有效点数只有三点。

刘大安是牯牛（十一点）配板凳（四点），有效点数只有五点，赢了五十块法币。

赵大发是丁三（三点）配小五，八点，大赢。

赵金城天牌在手，随便给个点数，可以强吃那三点。他望了望那堆钱，强压住心头的激动，将老天压在另一张牌九上，移动千斤巨石似的，从一头慢慢捋开了这张底牌。

随着牌面展现，赵金城两眼一黑，浑身的血液似乎在瞬间凝固了，他的这对牌是老天配平门（十点），有效点数只有二点，俗称天门二，刚好输了草头三一个点。

天哪！这万年难遇的“霉头”竟让自己触上了。一时，赵金城呆若木鸡，大脑一片空白。

待赵金城回过神来时，赵大发、刘大安已不在了，屋里只有小老头一人，门口，竖着两个壮汉。

小老头笑眯眯地问：“赵兄弟，这五百大洋你想咋还？”说着，掏出一把匕首，又掏出一支盒子枪放在牌桌上。跟着伸手在头上一抹，赵金城眼前亮起了一个光光的肉球，上面惊心动魄地隆着两条紫红色的疤痕。原来，他戴的是假发。

赵金城心里哀叹一声，看来，赵大发也不是好人，今天入了贼套，栽了，再没有翻身的本钱了。

六十四

高凤年又来拜访韩儒仁了。

和以往不同的是，这次高凤年带来了十几个保安团士兵，且一下拥进了广宁堂前厅，这些团丁一改往常的懒散，一个个神情严肃，虎视眈眈瞅着厅堂里的伙计。高凤年冲着吕叔点了点头，径自进入韩儒仁诊室，寒暄几句后，说年前这段日子是土匪作案高峰，保安团要对镇上重点保护的几处大户人家加强护卫。广宁堂是龚特派员亲点的重中之重，高团总要他亲自带人进堂检查，特别是后院，靠近野地，易于招贼，他欲仔细查看，看有否疏漏之处。必要的话，为防不测，保安团将派兵在广宁堂内驻守。

韩儒仁听了，爽快地说：“不瞒高副官，我广宁堂后院是家人住所，白昼皆有专人值守，从未有外人进入，也不许外人进入。你负有检查重任，我不能谢绝。不过请你放心，广宁堂里除我手无缚鸡之力，其余众人皆可做炮手，龚特派员、南旅长等也赠了不少枪支弹药，即使上百匪人来袭也难讨便宜。”说着起身，要带高凤年到院内检查。

没想高凤年一听，改了主意，爽快地说："大掌柜既有防备，那凤年就不多此一举了。今天还有几处也要查看，我改天再来吧。就此告辞。"

看着高凤年的背影，韩儒仁感到有一种从未有过的压力。改天再来？这是给广宁堂放风呢。看来，高柱久等不及了，周立民伤已痊愈，得赶快把他送走。否则，恐夜长梦多。

这时，吕叔从前厅过来，问："高凤年来有何事？"

韩儒仁说："打草惊蛇，高柱久把我广宁堂当作蛇了。他这是要让周立民自己走出广宁堂。"

"那该怎么办？"

"你不用着急，我自有办法。"

韩儒仁说得不错，他的办法那天从《陈丞相世家》中已找到了。但是，要实施这个计划，需要一个契机，需要一个万全之策，使大门前的保安团和街上巡查的保安团都不致生疑，以确保万无一失。这因为，周立民和广宁堂都输不起，输了，以周立民的气节、大义，为解脱广宁堂干系，便是人头落地，血溅当场。但这也只是他一厢情愿，高柱久绝不会放过广宁堂，家破人亡定是必然！可是，这许多天来，韩儒仁祈盼的那个契机没有出现，他的计策还是存在着极大的风险。白天无人时，他会在诊室里来回打着转转地冥思苦想；夜里，他辗转反侧，一个环节、一个环节地琢磨着他的谋划，却常常因为无法应对可能出现的情况而焦灼万分。他的眼窝黑了，嘴上燎起了火泡，心里犹如油煎，却又一筹莫展。

真所谓福无二至，祸不单行。周立民的难题未破解，赵金城又出事了。

赵金城是让人背到广宁堂的，他晌午拉着平车去码头提取从阜阳发来的野菊花，回来经过安东亭时遇了歹人，被抢了平车、药材，还伤了一条腿。

韩儒仁想，伤了腿还能摆脱土匪追杀，奇事！便亲自去给赵金城疗伤。赵金城左腿肚上横贯了一处伤口，疼得他龇牙咧嘴，满脸是汗。韩儒仁见了，不由发愣，好一会儿也没说话。赵金城低着头大气也不敢出一声，受伤的左腿和没有受伤的右腿一齐抖个不停。

"金城，你在安东亭遇到土匪了？"韩儒仁终于开口了。

“是的，是个独匪，把我身上的钱抢了，还想要我的命，我看势头不对，撒腿就跑，土匪撵了我有半里路，看撵不上了就开枪打我。幸亏来人了，才捡了条命。”

韩儒仁连声说：“好险好险，幸好没伤骨头，伤了骨头就跑不动了。等会我让人给你敷剂膏药，静养几日，便可痊愈。”

赵金城听了，心里的石头总算落了地，忙说：“谢谢大掌柜！”

待吕叔安顿好了赵金城后，韩儒仁将儒厚、儒义、儒礼、吕叔及几个亲近人员叫到后院厅堂，长叹一声说：“咱们广宁堂自己出了个鬼影子。”

众人纳闷，说：鬼影子不是跑了吗，还哪来的鬼影子？

韩儒仁说：“此鬼影子非彼鬼影子。彼鬼影子是为了劫财，这个鬼影子有何祸心，我还未想明白。”

是谁？他在哪里？众人七嘴八舌地问。

“就是喜子的堂叔赵金城！”

“赵金城？”众人更惊了。

喜子说：“大爷，您没说错吧？”

韩儒仁摇头说：“但愿是我错了，可铁证如山，想错也难啊！”

韩儒仁擅长红伤救治，对各种枪伤颇有研究，凡抵近射击的伤口，伤处有硝烟，伤口贯通，少撕裂；赵金城的伤口，与上述症状相同。打伤赵金城的枪口，应在三尺之内，且是从一侧开的枪，而非他所说是被身后追击的独匪所伤。如他所言属实，子弹不能拐弯，怎能横穿腿肚？

韩儒厚说：“那他来给谁卧底？是高柱久吗？”

韩儒仁说：“这还难做定论。赵金城既然能自残，绝非善茬。他是贼人给我广宁堂下的一剂毒药无疑了。”

喜子听了，气得脸色发白，眼泪直淌，怨恨地要把赵金城撵走，不再认这个堂叔了。

喜子老家在宿迁，八岁那年父母双亡，他讨饭时被广宁堂收养，韩家老少视他为家人，安排在柜上抓药并帮助吕叔料理前柜事务。三年前，堂叔赵金城突然找来了，喜子当然高兴。赵金城说家里穷，自己是个光棍汉，租了几亩地，收成还不够交租子，实在过不下去了。听说喜子在广宁堂，就找来了，想讨个活干。

一旁，喜子听了忙说："大爷，我叔现在无处可去，你就把他留在广宁堂干活吧。"

韩儒仁稍一怔，说："好，好。那就留下来干些杂活吧。"

事后，儒厚问儒仁："赵金城是喜子堂叔，怎能让他打杂呢？"

韩儒仁说："金城说他在家种地，你看他那手，细皮嫩肉的，哪像个庄稼人。你给吕叔叮嘱一声，留点神。"

因此，赵金城自进入广宁堂那天起，就受到韩家的防备。

韩儒仁给喜子擦了眼泪说："你休怨恨他。如今他在明处，我在暗处，我知其术，他如瞽盲，不必惧他。至于他来广宁堂是何目的，到时自会明了，但后院切不可让他进入。还有，你还要热情待他，他毕竟是你堂叔，但愿他不是我所想之人。"

众人离开后，韩儒仁苦思长考半天，也没想明白赵金城腿肚上那枪伤是怎么回事。

六十五

一辆胶轮大车停在广宁堂大门前，一位鹤发童颜的老人被两个保安团护兵搀下车来。此人非等闲之辈，正是手眼通天的淮北大佬、泗县保安团团长高柱久的干爹，人称高太爷的高适之。

高适之许久没有来过广宁堂了。自儿子外甥出息、干儿子高柱久当了保安团团长后，头疼脑热都是大夫郎中上门诊治，这次亲临广宁堂，心里五味杂陈，很是经过一番挣扎。

护兵要进去通报广宁堂的人出门来迎接，高适之不允，他却也不进去，只是矜持地立在门口，摇头晃脑地欣赏着门楣上那块袁励准题写的"广宁堂"牌匾。大门两旁的岗哨岂能放过这讨好高太爷的机会，忙着跑了过来，赔着笑脸听他说道袁励准书法的玄妙。

高适之的这番做作起到了效果，吕叔急忙跑出来，将他迎进大堂里后，就去诊室告诉韩儒仁。韩儒仁忙不迭地迎了出来，边将高适之往小三合院客厅里让边说："不知老太爷尊驾光临，有失远迎，失敬失敬！"

高适之不以为然地说："韩掌柜此话差矣，你是医者，我是患者，岂有远迎失敬之理。"

韩儒仁谦恭地说："老太爷今日莅临，敝堂蓬荜生辉，何来医者、患者之分。"待到了客厅里，亲自扶座献茶，极为恭敬。

高适之刚落座，就见八仙桌上放着一本《黄帝内经》，便说："韩掌柜熟读《黄帝内经》吧？"

韩儒仁说："此是儒义小憩时在研习。我也时常拜读。"

高适之说："此书不知成书年代，个中理论过于玄奥，想必大掌柜皆以了然于心了吧？"

韩儒仁说："《黄帝内经》大约成书于战国年代，它一形成，就达到了不可逾越的顶峰。在医术上它倡导'不治已病治未病，不治已乱治未乱。夫病已成而后药之，乱已成而后治之，譬犹渴而穿井，斗而铸锥，不亦晚乎'！我以为这是一种方法，是教我们怎么认识世界和做人识人的方法。"

高适之笑道："既是医书，如何教人做人识人？"

韩儒仁说："'医乃仁术'，仁在先，术在后。'遍知万物而不知人道，不可谓智；遍爱群生而不爱人类，不可谓仁'。这些道理大都源于《黄帝内经》。至于识人，《黄帝内经》把人分为五种：太阴之人，少阴之人，太阳之人，少阳之人，阴阳和平之人。前四种人都易生病，只有阴阳和平之人长寿。非我奉承，您老既纵横捭阖，举重若轻，又进退有据，宁静致远，故虽年近古稀，却老当益壮，就是《黄帝内经》所言的阴阳和平长寿之人。"

高适之听了，自得地仰脸大笑："韩掌柜言重了，折煞老夫也。"这时便注意到东墙上那几件画轴，竟都是古人遗物。再看西墙博古架上摆放的几件器物，也都透着古意，便赞叹说："韩掌柜果真眼力老到，这几件文玩都是上品。老夫甚是钦羡。"

韩儒仁诚朴地应道："晚辈才疏学浅，在您老跟前，岂敢妄言眼力。这些应景之物，论名头品相，与您老所藏相差何止万千。"

高适之说："韩掌柜何必过谦，你是执掌广宁堂的大掌柜，既精于医术，又随令尊浸淫古玩，岂是才疏学浅之人。”

韩儒仁说：“太爷过奖，晚辈虽自幼秉承家传，耳濡目染，对医学之道略知一二，但余之所学，仅沧海一粟，泰山一壤，岂敢冠之以‘精’。浸淫古玩之说，更使晚辈汗颜，先父虽倾心教诲，然晚辈愚钝，略知皮毛而已。您老学富五车，经纶满腹，尤其对‘楚陶壶’之研究独树一帜，世人谁不惊叹。晚辈与您老相识，实是一大幸事，乞您老多教诲于我。”

韩儒仁这番话听得高适之心情通畅，边捋着胡须边说：“韩掌柜学贯中西，老朽哪敢造次，日后若有为难之处，我定尽力相扶。不过今日老朽倒要麻烦于你。这些时日，我倍觉身体沉重，四肢麻木，且时常头晕头痛，遇事易遗忘，特来请韩掌柜施以妙手，除此顽疾。”

韩儒仁听了，心想：你已偌大年纪，这诸多症状，皆为生理常态，算什么顽疾？便说：“您老身体有恙，晚辈自当尽全力除之，何来麻烦！我给您老把把脉吧。”

高适之说：“我正有此意。”

高适之脉象沉缓，尺部无力，这是明显的肾阳虚，与他所言差池甚大。韩儒仁说：“您老不必过虑，所感不适为高龄寿者常见。人在青壮时，五脏、六腑的功能营卫气血强健，四肢百骸，十四经络皆能阴阳协调，达到相对平衡。高龄之年五脏、六腑便功能衰退了，我再给您老几副方子调理调理吧。”便从一旁拿过纸笔，开了四副方子，其中，前三副皆附有说明：

方一：防风五钱，何首乌、大黄、生姜、陈醋、白酒、红花、海螵蛸各一两，加水一碗煎开，熏洗手脚。此方治四肢麻木有奇效，七日后即手健脚健。

方二：黄芪、百合、当归、天麻各一两，与黄母鸡炖，连吃三只，头晕头痛即愈。

方三：白头翁、迎春五钱煎汤，黑芝麻一两，炒熟，熟芋头二两，玄参五钱，猪油二钱，佐以汤汁、白糖，每日食一次，半月后记性必然大好。

方四：熟地黄三钱，山茱萸一两，牡丹皮二两，山药三两，茯苓二两，泽泻三钱，干草三钱，金银花二钱，雪莲二钱，水煎，早晚各服半碗。

韩儒仁每开一方，高适之便拿起细看一番，前三副方子看了，皆不以为然，待看了第四副方子，不解地问韩儒仁："韩掌柜，你这副方子是治何疾？"

韩儒仁闪烁其词地说："这副方子……这副方子……是为您老调理所用，您老尽可服用就是了。"

高适之不由起了疑心，这韩儒仁与柱久不和，不会加害于我吧？便笑着说道："是药三分毒，韩掌柜不给老夫说明是治何疾，老夫焉敢服用哪！"

韩儒仁这才嗫嚅道："请恕晚辈冒昧，您老可是腰膝酸疼、精神不振、手足冰冷、畏寒怕风，还……还……这几味药补肾温肝，伏火退蒸，渗肺脾清虚热，补脾固肾，填精补血，以收培补肾中元阳之效。您老连服几日，当可见效。"

高适之听了，脸上竟然现出几分羞臊来，心里却对韩儒仁的医术大为惊叹。你道高适之为何放下身段，主动登门求医？原来赵春燕夏天去了南京后很少回来，高适之前时收了女佣柳叶做小，因滥服补药，致阳火走邪，昼夜欲念蓬勃，却阳虚不举，柳叶常有怨言。虽看过几家药堂，也服了几副奇方，皆不见效，无奈之下，才来了广宁堂。因刚才羞于启齿，未说出病症，而韩儒仁为长者讳，也未明说。高适之对韩儒仁的人情道德不由折服，由衷地说道："韩掌柜果然精通脉象，老朽佩服！"

韩儒仁连声说道："您老过誉了，脉象之玄妙博大精深，晚辈方刚刚入门，精通二字实不敢当。"即将方子交于门外的喜子，去前厅药柜抓药。

高适之拿出十块大洋放到桌上，说："老朽谢韩掌柜了。"

韩儒仁见了，说："您老行事自有方圆，我就按堂里所定诊费收了。"便拿了一块大洋，将其余大洋推到高适之面前。

高适之呵呵笑道："韩掌柜这叫'君子爱财，取之有道'。那我就不客气了，免得让铜臭污了你。"

说话间，喜子把药拿来了，高适之便命备车回府。一会儿，那两个护兵进来告诉高适之:车把式发现大车轴裂了,得到铁匠铺换车轴。

高适之心情好,也没生气,说:“那就到脚手行叫顶二人抬的轿子吧!”

一个护兵应了一声,便跑了出去。

另一个护兵怕走那近二十里的路程,说:“老太爷,轿子走得慢,还是让韩掌柜的马车送一下吧。”

一旁韩儒厚听了,忙对高适之说:“老太爷,对不起您老了,堂里的马车拉草药去了,我去大车店给您雇一辆吧?”

高适之有多年未坐轿子了,说:“不劳驾你们了,我还是坐小轿回吧。

一会儿工夫,两个穿着粗布衣裤,黑沿布鞋,头戴棉帽的汉子抬着一顶绿绒小轿进了前院,在客厅门前放下。两个轿夫一声不响地站在一旁,静候高适之上轿。

眼前平平常常的一幕,却使韩儒仁的脑子里轰然迸发出一串串通明的光亮,一个绝妙的计策油然而生。他猛然站了起来,激动得语无伦次地冲着高适之说:“高太爷,这、这,我、我……”

高适之很是惊异,问:“韩掌柜,你怎么了?”

韩儒仁这才回过神来,抱歉地对高适之说:“老太爷,晚辈失态了。晚辈一是舍不得让您老走,二是忘了告诉您老,刚才所开那副方子,看似平常,实则内有玄妙,须即配即煎,即煎即服,且每剂之间要依药理药性间隔一段时辰,须臾不得差池。否则,不但药性相克,必致反性;如反性,反性则……则……”

“反性则如何?你且说无妨。”

“反性则初时头疼脑涨,体温攀升,四肢乏力,继而头痛发热,肢体痉挛,语不能控,故晚辈不敢让您老自煎自服。”

高适之听了不由紧张,说:“依韩掌柜之意该如何?”

韩儒仁说:“为保药性,煎此药需用浅底乌砂锅,药材要分批次放入煎锅内,用慢火熬上两个时辰,这样才能把药性提炼出来。石成金《传家宝》中‘煎药’一节,有这样的句子:‘煎药时要老诚人细心看守,不可炭多火急而沸出,亦不可过煎而药枯,火候得宜则药之气味不损,自得速效矣。’故我不愿您老所服之药假手他人,待我今日略作准备,自明日起劳您大驾,每日屈驾寒舍，由我和儒义亲自为您老配药煎熬，按时服下。不用半月，保您老精神矍铄，沉疴悉除，更甚青壮！”

原来如此。高适之放下心来，沉吟片刻，说：“我自来便是了。”

韩儒仁又赔罪说：“让您老鞍马劳顿，我心不安。不过，您老不必担心寂寞枯燥，晚辈尚有几件祖传珍品，另有淘得的明清字画，届时尽数取出，请老太爷掌眼，倘若有您老上眼之物，就孝敬您老。”

韩儒仁此言，无异于天上突降馅饼，高适之当然高兴，对韩儒仁的称呼也改了，说：“今日与贤侄相谈甚欢，真乃相见恨晚。我明日上午一定准时前来讨扰。”

六十六

送别高适之后，喜子问儒仁：“大爷，刚才你怎么了，可把我骇死了。”

韩儒仁喜形于色地说：“喜子，大爷昨夜梦见陈丞相，今日高适之便来问诊，我的脑子里忽然灵光乍现，高太爷这疾恙，对广宁堂来说也许是个福音。”其实，此时让韩儒仁纠结已久的那一个环节已轰然贯通。为防止意外，使母亲受惊，得先把老人家送走。他顾不上高兴，就匆匆去见母亲，说：“刚才大舅托人带话来，要接您去沭阳住些日子。正好明天儒礼要去沭阳拉药材，就送您去吧？”

老太太已有几年没回娘家了，听了很高兴，说：“那我就跟车过去吧，省得你大舅来接。”安顿了母亲，韩儒仁便找来儒礼，说了近日要送走周立民的事，让他明日带着喜子送母亲去沭阳，交代他请舅舅多留母亲住些时日。儒礼知儒仁心思，他是怕事出万一，惊了老人家，说：“哥你放心，我这就让二嫂给母亲准备衣物，明早就起程，一定把母亲安全送到。”

韩儒礼走后，韩儒仁到了总柜，让二宝给他拿了筒荷叶茶，出门拜访脚手行王掌柜去了。

脚手行在广宁堂对门，两处相距不过二十米，也就是隔一条街，但从广宁堂去脚手行，却要拐一个弯。这是因为脚手行大门并不在正街上，而是在细柳巷里，此巷实际是一个丁字胡同，长约百步，路面用砂姜铺成，宽能过一辆木轮牛车。巷里便是有名的王家老宅，此宅为光绪年间，在清廷任户部主事的王鼎昌告老还乡后所建。大门有三级石台阶，石阶左侧墙壁处用石头砌了个上马桩，旧时供女眷们出入上下马踩踏。两扇大门高约丈余，有半砖厚，开合时发出吱呀之声。大门之上镶嵌的木门楼起脊铺瓦，玲珑奇巧，描龙画凤。正中木牌雕刻“树德”两个大字，上款显示建成于道光三年，距今已是快二百年的老宅了。进大门到二门，如走“之”字形，二门外的砖照壁上雕刻着一个五尺见方的“忍”字。只看这门楼砖雕，便知是官宦人家的深宅大院了。

清宣统元年，王鼎昌的儿子王纬又出任吏部主簿，举家搬回京城。两年后，清廷垮台，王纬在京城开办实业，颇有建树，影响很大。此宅就闲置下来，只有亲友偶尔来照看一下。民国16年(1927)上海大屠杀时，王纬的长子王建功回来住过半载，民国23年(1934)，王纬的次子王建业回来利用自家宅院办了脚手行。

王建业言行谨慎，行事低调，显得干练老成；韩儒仁很欣赏他，但他对韩儒仁总是敬而远之。他的脚手行也办得不温不火，从湖边码头上搬运货物、鱼虾到太平镇上，再将太平镇上物资运到码头上，大都是粮油棉匹、砖瓦石料等。所用的伙计以本地人为主，也时常用几个外地人，只是这些人大多干不长久，有的仅三五天就不见人影了，只有那个叫王九阳的南京人一直在行里管事。石梁河农民暴动那阵子，有人发现起义队伍中有几个人在脚手行里扛过活，县党部来人将王建业带走查了几天。后来，上头有人发话下来，说王建业与共产党无染，又被放了回来。有传言说他很有来头，保他的人在国民党里做大官，是蒋委员长的高参。

韩儒仁不信这些传言，他私下对儒厚说：“哪有什么大官、高参，只是县党部从王建业嘴里问不出子丑寅卯罢了。”

韩儒厚说：“那是县党部委屈王掌柜？”

“委屈？他们从魏正斌、王子明嘴里问出口供了？”

韩儒仁这么说是有根据的。魏正斌、刘天文、周立民拜访广宁堂那晚，离开后去了脚手行，由王建业的马车送出了太平镇。这是韩儒仁亲眼所见。

韩儒仁进了脚手行大门,管事的王九阳迎了过来,客气地说:“韩掌柜您来了,快请客厅里坐。”

韩儒仁对王九阳印象甚好。他年轻,有文化有见识,待人接物不卑不亢,太平镇各家店铺伙计中,只有他称韩儒仁为韩掌柜而不是大掌柜、韩大掌柜。韩儒仁几次动了想把他收到广宁堂管事的念头,因碍于王建业的面子,开不了口。

韩儒仁说:“王师傅好!王掌柜在吗?我带了筒新制的荷叶茶,请他尝尝,顺便跟他说点闲事。”说着将荷叶茶递于王九阳。

王九阳谢了,将韩儒仁引到客厅,将荷叶茶放在八仙桌上,请韩儒仁在椅子上坐下,给他沏了杯茶,说:“您稍候,我去叫掌柜的。”

韩儒仁微笑着点了下头,说:“麻烦王师傅了。”心里对王九阳的好感又增添几分。广宁堂那么大个摊子,虽说有几个贴心人在操持,可吕叔整天被拴在总柜上,儒义潜心医术,儒礼毛糙,喜子、二宝几个又过于单纯,田贵操持家务也脱不开身,里外的事大多靠儒厚操劳,要是有王九阳这样的人帮扶,就会顺当得多。

正思忖间,客厅里进来一个穿着素净的丹士林旗袍的年轻女子,旗袍颜色虽然因岁月流逝有点暗淡,但却氤氲出一种温婉娴雅,端庄大方。这女子中等身材,微圆的脸,肤色白净,齐耳的短发黑亮柔顺,整齐的刘海下,一双睫毛长长的大眼睛,像是清风吹拂的潭水,非常清亮。自然流露的神态里,带着一种朝气蓬勃的生命活力,她走进来,整个房间都明亮多了。韩儒仁不由心里一惊,这个女子和秀芝像极了。这样的女子在太平镇真是少见,让原本意兴阑珊的韩儒仁怦然心动,想:这应是王掌柜夫人吧?忙放下茶杯,起身刚要问候,女子微笑着冲他点了点头说:“您好!您是——”

韩儒仁躬身应道:“我是对街广宁堂的郎中,姓韩,韩儒仁。”

“哦?您就是韩先生,韩掌柜。快请坐。”待韩儒仁落座,女子也在一侧的太师椅上坐下,略显惊讶地打量着韩儒仁。只见他身材修长,显得儒雅、沉稳,虽说年纪不大,却流露出几分长者风范,说:“韩掌柜,真是闻名不如见面，见面胜似闻名哪！”

韩儒仁说：“不敢当，您抬举了。”

女子认真地说：“我哥给我提及过您，他未能与您深交，颇为遗憾呢。”

韩儒仁糊涂了，这女子不是王掌柜夫人？一时不知该怎么称呼她。

女子说：“韩掌柜您亲临脚手行，有事吗？”

韩儒仁说：“也无啥大事，想和王掌柜说说话。”

女子说：“哦，韩掌柜您有事？不必客气，有事就请跟我说吧。”

韩儒仁说：“也无啥大事。王师傅去请王掌柜了。”

女子笑了起来：“王掌柜？这不已在您面前了吗？我就是脚手行掌柜，新来的，叫王玉莹。”

六十七

韩儒仁犹如兜头被浇了一盆凉水，他来拜访王建业，是要请他帮自己一个大忙，而且他有把握让王建业帮他这个大忙，没想到王建业走了，这让他有点措手不及。韩儒仁是县商会委员，以往镇上新开的店铺或店铺转主，都会告之他，这王建业怎么一声不吭就走了？今天，他是要请求王建业帮他一个大忙的，现在王建业走了，他的希望落空了。这可是他的谋划中最重要的一环啊！没有了脚手行的配合，他的计策就存在风险，就容易露出破绽，怎么办？这事绝不能让别人知道，那么，能给这位新来的女掌柜说吗？韩儒仁呆呆地看着王玉莹，一时拿不定主意。

王玉莹让韩儒仁看得不安，打趣道：“韩掌柜，您看我不像掌柜吗？”

韩儒仁这才回过神来，知自己失态了，如此端详一个陌生的年轻女子，实是轻浮不雅。不由羞得脸色通红，忙端起茶杯，遮着眼睛说：“王掌柜，不好意思，失敬，失敬了！”

韩儒仁这副窘态，让王玉莹感到惊讶。王建业走前，向她仔细介绍了太平镇及泗县地区情况，对韩儒仁赞誉有加，说他救死扶伤，从不恃强凌弱；虽无妻室，却不近女色；医德人品之高无可挑剔，但其心智可比他崇仰的西汉丞相陈平；他周旋于那些觊觎、祸害其广宁堂的兵匪恶人之间游刃有余，城府深不可测。还特别提及韩儒仁与国民党苏北皖东北剿共剿匪特派专员龚雨辰、苏北保安司令保五旅旅长南汉文的关系，要她有所警惕。可是眼前的韩儒仁，像个大孩子，可笑又可爱，让王玉莹觉得真实、亲切，油然产生了好感。

这时王九阳进来，见他俩正在说话，说："王掌柜，我说怎么找不到你呢？你们认识了？"

王玉莹也觉得不好意思了，说："早闻其名，刚刚认识。"

王九阳便笑着对韩儒仁说："韩掌柜，原来的王掌柜和新来的王掌柜是亲兄妹，原来的王掌柜前几天回北平了，脚手行由新来的王掌柜主事。广宁堂和脚手行隔着个街面做事，请韩掌柜今后多加帮衬。"

韩儒仁连连点头，说："那是当然，那是当然。"心想今天不是说事的好时机，便起身告辞。

王玉莹也不挽留，送到门口，大方地伸手与韩儒仁握别，韩儒仁稍作迟疑，还是将手伸了过去。他的手一搭上王玉莹的手，不由吃惊，王玉莹的手滚烫，似是发烧。他脱口说道："王掌柜，你体温过高，我给你把把脉吧。"

王玉莹这几日过于忙碌，感觉身体不适，听了韩儒仁之言，便顺从地回到屋里，坐在桌边，伸出右手，请韩儒仁把脉。

王玉莹的脉象沉滞，伏力很强，似肺部受过创伤。韩儒仁便问："王掌柜，请恕我唐突，你肺部感觉可好？"

王玉莹听了，十分惊讶这个乡间郎中的医术，因为她的肺部受过枪伤，那是她永难忘却的往事。六年前，她和既是她的同志也是恋人的沈德才在北平受到国民党侦缉队的追杀，沈德才中弹牺牲，她也受了枪伤，未得到根治，劳累过度就会发热发烧。但她却否认说："刚才跌了一跤，有点喘不上气。"

王玉莹的否认，韩儒仁一点也不吃惊，一个女掌柜，肺部还受过伤，传出去难免招惹口舌。韩儒仁的心情好了起来，种种迹象表明，王家兄妹极有可能是地下党。那么，该不该先探探她的口风呢？韩儒仁几番犹豫后，突然对王九阳说："保安团造谣广宁堂里藏着共产党伤号，这事王师傅知道吧？”

韩儒仁这突兀一问，让王九阳有点措手不及，他迅速和王玉莹交换了一下眼神，笑着问道：“听说过。那广宁堂到底藏没藏着共产党呀？”

王九阳、王玉莹的眼神让韩儒仁看了个真切，这不应是掌柜与伙计的眼神，刚来的新掌柜，不应有这种眼神的交流。要解释这眼神，只能说明他俩心照不宣，且关系密切。韩儒仁便模棱两可地说：“广宁堂就是藏着共产党，他也得有证据呀！”

王九阳一听，又看了眼王玉莹，说：“保安团什么坏事都做得出来，你们还是小心为好。如有事需脚手行帮忙，尽管吩咐。”

韩儒仁听出王九阳的话音，那颗悬着的心便放了下来，对王玉莹说：“明天我带几副中药来，再给你看看吧。”

王玉莹谢了，再次和韩儒仁握手告别，韩儒仁突然觉得王玉莹的手腕上仿佛少了点什么。

两人走到门口时，韩儒仁红着脸说：“王掌柜，你把头发绾起来吧。”

说完这句话，韩儒仁心跳如鼓。自妻子死于非命后，多年来韩儒仁从未对哪位女子动过心，可今天见了王玉莹，总觉得有种异样的感觉。莫非，这就是一见钟情么？

身后，王玉莹对韩儒仁的话先是一愣，随即明白了韩儒仁的用意。一个女孩子家开办脚手行，在太平镇这个地方是个新鲜事，会引起议论、猜疑。而把头发绾起来，就变成了妇女、老板娘，似乎就合乎情理了。本来，在王玉莹心里，韩儒仁是个谜一样的人物，用王建业的话说，就是城府极深。可就是这么一位城府极深的人，初次见面却关心起了自己的发式，他无疑是对自己有了担心，也就是说，他似乎猜测到了自己的真实身份。这是个多么睿智机敏的人啊！一时间，王玉莹心里便对韩儒仁产生了一种好感。她捋了捋短发笑道：“你看，我这头发绾得起来吗？”

韩儒仁一听，窘得连连摇头。

六十八

第二天上午，老太太刚离开广宁堂不久，高适之坐着修好的大车，在两名保安团士兵护送下，准时到了广宁堂。在高适之服过刚刚煎好的汤汁后，韩儒仁果真拿出几件祖传的宝贝：装在玉匣中的石印《神农黄帝食禁》，一只八吋长的青色玉如意，一对清青花菱口碗，一只紫砂菊瓣壶；林则徐的对联，曾国藩的立轴，清康熙五十一年头名状元王世琛的条幅，还有一件装在古色古香木制长匣里的《双马图》，画者正是龚雨辰先祖龚开。其他物件在高适之眼里都很平常，唯独对《双马图》颇有兴趣。韩儒仁说这幅画龚特派员前次见过，准备物归原主，高适之听了，不由面露失望之色。

韩儒仁见了，便对一旁的吕叔说："那幅《美女邀饮图》何在？"

吕叔吃惊地瞪着韩儒仁，嘴角哆嗦着想说什么又咽了回去。

"《美女邀饮图》呢？"韩儒仁又问。

吕叔方说："在二东家那里。此画老爷在世时有言，非老太太允诺不可现世。"

韩儒仁一愣，尴尬地对高太爷说："您老见笑了。那幅《美女邀饮图》是广宁堂镇宅之宝，更是我韩家传世之宝。是明朝奇人所作，世上绝无仅有。据说此画是明成祖作为国礼让三宝太监郑和送给西洋大国的，因太过奇妙，郑和不舍，复又带回，后几经辗转流入民间。清同治年间，我家祖太爷救了江湖侠盗白云天，他以此画相赠。"

高适之来了兴趣，说："这画哪里奇妙，说来听听。"

"这画中有一佳人，脸色粉白，手举酒杯，立于翠竹之下，她若嗅到酒气，便有了灵气，脸色渐红，好像不胜酒力。"

高适之惊讶："世上竟有此奇画，不知价值几何？"

韩儒仁说："已非价值连城可比，实乃无价之宝！"

高适之急切地说："老朽但乞一睹。"

吕叔说："此画老太爷驾鹤西去时，留遗嘱由二东家保管，今天二东家给南旅长送膏药去了，无法取出。”

高适之听了，连说：“老朽没有眼福，真乃一大憾事也！”

自此，高适之就无时不在惦念那幅《美女邀饮图》了。果然每天按时前来，一为服药，二为那幅《美女邀饮图》。虽说韩儒厚未回，难以遂愿，但身上那诸多不适皆已消失，人也精神许多，就连高柱久见了，心里也暗自佩服广宁堂医术高明。

本来，高柱久对高适之定时光顾广宁堂非常恼火，说：“我怀疑那个共党分子就藏在韩家，因有龚雨辰罩着，不好搜查。现在你天天往广宁堂里跑，不是更给韩儒仁长脸，万一他要加害于你，我也鞭长莫及。”

高适之说：“韩儒仁是温文尔雅之人，广宁堂乃祛病除灾之地，我堂堂皇皇前去就诊，他岂能加害于我？你不必多虑。”

高柱久知道高适之是为了那幅《美女邀饮图》，说：“广宁堂迟早都是我们的。你要是真喜爱那张画，到时抄家，那些稀罕玩意儿还不都归你。”

“都归我？说得轻巧。龚开那幅《双马图》能归我？你真抄了广宁堂，龚雨辰一定会过问那画。到时，那幅《美女邀饮图》是抄没物件，龚雨辰如要，你也得给他。但韩儒仁若事先把画送我，那就另当别论，他龚雨辰就不能夺人所爱了。再说，我去广宁堂也是一箭双雕，也是醉翁之意不在酒，我给你盯着他们。”

高柱久拗不过高太爷，只得随他。

就在高适之到广宁堂就诊的第五天上午，高适之刚服过汤药，就听后面咚咚直响。韩儒仁听了，脸色都变了，忙给喜子使个眼色，喜子便急急跑了出去，一会儿咚咚声就没了。高适之起了疑心，便对韩儒仁说：“听说院后的流清汉水清如镜，你陪我到后门口望望。”

高适之这话说得绝，他说“到后门口望望”你就不能舍近求远从前门绕过去，只能穿院而过。韩儒仁似不乐意，但也不能拂了高太爷的面子，只得领着他进了后院。高适之便看见后院门旁横着一只小木船，想必刚才那咚咚声就出自此船了，再看后门，刚好能通过这只小船。

待出了后院，视线豁然开朗，眼前是一片水洼，成了广宁堂的天然屏障。因天冷，水面略显凝滞。门口有一条小土路，中间扎着一个帐篷，那就是“保卫”广宁堂的保安团哨所了。土路尽头，就是传说中的那条将原本五百四十四年的大明江山流给了大清二百六十八年的流清汊。广宁堂从水路运来的大批量药材，都是在安东河口卸装到小木船上，运至广宁堂后门入院。

高适之指着流清汊对韩儒仁说：“广宁堂背靠高古之河，定将生意兴隆。”

韩儒仁说：“谢老太爷吉言，‘只要世人皆常健，但愿门前车马稀’，晚辈只要能平安坐诊就知足了。”

高适之听了，连声赞叹：“医德可嘉，医德可嘉！”

回家时，高太爷拐到了金锁镇，对高柱久说：“你说广宁堂要是真藏着共产党，他会怎么脱逃？”

高柱久踌躇满志地说：“我在广宁堂前后昼夜设岗，并伏有暗哨，凡是可疑人员，一律抓捕，他怎么也逃脱不了。”

高适之白了他一眼，说：“昼夜设岗？老虎还有打盹的时候呢！那共党分子要是里应外合调虎离山怎么办？围魏救赵攻打风年的驻地又怎么办？你可有应对之策？”

高柱久让高适之问得张口结舌，抓耳挠腮地吭哧了好一会儿才说：“共党分子真要搞什么调虎离山，围魏救赵，还是个麻烦事；我得赶紧让风年提前防备。”

高适之微笑着摇摇头，说：“此地共党早已被剿灭，个把漏网之鱼闹不起调虎离山，围魏救赵的把戏了。如广宁堂里真藏有共党分子，我料定他定会‘明修栈道，暗度陈仓’。从后门逃走，走水路，遁入洪泽湖。”

高柱久惊讶地问：“您老有可靠消息？”

高适之手捋长须，悠然自得地说：“韩儒仁这两天几次三番地对我说门前岗哨吓得百姓不敢前来看病，求我让你把前门哨兵撤了，却又在后院暗暗准备木船。这不是“明修栈道，暗度陈仓”又是什么？这点把戏怎能瞒得了我。你就将计就计，让风年把后院岗哨埋伏在流清汊口，等着拿人吧。”

高柱久说：“那我把共党分子堵死在广宁堂里不是更保险吗？”

高适之说："夜长梦多，他要是赖在里面不出来，瞅空子溜了呢？你将计就计把岗撤了，他就会趁机逃窜。而你在广宁堂外将他抓住，姓龚的不但不会归罪于你，还会赞你有计谋，有韬略。竿头再进，大有可能。"

高柱久服了，说："您老到底是参加乡试的，经纶满腹，堪比诸葛孔明，那我就把广宁堂后门外的岗哨撤了吧。"

六十九

高适之告诉韩儒仁，撤岗的事他给柱久说了，正好金锁镇那边匪事吃紧，柱久把太平镇的保安团调走了一些。柱久还特地提醒，院后是空天野地，没有岗哨，要多加防备。

果真，后门岗哨没了，前门的明岗也少了一个，韩儒仁的计策终于有了成效。

瘟神请走了，与脚手行王掌柜相熟了，周立民也痊愈了，做了那么多功课，得把他送走了。

晌午，天又阴了，水缸里外都湿漉漉的，儒厚说看这天，明天还要落雨。

韩儒仁看了看阴云密布的天空，问："周先生处你去了，他能负重吗？"

"能行。周先生提醒说要把赵金城看住，不能让他过早知道伤号是谁。还说如发生意外，他就说是混进广宁堂来刺杀高太爷的，绝不连累我们。"

韩儒仁听了，感慨地说："'捐躯赴国难，视死忽如归。'周先生大义凛然、视死如归，实在是可敬可佩！不过他不必担心，此计犹如诸葛孔明城头抚琴，虽是险棋穷计，但最为稳妥。这事不能再拖了，等吃过晌饭，你把吕叔、儒义他们都叫到我书房吧。"

晌饭后，吕叔、儒义、儒礼、喜子、二宝、田贵到了书房，儒仁细细安排一番，临了再三叮嘱说：广宁堂命悬一线，成败在此一举，大家要格外小心，不可坏了大事。

到了后晌，韩儒仁又把赵金城也叫到书房，说："我想让你跟儒义学把脉,你可有意?”

赵金城说:“我识字不多,生性愚钝,怕是学不了?”

韩儒仁听了,不以为然,说:“金城兄,你岁在壮年,尚不为迟。”便给他说了段清末时,梨园中有“三怪”的故事:

跛子孟鸿寿,幼年身患软骨病,身长腿短,头大脚小,走起路来不能保持身体平衡。于是,他暗下决心,勤学苦练,扬长避短,后来一举成为丑角人师。

瞎子双阔,自小学戏,后来因疾失明,从此他更加勤奋学习,苦练基本功。他在台下走路时需人搀扶,可是上台表演却寸步不乱,演技超群,终于成为一名功深艺湛的武生。

哑巴王益芬,先天不会说话,平日看父母演戏,一一默记在心,虽无人教授,但他每天起早贪黑练功,常年不懈。艺学成后,一鸣惊人,成为戏园里有名的武花脸,被戏班奉为导师。

身有残疾的梨园三怪,为什么能够成才呢?一是他们不被自己的缺陷所压服,身残的压力让他们更加坚定了人生的信念。看似失败的人生,实际还有通向成功的途径。他们身残志坚、扬长避短,再加上勤奋,于是他们从勤奋中锻炼了最好的自己,同时也成就了一番事业。

临了,韩儒仁说:“金城兄,你到院后流清汉边上,把土台垫垫,把河边那些冻砸一砸,家里挑水方便,再把院里那条小船收拾收拾备用。”

出了书房,赵金城心里纳闷,自到了广宁堂,从不让自己进入后院,有几次到了院门口,都被看门的田贵拦住了。这后院到底有什么秘密呢?赵金城不由仔细观察起来。后院比前院要小一些,中间是个大三合院,三面房子连在一起,房后似乎还套着房子,像个迷宫。后院墙那面没有房子,只是在大门左边盖了两小间草屋,像是门房。草屋对面石板铺就的空地上,躺着一条小木船,这应是东家刚才说的那条船了。赵金城走到小木船旁看了看,小木船宽约一丈,刚好能过大门,似新上了桐油,味道还浓。

田贵开了后门,赵金城顺着小土路到了流清汉边。河边有个土码头,早上落了阵子雨,河面上尚未结冰。赵金城想:韩儒仁要我砸冻垫土干什么?莫非要行船?

赵金城心事重重地回到前堂时，喜子来说："叔，我攒了点钱，你给我收着。"说着递给赵金城一个沉甸甸的荷包。

赵金城纳闷地问："钱你自个收着就是了，干吗让我给你收着？"

喜子说："大爷说有个病人久治不愈，得送县城西医救治，让我陪着。他怕路上不平安，说明晚天黑了走水路，明早我还得去安东河口雇条大船，这一走怕要好几天，钱放你这放心。"

赵金城听了，激动得两腿打战，他明白了，韩儒仁家真有共产党的伤号，准备跑了，而且是从水路跑，也就是用那条小木船送到安东河口的大船上。天爷爷呃，我赵金城苦日子熬到头了，抓住这个共党我就发大财了。赵金城不由手痒痒心也痒痒起来，这么多天里牌九没摸、窑姐没碰，急死我了，等拿到赏金怎么也得把这些寂寞都补回来。

原来，赵金城果真是高柱久的线人。此人吃喝嫖赌，游手好闲，前几年在县城几个地方晃荡不下去了，就投了广宁堂。高柱久想算计广宁堂，同福楼掌柜吴金保就给他物色了赵金城，在荷香茶馆设套让他着了道，逼他打探周立民藏在广宁堂何处。好在赵金城天良尚存，嘴上应了，却不真心去查，高柱久恼了，让心腹杜邦给赵金城施点颜色。那天，杜邦由赵大发领着，在半路截住赵金城，为逼他就范，抵近他左腿肚子打了一枪。

晚饭后，赵金城说要去打瓶酒，提着一只空瓶子出了广宁堂，奔了镇西头的醉香春酒馆。路上，赵金城忽然觉得对不住韩家，喜子是赵家独苗，没有韩家，怕是早就饿死了。那天杜邦打伤了自己后，大掌柜还亲自为自己疗伤。真要去告发，不是伤天害理吗？可要是不告发，一辈子受穷不说，高柱久也不会放过自己。再说，当年曹操把他救命恩人都杀了，我这不过是透了个风，反正也没人知道。想到此处，赵金城便心安理得了。

醉香春酒馆的门面虽然一般，卖的却是正宗的双沟大曲，墙角放着一排酒瓮，一进门便能闻到浓郁的酒香。柜台上摆着泥螺、醉虾、茴香豆几种下酒的小菜，价格也都合理。老板是双沟人，人称老双沟，其实也就四十来岁，老双沟看见赵金城，笑容可掬地招呼道："先生，打酒？"

赵金城扫了眼一旁的伙计，拿出半块银元来，沾了口唾沫，将它立在柜台上，却不说话。

老双沟见了那半块银元一愣，忙将赵金城请到了里屋。

一会儿，赵金城拎着酒瓶离开醉香春，老双沟也抱着一坛酒去了高凤年的保安团驻地。这一幕，让跟踪赵金城的田贵看得真真切切。

当晚，高凤年快马将赵金城提供的情报急报高柱久，高柱久兴奋地从烟榻上一跃而起，韩儒仁呀韩儒仁，你终于等不及了，熬不住了。好，你就等着被抄家、坐牢、杀头吧！

高柱久踌躇满志，胜券在握，连呼备马备马，我要去高楼见老太爷。到了高楼，兴奋地把广宁堂里藏的那个共党要逃跑的消息给高适之说了。

高适之一听喜得眉开眼笑，胡须乱抖，说："那我明天还去不去广宁堂服药？"

高柱久说："我来就是为这事，明天您老要是不去，韩儒仁就会起疑；去吧，我又怕会有闪失，难死我了。"

高适之又说："明天你一旦抓了韩儒仁，龚特派员那里不好交代吧？"

高柱久说："这您老不必多虑，龚特派员反共坚决，对共党分子是除之后快。一旦证实韩儒仁通共，不会再保他。再说，抄没了韩家财产，他祖宗龚开那幅画不就回到他手里了，他岂能不喜！韩家定还有许多宝贝，给他就是了，说不定他高兴，这泗县县长也让我做呢。"

高适之听了，来了豪情，说："那我明天一准去，给韩儒仁吃个定心丸，让他帮助那个共党脱逃。再视情把那幅《美女邀饮图》先借出来。"

既而又叮嘱道："要犯该抓就抓，该处决就处决，那些药工还得保留，广宁堂也不能乱抄乱砸，那可是个生钱的聚宝盆呢。"

七十

早上，太阳刚升到太平镇东面的穆墩岛上，高适之的胶轮大车就从广宁堂前堂大门旁的车道进了广宁堂前院。儒仁早已等在院门前，将高太爷搀进了客厅。

这时，脚手行出来几个手拿铁锹钢钎的伙计，说里面的污水排不出来,要扒开街面疏通排水道。街面是由石板、青砖铺设的,下面是黄土,中间有一条排水沟,各家各户的生活污水都从一条条或明或暗的小水沟排进了这条水沟。因年久失修,排水沟大半被泥沙杂物淤塞,每到阴雨天气,街上泥泞,污水四溢,臭气熏天。镇上几次说修,皆因摊派的钱款过重,无人交纳而止。现在脚手行出面修整,疏通水沟,街上的人都觉得这办法好,各人自扫门前雪,也用不着捐钱纳税了,就都各自干了起来。广宁堂的人见了,不甘落后,田贵也领着伙计把门前的街面挖开了。

广宁堂里,韩儒仁给高适之斟了一杯清茶,高适之抿了一口,惊讶地问:"严冬之季还有此清香,你是如何收藏的?"

韩儒仁钦佩地说:"您老真是品茗大师,一口就知是何茶了。"

原来,今天韩儒仁沏的是当地的特产荷叶茶。此茶产自洪泽湖中穆墩岛,早就闻名遐迩,乾隆年间就和穆墩岛莲子、半城花亭百合被列为古泗州三大贡品。只是此茶难于保存,入冬即散味。

韩儒仁说:"也无特别之法,只需将此茶装于青竹筒中,上以莲心覆盖,每月将竹筒置于湖水中浸润一个时辰即可。"

高适之啧啧称奇,说:"来年老朽也如法炮制。"

往日,用茶后就该服汤药了,韩儒仁说今天多加了两味草药,得多煎些时间,到大半晌时,高适之才把汤药服了。服过汤药,儒仁便安排上饭,今天的饭菜也很特别,全是当地土产,穆墩岛莲子、花亭百合当然也在其中,高适之笑言:"今天三大贡品都品尝了,我也当了一回皇帝。"

韩儒仁笑道:"还有一样您老没享受到。乾隆帝当年还在泗州城洗了个'神仙浴'呢。"

"'神仙浴'?老朽尚未听说过。"

"'神仙浴'是皇家汤池专用之法,祖上有此秘方,先父说非德高望重之人不能享用,故从不让家人染指。您老是乡里泰斗,足配此浴。今天晚辈就为您调制上一池,以报您老关爱之恩。"

高适之喜不自禁,说:"这神仙浴名称怪撩人,不知用何物炮制?有何玄妙?"

韩儒仁说:"请老太爷恕罪,此方广宁堂有祖训,不可示人。我略为介绍几味,您老便知此浴名不虚传。主料有沉香、秦艽、威灵仙。《本草备要》称:沉香性温,入脾,佑肾,壮阳,行气,怯寒;秦艽能通络舒筋;威灵仙辛散善走,祛风化湿,使湿邪随汗而解。其余十多味不便再说,浴过便知玄妙了。您老稍候片刻,我去隔壁调制汤池。”

隔壁是一间住房,置一张木床,床前有一大木桶,已装了半桶热水,颜色微红,清香扑鼻,让人神清气爽。儒仁进来后,喜子从床底下掏出一个布袋,解开,里面是一瓶双沟大曲,还有一个铁盒,装的竟然是洋金花沫。

儒义见了大惊:“哥——”

儒仁一言不发,拔开酒瓶塞子,往木桶里倒了点双沟大曲,待酒味显现,又加了两把洋金花沫。这才恻然地对儒义说:“势如此,非此法难以留他。快请高太爷过来洗浴吧。”

果真,这神仙浴非同小可,一会儿工夫,高太爷就皮肤红润,血脉膨胀,肠胃通气,好不舒坦。高适之不由天良发现,想这韩儒仁确实不错,要是真把他办了,心有不忍。又想人情大不过王法,谁叫你通共窝共,反蒋主席反国民政府呢!我助柱久拿你也是一心为国,你可莫怪老夫无情呀。想到此,高适之便放松身心,顿时就产生了一种腾云驾雾、飘飘欲仙的感觉。于是,这位洪泽湖西南的土皇上,没来得及再调整一下姿势,就在神仙浴里红光满面地睡着了。

七十一

天真的变了,先是小雨淅沥,跟着便又雪花扬扬,整个天地间一片迷茫。

高适之在神仙浴里梦了一番周公后醒来,只觉得浑身精力充沛,四肢有力,还有了一种老当益壮的冲动。待他穿好衣服后,一件更大的喜事等着他:韩儒仁说儒厚回来了,几位弟兄都乐意把那幅《美女邀饮图》送给高太爷。

高适之喜得气喘如牛,忙谢道:“韩大掌柜这般重礼,老朽如何受得?”

韩儒仁说："您老不必过谦，古人言'货唯卖与识主方得其价，马唯遇伯乐方得其主'。我为《美女邀饮图》的归宿高兴哪！"

说话间，田贵搬来一张饭桌，喜子等又抬来一蒸笼饭菜，高太爷见了，想可不敢在此吃晚饭了，忙说："晌饭吃得太饱，晚饭就不吃了。天晚了，我得回去了。"

韩儒仁笑说："非留您老吃饭，是请您老与美女对酒当歌也。"

高适之听了，便来了兴致，乐得呵呵直笑，说："那就客随主便，我就见识见识这宝贝吧。"

可是，等了好一会儿，也不见儒厚把画拿来，韩儒仁不悦了，说怎这么拖沓呢？便自己去取，却也过了好一会儿，才见他捧了一个紫檀匣进来。打开是一件黄绫包裹的画轴，解开黄绫，将画轴挂在画钩上，小心翼翼地展开，眼前出现的是一幅六尺中堂，果如韩儒仁所说，画中仅有美女一人，脸色粉白，手举酒杯，立于翠竹之下，构图极为平常，并无特别之处。儒仁给高适之斟了一杯酒，说："我先敬您老一杯。"

高适之心情高兴，一饮而尽。这酒醇厚香绵，刚落入肚中，似春虫吃咬，却不难过，只觉精气上扬，高适之惊问："何酒？"

韩儒仁说："乃龙种浸泡的百年双沟原浆。"

"龙种？是何物什？"

"就是丈二花蟒刚生之卵，用此泡酒，常饮可生精养气，延年益寿。"

"稀罕，稀罕，实在稀罕。"高适之又饮了一杯，更加神采飞扬。

韩儒仁又给高太爷斟了第三杯，说："您老诗词皆佳，就请您老赋诗与佳人对饮。"

高适之被两杯龙种酒喝得热血沸腾，说那老朽就聊发少年狂吧，即开口吟道：

"绿蚁新焙酒，
红泥小火炉。
晚来天欲雪，
能饮一杯无？"

吟罢，将酒杯与画中美女手中之杯碰了一下：“请玉人同饮！”便一饮而尽。奇迹发生了，高适之面前的画中佳人，似已嗅到酒气，人便有了灵气，脸面就渐渐活泛起来，先是红了一点，继而整个艳成了桃花，好像给酒气熏醉了。

高适之见了，惊为天物，想此生有《美女邀饮图》做伴，有“龙种”“神仙浴”得享，实为人中之仙也。得提醒柱久，千万不可毁了那张秘方，更不可泄了《美女邀饮图》的去处，这可是真正的无价之宝。

其实，《美女邀饮图》实为观湖岭姜先生所赠。用料为朱砂一钱，焰硝三分，捣碎和匀，用陈年老酒调配成烂泥状，装入壶中盖好，埋在向阳的泥土中，一个月后取出，用石器拌匀。绘画时，先用芥壳制的胡粉衬底，然后用上述朱砂粉涂于画纸上，在日中晒干，然后再用墨绘画人像。画中人物脸面便可遇酒气而变，酒气消失，画面则由红转白。“龙种酒”中被加入提神的“春来草”，“神仙浴”中让高太爷产生奇妙感觉的则是洋金花，此物常用对身体无益。儒仁也是不得已而为之。

这时，高适之已不能把持，说：“贤侄，围炉把盏，人生快事，你也赋诗一首，助助兴吧。”

韩儒仁也不推辞，说：“我不通平仄，只是依稀记得几句曹孟德的《短歌行》。”就吟了前后四句：

“对酒当歌，人生几何？
譬如朝露，去日苦多。
山不厌高，水不厌深。
周公吐哺，天下归心。”

高适之听了，知儒仁是在称颂他，更加心情欢畅，当即投桃报李，口占一绝：

“暮雨白雪春正融，

贤侄置酒画堂中。
适之举杯邀佳人，
只关诗趣不关情。”

高适之手捻长须，声音洪亮，得意处皓首摇摆，颇有李太白遗风。儒仁见了，心中深为惋惜，此人满腹文章，却穷奢极欲，巧取豪夺，实乃可叹，可恨！

这时，后院传来“咣当”一声响，高适之向窗外望去，天已黑了，想这是在搬动那只小船，看来他们要行动了。果然，又传来一阵急促的压着嗓门的说话声；跟着，“嘎吱”一声，想必是后院的门也打开了，下一步是把那条小木船抬到河边，共党分子该坐它逃跑了。《美女邀饮图》到手了，我可不能坐在人家家里看风景，那就太不识相了，得赶快走。高适之便放下酒杯，果决地起身告辞，儒礼和一个卫兵过来说，今天街面上修排水沟，把路面挖断了，青石板也撬掉了，再加上雨雪泥泞，大车出不了门，得到街上脚手行里雇顶小轿，把高太爷送到西街口的大车店里，再雇辆马车回高楼。

高适之宽宏地说：“那还等什么？就叫顶轿子吧。”

韩儒仁说：“这样甚好，快去脚手行把轿子唤来，送老太爷去大车店。”

韩儒礼应声去了。

高适之便抱着紫檀匣，心急如焚地等着轿子。

此时，夜色渐浓，天昏地暗，万籁俱寂，雨雪蒙蒙。广宁堂后院透出隐隐约约的灯光，青石板上映出一片片清亮的水渍，纷乱的人影在灯光下摇晃不定，显得神秘诡异。那只原本在广宁堂后院的小木船，已静静地泊在流清汊里。浪花轻柔地拍打着船体，绳索摇曳着，漾起一圈圈细细的縠纹，使河面显得越发静谧。一只马灯出现了，跟着一副担架出现在广宁堂的后门，抬担架的是喜子和二宝；这段路很短，走起来却很长，许是怕颠了担架上的伤号，喜子和二宝不是在走，而是在挪。赵金城身背被褥跟在儒厚身后，他几次想上前探探担架上的那个伤号，怎奈儒厚紧紧拉住他的胳膊，说小心路滑，莫跌倒脏了被褥。

小土路在一寸一寸地缩短，终于到了河边，一行人上了小木船，二宝划动船桨，小木船打了个忽悠，便吱吱呀呀地往安东河口荡去。

七十二

广宁堂里，一个保安团士兵领着两个轿夫抬着一顶绿呢小轿一溜小跑到了前院客厅门口，韩儒仁说："路远，雨雪大，你俩要把老太爷抬好，我有赏钱，柴屋里有蓑衣、斗篷，去穿戴上。"两个轿夫就随着儒礼进了柴房，很快就披了蓑衣，戴了斗笠从厢房出来，还给高适之的四个保安团士兵也各拿了件蓑衣和斗笠，待保安团士兵穿戴完毕，韩儒仁又给了他们两块大洋，说天黑，雨雪大，给老太爷雇辆有厢的马车。

保安团士兵高兴，说几步路就到大车店了，请韩大掌柜放心。

说话间高适之已从堂屋走了过来，没待韩儒仁开言就掀开轿帘坐了进去。

韩儒仁说："雨雪大，老太爷您不如暂住一夜，明早再走吧。"

此时高适之已是如坐针毡，片刻也不想停留，片刻也不能等了。后门外，共党分子即将被捉，干儿子的虎狼兵丁就将闯进来拿人、抄家，自己等在这里，不免尴尬，说不定还有性命之忧。"起轿，起轿，起轿！"高适之顾不得斯文了，扯着嗓子连声催促。

恭敬不如从命，韩儒仁只好一边躬身相送，一边颤巍巍地拖声喊道："老太爷走好！老太爷保重！"

两个轿夫不敢怠慢，一哈腰，只见轿顶水珠飞溅，绿呢小轿已稳稳地托在了肩上。

随着小轿离地，韩儒仁腿一软，便瘫在儒礼的肩上。这几个月来，他的心血熬干了，周立民这块重如泰山的巨石，压得他夜不安寝，食不甘味，惶惶不可终日。为良心，为自保，他殚精竭虑，穷其心智，自损人格，让高柱久、高太爷落入"明修栈道，暗度陈仓"的思维定式，"明修"了前门撤岗的"栈道"，"暗度"院后流清汉的"陈仓"。而这条"栈道"，这个"陈仓"不是别的，正是高柱久的义父，满腹经纶、手眼通天的高太爷高适之。此计让高家父子的"守株待兔""打草惊蛇"等诸多妙计，成为笑谈；霸占、吞并广宁堂的诸多阴谋，成为"黄粱美梦"。

绿呢小轿到前厅了。“开门！开门！”在士兵的吆喝声中，广宁堂前街两扇大木门在通红的烛火中“嘎吱吱”地打开了。

就这样，在大门口保安团岗哨的注目礼下，披着蓑衣，戴着斗笠的共产党人周立民将自己的“栈道”抬在肩上，在荷枪实弹的保安团士兵护送下，光明正大地走出了广宁堂。

此时，烛光摇曳，雨雪淅沥，寒风刁刁，风雨中的广宁堂肃然地注视着这个名叫儒仁的韩家子弟，恍然中似乎听到了他发出的一声声悠长的叹息……

这时候，流清汉两边的堤岸上，突然出现了许多影影绰绰的人影，吆喝着扑下河床，赵金城终于按捺不住了，一把掀开蒙在那伤号头上的棉被，灰黄的马灯灯光下，是一位鬓角花白，满脸沧桑，双目怒视的老者。赵金城傻眼了，他想象中的共党分子竟然是被他的侄儿喜子尊重如父的老管家吕叔。

“停船！停船！”保安团士兵吼叫起来，小木船晃晃悠悠地停在了汉中。

“什么人，半夜行船？”喊话的是太平镇保安团队副。

韩儒厚说：“有急事！”

队副问：“什么急事？”

韩儒厚答：“真是急事！”

队副喝道：“靠岸！”

韩儒厚说：“靠不得，救人要紧！”

队副不耐烦地喊：“妈的，少啰嗦。我们要检查！”说着，队副冲天放了一枪，跟着响起一片咔嗒的枪栓声。

韩儒厚忙喊道：“别开枪，别开枪！这就靠过去。”他从二宝手里拿过船篙，将小船往岸边撑，却总是靠不了边。

队副急了：“把船篙伸过来。”

韩儒厚把船篙伸过去，一个保安团士兵拼命往岸边拉，也确实是水浅，船靠不了岸。韩儒厚说：“金城你来搭把劲。”

赵金城心慌意乱，机械地抓住船篙，韩儒厚在后面用力一别，赵金城打了个踉跄，扑通栽下水去。船篙一扫，把那个保安团士兵也打倒在地，惹得其他人哄然大笑起来。

费了一番周折，小船总算靠了岸。队副跳上船来，船舱里除广宁堂老管家外，哪有什么共产党。

队副惊愕地问吕叔："伤号呢？"

吕叔说："我不是伤号？"

队副又问："人呢？"

喜子火了："他不是人？"

韩儒厚知他问的是赵金城，赵金城怕高柱久饶不了他，早爬上岸逃之夭夭了。

队副蹿上岸，向掩在堤下的高凤年报告，船上没有共产党的伤号，是老管家病了。

高凤年傻眼了，急忙往同福楼跑去，高柱久在那里静候佳音呢。

听了高凤年的报告，高柱久呆若木鸡地半天没有吭声。这次他又被韩儒仁戏弄了，心里又羞又恼，把牙齿咬得咔咔作响，吓得高凤年的汗毛都立了起来。

一旁，吴金保气急败坏地说："高副官，这定是韩儒仁用的障眼法。伤号肯定在广宁堂里，快冲进去搜，挖地三尺，也要把周立民挖出来！"

高柱久摆摆手，有气无力地对高凤年说："算了，韩儒仁敢这么做，那周立民定是早已逃脱了。把广宁堂岗哨和那两个伤兵都撤了吧。"

七十三

周立民走出广宁堂半个月后，处在水深火热之中的泗县、泗阳县贫苦农民、手工业者、小商小贩为了生存，奋起反抗当局借国难巧立名目，强征赋税的恶行，暴发了"腊月抗租税、求生存"事件。卧榻之旁，岂容他人闹事。那些从南京城撤逃到徐淮两城的要员们大为恼火，任国民党第三战区副司令长官部参谋长兼江苏省政府委员、民政厅厅长的韩德勤也极为震怒，严令镇压。十天后，"腊月抗租税"运动遭到残酷镇压，幸存的骨干分子撤进了洪泽湖，从而洪泽湖上诞生了第一支由共产党领导的革命队伍——洪泽湖游击队。这个运动的组织者正是被国民党泗县当局悬赏五千大洋缉拿的中共淮北特委特派员周立民。

抗租税事件极大震慑了土顽劣绅，逼租逼债、欺男霸女之事较以往收敛许多，常年为生活煎熬的百姓们得以缓了口气，湖西地面一时平静许多。周立民安全离开，卸掉了韩儒仁心上的一块巨石；龚雨辰、南汉文之谊，更使他心有依仗，心绪轻松。随着年关临近，虽说兵荒马乱，世面不安，却也挡不住那一日浓似一日的年味。而自“鬼影子”叶善友来卧底，广宁堂上下无不担惊受怕，深受其害。眼下，当无大祸，该轻轻松松，欢欢喜喜过个年了。韩儒仁和吕叔、儒厚商量一番，做了些安排。过小年前给伙计放工，加发一个月工钱，送一份糕点果品，回家过年。吕叔、喜子、二宝已是韩家一员，当然要和韩儒仁他们一起过年。淑芳去城里接孩子，儒礼去沭阳接母亲，吕叔和玉兰、春花安排饭食。当然，防贼是少不了的安排，由儒厚、田贵操心，让全家人过个安心年。

这天是最后一个年集，韩儒仁吃了早饭，告诉吕叔他要到街上转转。吕叔给一旁的喜子使了个眼色，喜子便在怀里掖了家伙，跟在韩儒仁身后。韩儒仁见了，笑了笑也没吭声。

此时街上已是熙来攘往人头攒动，而一群群挑着粮食菜蔬，提着鸡鹅鱼鸭的百姓，还是络绎不绝地往街上涌来。油盐酱醋茶的摊位将街面两旁挤得满满的，鸡鸭猪羊一声接一声地叫个不停，讨价还价一声高过一声。贪玩的孩童不时点响爆竹，叫卖的吆喝声，讨价还价声，在凛冽的寒风中此起彼伏，太平镇整个街面都被年的气息搅浓了。

韩儒仁在门口稍作停顿，便往东街走去。

街面上，靠广宁堂门前一侧，是卖年画和窗花春联的。年画是苏州桃花坞出品，画面色彩鲜明、内容丰富，如《春牛图》《福禄寿三星图》《天官赐福》《五谷丰登》《八仙过海》《天仙配》《鲤鱼跳龙门》《哪吒闹海》等，五颜六色，让人目不暇接。

紧挨它的是“唱大鼓”的书场，说书人那咚咚的敲鼓声、叮叮当当的钢板声，老远都能听得到。今天说书的是李瞎子，戴了个锅底似的镜子，其实他并不瞎，早年，有人听书却舍不得扔铜板，把小石子往他收钱的盆子里丢，这时，他口里就立马飞出一口黏痰来，由此才知他是个假瞎子。今天，李瞎子说的是《穆桂英挂帅》，对这位巾帼女英雄，洪泽湖地区百姓有着独特的情感。据说，洪泽湖里的穆墩岛，就是当年的穆家寨，至今还保留当年的穆柯寨、演兵场、点将台、红草滩等穆家军的遗迹。因而这部书也不知说了多少年，多少场，却常说常新，让人百听不厌。今天这部《穆桂英挂帅》与众不同，加进了穆桂英梦中巧施关云长拖刀计，斩杀洪泽湖鱼龙，保一方平安的故事，听得人热血沸腾。尽管天气寒冷，衣衫单薄，那些听书的男女老少，却无不如痴如醉。

书场不远处围着一堆人，有二胡、锣鼓声传出，喜子喜欢热闹，说："大爷，那块是戏台子，咱们看看吧？"韩儒仁笑着说："好，看看。"戏台子挨墙扎着，其实没有台子，挨墙那面拉了块蓝布帐幔，前面空出一块场地，有半间房子那么大，人们或站或坐地围着戏台。唱戏的是一未曾见过的草台班子，乐师只有一个，坐在帐幔前一特制的高脚条凳上，胳膊肘上挂着响板，大腿上架着二胡，一只脚上绑着锣槌，一只脚上绑着鼓槌，下面分别架着一只皮鼓，一面铜锣，手脚并用，甚是精彩。此时，戏台上一位村姑打扮的小女子正在边跳边唱：

这一双鞋子好啊不好哟
不胖不瘦不短又不长呀
不短又不长呀
七搭七哪崩啊谑
杨柳叶子青啊谑
松又松哪崩又崩哪
送送有情人谑
哥哥杨柳叶子青啊谑

韩儒仁听出，女子唱的是民歌《杨柳青》，这首歌以女声独唱的形式表现了恋人分别时依依不舍、相互牵挂的情感。韩儒仁很喜欢。

跟着，一个画着红脸蛋的小伙子上场，和女子演唱了苏北小调《摘石榴》：

女：姐在南园摘石榴
哪一个讨债鬼隔墙砸砖头
刚刚巧巧砸在了小奴家的头哟
要吃石榴你拿了两个去
要想谈心你随我上高楼
何必隔墙砸我一砖头哟
呀儿哟呀儿哟
依得依得呀儿哟
何必隔墙砸我一砖头哟
男：一不吃你的石榴二我也不上楼
谈心怎么能到你的家里头
砸砖头为的是约你去遛遛哟
女：昨个天我为你挨了一顿打
今个天我为你又挨一顿骂
挨打受骂都为你小冤家哟
呀儿哟呀儿哟
依得依得呀儿哟
挨打受骂都为你小冤家哟
……

女子用手帕打了下小伙子的脸，许是手帕扫到了眼里，小伙子咧着嘴直流眼泪，观戏的人哄然大笑。喜子却不笑，眼睛直勾勾地盯着女子，韩儒仁见了，心里不由感叹：当年孤苦伶仃的孤儿，终于长大了。

过了戏台是鱼市，草鱼、鲤鱼、黑鱼、瓦盆口大的老鳖和擀面杖粗细的黄鳝、肉嫩味鲜的大青虾应有尽有。最引人的是晶莹剔透的银鱼，鲜嫩透明，惹得人满口生津。这时，韩儒仁看到了田石山和王九阳。王九阳好似和田石山讨价还价，将一叠钱递给田石山，田石山收了钱，挑起两筐鱼，跟着王九阳走了。

韩儒仁见了，下意识地往四周一看，偶见一两个保安团士兵在晃悠，也没见有异常。待王九阳、田石山消失在人群中，韩儒仁才若有所思继续往前走。

前面是银匠店，这是韩儒仁此行的目的地。

七十四

银匠店是太平镇招人之处。店里不但加工出售银器，还兼做玉器、瓷器买卖，因生意红火，时常被土匪蟊贼惦记。因严于防备，倒还平安。掌柜邓铭九年逾不惑，待人和气，人脉甚广。

韩儒仁敬佩邓铭九学识、为人，以兄礼待之，两人相处融洽。

对韩儒仁、喜子的造访，邓铭九甚是欢喜。让座、斟茶、寒暄，一番礼数后，两人说了些有关土匪、时局的话。邓铭九看了看一旁棋桌上的象棋，说："你我兄弟有些时日未对弈了，杀几盘如何？"韩儒仁本有此意，因刚才见了王九阳和田石山，心里装了脚手行和王玉莹的事，只好抱歉地说："家里还有些琐事要料理，过年了，我给孩子选几件礼物后就得转回。"

邓铭九听了，便将韩儒仁请到柜台里，拉开柜门，说："这里银器、玉器都有，老弟看上哪件，只管选取。"

韩儒仁道了声谢，他一眼就看到了一副放在锦缎上的玉镯，这副镯子让韩儒仁心里大动了一下，没有丝毫犹豫便取了出来。邓铭九见了，要说什么，见喜子站在一旁，就意味深长地笑了笑，没有吭声。跟着，韩儒仁又在另一个柜台里看见了一排银锁，他的眼角在瞬间湿润了，两手哆嗦着从柜台里取了五只。

邓铭九将银锁、玉镯分别装在两只锦盒里，递给喜子。广宁堂与银匠店的往来账目都是由吕叔来办理的，韩儒仁也不提付费之事，给邓铭九拱拱手，和喜子离开银匠店。

街上，人声鼎沸，赶集的人比刚才更多了，熙来攘往地挤满了整条街道。韩儒仁突然击了下额头，对喜子说："我真糊涂，今天问诊的人一定不少。咱们快点回去。"

路上，韩儒仁交代喜子，把银锁和玉镯送到他书房里。喜子不解地问："大爷，你买了五只银锁，怎么才买了一副玉镯？"

韩儒仁听了，脸上竟然涌起一层红晕，说："这玉镯你不要说出去，我有用处。"

喜子听了，掂了掂手里的玉镯盒子，心想：不要说出去，有用处。大爷要把它送给哪个呢？

待到了广宁堂，见王长河站在门口，正在招呼着进出的患者。以往，这是喜子、二宝或儒礼、吕叔的事情，此举一为招呼问诊之人，二为防备贼人生事。

韩儒仁冲着王长河点了下头，进了诊室，给一边的儒义打了个招呼，便接诊把脉，忙碌起来。

这一天求医者甚多，广宁堂格外忙碌，韩儒仁他们晌饭都没顾上吃，到了傍晚，才送走了最后一位就诊者。这时，儒厚来到诊室，对韩儒仁说："上午刘仲达来了，送了一口袋大雁、兔子，还有一筐鱼，给钱他不收。倒是说了个难事。"

"难事？是何难事？"

"他说有朋友想买枪买子弹打日本鬼子。"

"买枪买子弹？"韩儒仁甚是惊讶。这时，他便想到上午在鱼市上见到的王九阳、田石山那一幕。他疑惑地说："他们不缺枪啊？上次在湖神庙被打死的朱圩枪手和高凤年保安团士兵的枪不都在他的手里吗？他给你说这事是何用意？"

韩儒厚说："广宁堂与龚将军、南旅长走得近，他是想通过广宁堂向龚将军、南旅长买枪。"

韩儒仁说："我看不见得。刘仲达他们知广宁堂有枪支，是想像当年魏正斌那样，名义上说买，实则来要。"

"那可不能给他们。眼下高柱久、朱殿魁、魏友三都要对广宁堂下手，没有枪支,如何安身立命!至于他们要买,倒是可以帮他们联络。”

韩儒仁斥责说:“糊涂!刘仲达、田石山身份明了,他说买枪打日本鬼子不假,但与政府为敌也是真。你看他们起事多年,至今仍狼狈不堪。我们不可与他们走得太近,更不可留下把柄,以免生祸。”

韩儒厚对儒仁这番话不以为然,说:“刘仲达他们都是信义之人,这些年来,广宁堂和他们相处,岂止是走得太近、留下把柄?上次若不是人家援手,周立民如何能安然离去。”

韩儒仁听了,一时无言以对。当时利用脚手行伙计使金蝉脱壳之法让周立民脱身,并未告诉王玉莹,王玉莹只是看重韩儒仁的品行,甘冒莫大风险,慨然应允。此情此义,天高地厚,实在令人感动。又想到自己告诫儒厚不可与他们走得太近,上午却没来由地买了那副玉镯,脸色不自然起来,说:“待我想想再回复他吧。”

离开诊室,韩儒仁径直去了餐厅,家人都还未来,韩儒仁草草吃了点饭,就回了书房。银锁、玉镯都放在书桌上,韩儒仁打开锦盒,取出玉镯,小心翼翼地托在右手掌上。这副玉镯材质为碧玉,晶莹剔透、润泽动人,内平外圆、简洁大方,接近现代的玉镯造型,应是出自清晚期。

韩儒仁买这副玉镯,实在是一种冲动。在韩儒仁潜意识里,隐约觉得王玉莹的手腕上缺了点什么,当他看到这副玉镯时,才明白是少了副玉镯。秀芝是带玉镯的,是产自岫岩的美玉,而邓铭九店里摆的这副玉镯,质地也偏偏是岫玉,且色泽工艺和秀芝那副极为相似。现在,韩儒仁才明白,他已有意无意地将王玉莹当作秀芝了。秀芝有一副玉镯,而王玉莹没有,这就是他买这副玉镯的缘由。

韩儒仁的心咚咚跳了起来,他忽然意识到,自己十年鳏居,并非不想再娶,而是在寻觅世上的另一个秀芝。而王玉莹就是再生的秀芝,他真切地爱上王玉莹了。他小心翼翼地将玉镯放回锦盒,坐在椅子上,冲着玉镯发怔。

理智告诉韩儒仁,王玉莹和他走的不是一条路。王玉莹走的道路,就是魏正斌走的道路,是条劫富济贫的路,走这条路的人是不顾身家性命的。魏正斌本是富家子弟,为了所谓的革命,散尽了自家财产,连命也搭了进去。广宁堂富甲一方,也是他们的革命对象,王玉莹岂能放弃理想和自己结缘?自己这是单相思,是一厢情愿啊!再说了,怎能唐突地给一个了解甚少的女子送玉镯呢?这是多么无理的事情。

韩儒仁心里泛起一种凄楚的感觉,一丝苍凉的笑意掠过嘴角。荒唐,真是荒唐。王玉莹终究不是秀芝啊!韩儒仁情不自禁地将目光转向床头一侧的柜子,多年来,那只装着秀芝相片的盒子一直被他收藏在里面,陪着他度过那些孤寂忧愁的岁月。秀芝在看着自己呢。这个威武、睿智的男子,此时感到十分彷徨困惑,秀芝,你能原谅我的移情别恋么?韩儒仁的眼里泛起了泪花。

七十五

痛苦之中,韩儒仁还是决定去脚手行一趟。理智告诉他,王玉莹、田石山要有所行动,他得警示他们,不可轻举妄动。前有魏正斌的石梁河惨败,后有周立民的抗租税惨淡收场,起事时轰轰烈烈,最终都血流成河。若空有项羽抱负,少陈平之智,不能审时度势,克敌于先,势必折戟沉沙,遗恨终生。他将锦盒放进书柜里,径直去了脚手行。

王玉莹正在客厅里和王九阳说话,对韩儒仁的到来,王玉莹略感惊讶。这是位无事不登三宝殿的人,夜晚造访,必有缘由,于是边招呼韩儒仁坐下边给他倒了杯热茶。韩儒仁的目光不由自主地落在王玉莹的手腕上,想,如将玉镯带来,我有勇气拿出来么?

王玉莹被韩儒仁看得脸上漾起一抹绯红,笑道:“怎么?又想给我把脉呀。”

韩儒仁回过神来,尴尬地笑了笑说:“不知脚手行过年有何安排?”

王玉莹说:“过年歇息几天。别的人都回家过年,我和陈叔、陈婶,还有九阳留下看家。”

陈叔、陈婶是脚手行杂工,是王玉莹从外地找来的。

王玉莹不回北平老家过年,韩儒仁似乎并不奇怪,问:“年货备齐了吗？今天观湖岭刘仲达送来不少大雁、兔子，明天给你送几只过来。”

王玉莹说：“谢了，陈婶也都买了。”

韩儒仁似不经意地说：“鱼有吗？陈婶也买了？”

王玉莹说：“有，陈婶今天才买的。”

韩儒仁想，明明是田石山挑着鱼筐来过脚手行，却说是陈婶今天买的，她这么说，一定有着不便说出的原因。便故作懊丧地说：“田石山每年都给广宁堂送些鱼来，我还说给你拿些来呢。”

王玉莹听了，和王九阳交换一下眼神，王九阳便说：“韩掌柜和观湖岭田石山、刘仲达，还有姜先生的交情，我早就听说了，让人羡慕呢。”

韩儒仁此番前来，要说的就是田石山、刘仲达的事，于是接住王九阳的话头：“田石山、刘仲达待人处事，尤为正派。不过，他二人愤世嫉俗，我怕他们因一时冲动铤而走险，惹出祸端。”

王玉莹吃了一惊：“铤而走险？韩掌柜何出此言？”

韩儒仁单刀直入地说：“今日上午，刘仲达来广宁堂，说要购买枪支弹药。他是庄稼人，自家已有火枪土炮，还要购买快枪，意欲何为？前时，湖神庙曾发生枪战，听说死伤多人，这都是因枪恃强所至。”

可谓响鼓不用重槌，韩儒仁这番话说得恳切，王玉莹、王九阳听来暗自吃惊。这韩儒仁平日好似不问政治，当初，虽说田石山、刘仲达帮韩儒仁钓出高凤年，但伏击高凤年之事并未向他透露半句，可他却早已洞若观火。这番话的潜台词是：你们已有了快枪，还要购买，想干什么？

王九阳说：“刘仲达要买枪，许是与日本人有关，现在南京已失守，日本人迟早要进犯湖西，他们购枪也是为了保家防身。”

韩儒仁不以为然，说：“购枪打日本，当无可厚非，但如果再生乱事，当需慎重斟酌，三思而行。当年石梁河之变，历历在目。前事不忘，后事之师。若贸然行动，必自取其祸，那时，悔之晚矣！”

王玉莹听韩儒仁说到石梁河暴动，十分惊愕，想韩儒仁一定是掌握了什么情况，故作含糊说：“我在码头上听到一个消息，年后，高柱久将在湖西清剿搜捕参与抗租税的百姓，观湖岭多数人家参加抗租税斗争，许是刘仲达他们也已知晓，想购枪用于自卫。”

韩儒仁明白了，田石山、刘仲达他们之所以急于购枪，是保安团要剿灭周立民的洪泽湖游击队，故临渴掘井，与保安团一决高下。他感叹道："如今山河破碎，为何还兄弟阋墙，让外人不屑。"

王九阳听了，脱口说道："兄弟阋墙也是国民党先下的黑手。国共已经合作，国民党还在福建、浙江等地屠杀共产党人。韩德勤自任第三战区副司令长官部参谋长兼省民政厅厅长以来，更是顽固反共，大肆捕杀共产党人，实在令人愤慨！"

话已至此，王九阳等人的身份、他们下一步的行动都已明了，韩儒仁不愿过多介入，忧心忡忡地端起茶杯，抿了一口，却忘了下咽。保安团要清剿游击队，少不了骚扰百姓，高柱久会不会又变着法儿给广宁堂发难？他要是再给广宁堂塞一院子伤号又该怎么办？不过，他从心底希望游击队能给予保安团以迎头痛击，杀杀高柱久的威风，使他不至于肆意妄为，太过嚣张。只是周立民的队伍刚刚拉起，力量薄弱，使唤的大都是鸟枪土炮，难与保安团对决，若交火必败无疑。刘仲达买枪之说，倒不失一个应急之法，可眼下已到年关，时不我待，这枪到哪里去买，又如何来得及买。韩儒仁脑子里急遽地转动着，好一会儿，才将那半口茶水咽下，自言自语地说道："除了朱殿魁那样的强人、土匪，快枪都在大户人家手中，可这些人家又不缺银两，再说，乱世之中，又如何舍得将好枪卖出。其实，其实……"韩儒仁本意是要提醒王玉莹他们应知难而退，避其锋芒，不可逞匹夫之勇，突然觉得如这般说了，岂不是和他们一起合谋造反？事若败露，那真是万劫不复了，便收住话头，沉默不语。

韩儒仁之言，王玉莹、王九阳听得真切，两人极想知道下文，可韩儒仁嗫嚅着没了声息。王九阳刚想追问，韩儒仁却已起身告辞，王玉莹、王九阳也只得起身相送。

到了脚手行门口，韩儒仁看到有个人影一闪，虽暮霭沉沉，还是看出了喜子的身影，想必是家人担心他的安危，让喜子来接他。这时，韩儒仁想到那副玉镯，便婉转地对王玉莹说："王掌柜，我想你若戴副玉镯，对身体当大有益处。"

王玉莹笑道："有啥益处？戴着碍事。"

韩儒仁认真地说:“人养玉,玉养人。玉镯集天地之灵气,玉对心脏具有平心除燥之功效,手腕戴副玉镯,对人甚有益处。”

王玉莹听了,歪着头,调皮地说:“是吗?还有此一说啊!那我真得要买副玉镯戴呢。”

送走了韩儒仁,王九阳对王玉莹笑道:“以往广宁堂和脚手行,虽鸡犬相闻,却极少往来,这些日子以来,两处来往频繁了。”

王玉莹莫名地红了脸,说:“韩儒仁是知恩图报之人,想必上次脚手行在老周脱险这件事上帮了广宁堂,觉得亏欠我们吧。”

王九阳说:“也不尽然。高柱久、朱殿魁等都想将广宁堂攫为己有,他多少猜得脚手行秘密,欲借用我们的力量,与高柱久等周旋吧。”

王玉莹由衷地说:“韩儒仁年纪轻轻,虑事言行却如此老成,真是难得。”

王九阳说:“你莫看他四平八稳,其实早就让高柱久、朱殿魁折腾得焦头烂额了。不过,韩儒仁确实把陈平之术琢磨透了,也用活了,否则,广宁堂早被高柱久、朱殿魁、魏友三毁了。不过此人藏而不露,静气颇深,与龚雨辰、南汉文那些刽子手称兄道弟,臭味相投,终究不是我们同路人,还得警惕他坏事。”

王玉莹摇头说:“弱肉强食之下,广宁堂如没有韩儒仁纵横捭阖,委曲求全,怕是一天也难以生存。韩儒仁算得上是个有正义感的开明人士,以前他资助石梁河暴动,前时救护过周立民同志,今天又设身处地为我们着想,说明他并没有把我们视为敌手。今后我们应多和他接触,使他站到我们这条统一战线上来。”

王九阳爽快地说:“韩儒仁在湖西威望很高,如能争取他支持革命,影响不可估量。”

王玉莹坚定地说:“我们应有争取他团结他的决心。刚才他所说的买枪那番话,特别是‘其实,其实’那句,不知是何用意?”

王九阳沉思了一会,突然激动地说道:“不管韩儒仁所说的‘其实’是何用意,枪的问题我有解决办法了。”

七十六

虎年说到就到了。

广宁堂里热闹起来，老太太接回来了，孩子们也都回来了。大年三十早上，广宁堂老少早早起了床，人人都穿了一身新衣，喜子、二宝还换了顶三块瓦的绒帽，显得格外精神。这是老太太特地从沭阳带回来的。儒礼、田贵夜里执守，吕叔让他俩去睡一觉，可他俩哪里睡得着，和大伙一同忙着挂灯笼，贴对联、年画、门神，忙得不亦乐乎。按吕叔之意，后院、中院大门贴了秦叔宝、尉迟恭两尊门神，前厅大门两旁的木雕对联擦得干干净净，两扇大门上各贴了一个斗大的福字。三合小院的门上和其他门窗上都贴了对联、门吊，就连马车上、槐树上、鸡圈也都贴了红纸。待一切完毕，余下的大事就是上坟。

韩家祖坟在淮阴。韩孝甫去世后，却未葬在祖坟，老太太说路途太远，祭奠不方便，先安葬在太平，等她百年后并棺再移灵祖坟，就将韩孝甫葬在镇北高台上。在韩孝甫坟旁，还分别为儒厚父母、秀芝母女和吕婶起了三座衣冢坟。这样祭奠就方便多了。淮阴那边祖坟，由亲戚代为维护。儒厚他们去淮阴办事时，也会过去烧炷香。

韩儒仁给母亲禀报后，留下女眷和吕叔、田贵、二宝、喜子在家忙碌，韩儒仁兄弟和五个孩子一起去镇北高台上坟。衣冢坟刚建那年，吕叔、老夫人都来上坟，老夫人领着儿孙先给吕婶叩拜，吕叔劝阻不住，感动地失声痛哭。自那以后，吕叔就不再和儒仁他们一起上坟了，他说，东家给伙计叩拜，他担当不起。

高台离广宁堂不算远，五六里路，出了镇子后，顺北面那条黄土路走不多远，上斜坡，过了一片荒草地就到了。所谓高台，实是荒草地上一个大土墩，方圆几十丈，据说当年是个碉楼，毁于战火，上面散落着几具白骨，夜晚时，常有鬼火闪烁，因而鲜有人迹。韩孝甫安葬于此，是他自己选定的，说此地无人争抢，他活着时心力交瘁，死后要图个清静。待韩孝甫入土及三座衣冢坟建好后，就有人说高台是风水宝地，广宁堂财源滚滚，皆因韩孝甫睡在了聚宝盆上。

韩家这几座坟冢，和湖西百姓人家的坟冢一样，都由黄土堆砌，坟头也不大，不同之处是每座坟冢前，都立有一块石碑，每次拜祭时，韩儒仁按母亲之意，先二叔二婶而吕婶而父亲而秀芝，每座坟前都摆了祭品，烧了纸钱，按年龄长幼顺序磕拜。面对肃卧在萧萧寒风中的父亲坟冢，韩儒仁长跪不起，他在心中默问父亲：广宁堂前程如何？安危如何？在魑魅魍魉倾轧之下，作为这个大家庭的长子，该如何应对，方能保一家平安。可是，父亲已脱离这腥风血雨的乱世，再也不能给儿子以训导了。父亲曾说过，你长大后要能参悟陈丞相安身立命之玄妙，为父百年之后便可瞑目了。可现在，韩儒仁隐约觉得，陈丞相那些奇策妙计，再难以让广宁堂安身立命了。韩儒仁低泣着叫了声父亲，喃喃自责道：儿子怕是要辜负您的教诲您的期望了。

临了，韩儒仁来到秀芝坟前，亲自点了香火、纸钱，尔后默默地立在一旁，先由儒厚、儒义给长嫂叩拜，然后是卓然、卓勋、银杏、银屏、小龙几个孩子给大娘、表舅妈叩拜，待孩子们叩拜后，儒厚、儒义将孩子们领到一旁，静候儒仁。

韩儒仁默默无语地盘腿坐在坟前，清明时新添的坟头，已长满茸茸的毛毛草，在微风中摇摆着，像是在迎接儒仁的到来；旷野中断续传来的湖鸟的啁啾声，似是有情人在窃窃私语，给这荒凉悲寂的旷野平添了几分伤感。日头已升得老高了，亮亮的有些晃眼，秀芝的坟冢也生动起来，影影绰绰地浴在日光里，神秘而温情。一缕缕缭绕的青烟，缱绻在儒仁面前，化作了秀芝款款的身影，往昔那鲜活的一幕幕又清晰地浮现在儒仁眼前。“秀芝——”韩儒仁叫出声来，脸上已满是泪珠。

韩儒仁一行从高台回到广宁堂时，太平镇上鞭炮声此起彼伏，天已正午了，千百年来的传统，洪泽湖西最隆重的习俗——年宴开始了。

太平镇虽属泗县，文化传统和风俗习惯依例苏北，大年三十中午这顿年宴饭，为家人团圆饭，尤为隆重，晚饭则可吃可不吃。广宁堂这顿年饭，较普通人家的“八大碗”，多了四碗药膳：白背三七藕片、红枣莲子汤、枸杞黄芪山药凉盘、马苋菜炒鸡蛋，摆满了一张大圆桌。

开宴前要放鞭炮，意即轰轰烈烈，红红火火，图个吉祥。儒礼、田贵各拿了长长一挂鞭炮，分别在前后院门口放了，直震得马嘶鸡鸣，槐树上百鸟钻天，惹得孩子们一阵欢呼雀跃。随后，儒厚让关了前后院门，准备开宴。

去年年前，淑芳父亲患了重疾，儒义前往诊治，一家四口在淮阴过的年，今年这顿饭家人就齐了，老少三代共十七口人，成了名副其实的团圆饭。配套的椅子不够，又添加了一把。老夫人位于北墙主位，右边是吕叔，左边是儒仁，其他人按辈分年龄大小顺序入座。这顿年宴照例由韩儒仁主持，他祝愿老夫人长寿、吕叔康健、家人平安、孩子们有出息，一大家人举杯同饮，场面甚是温馨感人。

饭后，收拾了碗筷，玉兰、淑芳、春花准备包饺子的材料，其他人拥到老夫人屋里，陪老人家说话。待玉兰她们备好材料后，儒义几个过去包饺子。韩儒仁将儒厚、吕叔叫到了前柜，商议明天拜年之事。

儒厚说："淮阴那边由儒义、淑芳和孩子去，县城里的新交旧谊我去，沭阳三位舅舅家由儒礼去，明天吃过早饭就动身。太平镇附近由大哥、吕叔走动。"

吕叔点头认可。

韩儒仁说："为安全起见，今年就不要去外地亲友处拜年了。"

儒厚说："往年都拜，今年不去怕是不好。淮阴那边，龚雨辰、南汉文去年刚叙了旧谊，还是走动一下为好。这也是做给高柱久、朱殿魁等看的。再说，上次答应将龚开那件墨宝送与龚雨辰，如失信于他，会引起反感。"

韩儒仁听了，犹豫了一会，说："我非不想走动，只怕突发事变，你们在外难于应对。"接着，就把那晚王玉莹、王九阳所言及他对刘仲达买枪之事的担忧告诉了儒厚、吕叔。

儒厚听了，不由恍然大悟，说："刘仲达提出购买枪支子弹，我当时就觉得异常，是要与高柱久开战。田石山、王玉莹屡次三番地对广宁堂施以援手，原来他们都是共产党！"

韩儒仁说："人家没有明说，我们心知肚明就是了。"

吕叔说："高柱久真要来剿，周立民那点人枪哪是对手。他们还不赶快跑远些，和人家硬抗，不是找死。"

韩儒仁说："共产党每次起事，从来不缺人手。当年的石梁河，前时的抗租税，事发前风平浪静，起事时遍地英雄。虽说随周立民下湖的人不多，可谁能说得清有多少像田石山、刘仲达这样的隐身人。眼下，他们缺的是枪支弹药。"

儒厚、吕叔一听，就决定不去外地走动，但太平镇里的礼数还要尽到。明天儒仁在家接待来客，儒厚给高凤年送些烟酒，再去看望一下田延年；吕叔去拜望邓铭九、陈一鹤等掌柜。观湖岭那边，田石山、刘仲达极有可能公开身份，得与他们保持距离，不去为宜。

接着又议了一旦保安团大队人马到了太平镇，广宁堂该如何应对，双方交火伤员送到广宁堂医治，如何诊治等等。待诸事议毕，三人便去了后院，到了中院门口时，韩儒仁对儒厚说："今夜把马槽下那捆枪扔给脚手行，再给他们一箱子弹。"

韩儒厚听了，惊得半截木头般愣愣地戳在那儿。几天前，儒仁还责备他糊涂，不可与他们走得太近，以免留下把柄呢。

后院，玉兰她们把饺子包好了，日头也已下了山，老夫人发话下了一锅饺子，大伙吃完，天已大黑了，又放了一挂鞭炮，除了喜子、二宝在前后院值守外，一家人都聚到老夫人住屋外间守岁。这时，就显出吕叔在广宁堂的地位了。八仙桌两边，各置了一张太师椅，吕叔和老夫人分坐左右，儒仁和儒厚他们皆坐在板凳上。你一言我一语，天南海北，陈年旧事说道起来，一时笑声不断，其乐融融。

卓然、银杏几个孩子玩耍了一天，先前还说要守到天明，子夜未到，就哈欠连连，睡眼蒙眬了。老夫人见了，笑着发话："孩子们瞌睡了，快都把压岁钱给了，让他们睡去吧。"

儒厚听了，便招呼几个孩子给长辈磕头。

卓然年岁最大，领着弟妹们先给老太太磕头，讨压岁钱。老夫人喜得合不拢嘴，一人给了一个红包。随后是吕叔，吕叔咧嘴呵呵直笑，也分别给了红包。接下来便是儒仁了，待孩子们磕了头，儒仁拿出的不是红包，而是一包闪闪发光，缀着铃铛的银锁。

这银锁是那么眼熟，老夫人、吕叔、儒厚、儒义都呆住了，这只银锁的造型，和当年儒仁被土匪残害的幼女小蕙佩戴的那只银锁是多么像啊！

几个孩子喜欢儒仁的礼物，又跪下来，齐声说：“谢谢大伯！”头磕得咚咚直响，韩儒仁欢喜得泪光闪闪。掉泪的，还有老夫人、吕叔和儒厚，他们相互望了望，心里都在想：儒仁是该有个家了。

孩子们给长辈们磕了头，让玉兰她们带回屋去睡了。此时，感人的一幕出现了，韩儒仁、田贵表兄弟五人，齐齐起身，先给老人家磕头祝福，然后又给吕叔磕头祝福。老夫人和吕叔欢喜得泪花盈盈。

七十七

初一，雄鸡未叫，鞭炮声就争先恐后地炸响了。据说，最先鸣放鞭炮的人家，能驱邪除恶，消除灾殃。广宁堂老少也起了个大早，分别给老夫人、吕叔贺了新春，就煮饺子放鞭炮。饭后，儒厚、吕叔分别去高凤年、邓铭九、陈一鹤等处祝贺新春，韩儒仁则和喜子、二宝在前院的小三合院的客厅里摆了茶水果品，准备接待来拜年的宾客。

日头已跃出湖面了，往年这个时辰，拜年的人已坐了一屋了，今天却还没见个人影。韩儒仁心里纳闷，信步走到前厅门口，见街上行人稀少，倒是有不少保安团士兵和镇警察所的人在晃悠。韩儒仁估摸着昨晚一定出了事，下意识地往脚手行那边望去。恰巧此时，脚手行里传来一阵鞭炮声，想必是他们今早起得晚，刚刚吃早饭。韩儒仁松了口气，又折回到小客厅里，倒了杯茶，边品边思忖昨夜究竟发生了什么事情。

啜完了一杯热茶，韩儒仁心里还是没有理出个头绪，这时，喜子笑嘻嘻地跑进来说：“脚手行王掌柜来拜年了。”

韩儒仁一下惊得手足无措，昨夜他就纠结是否要去脚手行给王玉莹拜年，却没想过王玉莹会来广宁堂拜年，更没想到今年第一个来拜年的是王玉莹。

韩儒仁赶忙放下茶杯，迎了出去。刚到门口，王玉莹已走到小院前，她手里提着一盒糕点。随行的还有陈婶，站在前厅后门口和二宝说话。

今天，王玉莹穿的还是那件素净的丹士林旗袍，搭配了一条紫红色的围巾，头发似刚修剪过，比以往长了些，显得端庄而又婉约。韩儒仁忙躬身拱手道："王掌柜新年好！"

王玉莹手里提着礼品不便还礼，笑着应道："韩掌柜新年吉祥！"

韩儒仁随手接过礼品，竟是贴着福字的淮阴明月楼做的芝麻桃酥。韩儒仁心里纳闷：淮阴城来人了？怎么哪里都有他们的人呢。

王玉莹进到客厅里，见空荡荡别无他人，不由一怔，说："韩掌柜家人不在？"

韩儒仁说："母亲和家人都住在后院。"

广宁堂及韩儒仁的情况，她都了解，只是一时疏忽了。王玉莹"哦"了一声，说："我去给老人家拜个年吧。"

韩儒仁忙说："不敢当，不敢当。儒仁代母亲谢了！"

王玉莹听了，忍俊不禁地说："不敢当？做晚辈的给长者拜个年有何不敢当？我如不去看望老人家，一旦她知道了，要笑话我不懂礼数了。"

韩儒仁不好推托，说："那就有劳王掌柜了。"

王玉莹终于哑然失笑了，说："韩掌柜，你哪来这么多酸腐不堪的礼数？几步之遥，有什么劳累！"

王玉莹这话有点失礼，韩儒仁听了，心里却甚是舒慰，讪讪笑着说："恭敬不如从命。"到了三合院外，叮嘱喜子去叫儒义来前面恭候拜年的人，自己提了礼品盒，陪着王玉莹到后院看望母亲。

老夫人房子里，笑声不断，是玉兰、淑芳、春花几位正在母亲屋里，逗老人家开心。韩儒仁怕家人失礼，疾走几步先进了屋，对母亲和玉兰她们说："街上脚手行王掌柜给母亲拜年来了。"话音刚落，王玉莹已进到屋里，笑盈盈地对玉兰她们说："各位姐姐新年好！"然后，冲着坐在八仙桌右侧太师椅上的老夫人鞠了一躬，说："老人家新年好！晚辈玉莹给您拜年了。"

王玉莹的突然莅临，把屋子里的人的眼睛都看直了。这是一位什么样的女子啊！身材修长，眉清目秀，举止从容娴静，身上散发着一种青春朝气，看得玉兰她们心里啧啧称羡，都有点自惭形秽了。老夫人心里更是惊讶，这个王掌柜给她一种似曾相识的感觉，眼睛直直地盯着王玉莹看，忘了答谢。

玉兰她们的神态,让王玉莹有点难为情,对韩儒仁说:“韩掌柜,看来,我要常来贵堂呢。这不,对我有点生分呢。”

韩儒仁被王玉莹的落落大方所征服,把礼品放到一旁,笑着把刚才的话又重复了一遍:“这是街上脚手行新来的王掌柜,特来给母亲拜年,此前的王建业掌柜的妹妹,脚手行就是王掌柜家房产。”

老夫人这才欠身说道:“谢王掌柜了,还给我带礼品来。快请坐。”

八仙桌左边的太师椅是空着的,韩儒仁便请王玉莹入座。王玉莹不肯,说那个座位她不敢坐,一番推让后,坐在一旁的条凳上。韩儒仁就将三位弟媳一一给王玉莹介绍,玉兰三人不失名门礼节,皆随即向王玉莹问好,王玉莹也逐一颔首致意。双方心里顿生好感。玉兰性格开朗,也胆大,说:“早就听说脚手行来了个姓王的女掌柜,没想这么年轻、漂亮,是咱太平镇上的人尖儿呢。”

王玉莹看了韩儒仁一眼,对玉兰说:“嫂子过奖了,如真有什么人尖子,韩掌柜是当仁不让呢。”

韩儒仁红了脸,笑道:“儒仁把脉问诊,或可差强人意,王掌柜是从皇城来的,能文能武,非我们这些小地方的人可比。”

王玉莹嫣然一笑,低头说:“能文能武?那我岂不是成了穆桂英了?”

玉兰她们听了,又都笑了起来。

王玉莹的这个举动,拨动了老夫人心里的一根心弦,这女子怪不得眼熟,她长得有点像长媳秀芝。秀芝就是低头说话,慢声细语,温温柔柔地讨人喜欢。又见儒仁这副局促的样子,想老大一向老成持重,“鬼影子”卧底、保安团堵门那些灾祸他都能进退有据、不动声色,今天这神态有点反常。他这么多年对婚事再三推托,莫非对这女子有了意思?看来,人家看我老婆子是假,要和老大说话才是真呢。

老夫人有了私心,便对韩儒仁、王玉莹下了逐客令:“你们当掌柜的操心多,老大,把王掌柜请你屋里说话去吧。”

两人会心一笑,王玉莹就向老夫人和玉兰她们告辞,和韩儒仁离开老夫人的屋子。

身后，玉兰三人直夸王玉莹俊俏，会说话，不愧是当掌柜的。又说也不知人家是否婚配了，要是未有婆家，和儒仁倒是郎才女貌，天造地设的一对。说着，玉兰一拍巴掌说："王掌柜家人都在北平城当大官，怕是看不起我们乡下人。"

老夫人正为王玉莹定没定亲烦躁，听了玉兰的话不悦了，绷着脸说："哪个敢说广宁堂是乡下人，老韩家自古就住在淮阴城，她老王家才去了京城几天。"

淑芳见老夫人动气，忙给玉兰使了个眼色，玉兰便顺着老夫人的话说："是这个理。大哥在上海留过学，有学问，特派员、旅长都敬重大哥。再说她开脚手行的，哪能比得上咱广宁堂呢。"

老夫人这才转嗔为喜，数落道："你们只顾自个过好日子，不知你大哥心里的苦，得让你大哥娶个嫂子来调教你们。"

淑芳便笑着说："妈，您放心，只要大哥看得上王掌柜，我们妯娌几个，就是死缠赖磨，也要叫她应了这门亲事。"

谁知，老夫人叹了口气，说："王家这女子是做大事的，你们都搭不上话，就看缘分了。"

七十八

王玉莹一进韩儒仁的房门，就闻到空气中飘散着一股熟悉的清甜味道，她知道，这是被称作"神仙贴"的祛风驱毒散的味道，不由轻嗅了几下。韩儒仁见了，指着山墙下那只挂着一把虎头铜锁的红木老柜说："这柜子里装有祛风驱毒散。"

韩儒仁住房里的摆设如前，没有什么变化，客厅正面墙上，还是挂着丈二长的岁寒四友图联体画轴，两边是红底金字对联：室有余香谢草郑兰宝桂树　家无长物唐诗晋字汉文章。只是在四方紫檀茶桌上，又置了粉彩灯笼瓶，用以代替被吕叔故意打碎的那件粉彩龙虎瓶。

王玉莹刚在四方紫檀茶桌旁的太师椅上落座，就看到由镂空屏风隔开的韩儒仁的卧室兼书房，说："韩掌柜，你的书房可否让在下欣赏一下。"

韩儒仁爽快地说："当然可以，王掌柜请！"

镂空屏风中间是半圆形月亮门，穿过月亮门就进了韩儒仁的书房兼卧室。卧室很小，在里间北墙一侧，一张不算宽大的木床，木床前面两头装有木制的竖杆，上面挂着帷幔。书桌在两间屋子中间，置有两张不大的太师椅，南面墙上开有一只大窗，使房内显得明亮。窗户两旁，挂着几件条幅，分别是"岂能尽如人意，但求无愧吾心""难得糊涂"等等，皆是些警示之语，给人一种压抑之感。倒是有一斗方行草，书的是王安石的《元日》："爆竹声中一岁除，春风送暖入屠苏。千门万户曈曈日，总把新桃换旧符。"意境有别，字也好，可谓结体奇崛，恣肆旷达。看落款，却是田石山笔墨。

西山墙一面，并排立着四架书橱，里面大多是厚厚的线装书。书橱上方挂一横披，书有宋代诗人徐钧、胡宏赞颂西汉丞相陈平的两首诗：

生平多智足兴刘，奇秘终贻正大羞。
若使托孤权独任，未知诛吕若为谋。

陈平相业定何知，应对知君智有余。
不佐汉兴三代业，区区心事六奇书。

横披是韩儒仁自己书写的北魏体，虽比不了田石山的那么炉火纯青、率意天成，却也方正峻厚、工整朴拙，颇见功力。都说韩儒仁崇奉陈平，看来此话不假，但从其所悬挂的这诸多笔墨中，也可见其思想矛盾，心思沉重，活得很累。王玉莹的感叹之心油然而生。

这时，王玉莹看见了书桌上锦盒里的那对玉镯，想到那晚韩儒仁给她说的有关戴玉镯的话，心里莫名地跳了一下，便连忙退出。昨夜，韩儒仁从母亲屋里回来，了无睡意，一是儒厚夜晚要给脚手行送枪，他放心不下；二是每逢节日，越发思念父亲和爱妻及幼女，如今又有王玉莹萦绕在心头，更是难以成眠，就取出玉镯，叹息伤感一番，直到寅时才昏然睡去。刚才，王玉莹看见玉镯时，韩儒仁不免心虚，好在王玉莹似乎对玉镯不大在意。

王玉莹回到客厅，刚在椅子上落座，就突然问道："你眼窝发青，昨夜想必睡得不好吧？"

韩儒仁以为王玉莹从玉镯上猜到端倪，忙矢口否认："还好。就是鞭炮声闹得难以熟睡。"

"若无睡意，可出去走走。"

"世面不安，小心为好。我晚上从不出门，也不许家人伙计外出。"

王玉莹想：此地无银三百两，我又没问你家人伙计。就单刀直入地说："昨夜不知何人拜访脚手行，留下一份重礼，我心里很是不安。"

韩儒仁一脸茫然，说："还有这种事情，真是让人匪夷所思。"

王玉莹暗自发笑：你就装吧，除了广宁堂，还能有谁！你想和脚手行保持距离，留有退路，我偏不给你回旋之地。便说："韩掌柜不想知道是何重礼吗？"

韩儒仁连连摇头："事不关己，高高挂起。广宁堂诸事不顺，我对别家之事，早已心意阑珊了。"

王玉莹又暗自发笑，你何时事不关己，高高挂起了？几天前你还告诫我们前事不忘，后事之师，若贸然行动，必自取其祸呢。就开诚布公地说："昨晚半夜，有人给脚手行送了一支老套筒，两支新式汉阳造快枪和二百发子弹，还有两颗手榴弹。只是，我不知此是何意？"

韩儒仁说："王掌柜你讲故事吧？这要值不少大洋的。这等好事广宁堂可是从未遇上。"

王玉莹见他不愿认账，也不好再强人所难，就说了急于购买一些红伤草药的事。

韩儒仁也不问缘由，说："何时要？"

王玉莹说："今明两天最好。"

韩儒仁说："这么急？那好，明晚给你送去。"

王玉莹答非所问地说："龚雨辰有言在先，保安团遇有伤病，就在广宁堂里救治。听说节后保安团有所行为，将由龚雨辰指挥，我怕你这里又要成了伤兵医院了。"

韩儒仁苦笑着说："这又何尝不是个护身符呢。他还说如有匪人滋事，可就地击毙呢。”

王玉莹说:“这对保安团也是个震慑,只是要赔不少钱财吧。”

正说话间,韩儒厚回来了,王玉莹与之相互拜了年,问了好,即起身告辞。韩儒仁稍作挽留,就一起相送王玉莹出门。到了中院门口,王玉莹听前面三合小院里人声嘈杂,估计多是拜年的乡邻,就不让韩家兄弟相送,独自到了前厅,和陈婶一起回了脚手行。

王玉莹出了中院门后,韩儒厚就神色紧张地对韩儒仁说:“昨夜镇警察所出大事了。”

韩儒仁忙摆手说:“屋里说去。”

兄弟二人急急转回儒仁屋里,在方桌旁刚坐下,韩儒厚就忙把他在高凤年和田延年处听到的事情说了出来——

昨夜,有几个蒙面之人潜入了镇警察所,将两个值守的警察堵在被窝里,劫走了两杆快枪。据其中一个警察说,劫匪好像是湖上的马子,满身的鱼腥味。而就在这几天,劫案连发,湖西百里内多家地主豪强遭破门抢劫。这些人不抢钱粮,不害妇女,除白金斗、徐香被杀外,很少伤人,只要枪支。但手段极其高明,将家主绑了,在后背抹上什么东西,置于火盆旁炙烤,一根烟工夫,被绑之人就上身红肿,痛痒难忍,生不如死,只得乖乖交出枪支弹药。得手后,留下一包药粉,嘱其热水冲泡,身上痒痛红肿皆消。

说到这里,韩儒厚疑惑地问:“劫匪手段好似姜先生的‘药功点打法’,实在让人不解。”韩儒仁听了,已知端倪,说:“岂止姜先生之术,田石山不也是打鱼的。再者,为何丧命的是白金斗、徐香?这所谓劫匪不是已明了。”

白金斗、徐香是湖西有名的恶霸地主,为虎作伥,无恶不作。凡佃户的媳妇,娶过来的头夜,得由白金斗先睡。徐香的佃户王某娶妻,当晚徐香闯进王宅,奸淫王妻。王母劝阻,被徐香枪杀。当局镇压腊月抗租税时,二人曾捐出价值上万大洋的粮油肉蛋劳军。

韩儒厚惊道:“是田石山他们?”

韩儒仁赞许地笑道:“此举倒是比买枪来得快。”

七十九

大年初四下午，过年的爆竹还在鸣放，高柱久的清剿洪泽湖游击队的行动就开始了。这次行动不同往常，是在韩德勤的压力下开展的。因乡梓之地发生的抗租税事件，对韩德勤家族的性命财产有极大威胁，韩德勤恼羞成怒，饬令剿匪剿共专员龚雨辰及泗阳、泗县军政要员，说他对“暴民乱党殊堪痛恨，绝不可姑息养奸，着限期扑灭”。

在韩德勤的淫威下，龚雨辰与两县军政要员不敢怠慢，决定调两县保安团、警备队及警察局共一千六百余人展开清剿行动，由龚雨辰坐镇泗城指挥。龚雨辰据多方情报，分析周立民的洪泽湖游击队在湖西一带活动，而成子洼则是其经常出没的地方。对这次行动，龚雨辰内心有其想法，他认为所谓的洪泽湖游击队只不过是几个逃亡的失地农民、佃户，土匪倒是湖西地方心腹之患，欲借这次行动一举剿灭湖西土匪。他亲自制定行动方案，决定来一个拉网式大清剿，先从泗阳县打响第一枪，将土匪、游击队赶到太平镇一线，然后由水警队在成子湖中间水面布防，阻其回窜。高柱久的队伍再从湖西两头挤压、包抄，一举根绝匪患。因这块湖面呈口袋形状，他给这次行动取的代号是“口袋捉鳖”行动。

高柱久对这次行动尤为积极。此前因周立民再次在抗租税中逃脱，高柱久受到上峰严厉斥责，他急欲抓住周立民，为自己扬威。加之白金斗、徐香均与其有勾结，他俩被杀后，高柱久吃不准仇家是谁，待太平镇警察所遭袭后，他便断定是共产党所为。因为高柱久自己也是土匪，除非性命受到威胁，否则土匪从不主动与军警作对。高柱久担心，如不能及时消灭洪泽湖游击队，任其坐大，势必成为他的心腹大患，就欲借助泗阳军警之力，一劳永逸地解决掉周立民的队伍。

泗阳县的保安团从大年初三即开始行动，分别在高度、卢集镇、五河闸三处码头展开军警，一路鸣枪放火，做驱赶式清剿，欲将游击队赶至对面湖滩。

初四傍晚，泗阳方面报告完成清剿，除抓获零星独匪外，未发现大股土匪乱党行踪。这就是说大股土匪乱党已潜至高柱久防区了。高柱久当晚即率保安团、警备队、警察局所属八百余人军警，以临淮、太平、郭徐庄为主要点线，展开突击式清剿。

负责太平镇方面的是高柱久的主力鲁大能中队和高凤年中队。鲁大能的一百多人从镇西进入太平镇，与高凤年的中队会合后，就一路鸣枪狂叫向镇东冲来。在经过广宁堂时，鲁大能一努嘴，几个士兵冲过去砸广宁堂大门，吆喝着开门搜查。有个士兵还冲着门楣上方的"广宁堂"牌匾开了一枪。广宁堂对保安团此次清剿已有准备，韩儒仁即让儒礼开门。一群保安团士兵嚷叫说要搜查乱党，簇拥着要往里面闯，却被韩儒仁迎面挡住。

"他妈的，给老子让开！"鲁大能手提盒子枪，横眉竖眼地闯了过来。

"你是何人，如此无理！"韩儒仁一反常态，正言厉色地斥责道。

"老子是鲁大能，你是谁？"

"哦，鲁队长？久闻大名。我是广宁堂掌柜韩儒仁。"

韩儒仁的名声在湖西也可谓家喻户晓，鲁大能本能地怔了一下，身后的团丁一时噤若寒蝉，打量着眼前这位身富传奇色彩的年轻掌柜。

韩儒仁面若沉水，不怒而威，鲁大能收敛了匪气，扬了扬手中的盒子枪，盯着韩儒仁说："韩大掌柜，失敬，失敬！鲁某人奉命搜捕乱党匪人，广宁堂不得例外，得罪了。"

韩儒仁听了，朗声说道："鲁队长遵命行事，有何得罪。前时龚雨辰特派专员曾当着高团长之面嘱咐我，今后保安团弟兄遇有伤病，就在广宁堂里救治，如有匪人滋事，可就地击毙！鲁队长要入室搜查，也是恪尽职守，不必客气。请！"韩儒仁撤步让开去路。可是，鲁大能傻眼了，韩儒仁身后，并排立着三个汉子，丝毫没有让路的意思。两边之人，腰里别着和他手中一模一样的盒子枪。中间之人，双手抱怀，眼闪寒光，想必就是快枪手韩儒礼，他要枪却从不露枪，出枪便有人毙命。鲁大能的后背顿时掠过一阵寒意。这次硬闯广宁堂，并非高柱久之意。临来前，高柱久交代他，趁人多混乱之际，冲着广宁堂放上一阵乱枪，给韩儒仁一点颜色看看。反正有警备队和警察局的人混杂其中，他也不好追查。待队伍进了镇，匪兵们的鸣枪狂叫，让鲁大能匪性大发，就自作主张欲借机砸了广宁堂。待听了韩儒仁所说，不由心中后怕，龚雨辰有令在先，他又是这次“口袋捉鳖”行动的总指挥，自己手下要是砸了广宁堂，韩儒礼怕是要下手，自己岂不是白丢了性命。保安团往镇东，是要突袭五里外的周嘴码头，以那里为落脚点，清剿苇荡里的游击队。眼前碰到了硬点子，鲁大能只好借坡下驴，收了盒子枪，双手抱拳说：“既然龚专员有话，鲁某军务在身，不再打扰。望韩掌柜好自为之，咱们后会有期！”说毕，一扬手，带着匪兵灰溜溜地走了。

韩儒礼冲着匪兵们的后背说：“哥，你今天总算硬气一回。”

韩儒仁说：“不怕兵狠，就怕兵乱。这次清剿是龚雨辰挂帅，我只好借助钟馗打鬼。一旦吓唬不住这伙匪兵，那广宁堂就遭殃了。只是鲁大能就这么走了，倒是费人猜测，难道高柱久不欲借此机会祸害广宁堂了？”

街面无事，韩儒仁留下儒礼值守，来到后院。后院是儒厚和田贵、吕叔值守，未有异常，三个人正站在槐树下说话。儒厚焦急地问儒仁：“前面响枪了？”

韩儒仁说：“屋里说去，不要吵了母亲。”

待进了儒仁屋里，在椅子上坐下，儒仁赞叹地说：“王玉莹他们的情报真是神了，鲁大能带着保安团奔周嘴码头去了。”

韩儒厚说：“不知周立民他们在没在那里？要让人家堵码头里就险了。”

韩儒仁不屑地说：“谋不密何以成事。人家年前就知其行动，岂能坐以待毙。再说这茫茫大湖，遮天苇荡，到哪里去剿。我倒是担心高柱久以雨辰兄所言为理由，再给广宁堂弄一些伤号来。”

韩儒厚说：“这极有可能。”

吕叔也说：“保安团的怕是又要逼着田延年捐款了。”

正说话间，儒礼进来说：“老舅来了，在妈屋里。”

八十

秦家信义镖局在沭阳县的名望,是用鲜血和信义打造的。当年,秦老太爷应邀在大年初二为县城万顺银庄万老爷护了一趟镖,护送万老爷夫人去宿迁省亲,随带的物品有好几件,其实最值钱的东西在夫人贴身使女身上,是一卷银票和一腰围金器。途中遇到一伙劫道的,打斗中丢失了一箱镖物,回来后,秦老太爷即带了二百两银子去赔罪。万老爷为人正直,说真正的镖物并未丢失,那箱镖物仅是几件衣物,怎么也不收。没想,秦太老爷以为是万老爷不肯原谅他,放下银两,到了钱庄门外,抽刀削去一指,以示罪责。此举轰动了整个沭阳城,为秦家信义镖局兴盛奠定了基础。如今,镖局威风尚在,家里还有好几位镖师。儒礼说的老舅,是老夫人最小的弟弟,比韩儒仁只大了十多岁,为人刚强,武艺也好,与几个外甥感情甚笃。镖局主事的是儒仁二舅,护镖则多由儒仁老舅承担。

韩儒仁听说老舅来了,很是欢喜,即与吕叔、儒厚奔了老夫人屋里。

韩儒仁到了门前,听到老舅好似叫着他的名字正在发脾气,正好田贵从屋里出来,小声对儒仁说:“老舅正发火呢。”韩儒仁也没多想,叫了声老舅,抬脚跨进了屋里。

老舅看了韩儒仁一眼,鼻孔里哼了一声。和老舅同来的还有大舅家的表弟青山,青山站起来和儒仁打了声招呼。待见到吕叔、儒厚时,老舅这才起身,相互问好拜年、让座。

韩儒仁不知老舅气从何来,也不敢冒失发问,正踌躇间,老夫人问他:“刚才过兵了。”

“过兵了。是从金锁镇来的保安团和警备队。”

“没找广宁堂茬子?”

“没找。他们要进来搜查,让我支走了。”

“是吗?我听说人家毁了咱广宁堂匾额。”

“毁了匾额?谁说的?”韩儒仁惊愕地问。

“我说的!这是骑咱脖子叫阵,扒咱的脸皮呢!”老舅又吼了起来。

韩儒礼见状,忙对儒仁说:“哥,刚才保安团把前门上的匾额打了个洞。”

韩儒仁听了,甚是吃惊,保安团枪击匾额,说明存心要祸害广宁堂,心中暗自庆幸刚才唬住了鲁大能,如让那伙匪兵闯进来,依儒礼、喜子那脾气,不知要闹出什么乱子来。此事他不愿让母亲担心,轻描淡写地说:“匾额有枪眼?我倒没在意,也许是早先留下的。”

老舅更不乐意了:“早先留下?那怎么还烫手?”他功夫好,见了那个枪眼,纵身抬手在枪眼上一抹,那里余温尚存。

又责备说:“你是一家之主,遇事要敢担当,可不敢一味懦弱!”

韩儒仁赔着笑脸,不敢争辩。

知子莫若母。老夫人根据儒礼刚才讲述,知匾额之事儒仁实是不知,而他不以为意,是怕自己担惊受怕。便说:“他老舅,你委屈儒仁了。你姐夫走后,这偌大家业就靠他支撑。这几年,广宁堂出了好些大事,我怕你们担心,没告诉你们。要不是儒仁操持,哪能有眼下这番光景。哎,也实在难为他了。”老夫人说着,便嗓子发涩。接着,老夫人就和儒厚把朱殿魁祸害、叶善友卧底、高柱久发难以及周立民藏在广宁堂疗伤等一一说了。

老舅的脸色由生气转为激愤,再化成一脸的欣慰和赞许,对儒仁说:“老舅错怪你了。来前,你大舅二舅还让我叮嘱你遇事要沉稳,不可莽撞。现在看来,你比老舅有能耐。”说着,自己先笑了起来。

老夫人和吕叔等也都开心地笑了起来。

说了会儿话,吕叔离去安排饭食,青山被儒礼叫到街面上转悠,儒仁、儒厚就领着老舅看看广宁堂的前厅后院。先看的是后院,一切都那么井然有序,儒仁把用于防备不测的暗室、暗窖也告诉了老舅,老舅听了不住地点头。待转到前厅时,外面突然响起一阵枪声,儒礼和青山跑了进来,让值守的二宝关了大门,说街上又往东面过了一队兵,还有一伙警察绑着几个人往西去了。

老舅听了,心里有了想法,没了转悠的心情,和儒仁、儒厚又回到老夫人的屋子。

老舅说:“我看广宁堂在这太平镇不安稳,没有几家亲戚,遇事也没有个帮衬。”

韩儒仁说：“还好。人都熟了，和几家大的商号相处不错，相邻的村子里也有不少至交。代镇长田延年，驻军高凤年也常有来往。”

老舅摇头说：“熟人、至交这都不管用，这一大家老少十几口人，都在对头刀口下，我是不放心。万一有个意外，你们也放不开手脚。现在这保安团就在跟前搞什么清剿，随时都可再来祸害，我看大姐和几个孩子明天还是跟我回沭阳吧。等这里安稳了，我再把你们送回来。”

老夫人听了，想到今天鲁大能枪打匾额，又要强闯广宁堂，这与当年匪人进宅滥杀无辜没什么区别。永远的悲痛令她记忆犹新，沉吟一会，点头称是。

老舅的意思正合韩儒仁心意，他心中早就意识到，广宁堂和高柱久、朱殿魁他们迟早要撕破脸皮，少不了你死我活一番争斗。眼下高柱久兴师动众在太平镇附近动枪动炮，一旦广宁堂出事，老的老，小的小，不好应对。若未雨绸缪，将老人孩子转到安全处，只留下大人，那就从容多了。就和母亲、儒厚商议一番，决定让春花带着小龙、银杏随老夫人一起去沭阳暂住；儒义、淑芳带着卓然、卓勋提前去淮阴，把银屏也带去，住在卓勋外爹家等待开学。

韩儒厚说：“保安团、警备队正在大清剿，土匪不敢出窝，路上较为平安，明早就走吧。”

韩儒仁说：“那就今晚去大车店雇辆马车，送儒义、淑芳和孩子去淮阴。大车店有两个伙计，让喜子也跟上，人多，蟊贼独匪不敢拦劫。母亲和春花她们，就坐自家马车，由二宝赶车，让儒礼也跟去。”

老舅听了，说：“我看你这里也就儒礼、田贵能顶事，儒礼不在，出事怎么办？这一路由我和青山护着，你放心。”

韩儒厚说：“也好，老舅朋友多，路程又不远，儒礼不去也行。”

晚饭后，儒仁先和儒义淑芳说了送孩子去淮阴的事，淑芳当然高兴，把孩子交给外爹外奶，她放心。韩儒仁又和田贵、春花说了，春花听说是陪老太太暂住，又带着小龙，且那边也是大户人家，满口答应。韩儒仁又给了春花二百块银元，叮嘱她收好，以备急需。

这晚，儒厚他们抓紧准备行程，韩儒仁则分别给龚雨辰、南汉文写了封信，又给龚雨辰带了他祖上那件墨宝，还给南汉文带了厚礼，也是忙碌半宿。

湖边的枪声一夜未断，广宁堂老少摸黑起来，匆匆吃了早饭，天才放亮。

一切准备停当，从大车店雇的马车也已停在中院门口。韩儒仁让母亲先走，老夫人不依，要让儒义他们先走。卓然、卓勋、银屏过来和奶奶告别，老夫人满面笑容地抚着孙儿的小脸，叮嘱好好学习，听外爹外奶的话。待他们上了车，这才落下盈眶的泪水。

儒义的马车离开后，二宝将马车赶了过来，吕叔、儒仁过来，扶老夫人上了车，老夫人攥着吕叔的手，泪流满面地说："他叔，我走了，这个家你要多操心。"吕叔哽咽着，多年来第一次当着众人之面叫了声"老嫂子"，说："广宁堂有儒仁操持，你就宽心吧。"

老夫人又把儒厚、儒礼叫到身旁，叮嘱一番，然后，神色刚毅地对儒仁说："老大，当年要将广宁堂从淮阴城搬迁到太平镇时，你父亲曾对我说过：遇事忍让为上，忍无可忍，还可退避三舍。为母今天给你说，你要记住韩家当年惨祸，要是退无可退，不必再忍。"

韩儒仁听了，心灵极为震撼，颤声说："您放心，我一定铭记于心。"

老舅说："儒仁，有事告诉舅。"儒仁应了。老舅和青山上马，二宝甩了鞭梢，马车吱吱地出了边门。

此一去，老夫人和儒仁他们都没有想到，广宁堂会发生天翻地覆的变化。

八十一

出乎韩儒仁意料，高柱久还真把周立民的游击队找到了。原来，高柱久的队伍老底本就是土匪，鲁大能的一中队被招安前，更是常年在湖西作案，对这片芦苇荡的沟沟汊汊、土墩河滩了如指掌；哪里能藏人，哪里避隐身，皆一清二楚。高柱久一为消灭游击队，二为搜查湖匪隐藏在湖里的财物，驱赶保安团进入茫茫苇荡，做地毯式清剿。

周立民的游击队隐蔽之处，曾是湖匪藏身之地，这就上演了一场战争史上的奇观。游击队转移、撤退之路，有土匪在守株待兔；土匪欲偷袭游击队，反又遭游击队伏击。最让高柱久意料不到的是，游击队绝非是他所想的那么缺枪少弹不堪一击的土棒子，交起手来，不但火力强劲，且人手众多。尤其是游击队的土炮，轰出来的钢珠铁片，铺天盖地，火光冲天，芦苇被成片削断，打得保安团士兵鬼哭狼嚎，魂飞丧胆。每当枪一响，那些兵丁不是撅着屁股放枪，就是抱头鼠窜，鲁大能、高凤年直嚷这仗不能再打了。警备队和警察局那些人则只在湖边放枪呐喊，不愿下湖清剿。高柱久心中哀叹，共产党莫非有点化之功，几日之间就化腐朽为神奇了。无奈之下，高柱久下令放火，欲将游击队逼出来。但苇荡早已被大船小舟压出一条条水道，难以连片，加之沟塘纵横，那火怎么也烧不起来。

高柱久的清剿历时半月，死伤二十余人，却一无所获。面对浩渺的茫茫大湖，高柱久虽气急败坏却又有苦难言。当初，周立民极有可能躲在广宁堂疗伤，他忌惮龚雨辰和南汉文，不敢贸然搜查，加之高适之被韩儒仁以宝物所惑，也迟迟不让动手，他只好守株待兔，四面围住广宁堂。可是周立民竟然不翼而飞，闹出"腊月抗租税"这一重大事件。

高柱久是睚眦必报之人，如何能咽得了韩儒仁塞给他的这只死苍蝇，他派高凤年去知会广宁堂，说按龚特派专员指示，保安团伤兵要到广宁堂治伤。

韩儒仁心里早有准备，对高凤年说："高副官，尽管雨辰兄有言在先，可广宁堂不敢接收这些伤号。"

高凤年不解："韩大掌柜何出此言？以往保安团伤号不是都在广宁堂医治吗？"

韩儒仁说："副官所言是实。可此一时彼一时，当初那些伤号是因剿匪所伤，土匪已逃之夭夭，且他们不敢与官兵作对，在广宁堂医治并无不妥。现在这些伤号，是为共产党游击队所伤，据说，游击队并未被剿灭。若将伤号放在广宁堂，游击队如来袭击，这些弟兄难免性命不保。届时，不但广宁堂受累，副官身为太平镇驻军长官，怕是也难脱干系。如高团总硬将伤号放在广宁堂，得立下字据，遇有不测，与广宁堂无关，免得雨辰兄责备于我。”

高凤年听了，觉得有理，更怕自己担责，将韩儒仁所言如实禀报了高柱久。高柱久听了，心中虽然恼火，也觉得将伤兵放在广宁堂不妥，一旦游击队来了，必将成为俘虏。如派兵保护，又难保广宁堂不与游击队勾结，里应外合发难，岂不是又白丢了许多枪弹性命。此事一旦让龚雨辰知道，也对自己大为不利，说不定还会危及自己的前程。左思右想，高柱久觉得这次清剿很失败，不但败给了游击队，还败给了韩儒仁。他没有别的选择，只好将伤号送回了金锁镇。

三月下旬，高柱久从洪泽湖西铩羽而归，但少不了编造一番战果，无非是毙伤多少游击队队员，缴获多少枪支，要求拨款以补充消耗，等等。韩德勤给予通令嘉勉，还着令泗阳、泗县两县政府奖励高柱久三万大洋。这赏银之事，当然是不了了之，但高柱久尝到甜头，由此靠上韩德勤，反共之心更加坚决。

此时，日军占领南京后，中日双方都在准备下一步行动。第五战区集中苏豫皖国民党军及苏皖地方部队数十万人准备徐州会战，将军队集结于徐州等战略要地。国难当头，国民政府无暇顾及清剿匪寇。而巨匪魏友三经过数月休整，托大起来。

魏友三，本名魏其富，江苏睢宁沙集西北小朱庄人，家境贫寒，而立之年尚未成婚。因为在地主家做雇工辛苦劳作了一年所得的两口袋玉米在宿迁归仁集被抢，魏友三气愤难平，铤而走险，用一支木刻的假手枪夺得了当地一地主家的三支枪，打死了抢粮的地痞无赖。从此走上了打家劫舍、与民为敌的“创世”（土匪）生涯。

由于魏友三为人胆大心细、心毒手辣，具有一定的组织和领导才能，聚集在其周围的土匪像滚雪球一样，越滚越大，人数越来越多，成为苏皖边境特别是洪泽湖一带有名的“瓢把子”，其直接控制的土匪近一千条人枪。如果加上其手下控制的大大小小的马子，人枪达三千之上。其罪行足以称得上罄竹难书。仅民国16年（1927）八月十七日睢宁县十家墩惨案中，就有八百余人惨遭屠戮。民国21年（1932）泗县吕集惨案中，有二百六十八人被杀，其中十八户被杀绝。

民国27年四月初，魏友三见当局上下注重对日战事，剿匪之事势微，决定再呼啸江湖。为防备高柱久、朱殿魁掣肘，他让人传话给朱殿魁，孔友善是他的军师叶善友，在广宁堂卧底，受韩儒仁蛊惑，嫁祸朱圩，方有掘洞破圩一战。现洪泽湖地区将很快为日本人占领，愿与朱殿魁摒弃前嫌，互为掎角，应对危局。

魏友三用意颇深。如朱殿魁去攻打广宁堂，龚雨辰、南汉文必调兵围剿，高柱久负有太平镇治安之责，又迫于龚雨辰压力，不能袖手旁观。三方纠缠混战，也就顾不上应对魏匪了。

魏友三的传言，张管家不信，说："魏友三此言也未免太过离奇了。韩儒仁乃人中俊杰，又有龚雨辰、南汉文罩着，叶善友钻到他广宁堂里卧底，他岂能放过？以他的智谋，灭他叶善友不过是举手之劳。"

朱殿魁听了，呵呵大笑，说："人都说姓韩的神拜陈平，乃陈平隔世弟子，依我看来，他的肚量与其老祖宗淮阴侯有一比，其阴谋诡计，即便陈平在世，也不过如此。他放过叶善友，这就是他的高明之处，叶善友若死在广宁堂，那韩儒仁就和魏友三撕破了脸皮，就是公开叫阵了。魏友三是流寇，行踪不定，即便广宁堂有龚雨辰、南汉文罩着，总不能天天派人马来替他守院子吧？高，高，这一招实在是高！只不知他是用何种妙计退了叶善友，嫁祸我朱圩的？"

张管家领教过广宁堂的威德，既不认同朱殿魁的分析，也不愿与广宁堂再生仇雠，不无担心地说："殿魁，我们切不可中了魏友三离间之计。"

朱殿魁说："不用老魏三他老狗离间，广宁堂与我朱圩早已成为水火之势，仇气化解不开了。再说，以韩儒仁品性，绝非你我同道之人。不过，魏友三此举，实为离间之计，让朱圩广宁堂两虎相斗，他好趁机火中取栗。我若中他奸计，岂不是白混半辈子了。"

张管家松了口气，说："殿魁，你想得对。广宁堂不过是家药铺，无啥雄心壮志，更遮不了湖西这方水土，我们不必和他过意不去。而应和其修好，以便为我所用。"

"和其修好？"朱殿魁白了张管家一眼，"韩儒仁害得我折了那么多的兄弟，还失了那对宣德炉，此深仇大恨，岂能化解！我们得找个时机，干他一票，出出胸中这口恶气。否则，他姓韩的还真把我朱殿魁当成肉头呢！”

八十二

几乎在给朱殿魁传话的同时，魏友三带领七百余人从洪泽湖北面的泗阳县高度上岸，经卢集、中场、仓集等地，一路上烧杀抢掠至洋河镇，镇上民团见土匪势大，不战而退。魏友三大散“英雄帖”，说要在洋河镇上举行“英雄会”，推举“洪泽湖地区龙头老大”。一时洋河镇上聚集了唯魏匪马首是瞻的刘荣铎、刘广益、陈茂昭、梁家山、邓五等十余股土匪两千余人枪，他们在洋河镇及附近村庄里大摆宴席，弹冠相庆，气焰极为嚣张。

洋河依傍古黄河，地处徐淮要津，是苏北古镇。境内立有栅栏和石碑，碑额勒有“东临淮郡，西障彭城”字样，可见其战略地位之重要。洋河镇是酒乡，镇上的酿酒业起源于两汉而兴于唐宋，所产的浓香型大曲酒，以小麦、大麦、豌豆为原料精制而成。醇香甘冽，回味无穷，令人赞叹。

魏友三放话：这些日子太清苦了，让孩子们放松快活快活！

众匪无不欢呼雀跃，整天肉林酒池，恣意妄为，把洋河镇闹得乌烟瘴气，说是人间地狱也不为过。

与那些喝得丑态百出的匪首不同，魏友三极少饮酒，他说嗜酒误事。他喜洋河镇上的美食车轮饼。

这车轮饼有一个美丽的传说：乾隆年间洋河镇有一家酒店的美酒佳肴远近闻名，店主名叫张善巧，人称巧师傅，据说没有他做不出的美味，乡亲们送了他一副对联：善为淮北面点　巧做江南佳肴。后来乾隆皇帝出行，路过这家酒店，看到了这副对联，觉得乡村小店太过狂妄，于是要求巧师傅以车轮为模型做一种点心，要求形似美味而且吃起来还要有车轮滚动的声音，既好看好吃又好听，做好了有重赏，做不好就撕了这副对联。

巧师傅虽然觉得为难，但还是尽力而为，面饼用白糖猪油桂花等做馅，制成车轮样式，下锅油炸，再把冰糖打碎压进饼里，这样吃起来果然咯吱咯吱地响，与车轮声如出一辙。乾隆品尝后甚为满意，当即题诗一首："洋河有饼若车轮，香脆酥甜妙化神。莫道京华糕点好，品来不及此奇珍。"从此洋河车轮饼便声名远扬，成为了一道著名的小吃。

而魏友三喜食车轮饼，还有一个原因，这饼味道好，携带方便，对四处流窜的土匪来说，是极好的食品。因此，他每到洋河镇，便要百姓为其匪众大量制作车轮饼，以作干粮。这次占了洋河镇后，魏友三踌躇满志，认为日本人入侵，中央军自身难顾，自己可以予取予求了，称霸洪泽湖就在眼前。他选了处四合院，有时让手下女匪首李芳伺寝，或抢一个良家女子来陪睡，奢侈淫欲，暴殄天物，好不快活。

可是，这回魏友三打错了算盘，蒋介石视徐州会战为国家存亡之役，给第五战区司令长官李宗仁生杀予夺之全权，甚至要将其行动迟缓的心腹爱将顾祝同送上军事法庭。为保徐州会战成功，李宗仁严令龚雨辰从速剿灭魏友三匪众，确保后方安全。一天之间，龚雨辰即调集淮阴、宿迁、泗阳、泗县、盱眙五县保安团三千余人，连夜急行，天亮时从四面突然包围了洋河镇。经过一番激战，到晌午时，土匪损失近半人枪，残部被压缩在洋河镇里，龚雨辰限其在日落前缴械投降。万般无奈之下，魏友三派人送信给龚雨辰，表示愿意接受国民政府招安。龚雨辰胜券在握，不容魏友三讨价还价，说魏友三乃苏北巨匪，恶贯满盈，绝不能再姑息养奸，限魏友三匪众即刻放下武器，政府将予以宽大处理。

魏友三知道，如放下武器，自己将难逃一命，决定另觅逸路。为争取时间，他当即派人带了十根金条，再次谒见龚雨辰，说他接受龚特派专员的条件，但因个别匪首尚有疑虑，暂缓半日，待他将意见相左者解决后，明日收拢队伍，届时请专员前来点验。得到龚雨辰应允后，傍晚时，魏友三派出梁家山带着二十根金条，三万银票，向高柱久借道。

梁家山与高柱久交情不错，当年高柱久起事时被官府追杀，被梁家山所救。高柱久的保安团堵的是洋河镇东口，在洋河镇东街口一里处筑壕设围。梁家山化装成一个卖洋布的，说是高柱久表兄，找到高柱久，拿出金条银票，把来意说了。高柱久倒也爽快，说："家山，什么话都不要说了，你就带着你那些'小孩'(土匪)走。"

梁家山说："我那一百多'小孩'和魏三爷、陈佩华的'小孩'混在一起，如何带得出来？只求老兄念及旧情，网开一面。"

高柱久说："家山，我现在是国民政府保安团上校团长，剿匪安民是我的天职，放你走，已有愧于我的职责了，还怎能放魏友三脱逃。"

梁家山听了，恳切地对高柱久说："鸟尽弓藏，兔死狗烹。如果没了魏三爷，还要你保安团干什么？实话告诉你，魏三爷所以向你借道，是你手下那些人和三爷那些'小孩'相识，交情不错，不会向昔日好兄弟开枪。你如不念旧情，魏三爷突围时不会四面开花，必定走你镇东，与你拼个鱼死网破。上千'小孩'突你的几百人的防地，你能挡得住？把队伍打没了，人家还拿你当团总看？怕是尿脬都不打你。再说，你不是想得到广宁堂吗？你没了'小孩'，还怎么与韩儒仁斗？"

梁家山这话，戳到高柱久痛处，魏友三要是硬闯东口，自己如何能堵得住！再说，乱世之中，枪杆子就是身家性命，没了队伍，自己充其量也不过是个地痞罢了。这么多年来，他与韩儒仁斗智斗勇，却总是功亏一篑，打光了队伍，他梦寐以求想霸占的广宁堂，真就成了黄粱美梦了。但如果魏友三真的从自己的防地"跑水"，那些士兵怕是真的不忍向昔日同道开枪。而放跑了魏友三，莫说龚雨辰追究，就是老百姓也会怨气冲天，这对于今后的前程将贻害无穷。

高柱久前思后想，脑子里不由灵光一闪，想出一个绝妙的计策来，故作动情地说："兄长之恩，我一直铭记在心，既然兄长说话，我岂能不允。不过，我若开了口子，龚雨辰定会军法从事，望兄长体谅我的难处。我有一个办法，也许能两全其美，不知兄长能否允肯？"

梁家山听了，忙说："什么办法？你快说出来。"

高柱久说："'围魏救赵'。"

梁家山着急地说："几路人马都被困在镇里，如何再去围魏？"

高柱久自得地说："我放你二百人马。"

"何处是魏？"

"太平镇，广宁堂。你去围魏，把声势造大些，我去救魏。留下少量兵力守口，这样你们可顺势而出。"

梁家山听了，连声叫绝，说："柱久，这计策太绝了，也难怪你能当团总。"

高柱久说："家山，如果是你的马子先出，那我立马再将口子堵住。"

梁家山笑了一声："我的马子先出？那魏友三就不是魏友三了！"

八十三

梁家山走后，高柱久迅速作了调整，将由他的把兄弟鲁大能任中队长、把完全以土匪为班底组建的一中队放在正面，其他中队撤回庄内休息。

魏友三生性深沉精明，狡诈残忍。四季都是一袭黑色绸缎外衣，头戴礼帽，膝下缠着绑腿，显得干净利落，越遇大事越沉得住气。梁家山走后，他将白天弄脏的那身衣服换了，然后便躺在罗汉床上呼呼大睡。梁家山进门时，却见他呼地从罗汉床上跃起，一言不发地盯着梁家山。待梁家山说了高柱久"围魏救赵"之计后，魏友三扑哧笑了起来："龚雨辰和韩儒仁世交，他去救韩儒仁，龚雨辰有苦难言。狗日的配得上团总。绝！"

梁家山说："三爷，我带弟兄们去太平镇？"

魏友三听了，拍了拍梁家山肩膀，说："家山，老哥不能让你带人去打广宁堂。你有所不知，广宁堂有四十余人枪，还有中央军用的手榴弹。老四韩儒礼是少见的快枪手，你那些'小孩'去了是白送死。善友卧过底，我让他带人去，出其不意，也许能发个洋财。还有，高柱久一直忌惮我，你的队伍一旦出去，他就会封我的路。还是我的人去打广宁堂，高柱久如不让路，我就里外夹攻，灭了他。"

梁家山听了，连连点头，心里更加敬畏魏友三，想他就是高柱久肚里的蛔虫，算是把他琢磨透了。

天黑时，魏友三把叶善友找来，给他交代一番，约定事后在鹅眉嘴会合，进入洪泽湖以避风头。

叶善友便亲选二百悍匪，备足弹药干粮，准备于当晚突围。待一切准备妥当后，叶善友找到了魏匪马子随队先生，这人正是李瑞安李郎中。因李瑞安在行医时好故弄玄虚，魏友三马子中迷信者众，视李瑞安为半仙，魏友三为稳定人心，以灭门胁迫他入伙为匪，又逼他给叶善友写了封举荐信，使其进入广宁堂做卧底。叶善友回来后，便与李瑞安以兄弟相称。叶善友说：“兄长，兄弟有急事要办，趁此混乱之机，你开溜吧。”

李瑞安问：“眼下重兵围剿，你有何急事？”

叶善友犹豫再三，把去广宁堂“围魏救赵”之事说了。

李瑞安惊道：“广宁堂是仁义之处，于你也有大恩，你断不可做此不义之事。”

叶善友叹了口气说：“三爷规矩你是知道的，拗了他，将死无葬身之地。我此行也是万般无奈。”

李瑞安恻然说：“你如真破了广宁堂，这辈子将为人所不齿，难立于人世了。”

叶善友听了，嘴张了几张，但还是欲言又止，冲着李瑞安抱抱拳，走了。

李瑞安不由悲怆地仰天长叹：“天哪！天理何在？天良何在啊！”

当晚戌时，叶善友带领二百匪众悄然潜至高柱久一中队防地，高柱久得知魏友三派出的非梁家山马子，而是自己的嫡系人马，心里赞叹道：“狗日的魏三长了前后眼了！”却也只好放行。

叶善友带着二百悍匪，窜出高柱久防地，行不到二里地，即按魏友三的布置留下一半人马和一挺机枪，准备内外夹攻高柱久。带着余下人马，一路狂奔，子时刚过，就到了太平镇西湖神庙。魏友三交代叶善友，让他出其不意攻进广宁堂。叶善友知道，广宁堂的人睡觉都睁着眼睛，偷袭毫无可能。望着镇里星点灯火，叶善友不禁天良发现，想自己在广宁堂治伤时，韩儒仁知道自己身份，非但不恨反而冒险为自己治伤，这是何等的仁义、胸怀！人都说土匪犹如禽兽，但羊有跪乳之义，鸦有反哺之恩，自己为匪，也是为仇家所逼，岂能毫无人性。又想到李瑞安叮嘱，觉得不可对广宁堂恩将仇报，不如虚张声势，既调开了高柱久，对魏友三有个交代，又报了韩儒仁的恩情。稍作布置后，叶善友让人先在广宁堂后门放火，再从前门攻打，说这是声东击西之计。

一会儿工夫，广宁堂后门外便火光冲天，杀声阵阵，今晚守夜的是田贵，火光一起便鸣了锣，广宁堂里东家伙计各按安排，严阵以待。土匪们从西街一窝蜂似的拥向广宁堂,待到了离广宁堂大门尚有二三十米时,就被打倒了几个,叶善友便让众匪退到一二百米开外,怒气冲冲地说:"弟兄们,高柱久说太平镇没有军队,让我们来攻广宁堂,可人家早有防备,这分明是姓高的给广宁堂通风报信了,我们上了高柱久的当了,白丢了几个弟兄的性命!"

土匪们听了叶善友的话,一时群情激愤,大骂高柱久阴毒。有在广宁堂治过伤的,则干脆喊叫撤兵,去打高柱久。此话正合叶善友心意,但若停止攻击,高柱久不回兵,魏友三无法脱逃,后果难料。叶善友便在广宁堂后院外留下七八个人,依次向天鸣枪,并又虚张声势地放了几堆火,将大部分土匪撤到镇西湖神庙,静候高柱久撤兵。

土匪们的这一反常举动,让韩儒仁纳闷,便让大伙停止打枪,不要刺激土匪。

太平镇枪声一响,早有警察所用电话通过泗阳县警察局转报高柱久。泗阳县城与洋河镇只有十几里地,快马转瞬即到,高柱久早已做好准备,他留下一个中队缩在镇口虚与应付,亲带四个中队五百余人疾驰太平镇。

高柱久大队人马离开防地后,叶善友留下的匪徒即向镇内发出信号,魏友三将队伍悄悄集结到高柱久保安团防地,一声令下,上千匪众鸣枪呐喊,拥向镇外。高柱久留守的那个中队,即刻虚张声势地开枪阻击,没想到身后却袭来一片弹雨,吓得他们逃进一旁的庄子里,再也顾不上剿灭魏友三的土匪了。

魏友三匪部溃败洋河镇后,元气大伤,逃窜到洪泽湖东蛰伏,一时间,湖西匪患大弱。

高柱久的大队人马一路狂奔,丑时已过了界集,高柱久想:广宁堂四十余人枪,加之韩儒礼枪头子奇准,双方一为保家,一为解围,生死相搏,惨烈恐更甚朱圩之战。魏友三不死上百人,休想攻进广宁堂内。高柱久便决定搂草打兔子,来一出"假途灭虢",把魏友三的残匪也灭了。这样他在龚雨辰等面前腰杆子就更硬了。高柱久扬扬得意地对几个中队长说:"抢劫太平镇的土匪打了半夜了,没几颗子弹了,咱们趁机灭了这股土匪,杀杀魏友三的锐气,捞上百条好枪,再向政府要赏。"他还有一个更恶毒的阴谋,如魏友三的人未能攻破广宁堂,就把他们包围,连同广宁堂一块儿打,趁机灭了韩儒仁,把广宁堂也抢了。

高柱久喜不自禁,传令加速前进,恨不得一步跨到太平镇。

八十四

叶善友一伙土匪藏身的湖神庙，里里外外长满了杂乱的树木荒草，庙前的水坑成了天然的苇塘。叶善友之所以选在此处藏身,是他早有预谋的。在前来太平镇的路上,叶善友想到朱圩那一仗,不由气愤难忍,保安团回援太平镇,湖神庙是必经之地,他盘算好了要打高柱久伏击,出口恶气。

漆黑的深夜中,湖神庙显得神秘而诡异。不时有说不清听不明的声音从残破的庙堂里以及废墟上树木杂草中溢出,惊得土匪们的汗毛都竖了起来。这时,一匹快马驰进了湖神庙,这是叶善友放在界集的探子,探子报告,保安团大队人马过了界集了。界集与太平镇相距不足十里地,保安团说到就到。叶善友放了两颗火焰弹,广宁堂后面那几个土匪便起劲地打枪放火,虚张声势。叶善友这才对众匪说:“这么多年来,高柱久一直和三爷作对,临来时,三爷算定高柱久会借回援太平镇之机打我们闷棍,有仇不报非君子,我们就在这里咬他一口。弟兄们都精神点,回去后论功行赏。”

一会儿,高柱久的大队人马就到了湖神庙旁的路上。此时,夜色旖旎,月光洒满大地,夜风和煦,微带凉意。高柱久骑在马上,纵身前望,广宁堂那里火光冲天,枪声不断,这种情景经常出现在土匪们破了圩寨,进行烧杀抢掠时。高柱久心里一惊:魏友三偷袭得逞了?那么,此刻他们正在广宁堂挖墙掘地搜刮财物了。好!打了半夜,子弹也剩不了几发了,正好把他们圈在里面,连同韩家的人一锅端。

高柱久便传令,不许开枪,迅速包围广宁堂!

保安团士兵便闷声不响地涌向太平镇。

树丛里的土匪们见了保安团的举动，一个个恨得咬牙切齿，原来，以往保安团救援被围的圩寨时，老远就开枪鸣号，以"吓"代"剿"，土匪们讥笑他们是"送娘舅"。今天，保安团一反常态，分明是要动真格的了。

叶善友更是惊出一身冷汗，刚才，他说魏友三算定高柱久会借回援太平镇之机打闷棍，是现编的瞎话，今夜真要是攻打广宁堂，后果不堪设想。待保安团过去后，叶善友一声令下，上百支快枪几乎是顶着保安团的后背齐发，士兵瞬间倒下一大片。土匪们趁机呐喊着冲了上去，他们并非去追击，而是去捡枪，魏友三立的规矩，交一杆快枪赏五十块大洋。保安团士兵何时经历过这种阵势，一个个只恨爹妈少生了两条腿，鬼哭狼嚎地抱头鼠窜，前面的则干脆一头扎进了太平镇，撞开民房藏了起来。

高柱久差点中枪，从马上跌了下来，摔得鼻青脸肿。待他回过神来，吆喝住队伍，返身迎敌时，袭击者早已消失得无影无踪了。这是什么队伍，敢袭击保安团？难道是共产党的洪泽湖游击队？他们也没有如此强大的火力呀？疑惑间，有人向他报告：保安团士兵死了二十七个，伤了四十九个，丢失枪支五十余杆，其中还有两支"花机关"。

高柱久异常惊骇，几乎打个喷嚏的时间，他的大半个中队就没了，他自以为不可一世的队伍竟是如此的不经打。更让他惊惶的是，伤者报告抢走枪支的袭击者竟然是魏友三的马子。

高柱久怒火中烧，更无地自容。他的妙计成了一个笑柄，放走了对头魏友三，又折了几十人枪。一时间，高柱久憋屈得五脏冒火，发疯似的号叫着，逼迫保安团士兵追杀魏匪。保安团士兵已是肝胆俱破，哪里还敢去追击。再说，三月初清剿周立民的洪泽湖游击队时，连个人影也没见着，在塘槐村北面的苇荡里，被一阵土炮轰得血肉横飞，光眼睛被打瞎的就有三四个，于是一个个缩头缩脑地不愿挪步。高柱久无奈地望着月色中的茫茫苇荡，听着阵阵涛声，也只有望湖兴叹了！这时，留守洋河镇的一中队队长鲁大能前来报告，昨晚魏友三的马子从镇东逃窜，他们按照高柱久放头兜尾的布置，虚作阻拦，谁知身后突然杀来一股土匪，一中队死伤大半。好在魏匪退走后，他们趁机掩杀，毙伤魏匪三十余人，活捉五人，缴获各类刀枪五十多件，皮箱、皮毛筒等物什一马车。

高柱久听了，心想：这次是被老奸巨猾的魏友三算计了。不过，鲁大能总算替自己出了一口恶气。为掩人耳目，推托罪责，当即口授一份战报：

鲁专员司令勋驾并报

龚特派员麾下：

昨晚午夜，魏匪围外匪徒上千人众，窜侵太平镇，围攻广宁堂，涂炭百姓。镇警察所火急求援，事关太平数万父老乡亲，更有广宁堂安危，柱久闻讯，饬令第一中队队长鲁大能少校指挥我部围歼洋河镇匪寇，我亲自率队驰援太平，与匪激战至寅时，终救太平百姓于危难，解广宁堂于危卵；职部官兵牺牲二十七人，伤四十九人，损坏枪械近百支，弹药消耗殆尽。匪寇死伤不计其数，由太平镇东、周嘴一带，窜匿于洪泽湖中。现职部一部征用民船十只，正衔尾追剿中。

又及

洋河镇魏匪千余人众从我部防地突围，我部官兵在鲁中队长指挥下，浴血奋战，怎奈匪寇势众，友军未能及时协防，使众匪寇破网，我部跟踪掩杀，毙三十六人，伤敌无数，活捉十三人，缴获各类枪械一百余件，获得大胜。现我部各中队正以作战队形赶赴防地，继续清剿漏网之匪寇。活捉之匪寇及缴获之刀枪，择日一并押送县府。

此役，职部官兵以国民革命之精神，不避弹矢，舍命杀敌，感天动地，柱久不能自已。特报请鲁专员、龚特派专员勋驾：

一、鲁大能中队长智勇双全，堪称楷模，由少校中队长晋升为中校副团长，兼一中队队长；

二、为褒奖牺牲、受伤之官兵，请按国民政府之抚恤条例，给予抚恤，并酌量发给赏金，以告慰英灵，激励生者。

此报

国民政府泗县保安团团长高柱久

中华民国28年四月十七日

高柱久不愧是副官出身，这报告移花接木，无中生有，天花乱坠，却又滴水不漏，既掩盖了罪过，又讨得犒赏。一旁，鲁大能听得热泪盈眶，说：“团座，这一切都是您安排布置的，我怎敢贪功呀！”

高柱久大度地拍着鲁大能的肩膀说：“你我兄弟，还分什么彼此！”

鲁大能哪里知道，高柱久的报告留有后手，他说“亲自率队驰援”，却不提“率”了多少人；说魏匪千余人众从保安团防地突围，保安团是“在鲁中队长指挥下”堵截，并为鲁大能请功。日后一旦放水之事败露，上峰追究下来，那放跑魏友三的也是鲁大能，他自己则有回旋余地。

八十五

叶善友捡了个大便宜，带着众匪绕过太平镇，沿着湖边，一路往西奔去，欲从周嘴码头那里劫上几条渔船，去鹅眉嘴与魏友三大队人马会合。四月的洪泽湖边，露水盈盈，潮气稠得让人迈不开腿脚，一会儿工夫，浑身的衣裤便都湿漉漉地黏在身上，格外难受。但匪徒们一点也不觉得苦，他们发财了，见到大瓢把子后就可以领到赏钱，领到烟土，而缴到枪支的土匪，还可以兑换五十块大洋。

叶善友的心情更好。此行不但解了洋河之围，又替魏友三出了口恶气，让高柱久吃了个暗亏，还还了广宁堂大东家韩儒仁一个人情。这趟买卖赚大了，叶善友心中好不得意。他忽然觉得，做了善事就与他当年为父母报仇雪恨一样畅快。

黑暗中有渔火点点，周嘴码头近在眼前。

就在这时，枪声响了，跑在前头的土匪刮风似的倒下一片。

队伍里有人喊了声：“军师，点子硬。”

莫非高柱久迎头截杀过来了？叶善友慌了，应了声：“扯风！”土匪们便掉头顺着来路狂奔。

这伙袭击者似乎要赶尽杀绝，跟在屁股后面紧追不放。又有几个土匪被打倒，发出一阵阵惨叫声。

叶善友回过神来，想让人家追着打是死路一条，得摆开架势拼一阵，再寻脱身之计。边跑边找到机枪手，用盒子枪逼着他停下，架起机枪，一阵扫射，对方遭此突然抵抗，只得就地卧倒，与魏匪对射，叶善友这才稳住阵势。

经过一阵激烈枪战，叶善友发现偷袭者火力并不强，人数也不多。认定这是洪泽湖里小马子在黑吃黑，顿时来了豪气，吆喝着众匪反扑过去。这一招出乎袭击者的预料，难以招架对方人多势众，丢下两具尸体鼠窜而去。

偷袭者并非洪泽湖里小马子，而是朱圩大金牙带的一伙炮手，只有十几个人。朱殿魁明知魏友三所施的反间计，但心中那口恶气又憋得实在难受，便派大金牙带人去太平镇，伺机劫杀广宁堂财物伙计。

半夜里，大金牙一伙到了太平镇西，正好赶上高柱久大队人马被叶善友袭击。这两股人众枪多，大金牙惹不起，而经他们一折腾，广宁堂定有防备，只好悻悻返回。在经过周嘴时，大金牙决定捞他一票，这时便遇上了叶善友一众土匪，可谓仇人相见，拔刀相向，就给了叶善友一伙当头一棒。

这一折腾，天已放亮，叶善友不敢往西去鹅眉嘴了，那里四处都是保安团。他只好带着众匪钻进芦苇荡里，向老巢穆墩岛方向遁去了。

高柱久偷鸡不成蚀把米，连夜回到金锁镇后，越发恼羞成怒，魏友三的马子说好去打广宁堂，却暗中设伏保安团，此明明是魏友三与广宁堂暗中勾结，也就是说广宁堂通匪，合谋算计了保安团。高柱久懊丧不已，气得脸似黑酱，肚子如鼓，却又有苦难言，更怕龚雨辰、鲁佩璋知道真相对他军法从事，整天提心吊胆，焦虑不安。

三天后，高柱久终于等来了好消息，第六行政区说泗县保安团追剿魏友三匪帮有功，奖励赏金两万大洋，用以补充枪弹。高柱久因祸得福，一头扎进香月楼，左拥右抱，好不快活。

这天，高柱久正在香月楼喝花酒，卫兵来报，说县商会会长刘延寿来访，在团部客厅里恭候。

刘延寿正值壮年，面皮白净，长相福态，为人圆滑，是洪泽湖地区有名的收藏家，在泗县城里最繁华的街段开了家全城最大的古玩店“博古斋”，在泗县工商界颇有影响力。但高柱久对刘延寿不感冒，他曾几次找过刘延寿借款筹饷，都未能如意。刘延寿还耸人听闻散布保安团是祸水，促成县长将保安团贬驻外镇，高柱久心里一直记着这个仇，总想找个机会了却心头之恨。今天突然来访，莫非是他胆怯认输，带着钱款赔罪来了？高柱久心情大好，在陪他那两个妓女身上胡乱摸了几把，就骑上他那匹枣红马，喜滋滋地赶回了团部。

到了团部门口，高柱久下了马，却不进去，左手牵着缰绳，右手在马肚子上摩挲着，唱起了《武家坡》：

一马离了西凉界——

一嗓子吼出后，高柱久嘴角露出讥笑，斜了团部客厅大门一眼：

不由人一阵阵泪洒胸怀。
青是山绿是水花花世界，
薛平贵好一似孤雁归来。
老王允在朝中官居太宰，
他把我贫穷人哪放在心怀！
恨魏虎起妒心将我谋害，
苦苦地要害我所为何来？
柳林下拴战马武家坡外
见了那众大嫂细问开怀

这段脍炙人口的唱腔，高柱久掺杂进了个人情绪，唱得声情并茂，淋漓尽致，却也有板有眼。随行的几个人连声叫好。

客厅里，刘延寿听了，心中暗暗叫苦，高柱久这是在施下马威，他心里还记着当初的仇气。但人在矮檐下，不得不低头，在高柱久唱到最后一句时，刘延寿恰到好处地走了出来，跟着高柱久那几个部下一齐拍手叫好，说："团总这西皮原板怕是在县内难有伯仲了。"

高柱久装出惊诧的神态，阴阳怪气地说：“刘会长？刘会长！莫非西边出日头了，刘会长也驾临我这偏远之地了。”

刘延寿哭笑不得地说：“延寿冒昧打搅，还望团总多多包涵。”

高柱久哈哈一笑：“刘会长乃一县会长，有事知会一声，柱久前去面耳受命就是了。何必鞍马劳顿，疲惫贵体呢！”

刘延寿打着哈哈说：“团总军务繁忙，延寿岂敢有劳大驾。我这次来金锁镇，是受省商会熊万年会长所托，特陪同熊会长的朋友高桥先生来拜会团总。”

高柱久听了，不由一愣。熊万年大名高柱久早有耳闻，是有名的财神爷，他的姐夫史啸是国防部中将高参，弟弟熊万龄是交通部次长，妹夫黄金釜是安徽省警察厅副厅长。高柱久不敢怠慢，忙问：“高桥先生何在？”

刘延寿反客为主：“请团总里面说话。”将高柱久让进客厅里。

八十六

客厅里果真坐着一个人。

高柱久进来时，这人缓缓起身，迎着高柱久的目光，微笑着给高柱久行了个九十度的鞠躬礼。高柱久想此人应是高桥了。抬眼打量，见高桥年纪约莫四十出头，中等身材，胖瘦适中，一身长衫，头戴礼帽，圆口布鞋，文静儒雅，一派大家风度。这时，客人自我介绍说：“鄙人高桥，从日本国九州来，多年生活在贵国南京，是熊会长的朋友，从事中国青铜器、古玉、瓷器、饰物挂件研究。请高团总多多关照。”

高桥是日本人，高柱久非常吃惊。这真的是日本人吗？他这一口流利的中国话，竟然带着苏北口音。他来泗县想搞什么阴谋？是否要把他抓起来？

高柱久对日本人所以反感、警惕，因在民国 21 年“一·二八”淞沪之战时，他的把兄弟张三财正在闸北买烟土，被鲛岛具重海军大佐指挥的海军陆战队抓住砍了脑袋。前时，龚雨辰在治安会上特别强调要打击日本特务的破坏活动，第六专区也发文严防日军渗透。这高桥真实身份不明，高柱久不得不疑，不得不防。

高桥见高柱久一言不发，望了刘延寿一眼，刘延寿便从茶几上拿起一个木盒，放到高柱久身旁的茶几上，随手打开，说："高团总，高桥先生与您初次见面，略备一点薄礼，不成敬意。不知团总是否喜欢？"

高柱久以为是古董，口里不提高桥，却说："刘会长多礼了。"说话间，扫了一眼，竟然是一只金镶玉"龙珠"。早年，他在青阳镇抢过一只，后送给高适之打点收编之事。这东西价值不菲，比那些坛坛罐罐更受高官欢迎，高柱久动心了。但想到眼下非常时期，中日两国全面开战，南京已被侵占，数十万中国百姓被屠杀，这高桥怎敢只身来到国统区，熊万年怎会与高桥成了好友？刘延寿是有名的滑头，又怎会冒着通日罪名为其奔走？不由踌躇起来。

高桥看出高柱久心思，说："高团总，孙大总统就任时我即随父亲来到贵国，与宋子文先生、孔祥熙先生也素有交往。虽说日中两国交恶，但我是搞学术研究的，不问政治，团总不必多虑。"

高柱久让高桥说破心思，虽说尴尬，却想：宋子文、孔祥熙乃皇亲国戚，位高权重，你是否与他交往，我等小民，无法查证。不过与熊万年交往看来所言不虚，否则刘延寿也不会亲自出面。刘延寿滑似泥鳅，无利不起早，他如此巴结高桥，想必此人一定大有来头，得虚与周旋，不可贸然得罪。便抬手合上盒盖说："无功不受禄，不知有何事需高某办理？"

刘延寿代答道："其实，也无啥大事，高桥先生一是仰慕团总大名，想结交团总；二是想去太平镇拜会广宁堂大掌柜韩儒仁。因眼下兵荒马乱，那里土匪横行，尤其是朱圩地界，治安极乱，杀人抢劫时有发生，报上也常有刊登。请高团总给太平镇驻军打个招呼，多加关照。"

高柱久听了，顿时警觉起来，前时，第五战区一个军需处处长来洪泽湖西南考察，拟在太平镇东面，紧靠洪泽湖西岸的周嘴、何庄两处修建码头，在塘槐庄修建物资仓库，叮嘱严禁外人进入这三个村庄。太平镇距这三个村庄均在十里左右，高桥此行不会另有图谋吧？而刘延寿一贯世故圆滑，是何原因在国民抗日仇日之非常时期，为一个素昧平生的日本人出头？这些不得不使他疑窦丛生。另外，他对高桥去太平镇拜会的人是他急欲扳倒的对头韩儒仁，也心生不快。再说，去太平镇必经朱圩，高桥是日本人，刘延寿又是财主，一旦风声走漏，朱殿魁岂能放过。事牵日本人，必生麻烦，一时眉头紧皱，脸色难看起来，说："太平镇乃本团守备重地，也是匪患重灾区，近月来更有共党武装分子在那里滋事，高桥先生要见韩儒仁，我把他传来便是，何必身入险地，招惹不测。如今你日本人口碑不佳，我国人皆愤恨不已，太平镇僻壤恶水，民风刁悍，本人难保你们人身安全。"

刘延寿听了，说："谢团总关爱。团总有所不知，高桥先生是大收藏家，一直致力于中日民间亲善活动，乃国人之朋友。此次前往太平镇，是想与韩儒仁做一件与收藏有关的很有意义的事情，为表诚意，高桥先生特亲自前往。至于高桥先生人身安全，不需团总担心，只需团总给太平镇驻军写个手谕，万一有事，请他们给予关照就行了。事成，另有重谢。"

高柱久一怔："是何大事，搞得如此兴师动众，还要亲自登门拜访？"

刘延寿说："广宁堂有几件元、明古器，是不售之物，颇有研究价值，高桥先生是做学问的，故很感兴趣，想一睹为快，如与韩大掌柜有缘，也许有所收获。"

元、明古器？广宁堂何来元、明古器？高柱久脑子里不由灵光闪现：民国23年，明祖陵被盗，在盗洞口留有破碎的元青花，一时舆论哗然，南京、徐州、北平、上海等地报纸都作了声讨，南京政府、江皖省府都曾下令缉拿盗墓贼人。如刘延寿所说属实，高桥定是闻讯而来。看来，他也许就是个追逐名利之徒，没什么政治背景。那么，广宁堂这些元、明古器何来？他广宁堂是个中医药堂，不是古玩店，难道他们还在做掘墓的勾当？按韩儒仁品行，不会做此大不韪之事，但他收购明祖陵这些陪葬品则极有可能。高桥和韩儒仁真若成交，那么，韩儒仁就是勾结盗墓贼和日本人盗卖国宝的汉奸卖国贼？我身为地方治安官员，保护国宝义不容辞。若能在高桥和韩儒仁进行交易时人赃俱获，那自己梦寐以求的广宁堂岂不是——

高柱久不由精神大好，满脸放光，连声喊道："来人，上茶，上茶！"

八十七

刘延寿、高桥拿着高柱久的手谕，离开保安团部，在金锁镇西与高桥的两个随从会合，一行人奔了青阳镇，那里，还有高桥的随从在等候他们。

路上，高桥、刘延寿对高柱久的前倨后恭很是不解，探讨好一会儿也没有理出个头绪。刘延寿更是心疼那件金镶玉，那是他镇店之宝，心爱之物，价值不菲，对高桥说："高桥先生，就为了一张纸条，如此周折值得吗？"

高桥笑说："我非怕土匪，高团总的士兵更甚土匪。"

刘延寿说："既然不怕，何必此行呢。"

高桥知道刘延寿心疼那件金镶玉，拍着他的肩膀说："延寿君，你是成功的商人，应该懂得，有了这封信，高柱久就授我以权柄，就成了你们中国人所说的通日汉奸，国民政府就不会再信任他、重用他了。反日人士也放不过他。日后，他数百人枪就得听我们的。那件小小的金镶玉算什么？刘君飞黄腾达之日，何愁没有宝物？那件金镶玉也许还会完璧归赵呢。"

高桥这番话，听得长袖善舞，精于权谋的刘延寿心里发紧，脊背上直冒寒气。

正午，几人便到了青阳镇。青阳为古国名，《泗虹合志》记载："黄帝之孙少昊青阳氏分支子于此。"青阳以此得名。历史上称过青阳集、青阳寨、青阳关、青阳市，北宋政和元年(1111)，称为青阳镇。属泗州临淮县，时下，属泗县八区，是洪泽湖西南最大的集镇。

高桥、刘延寿进镇后，让刘延寿登记了旅馆住下，自己却带着两个随从把青阳镇大街小巷看了个遍。回来时，身后跟着十多个与本地百姓打扮无异，或身背褡裢，或手拎布口袋的汉子。细看，他们一个个脸色黝黑，体格精壮，行动敏捷，很少开口说话，相互交流都用眼神，显然是训练有素之人。刘延寿心里明白这都是何人，却也纳闷他们是如何潜入青阳镇的，高桥又是如何与他们联系上的。

高桥让刘延寿又登记了两间房子，让那十多个随从入住，自己和刘延寿共居一室。晚饭前，进来一个随从，低声给高桥嘀咕了一通，晚饭后，高桥突然决定稍作休息，待天黑后即去太平镇。刘延寿说："此去太平路途遥远，夜晚出行，多有不便，易遭土匪袭扰，朱圩那里更不安全，还是明日去吧。"

高桥绷着脸，用不容置疑的口气说："据我所知，出青阳镇往南，抄近路，穿过安东河，可避开朱圩，直插太平镇南的南草洼，仅四十余里，三个小时便可到达。"

刘延寿惊得眼如铜铃，这个日本人对泗县东南地区比自己还熟悉，心里不由对高桥更惧怕了几分，忙点头称是。

刘延寿哪里知道，高桥本没准备连夜前往太平镇，但他刚才得到一个重大消息，日军一部攻进台儿庄后，中国守军乘日军孤军深入，组织大规模反击，切断日军退路。在击破日军一个支队的援军后，于四月四日全线出击，取得了台儿庄会战的胜利。为扩大战果，中国第五战区司令长官又调集二十余万兵力至徐州附近，准备再次围歼日军。日军华北方面军改以部分兵力在正面牵制对方，主力向西迂回，企图从侧后包围徐州，歼灭第五战区主力。日军第十、第五师分别从山东峄城（今属枣庄）和临沂西北的义堂地区南进，对守军第二集团军和第二十军团、第三军团及第二十七军团第五十九军实施牵制性进攻。日军第九师团则向徐州方向前进，配合长途奔袭的华中派遣军十三师团，欲于徐州城围歼国民党军刘汝明部。双方百万大军云集徐州周边，战事一触即发。洪泽湖地区离徐州不过三百里路，那里是否有国民党军的战略物资储备仓库？需要速速侦察，确定目标，以便日军飞机轰炸。另则，战火一开，洪泽湖周边将实行军事管制，必将影响高桥的洪泽湖西南重镇太平镇之行，高桥焉能不急。再者，夜间行动目标小，易于隐蔽，故高桥不想再住在青阳镇了。

高桥说完，便带头躺下，待刘延寿躺下时，高桥的鼾声已响了起来。

八十八

上午，几乎在高桥、刘延寿离开金锁镇的同时，高柱久也带着护兵驰往高楼。

高柱久刚进了客厅，高适之便说：“柱久，你来得正好，前日贵龙从徐州派人回来取东西，说第五战区李宗仁司令长官已集中庞炳勋、孙连仲、汤恩伯等数十万兵力于徐州附近，准备聚歼日军。这一仗打得好，南京可光复了。”

高柱久听了很振奋，说：“李宗仁比唐生智能打吗？”

高适之说：“李宗仁非同等闲，委员长都敬他三分。唐生智算什么东西，他误党误国，是千古罪人！”

高适之所以鄙视唐生智，事出有因，去年十一月二十日，唐生智受命担任南京卫戍区司令长官，率十一万人固守南京。在南京城防坚固的情况下，于十二月十二日晚七时突然下令突围撤退，自己乘保留的汽艇出逃，使六朝古都成了人间地狱，数十万人惨遭屠杀。高适之的小妾赵春燕至今生死不明，另有三位亲属被害。

高柱久问：“如果战事不利，徐州沦陷，那我们该怎么办？”

高适之说：“我要给你说的就是下一步打算。有件喜事告诉你，贵龙说国民政府已决定韩德勤韩公代理江苏省主席，在淮阴办公。今后第八军游击队、第五战区第五游击总队、洪泽湖水上游击总队和苏北、皖东北的各保安团队都归他指挥。”

韩德勤是江苏泗阳县洋河镇人。一九三二年任江苏省政府委员兼省保安处处长。一九三四年任江西绥靖公署参谋长。一九三五年随顾祝同任军委会重庆行营办公厅主任。一九三七年抗战爆发后任第三战区副司令长官部参谋长，八月任第二十四集团军代总司令兼陆军第八十九军军长。早年，高适之曾和他有过交往。

高柱久说：“他当的是江苏省政府主席，这与我们何关？”

高适之说："此话差矣！韩公虽当的是江苏省政府主席，但苏北、皖东北的各保安团队、洪泽湖水上游击总队、第五战区第五游击总队都归他指挥，也是龚雨辰的上司。韩公反共最为坚决，泗阳、泗县犬牙交连，也是韩公乡梓之地，他绝不会容忍共匪作乱。徐州一旦有失，韩公必要全力经营洪泽湖地区，要重手整治治安，肃清匪患，铲除共党，一旦南京光复，你就是大功臣。"

高柱久无奈地说："周立民造反，上峰限期捉拿，可无从下手。据可靠情报，广宁堂通共，可是龚雨辰却从中作梗，使广宁堂逍遥法外，实在可恨。"

高适之听了，也愤懑地说："龚雨辰徇情枉法，愧对党国信任。不过，国民政府已迁都武汉，现在苏皖北部是韩公说了算，他那个剿匪特派专员名存实亡，不必理他。他要是再敢徇情枉法，为难于你，我亲去淮阴，面呈韩公，追究他的罪责！还有，贵龙正在运作皖北抗日游击总队司令，如得成功，将你的保安团改成游击支队，就委你为少将司令，再无须看龚雨辰、南汉文的脸色了。你要招兵买马，多备粮秣，早做准备。"

高柱久一听，来了精神，激动地说："有您老筹谋，贵龙老弟提携，我心里就有底了。我也有大喜事要告诉您老！"

高适之也来了精神，问："喜从何来？"

高柱久就把刘延寿和高桥要买古董的事说了。

高适之不解："此有何喜？"

高柱久说："高桥是日本人，如今中日两国战火正酣，韩儒仁和高桥做生意，就是勾结日本人图谋不轨，就是汉奸。我就借机拿他，这不是喜事？"

谁知，高适之听了，连连摇头说："柱久，日本貌似桑蚕小国，实如吞象之蛇，狼子野心大矣。中日两国兵戎相见以来，东三省、北平、南京皆失。日寇恶行甚暴秦何止千倍，国人仇日如仇禽兽；眼下苏豫皖烽火连天，徐州大战一触即发，高桥还敢只身来国统区做什么古玩生意，这不合常理。上次，云霄回家时曾给我说过，日本特务无孔不入，常扮成文化商人，与高层交往，窃取情报。洪泽湖将作为抗战物资储备地，高桥此行莫非是项庄舞剑？你不可掉以轻心。至于韩儒仁，他是何等人物，岂能勾结日本人？纵然高桥有意,只怕也是一厢情愿。”

高适之这番话,听得高柱久目瞪口呆,想:这是那个明里道貌岸然,暗里贪婪、阴鸷、为己利而无所不用其极的高太爷吗?看来,赵春燕在南京失踪以及高家三位亲属之死,让他和日本人结仇了。好一会儿才说道:“即使高桥潜入太平是带有军事目的, 我们也可忽视不管, 只要他和韩儒仁交易,就定他个盗窃倒卖国宝罪,纵然他侦得情报,又有何用? ”

高适之听了,语重心长地说:“柱久呀,你虑事过于简单了。高桥身后有熊万年,熊万年身后有熊万龄、史啸、黄金釜,他们身后更是有你我所不明的政府大员,你能定得了高桥、韩儒仁盗窃倒卖国宝罪吗?就是刘延寿,有县长罩着,你能奈他何?古人言,兄弟阋于墙而外御其侮。韩儒仁私通共党,结交匪人,与政府为敌,我们拿他,义不容辞,也绝不手软,但若因他而使外敌阴谋得逞,就不可为了。现在,既然高桥已持你手谕去了太平镇,我意要让风年限制他的行动,必要时可强制礼送出境,以免造成重大失误。”

高柱久听了,心想:你还越说越高尚了,人不为己,天诛地灭,多少政府军政大员或降日,或暗通日本人,我舍己为公,为国除害,还错了? 我看你是老糊涂了吧! 嘴上却说:“您老虑事甚密,不过,只要韩儒仁与高桥交易,人赃俱获,当场处决。高桥纵侦得情报,也不能开口说话。熊万年纵然不悦,也不敢冒天下之大不韪,迁怒于我。”

高适之听了,沉吟一会,决然道:“如高桥果真要从韩儒仁手里窃取我国宝,可当场将他斩立决。至于韩儒仁嘛,我看不必伤他性命,将他交给政府处置就行了。”

高柱久咬牙切齿地说:“如果韩儒仁敢于拒捕,当场一并击毙。”

高适之听了,悲天悯人般怆然长叹一声:“唉!可惜韩儒仁满腹道德文章了。如果他识相,还是不要伤他性命为好。”

两人当即密谋一番, 觉得此番定可稳操胜券了。高柱久顾不上吃午饭,又返回金锁镇,同时派一个护兵从高楼直接去太平镇送信,让驻扎在太平镇的副官高凤年速到团部受命。

回到金锁镇团部后,高柱久顾不上吃饭,提笔写了封信,派一个亲信送给太平镇同福楼老板吴金保,这时,副官高凤年也满头大汗地骑马赶到了。

高柱久一言不发,意味深长地盯着高副官。高副官以为大祸临头,吓得头皮发紧,直冒冷汗,结结巴巴地问:"团总,何……何事……呀?"

八十九

高凤年之所以惧怕高柱久,是高柱久驾驭手下喽啰,与其他土匪头子不同,有其独到之处。一般来说,土匪头子驾驭属下,不外乎两种方法:一是以宽仁为主,不肯轻动刑杀,使部下感恩戴德,愿效死力;二是以威慑众,属下但凡小错必杀之,令属下无不心惊肉跳,不敢有丝毫差池。高柱久则介乎这两种之间,他对待属下既不是和颜悦色也不是狰狞毕露,而是属于不怒自威,一旦杀人,必搞株连,殃及家人。早年为匪时,在宿迁绑得一富家女,索三千大洋,在等赎金时被看管她的两个土匪奸了,该女含愤撞墙而死。高柱久看财路断了,恼羞成怒,砍了二匪还不解恨,又绑来一匪的老婆,一匪只有十六岁的妹妹,让群匪糟蹋后又卖给妓院。招安后,一次黑吃黑时,有个兵丁私藏了一只金簪,高柱久如法炮制,说他不知私贪多少财物,以整肃军纪名义,将他枪毙,又派人去他家起赃,把人家的几十斤麦种都抢走了。这几年,高柱久驾驭、控制手下又多了条紧箍咒——动辄以通共资共罪名株连亲属,重则杀头,轻则抓起来,你不花个倾家荡产休想他放人。

高柱久脸色凝重地说:"凤年哪,我问你,假如太平镇有人甘当汉奸,勾结日本人盗掘明祖陵、倒卖国宝,你说怎么处置呀?"

高凤年听得云山雾罩,但却明白与他干的那两件坏事无关,便慷慨激昂地说:"日本人侵占我大好河山,烧杀抢掠,无恶不作;明祖陵宝藏是我中华神器,倘若太平镇真有人与日倭勾结,做此大逆不道之事,我立马赶回抓捕。"

高柱久听了,说:"凤年,你不愧是国民军人,国家栋梁,我把太平镇那方重地交给你是对了。我叫你来,是要告诉你,广宁堂大掌柜韩儒仁勾结日本人，盗掘明祖陵国宝，上峰电令我保安团急速查处。”

高凤年听了，一下惊住了。韩儒仁勾结日本人，盗掘明祖陵国宝？这谎扯大了吧？“一·二八”淞沪抗战时，他曾给抗日将士捐了两万银票，两万法币，是全县最高捐款。这两年来，高凤年按照高柱久旨意，不断祸害广宁堂、韩儒仁兄弟，给他们制造麻烦，欲置其于死地。但韩儒仁虽有龚雨辰、南汉文两棵大树罩着，却总是不卑不亢，有时甚至逆来顺受，对自己更是谦恭有加，言行举止极有方寸。其人情道德，无以挑剔。以他在洪泽湖周边数百里方圆的口碑、名望，怎能勾结日本人盗掘国宝呢？看来，这又是高柱久在变着法儿加害韩儒仁了。

高柱久看出高凤年的疑虑，痛心地自顾说道：“韩儒仁做此恶事，我也未曾料到，按理说，广宁堂财源滚滚，富敌一方。韩儒仁整天仁义道德挂在嘴上，以正人君子示人。乡民不知其里，敬奉有加；他实不该为财而自毁声誉。”

高凤年还是不敢相信，说：“上峰不会搞错吧？”

高柱久说：“我也是这么想的，那日本人叫高桥，由刘延寿举荐，说到太平观光，我还应刘延寿之邀，给你写了封信，让你提供帮助。可他刚走，上峰电话就到了。”高柱久不敢把熊万年说出来，怕高凤年投鼠忌器。

高凤年听了，知道确有日本人去太平镇和韩儒仁联系。此非常时期，这日本人敢深入国统区，绝非寻常；而一生谨慎的韩儒仁，竟冒天下之大不韪，与日本人勾搭，定有巨大利益关系。不由心中暗叹：韩儒仁呀韩儒仁，你真是利令智昏了，你这不是授人权柄，而是授人头颅了。便气呼呼地说：“韩儒仁胆敢与日本人勾结，我们就对他严惩不贷。”

高柱久拍了下桌子说：“我叫你来，正是研究如何抓捕的事。我断定刘延寿到了太平镇，要与同福楼掌柜吴金保联系。他们交易，不在同福楼就在广宁堂，如在同福楼，我已给吴金保写了信，让他配合你行动；如在广宁堂，你就埋伏在门口，高桥出来要人赃俱获，并立即抓捕韩儒仁，查封广宁堂。善后事项，由我去再作处理。你把这件事办好了，我立即向上峰申报，晋升你为中校。”

高凤年一听，兴奋得心花怒放，跳起来，“啪”的给高柱久敬了个军礼：

"团总放心,凤年一定不辜负团总厚望。"

随后,高柱久又细致地给高凤年布置、交代了一番,高凤年走后,他便带着护兵,哼着黄梅戏,晃晃悠悠地到柳叶嫂子的豆腐坊里吃豆腐脑去了。

九十

对于刘延寿、高桥和高氏父子的密谋,广宁堂上下一无所知。这天清早,广宁堂的大门按时打开了。东家、先生、账房、伙计一应人等各司其职,卖膏药、抓中药、针灸、收款记账,有条不紊。最忙的是总管吕叔和喜子那个柜台,挤满了买"祛风驱毒散"的人。本来,"祛风驱毒散"过了重阳节膏药是不卖的,韩儒仁说非常时期,把药堂里的库存都拿了出来,还配了一些止血止疼的药粉,半卖半送。

忙碌一天,夕阳西落,倦鸟归巢,街上夜色渐浓,行人稀少,广宁堂便闭了大门。酉时,大院前后烛熄火灭,都睡下了。

这时, 远在青阳镇的刘延寿、高桥和他的十二个随从悄悄出了青阳镇,亥时已到安东河边,太平镇隔河相望,近在咫尺。

一会儿,随从找来一条木船,一行人悉数登船,船到岸边,刘延寿上岸刚走几步,就听身后咣当一声,回头望去,那船工已不见了踪影。

午夜时分,一行人到了太平镇西口,高桥对随从们嘀咕一阵,其中十个随从隐进了夜幕,刘延寿领着高桥等来到镇西一家旅馆。按高桥意思,登记了两间客房, 刘延寿和高桥住一室, 另两个背着长口袋的随从住一室。刘延寿知道,那个大口袋里装的是电台,对高桥尤为重要。

安顿好了住宿后,高桥留下那两个随从,和刘延寿继续往镇东走去。

此时,太平镇万籁俱寂,偶有几户店铺里亮着昏暗的灯光,有的如同行将熄灭的炭火,有的如同泡在浑汤中的蛋黄,给暗夜增添了几分神秘。有露水细碎地飘洒下来,条石街面上仿佛洒了一层银屑,寒意浓重,浸人肌骨。不时有一两只野狗野猫眼里闪着阴森的绿光,从暗处蹿出,又恓惶地隐进暗处。刘延寿、高桥的脚步声在静如潭水的街面上掠过，荡起一声声诡谲的回响。

在经过街中间的一处木楼时，刘延寿对高桥说："这就是同福楼，我给你说的那个吴金保，就是同福楼老板。日后，这里可作为落脚地，高桥君宴请太平镇士绅，我准备就安排在这里。"

高桥"嗯"了一声，没有止步。

过了同福楼，街道拐了个弯，偏向了东南，就见一簇通明的灯火，温暖地亮在暗夜里，刘延寿说："那通亮处，就是广宁堂。"

高桥"哦"了一声，他所筹谋的宏大布局上，那个最为重要的"点"触手可及了，不由兴奋地加快了步伐。

广宁堂到了。

高耸的门庭上方镶嵌着黄底绿字的"广宁堂"牌匾，两边挂着两盏玻璃方灯，这灯上下无盖，仅四面镶有四块玻璃，中间架有一支鹅蛋粗细的红烛。此时，恰有一阵风掠过，那烛火卷成一串火龙，上下腾挪，非但不灭，却还通亮如前。饶是高桥见多识广，却也十分惊诧，想这烛火对野外战地生存极有价值。

门庭里是两扇对开紫红色大门，显得庄重典雅。大门上嵌有三排鸡蛋大小鼓形铜钉，右扇上开有一圆形门孔，两扇中央各有一青铜兽首，衔着一枚碗口大的红铜门环，浓浓夜色里，透出一股高远古朴的意蕴。

高桥不由肃然起敬，亲自叩响了青铜兽首上的红铜门环。

几乎在高桥落手时，那个圆形门孔滑开了，里面的人问："夜深了，是哪位客人？"

刘延寿忙上前答复："是我，泗城刘延寿。偕同大学者高先生特来拜访儒仁兄。"

"是刘会长？请稍候。"守夜的人是喜子，他认识刘延寿。

一会儿里面脚步声嘈杂，门闩响动，右扇大门缓缓拉开，里面灯火明亮，刘延寿、高桥二人进房后，喜子又立即关闭了大门，请刘延寿、高桥落座稍候，忙去后院通报。韩儒仁听说是刘延寿和什么大学者高先生深夜来访，不免生奇，连忙披衣起床，顺便叫上儒厚，一起去前面招呼这位不速之客。

刘延寿与韩儒仁交情不错。韩儒仁刚进门，刘延寿就拱手请罪："儒仁兄，深夜讨扰，还望恕罪。"

"延寿兄驾到，快快请坐。"韩儒仁边说边冲着刘延寿、高桥一一拱手。高桥见韩儒仁举手投足间，透着儒雅之气，想：都说韩儒仁是韩信之后，崇奉陈平谋略，可其周身无半点诡谲之气，倒有谦谦君子之风。

宾主落座，不待韩儒仁开口，高桥便躬身说道："韩先生，我叫高桥，是刘会长的朋友。在下经常从众人口中听到对您的敬仰，仰慕之心如旱禾盼霖，故今晚到了贵镇，须臾不愿耽误，就深夜冒昧造访，唐突打搅，我心中甚为不安。"说着，给韩儒仁深鞠一躬。

韩儒仁听高桥之言，想：此人言辞如此谦卑，对己定有所图。他能让刘延寿深夜陪同，一定大有背景。忙起身还礼说："高桥先生过誉了，圣人不曾高，众人不曾低。儒仁不过是乡间郎中，识得些草药罢了，岂敢玷污敬仰二字。"

高桥表情肃然地说："韩先生过谦了，广宁堂有百年根基，杏林圣方，而您既是'湖西华佗'，世间良医，更是泽被乡邻名望巍巍的缙绅，高桥此次到贵镇，就是想与先生交个朋友。"

高桥这番话，韩儒仁听得头皮发麻，想此等阿谀奉承之言，实在不符大学者身份，便正色说道："高桥先生过誉了，广宁堂不过是一间前店后厂，有些年头的中药铺子，因处穷乡僻壤，医疗条件艰苦，那几副草头方子才显得金贵了些，算得什么圣方？古人言，医能治一病谓之巧，能治百病谓之良。儒仁这点癣疥小疾的医术岂敢谓良。刚才，延寿说先生是大学者，能让延寿有此称呼之人，必是贤人英才。至于在下，只不过上了几天学堂，读过几本医学方面的书本，又生在郎中之家，耳濡目染，掌握点把脉号诊的皮毛而已，先生所誉'名望''泽被乡邻'，羞煞儒仁了。先生高抬儒仁为友，儒仁倍感荣幸，只不知先生从何处来，在何处高就？只儒仁不配与先生为友矣。我想，先生不辞辛劳，延寿兄拨冗陪伴，想必有事需儒仁效劳。凡力所能及的，我当尽力而为。"

高桥的目的让韩儒仁说破，不免有些尴尬。一旁，刘延寿坐不住了，忙将高桥作了介绍:“儒仁兄,高桥先生既是大学者,也是大收藏家、大古董商。为弟此次陪同高桥先生来太平镇,是受省商会熊万年会长之托。熊会长与高桥先生交情甚笃,素有往来。民国19年,巴黎欧亚珍品博览会上夺得头奖、壮我国威的明代青花莲花,就是高桥先生偶得于南京天国王府废墟,无偿赠给江苏省府,并由高桥先生安排送展。高桥先生此番前来太平,诚如先生所言,主要是想结识仁兄。顺便还有两件小事,一是贵镇吕集圩旁的那个大墩,相传是三国鲁肃的非陵寝祖坟,高桥先生想请你协助挖掘,此举无伤大雅,无碍风化;如今战乱时期,盗贼四起,难保不被盗掘;与其被盗掘,不如发掘,发掘所得,金银皆归地方政府、百姓;青铜器、瓷器、玉器及杂项,任仁兄挑选,余物由高桥先生留作研究之用。二是高桥先生欲收购几件古器。太平镇乃千年古镇,诸多千古人物皆出自周边,据传‘挂剑留徐’那把宝剑也流落在太平民间,如能得之,是人生一大快事。至于为何夜间造访……”刘延寿望望高桥,高桥点点头,“儒仁兄一定心有疑虑,因中日交战,白天人多眼杂,高桥先生怕给仁兄造成不便,故天黑之后方从青阳起程,还望儒仁兄见谅。”

中日交战?白天人多眼杂?韩儒仁一怔,说:“延寿兄所言?儒仁听不明白。”

高桥听了,突然起身,对儒仁又是深鞠一躬,说:“不瞒韩先生,敝人是日本国人。”

九十一

高桥是日本人。韩儒仁不由脸色大变。

刘延寿见了,说:“儒仁兄不必紧张,高桥先生提倡中日亲善,与国民政府多位军政大员都是朋友。”

韩儒仁想,既与军政大员都是朋友,为何深夜潜行?便说:“高桥先生欲收古器,太平这穷乡僻壤之地,怕是要让二位失望了。”

刘延寿听出韩儒仁有礼拒之意,便单刀直入地说:“当年儒仁兄挖到了年羹尧的窖藏，岂不都是古董？”

韩儒仁肃然道：“绝无此事！年家所藏，皆国之重器，儒仁岂敢僭占。”

刘延寿又追问：“那‘楚陶壶’呢？”

韩儒仁苦笑道：“‘三人成虎’果真不假。‘楚陶壶’的故事，纯属好事者杜撰，延寿兄在古玩界浸淫多年，竟也相信。”

刘延寿说：“此话怎讲？”

韩儒仁说：“所谓‘楚陶壶’，不过是有些年头的普通容器罢了，既无观赏价值，也无经济价值，年羹尧岂能藏之。”

刘延寿说：“儒仁兄莫推托了，高桥先先是收藏大家，‘楚陶壶’极具研究价值，高桥先生梦寐以求，欲为其著书立说，儒仁兄若有，盼能割爱一二；若无，倘有其他文玩愿意出手，高桥先生也愿倾囊收之，儒仁兄莫错此良机。”

刘延寿这番强买之言，令儒仁大为不快，便冲着高桥说：“刘会长乃真正的收藏大家，先生何必放着龙王不拜，反求乞丐呢。”

韩儒仁所言，令刘延寿无言以对，高桥急忙解围说：“韩先生，对我来说，收藏是为了研究，且我之收藏与别的藏家不同，皆订有协议，以确保公平交易。”

韩儒仁疑惑地问：“订何协议？”

高桥说：“我如求得先生割爱之物，即与先生签订一份合同，说定该物在半年之内如先生难舍，我将原璧奉还；如价格上扬，我将酌情补偿。另按转让价的百分之十付给先生合作费用。”

还有合作费用？高桥所言可谓闻所未闻，韩儒仁更糊涂了。

高桥解释说：“古器讲究传承有序，我之研究，离不开上家提供相关资料，如，得于何时、出自何人之手、该人又如何得之、有何掌故等等，故为合作费用。”

韩儒仁听了，心里更加疑虑起来，为收购古玩夜访广宁堂就超出常理，又要订什么协议，付什么合作费，这似乎太勉强、太离奇了。看来，高桥此次登门，绝非收购古玩这么简单。沉吟之际，刘延寿给他使了个眼色，说：“我有件难事，欲借个地方给儒仁兄诉说。”

韩儒仁不明就里，让儒厚招呼高桥，将刘延寿让进一旁诊室。

刘延寿恳切地说："我也知道所谓'楚陶壶'是捕风捉影之事，可高桥大有背景，连熊会长也得委屈从之。他认定广宁堂藏有国宝，如不得之，便不肯罢休。我想，你可将所藏古器割爱一二，免他纠缠为好。我与高桥先生拟于明日下午在同福楼拜会太平镇绅商，请务必拨冗光临。"说着，刘延寿从怀里拿出一只角形玉杯，递给韩儒仁："我近来手头拮据，这只和田玉杯，乃西汉皇家珍物，值两万大洋，烦兄明日代为出手，以解燃眉之急。"

韩儒仁一愣："为何假我之手？"

刘延寿说："高桥与熊会长关系甚笃，我不好出价；再者他信你之所藏皆珍品，出价爽快。"

韩儒仁碍于情面，不好推托，又猜不透刘延寿用意，说："此物虽为古器，不过要他两万大洋，似开价过高。"

刘延寿谄笑道："您老兄藏物，区区两万大洋还高？再说，古器无价，只要他上眼，愿出高价得之，乃皆大欢喜之事，你只管开价就是了。"

韩儒仁无奈，说："我谨遵兄意就是了。"

刘延寿忙作揖道谢，拉着韩儒仁的手回到客厅，对高桥说："夜深，不好再打搅儒仁先生了，我看就此告辞，明日下午再叙吧！"

待两位不速之客离开后，儒仁和儒厚反复琢磨高桥的身份，都觉得来者不善。随后，韩儒仁拿出那只角形玉杯，把刘延寿托为代卖的事说了，儒厚觉得蹊跷，说："这玉杯器形不小，他装在身上高桥能不知道，莫非有什么阴谋？"韩儒仁听了，心有触动，待儒厚回房后，拨亮烛火细端这只玉杯，竟然是一只赝品。想堂堂一县商会会长、古玩界的名人，也行此丑陋之道，真是世风日下，人心险恶。同时，对刘延寿将交易安排在同福楼，心里更是添了几分反感。

九十二

同福楼老板吴金保，归仁集人，人称"无卵之家"，人性的丑恶在他身上尽显。吴金保本是孤儿，其义父吴大彪八岁入官，被太监吴青峰收作干儿子，此人服侍过大太监安德海，安德海因私出皇城被斩杀后，慈禧念及安德海的好处，赐其黄金白银，让他带吴大彪回乡养老。吴青峰死后，吴大彪买了一个年仅十七岁的何姓女子做妻，后收同乡十九岁的孤儿吴金保为干儿子。民国20年，吴大彪突然暴毙，由吴金保继承其财产。乡邻们传言，吴大彪那个小老婆耐不住寂寞，勾引吴金保上床，有了身孕，合伙毒死了吴大彪。果真，吴大彪死后，吴金保和何氏变卖了房产地产，举家搬到泗县城，开了一家洋布店，与归仁集乡亲不再来往。吴金保一夜之间成了暴发户，由此总结出马无夜草不肥，人无外财不富，抱粗腿，攀高枝的心得，在而立之年竟认了泗县秘书王仲林为干爹。

王仲林于民国16年经县长王泽春介绍从军，后在马鸿福手下任上校副官，民国21年(1932)冬回乡挂职县党部，其在马部时曾救过同僚王东汉一命，此时泗县县长王树功正是王东汉堂叔。王树功因其有能量，任王仲林为一人之下的秘书科长。那年，布店遭“侠匪”徐五抢劫，徐五因恶其名声，枪击其裆部，使吴金保成了半残之人。因此，人称吴家是“无卵之家”，遭人鄙视。因王仲林陪夫人去布店买布，识得何氏和吴金保。二人刻意巴结，颇得王仲林欢心。加之何氏面貌俊美，风骚撩人，两人很快入港。王仲林对吴金保多加关照，使布店很快恢复元气。那些趋炎附势之徒，见了吴金保一反常态，恭敬有加，吴金保觉得这顶绿帽子戴得值，干脆认王仲林做了干爹。

民国25年秋，江西人李松风接替鲁佩璋做了泗县县长，同福楼老板随鲁佩璋离泗，将同福楼出售，王仲林秘密操作，用县党部经费将同福楼买下，吴金保成了新主人。其实，吴金保并不想来太平镇这方险地，但他早已加入了国民党，王仲林与县党部书记长说定，让李松风任命吴金保为以太平镇为中心的湖西区区长，辖太平、龙集等一镇四乡十七村数百个自然村十几万人，区政府就设在太平。吴金保欣喜若狂，扔下布店和何氏，欢天喜地来到太平镇，只等走马上任。没想，李松风任职一年即离任，继任者黎纯一在任一年也便去职，由本县人祖树屏代理县长，仅任一个月，便由宿迁人沈子廉接任。走马灯似的变换，使县党部计划难以落实。

同福楼的厨子厨艺精湛，擅长做带有洪泽湖地方风味的苏北菜。

苏北菜虽然不能和粤菜、川菜、鲁菜相提并论，但是，苏北特有的风土人情使得苏北菜形成了味浓、色重的地方特色，最常见的苏北菜有余白肉、家鸡炖等。余白肉的原料主要是肥肉加上酸菜、血肠在炭火为燃料的大铁锅里炖，吃起来肥而不腻，回味无穷；家鸡炖榛蘑是用农家自己家养的家鸡，加上苏北特产的一种野生菌“地皮菜”炖制而成，真是肉香汤鲜，别有滋味。

因为同福楼在太平镇方圆数十里最有名气，加上吴金保志在官场，为人左右逢源，刻意笼络人心，见人说鬼话，见鬼说瞎话，凭他的三寸不烂之舌把三教九流的客人哄得团团转。富豪乡绅甚至土匪黑道人物，都成为酒店的熟客，待客、过寿、升迁都在同福楼设宴，大把的金银流入了吴金保的口袋，除少部分交给县党部外，大都入了他的私囊。

刘延寿与吴金保相识已久，商会选举之时，王仲林让刘延寿提名吴金保为委员，刘延寿恶其名声，虽应了王仲林，却要了个花招，改以往举手表决形式为无记名投票，并安排一个与吴金保交恶的布店掌柜唱票，各商家对吴金保的提名皆不认可。尤其是那些布店掌柜，对吴记布店依仗王仲林欺行霸市愤愤不平，还有些人将对王仲林的怨恨转嫁到吴金保头上，哪里还会选他。更有甚者，在选票上写了“口蜜腹剑之小人”“挑拨离间之恶人”“乱伦之畜生”，偏唱票的将这些秽语一一念出，让吴金保无地自容，跑到王仲林面前痛哭流涕，惹得王仲林大怒，要惩戒县商会。刘延寿见事情不妙，拣了对蓝田玉镯，说是和田老玉送给王仲林，又将吴金保聘为顾问，这才平息了一场风波，并由此结交上了王仲林和吴金保。

早上，刘延寿早早就去了同福楼，为高桥的“金钩钓”安排场地。刘延寿哪里知道，吴金保自到太平镇后，就贴上了高柱久。这次刘延寿一行到太平镇来，吴金保昨天就从高柱久信里得知，并与高凤年按照高柱久的谋划进行了布置。对刘延寿的要求，双方一拍即合，皆大欢喜，吴金保就将交易安排在同福楼的雅间“石花斋”。

九十三

下午，儒仁和儒礼提着一只不足二尺的皮箱进了“石花斋”。

石花斋取名于公元一年被淹没在洪泽湖底的石花县，是同福楼最大的包间，中间摆着一张用餐的桌椅，沿墙置一圈核桃木雕花座椅茶几，墙上还挂着石片小景。

此时，石花斋里已高朋满座，儒仁、儒礼进了石花斋，众人皆起身迎接，儒仁边拱手还礼，边暗暗称奇，半天工夫，刘延寿竟然将太平镇商界头面人物悉数说动，能量真是不小。

吴金保将儒仁让到正面紧靠刘延寿的座椅上，高桥则坐在靠门的椅子上。

首先，刘延寿以东道主的身份作了开场白，说受熊万年会长委托，他陪同大学问家、大收藏家高桥先生前来寻宝访友，准备小住几天，今天算作见面会，择日由高桥先生做东，款待各位。我之前分别给各位说过，高桥先生收藏与别的藏家不同，他收藏的目的是为了学术研究。高桥先生上眼之物，与割爱者皆订有协议，以确保公平交易。该物在半年之内如割爱者难舍，将原璧奉还；如价格上扬，将酌情补偿。另外，还将按割爱价的百分之十付给合作费用。高桥先生之所以如此，是因古器藏玩本是高雅之事，岂能让铜臭玷污！许多藏家一旦成交，便情断谊绝，既失了朋友，坏了名声，也断了再次合作之可能，此为高桥先生所不齿也。

说毕，当铺掌柜陈一鹤、银匠店掌柜邓铭九等几人相继致辞欢迎，场面甚是融洽。看来，刘延寿事先已做了安排。

这时，刘延寿从皮包里拿出一沓写有文字的纸张和一盒印泥，说现在由韩大掌柜亮宝，如高桥先生上眼，等于是给各位仁兄先做个示范，后面的交易，就照此程序办理。

韩儒仁没料到刘延寿会来这么一招，心里十分诧异，暗自庆幸昨晚做出的判断，如按刘延寿的话办，恐祸福难料。

刘延寿似等不及了，催促道：“儒仁兄，请亮宝呀，高桥先生要一睹为快呢！”

韩儒仁望望儒礼身旁的皮箱，故作惊讶地对刘延寿说：“延寿兄，我是去看望朋友，顺道来知会一声，何来亮宝之说呀！”说着，就起身欲走。

刘延寿见韩儒仁突然变卦，急赤白脸地指着皮箱说：“儒仁兄，东西你不是都带来了吗？”

吴金保起身向窗外吐了口痰，也劝道：“韩大掌柜，既来之，则安之；喝杯茶再走也不迟嘛。”

其他人不明就里，也一个劲地劝儒仁把皮箱里的宝贝拿出来，让大伙开开眼界。

正在这时，楼梯上一阵轰响，高副官和几个横眉竖眼的保安团士兵持枪冲了进来。

面对突然的变故，韩儒仁、陈掌柜等皆感惊愕，高桥也脸色大变，倒是刘延寿处惊不慌，拉着脸说：“副官，你这是何意？”

高副官扫了一眼韩儒礼身边的箱子，想团总料事如神，果真人赃俱获了，说：“我得到报告，盗掘明祖陵国宝的贼人在此交易，特来缉拿！”

吴金保眯缝着肉泡眼，抹了把嘴角的口水，说：“哪有什么国宝，这位朋友来收点古董。”

这话，无疑授人把柄，高副官果就接住话头说：“国宝不就是古董吗？是不是在这箱子里！”说着就伸手去拿箱子，可当他看到一旁右手揣在怀中、脸若冰霜的韩儒礼时，心就颤了。韩儒礼疾恶如仇，是有名的快枪手，连高柱久都忌惮他。一旦事情闹僵，恐对自己不利，便一脸苦相地说：“明祖陵被盗，中央政府严令追查，苏皖两省及京沪宁十几家报刊发文声讨，诸位就不要让我们为难了。”

韩儒仁迅速恢复了镇静，端起茶杯抿了口茶，在舌尖上打了个滚，缓缓咽下，方说：“是何人谎报军情，刘会长新介绍了个朋友，在这里说点陈杂之事，哪敢盗卖国宝。高副官既然怀疑这箱子里藏有赃物，为证清白，那就请副官查验吧。”说罢，提过皮箱置于八仙桌上。这时，韩儒礼的右手也从怀中抽出，高副官一惊，却见他手里拿着一把黄灿灿的钥匙。韩儒仁接过，打开箱锁，掀开箱盖，是一层淡白色宣纸，揭开宣纸，出现在众人眼前一只紫檀木框，里面躺着一支尺余长、大拇指粗细的山参，其神形皆似寿星，甚至能看出眉眼。

在场的人惊呆了。这是百年难遇的山神呀，真正的无价之宝。

刘延寿瞠目结舌，他明明给韩儒仁的是一件玉杯，韩儒仁也答应用此与高桥交易，可他却把它换成了山参。难道他知高凤年会来捣乱？看来，高凤年事先得到高柱久的指示了。刘延寿忽然洞明，高柱久此举和高桥要高柱久的手谕异曲同工，都是为了拿住对手把柄，使其就范。不同的是，高桥算计高柱久、韩儒仁，是绝其退路，为我所用。而高柱久算计韩儒仁，是置其于死地，以便趁机吞并广宁堂。

此时，高桥也极其惊愕，他此番前来太平镇，是谋划一局大棋，就是要与韩儒仁做成一件国宝级的交易，为防止韩儒仁不出货，高桥让刘延寿给韩儒仁一件够分量的古董，请他代为出手，并签订合作协议、接受合作费，做实他与日本人有染的事实，让韩儒仁百口莫辩。现在，高桥的一番心血成了泡影，一时心底怒火中烧，却又不知该恨谁。

眼前的这番情景，高凤年更是难以置信，高柱久是让他来抓捕盗卖国宝的韩儒仁、高桥的，难道这支山参就是国宝？高凤年尴尬地连声告罪，带着几个士兵灰溜溜地离开了同福楼。一场谋划甚密的阴谋，被韩儒仁轻描淡写地化解了。

陈一鹤等心有余悸，纷纷告辞，真可谓欢笑而来，惶惶而散。高桥一脸愠色，看得刘延寿心里发紧，望了望木盒内的山参，心有不甘地说："儒仁兄，你这唱的是哪出戏？"

韩儒仁心里正在后怕，如若带了那件玉杯来，必被高柱久所陷害，心里对刘延寿更加愤恨，岂有此理，我对你尊敬有加，你却拉我蹚这浑水。那么，刘延寿的目的是什么？他和高柱久是否一起合谋陷害自己？便决定投石问路，接着他的话说："延寿兄莫气，我本欲将朋友送我的那件西汉角形玉杯拿来请高桥先生掌眼，谁知此杯却是毫无价值的'狗玉'。也幸好它是赝品，否则，我等这会已成罪人了。"

"狗玉"就是将狗杀死，趁狗血未凝，将玉件放入其腹中，埋于地下数年后取出，玉表面产生土花血斑，售伪者拿来冒充古玉。

高桥听了，一语双关地对刘延寿说："刘君，看来你那位朋友打眼了。"

刘延寿一听，通的一下就跌到了椅子里。

原来，刘延寿知高桥喜好古器，而他家珍藏的那些古器，皆价值不菲，一旦让高桥见了，再难回头。故拿了件仿品来搪塞，没想被韩儒仁识破。

就此，韩儒仁得出结论，刘延寿假手自己出售角形玉杯，高桥事先知道，但不知真伪。可见，这二人乃一丘之貉。那么，高柱久、吴金保二者之间，是什么关系？他们和高桥、刘延寿会是一丘之貉吗？

韩儒仁沉思起来。

高桥像是洞明了韩儒仁的疑虑，起身给韩儒仁斟了杯茶，傍着韩儒仁坐下，推心置腹地说："韩先生，请恕我冒昧，高团总与您是否有隙？您应有所防备，免得为人所陷。"

韩儒仁听了，很是不悦，想：你是敌国人，又是研究学问的，怎能说此挑拨离间之话。高柱久害我，在泗县已是司马昭之心，路人皆知。但兄弟阋墙，御敌门外的道理我韩儒仁还是懂的，岂能让你看笑话。便故作惊愕地说："高桥先生为何口出此言？高团总身为地方治安长官，保境安民，肩负一方安危；广宁堂能平安行医问诊，高团总功不可没，他岂能害我？"

高桥很是没趣，心中大为恼火。这韩儒仁是故作糊涂？还是迂腐至极？正尴尬间，刘延寿从恐慌中回过神来，接口说道："儒仁兄，高桥先生所言，我深信不疑。兄长饱读圣贤之书，宽以待人严以责己，医术人品，众口交赞；待人总是向好，不忍向恶，有长者之风。但高团总与兄芥蒂已久，觊觎广宁堂已久，欲置兄于死地已久，这皆为不争之事实，儒仁兄为何不敢面对？是怯于高团总之淫威，还是韬光养晦？实在让人看不明白。"

九十四

高凤年抓赃未成，韩儒仁反与高桥在石花斋相谈甚欢，高柱久恼羞成怒，责怪高凤年优柔寡断，未当场捉拿韩儒仁和高桥，定他个通日罪。

高适之说："通日？证据何在？他一个开药堂的，买卖山参何罪之有？"

说毕，长叹了一声，没头没脑地说："我知韩信为何不得善终了。"

高柱久不解："这事与韩信何关？"

高适之神色凛然地说："一个七尺男儿能受胯下之辱，其心志到底有多高？布下十面埋伏置楚霸王于死地的悍将，你知他城府有多深？连举荐他的箫何，都以除他而后快！你说他有多么可怕！吕后知刘邦将先她而去，韩信再无忌惮，一个妇道人家，你说她该如何？"

高柱久似有所悟，说："这韩儒仁心机比他老祖宗韩信毫不逊色。魏友三抢他，他为其母医好眼疾；朱殿魁祸害他，他却尽心尽意为其祛病；明明与我不共戴天，却年年向我进贡纳钱。这次与高桥交易古董，皮箱里却装的是山参，莫非他能神机妙算，未卜先知？看来，唯有掐住其七吋，否则不能置其于死地。"

高适之听了，赞赏地说："柱久，你虑事成熟了。刀枪杀人不算本领，用心杀人才算能耐。韩儒仁心思缜密，专事阴谋。我一直在想，二虎、朱殿海勇似张飞，他二人同在广宁堂疗伤，为何同时外出，又同时死于非命？此事实在过于蹊跷。你说，韩儒仁能脱得了干系？这就是用心杀人，一击制胜哪！如今，日本人占我河山，屠我国人，他韩儒仁却丧失民族气节，与日本人勾结，纵然有龚雨辰辈庇护，我等也要严惩不贷！"

高柱久说："只要有他通共通匪的确凿证据，就可一击制胜。"

高适之喟叹一声："韩儒仁虑事周密，谨言慎行，对他一击制胜难哪！"

高柱久阴鸷地笑了一声："是吗？我看不难。吴金保和张敬忠手里有一张好牌，我让他们打出来给韩儒仁看看。"

"张敬忠？那个人渣能有什么好牌，你莫让他坏了大事！"高适之不屑地说。

张敬忠和高适之原本是近邻，是个无恶不作的恶棍，曾经掘过高适之舅舅的坟，被高云霄四处捉拿，后给高适之献了不少掘来的古器，才保住了性命。因在高楼无法立足，便到太平镇上当了地痞，和吴金保臭味相投，很快混在了一起，成了太平镇上一害。而高柱久这次之所以这么自信，是他那天去太平镇指挥保安团抓捕周立民时，听吴金保给他说了镇上光棍张敬忠一件有关广宁堂的事，当时，他没当回事，今天却觉得是天赐良机。

如张敬忠这张牌还在，那么把他打出来，便是孙悟空钻进铁扇公主的肚子里，韩儒仁怕是无牌应对了。高柱久当即派人给吴金保送信，让他速到保安团部，有要事商量。

在吴金保和高柱久密议后的第三天，吕叔的表妹谢翠花来到了广宁堂，她向吕叔哭诉说父母已经去世多年，丈夫吴长水也已病逝，自己无儿无女，只得来投靠表哥。谢翠花三十多岁，人长得清秀端正，广宁堂上下好不欢喜，吕叔孤苦一生，已过天命之年，能有一亲人相伴，也算老有所依。吕叔心里不踏实，不大热情，对儒厚说："我给她点钱，把她打发走算了。"

韩儒厚惊讶地说："广宁堂正好缺个做饭的，她是您老表妹，知根知底，最亲近不过了，为何打发她走？"

吕叔说："我与她是远房表亲，还是她十几岁时见过她，后来听说她嫁给同村的吴长水，二十多年都未见她了，走个对面都不认识。再说，这几年广宁堂来的亲友哪一个是省油的灯，还是小心为好。"

韩儒厚不由踌躇起来，想吕叔对谢翠花并不知底，万一再有差错，就会后患无穷。便去给儒仁说，儒仁沉吟一会，说："吕叔虑之甚妥，但也不必杯弓蛇影。谢翠花此番前来，与叶善友、赵金城不同，我预在先，纵然她有图谋，也难得逞。再说，吕叔为我韩家倾尽毕生之力，如这谢翠花是个好人，有她照顾吕叔，你我也可放心了。"

韩儒厚又把儒仁之意说给吕叔，吕叔很是感动，即为翠花安排住处，就在前院伙房做事，翠花好不欢喜。

翠花勤快热情，对吕叔也格外关心，大伙都喜欢她。吕叔有这个老妹子在身边，也是欢喜。转眼十多天过去了，这天晚上，谢翠花收拾了碗筷，临睡前来到吕叔卧室，坐在板凳上，两眼望着地面，说："表哥，自吴长水死后，我在这世上就像是断根的浮萍，无处依靠，整天提心吊胆的，连个安稳觉都睡不成。这些年来，过得最安稳、最舒心的日子，就是在广宁堂这些天了。这两天，我考虑再三，有句话难以启齿，小妹我今天冒昧讲出来，你不要怪罪。"

吕叔点头，说："翠花，你有话尽管说，表哥给你拿拿主张。"

谢翠花脸上漾起一抹绯红，轻声说："表哥，你年纪也不小了，让我来伺候你后半辈子吧。"

吕叔吃惊地说:“这怎么可以,我这么大岁数了,你还年轻,今后碰到合适的,你就再成个家吧。”

谢翠花忽地双膝落地,哀求地说:“表哥,我是个寡妇人家,遭人欺凌,也让人看不起,你就可怜可怜我吧。”

吕叔生气地转过身去,连连跺着脚说:“你给我出去,今后再有这种想法,就不要进我的房子。”身后,谢翠花嘤嘤地哭着,窸窸窣窣起身,向门口走去。门响了一声,吕叔心里不忍,想她毕竟是自己最亲的人了,怕她羞愧想不开,转身欲安慰她几句,可是,吕叔电击似的一下目瞪口呆了。他的眼前白花花一片,谢翠花赤裸地站在他面前,只穿着一个裤衩,一对奶子挺在胸前,还有那细窄的柔腰,成熟、优美、肉感掺杂在一起,宛如重槌般敲打着吕叔的神经。

多少年了,吕叔没有见过女人的身子了。

那年,吕叔还是广宁堂管账伙计,媳妇也在广宁堂做佣工,土匪进了广宁堂,杀害韩家老少八口。媳妇为了保护老太太,被砍了四刀,脖子都断了。多年来,他和韩儒仁一样,从未想过再娶,他想老了认喜子做干儿子,让喜子为他送终。现在,翠花突然裸露身子以身相许,那蛰伏在吕叔心底的人性之欲不可遏制地蓬勃起来。此前,他总以为人过五十,已经老了,对男女之事不再需求了,可这时他才知道,在娇美的胴体面前,自己还可以青春勃发。吕叔口干舌燥,热血沸腾,麻酥酥地跌坐到床沿上。

谢翠花悄然走到了吕叔跟前,侧身往他大腿上轻轻一坐,说:“表哥,我把门闩上了,你要喜欢我这身子,我现在就给你。”

吕叔没有说话,也没有拒绝,二十年独居,谢翠花又投怀送抱,干柴烈火,自当毕剥。他双目紧闭,浑身颤抖,两手不由自主地在谢翠花的肩膀上、脊背上游动起来。当吕叔的手自然而然地握住翠花的乳时,她情不自禁地呻吟了一声,这一声,如振聋发聩的号角,电击似的穿透迷离中的吕叔的耳膜,吕叔猛然怔醒过来,一把推开翠花,惶愧地说:“翠花,表哥无德,你快把衣服穿上。”

谢翠花羞得无地自容,眼泪汪汪地说:“表哥,你不知我的苦处,你就要了我吧。”

吕叔恼了,说:“你有苦处就给我说,用不着这样作践自己呀! ”

谢翠花不敢应答,穿上衣服,抹了把泪水走了。

谢翠花走后,吕叔的脑海里还是不停地闪现着翠花那赤裸的肉体,手指上似乎还留着翠花的乳香,以及翠花的泪水。这位二十多年未见的表妹,突然间以身相许,其内的玄机,绝非是吕叔所能探究清楚的。吕叔隐约感到一种危险,事关广宁堂的安危,他顾不得羞臊了,当即去了后院,把事情前后说给了儒仁。

韩儒仁听了,大吃一惊,想:谢翠花又是贼人派来的卧底吗?若是,会是高柱久吗?他们是怎么认识的,目的又是什么呢?

吕叔见韩儒仁沉吟不语,心里更惶愧了,说:“我看把她赶走吧。”

韩儒仁长叹一声:“她毕竟是你表妹。再说情况不明,也许她另有隐情,还是善待她吧。如能把她感化,说出端倪,则对广宁堂大有益处了。”

吕叔听了,心里大为感动,说:“你放心,我就是不要这张老脸了,就是跪地求她,也要掏出她的实话来。”

九十五

五月下旬,徐州会战结束不久,日军即集结力量,准备攻占淮阴,洪泽湖西形势陡然紧张起来。六月上旬,有消息传来,龚雨辰的苏北皖东北剿匪特派专员公署被撤销,龚雨辰闲居候任。高柱久欣喜若狂,没有了龚雨辰的制约,他就成了湖西手操生杀大权的土皇上,广宁堂也就失去了保护伞。高柱久的匪性便不可遏制地暴发出来,他的脸上堆满了阴鸷的笑容,终于可以毫无顾忌地对广宁堂出手了。

这天清早,韩儒厚和喜子去界集收购药材,刚出了太平镇西口,就被一群蒙面人扑倒,装进麻袋,横拖倒拽地弄上马车拉走了。

傍晚,韩儒仁见儒厚、喜子还不回来,派儒礼带人去界集寻找。从镇西到界集,沿途有两个路边小店,是广宁堂伙计采购歇息的地方,可他们都没见到儒厚。韩儒仁慌了,即托人打探他俩是否被马子绑架了,几个马子也都赌咒发誓说绝无此事。

一波未平，又起一波。转天，太平镇逢集，一伙人抬了一具尸体，在广宁堂门前喊叫说是服了广宁堂的药中毒死了，要求广宁堂给个说法。广宁堂药死了人，这可是天大的奇闻，一会儿门前就挤满了围观的人。

韩儒仁心里惶恐，忙出门来察看，那几个抬尸人围了上来，恶声责骂，要他抵命赔钱。

韩儒仁见这几人面相不善，再看死者，便已了然，怒火难抑地责问抬尸之人："你们家住哪里，与广宁堂有何仇恨，竟用无主尸首来坏我广宁堂名声！此人虽衣着整齐，却手污脚脏，骨瘦如柴，非死于疾病，而是死于饥饿。他肤色暗紫，疹疱流脓，尸味奇臭，显然已亡多日，且十之八九是死于瘟疫。你等速回，用白酒擦身，再将身上衣服用滚水煮烫消毒。一旦传染此病，便无药可治。"

韩儒仁说毕，便以手捂住鼻孔，慌忙返身回了广宁堂。

围观的人本来就不信广宁堂毒死人之说，听了韩儒仁之言，见他避之不及的神态，哪里还敢凑这场热闹，便一哄而散。那几个抬尸人心中惶悚，还是性命要紧，顾不上纠缠，扔下死尸跑了。

第二天上午，高柱久故伎重施，在广宁堂前后院门外设岗，说是近来广宁堂屡遭伤害，为防不测，保护广宁堂。太平镇百姓尽皆叫好，说高柱久这回总算做了件人事。

韩儒仁心里明白，高柱久此番设岗与前回不同，前回设岗，是为了捉拿藏在广宁堂的周立民，这回设岗，是为了看住广宁堂财产，要与广宁堂摊牌了。而最近围绕广宁堂所发生的一连串眼花缭乱的变故，让他有一种焦头烂额的感觉，高桥、刘延寿的出现，高柱久的发难，儒厚、喜子的失踪，这其中有何关联？一时难以理出个头绪来。

其实，韩儒仁尽管身在太平镇，但他和外界却保持着紧密的联系。淮阴、南京、徐州他都有朋友，之间常有消息往来，能及时了解时局的变化。眼下，徐州沦陷，淮阴危急，淮阴若失，泗县将不保。而现时威胁广宁堂的还非日本人，而是高柱久。龚雨辰去职，高贼极有可能趁国难之机，对广宁堂发难。最近这一连串的事端，说明广宁堂已势如危卵。生死存亡关头，韩儒仁心急如焚，但又一筹莫展，不由又将那本《史记》捧在手中，其中的《陈丞相世家》就是他的图腾，他取之不竭的智慧宝库。他时刻牢记、秉承陈平陈丞相的生存法则：实用为本，处事有度，办事有谱，知险于先，化险于前，纵横捭阖，机杼迭出。曾经，他“脱衣渡河”，智退“鬼影子”叶善友；他“暗度陈仓”，在高适之眼皮底下送走了地下党员周立民；他“反间范增”，让高柱久、朱殿魁相残，使广宁堂于强寇打压中仍能坐稳太平镇。可现在，兵匪、官商勾结一起，日本人也掺和进来，倘若陈丞相在世，又当如何破解这岌岌危局呢？

韩儒仁脑子里一片空白。心空了，计穷了，事已至此，势已至此，再无法应对了，一种濒于绝境的恐惧攫住了他的身心。他深切地感到，必须有所决断，如再优柔寡断，必酿大祸！

韩儒仁再也坐不住了，如同溺水之人急欲抓住一根救命稻草的心情，决定立刻去安东亭，拜谒陈丞相，期望像以往那样往石像前一站，便灵光乍现，求得解脱困局的锦囊妙计。

到了安东河口，那只摆渡的木船，五月十五日那天和中央军一队运输船被日军飞机炸得没了踪影，只剩下锈迹斑驳的铁锚和半截长满了绿苔的索链。铁锚上，立着一只左顾右盼的水鸟，惊恐地盯着来人。

日本人是千里眼，还是能掐会算，怎就知道那天古渡口有了船队呢？韩儒仁好不纳闷。

到了安东亭时，韩儒仁的心碎了，亭子所在之处变成了一个深坑，那几尊先贤石像也被日军飞机炸得面目全非，分不清哪块碎石是陈丞相了。韩儒仁默默地立在那堆残石前，脸上早已流满了哀痛的泪水。

一轮红日悬在天际，多情地照耀着悲情的洪泽湖畔，给这片狼藉的碎石以最后的慰藉，一旁的安东河，似一汪汩汩流淌的泪水，远处的洪泽湖似一位满头银丝的老者，荡漾着一波波哀愁的皱褶。突然，一阵狂风从湖心卷起，湖水暴躁地抄起一道道巨浪，铺天盖地的芦苇发出千军万马般的呼啸，漫天的苇絮似白云翻卷，满世界一片迷茫，压得人喘不过气来。

晌午前，韩儒仁步履蹒跚地回到了镇上，听说邓铭九的银匠店遭贼了，便过去安慰邓掌柜。到了银匠店门口，镇警察所的人正在封门办案，细问，才知盗贼租了隔壁那两间房子以弹棉花做掩护，从地下挖了个地道，钻到银匠店里把值钱的物件都搬走了。

可恶的盗贼！韩儒仁心里痛恨不已。

进不了银匠店，韩儒仁只好回家。

离广宁堂不远时，韩儒仁因心事重重，没留意脚下的石块，被绊了个跟头，细瞧，见脚手行临街这面墙根下，挖了一条深沟，原来是在砌排水涵洞。韩儒仁爬起来，边扑打着身上的灰土边抱怨说："这么大的沟也看不见，你眼睛长——"就在这时，韩儒仁头脑里犹如电光石火般地闪过一个念头，他的眼睛死死地盯着前面的豁口，思绪却已从棉花店而银匠店，再至广宁堂而脚手行，延伸至洪泽湖那遮天蔽日的苇荡里了。

九十六

回到广宁堂后，韩儒仁来到后院东侧一栋房屋前，这栋房屋两扇紫色大门，门头上方书有"慈恩堂"三个楷书大字，流溢出一股肃穆之气。原来，这是韩家家祠。

随着大门门轴的滑动，神秘的韩家家祠悄无声息地打开了。首先映入眼帘的是墙上一幅装在镜框中的画像，一位将军头戴金冠，身披紫色战袍，腰间一把玄色配剑，右手搭在剑柄上，神色坚毅，目光深邃，散发着一股震慑人心的力量。此时，坊间的传言终于得到证实，广宁堂韩家先祖，正是声名显赫的西汉开国大将军，淮阴侯韩信。

画像下方紫檀木香案上，列着几排牌位，至韩孝甫，已是第四代。和韩孝甫并列的是韩孝廉，就是韩儒厚的父亲。那年马豁嘴几个匪人深夜潜入广宁堂院里，韩家与匪人以命相搏，可匪人有火器，韩家寡不敌众，儒仁的媳妇秀芝与年仅两岁的幼女小蕙、小妹儒智、二叔二婶与堂弟儒德、吕叔媳妇吕婶及一个伙计被害。事后，韩孝甫多方探得血案元凶，是广宁堂隔壁的惠安药材店老板吴静山因忌恨广宁堂生意红火，欲占其宅基，唆使马豁嘴发难。韩孝甫多方奔走，誓将仇家送上断头台。怎奈吴静山官场有人，反要告韩孝甫诬陷之罪。韩孝甫剑走偏锋，几乎倾其家业，使另一匪伙取了马豁嘴性命。不久，吴静山因病暴毙。没想半年后，吴静山外甥当了警察局局长，扬言广宁堂与匪人有勾结，要予以严惩。为避祸，韩孝甫只得举家离开淮阴，落脚太平镇。并从那时起，认识到乱世之中武力的重要，悄悄给贴心伙计配备火器，并让儒礼习武练枪，儒礼的快枪就是用大洋堆出来的。

韩儒仁凝视着韩信，不由潸然泪下。父亲在世时，儒仁曾问父亲："先祖智谋盖世，助楚，则楚王称霸；助汉，则刘邦问鼎；自立，则不逊孙权，可三足鼎立。他为何不听贤者之劝，可是大愚之人？"

韩孝甫肃然说道："高祖斩蛇举义，救天下黎民于暴秦苛政，人皆拥之；先祖若反，虽成败两可，但苦了天下，便是不仁、不义、不智。以先祖之英明，岂能为一己而祸天下？故先祖虽遭吕后毒手，但人心永存，后人对先祖顶礼膜拜，多少帝王难及。"

父亲这番话语，听得儒仁心悦诚服，每进得祠堂来，便大气也不敢出。可今天，儒仁见先祖眉间，透出一种悔恨之气，是恨吕后歹毒，还是恨刘邦无情？先祖之死，实是刘邦假手吕后害了先祖。刘邦就是个阴谋家啊！他忽然觉得，先祖并非父亲说的那样英明，他作茧自缚，优柔寡断，枉送一世英名。时下，广宁堂又面临灭顶之灾，自己绝不学先祖，绝不束手待毙！他跪倒在父亲灵位前，默默诉道："父亲，这几年来，高柱久、朱殿魁等时常祸害广宁堂，现在连日本人和刘延寿也找上门来。以前，还可举家避祸，如今，儒厚、喜子下落不明，高柱久又虎视眈眈，想走也走不了了。孩儿曾到安东亭求计于陈丞相，可他的尊像被日本人毁坏，难以教我了。孩儿已悬绝境，只能破釜沉舟，断臂求生了。"

韩儒仁泪水横流，心摧欲碎。直到田贵来叫他吃晌饭，这才擦了泪水，离开家祠。他草草吃了几口饭，就去了脚手行找王玉莹。

经过一年多的接触，韩儒仁和王玉莹都感觉到了一种久违了的不可言喻的意味，但即使在送走周立民这件事上两人达成了默契，也从未掺杂半点个人感情。因为韩儒仁猜到了王玉莹的真实身份而心有顾忌；王玉莹则囿于地下工作者的纪律。本来，韩儒仁是不想牵连王玉莹的，因事情紧急，只好前来探探口风，再作下步打算。

对韩儒仁的到来，王玉莹很高兴，给他沏了壶茶，靠着他坐下，这才轻轻地问道："你还好吧？"

韩儒仁回了声："还好。"

"儒厚、喜子有消息吗？"

韩儒仁默然摇头。

"我也让人打问了，都没有结果，我估计这里面一定有阴谋。"

韩儒仁点了点头，见王玉莹脸色蜡黄，眼圈发黑，关切地说："我给你把把脉。"王玉莹顺从地伸出右手，韩儒仁搭上手腕，双眼微闭，好似入睡了一般。

王玉莹爱怜地望着儒仁，见他脸色憔悴，鬓角斑白，似突然间苍老许多，可他才三十多岁呀。这个人救死扶伤，深明大义，石梁河暴动时他曾资助魏正斌，去年又救了周立民，实在可敬可佩。

好一阵儿，韩儒仁才轻声说道："脉象还好，要注意调理，等会我让人给你再送几副中药来。"

王玉莹这才回过神来，羞赧地说："有需用脚手行帮忙的事，你就给我说一声。"

韩儒仁说："我想在你这院子里走走。"

王玉莹爽快地说："好，我陪你。"

这个大院也是两进院落，前院是生意场所，后院住人，院墙青砖砌就，高约两丈，在后院墙角一侧，放着一把木梯。

韩儒仁蹬上木梯，院外景物尽收眼底。墙后不远是大片稠密的芦苇，间杂着几棵柳树；柳树下是一个两亩地大小、被茂密的水草覆盖着的汪塘，中间空着不大的一块水面；汪塘北面，状似葫芦嘴处，连接着一处水湾，顺水湾往东约半里多路，便进入安东河北湾，由那里便可进入洪泽湖。韩儒仁发现，从后墙至汪塘，有一溜芦苇折断了几根，在拆断的芦苇一线的汪塘里，茂密的水草变得稀疏起来，与之相对的葫芦嘴处，茂密的水草上似被一条大鱼压过，隐约地亮出一条水线。

眼前的情景，泄露了脚手行的秘密，也进一步证实了王玉莹的真实身份，韩儒仁心里激动起来，共产党人是可以依赖的，他的计划有可能实现了。似不经意地说道："行走于苇丛中，两手宜分不宜扳，扳则苇秆易折；汪塘浮萍、水草中，从南往北似有条水线，莫非鱼龙光顾过这里？还是鱼龙就藏在芦塘里？"

王玉莹听了，惊得目瞪口呆，这韩儒仁只不过是向墙外一望，就把脚手行极力掩饰的秘密看得清清楚楚，连同那只藏在芦苇丛里的小划子（小船）也没躲过他的眼睛。

韩儒仁让王玉莹看得不好意思，说："把木梯拿走吧，可在屋内后墙开一个高窗，这便于观察。还有，要是不想在后墙开门，那就在屋里挖个暗道。"

王玉莹顺从地"嗯"了一声。

接着，韩儒仁便表情凝重地告诉王玉莹，高柱久失去了掣肘，他派兵守在广宁堂前后大门，随时都可能霸占广宁堂，韩家几代人的血汗绝不能留给高柱久他们。为此，他欲借王玉莹的脚手行，再来个"明修栈道，暗度陈仓"，给高柱久唱一出空城计。只是这么做，高柱久顺藤摸瓜，就害了王玉莹了。

王玉莹听了，非常赞同儒仁的计划，说："此事我过两天再给你答复。只是你们脱险后打算怎么办？到哪里去？"

韩儒仁知道她要向上级报告，说："你不要为难，我还可另想办法。我们离开太平镇后，先到观湖岭避避风头，然后到西安去。"

王玉莹听了很吃惊，她认为韩儒仁如此智慧之人，不可能不知道她对他的爱慕，却说得如此决绝，不由心里难过，说："为什么去西安呢？其实你们可以留下来，一旦形势变化，高柱久难以为所欲为，湖西正是你用武之地。"

韩儒仁知王玉莹心思，说："那就走一步看一步吧。不过，现在太平镇危机四伏，高桥也来染指，一不小心就会招来杀身之祸，让你蹚这浑水，实在对不起你，你务必多加小心。"

九十七

从脚手行回到广宁堂时,韩儒仁的诊室里已有两位眼疾患者候诊,韩儒仁刚为他俩做完诊治,高凤年突然来了,双方客套几句后,高凤年说:“现在战事紧张,时局纷乱,不知大掌柜有何打算?”

韩儒仁已下定离开太平镇,脱离高柱久的决心,对高凤年突然登门拜访不由紧张起来,说:“如此乱局,能有何打算?听天由命罢了。再说,我等开药堂的,从不过问时事、政事,到哪里都是行医治病,有打算就是无打算,无打算就是有打算,也就无所谓打算了。”

高凤年被韩儒仁绕糊涂了,说:“太平镇不太平,大掌柜这药堂何不换个地方开呢?”

韩儒仁想:图穷匕见,这才是高凤年前来拜访的初衷。说:“谢副官关心!眼下日寇施暴土匪肆虐,神州处处血肉横飞,何处得享太平!倒是太平镇这方土地难得,背靠浩渺大湖,东有龙集西有金锁诸镇拱卫,南面安东河天然屏障,强敌难入。纵有不测,连天芦荡苇塘,便是极好藏身之地,且有鱼虾莲藕果腹,到哪里去寻这等宝地!”

高凤年边听边不住点头,说:“大掌柜说的句句是实,有我保安团驻防,谁人敢在太平镇撒野!”

韩儒仁听了,灵机一动,说:“副官所言不虚,贵部是太平之守护神,土匪无不闻风丧胆。但如贵部稍离太平,土匪便会寻隙生祸。前次土匪来袭,攻势甚猛,幸得伙计拼死相搏,不然,在你们到来之前,广宁堂已被破了。为安全起见,我想广宁堂圩墙还得加固,日后再有土匪来劫,也好坚守待援。”

高凤年得到韩儒仁实话,想,看来他是不会跑了,突然话锋一转:“韩大掌柜,二掌柜有消息吗?你也不能在家死等,得赶快打听呀。你们兄弟手足情深,我高凤年敬佩呀!”

高凤年突兀地来了这么几句,这话的含意到底是什么?是关心,还是幸灾乐祸？韩儒仁一时摸不着头绪。

高凤年不容他多想，已然起身告辞，韩儒仁礼节性地送他出门。行将分手之际，高凤年脸上闪过一抹讥讽的冷笑，韩儒仁脑子里激灵一闪，突然明白了高凤年的真实来意：除了奉高柱久之命，来打探广宁堂情况外，他本人也欲向广宁堂传递一种待价而沽的信息。当即拱手欠身："请高副官留步，儒仁有事相求。"

高凤年正暗暗咒骂韩儒仁是个猪脑子，全然猜不透自己话里的玄机，见他似突然醒悟，便依旧是不显山露水地说："韩大掌柜有何吩咐？只要我力所能及，当不遗余力。"

韩儒仁说："还是请副官耽搁一下，容我细说。"

高副官复又落座，说："恭敬不如从命，那我就再打扰片刻，请韩大掌柜面命耳提。"

韩儒仁让高凤年稍坐，抽身去了吕叔的总柜，少顷回来，边落座边将一封油纸包放在桌上，慢慢推到高凤年面前，说："请副官收起。"

高凤年纳闷，用手指勾开油纸，不由大吃一惊，油纸里竟然是两根金条。如此重金，让他不知是喜是祸，说："无功不受禄，韩大掌柜有何吩咐？"

韩儒仁恳切地说："副官此言太过谦逊了，这几年来，你率部驻守太平，广宁堂承蒙多方关照，方能正常行医问诊，副官其功也大，其善也大；儒仁尽一点绵薄之力，乃是情理之事，请副官笑纳。"

高凤年让这黄灿灿的金条撩拨得发痒，将油纸包拿起，紧紧攥在手里，但心里还是无底，韩儒仁送出如此重的礼金，他究竟要从自己身上得到什么？便说："我薪饷丰厚，衣食无忧，韩大掌柜情分我领了，这心意实不敢收。"

韩儒仁说："我知副官薪饷足够正常使用，更知副官积蓄无几，可一旦事发东窗，急需打点，难免捉襟见肘了。这点小钱，请快快收起，以备不测。"

高凤年惊恐地问："韩大掌柜，何为事发东窗？你这话云山雾罩，听得我一头雾水。"

韩儒仁惊愕地问："你真不知？"

高凤年更慌了："我实不知！"

韩儒仁悲天悯人似的连声摇头叹息,却不再吭声。

高凤年更急了,说:“韩大掌柜,我把你当知己,你却把我当作外人,莫非凤年有对你不住之处?”

韩儒仁这才叹了一声,说:“罢了,谁让你我一见如故呢!实话告诉你吧,街上有传言说保安团在湖神庙里袭击了盗墓贼,抢走了两尊金佛。高团总对此已有所怀疑,一旦他信以为真,将对你极为不利。”

高副官顿时心惊肉跳,如大祸临头,脸因恐惧抽搐起来,强打精神说:“湖神庙那事他怎能得知?”

韩儒仁说:“也许是朱圩金麻子那里走漏了风声。实话实说吧,那晚金麻子受了枪伤,后来我去朱圩为他医治时,他说好似听到你的说话声。我说不可能,高副官决不会干那蝇营狗苟之事?此事若实,那也是奉高团总之命行事。”

高凤年便肝胆欲裂了,脸似黄纸,眼如鸽卵,汗水淋淋,绝望地瘫在椅子里,有气无力地问:“韩大掌柜,金麻子这话还有哪些人听到?”

韩儒仁说:“只有我二弟儒厚在场,儒厚对金麻子说:‘你当时身上中枪,精神紧张恍惚,定是所错了话声。高副官禀性敦厚,恪尽职守,断不可越职行事。’”

高凤年听了,立马来了精神,说:“还是二掌柜知我为人。这话要是传出去,我是跳到黄河也难洗清呀!”

韩儒仁旁敲侧击地说:“此话到此打住,你知我知。古人言‘多行不义者,必自毙’。金麻子作恶多端,他就是当场毙命,也是罪有应得。善恶之事,尽皆有报,我等要引以为戒呀!”

高凤年从韩儒仁的话里听出了弦外之音,彻底明白湖神庙之事韩儒仁已一清二楚了。他瞅了眼桌上的金条,多么希望这是他自己的东西呀,这样就可以用来封韩儒仁的口了。“大掌柜指点得好!凤年日后一定严于律己,宽以待人”。

韩儒仁知道已卡住高凤年的七吋了,也改了称呼,进一步给他上料说:“凤年哪,我一直想不通,你识文断字,文武双全,又打得一手好算盘,怎么自己的账就算不过来呢?为什么不谋个能施展才华的去处,老窝在太平镇这弹丸之地呢？再说句贴心话吧，高团总口蜜腹剑，责罚不逊暴秦，稍有不慎，便祸及家人，你整天如履薄冰，如临深渊，何时是个头呀？如有意，我给雨辰打个招呼，将你调离此地，去他那里高就如何？”

高凤年听了，心里暗想，韩儒仁真是当今孔明，他把我的心思已洞若观火了。

九十八

高凤年此番前来，正是想通过韩儒仁在龚雨辰那里给自己留条后路。而引发此种动机的原因，也正是出自他对高柱久的怨恨和惧怕。

前时，魏友三脱网后，高柱久为鲁大能上书表功，要升其为中校副团长兼一中队中队长，让高凤年妒火中烧。这个位子高柱久在派他来太平镇时是许给他的，说只要高凤年看住了广宁堂，抓到了共产党，就让他做副团总。可高柱久却食言了，要把这副团长给鲁大能。想想这几年来他鞍前马后地供高柱久驱使，祸害广宁堂，高柱久不但有功不赏，反而把自己兼的中队长也撤了，只剩了一个徒有其名的副官，钱也没捞到几个。还有，魏友三这么多人脱网，买路钱一定不会少，至今也没给自己分个一文半钱，这分明是高柱久拿自己当外人了，这些都使高凤年感到寒心。再加之他一直担心黑吃黑的事让高凤年察觉猜疑，总觉得离祸事不远。而一旦高柱久翻脸，只有龚雨辰那里可以避祸，而这条路得韩儒仁来牵线搭桥。他今天来，就是想送一个大人情给韩儒仁，有了这份人情，不愁韩儒仁不帮他，便感激涕零地说：“那凤年就谢谢韩大掌柜了。”

韩儒仁听了，觉得火候到了，就不再与他虚与委蛇，单刀直入地问：“凤年兄，恕我直言，儒厚被你们保安团关在何处？”

这正是高凤年欲卖大价钱的事情。不过，高凤年毕竟在土匪窝里混了多年，尔虞我诈的事经历多了，浑身上下都是心眼，想：韩儒仁明知我助纣为虐，几次三番地帮着高柱久欲置他于死地，他却把我当孙权来游说。此等胸襟，此等心机，堪比他老祖宗韩信。虽然现在常受胯下之辱，但日后定有十面埋伏,切不可掉以轻心,防他几分为好。就故作惊诧地说:“大掌柜,这事我怎能知道。我去过金锁镇问了,二掌柜肯定不在那里。至于太平镇,如今高团总把杜邦派来当中队长,这小子是个坏种,做事都瞒着我。能是他做的事吗?说不定是土匪干的事呢。你说太平镇这么大点的地方,他们能把二掌柜藏在哪里呢?”说着,将金条装入口袋,又安慰韩儒仁说:“大掌柜事多,凤年就不再打扰了。二掌柜这事你也别上火,哪天有空,我请你到醉香春那个僻静地方,找李老憨弄两瓶好酒,保你一醉解千愁!”说毕,便起身告辞。

望着高凤年匆匆离去的背影,韩儒仁动开了心思,刚才他那番话别人听了,也许不知所然,韩儒仁听了,却是心如明镜,高凤年知道关押儒厚、喜子的地方,且他俩性命无忧。现在刻不容缓的事就是要找到关押儒厚和喜子的地方。

这时,陆续来了几位患了眼疾的病人,韩儒仁尽管心急如焚,还是集中精力,把脉、问诊、开方,患者满意离去后,韩儒仁便又接着剥丝抽茧地琢磨高凤年所说的那番话来。

高凤年所说的有关儒厚、喜子的话应该是真的,否则他不敢收了那两根金条。从高凤年的话音中分析,可以肯定儒厚和喜子的失踪是保安团所为,并非土匪绑票;而绑架儒厚、喜子的,肯定是新来的中队长杜邦带人干的。这事高凤年可能没参与,不然,他不可能骂杜邦是坏种,做事都瞒着他。要是他带人绑的,也不可能来告诉自己。儒厚、喜子也没被关在金锁镇,而是关在太平镇,因为这几天高凤年天天都围着广宁堂转几圈,根本没离开太平镇,他怎么会去金锁镇打问儒厚、喜子的事呢?高凤年还说“这人也不会藏在太平镇吧?这么大点的地方,能把二掌柜藏在哪里呢”?这是说太平镇就这么大个地方,儒厚和喜子被关在哪里不是明摆着吗?

只是,杜邦会把儒厚、喜子关在哪里呢?

韩儒仁一时理不出头绪来,便把儒礼、田贵、吕叔叫到三合小院客厅里,将高凤年说的有关儒厚、喜子的话告诉了他们。

田贵说:“不会关在镇公所保安团驻地吧?”

韩儒仁摇头:“儒厚、喜子是被暗算的,不可能关在镇公所里。”

"吴金保的同福楼呢？"田贵又说。

"那里人多眼杂，藏不住事。吴金保贼奸，他岂能引火烧身？"吕叔说。

"是啊，儒厚、喜子不可能在同福楼里。太平镇里还有谁和高柱久有染呢？"韩儒仁自言自语，好不焦急。

韩儒礼说："杜邦晚上常到同福楼和吴金保推牌九，只带一个护兵，绑了他一问便知。"

吕叔说："这个办法不妥，要是杜邦死不认账怎么办？高柱久就会以此对广宁堂下手了。这样一来，儒厚和喜子也就危险了。"

田贵说："吕叔，你怕这怕那，你不惹高柱久，高柱久就能发善心放过广宁堂了？这几年你看他对广宁堂做了多少坏事！不是勾结朱殿魁明抢暗劫，就是派赵金城来卧底，要不就……"田贵说着突然想到了那次跟踪赵金城的事，叫了一声："哎呀，二哥会不会被关在醉香春里？"

韩儒礼说："我这几天找二哥，见醉香春一直关着门，听说老双沟生病了。这掌柜的病了还有伙计嘛，哪有关门停了生意的？"

吕叔也说："是呀，这老双沟病的酒都不能卖了，怎么没见他来抓药？"

韩儒仁听了吕叔几人的话，不由想到高凤年走时说的那番话来："二掌柜这事你也别上火，哪天有空，我请你到醉香春那个僻静地方，找李老憨弄两瓶好酒，保你一醉解千愁！"刹那间茅塞顿开，说："我全明白了。典当铺的陈掌柜在西街遇见儒厚，还打了招呼，也有人看见儒厚、喜子出了镇，可从镇西到界集一路，再没有人见过他俩，这就是说他俩是刚出镇时就出事了。刚才，高凤年临走时没头没脑地说要请我到醉香春那个僻静地方，找李老憨弄两瓶好酒，保我一醉解千愁！你看高凤年这哑谜打的！唉！我真糊涂了，这么明白的话还悟不出来，真是辜负高凤年的抬举了。"

为了万无一失，韩儒仁找来玉兰，把高凤年的话告诉了她。玉兰和陈家姐妹走得近，对儒礼和陈玉竹的婚事更是热心，儒仁嘱咐玉兰说："儒厚和喜子被关在醉香春酒馆里，现在人还在不在，里面情况不明，你去陈玉翠布店里打听一下醉香春酒馆的情况。"

玉兰听说儒厚有了下落，心里很是激动，却平静地点点头，说："哥，我这就去。"

望着玉兰的背影，韩儒仁心里好不感动，儒厚失踪后，玉兰在家人面前，不哭不闹，但她红肿的双眼告诉众人，她在心底暗暗承受着悲痛。又想到淑芳对这个大家庭的维护，韩家的媳妇个个识大体，拿得起放得下啊。继而又想到王玉莹，这是个多么坚强聪颖的女子啊！与自己不同的是，她信奉的是共产党，共产党是一个队伍，而且这支队伍不但存在于世，还在不断发展、壮大，且越挫越勇，越挫越强。而自己崇仰的陈丞相是一个人，且只存在于故纸堆中，既不能开口，更不会说话。想到这里，韩儒仁不由打了个战栗，岂有此理，怎能对崇仰膜拜的陈丞相不敬呢？自己这是怎么了，真是荒唐至极！

九十九

玉兰提着篮子，刚到了陈家姐妹布店门前，就被陈玉翠、陈玉竹迎进了屋。

陈玉翠问："韩二掌柜可有消息了？"

玉兰摇头："还没有。"

"你也莫着急，好人天佑，二掌柜会平安无事的。"

"妹子，你对面的醉香春怎关门了，不做生意了？"

"这几天都关着了，听说掌柜的病了。"

"那里面有人吗？"

"该是没人吧，有人怎能整天关着门呢。怎么了，有事？我给你叫叫看。"

玉兰忙说："莫叫，我就想知道里面有没有人。"

陈玉竹听了，扑哧笑了起来："这事还不简单，我一探就知了。"

玉兰忙说："这事可莫给别人讲。"

陈玉竹说："我找个不会讲话的去问。"转身跑了出去。

玉翠难为情地说："你看她，整天急风扯火的。"

玉兰说："我看玉竹遇事有主见，是你的好帮手呢。"

一会儿，玉竹提着一只公鸡跑了进来。

陈玉翠说:“你抓鸡干吗?”

陈玉竹说:“我自有用处。嫂子,你跟我走。”

玉兰不明就里,跟着陈玉竹出了屋。

陈玉竹在门前灶台上拿了一块苫布,将公鸡遮了,从一个小巷口拐到醉香春屋后,从厢屋和堂屋中间那堵隔墙上把公鸡扔了进去。公鸡扑腾着咯咯叫唤着飞进了院里,跟着响起了开门声和脚步声。

院子里有人。

玉兰这才明白玉竹的用意,非常惊讶,想我家儒礼真的有眼光,心里对陈玉竹更添了几分好感。

陈玉竹冲着玉兰使了个眼色,两人蹑手蹑脚地离开醉香春后院。到了巷口,陈玉竹说:“嫂子,那院里有人。这些天大门紧闭,肯定有鬼。”

玉兰攥着陈玉竹的手说:“好妹妹,你姐俩的好我记住了。我也替儒礼谢谢你!”

陈玉竹脆生生地说:“他是他,你是你,我不要你代他谢什么。”

玉兰会心地笑着说:“你这个丫头啊,就是嘴硬。你要是听嫂子的话,去哄哄老太太,喜事都办了。”

陈玉竹让玉兰说得也扑哧笑了起来,说:“嫂子,我和儒礼的事自个做主,你们谁也别管,谁也管不了。你快回去把这里的事告诉韩大掌柜吧,莫让他着急。”

玉兰听了,说:“那你快回去,把对面盯紧些,有事就来告诉我。”当即别了陈玉竹,匆匆赶回了广宁堂。

韩儒仁听了玉兰所言,心里吃惊,高柱久竟然真的将儒厚藏在广宁堂眼皮底下了。又惊讶陈玉竹一个弱女子竟有这种心机,心里感慨不已,说:“高凤年这份人情,得记住。”

田贵听了,心里便也明白个中原委,说:“高凤年总算做了件人事。我这就和儒礼去端了那个匪窝!”

韩儒仁说:“那里要真是个匪窝也就罢了,那是高柱久在太平镇的魔窟,你大张旗鼓地如何端它,岂不又惹事端?现在事已明了,我们给他来个化明为暗,给自己留个退路吧。”就安排田贵、儒礼带上二宝等几个贴心伙计夜里去救儒厚和喜子。

待一切安排妥当后，吕叔对韩儒仁说："我看翠花有点反常，她给我认了错，又兜着圈子问我，鬼子要打来了，广宁堂迁不迁走？"

韩儒礼也说："她经常去张敬忠家里。"

张敬忠是出了名的光棍、大恶人，谢翠花怎么会去他家里？韩儒仁、吕叔大为吃惊。此前，韩儒仁认为谢翠花来找吕叔，也是高柱久的阴谋，如今她却和张敬忠连在了一起，真是让人匪夷所思，一时难得其解。吕叔纳闷地问韩儒礼："翠花真的去张敬忠家里了？你听谁说的？"

韩儒礼肯定地点点头，却没吭声。

韩儒仁心里明白，张敬忠家斜对面，就是陈家布店，看来，儒礼和陈玉竹藕断丝连，真的好上了。母亲要是允肯，就成全两人吧。他爱怜地看了儒礼一眼说："谢翠花如常去张敬忠家里，那必有隐情，对她不可小觑。"又对吕叔说："从今天起，你让人盯着她。"

当天夜里，月光隐约，风声萧萧，太平镇街头一片肃杀，四周的水塘里蛙声不语，就连广宁堂大门前那两盏不惧风雨，夜夜耀眼的灯笼也熄灭了，气氛显得异常沉闷。

丑时，几个黑衣人蹑手蹑脚地摸到醉香春后院，在堂屋和厢屋之间的隔墙下搭起人梯，翻过墙头，分成两拨，一拨轻车熟路地径直奔了堂屋，贴在门旁，却不行动。另一拨先到了厢屋门口，见门上挂着一把大铁锁，门扣上还拧了根铁丝，细听，里面好似有喘息声。这拨人便离开厢屋，奔了前面的酒馆，轻推那扇独门，里面没上闩，这拨人就发出一声鹊叫，堂屋那拨人便拔出刀子来拨堂屋的门闩，竟然也没上闩，便也发出一声鹊叫，随着这声鹊叫，两拨人同时拧开手电筒，撞开屋门，扑了进去，跟着响起两声惊叫。少顷，这两拨人会合到西厢门前，拧开铁丝，打开铁锁，进入屋里，传出几声短促的话语，又簇拥着出了厢屋，翻过墙头，消失在夜幕中。

是什么人偷袭了这个小本经营的小酒馆？这几分钟里醉香春里究竟发生了什么变故？除了这群神秘的黑衣人外，怕是谁也不会知晓了。

一〇〇

天色放亮后，雄鸡高唱，醉香春一旁的早点铺子准时开了张，仍旧是多年来不变的食物：油条、包子、绿豆稀饭、萝卜干。到了日上树梢时，一位戴着瓜皮帽子的老者端着一只黑碗来醉香春打酒，尽管将店门敲得山响，里面的人呜呜地叫唤着却不来开门。许是老者经历的事多，觉得事情不妙，慌忙报告镇警察所，一会儿警察所来了几个荷枪实弹的警察，撞开房门，他们还未站稳，便被眼前的情景惊呆了，老双沟的脖子都断了，那个伙计则被绑在板凳上；后院堂屋里，两个上身穿着青色短打褂子，下着保安团裤子的汉子也是一死一伤。苇席上散落着几截被截断的麻绳。

几乎与警察所所长前往醉香春饭馆的同时，韩儒仁领着儒礼、田贵、二宝几个人，提着一个叮当作响的布袋，亲自登门拜访邓铭九、陈一鹤、吴金保三位掌柜，说儒厚、喜子有了下落，湖匪来信，要广宁堂立马带一万大洋，去湖边的芦苇荡里赎人。广宁堂只有两千现洋，，一来向他们各借一千大洋，二来借他们的金面，一同去见湖匪，开恩放人，所欠大洋暂缓几日后分文不差补交。

吴金保连声祝贺说：“二掌柜是吉人天佑，终于化险为夷了。”

陈一鹤长叹一声道：“广宁堂救活一方灾病，连他的东家都绑，唉，这世道呀！”

邓铭九则气愤地说：“保安团、警察所那些人简直是尸位素餐，无所事事，连几个湖匪也逮不住。”

韩儒仁说：“这也不好怪罪他们，匪人阴险狡诈，做事不计后果，防不胜防。还是我们大意了，今后小心提防就是了。”

一行人坐上广宁堂的马车，前往湖匪指定湖边的万亩芦塘。

刚到了芦塘边，就见水道里荡出一只舢板，船头上立着一个黑衣人，用布遮住脸面，仅露双眼，喝问：“赎金带来了吗？”

韩儒仁抱拳应道：“好汉，因事急，所开赎金实在数目过大，广宁堂难以筹措，幸得几位掌柜解囊相助，仍一时难以凑齐，现有现洋五千，法币三千,所要的五百贴‘祛风驱毒散’也如数奉上,望好汉笑纳。所欠赎金,有几位掌柜担保,日后接信即奉。”

那人听了,稍作迟疑,回道:“就依韩大掌柜,把赎金送过来吧。韩大掌柜,你莫怪我们兄弟贪婪,是我们兄弟敬重广宁堂仁义,冒险救了二掌柜,不然,人家是要取他性命的。望大掌柜不要食言。”

韩儒仁边感谢边让田贵将赎金送过去,田贵将钱袋提到水道边,用力甩到舢板上,那人两脚在舢板上左右踩了两下,舢板就调了船头,进了另一条水道。一会儿,从对面的水道里射出一只小划子,上面坐着两个人,正是儒厚和喜子。两人手忙脚乱地将小划子往岸边划,却因水浅,靠不了岸,只好下船涉水上岸。奇的是那只小划子竟然自动退了回去。原来,船尾上拴了根细麻绳,这是湖匪为担心“肉票”上岸后遭其家人暗算而常采取的防范措施。

韩儒仁抓着儒厚的手哽咽难言,儒礼也和喜子抱在一起,众人七嘴八舌地安慰一番,一行人便欢天喜地地坐着马车回到了太平镇。

跟着,湖匪黑吃黑的事就传遍了整个太平镇。

高凤年听到黑吃黑消息后,大为吃惊。他已给韩儒仁暗示韩儒厚被关在醉香春里了,怎么又被湖匪黑吃黑了?不过他心里却感到高兴。一是湖匪从中打劫,这就与广宁堂无关,也就是说自己出卖的情报未起作用,白得了两根金条却又不用牵扯瓜葛。二是保安团绑架韩儒厚、喜子是杜邦带人干的,事后他才知道。高凤年虽然清楚这是高柱久的授意,心里很不乐意,却也庆幸高柱久没让他干这件恶事。现在杜邦被人黑吃黑,高凤年不由幸灾乐祸地连连冷笑。他当即赶到广宁堂,祝贺儒厚平安脱险后,试探着问:“韩大掌柜,可知是哪股土匪绑架了二掌柜,我带人将其剿灭,替二掌柜雪恨。”

韩儒仁似早知高凤年会来,未曾开言,先给他深鞠一躬,方说:“儒厚、喜子得以脱离魔窟,还得感谢副官。”

高凤年急忙摆手说:“大掌柜千万莫这么说,兄弟我实在担当不起。”

韩儒仁佯装不解:“高副官此话差矣,我本以为二弟是保安团哪位兄弟所为,是你那句‘儒厚没被关在金锁镇’提醒了我,我才将工夫下在太平镇。怎能说担当不起呢？”

高凤年吓得脸色都变了，拱手说：“好我的韩大掌柜，高团总要是听了这话，兄弟我就必死无疑了。”

韩儒仁惊诧地问：“不会吧？你和高团总是同乡，他还能亏待你？”

高凤年拉着哭腔说：“韩大掌柜你不要再糊弄我了，高团总那人你比我清楚，你可不能置我于死地呀！”

韩儒仁听了，这才改口说：“土匪在保安团眼皮底下作案，实在胆大妄为，也过于阴险狡诈，令人气愤。请副官转告高团总，这次广宁堂赎人，湖匪要了一万大洋，广宁堂倾其所有只筹措了三千法币，五千大洋，无奈之下，只好请同福楼的吴金保吴掌柜，典当行的陈一鹤陈掌柜和银匠店的邓铭九邓掌柜一起赶到湖边芦苇塘里去见匪人，由三位掌柜作保，湖匪才把儒厚、喜子放了。八千块钱呀，广宁堂几年的辛苦呀。唉！就算破财消灾吧。凤年哪，我知高团总有很多担心，肯定还给你交代了很多，你啥都不要说了，就把我这番话报告给他就是了。其实，就是你不说，吴掌柜也会给他说的。不过，你我往日的误会，从今天起就让它烟消云散吧，我韩儒仁从心里拿你当朋友待。你要好自为之啊！”

一〇一

高凤年这才明白韩儒仁之所以演了一出赎人戏，还将吴金保扯上，既是为了不与高柱久撕破脸皮，也是为了替自己推托干系，不由对韩儒仁心存感激。想此人虽工于心计，但与人为善，令人敬佩，高柱久实在不该如此对他。自此，高副官对韩儒仁怕了，也服了，再也不愿陷入高柱久与广宁堂的纠葛之中。

离开广宁堂，高凤年径直去了金锁镇，向高柱久报告：湖匪袭击了醉香春，打死了老双沟，劫走了韩儒厚二人。索要一万现大洋的赎金。广宁堂一时手紧，只凑了八千块钱，无奈之下请了吴金保、陈一鹤、邓铭九三人作保，湖匪这才放人。此事太平镇老幼皆知。

高柱久听了异常惊骇，本来他对自己的这一招很是得意，既达到了敲山震虎的目的，又不落痕迹地让韩儒仁意识到没有他高柱久的保护难以安身立命，这真是得有几分举重若轻的本领的。他以为控制了韩儒厚，就控制住了广宁堂，自己只需稳坐钓鱼台，静候韩儒仁乖乖地就范，登门求他解救韩儒厚就是了。可是没想到做事一贯谨慎的老双沟却翻了船，他几人手中皆有快枪，且警察所就在跑马巷里，何人如此胆大妄为？便问："韩儒仁可否听到风声了？是哪个马子作的案？"

"韩儒仁对杜邦绑架韩儒厚一事毫不知情，他说袭击醉香春的是湖匪，十有八九是'水鬼'郑大安。因为郑大安曾到广宁堂敲诈，差点吃了韩儒礼的枪子，故绑架韩儒厚泄愤。"

高柱久听了，长长地吐出一口气，说："我看杜邦就是头蠢猪，成事不足，败事有余。"

他本来就是头蠢猪，可你让他当中队长，还让他绑架韩儒厚！高凤年心里愤愤不平地想。

高凤年哪里知道，绑架广宁堂的人正是杜邦出的点子。杜邦升为太平镇保安团中队长后，为了报答高柱久知遇之恩，就出了个化装成土匪绑架广宁堂的人，敲诈广宁堂钱财的点子，并得到高柱久的首肯。

现在醉香春出事了，高柱久怕韩儒仁知道绑架韩儒厚的真相后，会采取不利行动，坏了他的大事，好在韩儒仁浑然不觉，实是不幸中之万幸。他告诫高副官说："你和杜邦要打起精神来，太平镇要是再出事，我只有挥泪斩马谡了。"

高柱久之所以说此狠话，是他制定了一个连高适之也不知道的丧心病狂的计划，泗县一旦沦陷，他就趁火打劫，抢劫金锁镇、界集、朱湖、陈圈圩子、香城圩子、太平镇等地的商家大户，收缴、购买枪支，拉起一支三千人的队伍后待价而沽。或跟着老蒋，弄个少将、司令，或降日本人，做个皇协军师长、军长，或再竖匪旗，以三千之众，力压魏友三，独大洪泽湖。在他的这个计划中，出乎意料的是他现在并不想抢劫广宁堂，他想敲诈广宁堂并逐步控制广宁堂为他所用。如今杜邦把一步好棋走砸了，高柱久岂能不火！

高凤年听了高柱久绝情之话，不由再次想起湖神庙之事，一股寒意涌上心头，怨恨之心也更加炽烈，虽说鸟尽弓藏自古有之，可是眼下鸟尚未尽，高柱久就要把他这把良弓晾在一边，反过来提防他生事了，还让杜邦取代了他的中队长位置。杜邦有什么能耐？大字不识，除了杀人一无是处，能当中队长？这年头啊，人心叵测、难料，我高凤年再不能一根筋跟着你高柱久混了。

高凤年满肚子愤懑，从某种程度上来说，他是错怪了高柱久，对同为龙集老乡的高凤年，高柱久还是念着旧情的。他并不知晓湖神庙的事，让杜邦去当中队长，也是事出有因。杜邦是他起事时的“老兄弟”，头脑简单，心黑手毒，对大哥高柱久忠心不二，和高二虎一起成了高柱久的心腹，在高柱久的“老底子”一中队里做副中队长。一中队的中队长鲁大能是高柱久保安团的台柱子，原本就排斥杜邦，两人成了一对乌眼鸡，可今年六月，他俩的关系发生了戏剧性的变化。

五月十九日徐州沦陷后，杜邦的老家铜山随之沦陷。杜邦媳妇马氏和妹妹杜兰也受到日军凌辱，他母亲带着媳妇马氏、孙子和闺女杜兰来金锁镇逃难。杜兰年方十七，是个少有的美人胚子，鲁大能见了这么一个美人，顿时垂涎欲滴，亲自给她们安排了一处带院的房屋，送了许多吃食，还时常过去嘘寒问暖，杜家人好不感动。偏偏这马氏原本是杜邦抢的大户人家的小老婆，人长得还好，但不地道，看出鲁大能对杜兰起了歹意，为了巴结他，便有意在杜兰面前夸奖鲁大能，又说些荤话儿挑逗她，撺掇她和鲁大能入港。这天鲁大能来后，马氏便把他拉到杜兰屋里说笑，随后就给鲁大能使了个眼色，自己找个借口离开。鲁大能见房子里只有他两人，哪里还按捺得住，一把将杜兰搂到怀里又亲又摸起来。杜兰被日军强暴后受了惊吓，这几日对耀武扬威的鲁大能心生恐惧，心里也知自家今后要靠着这个人，半推半就间让鲁大能做成了好事。

鲁大能为行事方便，极力撺掇高柱久提拔杜邦。因柳叶已被高适之收了做小，高柱久不好再染指，他对杜兰也上了心，没想让鲁大能占了先。他既不好拂了鲁大能的面子，也怕杜邦发现闹出事来，就让杜邦到太平镇当了中队长。他这么安排，也是经过深思熟虑的，高凤年处事圆滑，贪财怕事，杜邦正好和他互补，这也就是他虽然让杜邦当中队长，却归高凤年辖制的原因。

高凤年又报告说："洪泽湖边几个村庄常有陌生人出现，刘延寿最近还出现在吴金保的同福楼里，吴金保似与他有勾结。"

高柱久听了，想这刘延寿身后不但有党国要员庇护，更与日本人高桥勾结，当今之际，为自身计还是敬而远之，给自己留条后路为好。便给高凤年交代说："韩儒厚的事，我就不再追究了，你和杜邦的任务是把广宁堂看紧了，不要让韩儒仁再瞒天过海，把财产给我变没了。至于吴金保，口蜜腹剑，有奶便是娘，原本就靠不住，他现在是脚站两只船，更想抱粗腿。刘延寿找他一定没有好事，怕是那个日本人在背后操纵，你们心中有数就行了，不要惹事。"

一〇二

救回了儒厚、喜子，韩儒仁仍不敢懈怠，当晚即安排儒厚、吕叔他们抓紧清理财物，能随身带走的打包，不方便带走的藏匿，并让家人打点好衣物，做好随时离开太平镇的准备。

第二天上午，韩儒仁正和儒厚在小三合院里丈量挖掘地道的尺寸，吕叔来说脚手行那边来人说王掌柜身体不适，请你过去给她看看。还给了韩儒仁一封邮差刚送来的信，韩儒仁接过信封一看，是龚雨辰来的，便急忙打开：

儒仁兄台：

贵镇一别，转眼年余，每思兄睿智仁义，弟敬佩不已。今闻听兄台多难，甚为挂念。亦甚思念。如形势许可，盼兄拨冗前来，以解我渴念之情。弟在淮略备薄酒，一洗吾兄之郁愤劳顿。

近期日军第六师团等部攻占淮阴之态势已明，淮阴势危。前时徐州会战，李司令长官立必胜之心，张自忠、庞炳勋等部奋勇杀敌，其惨烈之状，闻所未闻也。无奈日军势盛，我军终力不能支。今淮阴我守备力量薄弱，恐难挫其锋。据弟看来，淮城陷落将在数日之间。淮城若失，苏北皖东北地区时局将有大变，其间曲折，难以言表。兄处褊狭之地，恐难洞察全貌。目前洪泽湖西情况复杂，诸多心怀叵测之辈对兄虎视眈眈，兄台应以退为进，早作谋划，以防不测。愚弟认为，以兄智慧，觅得上佳之策不难。

又，兄不问时事，国难当头，倾巢之下，完卵何存？冒昧之言，望兄谅之。

愚弟雨辰

戊寅十月二日

韩儒仁看信后，甚为感动。龚雨辰人情道德，在国民政府大员中实是难得。信中所言各事，皆是儒仁焦虑之事。淮阴若失，泗县必将不保，那时，高桥恐怕不会放过自己，而高柱久则无需任何理由，就可对广宁堂下手。一种近乎窒息的紧迫感让儒仁迅速做出了决定，脚手行那边一旦允诺，立即开始行动，一天也不能拖延了。当即收起信札，拿了诊箱，匆匆奔向脚手行。

王玉莹笑盈盈地站在院门口，树上的喜鹊叫个不停，正迎合了她此时喜悦的心情。

韩儒仁关切地说："你身体不适，怎么还站在屋外？"

王玉莹听了，以她女性特有的敏感，感觉到了某种不可言喻的意味，心里一热，说："待进屋后给你细说。"

进了屋，韩儒仁刚落座，王玉莹就高兴地告诉他，上级同意让我向你公开身份，也同意利用脚手行帮助广宁堂脱险。

脚手行出手相助，韩儒仁的计划便有可能实现，那颗悬着的心稍稍放了下来。他担心地对王玉莹说："只是我们一走，你们就将暴露，这如何是好？"

王玉莹说："泗县沦陷在即，组织已决定脚手行大部人员都将公开身份活动，组织民众，开展敌后游击战争。"

听了王玉莹的话，韩儒仁放下心来，便把龚雨辰信中所言诸事告诉了王玉莹。

王玉莹说:“这些情况我们已掌握了。为防止高柱久追杀,你们离开太平镇后,先到观湖岭田石山家暂避风头,等安全了再作下步安排。”

王玉莹的建议与韩儒仁所想不谋而合，他原本也想在观湖岭暂避风头的。王玉莹让他们到田石山家暂住,看来他是地下党无疑了。

韩儒仁说:“你们想得太周到了,真的应该感谢你们。”

王玉莹说:“要说感谢,你冒着生命危险救治周立民同志,我们应该感谢你呢。”

韩儒仁说:“治病救人,是郎中职责所在,道义使然,你莫抬举我了。”

王玉莹恳切地说:“目前形势危急，日本人近期将侵占淮阴、泗县等地。而韩德勤任苏鲁皖边区游击总指挥以来,置联合抗日协议于不顾,制定所谓‘整肃洪泽湖地区治安,建立巩固战区后方’的计划,疯狂残害共产党人。高柱久定将趁机兴风作浪,残害无辜,也极有可能投靠日本人。我们将在洪泽湖地区组建抗日武装,希望你能出面为洪泽湖西抗日做些工作。”

韩儒仁一听,苦笑了一声,破天荒地叫了声“玉莹”,说:“我志在药理,极少关心时政,只不过在故纸堆里学些雕虫小技,糊弄那些利欲熏心之徒罢了。出面之说,我何德何能啊!但抗日救国,人皆有责,广宁堂愿做一切力所能及之事。”

韩儒仁的称呼,让王玉莹感到温馨而激动;但他的话,又让王玉莹有点失望。自和韩儒仁接触以来，她便认为他不应只是一位埋头号脉的先生,也应该成为她志同道合的同志。

韩儒仁明了王玉莹的心情,一时甚感惶乱,便说:“世事多变,走一步看一步吧。现在广宁堂当务之急是脱离高柱久的魔掌,一块大洋也不留给他!”

王玉莹觉得事情尚有转机,心情好了起来,说:“这边挖掘地道已准备好了,如何挖,何时挖,你给我说说。”

韩儒仁说:“保安团在广宁堂里放了眼线,又时常闯进去查看,偷着挖不行,得大张旗鼓地挖。但你们挖掘时千万不可走漏风声。”便让王玉莹将他领到临街那面的房子前，指定了作业的位置、方向、高度、宽度、挡板，又将注意事项细致交代一番，直到王玉莹熟记于心后，这才恋恋不舍地回了广宁堂。

一〇三

十月六日，两架日军飞机从南京起飞，耀武扬威地在洪泽湖西盘旋，此前的八月六日，日军飞机再次轰炸距太平镇一百余里的双沟镇，造成近百人死伤，房屋被毁三千余间。这次日军飞机飞临湖西侦察，极有可能要轰炸太平镇，一时人心惶惶。广宁堂也恐慌起来，买了许多石料木材，说要加固院墙，修建防空洞。果真几天后，韩儒厚带着伙计，开始挖防空洞，甚至连小三合院也要加一道高墙，伙计的灶房只好临时支在煮草药的工屋里了。

广宁堂的举动，无疑在太平镇起到了示范作用，先是脚手行跟着挖起了防空洞，跟着大户人家也都仿效起来，一时间街道两边堆满了砖石、泥土和木料。

广宁堂大兴土木的消息高桥很快就知道了，这些日子他一直在湖西几个集镇之间进行着秘密勾当。对广宁堂的举动，高桥为之叹息，韩儒仁一个智者，竟如此愚蠢，北平、南京城墙何其坚固，尚不能挡住大日本皇军，与大日本皇军合作，共亲共荣，才是不城之墙，万全之举啊！

高柱久对广宁堂的情况更是一清二楚，韩儒仁的举动正中其下怀，他不怕广宁堂筑圩建墙挖防空洞，就怕广宁堂跑，一旦跑出他的势力范围，他许多年来的心血就白费了。不过，对此他并不担心，广宁堂已在他的掌控之中，想逃跑那是插翅难飞了。

只有吴金保对广宁堂大兴土木心存疑惑。倾巢之下，岂有完卵；韩儒仁岂能不懂这个道理？因此，吴金保认定，韩儒仁此举一定有重大阴谋，也许，他是借大兴土木要掩盖什么秘密。不过，吴金保并不担心，他自信，不管老谋深算的韩儒仁如何善变，也休想逃过他的火眼金睛。他认为，韩儒仁此举，并非针对日本人，而是要对抗高柱久。这段时间发生的抬尸游行、韩儒厚和喜子的失踪，都与高柱久有关，韩儒仁一定心知肚明。而高柱久下此毒手，说明他无所顾忌，要置韩儒仁于死地。如若高柱久得手，韩家那些财产可是无法估算。不过，螳螂捕蝉，黄雀在后。广宁堂这个金字招牌，高桥是要派大用场的。如果高柱久真的占有了广宁堂，要么拱手送出，要么因此丧命。只有我吴金保进可攻，退可守，在日本人、国民政府中间左右逢迎，立于不败之地。乱世之中，生存为天，能安身立命，才是大智之举。吴金保如此自信，是因为他早已搭上了高桥，刘延寿将太平镇维持会会长也许给了他。这几个月来，高桥、刘延寿每次潜来太平镇，都住在同福楼的后院里。吴金保心里好不得意，阴冷的脸上浮现出狡黠自负的笑容，悠然自得地哼了起来：

我正在城楼观山景，
耳听得城外乱纷纷。
旌旗招展空翻影，
却原来是司马发来的兵

广宁堂前院三合小院围墙砌好了，里面的房屋也修缮一新，伙计的灶房又搬了回去。这天晚饭后，谢翠花将大伙的碗筷收拢了，洗干擦净，不急不躁地扫了地，这才轻轻掩了院门，她没有回到前庭自己的卧室，而是往前院大门走去。大门已半掩，翠花给守在门口的伙计说去买点针线，就出了大门，步履淡定地走在青石街面上。

凄清的月色，给洪泽湖畔这座千年古镇增添了几分诡异的色彩。街上行人寥寥，只有些游走叫卖的小贩，拖声拉腔地吆喝着，但却鲜有人光顾。

路上，谢翠花忽然觉得对不住韩家，对不住吕叔。自到了广宁堂，韩家老少无不对自己关爱有加，大掌柜韩儒仁更是处处以礼相待，这是个知书达理的好人家啊！而表哥对自己更是疼爱，可自己却要帮助恶人祸害他们，这不是伤天害理吗？谢翠花心里惶愧不安。

过了满口鲜，又过了同福楼，进了跑马巷，谢翠花在一处虚掩的院门前停了下来,见四下无人注意,推开院门走了进去。这是一处不大的小院落,只有两间堂屋,两间西厢。谢翠花对这里很熟悉,她推开院门,径直走到堂屋前,门无声地开了,谢翠花一只脚刚迈进门里,眼前就出现一张猪头似的胖圆脸,“心肝你可来了”。便被那人一把揽入怀中……

床上,那人发泄完了,又问了韩家的情况,穿了衣服要走。谢翠花问:“小牛呢?”

“在厢屋里。”

“我要见他。”

“中,我出去一趟,你见了赶快回去,不要让韩家疑心。”

那人走后,谢翠花才想到小牛是被锁在厢屋里的,那人没把钥匙给她。谢翠花急了,顾不上穿衣服就从床上翻了起来。此时,有一个人正在窗外盯着她雪白的身子,当她听到脚步声时,这个人已到了她跟前。这个人谢翠花认识,姓吴,是镇上同福楼掌柜,在她未去广宁堂时来过这里。谢翠花吓傻了,这人却不忙占有她,而是揉搓着她的乳头,把刚才那人问过的话,又问了一遍后,这才脱衣解带,把谢翠花按倒在身下。

临了,吴掌柜说:“等我当了会长,你就到我府上做饭,专门陪我。”

吴掌柜离开后,谢翠花急忙穿了衣服,跑到厢房,拍打着房门喊道:“小牛,妈来了。妈来了。”

“妈,妈。你去哪里了?我怕。”

谢翠花悲愤欲绝地失声痛哭起来。

屋里,小牛更害怕了,哭喊着要跟母亲走。谢翠花只得哄他说,过几天妈把事情忙完了就带你回老家。

母子隔着屋门痛哭一顿后,谢翠花不敢久留,哄了小牛几句,便往回赶。刚进了广宁堂大门,就被吕叔堵住,谢翠花心虚,叫了声表哥,吕叔上来就是一巴掌,吼道:“你做的好事!”

谢翠花听了,两腿一软,扑通跪了下去,抱着吕叔的腿,哭喊道:“表哥,为了小牛,我没法子啊!”

原来,日本人占了铜山,谢翠花带着十岁的儿子小牛逃难来找吕叔,饿昏在张敬忠家门口。张敬忠起了歹心,把她抱进屋里,给她娘俩吃了饭,说要跟她过日子，强占了她。谢翠花想既然失了身，张敬忠又有吃有住，就应了。后来张敬忠知道吕叔是她表哥，感到心虚，让吴金保给他拿主张。吴金保说吕管家知道了，断然不会允口，你留她半年，待怀了你的种，再说给吕管家。谁知，那天吴金保去了，和张敬忠嘀咕半天，张敬忠就要她到广宁堂找吕叔，探广宁堂的底，如果她不应，湖匪就要绑小牛，还要把她奸死，扒了衣服扔在街上。她为了儿子，只好屈辱地顺从了。

韩儒仁听了缘由，说："她好糊涂啊！既然到了太平镇，怎不早来广宁堂。"

韩儒礼同情谢翠花，更痛恨张敬忠，说："我去把小牛救出来吧？"

韩儒仁摇了摇头说："门口都是高柱久的人，你救了小牛，也带不进来。再说这么一来高柱久就知道我们知道翠花的身份了，这对广宁堂不利，还得让翠花稳住高柱久呢。这事你去请王九阳帮忙吧。最好造一个寻仇的假象，把张敬忠也绑了。"

韩儒礼惊讶地说："王九阳能帮这个忙？"

韩儒仁肯定地点点头，说："真人不露相，他才是个高人哪！"

一〇四

十月中下旬，日军已完成了攻击淮阴、泗县的准备。高柱久焦躁起来，一旦泗县沦陷，太平镇便是日本人的天下，那时，高桥、刘延寿必将染指广宁堂，那就没有自己的份了。就在这时，已任国民党安徽省党部主任委员的何贵龙，给高柱久透露了一个重大消息，国民党五届五中全会将在民国27年十二月召开，重点研究防共、限共、反共的方针，并将设立"防共委员会"，秘密颁发《限制异党活动办法》等一系列文件，计划在随后的五届六中全会上，从"政治限共为主"转变到"军事限共为主"。

果然，月底时国民党苏皖军管区政训处在筹划苏北、皖东北敌后抗日布局的同时，下达了拒共、防共、制共的密令，辖区内凡有共党嫌疑分子、降日嫌疑分子、可能危害国军抗日的土匪全部抓捕枪决，并抄没其资产。高柱久大喜过望，终于等到这一天了。尚方宝剑在手，高柱久行动的首选目标就是太平镇广宁堂。他要利用这一有利时机，给予广宁堂致命一击。

两天后，得月楼饭店里，一个食客突然昏倒了，伙计急到广宁堂请来儒义救治。儒义正为其号脉时，杜邦带着一队保安团士兵来了，说是要搜查匪人，那人呼地拔枪便射，保安团士兵猝不及防，竟一死二伤。杜邦恼羞成怒，将那人和儒义一并抓了送到金锁镇。

韩儒仁得知此事，当即就哀戚地说："儒义危矣！广宁堂危矣！"

原来，儒仁准备财物转移后，瞅准时机，一家人远走高飞，可儒义被抓，成为高柱久要挟他的人质，他的谋划难以得逞了。

韩儒厚也觉得事出蹊跷，说："怎么那么巧呢？儒义刚到，杜邦就到了。"

韩儒仁说："高柱久不惜手下性命，这是向广宁堂摊牌了，就静等他开价吧。"

隔天，高柱久果然派人传话说，韩儒义救治的那人具有共党、湖匪双重身份，已供出韩儒义曾几次下湖给他们疗伤，并收了匪人两万大洋。

来人还捎来一封措辞冷淡的便条：

韩大掌柜：

请于本日午后速来金锁镇保安团部，所议之事，恕不赘言。

高柱久

这分明是传唤儒仁前去签订城下之盟。事已不容儒仁选择，只好让喜子套车前往。

在保安团部里，高柱久未待儒仁开口，便冷若冰霜地说："韩大掌柜，令弟私通共匪、湖匪，致我保安团士兵一死二伤，罪应当诛。现有两条路供你选择，一是将令弟就地枪决，并抄查广宁堂所得赃物；二是在三天之内捐出十万大洋的抗日捐，交出两万块大洋赃物，作为韩儒义的保释金，再赔付我死去的那位兄弟抚恤费一万大洋，伤残的两位兄弟每人医疗费抚恤费五千大洋。在上述费用未支付之前，韩儒义仍由保安团关押。"

这分明是要挟、敲诈，三天之内又如何去筹措十四万大洋。可“人为刀俎，我为鱼肉”，韩儒仁已没有还价的筹码了，乞求似的问：“可有变通之法？”

高柱久干笑一声：“有，当然有，如你识相，此事也可做得漂亮，就是你宣布将广宁堂连同所有财产捐给保安团，用以抗日剿匪。这样你们韩家还可照常看病问诊，由保安团付给薪酬。”

高柱久终于说出了他觊觎已久的目的。

欺人太甚！韩儒仁火了：“如今国共两党联合抗日，共产党的队伍在前方与日本人以命相搏，深得国人之拥戴，何以谓匪，又何来通共之说。”

高柱久也火了，冷笑着说：“联合抗日？共党国难时期还要祸国作乱，搞独立，与蒋委员长领导的国民政府分庭抗礼，已引起公愤。现在从东到西都在讨伐共党。上个月，韩德勤总司令已取缔了共党组织的苏北抗日同盟总会，严禁共党在湖西搞封建割据。高某人抓韩儒义难道错了吗？”说着，高柱久匪性大发，竟然将第三战区政训处那份绝密文件亮了出来，白纸黑字，猩红的大印，高柱久所言不虚。

韩儒仁看了密令，一时惊得两眼发黑，胸口发闷，不由手抚胸膛，蜷曲着脊背，喉咙里咕噜一声，吐出一口殷红的鲜血来。韩儒仁绝望了，也迷惑了，政府不是说联合抗日吗？怎么还要防共、灭共呢？

韩儒仁咯清了血，仰面盯住屋顶天窗，四肢摊展开来，仿佛抽掉了筋骨一般。

一旁，高柱久心中窃喜，自己这数年间的经营终于有了结果。有了广宁堂的钱财，马上扩编队伍，收编土匪马子，再弄几件宝贝进贡，弄个少将司令，如此，自己就真正成为洪泽湖地区的土皇帝了。他踌躇满志地讥讽道：“韩大掌柜，高某久闻你乃汉陈丞相陈平隔世弟子，不知陈平可否有两全其美解决之法，既可以让你广宁堂完璧归赵，又可以让高某尽责交差。”

对高柱久的讥讽，韩儒仁已无力应对了，他瘫在椅子里，脑子里闪电般思索着最可行的应急之策。好一会儿，才缓缓直起腰板来，说：“高团总，广宁堂乃韩家百年心血，你容我和家人商讨后，再给你答复吧。”

广宁堂被围得连只苍蝇都走不脱，再难上演咸鱼翻身的把戏了。高柱久胜券在握，毫不怀疑韩儒仁的话，说："好。那我就等你三天，希望韩大掌柜做出明智的选择。"

一〇五

返回的路上，韩儒仁心似油煎。多年来，自己处处委曲求全，以求苟全自保，如今，事情的发展超出他的预料，广宁堂已陷入绝境，该破釜沉舟，拼死相搏了。

回到了广宁堂，韩儒仁把高柱久逼签城下之盟告诉吕叔、儒厚等人，决定当晚就挖通地道，又将家属孩子撤离，转移、掩藏财物，遣散伙计等诸事安顿一番，说这些事情要在后天午前做完，让众人抓紧办理。随后，韩儒仁留下儒厚，把他的谋划详详细细地说给了儒厚："明晚将金银和能带走的宣德炉等贵重财物转移到脚手行，后天中午在高柱久到来前，让儒礼带着淑芳、玉兰先走，下午三时后高柱久会带着儒义来交割手续。你和他打个照面后就离开。高柱久上心的是广宁堂的钱财，要找的人是我，不会为难你。晚上我和田贵给高柱久摆个鸿门宴，在酒里下重药将他麻翻，使他两三日内难以起床，趁混乱之机利用夜色从大门或三合院暗道里脱身。"

韩儒厚听了，觉得太过危险，说："高柱久狡诈无比，你怎能麻翻他？"

韩儒仁说："我事先服下解药，陪他一起喝，他焉能不倒！"

韩儒厚还是不放心，说："哥，我还是留下来，遇事也好有个照应。"

韩儒仁说："你不能留，两个孩子还小，你要是有个闪失，岂不害了玉兰。有你在，这个家我就放心了。翠花现在诚心要跟吕叔过日子，不能把她留下来。还有，儒礼有意玉竹姑娘，你禀告母亲，成全他俩吧。那桌酒席，得田贵来做，儒义也还得田贵给他传话，帮他脱身。至于我，只要你们脱身了，便无牵挂了。高柱久得不到广宁堂财物，不会把我怎么样。再说，龚雨辰还在淮阴，一旦他东山再起，高柱久岂敢捋他虎须？还得乖乖放了我。"其实，此时韩儒仁已瞒着家人做了最坏的打算和准备：万不得已时，为了广宁堂，他要和高柱久等同归于尽。

韩儒厚听了,想到兄长多年来孑然一身,如有不测,自己将终生悔恨,说:“那让儒礼留下来吧。”

韩儒仁急了:“儒礼枪法好,由他护送淑芳她们去观湖岭,万一遇上湖匪,也有个依仗。”

韩儒厚见儒仁决意独自留下,心里悲愤交加,暗下决心,即使赴汤蹈火,也要和兄长在一起。

接着,韩儒仁将装有秀芝遗像的木盒交给儒厚,说:“我若不能脱身,你将它交给母亲。”又取出装着那副玉镯的锦盒,难为情地说:“你把这个盒子交给王掌柜,她对广宁堂多有关照,此情无以为报,让她多加珍重。”

儒厚接过锦盒,心里说不出是高兴还是悲愤,儒仁与王掌柜的情谊,他已知晓,他这是在与王掌柜做生死告别啊!说:“哥,你放心,我一定替你好好谢谢王掌柜。不过,你也不必思虑太多,我们一切都已准备妥当,定能安然脱身。”

韩儒仁又叮嘱道:“东西转到脚手行后,要细心照看。另外,还是给周立民他们捐些钱款吧。那些多余的枪支也都送给他们吧。”

韩儒厚不解地问:“这是为何呀?”

韩儒仁说:“周立民他们虽不会对广宁堂起意,但共产党毕竟是穷人的队伍,做的是劫富济贫的事。现在广宁堂走投无路,人家出手相助,我们也不能过于吝啬了。还有,日后周先生他们如有相求,不可推托,要尽力相助。”

韩儒厚听了,点了点头,说:“我知道了。”

韩儒厚刚走,儒礼就来了,说:“哥,我有话要给你说。”

儒礼很少用这种口气跟儒仁说话,儒仁不解地说:“有话你就说吧。”

“我们就这么跑了?”

“不是跑,是避其风头。”

“现在国难当头,豺狼当道,你能避到哪里?眼看泗县就要沦陷,这里就是抗日前线,我想留下来跟周立民他们打鬼子。”

儒礼这番话,一时惊得韩儒仁目瞪口呆。这个寡言少语、对兄长百依百顺的弟弟仿佛突然间长大了,有思想、有主见了,韩儒仁心里十分欣慰。

他本能地意识到，儒礼跟对了人，他的选择是沧桑正道，比自己信奉陈丞相的生存之术要高明、高尚得多。这些时日来，他在心底曾多次考虑过自己的人生之路，他想弃医为伍，拉一支队伍，与高柱久、朱殿魁、吴金保等魑魅魍魉、宵小奸人刀头舔血，快意恩仇。也曾想过像魏正斌那样，投身革命，和周立民、田石山、王玉莹他们一起，为百姓做事。可他身为长子，背负着家族的希望和安危，难遂已愿。为此，韩儒仁深感遗憾。现在，弟弟要做兄长所不能做的事情了，韩儒仁掩住内心的激动，动情地说："儒礼，你所说之事我岂能不知。父亲走了，广宁堂偌大的家业，百年的声誉，一家老少十几口人性命，都在哥肩上。若继续留在太平镇，就要被日本人、高柱久等攥在手心，你纵有为国出力之志，岂能专心去抗日杀贼？此番远走他乡，与当年父亲迁离淮阴同是一理，都为保家避祸，眼下，这是万全之策，别无良谋了。"

韩儒礼不为所动，说："就是保家避祸，也没必要避到西安，如留在湖西，广宁堂就能为抗日出大力。"

韩儒仁生气地说："避到西安就不能为抗日出大力了？广宁堂到了日本人鞭长莫及之地，便可多生产些膏剂药丸，捐给抗日队伍，照样能为打鬼子出力。"

韩儒礼听了，知道说服不了兄长，说："你们不留下，那我把你们送到安全地方后，再回来找周立民、王九阳他们。"

韩儒仁无奈地说："这事日后再说。眼下事情危急，你得按哥安排行事，不可分心。"

韩儒礼离去后，韩儒仁思虑一会，又找到了吕叔，低语商量一番，吕叔便去了熊掌柜的满口鲜包子馆。

吕叔进到满口鲜包子馆里时，熊掌柜脸上漾着弥勒佛似的笑容和往常一样热情招呼客人，唯一不同的是，他的左耳豁了半边，显得很滑稽。起先，有人问他耳朵是怎么了，熊掌柜便半真不假地责骂媳妇马三姐，至于他丢掉的半截耳朵与马三姐有何关联，却只字不提。马三姐也配合得好，面对熊掌柜的怒骂，只是没心没肺地抿着嘴儿直笑。这就给好事者创造了无限的想象，最合理也最惹人的演绎有两种，一说是马三姐身子不便，熊掌柜却死皮赖脸地不放过，三姐忍无可忍，一口咬掉了熊掌柜的耳垂。一是说三姐太过投入，忘情地对熊掌柜的耳朵下了口。但不论何种说法，少了半边耳朵的熊掌柜似乎比以前更讨人喜欢了，尽管战祸临近，他的包子店仍然生意兴隆。

熊掌柜看到吕叔时，像是见到分别多年的老友，拉着吕叔的手问长问短，显得极为高兴热情。其实，熊掌柜并不乐意见吕叔，这位广宁堂举足轻重的老管家，无事决不会来他这包子店。一番寒暄后，熊掌柜便将吕叔领到他那间寝室，问："您老亲自来我这小店，可是有事？"

吕叔便直言说道："熊掌柜，广宁堂处境艰难你可知道？"

熊掌柜说："听说儒义掌柜被高团总抓了。"

吕叔点了点头说："高柱久设计陷害儒义，意在广宁堂钱财，要广宁堂出十四万大洋保释儒义，后天就来广宁堂收取保释金，如不能如数交纳，就要以广宁堂作抵押，否则，将对儒义不利。高柱久此举分明是敲诈勒索，实在欺人太甚。儒仁不甘屈服，要与他据理力争。今天我来，是想劳你大驾，请善友念着昔日旧情，后天中午来给广宁堂壮壮胆，如能搅散高柱久的用心更好。"

原来，叶善友在洪泽湖西的穆墩岛又聚集不少人马，韩儒仁要死马当活马医，欲借用叶善友的力量，给高柱久制造些麻烦，为自己脱身增添些筹码。

熊掌柜听了，非但没推脱，反而很感动地说："谢韩大掌柜如此高看熊某，将这天大的机密告诉我。据我所知，善友如今已不似当初，少有邪恶，多有行善，对韩大掌柜和广宁堂的情义，一直铭感五内。他定会鼎力相助。我今晚即动身，为韩大掌柜做件人事。"

一〇六

吕叔动身前往满口鲜包子店时，韩儒仁拿了药箱也出了门。到了大门口，他主动打开箱盖，对保安团岗哨说是去出诊。此时，天色已晚，韩儒仁滴水未沾，又去了脚手行。见了王玉莹后，破天荒地一把抓住她的双手，叫了声“玉莹”，便哽咽难言。

王玉莹心里一阵难过，以她对他的了解，非难以承受之事，不会流露软弱，难道儒义遭遇不测了？她抽出手帕，爱怜地为儒仁拭去泪水，颤声问：“儒义可好？”

韩儒仁便将高柱久所说告诉了她，说：“我原本想瞒天过海，一走了之，可儒义身陷囹圄，高柱久又在一旁虎视眈眈，看来，想悄悄脱身无望了，弄不好就是腥风血雨。广宁堂已无退路，我只有做困兽斗了。我委曲求全多年，这回要做一次大事。今夜我们同时开挖地道，明日晌午就可挖通。先把要带走的物品转移过来，后天午后再把家属孩子送过来，晚上由儒礼护送至观湖岭。”

正说话间，王九阳领着一位身穿对襟短褂，腰插盒子枪的人进来，韩儒仁惊得一下站了起来，来人竟然是周立民。

周立民紧紧握着韩儒仁的双手说：“谢谢韩先生相救之情。”

韩儒仁忙说：“周先生言重了，要感谢的是我呀。没有你们出手相帮，这次广宁堂恐将万劫不复了。”

周立民将韩儒仁扶到椅子上，自己也坐了下来，说：“据可靠情报，日军这几日即将攻占泗县，我此次来太平，一是布置玉莹、九阳他们的下步工作，二是来见您，前时玉莹说你们要离开太平镇，不知是否准备好了？”

韩儒仁听了十分感动，说：“周先生此情此义，广宁堂何以能报！”便将重新谋划的如何制住高柱久、如何脱身，以及今晚请王九阳救小牛的计划细说了一遍。

韩儒仁的谋划，实在匪夷所思，王玉莹、王九阳都说可行，周立民沉吟一会，说：“可否利用朱殿魁和高柱久的矛盾，把他也请来，一来可以牵制高柱久，二来从太平到观湖岭这十几里路上也少了潜在威胁。”

韩儒仁甚是钦佩，说：“周先生想法甚好。朱、高二匪如若当场火并，广宁堂当可坐收渔人之利了。”

王玉莹担心地说：“高柱久、朱殿魁能否如约而来？还有，你如难以脱身又怎么办？”

韩儒仁说：“高、朱二人对金银如蝇逐臭，广宁堂万贯家财是他们梦寐以求的，焉能不来！到时高、朱失智，群匪无首，我自会脱身。”

王九阳说：“可否趁机将他们擒获，缴械。”

周立民说：“尽管高柱久残杀共产党人，但现在国共两党联合抗日，高柱久还是国民党的保安团团长，抓了他就会给韩德勤等顽固派授以口实，还是要顾全大局为妥。朱殿魁血债累累，死有余辜。前时袭击绑架我侦察员，索要二十支快枪，三千发子弹。他还买了四只钢板划子和一只大船，迹象表明，他将公开为匪。此人极有可能投靠日本人。届时可将其制服，召开公审大会，缴其朱圩武装，壮大抗日力量。”

王玉莹对韩儒仁说：“高柱久十恶不赦，反动透顶，我看你干脆为民除害得了，这样更利于广宁堂的安全。”

韩儒仁恻然道：“郎中本应救死扶伤，我行此下作之策，已为人所不齿，更愧对九泉之下列祖列宗，哪有害人性命之理呢！”

周立民说：“高柱久如坚持反共立场，与人民为敌，绝无好下场。这次我们要做的就是救出儒义。”随即，几个人又将每个环节详细谋划一番，觉得没有什么破绽了才稍稍放下心来。

周立民问王玉莹：“儒礼的事你给先生说了？”

王玉莹摇了摇头。

韩儒仁不由紧张，忙问：“儒礼何事？”

王玉莹说：“儒礼想留下来加入游击队，你——”

韩儒仁想，原来你们早已商量好了，看来自己是不能硬拦了，便顺水推舟地说：“只要他走正道，我做兄长的也不能违他之意。”

王玉莹又笑着说：“那玉竹的事他可给你说了？”

“玉竹？”

“儒礼和玉竹志同道合，他俩都已参加革命活动了，你可不要有封建思想。”

韩儒仁这才想到，这几个月来，儒礼时常背着他外出，还常和王九阳在一起，原来他早已成为他们那个队伍中的一员了。脸上难得地露出了笑容:"玉竹是个好姑娘,婚姻大事,理应由自己做主。再说,家母对玉竹颇有好感呢。"

周立民对着王玉莹笑道:"看来,广宁堂要有两位加入革命队伍的儿媳了。"

韩儒仁听出周立民的话意,故作不解地笑了笑,王玉莹则不由红了脸,她对韩儒仁脱身后要去西安一直心有不甘,又对韩儒仁说道:"现在洪泽湖四周都被日寇和国民党溃兵占据,你去西安路上极不安全,还是留下来和我们一起抗日吧。"

此话正是周立民此番来意,便热切地望着韩儒仁,希望他能留下来。韩儒仁叹了一声,说:"广宁堂拖家带口,岂能再拖累你们哪!"

周立民说:"我党领导的主力部队正往这边开进,将在洪泽湖周边建立抗日根据地。近期湖西也即将成立抗日政权,还要建立后方医院,广宁堂如能留下来,是对我们最大的帮助,也是对湖西抗日民众的鼓舞,何来拖累之说呀!"

韩儒仁听了,动情地说:"广宁堂有何德何能,受此厚爱啊!"但是走是留,却不置可否。

周立民听韩儒仁口气似有松动,和王玉莹交换了眼神,说:"此事待广宁堂安全脱身后,视情由韩先生酌定吧。这两日情况如有变化,请先生及时与玉莹、九阳联系。"

韩儒仁见天色已晚起身告辞,说:"我明早即让儒厚去请朱殿魁,以便他有所准备。九阳师傅,救小牛一事今晚就拜托你了。"

王九阳说:"韩掌柜放心,我把张敬忠也绑了,免得他给吴金保通风报信。"

半夜时分,王九阳一行四人,黑巾蒙脸,潜进了跑马巷,将张敬忠按在了被窝里。张敬忠颇有几分光棍胆略,说:"兄弟,你们是哪条道上的?是跟着高团总,还是贴着吴掌柜、刘会长?就是魏三爷,我也常有来往,莫大水冲了龙王庙,伤了自家兄弟的情分。"

王九阳沉着嗓子说:"我们兄弟几个四不靠,自立山门,听说你盗掘不少古墓里的财宝,想借几个用用。"说着便将张敬忠蒙眼堵嘴,塞进了麻袋,到厢房找到了小牛,悄然折回了脚手行。

一〇七

经过两天紧张的忙碌,广宁堂一应事务安排就绪了。七日早上,吕叔与喜子一前一后出了广宁堂,他俩分别给吴金保和高柱久送请柬。

吴金保接了请柬,一头雾水地问吕叔:“韩大掌柜所请何事?我可否要备份礼品?”

吕叔哭丧着脸说:“吴掌柜你有所不知,广宁堂遭难了。儒义通匪的事犯了,官家要十几万保释费,大掌柜拿不出,要把广宁堂抵押给高团总。今天后晌高团总要来签字画押,大掌柜请你到时给圆圆场,让高团总先放了儒义,保释金过些日子再交。”

吴金保听了心里又惊又喜,惊的是高柱久心狠手辣,竟然将广宁堂赶尽杀绝;喜的是自己为栽赃韩儒义出了力,高柱久一下暴富,应该少不了分自己一杯羹吧。不过,韩儒仁能轻易就范吗?但还装作痛心疾首的样子说:“你转告韩大掌柜,金保一定准时前往。”

吕叔刚要告辞,谢翠花提着菜篮来了,给吴金保使了个眼色说:“吴掌柜,广宁堂今天要待客,街上不逢集,我来店里买一条黑鱼,二斤银鱼。”

吴金保忙说:“一条黑鱼,二斤银鱼还说什么买呀!你跟我来,我给你到池子捞。”便将翠花带到后院放鱼的屋里,压着嗓子问:“妹子,你有事?”

谢翠花说:“请你告诉敬忠,韩大掌柜为救韩儒义,把广宁堂抵押给保安团了,一家人都在哭天抹泪呢。”

吴金保想,看来广宁堂这回是真栽了。感慨地说:“韩大掌柜真仁义呀。财去了还可以再挣,人没了可就什么都没了。”捞好了鱼,放进菜篮里,翠花要走,吴金保一把将她搂住,摸着她的乳房说:“妹子,你来陪陪哥。”

谢翠花打掉吴金保的手,说:“我表哥在外面呢!”

吴金保涎笑着说:“广宁堂眼看就要没了,你就来同福楼享福吧。”

谢翠花边往外走边说:“这事你得给张敬忠说。”

身后,吴金保望着谢翠花扭动的腰肢,暗道:这么好的女人倒是便宜张敬忠了，狗日的知道的事太多了，得赶紧把他灭了。

门外，吕叔满脸焦急地在等候翠花，翠花见了，心里一热，眼里闪起了泪花，冲吕叔点点头，就往街面上走。待到了街上，方说：“表哥，我把你交代的话给吴金保说了。”

吕叔说：“他信了？”

谢翠花说：“像是信了。表哥，吴金保今天要是去张敬忠那怎么办啊？”

吕叔说：“张敬忠名声不好，吴金保白天不会去。再说，昨夜才把张敬忠绑了，吴金保岂能知道，他就是去了，小牛和张敬忠都不见了，他也弄不明白。”

谢翠花感动地说：“广宁堂都是好人哪！表哥，你和广宁堂到哪，我和小牛就跟到哪！”

吕叔听了，爱怜地看了翠花一眼，说：“翠花，人到何时莫忘本，韩掌柜一家都是仁义之人，人家对你有再造之恩，对我更是有情有义，你我今生要对得起人家。万不可做亏心之事，亏心之人。”

翠花含泪应了，说：“表哥你放心，翠花前番对不住韩掌柜，今后我都听你的，绝不再做亏心事了。”

喜子去金锁镇骑的是快马，刚出镇口，便催马扬鞭，一路疾驰。

保安团团部里，高柱久正和高适之在说话。高适之是来给高柱久传递消息的，儿子高云霄从国民党江苏省党部特别调查科调任第三战区苏北游击总队督导室中校副主任，代主任职，现住淮阴；外甥何贵龙调任皖东北游击区督察专员。这当然都是好消息，不好的消息是龚雨辰极有可能任苏北游击总队参谋长，南汉文的保安五旅也将从第五战区拨归韩德勤的第二十四集团军，如此属实，今后将对韩儒仁大为有利。

高柱久却不以为然，说：“龚雨辰就是当了参谋长，也是在韩德勤手下，没有实权，也管不到我。贵龙这皖东北游击区督察专员倒是个钦差大臣的衔。泗阳是韩德勤老家，贵龙就是他的父母官，占有地利。您老又与他姓韩的有几面交情，有您老的面子，有贵龙这位钦差大臣，我们还怕他龚雨辰！”

高适之捋着长须，连连颔首：“是也，是也。”

高柱久又说："我看湖西这几个县难保，再谋那个县长也无啥意思了，待贵龙来，您老给他说说，委我做湖西保安总队司令，挂少将衔，更利日后发展。"

高适之说："时下局势混乱，封个司令、将官易如反掌，关键得有实力。我早就给你说过，要积聚钱财，招兵买马，你若握有数千人马，国民政府就会来找你，那时即使中将衔又何足道哉！"

高柱久听了，心想：朱殿魁那对宣德炉就值十几万大洋，卖了它可装备两个中队，可你舍得拿出来吗？但高适之所言还是让他很兴奋，说："人马好招，那些'小马子'只要有钱，再委个一官半职，招呼一声就来了。"

正说着，护兵报告说广宁堂来人要见团总。

高柱久问："是谁？"

"是个小伙计。"

"哦？叫他进来！"

护兵返身，把喜子领了进来。

高适之认识这个抓药的小伙计，客气地冲喜子笑笑，高柱久则趾高气扬地跷着二郎腿，一言未发。

喜子说："高团总，韩大掌柜让我给你送封信。"说着将一封没有封口的信札放到高柱久面前的茶几上，转身退到一旁。

高柱久厌烦地问："你怎不走？"

喜子说："大掌柜要听团总回话。"

高柱久这才拿过信札，抽出信纸，只看了一眼，便欣喜若狂地站了起来，说："你给韩大掌柜说，我一定去。准时去！"

喜子这才离开保安团部。身后，高柱久哈哈大笑起来。

高适之不解，问："柱久，你因何而笑？"

高柱久将韩儒仁的信札递给高适之，说："您老看看吧。"

高适之疑惑地接过，这信只有短短的一句话：

高团总：

请于今日下午三时，带着儒义前来敝堂，我二人当面交代清楚，太太平平地过以后的日子。

韩儒仁于即日

高适之扬着信纸问："柱久，这信真是韩大掌柜写的吗？"

高柱久肯定地点点头。

高适之惋惜地叹了一声："韩儒仁心智乱矣！"

一〇八

"韩儒仁心智乱了？您老何以见得？"高柱久不解地问。

高适之问："你看这信，与以往有何不同？"

高柱久说："没看出。"

高适之又问："那封陷你于不义的信还在吗？你可对比一下。"

高柱久答："我留着呢。"便从抽屉里翻出一封信来，这是去年年前韩儒仁让韩儒厚送来的那封，他以这信为托词，强加给高柱久五千块大洋，气得高柱久吐血。他特地留下这封信要和韩儒仁秋后算账。

高柱久把这封信又看了一遍，说："韩儒仁以此信讹我，还拿龚雨辰来压我，让我百口莫辩。"

高适之听了，微微摇了摇头，从高柱久手里拿过信来，靠在太师椅上抑扬顿挫地念了起来：

高团总勋鉴：

自去年仲春一别，又有许多时日未睹团总尊容。思历年得团总华盖佑护，儒仁感激涕零，须臾不敢忘怀也。

此前，团总大札嘱咐之事，余虽竭力，然难齐团总所需之额，尚缺五百现洋，让团总哂笑；因李队长尊驾匆忙辞别，余未及将借据奉还，每虑此，余惶惶不可终日也。今金虎归来，大年将至，在下无以为报，特将借据及信物奉还，望团总笑纳。

另,雨辰兄传书,令我择时去淮城小聚,如能得团总同往,余不胜荣光。

专此。敬颂

勋祺。

愚弟韩儒仁敬呈

丁丑畅月望日

“好文笔,好文笔!适之不如也。”高适之念毕,摇头晃脑地连声赞叹,“韩儒仁好才智啊!他此信虽极尽谦恭,却暗藏机杼。你听这句:‘雨辰兄传书,令我择时去淮城小聚,如能得团总同往,余不胜荣光。’这哪是邀你同行,分明是警示于你,龚雨辰是我靠山,你不可无理。厉害,真是厉害。也难怪有人将他奉若陈平在世了。可你看今天这信,却甚是无理,更无章法,这就是说他心智已乱矣!只可惜他非你我同道之人,不能为我所用,惜哉。惜哉!”

高柱久不以为然地说:“如此不识相之人,有何惜哉!他若就此一蹶不振,抑或精神失常,我们也少被他算计了。”

高适之又问:“借据在否?”

高柱久说:“在。”便又从抽屉里翻出借据,递给高适之。

高适之看了,猛然从太师椅上挺起,惊道:“韩儒仁还会制印,老朽闻而未闻。”

高柱久也说:“只知韩儒仁对古器略知一二,从未听说他会制印。”

高适之说:“奇了,奇了。这印与你所用之印如同一模所制,这等仿制功力可谓登峰造极了。韩儒仁啊韩儒仁,老夫对你实是恨爱两难啊!”

高柱久听了,脸上闪过几分厌恶的表情,似笑非笑地说:“您老宅心太过仁厚了。广宁堂有那么多的楚陶壶,您老多次屈身相求,仅一睹为快,韩儒仁都将您拒之千里,如此不通情理、不谙世事之人,有何可爱之处!”

高柱久这话,勾起了高适之心头之怨,说:“楚陶壶一事,韩儒仁说话滴水不漏,我自不好深究,只能信他所说了。他隐匿楚陶壶,却又赠我《美女邀饮图》,此画乃世间罕见,你说,这又是为何?此人行事高深莫测,实在让人难以揣测。”说到此处，高适之突然想到周立民莫名潜逃之事，提醒高柱久说：“韩儒仁深得陈平之术，善施旁门左道，此番如此爽快，不会再有什么阴谋吧？”

高柱久傲慢地说：“此一时彼一时也。当初我没拿住他的七吋，他尚有闲情雅致玩一些猫戏老鼠的雕虫小技，让我吃了他的死苍蝇。这次天时地利人和均在我手，他是上天无路，入地无门，要救韩儒义，只能走我给他划的道儿。”

高适之说：“韩儒仁所说‘当面交代清楚，太太平平地过以后的日子’，是何意？交保释金还是以广宁堂作抵押？”

高柱久说：“我之所以要他以广宁堂作抵押，是要抄得他水干鱼净。看看他们到底有多少楚陶壶？他若聪明，如数交了保释金，我暂且放他一马。”

高适之赞赏地看了高柱久一眼，不无担心地说：“如龚雨辰、南汉文真若履新、归建，韩儒仁迟早得和我们清算旧账，那韩儒礼又是个愣头青，枪法奇准，你得防他暗算。我听云霄说，淮阴、泗县等地难以坚守，定将沦陷，太平镇也将成为游击区。韩儒仁颇得人心，他如未与共党有染，全力助你抗日，捐出十万八万大洋的抗日捐，我想，此事就罢了吧。”

高适之之所以有此想法，是因他儿子、外甥在国民政府中皆高官厚禄，对国民党感情颇深，加之赵春燕等亲属多人死于南京大屠杀，对日本人可谓深恶痛绝。他曾给高云霄、何贵龙说过：凡事均有正邪，如今日本人妄图亡我中华，共产党却邪教惑众，扰乱清平世界，给外人可趁之机，实在可恨。

高柱久不悦地说：“您老莫发善心了，更不必多虑，日本人说来就来，有实力者为王。待我收拾了广宁堂，扩充上千人马，就去灭了朱殿魁，他圩里金银不逊广宁堂，枪支弹药无数，又可装备数百人马。然后再悉数收缴湖西大户人家枪支，当可组建三千人马，届时龚雨辰、南汉文能奈我何！就是与日军作战，我也有了底气。”

高适之听了，说：“此言也是，不过，今日前往广宁堂，还是小心为好。”

高柱久哈哈大笑道：“您老无需担心。如今，韩儒义在我手中，韩家老少也尽在我掌握之中，韩儒仁投鼠忌器，岂敢铤而走险。何况广宁堂有我们线人，但有风吹草动，自会及时通报，韩儒仁再也难搞什么花招了。再说，我想请您老和我一起前往，有您老坐镇，谅他韩儒仁也难兴风作浪。”

高适之便来了豪情，端起茶杯，一饮而尽，抹了抹长须说：“也好，老夫今日就再去广宁堂走一遭！”

一〇九

晌午，洪泽湖西幸月的第一场雨水，没有任何先兆地落了下来，田野上败落的杂草、树木被风雨洗刷得一片狼藉，但仍有一簇簇新绿萌现，展现出一种对生命的依恋和不甘。

广宁堂后院书房里，韩儒仁眼圈发黑，脸色憔悴，怔怔地望着门外淅沥的雨滴。

韩儒厚走过来，低声说道：“前厅我交代给了王长河他们照应，待高柱久来了，就让他们走。儒礼、吕叔、翠花、淑芳也都从地道转到脚手行那边去了，天黑后由儒礼和喜子、二宝护送去观湖岭。王掌柜说，周先生在那里和镇上都已安排好了队伍接应。还有，那副玉镯她不接。”

“为何？”

“她说要让你亲手交给她。我把它放在玉兰跟前了。”

韩儒仁听了，心里涌起一阵颤动，说不出是感动还是感伤，说：“高柱久一到，你就赶快脱身吧。见到周先生、王掌柜时代我谢谢他们。”

韩儒厚恻然说：“哥，这么大的事你和田贵怎能应付得了！今天是死是活我都要和你在一起。”

韩儒仁听了，知儒厚留意已决，叹了口气说：“你怎么也让我烦心呢？也好，你到门口候着，等高柱久他们到了，你把他们引到三合院客厅里。”

韩儒厚说：“那儒义呢？”

韩儒仁说：“高柱久为得到广宁堂，就不会为难儒义，儒义如能到灶房，你们就一起走，如在三合院卧室里，我和他一起走。天快黑时，把烤鹅端上来，一旦餐厅内起了混乱，你们就赶快脱身。还有，那只烤鹅按我配的料，你要亲自去制作，千万莫出了差错。”

晌午过后，雨停了，韩儒仁留恋地看了眼书房，书柜里、书桌上，已不见往日的厚佚叠卷；墙上郑板桥的四君子图，也已摘下了。走出书房，来到存放贵重药材的仓库，里面也已空荡荡的。家祠里，先辈的灵位，先祖大将军韩信画像，都收了起来。紧靠后院门的马厩里堆满了杂物，下面是暗窖，不易搬走的东西都藏在里面了。随后，韩儒仁到了前厅，和还在的伙计一一打了招呼，又到了自己的诊室，在椅子上默默地坐了一会儿，再次回到后院，把各处房门一一关好，最后，来到院里那棵斑驳的老槐下，想这么密匝的枝杈在这么一簇树冠里都有自己的位置，天下这么大，怎么就没有广宁堂的立足之地呢？韩儒仁心里蓄满了酸楚和愤怒，战栗的双手一遍遍地抚着老槐，他知道，自己这一走，也许再也回不来了。

下午三时刚过，高柱久、高适之带着一个中队的保安团到了同福楼，问吴金保："广宁堂里有无动静？"

吴金保自得地说："团总尽可放心，上午谢翠花来说，广宁堂里一切正常，就是韩儒仁眼泪汪汪的精神不大好。"

高柱久讥笑说："眼泪汪汪？和我高柱久作对，他哭的日子在后头呢！走！我们现在就去广宁堂！"

高凤年早就恭候在广宁堂大门前，见高柱久来了，急忙跑上前来报告说，他带来两个小队听候团总调遣，一个小队留守镇公所。高柱久便安排他带来的那个中队到广宁堂后院警戒，让高凤年留下一个小队和警察所的人在广宁堂前门警戒，高凤年带着另一个小队和他的卫队进入广宁堂。布置完毕后，高柱久在众人簇拥下气宇轩昂地向广宁堂走去。到了广宁堂门前时，高柱久一下愣住了，高桥、刘延寿一行十几个人竟然从另一侧走了过来。

高柱久惊讶地说："高桥先生从哪里来，怎么还没回去？"

高桥恭敬地给高柱久鞠了一躬说："我这几日就住在太平，因和韩大掌柜那件大事尚未办妥，今天特地来拜访他，顺便把事情办了。"

原来，高桥已收买了吴金保，对高柱久抓捕韩儒义，敲诈广宁堂，逼迫韩儒仁签订城下之盟的事了如指掌。今天上午，吴金保收到韩儒仁要他作证的请柬后，就急报高桥，高桥绝不能让他的“大计”因高柱久功败垂成。在高桥布局的棋盘中，高柱久充其量是一枚邪恶的走卒，而韩儒仁就是一呼百应的元帅，高桥不能让高柱久搅了这局好棋。

高柱久一听，本想给高桥下逐客令，因顾忌刘延寿，便冷冷地说：“你来得不是时候，前时你过了那个村，也就没有今天这个店了。”

高桥赔着笑脸说：“是吗？贵国有句古话：事在人为。也许我这事今日得成呢。”

一旁，刘延寿连连点头说：“是的，是的。依我看来，今日高桥先生和团总的事都能办成。”

高柱久哈哈大笑着说：“刘会长，你说错了，正因为今日我的事能办成，高桥先生的事就肯定办不成了。”

“是吗？”高桥微笑着问。

“难道不是吗？”高柱久不屑地说。

高柱久之所以如此狂妄，是因为他有这个本钱。在太平镇这块地盘上，他二百多人枪在手，且已将广宁堂牢牢控制。此时，匪性十足的高柱久还能在乎谁呢！

这时韩儒厚从广宁堂里迎了出来，他看到高桥、刘延寿那些人时，心里也紧张起来，兄长准备的这桌菜，可没有这伙不速之客的份儿啊！便上前给高柱久打了声招呼，问：“团总，我弟儒义呢？”

高柱久指了指身后，说：“随后就到。”

韩儒厚即让田贵将客人请到三合小院里，自己去后院告诉儒仁。

最后关头来临了，韩儒仁坐在书房里，紧张地闭目凝思设的这个棋局中的每一个步骤，每一个细节，他清楚广宁堂再也输不起了，一步不慎，就将功亏一篑，广宁堂将陷入灭顶之灾。

随着一阵急促的脚步声，韩儒厚走了进来，紧张地说：“哥，高柱久、高凤年、吴金保带着大队人马来了，高桥、刘延寿和高适之也来了，我把他们安顿在小院客厅里。只是朱殿魁还没有消息，他不会不来吧？”

“哦！”韩儒仁怔了一下。高桥、刘延寿突然出现，高柱久的兴师动众，这都大为出乎他的意料，将使他精心设计的棋局产生难以预料的变数，而朱殿魁能否如约所至,更是尤为重要。为了挫败高柱久的图谋,韩儒仁准备了四招,朱殿魁、叶善友是其中的两招,这两招如使好,那另两招也许就不用使了。但此时已是在弦之箭,不得不发了,便说:“朱殿魁贪婪成性,此等好事焉能不来！只是高柱久的兵力过于强大,只怕朱殿魁难挫其锋了。若此,叶善友也就难有作为了。好在我备有后手,鹿死谁手,就看如何周旋了。我这就过去,你和田贵要格外小心。”

一一〇

三合小院里，拥着几十个横眉竖眼的保安团士兵和高桥的十几个随从;客厅里,高柱久傲慢地坐在八仙桌右侧的太师椅上,一贯倚老卖老的高适之,却和高桥、刘延寿、吴金保低调地坐在一侧木椅上,几个人一言不发,注视着门口,等待着韩儒仁的到来。

一会儿,韩儒仁蹒跚着来了,当他见到三合院内那十多位便衣打扮的人时,着实吃了一惊。这些人腰板挺拔,精气外泄,似经过专门训练。韩儒仁心里紧张起来,以至于进门时踉跄一下,差一点被门槛绊倒。

高柱久轻蔑地笑道:“韩大掌柜走好,如让自家门槛磕掉了门牙,岂不让人笑掉大牙。”

韩儒仁拱手说:“见笑,见笑。几位风云人物大驾光临,令我广宁堂蓬荜生辉,儒仁不胜荣幸。”

高桥起身还礼,说:“先生过誉了,无端打扰,实在抱歉。”便请韩儒仁上座。

韩儒仁连连摇头，说:“高桥先生反客为主了，德高望重的高太爷在此,儒仁岂敢妄自尊大。”

高桥、高柱久听了,面色发红。高柱久讪讪起身,去一旁坐下。韩儒仁将高适之请到高柱久让出的太师椅上坐下,冲着高桥拱拱手,自己到左侧落座,这才问高柱久:“我弟儒义在哪里?”

高柱久冲门口的高副官点点头,高副官转身离去,一会儿儒义被带了进来，倒也衣冠整齐，只是胡须长了些。因高柱久要用他交换广宁堂，故未伤害他。

韩儒义看到儒仁，心中吃惊，半月未见，兄长竟然苍老许多，心中一酸，涩声说："哥，你还好么？"

韩儒仁抬手说："回来就好，回来就好。儒厚，你把儒义带到灶房，给他做点饭吃。"

韩儒厚应了声，就扶着儒义往外走，没想却被高柱久的卫兵拦住。

韩儒仁冷笑着对高柱久说："如果我没猜错，高团总的部下应该把广宁堂围得水泄不通了，难道怕我弟插翅飞了？"

高柱久笑道："韩大掌柜多心了，令弟既然回家，当然可自由行走。只是嫌疑未解，保释手续未办，还是不要单独行动。"

韩儒仁本是欲擒故纵，他料到高柱久不会让儒义离开他的视线，顺势指着东面的房间说："儒义，既然团总不放心，你就先到这屋里休息吧。"

高柱久听了，想：韩儒仁诡计多端，可不能像周立民一样让他把韩儒义给变没了。说："韩大掌柜，我们在此说事，令弟在此多有不便吧。"说着不待韩儒仁说话，便对押着儒义的卫队长说："你在这院里找间房子，把韩掌柜请到里面休息，要小心伺候！"卫队长听了，便把儒义推到了西厢。

韩儒仁顿时傻了。原来，他在这三合院堂屋卧室床下和灶房里各挖了一个地道口，只要儒义到了其中一处，便可逃生，没想狡猾的高柱久把他的计划打乱了。

高柱久接着催促道："韩大掌柜，令弟我已经送回，你准备怎么履行自己的承诺呢？"

韩儒仁咳嗽几声，脸色痛苦地闭目不语。他在为儒义担心。

高柱久不耐烦了："韩大掌柜何必举棋不定，我也是一番好意，你如反悔，我将令弟交给上峰就是了。"

高桥听了，厌恶地瞪了高柱久一眼，说："高团总少安毋躁。韩先生乃一言九鼎之人，既有承诺，必定践行。"

高柱久火了："高桥先生，这杯羹里只有草药，没有古董，与你何关？"

高桥意味深长地冲刘延寿笑了笑，没再搭话。

韩儒仁这才睁开眼来，涩声说："高团总，我广宁堂偌大资产，为儒义莫须有之罪名，便拱手送出，怕是世人不信。为证广宁堂并非团总强取豪夺，今天我特地邀请几位地方名流作证，不知何故，只来了吴掌柜一位，其他所请之人均未莅临，想是慑于团总虎威，望而却步了。好在高桥先生和延寿兄大驾光临，也算多了两位证人。好，咱们就谈谈正事吧。不过，这里人多嘈杂，我在隔壁设了一桌酒席，沏了香茶，备了美酒，咱们品茗说事，饮酒结欢，岂不更好？"

高柱久听了，讥讽地说："韩大掌柜真是客气，我看不必了。"

韩儒仁恻然说："广宁堂是我韩家几代人心血熬成，难道团总连最后一次待客机会也不给韩某？再说，我中华乃礼仪之邦，高桥先生是远道客人，《增广贤文》曰：'在家不会待宾客，出门方知少主人。'日后，儒仁若有幸得赴东洋，有何面目去拜谒高桥先生。"

高柱久一时语塞。

高桥听了韩儒仁这番言语，似有言外之意，也一语双关地说："先生广受尊敬，何来少主人之言？高桥如能在东京陋室款待先生，是我和内子莫大荣幸。至于广宁堂，我想即使作为保释令弟筹码，亦可失而复得。先生博古通今，才智超群，非整个洪泽湖地区难展先生胸怀。"

韩儒仁听了，精神大好，起身冲着高桥躬身一揖，对高柱久说："高团总，你看高桥先生虽是外人，却比你更知礼仪。"

高适之听了，心想，这韩儒仁竟也是毫无骨气之徒，如今淮阴城势如危卵，泗县怕是也将不保，这高桥虽自诩是文玩之客，但刚才这番言辞，分明是手执生杀予夺大权之人。韩儒仁与高家结怨甚深，他要是和高桥同流合污，恐将大为不妙。便冷冷地对韩儒仁说："韩大掌柜，你饱读诗书，可知兄弟阋墙之说？卑躬屈膝之意？又可知奴颜婢膝为我炎黄子孙所不齿也。"

韩儒仁对高适之的作态感到可笑，可见他已是皓首，满脸激愤，想到其亲属有多人在南京被日军屠杀，且年事已高，不由动了恻隐之心，想还是放过他吧。便恶声说道："高太爷你不是文天祥，而我更无谢安石之贤，敬重高桥先生有何不可？今日我且做黔敖，你可有不食嗟来之食之志气？”

高适之作威作福惯了，何时受过如此轻视，不由恼羞成怒，呼的一声站了起来，说：“老朽今日前来，本欲给你留一线生机，你如此媚仇蔑亲，是自绝退路也。罢罢罢，我今日暂且离去，明日自当归来，倘若得见，看你有何面目见我！”说罢，竟拂袖而去。

这突然变故，出乎高柱久意料，只得吩咐卫队长，派人护送老太爷回府。

高适之因此捡了一命。

后来，他明白是韩儒仁放了他一条生路，便改恶从善，做了不少好事。新中国成立后做了市文史馆参事，于一九五七年去世，享年八十一岁。

吴金保怕事情闹僵，急忙圆场说：“客随主便，那我们就依韩大掌柜之意，品尝一下广宁堂的龙种酒吧。”

“龙种酒？何为龙种酒？”刘延寿惊奇地问。

吴金保说：“我听高太爷说，龙种酒就是用金甲花蟒刚生之卵和春露浸泡，用百年双沟原浆勾兑。那酒醇厚绵香，胜似琼浆。”

刘延寿听了，啧啧称奇，说：“此酒也就是广宁堂这样的百年中药世家方才得有。”

说话间，外面一阵骚乱，高副官来报告说朱殿魁来了。高柱久一愣：“朱殿魁？他来干什么？”

韩儒仁微微一笑：“他是我请来的贵客，快快有请。”

一会儿，朱殿魁大步走了进来，拱手道：“各位，朱某来迟，抱歉，抱歉！”

韩儒仁上前执着朱殿魁的手，向高桥介绍：“朱圩主乃洪泽湖豪杰，早年在山东闯荡，是擒龙伏虎之人。”

高柱久、刘延寿看着韩儒仁和朱殿魁的亲热劲儿，不免吃惊。韩儒仁施何妙法，竟然与朱殿魁化敌为友了？

高桥见朱殿魁凶狠彪悍，想此人胆大包天，应将其收服，为我所用，便说：“朱圩主是一方豪杰，高桥久仰大名！”

韩儒仁又介绍高桥说：“高桥先生是从东洋来的，是——”话未说完，就被朱殿魁打断：“不在中国好好待着，跑小日本干啥？莫要给人当汉奸抓了。”

原来,高桥流利的中国话让朱殿魁误认为他是中国人了。

韩儒仁笑道:“朱圩主误会了,高桥先生是日本国大收藏家,圩主家那对宣德炉可遇上大买主了。”

韩儒仁的话,让朱殿魁陡然失色,暗想:洪泽湖地区迟早将是日本人的天下,可不敢得罪他们。忙冲着高桥笑了笑,然后便气呼呼地盯着高柱久,心里咬牙切齿地说:狗日的,你黑了我那对宝贝,老子迟早要你拿命来还!

韩儒仁似是意识到此言不妥,忙说:“圩主不必在意,我说说笑话而已。请各位到餐厅入座吧。”

一一一

一行人从客厅左边边门径直转到了餐厅,韩儒厚担心保安团由此门进入,届时不好控制局面,随手将客厅大门关闭,并上了门闩。门外那些随从、护兵,也都挪到餐厅门口。

餐厅正中置了一张八仙桌,设了八张座椅,桌上茶盏齐全,一壶香茶香气缭绕。右边山墙处放了一张榆木条柜,上面放着一只黄釉瓷坛,这只瓷坛仅有一耳,形状显得特别。一旁,摆着罩着绣布的酒具。韩儒仁执壶斟好茶水,笑道:“各位,此茶乃洪泽湖特产穆墩岛‘荷叶茶’,生津安神,清火祛毒,清香更胜明前龙井,当年乾隆皇帝九下江南,有三次专门绕道品尝此茶。不知高桥先生是否喜欢?”

高桥只是微笑,却不举盏,待韩儒仁也饮了一口后,这才抿了一口,果然是清香溢腹,连说:“好茶,好茶。”

说话间,韩儒厚上了凉菜,韩儒仁说:“承蒙高桥先生抬举。今日款待各位之酒,非‘龙种酒’可比,乃明太祖朱元璋亲赐之佳酿。此酒之珍贵,无语形容,就是蒋委员长和日本国天皇也无此口福。”说着,走到条柜前,指着条柜上独耳黄釉瓷坛说:“诸位可知此是何坛?”

高柱久不耐烦地说："韩大掌柜待客还要说一段评书？但鄙人对古人之事从无兴致，你还是快点把令弟的事了结吧。"

韩儒仁面有愠色地说："高团总勿急，此时，我还是广宁堂主人，高桥先生还可周旋，了结之说未免早了点。"

高桥听了，心里的欢喜更甚刚才几分，想韩儒仁到底屈服了，他苦心经营的"银鱼计划"终于胜券在握了，大日本帝国的勋章、将星近在咫尺。多年来的隐忍，卧薪尝胆，呕心沥血，他担心自己帝国军人的锋芒被磨蚀了，有时候，他甚至都把自己当成是中国人了。现在，一切都好了，要扬眉吐气了。收服韩儒仁，虽不可与土肥原将军偷运溥仪媲美，但足可以震撼洪泽湖西百万民众，而皇军还可以不出分文便获得一座颇有规模的战地医院。

原来，高桥是资深特务，颇得机关长土肥原赏识，自民国20年便肩负重大使命，以古董商身份潜至南京。在日军大本营决定攻占中华民国首都南京，逼迫南京政府投降的同时，华中日军特务机关长原田熊吉制定了一个"樱花计划"，以华制华，成立中华民国维新政府。一九三八年一月初，日军占领华中大部地区后，决定在华中实施"樱花计划"，建立亲日政权。华中日军特务机关长原田熊吉看上了唐绍仪，高桥多次前往上海游说让其出面"组阁"，但不久唐被刺身亡，原田熊吉只好另觅名流。后来，原田熊吉选中了曾在北洋政府任职的北洋遗老梁鸿志，认为他是"进行新政权机构建设的最合适人选"。三月二十八日，"中华民国维新政府"在南京成立，梁鸿志任"行政院长"，温宗尧任"立法院长"，陈群任"内政部长"，下辖苏、浙、皖三个"省政府"和南京、上海两个"特别市政府"。华中伪政府成立后，原田熊吉和梁鸿志一伙认为洪泽湖连接两省六县，是战略要地，兵家必争，对日本人的东亚共荣尤为重要。便将洪泽湖周边划为战略管制区，以方便劫掠资源控制水运。为此，派出高桥等一干在苏皖潜伏多年，训练有素的特务负责实施该计划。高桥亲自负责经营湖西，并又制定了一个"银鱼计划"，其核心是收编高柱久等国民党地方武装，推举韩儒仁为湖西维持会会长，将洪泽湖西建成大东亚共荣模范示范区。高桥认为，韩儒仁是中国著名历史人物韩信后人，其人学识渊博，素有计谋，德布洪泽湖周边数百里水乡泽国，人心所向，是登高一呼，群情响应之人。韩儒仁之威望，可抵皇军一个师团，而且广宁堂医药精湛，《红伤二十八秘籍》对帝国军人征战不可或缺。于是，为了诱迫韩儒仁就范，高桥和刘延寿策划合演了一出代售古董，做实通日之名的阴谋，却被儒仁识破。没想到今天在高柱久的淫威下，韩儒仁有意高攀了。高桥按捺住惊喜，意味深长地说："诸位，中国有句古话，客随主便，韩先生不但是广宁堂的主人，日后，也许是这湖西地区的主人，我们怎么能拂韩先生的盛情美意呢！韩先生，您有何奇闻逸事尽可说来，我们一定洗耳恭听。"

世间之事往往那么巧合，在座的人都没有想到，韩儒仁之所以要把筵席设在下午，要东拉西扯地说东道西，就是要将时间拖至天黑。而这也正是高桥所想。因为今天下午，日军第六师团将攻占泗县县城，他在得到吴金保有关韩儒仁设宴的报告后，即电告稻叶四郎师团长派出一支特遣队长途奔袭太平镇，包围广宁堂，逼高柱久签城下之盟。韩儒仁的谈兴正合他意。

吴金保本是趋炎附势之徒，见高桥对韩儒仁所言颇感兴趣，便接着刚才韩儒仁的话头说："韩大掌柜，此坛可是酒坛？"

刘延寿说："酒坛大都无耳或双耳，单耳从未听说。"

韩儒仁说："刘会长所言极是。然此坛实乃明代黄釉酒坛无疑。此坛得之，纯属偶然，当初外人传言说广宁堂在流清汊处淘得一坛黄金，其实，就是这个黄釉瓷坛，坛里装的并非黄金，而是皇家贡酒。此事说来话长，当年，朱元璋命太子朱标在湖西杨家墩修建祖陵，祖陵建成后，朱皇帝特赐贡酒十坛，因路途遥远，怕散了酒香，用糯米调浆封之，外用牛皮裹扎。没想运送贡酒的船只在安东河遇狂风倾覆，丢失数坛贡酒。有一只漂流到流清汊里，没于淤泥之中，虽年代久远，酒坛完好无损，酒香愈发香醇。此坛便是。"

众人听了，皆惊讶不已。

一一二

这时,韩儒仁已将独耳酒坛打开,顿时,房子里奇香扑鼻,惹得人人垂涎欲滴。

韩儒仁又揭起酒具上的苫布,展现在众人面前的是一只精美绝伦的高腰珐琅凤凰壶,四周围着八只青玉酒杯。韩儒厚将酒杯分置众人面前,韩儒仁提起独耳酒坛,正欲往酒壶里注酒,吴金保忽地起身,说:"莫洒了酒,我来帮你。"右手拿过酒壶,左手食指在壶肚上弹击了几下,冲着高桥说:"这壶鬼斧神工,是我平生所见。"

高桥赞许地冲着吴金保点点头。

韩儒仁微微一笑,即注入一壶,从高桥起,给每人斟满一杯。这时,刘延寿取下眼镜,不经意似的用镜腿在杯中划了一下。

韩儒仁端起酒杯,说:"高桥先生不远万里来我神州,这杯酒就算广宁堂为你接风洗尘吧。请!"

高桥等皆起身,举着酒杯,却沾唇不饮。

韩儒仁见了,举杯一饮而尽,将空杯亮于众人。

众人这才饮了,果然满口异香,直沁心脾,直呼好酒。

高柱久忌惮高桥那些随从,急于离开这是非之地,放下杯子,再次催促说:"韩大掌柜,你欲如何了结令弟的案子呢?"

韩儒仁正欲开言,高桥朝刘延寿哼了一声,刘延寿便说:"高团总少安毋躁,据你所言,韩儒义的罚金和保释费是上峰所令,今国民政府早已南迁,泗县政府也是朝不保夕,摇摇欲坠。我以为,其命令可以不予理睬。韩儒义乃行医郎中,治病救人乃本能使然,与通共何关?再说,广宁堂是湖西最大的中西药堂,多年来恩泽洪泽湖周边数百万民众,如今你让韩大掌柜交纳于你,那我问你,药堂还行医问诊否?如是,又由谁来坐堂把脉开药?再说,《红伤二十八秘籍》乃国家珍宝,要交出,也只能交给有权接收者之手,岂能交予个人之手。"

高柱久冷笑一声:"你莫忘了,韩儒义可是在我手里,你们拿什么与韩儒仁交换呢？再说，韩儒仁就是把广宁堂交给你们，试问，你们拿得走吗？”

刘延寿把玩着酒杯，说：“高团总说得不错，韩儒义是在你手里，不过——”刘延寿望了门外虎视眈眈的几个日本特务一眼：“高团总你又在谁手里呢？再说，高桥先生还要使广宁堂成为大东亚共荣的典范，恐怕你也拿不走吧。”

“你枉对党国信任，完全是一派汉奸言论！”高柱久怒不可遏。

刘延寿忙说：“我枉对党国信任？那我问你，蒋委员长早已在西安与共产党握手言和，你为何还要以通共为名置韩儒义于死地？”

高柱久让刘延寿问得瞠目结舌，无言以对。

刘延寿又说：“高团总息怒，你我相交多年，也许我们不日还将成为同仁，莫伤和气为好。至于广宁堂的归属，让我们先听听儒仁兄的决断，如儒仁兄拨云亮日，殊途同归，和我们同舟共济，你我岂能夺儒仁兄所爱！儒仁兄，你说我说的是不是？”

刘延寿这番话，让韩儒仁彻底明白了他的身份，长叹一声，说：“刘会长，你本是商会执牛耳的谦谦绅商，为何……为何择栖此木啊！”

刘延寿面露愧色，嗫嚅道：“儒仁兄，羊尚有跪乳之举，人岂能无舐犊之情。我……我……”

韩儒仁明白了，刘延寿的公子在日本留学，想必其或沦为人质，或已当了汉奸。喟然长叹道：“延寿兄，你万劫不……”话未说毕，后院外突然枪声大作，保安团中队长跑来向高柱久报告，外面有不明身份的队伍攻击过来，火力猛烈，保安团已退进后院了。

众人皆都惊愕，这是什么队伍，他们为何要进攻广宁堂？是抢劫还是另有所图？高柱久即命高副官带人前去增援。

慌乱中，唯有朱殿魁不动声色，这支队伍正是他的匪众。此前，韩儒厚送请柬时和朱殿魁做了笔交易：今天由朱殿魁带人来搅局，就说广宁堂与朱圩有经济瓜葛，使高柱久难以得逞。事后，广宁堂酬谢三万大洋。韩儒仁料定朱殿魁必来，且十有八九会和高柱久翻脸，那时叶善友再插上一杠子，周立民的游击队更不会放过这大好时机，高柱久即使逃得性命，也是大败输亏。那时,广宁堂还有可能在太平镇立足。而朱殿魁心中也有自己的如意算盘,如今国民政府正与日本人混战,对他来说可谓千载难逢的出头机会,韩儒仁的邀请正中朱殿魁下怀,他当即慷慨应允。今天来,他做了周密的准备工作,就是要浑水摸鱼,大捞一把,便暗里布置人马,欲趁机灭了高柱久,劫了广宁堂,扯旗独大洪泽湖西。只是没想到高柱久带了一个中队守在后院,让他一时难以得手。

这时,高桥的一个后背背着一只铁匣子的随从进来,给高桥附耳低语几句,高桥冲着门外咕噜了一声,挥了下手,院内那些背着褡裢的随从手里魔术般地出现了清一色的汤姆式手枪。其中的六人直奔后院,余下六人分成两边,虎视眈眈地分立餐厅大门两边。这突然的变故,惊得众人目瞪口呆,犹如泥塑。

高柱久疑惧地问:“他们是何人?”

高桥笑吟吟地说:“是在下的部属。我还可以告诉你们,泗城已被皇军攻占,我的一支快速分队即将光临贵镇。”

图穷匕首见,高桥终于亮出了本来面目。

众人不知高桥所言是真是假,惊恐不已。

其实,高桥所言不虚,泗县确实沦陷了。据安徽《泗县志》记载:

> 1938年11月7日下午5时许,日军分西、北两路向泗县城进犯。泗县守军长官孙伯文仓促撤离,日军兵不血刃占领泗县城。

众人皆惊慌,高柱久却顿生豪情,太平镇是我的地盘,绝不能让这些日寇在此嚣张,欲命令院内的保安团士兵擒拿高桥。可是,当他看见门口那几个凶相毕露的日军特遣队员时,豪气顿时化作一丝凉气从屁股底下流走,想此地不可久留,起身说:“不知后院战况如何,我得去看看。”

高桥鼻孔里“嗯”了一声,说:“高团总,你还是安心品尝韩先生的美酒佳肴为好,否则,我不能保证你的安全。”

高柱久听了,心头掠过一阵寒意,通的一声跌回到了椅子上。至此,三合院内这个危机四伏的舞台上，戏剧性地完成了角色转换，横行洪泽湖西岸多年，不可一世的国民政府泗县保安团团长高柱久，在日军特务高桥面前，彻底沦为受制的配角。

一一三

后院枪声杯酒之间突然消失了，酒桌上众人面面相觑，鸦雀无声。

一会儿，一个特遣队员用生硬的中国话报告高桥，后面的队伍已被击溃。朱殿魁虽是杀人魔头，却也不寒而栗。高柱久更是胆战心惊，三合院内只剩下他的十几个卫兵，高桥如若翻脸，自己性命难保。他突然意识到自己落入了一个事先设计好的圈套，心里不由感到悲愤。这么多年来，他忍龚雨辰，巴结高适之，勾结朱殿魁，不就是为了广宁堂这万贯家财？谁知螳螂捕蝉，黄雀在后，这是天不助我呀！高柱久恨恨地偷窥了高桥一眼，想眼下性命在他手里，自己要静观事态发展，待高凤年那个小队回来，三合院内己方的兵力占有绝对优势时，再作定夺。

大势去也！韩儒仁心里也无可奈何地哀叹一声，他设计的四招中的前两招在高桥举手之间便冰消瓦解了。朱殿魁、高柱久二匪没有混战，叶善友没了可趁之机，难以浑水摸鱼，他的匪众是不会出头了。而眼下情势也已发生根本性的变化，高柱久不再是广宁堂的主要对手，高桥成了广宁堂最为凶残的劲敌。今晚能否安全离开太平镇，他和儒厚、儒义、田贵能否全身而退，韩儒仁已无分毫胜算了。而后面的两招，因太过机巧和凶险，韩儒仁并不想使出，尤其最后那招是以命相搏，玉石俱焚，他心有不甘。可是眼下的局面已无力掌控，也只有绝处觅生了。

这时，韩儒厚端来了一盘香味扑鼻的烤鹅，焦黄的鹅皮成鱼鳞状耸立，用筷子一抹，耸立的鳞状梯次收拢，竟然铮铮有声。

韩儒仁一语双关地对他说："这里无事了，你去给儒义送点吃的吧。"

韩儒厚说："我已给田贵安顿了。"身子却不动弹。

韩儒仁指着烤鹅说："我敢断言，诸位均未品尝过这道美味。"说着，自己先夹了一块，咀嚼起来。众人跟着动了筷子，果然味道鲜美，肥而不腻，脆而酥软，便都大啖起来。

韩儒仁见状，脸上闪过一丝冷笑，自己却不再动筷子了。

在地平线上挨了许久的日头，终于坠落了，晚风悄然而至，房内寒意渐浓，餐厅里也暗了下来。韩儒仁似早有准备，关了房门，从木柜里拿出一对红烛点燃，餐厅顿时光焰夺目，如同白昼。

韩儒仁见一盘烤鹅只剩了个鹅头，意味深长地对高桥说："有关蒸鹅的传说先生想必知道吧？"

"烧鹅的传说？"高桥连连摇头。

刘延寿笑说："民间传说，徐达患了背疽，忌吃蒸鹅。朱元璋偏偏赐其蒸鹅，徐达食后毒发而死。"

韩儒仁点头说："对，此说法民间流传甚广，依我之见，此应为后人想象。史书记载：徐达死后，朱元璋伤心欲绝，辍朝祭奠深致哀悼，岂能害他！此事关键之处在于：长背疽的人吃蒸鹅虽可诱发毒素，但绝不会致人死命。如食蒸鹅丧命，那是食者被下毒在先。"

说话间韩儒仁几次暗示儒厚离开，儒厚仍无动于衷。

韩儒仁正欲发火，突然，院子里响起一串枪声，高柱久的卫队长惊慌地推门进来报告："刚才那个做饭的硬要把韩儒义带到灶房吃饭，和卫兵推搡起来，身上藏的短枪掉了下来，让那几个人给打死了，把韩儒义也……也……"

韩儒仁听了，犹如晴天霹雳，脑子里轰的一声暴响，顿时两眼发黑，身子打晃。韩儒厚急忙将他扶住，泪流满面地说："哥，大事未了，你要保重啊！"

韩儒仁说："二弟，我悔不听周先生、王掌柜之言，枉送了田贵、儒义之命哪！"

韩儒厚心如刀绞，说："哥，你要保重，来日方长啊！"

韩儒仁猛然挣开儒厚的双手，长吁了一声："天哪！我好糊涂啊！自家兄弟性命都难保全，这中药铺子要它何用啊！"这饱含着悲怆、悔恨和无奈的伤恸，令人不忍耳闻。

“八格！”高桥勃然大怒，随即又哀痛地劝慰儒仁，“先生您要节哀。伤害韩先生的人，我一定严惩！”

高柱久也没想到会发生这种事情，没了韩儒义，便没了要挟韩儒仁的本钱，懊恼之中，他忽然想到这半天里没见着韩儒礼，这可是有名的快枪手，他要是知道日本人杀了他哥，那就热闹了。故作同情地说：“怎能滥杀无辜呢！韩大掌柜，这事你可不能怪高某呀！”

韩儒仁站直了双腿，沉默了许久，方拂去脸上泪水，强忍悲愤，收摄了心神说：“高团总，我怎能怪你呢？我是在痛恨自己呀！前日如依团总之言，焉有今日之祸！韩某冥顽不化，焉能不悲不痛也！我一生崇仰陈平陈丞相，多少灾祸，得陈丞相冥冥中教诲，皆能安然度过，今日这道关口，恐陈丞相之术，怕是也难以逾越了。悲哉，哀哉！”

高桥听了，说：“先生错矣！陈丞相不过是巧于心机的阴魂，不配先生崇奉，大日本帝国天皇，乃你中国人所说之真龙天子，这才是先生应崇拜之图腾。若此，我保证先生前程远大，人生辉煌。”

韩儒仁点头致意，一语双关地说：“谢高桥先生指点。我之前程，诤友周先生曾呕心指教，怎奈我愚妄之至，终铸大错。不过，韩某今日已知道何人值得我崇仰了！为此，韩某深为遗憾，因我一念之差，我广宁堂不能在湖西与志士仁人尽匹夫之责了。罢，罢，罢。事已至此，韩某不能一错再错了，我将把广宁堂及所藏金银古董、丹方医书、地契房契一并交由高桥先生和团总处置。这会儿，为了殊途同归，让我尽完了这场地主之谊吧。”

高桥见他片刻间就仿佛无事人一般，心里不由佩服，说：“谨听从先生安排。不过我负责地宣布，广宁堂还是韩先生的广宁堂。”

韩儒仁听了，恻然说道：“承蒙高桥先生大情，就让我多敬高桥先生几杯吧。”便走到条案前，抓住瓷坛独耳，将瓷坛提起，夸张地用劲上下晃动几下，说：“尚有几壶，我今天要陪同高桥先生和各位仁兄一醉方休！”说着，倒满一壶，一一给众人斟满，便端起杯子，不停地给众人敬酒，气氛煞是热烈、融洽，一会儿，那坛“皇家贡酒”就见了底。

韩儒仁见高桥等人喝得高兴，摇了摇酒壶说：“诸位，有关‘皇家贡酒’的故事我只说了一半，请听我说说另一半吧。”

一一四

高桥已掌控大局,他估计奔袭太平镇的日军已快到了,开心地说:"那就请韩先生赐教。"高柱久也需要时间等待高副官率队前来救援,也说:"既然韩大掌柜乐于赐教,高某洗耳恭听。"

韩儒仁凄然一笑说:"野史《大明皇家事录》中记载:'祖陵成,墓道佚三百,鸠半,'皆'嗓木而肢痹,'这句话是说封闭明祖陵墓道的三百民工,最终有半数被下毒。"

"那么,朱元璋为何只'鸠半'呢?他用的是何毒酒,能让人嗓子不能说话,四肢不能活动?又是如何下毒的呢?"说着,韩儒仁拿起酒壶,转了话题:"这把凤凰壶,曾是清中山亲王府中藏物,刚才在我斟酒之前,吴掌柜拿起掂了掂,各位可知吴掌柜为何有此举动?他怕此壶是下毒之阴阳壶。恕我直言,吴掌柜你是卑鄙龌龊的歹毒小人,你谋害儒义,祸害翠花,你定难得善终!"

吴金保听了,一时无地自容。

韩儒仁又看着刘延寿说:"此后,延寿兄用镜腿在杯中蘸了一下,延寿兄的镜腿是纯银的,且经药水浸过,沾毒变色。我想,延寿兄是对'皇家贡酒'不大放心吧。俗话说,小心不为过,延寿兄错就错在小心错了时辰。"

刘延寿疑惑地问:"儒仁兄此言何意?"

韩儒仁答非所问地说:"朱皇帝下毒所用酒具,并非酒壶,诸位试想,数百人众,需用多少酒壶?酒壶多了,也难免出现破绽,其用毒之器,正是这黄釉酒坛。"

众人不约而同地惊叫起来。

韩儒仁拿起酒坛,面对刘延寿说:"你只知酒壶可设下毒机关,却不知酒坛亦有。当然,以前我也不知,是我在把玩这只黄釉酒坛时,无意中触动机关,方知此是用毒之具。请看:这酒坛仅有一耳,看似是为使用方便设计的把手,其实这耳实是用毒机关,在把手上部内侧有一槽口,是藏毒之处,用毒时，只需拉开挡板，毒药即倾入酒里。其设计之精巧，让人防不胜防。那百余口封存墓道之民夫，死于这黄釉酒坛无疑。逃脱之百余民夫，其命拜安东河那股狂风所赐，如不是船倾毒酒丢失，皆难免一死。至于朱元璋所用何药，槽口内只留下些陈渣，难以辨认。李瑞安郎中曾考证说，那药应为'鹅胆绿'，又名'碧血丹'，误食此药后，半炷香火间即肤色潮红，继而周身渐泛绿色，浑身僵硬，声带如木，半日内体内发臭而死。"

在座众人闻声失色，刘延寿、高柱久几乎同声问道："你这话何意？"

韩儒仁悲怆地自顾说道："多年来，高团总和朱圩主一直图谋霸占广宁堂，多次抢劫我广宁堂财产，残害我广宁堂三条性命，又和吴掌柜狼狈为奸，绑架儒义，逼我签城下之盟。刘会长你和高桥先生不请自到，欲诱逼我做汉奸，占我广宁堂为你所用。无奈之下，我铤而走险，让你们吃下用洋金花所炮制的烤鹅，欲待你们失去知觉后趁机脱身，远避他乡。可你们心如蛇蝎，又残杀我弟儒义、表弟田贵。是可忍，孰不可忍。故我违背初衷，横下必死之心，刚才晃动瓷坛时在酒里下了我本不准备用的备药，现在，你们虽然包围了我广宁堂，可你们忘了我是个郎中，一辈子浸淫草药，草药既可治病，也可治命。"

朱殿魁听了，惨叫道："韩大掌柜，我是你请来的客人，莫非你对我也下了鹅胆绿？"

韩儒仁说："朱圩主高抬儒仁了。鹅胆绿我仅闻未见，古今医著也未见载录，儒仁岂有那个能耐。儒仁自小浸淫中医药理、毒理，常开以毒祛毒之方，断肠草、剪刀树等草药食多后肠子会变黑粘连，人会腹痛不止而死。柳叶桃、马钱子等中毒症状是最初出现头脑痛、晕，瞳孔缩小，胸部胀闷，呼吸不畅，周身发紧，继而惊厥，最后窒息而死。"

一一五

韩儒仁的一番话语，高桥等人听得肝胆俱裂，顿时感到有一种麻痹感从心窝处升起，随着血液的流动向四肢蔓延。接着，嘴唇发麻，舌头发麻，口不能言,两眼也变得无神而呆滞,高柱久绝望地冲着门外号叫起来,却声如蝇鸣,难出左右。

此时,夜色已深,餐厅里一片沉寂,人人都陷入到一种恍惚绝望的状态中。广宁堂外又响起激烈的枪声,这是洪泽湖游击队在外发起攻击,策应韩儒仁脱身。三合院里的日军特遣队员和保安团士兵们都以为餐厅内自己的主子控制着局面,注意力被院外的枪声所吸引,却不知被视为笼中鸟,砧上肉的广宁堂大掌柜韩儒仁,举杯于谈古论今间,匪夷所思地完成了其人生一大壮举。

面对着眼前这伙凶残丑恶的宵小群枭,韩儒仁涕泗滂沱、嘶哑如木地惨笑道:“想我广宁堂救死……扶伤……”一头栽到了地上。

这骤然的变故,让韩儒厚大惊失色,他原以为高桥他们中毒是蒙汗药起了作用,儒仁所言是虚张声势,没想他早抱必死之心,背着自己配制了备份之药,要与这班恶人同归于尽。这才明白下午儒仁对他说的“好在我备有后手”的意思。

韩儒仁性命危在旦夕,刻不容缓,韩儒厚果断采取行动,他奔到东面卧室,打开暗道口,周立民、韩儒礼几人纵身跳了上来。原来,吕叔和玉兰淑芳她们对儒仁几人的安危不放心,根本就没去观湖岭;周立民也怕韩儒仁发生意外,让王玉莹、王九阳等在外组织游击队策应,自己带着韩儒礼、喜子、王长河、二宝和几名战士从地道里潜进广宁堂。周立民、韩儒礼冲到餐厅,猛地拉开房门,朝院里扔了几颗手榴弹,跟着乱枪齐发,院里的日军特遣队队员和保安团士兵瞬间死伤一片,活着的人四处抱头鼠窜。韩儒厚急忙扶起儒仁,跟着左掌推向儒仁腹部,双膝抵住他的后腰,一发力,就听骨节错响,韩儒仁“哇”的一声,所食之物连同血水喷了出来。

三合院外和躲进厢房的日军特遣队队员、保安团士兵回过神来,立马回身攻击,一时枪声大作。封堵广宁堂前后大门的保安团士兵欲去增援,却同时受到田石山、王九阳指挥的游击队攻击,那挟裹着火焰的“通通”的轰响,正是刘仲达的土炮。保安团士兵不知这是何种武器,吓得心惊肉跳,一个个自顾不暇,顾不上三合院里的战事了。

此时,奔袭太平镇的日军三十余人的小队也已到了安东河口,阴差阳错地在芦苇荡里发现了被击退的朱殿魁人马，以为这支队伍是要伏击他们，悄然脱离接触，转过安东河口，欲从镇西进入太平镇。他们刚到湖神庙路口时，突然响起一阵炒豆般的枪声，走在前面的日军被打倒了好几个。日军就地卧倒还击，火力十分猛烈，而伏击者的火力也很强劲，一时双方形成了僵持。日军这时已与高桥失去无线电联系，认为中国军队已有所准备，不敢孤军恋战，悄然退了回去。

湖神庙里的这支队伍，正是"鬼影子"叶善友的马子。自上次伏击高柱久后，他带着这伙近百人的土匪隐藏在距太平镇约四十里的穆墩岛上，熊掌柜传了广宁堂的口信后，叶善友觉得韩儒仁对自己天高地厚，稍加考虑，便决定出手。他认为这是稳赚不赔的买卖，朱殿魁匪人的战斗力不弱，但高柱久人多势众，一旦打起来必定两败俱伤。鹬蚌相争，渔人得利，自己适时出手，不但得了朱、高那些快枪，韩儒仁也得重金谢我，必将赚得钵满盆满。他的马子到了湖神庙时，正赶上朱殿魁的队伍被保安团和高桥的特遣队击溃，叶善友认为广宁堂和朱殿魁皆大势已去，欲故伎重演，在湖神庙路口再次伏击返回金锁镇团部的高柱久。日军小分队的突然出现，让叶善友大为吃惊，但他毫不犹豫地打响了洪泽湖西畔抗日第一枪，自己还负了伤，因此成为湖西百姓心中的抗日英雄，受到广泛的拥戴。事后，李端安前来投奔，成了叶善友的军师。叶善友借此机会脱离魏友三，打出抗日自卫队旗号，成为洪泽湖地区一支很活跃的抗日力量。

广宁堂小三合院餐厅内，周立民指挥众人用八仙桌抵住房门，熄灭烛火，凭窗对外射击。此时，韩儒礼快枪手的本领显现出来，几乎是弹无虚发，一会儿工夫死在他枪下的保安团士兵和日军特遣队员就有好几个。院里的保安团士兵和日军特遣队员投鼠忌器，怕伤着自己的主人，不敢贸然强攻，周立民即让韩儒厚他们带着儒仁撤离，他和韩儒礼留下掩护。待众人撤离后，他将条案搬到后窗下，砸断栅栏，冲着外面打了几枪，又扔了颗手榴弹，这才和儒礼撤进了地道。

外面，高副官领着一个小队杀进了广宁堂，他们首先把枪弹射向了三合院外还活着的几名日军特遣队员，然后才堵住了院门。

这时，月黑风高，太平镇里枪声渐息，保安团士兵经过一阵没有应答的喊话后，这才打着火把、手电筒，如临深渊地踏进了餐厅里。只见地上杯盘狼藉，高桥、刘延寿、朱殿魁三人窝在木椅里，吴金保跪在地上，高柱久栽在地上，面前吐了一堆污物，皆无声无息，韩儒仁却没了踪影。高副官环视一眼弹痕累累的墙壁，破碎的瓷坛，将那把精美的酒壶收入囊中，说："韩儒仁从后窗跑了。"竟然没有派兵搜捕，就命令打扫战场。

当两个士兵拽着高柱久的四肢向外拖时，高柱久嘴里突然吐出一团白沫来，吓得这两个士兵本能地将高柱久扔在了地上。这时，高柱久条件反射般地睁开了眼睛。

原来，高柱久受制于高桥，更不信什么"皇家贡酒"，喝得极少，从椅子上栽倒时，剧烈的疼痛使他因祸得福，吐出酒饭。他昏迷了三天三夜，侥幸保全了一条性命。泗县沦陷后，他投靠日军当了汉奸。

高凤年见高柱久还活着，怕他迁怒自己，吓得当晚就跑了。一年后，他成立了龙集抗日自卫队，后来主动投身革命。多年后，高凤年见到已是新四军洪泽湖水上医院副院长的韩儒厚说，他当初就知道三合院那个堂屋里有地道。

脚手行里，王玉莹、吕叔、玉兰、淑芳、陈玉竹等人都在焦急地等待韩儒仁、周立民他们。王玉莹身上背着短枪，手腕戴着玉镯，正是儒厚放在玉兰那里的那对。周立民、韩儒厚、韩儒礼等带着韩儒仁顺利地撤到了脚手行。儒厚将儒仁放到被褥上，王玉莹俊秀的面颊上已满是热泪，情不自禁地将他抱在怀里，喊了声儒仁。此时，韩儒仁醒了过来，他刚才只吃了一块烤鹅，酒喝得少，事先又服过解药，经儒厚及时抢救，虽不能说话，但头脑已然清醒。他紧紧地抓着王玉莹的手，望着面露关切之情的周立民，眼里涌出悲感交集的泪水来。

随后，趁着夜色，周立民指挥众人登上脚手行后面水湾里的三只小船，在夜幕中悄悄驶向烟波浩渺的洪泽湖。从此，在连天蔽日的芦苇荡里，诞生了以广宁堂为班底的苏北第一家水上抗日医院。

在故乡的河流中穿行

我的故乡泗洪是一块蕴藏着深厚文化传统、人文景观的神奇土地。

我写《儒仁的图腾》，几乎是一种宿命。关于故乡，我有太多的情感和思索意欲表达。在20世纪30年代前后，故乡兵匪横行，日寇逞凶，凄风苦雨，民不聊生。我父亲王培琅、大伯王培虎在青年时代，为了追求崇高理想，自觉投身于革命洪流中，为走出旧中国、创立新中国而付出种种牺牲。那些不堪回首却激情澎湃的岁月，从我父亲和早年参加革命的四叔王培桂的追忆里不断地流出，深深印在了我的脑海中，从而萌发了创作的冲动。我常常为那些人那些事感动，一次次沉下心来回望那段并不久远的历史，认真思考故乡曾经的峥嵘岁月，从中理出我的人物、编织出我的故事。

小说是虚构的艺术。离开虚构，就无所谓小说。在《儒仁的图腾》中，我依托真实的时代背景、历史事件，以故人故事和故乡，构建了小说的框架；以传统文化元素和东方智慧为底蕴，融纪实、虚构、传奇于一体，将写悬念、写人性、写担当作为小说的主旨，努力使其成为一部关于人，关于智者和枭雄，关于仁义与邪恶，关于家仇与国恨的作品。力争客观真实地反映那个时代的残酷事实，努力揭示出历史的本真。

故事发生地太平镇，坐落在成子湖畔，是我的母校太平中学所在地。1970年，我在那里上了三年学，后为生活所迫，辍学谋生。

书中的成子湖，是洪泽湖的重要组成部分，位于洪泽湖的西北部，湖泊面积约占洪泽湖面积的三分之一。我家所在的塘槐庄就在西南湖边上。安东河，是我家门前的一条大河，它是我最向往的地方。少年时代，我经常在河里游泳、捕鱼捞虾，它给我带来许多欢乐。尽管我已远离它多年，但我常常可以清晰地感觉到那滔滔河水，在我的血管里奔涌、流淌……

书中的魏友三，是个真实的人物。他制造的吕集惨案，离我家所在的塘槐庄仅有二里地。我读书的吕集小学围墙西面不远处，就是吕集圩墙。在吕集惨案中，我的祖辈、父辈中有多人罹难，二叔王培朗被打残一只胳膊，三叔王培业等被绑票，我父亲被匪人追杀，幸得芦苇荡遮蔽，方才免遭不测。后来，魏友三进犯苏北抗日根据地，被新四军4师活捉，因时属国共合作时期，4师决定将被俘人员释放。庄里的文化人周道成等人闻讯后联名上书，要求严惩魏匪。9旅旅长韦国清做出批示，魏友三被处决于吕集圩西南角的乱坟岗中。

另一重要人物高柱久，其原型是亦兵亦匪的恶人高铸九，此人后来投靠了日寇，当了汉奸。1946年8月，他以国民党盱眙县调查统计室专员头衔到老子山“坐镇”，破坏中共的地方政权，被新四军武工队击毙。

小说的主人公韩儒仁，是个足智多谋、德才兼备，有气节、有担当的人物。他委曲求全，忍辱负重；他呕心沥血，殚精竭虑。他的身上，体现了陈阴南、喻尊侠、任崇高等故乡众多英烈模范人物的优秀品格与精神；也寄托了我对故乡、对我的父辈们的炽热情感。

长篇小说是由长度、宽度、厚度、深度，以及叙述张力和众多人物、复杂情节、典型细节等艺术要素构成，我将此概括并称之为壮实与丰满。只有壮实与丰满，才能使其名副其实。说实在话，在创作这部小说时，我的素材从未出现过捉襟见肘的窘境，故乡厚重的历史和萦绕于耳的珍闻逸事，让我思考再三。特别是对生与死、爱与恨、美与丑、表象与实在、永恒与短暂、个体与族类的文学表达方式，让我纵情恣笔、襟怀浩落，写完了这部作品。我要努力的，只是对这些故事和语言尽可能地进行打磨，使这部小说尽量壮实和丰满一些。可以断言，其中必定隐藏着自己更为深刻的人格附着。因为我认为，无论是以何种形态方式，要成为真正的作家，就应当以巨大的精力来寻求人格意绪在独自创作实践中的实现。

我真诚地认为，是故乡成就了这部作品。

故乡是一条神秘博大的河流，一直在默默地浸润与滋养着我的灵魂和文字。

穿行在故乡的河流中，我痴迷而沉醉。

这条河，流淌在我的血液里！仿佛是一部活的历史！

这部小说在申报宁夏回族自治区重点作品扶持项目中，获得了自治区党委宣传部文艺处、宁夏作协和审评专家们的认可、肯定。在创作过程中，故乡的作家、老师给予了我热情的鼓励和支持。当代小叙事诗领军者刘家魁老师时常给我以教益；原《大湖徐风》陈平主编、泗洪作家群、县新四军历史研究会和我的同学王斌等对我的创作都给予了积极的鼓励、帮助。作家、评论家石岸对我的创作进行了指导性的点评，让我获益良多。当代新官场小说掌门人、宿迁市作协主席王清平老师对我的创作也给予了充分肯定，这些都是我创作的力量所在。此前，这部小说在《朔方》《黄河文学》《佛山文艺》《福建文学》《鸭绿江》《雨花》《绿洲》《楚苑》等刊物发表了部分章节。著名评论家、宁夏文学艺术院原院长荆竹老师撰写了《智慧与审美的双重叙述架构——王佩飞中篇小说〈儒仁的图腾〉摭论》的长篇评论，对这部小说进行了深入细致的美学剖析。著名评论家、《佛山文艺》主编文能老师撰文《如何重建我们的文化自信》，也给予这部小说很高的评价。《小说选刊》《朔方》《佛山文艺》分别在佳作搜索栏目和卷首语中作了推介。他们的高度评价，皆给了我力量和勇气。在此，对他们一并表示诚挚的谢意。

王佩飞

2014年3月25日于银川苦乐书屋